W0014763

ullstein

Das Buch

Kluftinger ist immer noch hin und weg, dass ihn Sohn Markus und Schwiegertochter Yumiko zum Großvater gemacht haben. Das kleine »Butzele« ist sein ganzer Stolz, und Kluftinger will es am liebsten ganz Altusried präsentieren. Beim Friedhofsgang an Allerheiligen bietet sich endlich die Gelegenheit, doch Doktor Langhammer, frischgebackener Hundebesitzer, zeigt keinerlei Interesse am Zuwachs im Hause Kluftinger. Dafür umso mehr an einer Menschenmenge, die ein frisch aufgehäuftes Grab umringt. Auch der Kommissar will sich das genauer ansehen – und ist entsetzt: Auf dem Grabkreuz steht sein Name. Als kurz darauf eine Todesanzeige für Kluftinger in der Zeitung auftaucht, wird klar, dass es jemand auf ihn abgesehen hat. Der Kommissar und seine Kollegen suchen fieberhaft nach dem potentiellen Mörder und seinem Motiv. Will ein von ihm überführter Verbrecher Rache üben? Schnell stellt sich heraus, dass Kluftingers eigene Vergangenheit der Schlüssel zur Lösung des Falls sein muss. Aber je mehr er herausfindet, desto klarer wird, dass ein Maulwurf in den eigenen Reihen seine Ermittlungen erschwert. Wem kann er jetzt noch trauen? Und wie viel Zeit bleibt ihm noch?

Die Autoren

Michael Kobr und Volker Klüpfel kennen sich schon länger, als sie sich nicht kennen: seit ihrer gemeinsamen Schulzeit im Allgäu-Gymnasium in Kempten. Zwar waren sie nie gemeinsam in einer Klasse (Kobr ist Jahrgang 73, Klüpfel 71), aber sie verband ein gemeinsamer Freundeskreis – und die Liebe zur deutschen Sprache. Klüpfel studierte Politik in Bamberg und wurde Journalist, Kobr studierte Germanistik in Erlangen und arbeitete zunächst als Realschullehrer. Inzwischen sind sie beide Vollzeit-Autoren – vor allem durch die Krimis mit Kommissar Kluftinger bekannt. Doch die beiden haben auch ohne den grantigen Allgäuer reüssiert: mit dem Urlaubsroman *In der ersten Reihe sieht man Meer*. Meer bzw. mehr davon wird demnächst folgen. Auf ausgedehnten Lesetouren sind die beiden in ganz Europa unterwegs – überall da, wo man sie versteht oder wo ihre Bücher als Übersetzungen zu haben sind.

www.kluepfel-kobr.de

www.facebook.com/kluepfelkobr

Volker Klüpfel / Michael Kobr

Kluftinger

Kriminalroman

Ullstein

Besuchen Sie uns im Internet:
www.ullstein.de

Ungekürzte Ausgabe im Ullstein Taschenbuch
1. Auflage April 2019
3. Auflage 2020

Umschlaggestaltung: zero-media.net, München
Titelabbildung: mauritius images / © Thilda Lindholm (Landschaft mit Wolken und Bäumen); © FinePic®, München (Schild und Kreuz)
Satz: L42 AG, Berlin
Gesetzt aus der Quadraat und der Lucida Typewriter
Druck und Bindearbeiten: CPI books GmbH, Leck
ISBN 978-3-548-06032-3

Für das Allgäu und seine Bewohner.
Vergelt's Gott und nix für ungut!

Meiner Frau und meinen zwei tollen Jungs.
Die drei besten Gründe für einfach alles.

Volker

Für meine großartige Familie.

Michi

ALLERHEILIGEN

1

»Oh Herr, gib ihnen die ewige Ruhe, *duziduzi*. Und das ewige Licht leuchte ihnen, *duziduzidu*.«

Kluftinger wurde unsanft an der Schulter gepackt und herumgerissen. Seine Frau blickte ihn finster an: »Du kannst doch dem Baby nicht das Scheidegebet aufsagen!«

»Ach, und warum nicht, Erika?« Er drehte sich wieder zum Kinderwagen im Hausgang, in dem ihr sechs Monate altes Enkelkind lag – allerdings mit Mütze, Kapuze und Fellsack so dick eingepackt, dass nur noch die Augen herausschauten. »Hm, das wollen wir schon wissen von der Oma, gell? Warum sollst du denn das nicht hören? Das leiern sie auf dem Friedhof eh gleich die ganze Zeit runter, dann bist du schon vorbereitet. Und verstehen tust du davon ja sowieso noch nix, mein kleines Butzel, *duziduzi*.«

»Bitte, Vatter, dann lieber so eine Todesbeschwörung als dieses Rumgeduzel«, mischte sich Markus ein. Kluftingers Sohn war mitsamt Frau und Kind gekommen, um den *Totenmarathon* zu absolvieren, wie er den alljährlichen gemeinschaftlichen Friedhofsbesuch nannte. Der Kommissar verstand nicht, warum Erika darauf bestand, dass sie selbst mit Baby noch dieser Allerheiligen-Tradition folgen mussten, und hatte insgeheim gehofft, dass ihn sein Enkelkind diesmal davor bewahren würde. Doch seine Frau war hart geblieben.

So stand er nun also da, in seinem zu engen Beerdigungsanzug, den er in der letzten Zeit recht häufig gebraucht hatte, weil seine Großonkel und -tanten und noch weiter verzweigte Verwandtschaftskreise sich in einem Alter befanden, in dem sich die entsprechenden Anlässe eben häuften.

»Du hast dir ja deine Krawatte immer noch nicht gebunden«, tadelte ihn Erika.

»Ich weiß auch nicht, immer ist sie zu lang oder zu kurz oder der Schnipfel hängt nach vorne raus, irgendwas stimmt mit der nicht ...«

»Ich helf dir, Papa.« Yumiko stellte sich vor ihn und band die Krawatte mit geschickten Fingern zu einem ansehnlichen Knoten.

Kluftinger lächelte seine japanische Schwiegertochter liebevoll an. Spätestens seit sie ihm ein Enkelkind geboren hatte, hatte er das Gefühl, dass ein unsichtbares Band zwischen ihnen bestand.

»Fertig!«, erklärte sie.

»Danke«, krächzte er zurück. »Ist bloß ein bissle ... eng vielleicht.«

»Ach was, sitzt doch gut«, sagte Erika im Vorbeigehen.

»Ich weiß eh nicht, warum ich nicht mit der Cordhose gehen kann bei der Kälte. Die, die wir besuchen, sind alle tot, denen ist bestimmt wurscht, wie ich ausschau.« Da er keine Antwort erhielt, beugte er sich wieder über den Kinderwagen: »Du hast es gut, du kannst im Schlafanzug hingehen, du kleines *duzi*-«

»Jetzt fang nicht wieder an«, unterbrach ihn sein Sohn und schob den Wagen in Richtung Tür. »Ich geh schon mal raus, hier ist es zu heiß fürs Kind und zu duzelig für mich.«

»Warte, ich geh mit«, rief Yumiko und hakte sich bei ihrem Mann unter.

Als die Tür hinter ihnen ins Schloss gefallen war, wandte sich Kluftinger wieder an Erika. »Ich versteh dich nicht: Wenn ich ein Gebet aufsag, schimpfst du, aber die vielen Gräber schaden dem Kleinen nicht, oder wie?«

»Glaub nicht, dass du dich auf die Tour jetzt noch rauswinden kannst«, erwiderte sie amüsiert. »Außerdem sind die Toten ja unter der Erde, die werden dem Kind nichts tun.«

»Ach, Erika, das liegt doch in der Luft. Diese ganze Friedhofsstimmung, das drückt aufs Gemüt. Kinder spüren so was, die haben ganz feine Sensoren ...«

Doch seine Frau war schon im Bad verschwunden. Mürrisch schnappte er sich seine Stiefel und steckte die Hosenbeine hinein, was in der gebückten Haltung und mit dem engen Anzug einige Anstrengung erforderte. Nach einer Weile kam Erika zurück und schaute ihm zu. »Und was wird das, wenn's fertig ist?«, fragte sie schließlich.

»Bei dem Wetter nehm ich Stiefel, schau doch mal raus ...«

»So gehst du mir nicht mit.«

Er grinste. »Gut, bleib ich halt schweren Herzens da.«

Nun musste auch seine Frau lachen. »Hast eigentlich recht. Wenn die Hosenbeine geschont werden, muss ich schon nicht so viel waschen.«

»Gib mir doch den Kinderwagen«, bot Kluftinger seiner Schwiegertochter auf dem Weg zur Kirche an und drängte Yumiko zur Seite.

»Oh, das ist aber ... unerwartet«, entgegnete die und machte Platz.

»Der Opa will halt ein bissle sein Enkele herzeigen, gell, *duzuzidu*«, säuselte Markus und kniff seinem Vater in die Wange.

Eigentlich genoss es der Kommissar, dass Markus und Yumiko mittlerweile im Allgäu wohnten, in Kaufbeuren, wo Markus an der Klinik für forensische Psychiatrie arbeitete. So sahen sie sich und er sein Enkelkind viel häufiger. Aber es bedeutete eben auch, dass ihn sein Sohn öfter wegen seiner Kinderliebe aufziehen konnte. Da aber niemand wusste, wie es bei Markus und Yumiko beruflich weiterging und wie lange sie im Allgäu bleiben würden, erwiderte er nichts. Er wollte ihnen die Entscheidung, wieder von hier wegzuziehen, so schwer wie möglich machen.

Nach ein paar Minuten kamen sie auf dem Vorplatz der Kirche an, der direkt an den Friedhof grenzte. Wie jedes Jahr hatte sich hier schon eine beträchtliche Menge an Menschen in dunkler Kleidung versammelt, die alle auf das Ende des Gottesdienstes warteten, um sich dem Zug der Kirchgänger anzuschließen und die Gräber zu besuchen. Einer seiner Musikkollegen grüßte den Kommissar und schaute dann demonstrativ auf die Uhr. »Heut macht der Pfaffe wieder extra lang«, seufzte er.

Kluftinger zuckte mit den Schultern: »Mei, so volles Haus hat er halt selten.«

Dann standen sie wortlos da, bis endlich die Kirchenglocken anschlugen und sich das Portal öffnete, wobei es einen Schwall Weihrauch nach draußen entließ. Die Menschen gingen instinktiv einen Schritt zurück. Kluftinger wusste, warum. Es war das gleiche Spiel wie jedes Jahr: Zunächst trat der über achtzigjährige Pfarrer mit weihevollem Blick nach draußen, blieb dann kurz stehen, um die Menge vor der Kirche mit strafender Miene zu mustern, als wolle er sagen: *Glaubt nur nicht, dass der Herrgott am Tag des Jüngsten Gerichts vergessen wird, dass ihr heute den Gottesdienst geschwänzt habt.* Der Kommissar konnte dies deshalb so genau deuten, weil sie als Kinder im Ministrantenunterricht vom Geistlichen immer wieder angehalten worden waren, ihm die Blaumacher zu verraten, die ihm entgangen waren. Doch als der Pfarrer seinen ehemaligen Messdiener in den Blick nahm, zuckte dieser nur mit den Schultern und deutete mit dem Kopf entschuldigend auf den Kinderwagen vor ihm.

Nachdem das Strafgericht vorübergezogen war, schritt der Geistliche in einer Wolke aus Weihrauch in Richtung Friedhof davon, gefolgt von den Kirchgängern und schließlich den Menschen vor der Kirche, die sich mit gesenktem Haupt am Ende des Zuges einreihten.

Dann stand plötzlich die Mutter des Kommissars vor ihnen, und auch in ihrem Gesichtsausdruck lag ein unausgesprochener Vorwurf.

»Mutter, ich wär ja gern mitgegangen«, beeilte sich Kluftinger zu sagen, »aber das Kind!« *Was für eine hervorragende Ausrede für fast alles*, dachte er und freute sich schon darauf, dass er die Abende der nächsten drei bis vier Jahre gemütlich würde zu Hause verbringen können, ganz ohne Musikprobe oder sonstige gesellschaftliche Verpflichtungen. »Dauert halt auch alles viel länger, bis das erst mal angezogen ist.«

»Ich hab schon gehofft, dass ihr noch in die Kirche kommt. Hab euch extra Plätze freigehalten«, gab sich Hedwig Maria Kluftinger verschnupft. »Unser Herrgott freut sich schließlich über jedes Kindlein, das ...« Sie brach ab und musterte ihn mit großen Augen. »Was hast du denn da für ein dünnes Jäckle an, ist doch viel zu kalt heut. Du holst dir wieder einen Husten. Weißt doch, wie empfindlich deine Bronchien sind.«

Markus beugte sich zu seiner Frau und zischte ihr zu: »Jetzt macht meine Großmutter gleich duziduzi mit *ihrem* Kind.«

»Was meinst du, Markus?«

»Nix, Oma, wir gehen schon mal vor, gell?« Mit diesem Satz verzogen sich die beiden.

»Das mit dem Jäckle hat sie zu mir auch gesagt«, seufzte Kluftinger senior, der sich nun zu ihnen gesellte. Er war separat aus der Kirche gekommen, weil das Ehepaar immer auf getrennten Seiten saß: sie – wie früher üblich – links bei den Frauen, er rechts bei den Männern. In manchen Institutionen brauchte die Gleichstellung eben etwas länger. »Aber jetzt ist mir viel zu warm«, schimpfte Kluftingers Vater und öffnete den gefütterten Wintermantel. »Wie dem Butzel, vermute ich.« Er deutete auf den Kinderwagen.

»Ach was, Kinder haben ein ganz anderes ... was ist denn das, zefix?« Kluftinger spürte, wie jemand an seinem Hinterteil herumnestelte.

»Du sollst doch nicht fluchen, schon gar nicht hier«, zischte seine Mutter, während Kluftingers Hand unwillkürlich nach hinten fuhr und in etwas Kaltes, Glitschiges griff.

»Pfuideifl, was …?« Er fuhr herum, schaute nach unten und blickte in die braunen Augen eines großen, muskulösen Hundes, der nun die Schnauze in seinen Schritt bohrte und auf dem Anzug eine weißliche Schleimspur hinterließ. »Kruzifix, aus!«, schrie Kluftinger, worauf sich zahlreiche Menschen nach ihm umdrehten – unter anderem auch der Pfarrer, dessen Augen sich zu bedrohlichen Schlitzen verengten.

»Ja, der schnuppert eben am liebsten da, wo die meisten Pheromone lauern«, gluckste da eine dem Kommissar vertraute Stimme.

Erst jetzt hob Kluftinger den Kopf und blickte in die ebenfalls braunen Augen des Hundeherrchens, die hinter einer riesigen Brille hervorlugten. »Herr Doktor Langhammer«, seufzte der Kommissar und verkniff sich ein *»Hätt ich mir ja denken können«.*

»Tag, mein Lieber. Na, führen wir heute beide unseren Nachwuchs aus?«

Kluftinger verzog das Gesicht. Während er sich mit seinem Stofftaschentuch die Hand abwischte, blaffte er: »Verdienen Sie sich was nebenher als Hundeausführer, oder sind Sie doch endlich Tierarzt geworden? Wahrscheinlich, weil Sie da weniger Schaden anrichten können, oder?«

»Ich hab dir doch erzählt, dass die Annegret jetzt einen Hund hat«, erklärte Erika und tätschelte dem Tier den Kopf, was dieses mit einem zufriedenen Jaulen quittierte.

»Hab halt gedacht, du meinst ihn«, erwiderte der Kommissar und zeigte auf den Doktor.

»Ha, wunderbar, mein Lieber. Nur gut, dass Wittgenstein und ich humorbegabt sind.«

»Wer?«

»Wittgenstein. Unser Hund.«

»So heißt der? Wie der Metzger?«

»Nein, wie der Philosoph.«

»Ach, ja dann …« Peinlich berührt streichelte Kluftinger dem Hund nun ebenfalls über das braun glänzende Fell, auch wenn er für Vierbeiner eigentlich nichts übrighatte. »Bist aber ein großer Dackel«, sagte er.

»Dackel?« Langhammer bekam Schnappatmung. »Das ist doch kein Dackel.«

»Sieht eher aus wie ein Boxer«, fand Kluftingers Mutter.

»Also, ich muss doch sehr bitten. Es handelt sich um einen *Ungarischen Wischler*.«

Kluftinger nickte. »Ah, jetzt wo Sie's sagen …«

Es entstand eine unangenehme Stille, die Kluftinger senior unterbrach: »Haben Sie den aus dem Tierheim?«

»Nein, Gott bewahre. Ist aus einem zertifizierten Zuchtbetrieb. Reinrassige Abstammung. Eigentlich heißt er Arkadi von Buronia, aber ich dachte, Wittgenstein passt viel besser zu ihm.«

Hedwig Kluftinger wiegte den Kopf hin und her. »Also, ich weiß nicht, schaut gar nicht aus wie ein Metzger.«

»Aber wie der Philosoph. Sehen Sie sich nur mal diese wachen Augen an. Diesen intelligenten Ausdruck!«

Kluftinger musterte das Tier, das mit treudoofem Blick zurückschaute und sich dabei über die Schnauze leckte. »Ja, mei, intelligent ist jetzt vielleicht …«

»Dann passen Sie mal auf, was er schon gelernt hat. Wittgenstein?« Der Doktor streckte die Hand nach dem Hund aus und deutete dabei mit zwei Fingern die Form einer Pistole an. »Peng!« Sofort ließ sich der Hund mit einem Winseln auf den Rücken fallen und streckte die Beine von sich.

Entsetzt starrten die vier Kluftingers auf das Tier, das sich hier vor dem Friedhof tot stellte.

»Ich dachte, dieses Kunststück passt besonders gut zu Allerheiligen«, gab sich Langhammer unbeirrt.

Wieder schwiegen alle.

»Wo ist denn die Annegret?«, fragte Erika in die Stille.

»Zu Hause. Sie kann mit dieser Tradition wenig anfangen. Ihr wisst ja, wir sind nicht konfessionell gebunden, und ich würde mich auch eher als Agnostiker bezeichnen.«

Der Kommissar zog die Brauen hoch. »Was wollen Sie denn dann auf dem Friedhof? Sie haben hier ja nicht mal Tote liegen. Also außer denen, die Sie selber unter die Erde gebracht haben.«

»Na, ich kann doch bei so einem Event nicht fehlen.«

»Event?« Kluftinger fand das Wort reichlich deplatziert im Zusammenhang mit Allerheiligen.

»Ja, da drückt sich die archaische Allgäuer Volksseele aus. Hier trifft man heute ganz Altusried. Und außerdem muss Wittgenstein unter Leute.«

»Wer?«

»Der Hund«, sagte Kluftinger senior.

»Ach ja, freilich.« Der Kommissar zog den Kinderwagen etwas näher heran, weil er fand, dass es nun an der Zeit war, dass sein Enkelkind angemessen gewürdigt wurde. Doch Langhammer machte keinerlei Anstalten. Also schob Kluftinger den Wagen mit einem mürrischen »Pack mer's« auf den Friedhof.

»Au weh, die Tante Fanny.« Der Kommissar zupfte seine Frau am Ärmel, als er die alte Frau mit ihrem Rollator am Grab eines entfernten Familienzweigs stehen sah. »Geh mer doch lieber zum Grab vom Riedberger, und wenn wir von da kommen, sind die dann …«

»Ja, wer ist denn da?«, schallte es in diesem Moment zu ihnen herüber.

Zu spät, dachte Kluftinger und wunderte sich gleichzeitig, über was für eine laute Stimme seine alte Patentante noch verfügte. Er biss also die Zähne zusammen und schob den Kinderwagen in Richtung der Menschentraube vor dem Grab seines Onkels Josef, der im letzten Jahr im biblischen Alter von 98 verschieden war – völlig unerwartet und viel zu früh, wie Tante Fanny nicht müde wurde zu betonen. Es war ein großes Hallo, als sie sich mit ihrem Enkelkind zu ihnen gesellten, und Kluftinger verlor irgendwann den Überblick, wie viele zittrige, faltige Hände versuchten, das Baby in die Wange zu kneifen. Die meisten konnte er abwehren, doch einige schafften es, seinen Verteidigungswall zu durchbrechen. Am Ende war das Kind wach und seine Wange gerötet.

»Was ist es denn?«, wollte ein alter Mann mit Gehstock wissen, von dem Kluftinger ziemlich sicher war, dass er ebenfalls zur Verwandtschaft gehörte, auch wenn er nicht mehr sagen konnte, wie genau. Fragen konnte er natürlich schlecht.

»Was es ist? Also das sieht man doch wohl, dass es ein ...«

»Pscht!« Tante Fanny, die eben noch so entzückt vom kleinen »Schneckebutzel« gewesen war, legte mit strengem Blick einen knochigen Finger auf die Lippen und heftete ihren Blick auf den Pfarrer, der eben den Segen erteilte, worauf sich alle bekreuzigten. Kluftinger nutzte den Moment und bedeutete Erika, sich schnell von hier zu verdrücken.

Nun durchschritt der Geistliche den Friedhof und segnete die Grabstätten mit Weihwasser, was der Startschuss zum alljährlichen »Gräberlauf« war – für den Kommissar letztlich eine Art Familienzusammenkunft an einem ungewöhnlichen Ort. Irgendwann würden sich hier sowieso alle wiedertreffen.

Mit einem »Wo sind eigentlich Markus und Yumiko?« versuchte Kluftinger, diesen dunklen Gedanken zu vertreiben.

Erika zuckte mit den Schultern. »Weiß ich auch nicht, die haben wir da hinten irgendwo ... sag mal, warum gucken die eigentlich alle so komisch?«

Der Kommissar schaute sich um. Tatsächlich warfen ihnen vereinzelte Friedhofsbesucher im Vorbeigehen seltsame Blicke zu, blieben stehen oder tuschelten hinter vorgehaltener Hand. Dann hellte sich seine Miene auf: »Die meinen bestimmt, dass wir noch mal Nachwuchs gekriegt haben. Hätten sie uns wohl nicht zugetraut.«

»Ja, meinst du?«, erwiderte Erika zweifelnd.

Dann hatten sie das Grab von Kluftingers Großvater erreicht, wo seine Eltern schon auf sie warteten, ebenso wie Tante Josefa, die Kluftinger seit Markus' Hochzeit nicht mehr gesehen hatte.

»Ja so was, Bärle, jetzt sag bloß, ihr habt's ...«

»Siehst du?«, zischte der Kommissar seiner Frau zu, dann rief er: »Nein, Tante, das ist doch unser Enkele. Und nenn mich nicht immer Bärle, du weißt, dass ich das nicht mag.«

»Hab dir doch erzählt vom Markus und der Miki, Josefa. Warst doch auch auf der Hochzeit!«, erklärte Kluftingers Mutter der alten Dame.

Lächelnd sagte die: »Soso, kann schon sein. Was ist es denn?«

»Ein Ungarischer Wischler«, tönte es da hinter ihnen. »Reinrassig.«

Kluftinger fuhr herum. »Himmel, sind Sie immer noch da, Herr Doktor? Gibt's keinen Notfall, der Ihre Anwesenheit erfordert?«

»Im Moment nicht, und ich muss sagen ... Moment, was ist denn da los?« Langhammer zeigte in eine entlegene Ecke des Friedhofs, in der normalerweise wenig Publikumsverkehr herrschte. Nun aber drängten sich dort die Menschen zusammen. Und es wurden immer mehr. Hin und wieder schauten sie in ihre Richtung. Einige deuteten sogar ganz ungeniert auf sie.

»Komisch«, kommentierte der Kommissar. »Vielleicht sollten wir mal nachschauen?«

Erika nickte langsam. Ihr schien die Aufmerksamkeit, die ihnen zuteilwurde, gar nicht zu gefallen.

Also gingen sie schnurstracks auf die Leute zu und machten nur einmal einen Bogen, damit sie nicht am Grab von Philipp Wachter vorbeimussten, ein Ort, mit dem der Kommissar unangenehme Erinnerungen verband. Je näher sie der Menschentraube kamen, desto schwerer wurde es, mit dem Kinderwagen voranzukommen. »Schieb du doch mal, Erika«, sagte Kluftinger deswegen und ging alleine weiter, begleitet von Langhammer und dem hechelnden Hund, den die vielen aufgeregten Menschen nervös zu machen schienen.

Eine Frau löste sich aus der Menge und wandte sich zum Gehen. Als sie sich umdrehte, stand sie direkt vor dem Kommissar und stieß einen spitzen Schrei aus, was auch die Aufmerksamkeit der übrigen Menschen auf ihn lenkte. Schlagartig wurde es still.

So still, wie er es allenfalls von Beerdigungen kannte. Kluftinger schluckte. Irgendetwas stimmte hier nicht – und es hatte mit ihm zu tun. Also drängte er sich durch die Menge und schob die Leute, die wie angewurzelt dastanden, unsanft beiseite. Er kam sich vor wie in einem dieser Träume, in denen man lief, aber kaum von der Stelle kam. Als er es endlich geschafft hatte und vor dem Grab stand, war er völlig ratlos. Da war nichts. Jedenfalls nichts Ungewöhnliches. Nur frisch aufgehäufte Erde, Blumen, ein Holzkreuz und … Kluftinger spürte, wie sich alles um ihn herum zu drehen begann. Scharf sog er die Luft ein und blickte ungläubig auf das Kreuz. Mit schwarzen, altertümlichen Lettern waren dort zwei Jahreszahlen eingeprägt. 1959 und das aktuelle Jahr.

Darüber stand ein Name.

Sein Name.

Adalbert Ignatius Kluftinger.

»Ich hätt gar nicht gedacht, dass Zombies auch so einen Ranzen haben können. Die kommen im Fernsehen immer so dürr und abgemagert rüber!« Jürgen Ebler, der das Flügelhorn in der Musikkapelle blies – obwohl ihm der Dirigent immer nahelegte, doch besser zur Freiwilligen Feuerwehr zu wechseln – und der sich außerdem als Zweigstellenleiter der Altusrieder Sparkassenfiliale zu den Dorfhonoratioren zählte, grinste breit. Er sprach laut, offenbar wollte er, dass jeder in der Dorfwirtschaft seinen Witz mitbekam. Nun stand er tief über den Tisch gebeugt, an dem Kluftingers samt Eltern bei Kaffee und Kuchen saßen. Außerdem das Ehepaar Langhammer mit Hund. Niemand der Anwesenden verzog eine Miene. Nur der Doktor bleckte seine viel zu weißen Zähne.

»Mei, Jürgen, Banker werden in Filmen ja auch meistens als gutaussehend und gescheit dargestellt«, gab Kluftinger kampfeslustig zurück. »Kann man mal wieder sehen, wie weit hergeholt das alles ist.«

Der Mann stand mit gefrorenem Lächeln da. Dann schien er auf einmal um Ernsthaftigkeit bemüht. »Spaß beiseite. Gott sei Dank, dass es dir gut geht«, versetzte er in getragenem Ton. »Nicht auszudenken, wenn du, ich mein ... du weißt schon. Ihr beiden habt schließlich in finanzieller Hinsicht nichts geregelt, wenn ich das mal anmerken darf.«

»Für die Beerdigung wird's schon noch reichen.«

Mit einem Seitenblick zum Doktor flüsterte Ebler dem Kommissar zu: »Nein, ich mein nur, die Erika braucht eine Generalvollmacht von dir, sonst kann sie im Falle des ... ich mein, wenn mit dir mal was ist, überhaupt nichts ausrichten. Kommt die Tage mal vorbei. Lieber bald, ja?«

»Noch geht's mir ganz gut, Jürgen.«

»Ich mein ja bloß, kann immer was sein«, raunte der Filialleiter, dann klopfte er beschwingt auf den Tisch und verabschiedete sich mit einem »Pfiagott mit'nand«.

»So ein Granatenseckl«, brummte der Kommissar, als Ebler außer Hörweite war. »Immer muss sich der mit irgendwas wichtigmachen.«

»Na ja, mein lieber Kluftinger«, meldete sich nun Langhammer zu Wort, dem es offensichtlich schwergefallen war, sich nicht einzumischen – was er nun nachholte, »ganz unrecht hat er mit seinem Einwand nicht.«

»Was denn für ein Einwand?«

»Man muss immer alle Eventualitäten bedenken. Aus ärztlicher Sicht ist eine Patientenverfügung unerlässlich. Stellen Sie sich vor, Sie fallen ins Koma und Ihre Familie kann noch nicht mal entscheiden, wann sie den Stecker ziehen soll.«

»Das kann ich Ihnen schon sagen: Gar nicht und niemals soll niemand den Stecker bei mir ziehen. Ich will alle lebenserhaltenden und -verlängernden Maßnahmen ausgeschöpft haben, ist das klar? Bis zum bitteren Ende. Da braucht es keine Patientendings.«

»Bub, da muss ich dem Herrn Doktor recht geben«, schaltete sich nun die Mutter des Kommissars ein. »Das ist ein Thema, das man nicht früh genug angehen kann. Dein Vater und ich haben das schon lang.«

Kluftinger war das Thema äußerst unangenehm. Auch wenn sein Verstand ihm sagte, dass seine Eltern nicht ewig da sein würden, verdrängte er diesen Gedanken so gut es ging. »Im Moment ist ja nix, Mutter, und ihr erfreut euch zum Glück einer sehr stabilen Gesundheit. Also, könnten wir jetzt mal endlich das Thema wechseln und über was Schöneres reden?«

Sein Vater winkte ab. »Nur weil es uns heute gut geht, heißt das nicht, dass es immer so sein muss. Oft ist ja schnell ...«

»Himmelkruzifixnochmal, jetzt ist Schluss mit dem blöden Geschwätz, ich will nix mehr hören vom ... von solchen Sachen!« Mit gerötetem Kopf ließ der Kommissar seine Faust auf den Tisch donnern, dass die Tassen klirrten. Alle sahen ihn entgeistert an.

»Oho, unser Großtrommler scheint von den Toten auferstanden, oder habt's ihr schon mal eine Leich so einen Krach machen hören?«, rief Paul, der Posaunist der Altusrieder Kapelle, am Nachbartisch in die Runde, wo einige von Kluftingers Musikkollegen seit Stunden beim Frühschoppen saßen, der mittlerweile nahtlos in ein Nachmittagsbesäufnis übergegangen war.

»Ist doch wahr«, fuhr der Kommissar in versöhnlichem Ton fort. »Man muss doch nicht irgendwas herbeireden. Und jetzt Themawechsel.«

Doch Hedwig Maria Kluftinger zeigte sich vom Wunsch ihres Sohnes gänzlich unbeeindruckt. »Oft schlummert was in einem, und man weiß es gar nicht.«

»Was soll denn das wieder heißen, Mutter?«

»Lässt er sich denn regelmäßig durchuntersuchen, Herr Doktor?«

»Wer?«, bellte der Kommissar.

»Na ja, also, es ist so mit ihm ...«, setzte der Arzt an, doch Kluftinger fiel ihm ins Wort.

»Ich? Geht's um mich? Dann kein Wort mehr, das fällt unter die ärztliche Schweigepflicht, und wenn du fünfmal meine Mutter bist! Übrigens müsst ihr grad reden, der Vatter und du, ihr geht ja nie zur Vorsorge.«

Doch Hedwig Kluftinger winkte ab. »Mei, wir sind doch auch schon alt. Aber du hast ja dein ganzes Leben noch vor dir. Weißt, Bub, beim Vatter, da wär es ja nicht so …«

»Was denn?«, hakte ihr Mann sofort angriffslustig ein. »Nicht so schlimm?«

Seine Frau schüttelte den Kopf. »Du weißt schon. Was meinen Sie, Herr Doktor, der Bub hat doch so abgenommen in letzter Zeit.«

Langhammer gluckste. »Abgenommen? Das wäre mir neu, ehrlich gesagt. Seit ich ihn kenne, geht die Gewichtskurve nur in eine Richtung.«

»Aber er ist doch ganz schmal.«

Der Kommissar verdrehte entnervt die Augen. Alles wegen diesem vermaledeiten Streich, den ihm irgendein Depp auf dem Friedhof gespielt hatte. »Aua, Kreizkruzifix!« Er hatte sein Bein abrupt zurückgezogen, weil Langhammers Hund an seiner Hose nestelte, und sich dabei das Knie angestoßen.

»Ist was, Butzele? Tut dir was weh?«, wollte Erika wissen.

»Gssst!«, zischte Kluftinger unter den Tisch.

»Gicht?«, fragte seine Mutter besorgt, blickte dabei aber den Arzt an.

»Nein, ein für alle Mal: Mir fehlt nix!«

Der Vierbeiner hechelte ihn mit seinem warmen Atem an, leckte an seinen Schuhen herum und zog dann aufgeregt an einem seiner Socken. Jetzt wurde es dem Kommissar wirklich zu dumm. Er schnappte sich unbemerkt den großen Aschenbecher, der trotz des seit Jahren geltenden Rauchverbots in Gaststätten wie selbstverständlich auf dem Fensterbrett stand, holte ihn neben sich auf die Bank, ließ dann geschickt aus seinem Weizenglas eine ordentliche Portion hineinlaufen und balancierte den improvisierten Napf auf den Boden. In Windeseile schlabberte das Tier die Schale leer. Kluftinger gelang es, heimlich nachzufüllen, dann war Ruhe unterm Tisch. Der Hund legte sich lethargisch auf die Vorderpfoten und schloss seine Augen. Nur ab und zu stieß er ein leises Wimmern aus.

Inzwischen war sein Sohn samt Familie zu ihnen gestoßen. Zufrieden nahm Kluftinger wahr, dass sich dadurch der Fokus von ihm auf sein Enkelkind verlagerte. Doch dieser Effekt war nur von kurzer Dauer, denn der Säugling schlief tief und fest im Kinderwagen, und Erika bestand darauf, dass dies auch so bleiben solle.

»Und, Vatter, wie fühlt man sich so frisch dem Grabe entstiegen? Wie neu geboren, denk ich mal, auch wenn du nicht ganz so ausschaust«, brachte Markus das leidige Thema wieder aufs Tapet und zog sich dafür einen Rempler seiner Frau zu.

»Bub, wenn du jetzt auch noch anfängst, dann geh ich.«

»Ja, bitte hör auf damit«, sagte Yumiko mit besorgtem Gesicht. »In Japan würde niemand über so eine schreckliche Aktion auch noch Scherze machen.«

»So, Markus, da siehst du es mal«, sagte der Kommissar und legte seiner Schwiegertochter eine Hand auf den Unterarm, »die Japaner sind halt sensible Menschen, die nicht jeden Witz totreiten müssen, und wenn er noch so geschmacklos ist.«

»Das mit dem Totreiten hast jetzt aber du gesagt, Vatter.«

Yumiko lächelte verlegen. »Die Sache mit dem Grab würde bei uns als sehr schlechtes Omen gelten, da verbietet sich jeder Spaß. Und wer weiß, ob nicht ein Irrer dahintersteckt, der irgendwann …« Sie stockte, offensichtlich, weil sie nicht aussprechen wollte, was sie dachte.

Erika machte eine betroffene Miene, Kluftingers Mutter entfuhr ein »Jessesmariaundjosef«, und sie bekreuzigte sich.

Der Kommissar wollte nicht, dass das Thema eine solche Relevanz bekam. Es war schließlich nur ein dummer Streich. So hoffte er jedenfalls.

»Mal im Ernst«, mischte sich nun auch Martin Langhammer ein, »vielleicht sollten wir tatsächlich die Möglichkeit nicht außer Acht lassen, dass jemand Sie, sagen wir mal«, er schaute zu Erika, »also, dass es jemand nicht gut mit Ihnen meint.«

Kluftingers Frau warf dem Arzt einen erschrockenen Blick zu.

»Haben Sie denn Feinde, Kluftinger?«

»*Feinde*«, blaffte der Kommissar. »Zu viele Krimis geschaut, hm?«

Erika schüttelte den Kopf. »Nein, Martin, mein Mann ist doch ...«

»... im Umgang mit seinen Mitmenschen nicht immer gerade sensibel. Und nicht jeder ist so duldsam wie unsereins und nimmt ihn trotz seines herben Charmes als Freund an.«

»Könnt ihr aufhören, so zu reden, als wär ich gar nicht mehr da?«

Der Doktor hob beschwichtigend die Hand. »Natürlich. Noch erfreuen wir uns Ihrer Gegenwart, und das soll auch so bleiben. Wie dem auch sei, in Ihrem Beruf wird es nicht ausbleiben, dass man sich den einen oder anderen zum Feind macht. Irgendeine Idee, wer zu solch einer Aktion in der Lage wäre?«

»Nein, und damit ist das Verhör beendet, Doktor Watson«, brummte Kluftinger, auch wenn er sich eingestehen musste, dass der Arzt durchaus recht hatte. Natürlich gab es Leute, die ihm den Teufel an den Hals wünschten, schließlich hatte er seit vielen Jahren mit Schwerstverbrechern zu tun. Nicht wenige von ihnen hatte er hinter Gitter gebracht. Man musste kein Psychologe sein, um zu ahnen, dass da auch einige darunter waren, die das persönlich nahmen. Oder lag der Schlüssel woanders? Im privaten Bereich? Hatte er tatsächlich jemanden so verletzt, dass der sich durch diesen makabren Scherz an ihm rächen wollte?

»Noch mal wegen vorher«, meldete sich nun Hedwig Maria Kluftinger wieder zu Wort, »wenn doch mal was sein sollt, Erika, ihr kommt beide zu uns ins Familiengrab, gell?«

»Ins was?«, krächzte der Kommissar.

»Ja, hast schon richtig gehört«, bestätigte Kluftinger senior. »Wir haben vorgesorgt, die Mutter und ich. Man will ja auch nicht irgendwo liegen, eines Tages, nur weil alle anderen schneller waren. Beim Beierle Günther, dem vom Bestattungsinstitut, sind unsere Wünsche für die Trauerfeiern hinterlegt, und angezahlt haben wir auch schon was.«

»Ihr habt dem Beierle schon das Geld für eure Beerdigung in den Rachen geworfen?«

»Höre ich da meinen Namen?«, tönte es da plötzlich neben dem Tisch, wo nun ein hagerer Mann im schwarzen Anzug stand. »Klufti, wenn mal was ist, wende dich vertrauensvoll an mich. Kennst ja unseren neuen Slogan: *Beierle – Trauern mit Herz und Verstand.*«

»Kein Bedarf im Moment, Günther. Reicht schon, dass du wehrlosen Greisen wie meinen Eltern das Geld aus der Tasche ziehst.«

»Dir werd ich gleich einen Greis geben«, protestierte Kluftingers Vater.

Ungerührt erklärte Beierle wortreich, sein Geschäftsmodell sei gängige Praxis und erleichtere den Angehörigen das Leben im Sterbefall ungemein.

»Sag mal, Günther, könntest du dir vorstellen, auf wessen Mist dieser Schmarrn mit dem falschen Grab gewachsen sein könnt?«

Der Bestatter legte die Stirn in Falten. »Ich? Wie kommst jetzt darauf?«

»Na ja, da war frische Erde auf dem Grab, die ganzen Blumen und so, das Kreuz, irgendjemand muss das ja gemacht haben.«

»Schon, aber wenn jemand so etwas Abwegiges in Auftrag geben würd, täte ich dir das doch sagen, Klufti.«

»Ich mein ja bloß, kannst dich vielleicht mal umhören bei deinen Leuten, die waren sicher auch viel auf dem Friedhof in den letzten Tagen, Gräber richten und so.«

»Das machen zwar normalerweise die Gärtnereien, aber ja, ich frag mal meine Mitarbeiter.«

»Danke, Günther«, sagte Kluftinger mit einem Seufzen.

»Machst dir doch Sorgen, Bub?«, fragte Kluftingers Vater.

Einen Moment war es still am Tisch, und alle warteten gespannt auf die Antwort des Kommissars. Der wollte das Thema so gut es ging entschärfen: »Ich find halt, dass so ein Jux geschmacklos ist, und würd gern denjenigen zur Rede stellen, der sich den Schmarrn ausgedacht hat.«

»Immerhin hat sich da jemand ganz schön Mühe gegeben«, fand Günther Beierle. »Ich mein, das Kreuz ist schön gemacht, auch die Blumen …«

»Sag mal, Günther, wer liegt denn eigentlich in dem Grab?«, fiel der Kommissar ihm ins Wort.

»Niemand. Also, hoff ich. Das ist schon vor Jahren aufgelöst worden, aber jetzt wird es bald wieder belegt. Die Maliks, weißt schon, von der Tankstelle, da ist ein Onkel von der Anita gestorben, als Missionar in Afrika, und der wird jetzt hierher überstellt. Interessanter Fall, wir holen den morgen in München am Flughafen ab, aber er muss vorher noch durch die Zollkontrolle.«

»Das heißt, ihr beerdigt den morgen?«

»Morgen richten wir das Grab, Beerdigung ist dann am Dienstag.«

»Ihr meldet euch, wenn da was nicht koscher ist, ja?«

»Logo, wird gemacht. Willst du eigentlich den Blumenschmuck von deinem … ich mein … streng genommen gehört das ja niemandem.«

»Kannst gern entsorgen, Günther, kein Interesse.«

»Okay. Erika, du vielleicht?«

»Schau bloß, dass du dich schleichst«, schimpfte Kluftinger und holte mit dem Arm aus, worauf sich der Bestattungsunternehmer trollte.

»So«, sagte der Kommissar dann und klopfte auf die Tischplatte, »jetzt brauch ich was zu essen.« Er drehte sich um und winkte die Bedienung zu sich. »Maria, ich krieg bitte einen Gockel mit doppelten Pommes. Und als Vorspeise einen Wurstsalat.«

Die fragenden Gesichter quittierte er, indem er grinsend erklärte: »Könnt ihr nicht wissen: Das Auferstehen von den Toten ist wahnsinnig anstrengend und zehrend, da braucht es nachher eine Stärkung. Und nachdem mich eh der halbe Ort schon tot wähnt, muss ich es mit der gesunden Ernährung auch nicht mehr so genau nehmen.«

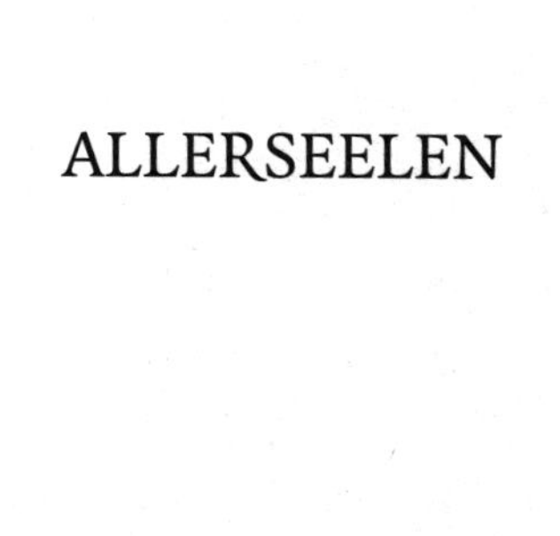

ALLERSEELEN

2

»Das war ein dummer Streich von irgendeinem Idioten, mehr nicht. Kein Grund, nervös zu werden. So, und jetzt fangen wir bitte endlich mit der Arbeit an!«

Bereits als Kluftinger seine Abteilung bei der Kriminalpolizeidirektion Kempten betreten hatte, war ihm Kollege Richard Maier aufgeregt entgegengekommen und hatte mit der Lokalzeitung vor seinem Gesicht herumgefuchtelt, in der ein halbseitiger Artikel über das *»makabre Scheingrab in Altusried«* samt Foto vom Kreuz erschienen war.

Nun lag die Zeitung auf dem Besprechungstisch. Maier und Kollege Roland Hefele hatten es sich nicht nehmen lassen, den Vorfall als Erstes auf die Tagesordnung zu setzen, auch wenn Kluftinger beteuerte, dass es dazu keinerlei Veranlassung gebe.

»Chef, noch mal: Nimm das nicht auf die leichte Schulter«, gab Maier zu bedenken. »Der Typ hat sich ziemlich viel Mühe gegeben, nach einem kleinen Jux schaut mir das nicht aus.«

»Schmarrn«, winkte der Kommissar ab, obwohl er genau dieses Argument bereits gestern am Tisch im Mondwirt von Günther Beierle gehört hatte. Und nicht gänzlich leugnen konnte, dass es einleuchtete.

»Sagt mal, hat jemand was vom Eugen gehört?« Der dritte Mitarbeiter von Kluftingers Abteilung, Hauptkommissar Eugen

Strobl, war vor dem Wochenende nicht zum Dienst erschienen und hatte sich nur per SMS bei Sekretärin Sandy Henske krankgemeldet.

»Er hat mir heut früh eine WhatsApp geschrieben«, berichtete Hefele. »Ich hab gedacht, du wüsstest Bescheid. Steht nur drin, dass er Kopfweh hat und heute nicht kommen kann.«

»Wird immer schöner mit dem, früher hat er sich wenigstens noch ordentlich krankgemeldet«, brummte Kluftinger mehr zu sich als zu den Kollegen. »Wird wohl um einen Besuch beim Amtsarzt auf Dauer nicht rumkommen.«

Maier und Hefele warfen sich vielsagende Blicke zu. Auch sie konnten sich die lasche Dienstauffassung und die Unzuverlässigkeit ihres langjährigen Kollegen nicht recht erklären.

»Meint ihr, den hat das mit seiner Scheidung so mitgenommen, dass er sein Leben nicht mehr richtig auf die Reihe kriegt?«, fragte der Kommissar.

Maier und Hefele machten ratlose Gesichter.

»Wobei: Der hat doch schon wieder eine Freundin gehabt in München.«

»Ich hab läuten gehört, dass die Schluss gemacht hat. Vielleicht trauert er um die Beziehung«, vermutete Maier. »Liebeskummer kann den stärksten Mann aus der Bahn werfen.«

»So ein Krampf«, herrschte ihn Hefele unwirsch an. »Liebeskummer in unserem Alter, da lach ich doch!«

Maier räusperte sich vernehmlich, sah grinsend zu seinem Vorgesetzten und sagte dann: »Wer im Glashaus sitzt, Roland ... Seit die Sandy dir nach eurem kurzen Intermezzo die kalte Schulter zeigt, leidest du doch wie ein Hund.«

Hefele lief knallrot an. »Ich? Leiden? Blödsinn! Ich bin schon lang wieder in besten Händen. In festen, mein ich.«

Das überraschte Kluftinger, der genau das befürchtet hatte, was nun eingetreten war: Dass das Büroklima darunter litt, dass sich die Henske und sein Kollege nicht mehr verstanden. »Heu, ja jetzt aber. Wer ist denn die Glückliche?«, fragte er interessiert.

»Kennt ihr nicht, tut auch nix zur Sache«, entgegnete Hefele schnell.

»Jetzt muss ich aber schon mal nachhaken«, ließ Maier nicht locker, doch Kluftinger bedeutete ihm mit einem Kopfschütteln, nicht weiter zu insistieren.

»Außerdem geht es um den Eugen«, kam Hefele zum Thema zurück. »Vielleicht liegt's ja an seinen Aktienspekulationen. Der Markt ist grad ein bissle schwierig, hab ich gelesen.«

Kluftinger seufzte. »Wir werden's schon noch rausfinden. Hoffen wir mal, dass sich die Lage bald wieder normalisiert.«

»Das finde ich auch, Chef.« Sandy Henske kam mit einem Zettel auf ihn zu.

»Was?«

Die Sekretärin verstand nicht. »Bitte?«

»Was finden Sie auch?«

»Dass Sie dem nachgehen müssen, mit dem Grab. Herausfinden, was dahintersteckt. Nehmen Sie das nicht auf die leichte Schulter.«

Der Kommissar winkte ab.

»Ich hab Ihnen mal die Nummer von der Friedhofsverwaltung rausgesucht, Chef.«

Hefele grinste. »Meinst du, sie geben ihm noch ein schöner gelegenes Grab? Mehr im Zentrum vom Friedhof? Eins mit Parkplatz für den Passat? Oder fährt man als Untoter gar kein Auto?«

Die Sekretärin sah ihn verständnislos an.

»Müssen wir jetzt in Zukunft nachts arbeiten, damit du nicht zu viel Sonnenlicht ausgesetzt bist?«, setzte Hefele noch einen drauf.

Kluftinger blickte gequält drein. »Roland, ich hab sämtliche Witze zu dem Thema schon gestern in der Wirtschaft gehört, gib dir also keine Mühe.«

Sandy Henske schüttelte den Kopf: »Wenn ich dazu auch mal was sagen darf: Ich finde das geschmacklos, über so etwas macht man wirklich keine Späße, Roland. Musst dein mangelndes Feingefühl nicht auch noch zur Schau stellen.«

»So? In meinem sehr nahen Umfeld gibt es da schon eine Weile jemanden, die sich noch nie über mein mangelndes Feingefühl beschwert hat.«

Plötzlich legte sich ein Lächeln auf Sandys Gesicht. Sie klopfte Hefele auf die Schulter und sagte mit Erleichterung in der Stimme: »Na, da bin ich aber ehrlich froh, Roli, wirklisch. Siehste, jeder Topf findet seinen Deckel.« Und mit einem verschmitzten Lächeln fügte sie an: »Und wenn er noch so verbeult ist …«

Hefeles siegessicheres Grinsen verschwand. Er hatte ganz offenbar auf eine andere Reaktion gehofft.

»Kollegen, ich glaub, wir sollten dann mal …« Für Kluftingers Geschmack hatte das Gespräch einen allzu privaten Verlauf genommen. »Was liegt dienstlich an?«

»Wir müssen zumindest ermitteln, woher das Grabkreuz stammt und wer für diesen groben Unfug verantwortlich ist«, beharrte Maier. »Das hätten wir bei jedem anderen schließlich auch getan, schon von Amts wegen.«

»Bitte, wenn ihr drauf besteht, dann ruf ich halt nachher mal in Altusried an und erkundige mich. Ist ja irgendwie auch nett, dass ihr euch so Sorgen um mich macht.«

Eine halbe Stunde später saß er allein in seinem Büro, die Nummer der Altusrieder Friedhofsverwaltung vor sich. Er starrte den Zettel an. In eigener Sache dort anrufen zu müssen kam ihm seltsam vor. Was würde er schon groß erfahren? Das Läuten seines Telefons ließ ihn zusammenzucken. Das Display zeigte an, dass Birte Dombrowski, die Polizeipräsidentin, anrief. *Auch das noch!* Mit einem Seufzen nahm er das Gespräch an.

»Frau Dombrowski, guten Morgen. Geht's Ihnen gut?«, fragte er, um einen fröhlichen Ton bemüht.

»Das müsste wohl eher ich Sie fragen«, erwiderte die Präsidentin, und Kluftinger entging nicht, dass ihre Stimme einen besorgten Klang angenommen hatte. »Wie schätzen Sie und die Kollegen die Lage ein?«

»Welche Lage?«, fragte er, obwohl er genau wusste, worauf sie anspielte.

»Herr Kluftinger, bitte, verkaufen Sie mich nicht für dumm.«

»Mei, also, ich glaub nach wie vor, dass das ein saudummer Streich war.«

»Ich muss Ihnen nicht sagen, dass Kriminalbeamte durch ihre Tätigkeit häufig Zielscheibe von Racheaktionen ehemaliger Delinquenten sind, oder? Leute, die das Gefühl haben, sie hätten noch eine Rechnung mit dem offen, der sie damals ihrer Tat überführt hat.«

»Ja, aber von meinen ... dings, also, von meinen Klienten will mir keiner ans Leder. Das sind alles ...«

»Was, Herr Kluftinger?«, fiel ihm die Dombrowski ins Wort. »Anständige Leute?«

Kluftinger entfuhr unweigerlich ein bitteres Lachen. »Ja, nein, das nicht direkt, aber ich mein halt ...«

»Herr Kluftinger, Sie wissen bestimmt am besten, was zu tun ist. Sollte es irgendwelche Neuigkeiten geben, vergessen Sie bitte nicht, mich unverzüglich zu informieren. Versprochen?«

»Versprochen, Frau Dombrowski.«

Nach weiteren dreißig Minuten hatte er auch mit der Friedhofsverwaltung in Altusried gesprochen. Bei all dem Trubel, der vor Allerheiligen auf dem Gottesacker geherrscht habe, sei dort niemandem etwas Ungewöhnliches aufgefallen. Die Grabstätte, auf der das Kreuz gestanden hatte, sei vor einiger Zeit aufgelöst worden und würde nun, wie er ja schon von Günther Beierle wusste, neu belegt. Das Holzkreuz habe man zu den anderen gegeben, diese würden in unregelmäßigen Abständen entsorgt, außer die Angehörigen stellten sie im *Wald der Sterbekreuze* auf. Kluftinger wusste, was damit gemeint war: Ins Gschnaidt, einen kleinen Weiler etwas außerhalb, brachten einem alten Brauch folgend viele Altusrieder die provisorischen Holzkreuze ihrer Verstorbenen. Sie stellten sie dort im Wald auf und hatten damit zwei Gedenkstätten. Schon als Kind war er manchmal dorthin geradelt, um in der Wallfahrtskapelle eine Kerze für besondere Anliegen anzuzünden. Stets war er der morbiden Faszination erlegen, die von diesem Totenwäldchen ausging.

Als der Friedhofsverwalter dann jedoch auf die Beerdigung zu sprechen kam, während der Kluftinger einst bei einer Verfolgungsjagd im offenen Grab gelandet war, hatte der Kommissar das Gespräch schnell beendet.

Nun saß er am Schreibtisch und starrte durchs Fenster in den trüben Herbsttag. Der Friedhof in seinem Heimatort schien für ihn immer neue Überraschungen bereitzuhalten. Er ging zum Thermostat und drehte ihn ein wenig höher. War es wirklich nur ein harmloser Spaß gewesen, wie er nicht müde wurde, gegenüber allen zu betonen?

»Chef, ein Telefonat für Sie«, tönte seine Sekretärin durch den offenen Türspalt. »Darf ich durchstellen?«

Kluftinger legte die Stirn in Falten. »Wer ist es denn?«

»Ein Herr Rösler. Er sagt, Sie wüssten schon, worum es geht.«

Rösler? Diesen Namen verband der Kommissar zuallererst mit einem Mann, mit dem er bei einem seiner spektakulärsten Fälle zu tun gehabt hatte. Ein paar Jahre war das nun her. Damals war es um einen Kunstraub gegangen, und jener Heinz Rösler, ein ehemals legendärer Seriendieb, hatte ihm bei der Aufklärung geholfen. Aber er war damals schon sterbenskrank gewesen und inzwischen sicherlich tot. Der konnte es also nicht sein. Aber welcher Rösler wollte ihn sonst sprechen? »Ja, legen Sie es mir rein, danke, Fräulein Henske.«

Kluftinger nahm den Hörer und sagte seinen Namen, doch niemand meldete sich. Stattdessen war ein leises Röcheln zu vernehmen. »Hallo, ist da wer?«

Das seltsame Stöhnen wurde heftiger. Ein vager Verdacht keimte im Kommissar auf. »Richie, Roland, seid ihr das? Hört's bloß mit dem Blödsinn auf, ihr Kindsköpf.«

Am anderen Ende der Leitung vernahm er nun ein rasselndes

Husten. »Herr Kommissar?« Die Stimme war so leise, dass er kaum etwas verstehen konnte. »Hier ist Rösler.«

»Ja, aha. Kennen wir uns?«

»Heinz Rösler, können Sie sich denn nicht mehr an mich erinnern?«

Kluftinger war baff. »Herr Rösler? Sind Sie's wirklich? Ich hab gedacht, Sie ...« Er stockte.

»Sie haben gedacht, ich bin schon tot.«

Genau das, stimmte ihm Kluftinger im Geiste zu. Er zog die Brauen zusammen. Hatte ihm der Alte seinen schlechten Zustand damals nur vorgespielt, um der Strafverfolgung zu entgehen?

»Ja, da wundern sich alle, mich eingeschlossen, glauben Sie mir das, Herr Kommissar. Wie dem auch sei, ich komm grad zurück aus Spanien aus meinem Ferienhaus, und was les ich da über Sie?«

»Ihr Ferienhaus?« Kluftinger holte tief Luft, um seiner Wut Herr zu werden, da brach der Mann wieder in heftiges Husten aus. Oder war es ein Lachen?

»Nur ein Spaß«, sagte Rösler schwach, als er wieder bei Stimme war. »Hören Sie, ich muss mit Ihnen reden. Können Sie mich im Heim besuchen? Ich kann hier leider nicht mehr raus, beim besten Willen. Adresse kennen Sie ja.«

Auch wenn er keine Ahnung hatte, worum es in dem Gespräch gehen sollte, stimmte Kluftinger sofort zu. »Sicher kenn ich die noch, Herr Rösler. Ich komm vorbei. Bis später dann.«

Er wollte gerade aufbrechen, als erneut das Telefon klingelte. Der Friedhofsverwalter teilte ihm mit, dass das Kreuz nicht mehr auffindbar sei.

»Es ist weg?«

»Ja, weg.«

»Entsorgt?«

»Schwer zu sagen. Die anderen sind alle noch da.«

Kluftinger konnte nicht genau sagen, warum, aber dieser Umstand beunruhigte ihn nun doch ein wenig. Aber vielleicht hatte jemand es als bizarres Andenken an diesen skurrilen Vorfall mitgenommen, schließlich hatte die ganze Aktion für einigen Wirbel gesorgt. Dennoch wäre ihm wohler gewesen, er hätte das Ding selbst zersägen, im Ofen verbrennen und damit die ganze Sache für sich endgültig abschließen können.

Als er das gläserne Eingangsportal zu dem Altersheim betrat, in dem Heinz Rösler wohnte, fühlte sich der Kommissar in mehrfacher Hinsicht unwohl. Einerseits erinnerte ihn das alles äußerst unangenehm an den Fall, der ihn das letzte Mal hierhergeführt hatte. Er hatte den spektakulären Raub der Magnus-Monstranz zwar aufgeklärt, aber eben nicht richtig zu Ende gebracht, was ihn bis heute nicht losließ.

Zum anderen wurde er aufs Neue mit dem Thema Tod konfrontiert. Trotz der schlechten Luft, die im Korridor hing, atmete er noch einmal tief durch, bevor er an die Tür zu Röslers Zimmer klopfte. Als niemand antwortete, trat er einfach ein. Obwohl er auf einiges gefasst war, erschrak er beim Anblick des Mannes, der da im Bett lag. Sein Gesicht war grau und eingefallen, müde Augen sahen ihn aus tiefen Höhlen an, die wenigen Haare standen struppig vom Kopf ab. Diesmal brauchte Kluftinger keinen Arzt, um zu wissen, dass der Alte im Sterben lag.

Neben dem Bett stand der selbst gebaute Rollator, den Kluftinger sofort wiedererkannte, hatte er doch in seinem Fall damals eine nicht unerhebliche Rolle gespielt.

»Kein schöner Anblick, gell?«, keuchte es plötzlich vom Bett zu ihm herüber.

Kluftinger wurde bewusst, dass er den Mann ein bisschen zu lange angestarrt hatte.

»Setzen Sie sich doch.«

Der Kommissar nahm Platz. »Dank'schön, Herr Rösler.« Erst jetzt bemerkte er das rhythmische Klopfen der Maschine, die über einen Schlauch mit Röslers Nase verbunden war. »Allerdings ... ich mein, Sie sehen ja gar nicht ... also ...«

»Schon gut«, krächzte der Alte und hob eine knochige Hand.

»Es geht zu Ende mit mir, das ist in Ordnung. Ich hatte noch ein paar schöne letzte Jahre. Auch dank Ihnen. Aber jetzt muss ich Platz machen für die nächste Generation. So ist das halt.«

Kluftinger nickte langsam. Die Art, wie Rösler mit seinem nahen Ende umging, nötigte ihm Respekt ab. Der Mann hatte recht: So funktionierte das Leben. Das Alte geht, das Neue kommt. Trotzdem wusste er nicht, ob er einmal in vielen, vielen Jahren, respektive Jahrzehnten, wenn es bei ihm wirklich mal so weit war, die Größe besitzen würde, das ebenso hinzunehmen. Die direkte Art des Sterbenden ließ ihn darauf verzichten, die Sätze zu sagen, die ihm eigentlich auf der Zunge lagen: *Ach, das wird schon wieder! Sie sind doch gut beieinander! Bloß nicht den Mut verlieren* und dergleichen. Stattdessen kam er sofort zur Sache: »Sie haben mich sprechen wollen?«

»Ja. Ich muss bei Ihnen noch eine Schuld begleichen.« Rösler machte eine Pause. Kluftinger wusste nicht, ob er einfach zu Atem kommen musste oder erwartete, dass er widersprach. »Wie gesagt, ich hab in der Zeitung gelesen, was passiert ist.«

Der Kommissar wunderte sich: Der Alte konnte noch Zeitung lesen? In seinem Zustand?

»Mein ehemaliger Zimmergenosse liest mir immer daraus vor«, präzisierte sein Gegenüber. Kluftinger schnaufte. Rösler schien in ihm zu lesen wie in einem offenen Buch.

»Jetzt haben sie mich zum Sterben in ein Einzelzimmer gelegt. Ist besser für ihn. Jedenfalls: Der Albert ist wieder da.«

»Albert? Ist das Ihr ehemaliger Mitbewohner?«

»Unsinn. Der Schutzpatron, wenn Ihnen das besser gefällt.«

Kluftinger sog scharf die Luft ein. Albert Mang, genannt der Schutzpatron. Ein Meisterdieb aus dem Allgäu, sagten manche voller Bewunderung. Ein Schwerverbrecher, der endlich hinter Gitter gehörte, fand Kluftinger. Dass er noch immer auf freiem Fuß war, nagte am Kommissar, schließlich war er einer Festnahme schon einmal sehr nahe gekommen.

Die Tür ging auf, und eine Frau in hellblauer Pflegerinnen-Uniform kam herein. Als sie den Kommissar sah, seufzte sie: »Schon wieder Besuch? Na, Sie sind ja ganz schön beliebt, Herr Rösler.« Sie musterte Kluftinger mit hochgezogenen Brauen. »Immerhin scheinen Sie mir etwas solider als die anderen, die schon da waren. Ich komm in 'ner halben Stunde noch mal, Herr Rösler, ja?« Mit diesen Worten schloss sie die Tür hinter sich.

Fragend blickte der Kommissar den Alten an. Der verzog zum ersten Mal die Lippen zu einem Lächeln: »Ja, es waren einige Kollegen da. Sie hätten sich nur am Eingang postieren müssen, dann hätten Sie ein paar verlorene Schäfchen einsammeln können.«

Kluftinger lachte lauthals, doch Rösler verzog keine Miene. »Meinen Sie das etwa ernst? Also, waren hier wirklich ...?«

»Alles, was in meiner zweifelhaften Branche Rang und Namen hat. Aber halten wir uns nicht mit solchen Dingen auf, meine Zeit ist knapp.« Röslers Stimme war nun kaum mehr als ein Hauchen.

Der Kommissar nickte und ließ den Alten erzählen.

»Der Albert ist in der Nähe, das weiß ich. Und einige meiner Besucher haben mir berichtet, dass er noch immer einen Groll gegen Sie hegt. Würde mich nicht wundern, wenn er hinter der ganzen Sache steckt. Der tät sich freuen, wenn er Sie los wäre. Sie haben ihm damals nicht nur die Tour vermasselt, Sie haben auch seine makellose Bilanz zerstört. Der einzige Coup, der ihm nicht gelungen ist. Hat seinen Marktwert rapide sinken lassen.« Rösler brach ab und stimmte ein kraftloses Husten an, das sich immer weiter steigerte. Kluftinger bekam Panik, stand schnell auf und drückte den Notrufknopf. Bevor aber jemand kam, hatte sich Rösler wieder erholt.

»Entschuldigung.«

»Das klang aber gar nicht gut.«

»Und das war noch einer von den harmlosen Anfällen. Vielleicht sollten wir doch besser ein andermal weiterreden.«

»Ja, sicher, ich will Sie nicht zu sehr anstrengen. Aber wie kommen Sie darauf, dass der Schutz ..., also ich mein, der Mang, dass der was mit dieser depperten Kreuzsache vom Friedhof zu tun hat? Bloß weil er mich nicht mag? Das gilt für so ziemlich alle, gegen die ich ermittelt hab.«

Rösler blickte den Kommissar aus trüben Augen an. »Weil er was vorhat mit Ihnen. Das hab ich gehört.«

»Von Ihrem Besuch?«

»Was gibt es?« Die Pflegerin von vorhin stand keuchend in der Tür.

»Der Herr Rösler hat grad so einen Anfall gehabt«, erklärte Kluftinger, »aber jetzt geht's ihm schon wieder besser.«

»Sind Sie Arzt?«

»Ich? Na, um Gottes willen, ich bin ...«

»Dann stellen Sie doch bitte keine Diagnosen, *wem* es hier *wie* geht«, blaffte die Frau und stellte sich neben das Bett. »Herr Rösler, Sie sind ja ganz verschwitzt. Nein, Schluss jetzt, der Mann braucht Ruhe. Bitte, gehen Sie.«

»Jaja, wollt ich eh grad«, erklärte Kluftinger schuldbewusst. Doch im Türrahmen drehte er sich noch einmal um. »Woher wissen Sie eigentlich, dass der Mang in der Nähe ist?«

Die Pflegerin stemmte empört die Hände in die Hüften, aber Rösler antwortete: »Sie können doch Fälle und Tatorte so gut lesen, sagt man. Schauen Sie sich die Kochel-Geschichte mal genauer an.«

»Welche Kochel-Geschichte?« Der Kommissar hatte keine Ahnung, was der Alte meinte.

»Museum«, hörte er ihn noch stöhnen.

»Was genau ...?«

»Sie gehen jetzt, oder ich lasse Sie rauswerfen«, unterbrach ihn die Frau und schob den Kommissar aus dem Zimmer.

Bevor er in den Wagen stieg, hielt Kluftinger bewusst inne und sog die frische, kühle Luft ein. Er fühlte, wie dadurch die Beklommenheit von ihm wich, die er im Inneren des Altenheims verspürt hatte. Der Kommissar dachte über das nach, was Rösler ihm noch mit auf den Weg gegeben hatte, bevor er von der Pflegerin so unsanft aus dem Zimmer bugsiert worden war: Von der »Kochel-Geschichte« hatte er gesprochen, und Kluftinger dämmerte nun, was er meinte. Er hatte den Fall nur am Rande verfolgt, aber mitbekommen, dass vor ein paar Wochen im oberbayerischen Kochel am See ein Kunstraub auf ein kleines Museum verübt worden war. Irgendein kostbares Bild war gestohlen worden. Den Namen des Künstlers hatte er sogar schon einmal gehört, auch wenn er ihm gerade nicht einfiel. Eigentlich etwas, das genau ins Beuteschema des Schutzpatrons passte. Er beschloss, sich gleich am nächsten Morgen genauer über den Fall zu informieren.

Eben hatte er den Motor gestartet, als es in seiner Hosentasche heftig zu vibrieren begann. Er zog sein Telefon im Sitzen heraus, wobei er die Füße gegen das Bodenblech stemmen und sich strecken musste, was ihn derart anstrengte, dass die Scheiben beschlugen. Ein Blick aufs Handy verriet ihm, dass seine Frau anrief.

»Ja, Erika? Was gibt's?«

»Was es gibt? Das Butzele ist da.«

»Wer?« Kluftinger stutzte. Butzele war Erikas Spitzname für ihn.

»Dein Enkelkind.«

»Ach so, ich hab schon gedacht, weil ich doch, also, das Butzele bin.«

»Du? Du bist doch jetzt der Opa.«

Kluftinger rollte die Augen. *Auch das noch.*

»Wo bist denn so lange? Hast doch versprochen, dass du es heut mal früher schaffst.«

»Ich fahr jetzt gleich los.«

»Aber schick dich, die Kinder müssen weg, die können auch nicht immer auf den Opa warten.«

»Jaja, bis nachher. Oma.«

»Übrigens, da hat grad einer nach deiner Handynummer gefragt.«

»Und?«

»Ich hab sie ihm gegeben.«

»Aha. Wer war es denn?«

»Also der hat so gebrummelt, hab den Namen nicht verstanden.«

»Und was wollte der?«

»Deine Nummer halt. Bloß dass du es weißt, falls er dich anruft.«

»Aha, danke, wenn mich ein unbekannter Brummler anruft, weiß ich, dass er vorher meine Nummer wollte.«

»Du, grantel dich bitt'schön aus, bis du da bist, ja?« Seufzend legte seine Frau auf.

Tatsächlich klingelte Kluftingers Handy, kurz nachdem er den Passat vor seinem Haus abgestellt hatte. Eine Altusrieder Nummer, die ihm jedoch nichts sagte.

»Ja?«

»Hier wär der Helmut.«

Kluftinger runzelte die Stirn.

»Hallo?«

»Ja?«

»Hier ist der Strehler Helmut. Bist du noch dran?«

Auch beim Familiennamen klingelte noch nichts beim Kommissar.

»Servus, Helmut«, sagte er zögerlich, »was ... kann ich für dich tun?«

»Du hast keine Ahnung, wer ich bin, oder?«

»Ja, doch schon, also ... der Helmut halt ...«

»Der Wirt vom Gschnaidt. Wir waren zusammen in der Grundschule, und später warst du ab und zu auf einen Wurstsalat bei uns oben. Schon lang nimmer, wenn ich's genau bedenke. Egal, wirst dich nimmer erinnern.«

»Schmarrn, klar erinner ich mich. Ich bin bloß auf der Leitung gestanden.« Das stimmte, und auf Kluftingers Wunschliste für einen Sonntagsausflug stand Strehlers Wirtschaft mit dem womöglich besten Wurstsalat der Gegend ziemlich weit oben.

»Egal, jedenfalls hab ich das mitgekriegt, mit dem Grab und so. Jetzt schau ich ja von meiner Küche aus auf den Wald mit den Kreuzen, und wenn mich nicht alles täuscht, ist da vorhin jemand mit einem Holzkreuz, auf dem dein Name stand, direkt vor meinem Fenster vorbeigeschlappt.«

Kluftinger hatte das Gefühl, als packe ihn eine kalte Hand im Nacken. »Himmelarschzefix«, hauchte er.

»Hab ich mir doch gedacht, dass dich das interessieren könnt.«

»Was denkst du denn? Gut, dass du mich angerufen hast. Ich komm sofort rauf zu dir. Halt den Mann fest, bis ich da bin, ich brauch zehn Minuten.«

»So weit käm's noch! Ich hab nachher einen ganzen Kirchenchor zum Kässpatzenessen da. Musst dich schon selber drum kümmern, habe die Ehre.«

»Herrschaft, dann pass wenigstens auf, was passiert, und meld dich, wenn sich was tut. Oder schreib das Kennzeichen von dem Typen auf oder so.«

»Weiß doch gar nicht, ob es ein Typ war, kann genauso gut eine Frau gewesen sein.«

»Bis gleich dann, Helmut, und dank'schön schon mal.« Der Kommissar steckte sein Telefon weg und wollte wieder einsteigen, als aus seinem Haus Geräusche erklangen, die ihn innehalten ließen: Aus dem offenen Badfenster hörte er das vertraute Glucksen seines Enkelkindes und hin und wieder ein freudiges Kichern seiner Frau. Ob er das vermaledeite Kreuz nicht einfach vergessen sollte? Mit einem Kopfschütteln setzte er sich schweren Herzens wieder hinters Steuer und fuhr los.

3

Als er das Gschnaidt erreicht hatte, jenen sonderbaren, winzigen Wallfahrtsort in den Hügeln über seinem Heimatdorf, der aus der Gastwirtschaft und zwei Kapellen bestand, war es fast völlig dunkel. Immer wieder traf das Scheinwerferlicht seines Wagens auf milchige Nebelschwaden, die aus dem Wald aufstiegen. Kluftinger fuhr auf den Gasthof zu, der passenderweise den Namen »Zum Kreuz« trug, stoppte das Auto direkt neben dem Wirt, der rauchend vor der offenen Tür stand, und kurbelte die Scheibe herunter. »Servus, Helmut. Ruhe vor dem Sturm, hm?«

»Ja, der Kirchenchor Lenzfried kommt zum alljährlichen Kässpatzenessen. Ganz angenehme Gäste, bloß wenn sie anfangen zu singen …« Er verdrehte die Augen. »Aber danach müssen die ihre Stimmen ölen, da geht noch mal richtig was, sag ich dir.«

»Verstehe. Du, wegen dem Kreuz …«

»Ja, schau einfach hinter. Die Kapellen müssten noch offen sein.«

»Magst vielleicht mit?«, fragte der Kommissar zaghaft. Ihm wäre es deutlich lieber gewesen, nicht allein in den schon tagsüber unheimlichen *Wald der Sterbekreuze* zu müssen.

»Sicher nicht. Ist am End noch gefährlich.«

Kluftinger nickte. Vielleicht war es das wirklich. Seufzend kurbelte er die Seitenscheibe wieder hoch und bog in die Allee ein, die zu den beiden kleinen Kirchen führte. Hin und wieder segelte im Lichtkegel seiner Scheinwerfer eines der mächtigen Kastanienblätter zu Boden, die auch die Straße bedeckten. Er hielt an und machte den Motor aus. Schlagartig war kein Laut mehr zu vernehmen. Mit einem mulmigen Gefühl kramte er im Handschuhfach vergebens nach einer Taschenlampe und stieg schließlich mit einem »Zefix!« aus. Nachdem die Autotür satt ins Schloss gefallen war, war es zwar immer noch still, jetzt aber hörte er die Geräusche des Waldes, was das Ganze nicht weniger unbehaglich machte: hier ein Tropfen des Nieselregens, der von den Blättern fiel, da und dort ein undefinierbares Rascheln oder Knacken. Die Fenster der größeren Kapelle flackerten im Schein der Opferkerzen, die hier in großer Zahl von Gläubigen entzündet wurden, um ihren Gebeten mehr Gewicht zu verleihen.

Kluftinger fröstelte, er atmete schwer. Als er auf den Waldrand zuschritt, sah er sich immer wieder um, denn außer ihm war ja noch mindestens eine Person hier oben. Ob der Unbekannte auf ihn wartete? War er schnurstracks in eine ihm gestellte Falle gelaufen? Auch wenn er sich zunächst anders entschieden hatte: Er ging nun doch noch einmal zurück zum Passat und holte seine Waffe. Erika hatte ihn eindringlich gebeten, sie nicht wie sonst in der Direktion zu lassen, und auch die Kollegen hatten ihm dazu geraten.

Er steckte sich die Pistole in den Hosenbund. Der Druck der Waffe verlieh ihm etwas Sicherheit, und er ging zielstrebig auf den Eingang zum *Wald der Sterbekreuze* zu. Seine Augen hatten sich an die Dämmerung gewöhnt und konnten mittlerweile recht gut die einzelnen Bäume als Schatten vor dem trüben Himmel ausmachen. Jetzt hatte er den Waldrand erreicht und bemerkte die Grablichter, die hier zwischen Tausenden von alten Holzkreuzen brannten. Der feuchte Waldboden verströmte den modrigen Geruch von Tod und Verwesung. Oder bildete er sich das nur ein? Er nahm noch einen anderen Geruch wahr, einen, der ihn an Seniorenheime und die alten Menschen aus seiner Kindheit erinnerte, eine Mischung aus Kölnisch Wasser und Mottenkugeln.

Er schüttelte den Kopf über sein Unterbewusstsein, das wieder einmal dabei war, seinem Verstand Streiche zu spielen.

Hier ist bestimmt niemand mehr, sagte er zu sich selbst und hoffte, seine rationale Seite könne damit wieder die Oberhand gewinnen. Alles war still, kein ... er erstarrte. Dort, tiefer im Wald, hatte gerade etwas geknackt.

Nur ein Reh oder ein Eichhörnchen, versuchte Kluftinger die Panik niederzuringen, doch sein Herz pochte bis zum Hals. Er bewegte sich keinen Millimeter weiter, hielt die Luft an, um ganz genau hören zu können. Da! Wieder klang es, als würde dort, links vor ihm, ein Zweig zertreten. Je mehr er lauschte, desto klarer konnte er nun aus den einzelnen leisen Geräuschen den Klang von Schritten heraushören. Langsame, schleppende Schritte – die näher kamen.

Er legte die Hand an seine Waffe.

Doch er konnte sie nicht ziehen, er war wie erstarrt, als sich aus der Dunkelheit ein Schatten löste. Er hörte ein Keuchen, dann nahm der Schatten klarere Formen an, wurde zu einer buckligen Gestalt, deren Kopf von einer Kapuze bedeckt war und die sich schlurfend auf ihn zubewegte. War das der leibhaftige Tod, der ihn jetzt holen würde? Wobei: Gartengeräte hatte der Sensenmann wohl kaum dabei, das Wesen vor ihm allerdings schon. Es hatte eine kleine Hacke in der Hand und einen eisernen Dorn, wie ihn Bauern benutzen, um Löcher für Zaunpfähle zu machen. Und dazu ein Holzkreuz, dessen Ende über den Waldboden schleifte.

Die Lebensgeister des Kommissars kehrten zurück: Dies war keine Geisterscheinung, das war die Person, die ihm diesen üblen Streich gespielt hatte. Beherzt trat er einen Schritt vor, wobei das Laub auf dem Boden raschelte und die Gestalt herumfuhr. Ihr Gesicht wurde vom glimmenden Schein eines Grablichtes erhellt, ihre Augen weiteten sich – und dann schrie Kluftinger. Auch sein Gegenüber stieß einen gellenden Schrei aus, und so standen sie sich zwischen all den Sterbekreuzen gegenüber und schrien, bis ihnen die Stimmen versagten.

Als Kluftinger sich wieder gefangen hatte, starrte er wie paralysiert auf die Gestalt, die so bleich war, dass sie im Dunkeln zu leuchten schien.

Er räusperte sich und fragte zaghaft: »Tante Lina? Himmel noch mal, bist du das?« Konnte das sein? War es wirklich eine entfernte Verwandte, die da vor ihm stand? War die nicht längst ... tot? Wieder schauderte er.

»Ja, freilich bin ich die Lina, wer denn sonst. Und du bist der Bertel. Aber bist du denn nicht ... beim Herrn?«

Kluftinger entspannte sich. »Bei welchem Herrn denn, Tante?«

»Beim Herrn Jesus Christus, Himmelkreuzkruzifix, du Depp.«

Kein Zweifel, was ihm da gegenüberstand, war weder der Leibhaftige noch eine Wiedergängerin, sondern jene Tante Lina, die allem Anschein nach noch quicklebendig war.

»Wieso liegst du nicht auf dem Friedhof im Dorf, hm?«

»Tante Lina, wieso sollt ich denn ... ich mein, ich hab gedacht, du ...«

»Jaja, würdest du ab und zu in die Frühmesse gehen, dann wüsstest du, dass deine Tante noch lebt. Hast mich wohl schon abgeschrieben, wie? Dabei hab ich dir damals zur Kommunion den schönen Weihwasserkessel aus Altötting geschenkt. Reine Bronze war das, mit einem Christophorus drauf. Sauteuer. Hast den überhaupt noch, oder ist er schon wieder verschlampert, du Lauser?«

»Ich, nein, den hab ich noch, hängt bei uns im Schlafzimmer. Aber hast du denn nicht mitgekriegt, dass das mit meinem Grab alles bloß ein dummer Scherz war?«

»Scherz? Bei so was? Ich weiß gar nicht, was aus unserer Welt geworden ist. Nur noch Rindviecher überall.« Tante Lina schüttelte den Kopf. »Kommt alles von dem Computerzeug aus Amerika. Das ist vom Teufel und macht die Leut krank und verrückt.« Nun zog sie die Kapuze ihrer Regenjacke zurück.

»Jaja, Tante. Aber jetzt sag mir bitt'schön mal, was du in stockfinsterer Nacht mutterseelenallein hier oben machst. In deinem Alter.«

»Ich? Wonach sieht es denn aus, Büble, hm? Hab ein paar Kreuze raufgebracht, kümmert sich ja sonst keiner drum. Und als ich deins gefunden hab, hat's mir einen richtigen Schlag versetzt.«

Kluftinger legte ihr eine Hand auf den Arm. »Ist es dir so nahegegangen?«

Die Alte sah ihn verwundert an. »Nein, das Kreuz ist so saublöd dagestanden, dass es mir auf die Hand gefallen ist.«

Der Kommissar sog entnervt die Luft ein.

»Was willst du eigentlich hier? Solltest du nicht besser bei deiner Familie sein um diese Zeit? Wirst allmählich ganz schön wunderlich, Büble.«

»Ich ... also das führt jetzt zu weit, dir das zu erklären, Tante. Soll ich dich heimfahren?«

»Sowieso. Und das Kreuz kannst behalten. Dann hat die Erika schon eins, wenn's bei dir mal so weit ist. So eine Beerdigung kostet ja ein Vermögen heutzutage, da ist man froh, wenn man nicht alles neu kaufen muss.«

Dem Kommissar fehlten die Worte.

»Ich hab auch schon alles hergerichtet, sogar mein Totenhemd. Lang wird's ja nimmer dauern.«

Die Frau hatte schon in Kluftingers Kindheit immer über ihren angeblich bald bevorstehenden Tod gejammert. »Das sagst du jetzt aber auch schon seit über vierzig Jahren.«

»Kann ja nix machen, wenn mich der Herrgott noch nicht bei sich haben will. Also gehen wir, ist kalt hier, holst dir noch den Tod mit deinem dünnen Jäckle.« Damit drückte sie ihm das Grabkreuz in die Hand.

Zu Hause angekommen, ging Kluftinger zum Kofferraum, um das Kreuz auszuladen. Er öffnete die Heckklappe und streckte die Hand danach aus, stoppte aber mitten in der Bewegung. *Wohin mit diesem Ding?* Er konnte es doch nicht einfach in irgendeine Ecke der Garage zu den Gartengeräten stellen. Als Brennholz taugte das lackierte Holz auch nicht, zudem hätte er doch Hemmungen, sein eigenes Grabkreuz anzuzünden. Ob er es von Willi Renn einmal auf Spuren untersuchen lassen sollte?

»Kruzinesn«, schimpfte er, nahm die graue Wolldecke aus Feuerwehrbeständen, die seit Jahrzehnten im Kofferraum lag, nachdem er einmal vergessen hatte, sie nach einer Aufführung in der Freilichtbühne zurückzugeben, und wollte sie über das Kreuz werfen. Dabei betrachtete er noch einmal die verschnörkelten Buchstaben seines Namens, die auf das Holz gepinselt waren. Und den Spruch darunter: »Findet die Wahrheit, denn die Wahrheit macht euch frei.«

Eine Weile grübelte er darüber nach. War das einfach nur irgendein Spruch, oder sollte es eine Botschaft an ihn sein? Aber welche? Er blieb noch eine Weile über das Kreuz gebeugt stehen, die Decke in der Hand. Dann schüttelte er den Kopf, warf den Stoff über das Holz, knallte den Kofferraum zu und ging ins Haus.

»Ja wo ist denn das kleine Butzele?«, rief Kluftinger, noch bevor die Tür hinter ihm ins Schloss gefallen war.

»Also, wenn du unser Enkelkind meinst, dann bist du leider zu spät«, antwortete Erika und trat in den Hausgang. Mit einer Rassel in der Hand kam sie auf ihn zu. »Alle sind schon weg, aber die haben sie vergessen, kannst ja ein bissle damit spielen, dann ist es, als wären sie noch da.« Lachend drückte sie ihm einen Schmatzer auf die Backe.

»Hätten ja auch warten können, bis ich da bin. Wie lang hab ich unser Enkele jetzt schon nicht mehr gesehen?«

»Wart mal, lass mich mal nachrechnen«, sagte Erika und tat so, als würde sie die Tage mit ihren Fingern abzählen. »Um Gottes willen, das müsste schon fast vierundzwanzig Stunden her sein!«

»Hast du heut früh ein Kasperle verschluckt, oder warum bist du so lustig?«, brummte ihr Ehemann.

»Jetzt hab dich nicht so. Ich find's doch süß, dass du dich nach dem Nachwuchs sehnst, Opa.«

»Bitte, überlassen wir das *Opa* doch dem Kind. Oder soll ich dich von jetzt an auch immer Oma nennen?«

»Untersteh dich!« Sie hob drohend den Zeigefinger.

Missmutig zog Kluftinger seine Schuhe aus und schlüpfte in die Fellclogs. Seine Gedanken streiften wieder das Kreuz im Kofferraum. Das Sterbekreuz. Mit seinem Namen drauf. Auf einmal bereute er, dass er es mitgenommen hatte. Wer weiß, was das für ein Unglück heraufbeschwören würde.

»Hallo? Hörst du mir überhaupt zu?« Seine Frau tippte ihm auf die Schulter.

»Was? Ja, freilich hör ich zu.«

»Dann können wir es so machen?«

»Was? Ich mein ... von mir aus.«

»Die brauchen einfach mehr Platz im Auto, zu dritt geht es mit dem Smart ja gar nicht mehr.«

»Mhm.«

»Was ist denn los mit dir? Immer noch die Geschichte von gestern? Habt ihr den Deppen jetzt gefunden, der sich diesen geschmacklosen Scherz erlaubt hat?«

Kluftinger wollte nicht über dieses Thema sprechen, und vor allem wollte er seine Frau nicht beunruhigen, deswegen sagte er ihr nichts von seinem Besuch bei Rösler und vom *Wald der Sterbekreuze*. »Nein, ich glaub auch nicht, dass wir da jemanden kriegen, wie gesagt, das war halt einfach ein Dummer-Jungen-Streich.«

»Aber warum ausgerechnet mit dir? Wo du dich doch immer so für die Menschen einsetzt.«

Der Kommissar fand zwar, dass das ein bisschen übertrieben formuliert war, aber er widersprach nicht.

Das Abendessen verlief schweigend. Immer wieder kreisten Kluftingers Gedanken um das Gespräch mit Rösler, um den Schutzpatron, das seltsame Zusammentreffen mit Tante Lina – und um das Kreuz in seinem Kofferraum. Irgendwann hielt er es nicht mehr aus, knallte das Besteck so heftig auf den Tisch, dass Erika zusammenfuhr, stand auf und sagte: »Ich muss noch mal weg.«

»Jetzt? Bei der Dunkelheit?«

»Ja, aber ich hab ja Licht am Auto, und mir ist eingefallen, dass ich ... also, ich hab was vergessen.«

»Im G'schäft?«

»Himmel, Erika, jetzt frag halt nicht immer so viel.«

»Gut, dann mach doch, was du willst. Interessiert mich eh nicht.« Beleidigt nahm seine Frau die Teller und verschwand in der Küche.

Kluftinger tat es zwar leid, dass sie sich nun wegen der Sache in die Haare kriegten, aber er war dennoch erleichtert über seinen Entschluss und verließ schnellen Schrittes das Haus.

»Kreizhimmel!«, fluchte Kluftinger und schlug wütend auf das Lenkrad. Er war nun schon eine halbe Stunde ziellos durch den Ort gekurvt, hatte aber immer noch keine Stelle gefunden, an der er seinen Plan in die Tat umsetzen konnte. *Wenn's nur das alte Tobel noch gäb*, dachte er. »Das Tobel« war eine große Grube am Ortsrand von Altusried gewesen, in der man in früheren Zeiten seinen Sperr- und Sondermüll entsorgt hatte. Jeder im Dorf hatte davon Gebrauch gemacht. Irgendwann war das natürlich verboten worden, und das Loch wurde zugeschüttet. Dabei war das, was Kluftinger mit sich herumfuhr, streng genommen genau das: Sondermüll. Eine toxische Fracht, die seine Gedanken vergiftete.

Er erweiterte also seinen Suchradius und fuhr die umliegenden Weiler ab. Irgendwo musste man dieses vermaledeite Kreuz doch loswerden können. Aber immer hinderte ihn etwas daran: Mal fuhr just in dem Moment ein Auto vorbei, als er sich ans Werk machen wollte, dann führte ein Spazierweg an einem möglichen Abladeplatz entlang, mal gehörte die Wiese einem Bauern, den er kannte. Schließlich hatte er keine Lust mehr, hielt abrupt an, stieg wütend aus, riss den Kofferraumdeckel auf, zog das Kreuz unter der Decke hervor und schleuderte es mit einem Fluch auf ein brachliegendes Feld.

Als es in der Dunkelheit verschwand und in einiger Entfernung krachend auf dem Boden aufschlug, fiel eine Last von ihm ab. Erleichtert setzte er sich zurück ins Auto. Seine Hände zitterten leicht, Schweißtropfen bedeckten seine Stirn. Er kurbelte die Scheibe herunter. Die kühle Luft tat ihm gut. Er gestand sich zum ersten Mal ein, dass ihn die ganze Sache doch ziemlich mitgenommen hatte. Aber damit war nun Schluss. Keine unheilvollen Gedanken mehr, keine bösen Vorahnungen, keine ... Kluftinger erstarrte.

In den Scheinwerferkegel seines Autos war ein Schatten gefallen. Er beugte sich nach vorn und sah, wie sich ein langer hölzerner Gegenstand in den Lichtstrahl schob, der Balken eines Kreuzes, gefolgt von einer Fratze mit riesigen Zähnen, blutunterlaufenen Augen und ...

»Na, mein Lieber, ist es das, was Sie gesucht haben?«

Kluftinger fuhr derart zusammen, dass er fürchtete, einen Herzinfarkt zu bekommen – dann beugte sich Doktor Langhammer zu seinem geöffneten Fenster hinunter. Für einen kurzen Moment war der Kommissar froh, dass es nur der Arzt war und nicht ...

»Herr Langhammer? Was machen Sie denn hier?«, fragte er fahrig.

»Sie sehen aber nicht gut aus, sind Sie krank?« Langhammer schien ehrlich besorgt.

»Nein, bin ich nicht. Aber wenn Sie immer so plötzlich irgendwo auftauchen, trägt das nicht grad zu meiner Gesundheit bei. Also, was machen Sie hier draußen?«

»Wir waren nur Gassi.«

Kluftinger verzog das Gesicht. Dass Menschen mit Hunden immer in dieser Tiersprache von sich selbst redeten, fand er befremdlich.

»Und Sie?«

»Auch Gassi.«

»Verstehe. Na, akut krank scheinen Sie mir jedenfalls nicht zu sein. Im Gegenteil, für einen Toten sind Sie erstaunlich munter.«

»Was soll denn das jetzt wieder heißen?«

Langhammer zeigte nach vorn, und nun erkannte Kluftinger, dass dort, angestrahlt von seinen Scheinwerfern, der Hund des Doktors stand, in seinem Maul das verhasste Sterbekreuz.

»Nur gut, dass ich Wittgenstein das Apportieren schon beigebracht habe.«

»Wem?«

»Dem Hund. So, Wittgenstein, jetzt gib das Stöckchen wieder her.«

Das Tier ließ ein bedrohliches Knurren hören, als die Hand des Arztes sich dem Kreuz näherte.

»Na? Wer wird denn da knurren? Willst du ein böser Hund sein? Dann lese ich dir heute aber keine Gute-Nacht-Geschichte vor.«

Kluftinger glaubte sich verhört zu haben. Der Arzt las dem Hund Geschichten vor? Wovon denn? Seinem Vorfahren und dessen Treffen mit Rotkäppchen? Trotz der Absurdität dieses Verhaltens kommentierte Kluftinger es nicht. Bestimmt hatte irgendein wichtiger Hundepsychologe herausgefunden, dass Vorlesen bei den Hunden glänzendes Fell oder guten Atem bewirkte. Auf derartige Ausführungen des Doktors konnte er gut verzichten. Stattdessen ergötzte er sich an dem Schauspiel, das sich nun vor seinem Auto abspielte – von seinen Scheinwerfern wie auf einer Bühne angestrahlt. Immer, wenn Langhammer sich dem Kreuz näherte, drehte sich der Hund weg und begann zu knurren, worauf der Doktor ihm einen Vortrag hielt, wie ungehörig das sei und dass man den Gegenstand beim korrekten Apportieren auch wieder hergeben müsse. Kluftinger war schon drauf und dran, den Hund mit einem gebrüllten »Aus!« zur Räson zu bringen und so *seine* Tier-Expertise unter Beweis zu stellen, aber er wollte das Kreuz ja gar nicht wiederhaben und hielt sich deswegen zurück.

Irgendwann schaffte es Langhammer dann doch, dem Hund

seine Beute wieder abzuluchsen – vermutlich war er des Geschwätzes überdrüssig geworden und hatte aufgegeben. Möglicherweise lag es aber auch an der halben Packung Hundekekse, die der Arzt auf dem Boden verstreut hatte. Stolz hielt er dem Kommissar nun das ungeliebte Stück Holz hin, das über und über von Hundesabber bedeckt war.

Widerwillig stieg Kluftinger aus, nahm das Kreuz mit spitzen Fingern an sich und warf es zurück in seinen Kofferraum.

»Haben Sie den Spruch eigentlich ausgesucht?«

»Welchen Spruch?«

»Auf dem Kreuz.«

»Wohl kaum, ist ja nicht meins, oder?« Kluftinger las die Zeilen noch einmal: *Findet die Wahrheit, denn die Wahrheit macht euch frei.* Nun, nur vom Mondlicht beschienen, wirkten sie noch unheilvoller als auf dem Friedhof.

»Schade, dass es kein Zitat von Wittgenstein ist.«

»Vom Hund?«

»Nein, diesmal natürlich vom Philosophen. Hat viel über das Leben und das Sterben nachgedacht. Aber, nun ja, wahrscheinlich tut es in diesem Fall auch ein Magnus.«

»Haben Sie grad *Magnus* gesagt?«, fragte der Kommissar mit belegter Stimme.

»Ja, Albertus Magnus. Ein deutscher Gelehrter und Geistlicher. Wurde schließlich sogar heiliggesprochen. Er gilt als Wegbereiter des Aristotelismus, wie ich finde, greift das allerdings zu …«

»Au weh, ich muss ja wieder«, erklärte Kluftinger und wollte ins Auto steigen, doch Langhammer redete einfach weiter auf ihn ein.

»Interessant scheint mir allemal, dass in der Zeit, in der Magnus in Paris lehrte, Thomas von Aquin sein Schüler war.«

»Ja, das ist natürlich sehr … dass ausgerechnet der Dings …« Im Kopf des Kommissars drehte sich alles. War etwa doch etwas dran an dem, was Rösler ihm gesagt hatte? Steckte tatsächlich der Schutzpatron hinter der Sache mit dem Kreuz? Der »heilige« Magnus? Albert Mang? Wollte er ihm mit dem Spruch einen Hinweis geben? Plante er einen Rachefeldzug gegen Kluftinger? War sein Leben in Gefahr?

»... und er hielt tatsächlich die Alchemie für die Kunst, die der Natur am nächsten ...«

»Kreuzkruzinesn, Langhammer«, schimpfte Kluftinger, bückte sich, hob einen Ast auf, warf ihn mit aller Kraft in die Dunkelheit und rief: »Hol's Stöckchen!«

Sofort sprintete der Hund los, Langhammer ihm hinterher: »Wittgenstein! Bleibst du stehen! Du findest im Dunkeln nicht zurück. Halt! Platz! Ich meine: Fuß!«

Der Kommissar atmete erleichtert auf, stieg in seinen Wagen und fuhr nach Hause.

Er sollte schlecht schlafen in dieser Nacht, die vielen Wachphasen wechselten sich ab mit wirren Träumen von Beerdigungen und Trauermärschen. An das meiste konnte er sich nach dem Aufwachen nicht mehr erinnern, doch ein Bild sollte ihm noch tagelang Schauer über den Rücken jagen: In einer der Traumsequenzen hatte er sich am Rand einer einsamen Straße befunden, an der eine Prozession vorbeischritt. Sie bestand aus Menschen in Kutten und Kapuzen, die alle das gleiche hölzerne Sterbekreuz vor sich hertrugen – auf allen war sein Name zu lesen. Als er weglaufen wollte, merkte er, dass seine Beine bis zu den Knien in einem frisch aufgeschütteten Grab steckten. In diesem Moment hielt der Trauerzug an, die Menschen nahmen ihre Kapuzen ab. Darunter steckte immer das gleiche Gesicht, das ihn nun zigmal anstarrte: das von Albert Mang, den man auch den *Schutzpatron* nannte.

4

Früher als gewöhnlich betrat Kluftinger tags darauf die Kriminalpolizeidirektion in der Kemptener Innenstadt. Obwohl er eigentlich nicht damit gerechnet hatte, zu dieser Stunde einen seiner Kollegen anzutreffen, sah er Roland Hefele hinter der Glasscheibe der Pförtnerloge stehen. Er redete gestenreich auf den diensthabenden Beamten ein und reichte ihm schließlich ein kleines rotes Päckchen und einen Zehn-Euro-Schein, den dieser nickend in die Hosentasche steckte. Kurz runzelte der Kommissar die Stirn und überlegte, ob er fragen sollte, was es damit auf sich hatte, war sich dann aber sicher, dass er es lieber nicht wissen wollte.

Während er im Aufzug stand, dachte er wieder an seinen seltsamen Traum in der Nacht. Der Gedanke, dass der Schutzpatron hinter allem stecken könnte, ließ ihm keine Ruhe. Gut möglich, dass zutraf, was Langhammer gestern über den Spruch auf dem Grabkreuz gesagt hatte. Obendrein hatte ihn Rösler gewarnt. Als sich die Aufzugtür öffnete, hatte er einen Entschluss gefasst: Sie mussten mehr über den Kunstraub in Oberbayern herausfinden, genau wie der Alte es ihm nahegelegt hatte. Und weil er nicht als völlig unwissend vor den Kollegen dastehen wollte, konnte es nicht schaden, sich vor der morgendlichen Besprechung einen groben Überblick über die Ereignisse zu verschaffen.

Eine Stunde später saßen alle Mitarbeiter der Abteilung inklusive Strobl bei der Morgenlage zusammen und ließen sich von Kluftinger auf den neuesten Stand bringen. Im kleinen, aber, wie er erfahren hatte, renommierten Franz-Marc-Museum oberhalb des Kochelsees war vor einigen Wochen trotz ausgeklügelter und hochmoderner Sicherheitsvorkehrungen ein wertvolles Gemälde gestohlen worden. Bislang standen die ermittelnden Beamten vor einem Rätsel, sowohl was die genaue Vorgehensweise als auch was die Täter betraf. Die Presse war nicht über Details informiert worden, um die Ermittlungsarbeit nicht zu gefährden, wie es hieß. Vor allem eines bereitete der Polizei, der Öffentlichkeit und nicht zuletzt Kunstexperten Kopfzerbrechen: der Umstand, dass bei dem nächtlichen Raub nur ein einziges, ganz spezielles Gemälde entwendet worden war, obwohl das Museum voll mit wertvollen Werken war.

»Wenn ich das noch recht erinnere, handelt es sich um einen Kandinsky, aber ich bin mir nicht mehr ganz sicher, welches seiner Werke«, meldete sich Richard Maier zu Wort.

»Genau, Richie, sehr gut«, sagte Kluftinger nickend. »Aber letztlich geht es doch nicht drum, was genau da weggekommen ist. Vielmehr ist es ja …«

Maier widersprach. »Sehe ich anders. Das kann doch ein wichtiger Anhaltspunkt sein. Was war das denn noch mal genau?«

Kluftinger seufzte. Es ließ sich nicht leugnen, dass Titel und Inhalt des Bildes eine gewisse Symbolkraft besaßen. Und er musste sich eingestehen, dass er zusammengezuckt war, als er vorhin darüber gelesen hatte. »Bei dem verschwundenen Bild handelt es sich um den *Friedhof von Kochel.*«

Eine Weile sagte niemand etwas, aber der Kommissar konnte in den Gesichtern seiner Kollegen lesen, dass auch sie diesen Umstand alarmierend fanden.

»Also, ich find, der Richie hat ausnahmsweise mal recht«, erklärte Hefele schließlich. »So wie du uns das alles geschildert hast, Klufti: Erst der Rösler, dann der Spruch und jetzt auch noch ausgerechnet dieses Bild – das deutet alles in eine bestimmte Richtung.«

Nickend vollendete Richard Maier den Gedankengang seines Kollegen. »Genau. Und die heißt Schutzpatron. Beziehungsweise Albert Mang, oder Albertus Magnus, wie der Lateiner sagen tät.«

Strobl stieß entnervt die Luft aus. »Jetzt macht's doch bitt'schön nicht ein solches G'schiss bloß wegen einem Kreuz auf dem Friedhof! Müssen wir uns um einen Kunstraub kümmern, der noch nicht mal bei uns passiert ist? Haben wir nix anderes zu ermitteln als die Privatsachen vom Chef, oder wie?«

Kluftinger blickte Eugen Strobl mit hochgezogenen Brauen an. Nicht genug, dass er in letzter Zeit zu spät oder nur nach eigenem Gutdünken zum Dienst erschienen war, nun ging er ihn vor den Kollegen auch noch persönlich an. Er antwortete in sachlichem, aber deutlichem Ton: »Eugen, nur dass das klar ist: Es geht hier nicht um meine Privatangelegenheiten. Ich weiß auch nicht genau, welche Phase du grad durchmachst. Das ist wiederum deine Privatsache. Aber die Hinweise verdichten sich in eine Richtung. Und wenn wir den oberbayerischen Kollegen helfen können, umso besser.«

Strobl verdrehte die Augen. »Jaja, Verzeihung, Ihro Majestät, ich hab ja nicht wissen können, dass ihr anscheinend über Nacht alle nach Mimosenhausen gezogen seid.«

»Eugen, es reicht jetzt, ja? Ich will dich nachher mal allein sprechen, verstanden?«

»Verstanden«, presste der zwischen den Zähnen hervor. »Irgendwelche anderen Fälle zu bearbeiten?«

»Ich will mich ja nich einmischen«, warf Sandy Henske ein, die gerade mit ein paar Papieren den Raum betreten hatte, »es ist auch beileibe nich an mir, dich zu kritisieren, aber wenn du gestern da gewesen wärest, wüsstest du, dass der Chef noch nich mal wollte, dass es überhaupt Ermittlungen in seiner Sache gibt.«

»Jawoll, Frau Majorin Henske!«, versetzte Strobl zackig und salutierte. Dann murmelte er: »Interessant, dass man sich hier als Hauptkommissar schon von einer Verwaltungsangestellten maßregeln lassen muss.«

Sofort richtete sich Hefele in seinem Bürostuhl auf. Sandys Lippen begannen zu beben. Bevor die Situation eskalierte, klopfte es, und ein uniformierter Beamter streckte zaghaft seinen Kopf ins Zimmer. Alle sahen ihn fragend an, und Kluftinger erkannte in ihm den Diensthabenden von der Pforte heute Morgen.

»Nix für ungut, die Herrschaften, wenn ich so bei euch reinplatze. Aber tät's grad gehen?« Man merkte, dass dem Mann seine Mission unangenehm war. Verlegen lächelnd fuhr er fort: »Es wär bloß so: Eine junge Frau hat gerade ein Päckle für den Kollegen Hefele abgegeben.«

»Für mich? Ach was«, tat der ein wenig zu überrascht für Kluftingers Geschmack, der bereits einen Verdacht hatte, wie seine morgendliche Beobachtung und das jetzige Auftauchen des Beamten miteinander zusammenhängen könnten.

»Wie hieß denn die Dame?«, fragte Hefele ein wenig zu laut.

»Du wüsstest schon, von wem es sei, hat sie gesagt.«

»Hm, kannst du beschreiben, wie sie aussah?«

»Ja, also, jung eben und blond, und ... dings, also, sehr schlank, sportlich, aber trotzdem ordentliche ...«

»Jaja«, ging Hefele dazwischen. »Dann weiß ich es allerdings.« Aus dem Augenwinkel beobachtete er Sandy Henske, die jedoch unbeeindruckt aus dem Fenster sah.

»Genau«, fuhr der Polizist pflichtschuldig fort, »und auch was da drin ist, also, in dem Geschenk, das könntest du dir ja denken.«

Hefele machte ein ratloses Gesicht, wieder ging ein schneller Seitenblick zu Sandy Henske. »Soso, aber hat sie denn gar nix gesagt, um was es sich handeln könnte?«

»Äh, nein, hat sie nicht, bloß, dass du es schon wüsstest, irgendwie. Wegen gestern Abend und so ...«

Kluftinger schüttelte seufzend den Kopf, was dem Besucher nicht entging, beeilte er sich doch zu betonen, er müsse nun auch dringend wieder an die Arbeit.

»Zeit wird's«, brummte Strobl, während der Kommissar nur die Luft einsog und Hefele einen vielsagenden Blick zuwarf. Der sah bedröppelt zu Boden.

»Eigentlich hatten wir uns mal drauf geeinigt, dass wir die Privatsachen aus dem Arbeitsalltag raushalten«, nörgelte Maier.

»Genau«, gab ihm Strobl recht. »Und drum kümmern wir uns jetzt um echte Fälle und nicht um Streiche am Friedhof oder irgendwelche Sachen, die Kollegen im Puff liegen lassen, weil sie gerade keine Beziehung haben und ihrer vorherigen nachtrauern.«

Hefele lief knallrot an, Sandy jedoch konnte ein Grinsen nicht unterdrücken. »Isch geh dann mal wieder«, sagte sie und schlüpfte aus der Tür.

»Ruhe jetzt, Himmelarsch!« Kluftinger ließ seine Faust auf den Tisch krachen. »Also, geht doch, danke. Ich werd vielleicht mal bei den Kollegen in Oberbayern anrufen und mich schlaumachen, beziehungsweise denen den Tipp geben, der Spur zum Schutzpatron nachzugehen.«

»Ich fände es gut, wenn wir ins Museum fahren würden«, sagte Maier. »Man bekommt doch einen ganz anderen Eindruck von den Gegebenheiten, wenn man alles selbst in Augenschein nehmen kann. Zudem kann man nur so den Geist des Ortes und die emotive Kraft der Kunst in ihrer Gänze ermessen. Außerdem wird nachvollziehbar, warum jemand bereit ist, für ein Kunstwerk eine solch schwere Straftat zu begehen.«

»Meinst du, Richie?« Der Kommissar hatte eigentlich keinen solchen Aufwand betreiben wollen.

»Natürlich. Es wird uns in jeder Hinsicht weiterbringen. Auch kunstgeschichtlich. Gerade expressionistische Werke sind weit mehr als nur ein paar Pinselstriche auf der Leinwand. Es handelt sich …«

Kluftinger seufzte. »Ich mein, ob wir hinfahren sollen.«

»Klar, und während du unseren Besuch ankündigst, könnte ich einen kleinen Überblick über Wassily Kandinsky und seine Position innerhalb der Gruppe *Der blaue Reiter* vorbereiten, oder?«

Noch bevor der Kommissar sich überlegen konnte, wie er aus dieser Sache ohne kunsthistorischen Vortrag wieder rauskam, begann Strobl wieder zu protestieren: »Wer sagt eigentlich, dass ausgerechnet immer der Richie mitfahren muss, wenn's um Kunst geht? Vielleicht würde mich das auch interessieren.«

Die anderen sahen ihn verwundert an. »Dich, Eugen?«, fragte Kluftinger. »Ich hab gedacht, du kümmerst dich höchstens um das Geld, das man mit Kunst verdienen kann.«

»So ein Schmarrn. Außerdem haben wir ja auch was zu bereden, oder?«

Da war sie schon, die Gelegenheit, Maiers Referat zu umgehen.

Doch der gab sich so schnell noch nicht geschlagen. »Es sollte doch nach dem Kompetenzprinzip gehen, denke ich. Und was den Kunstsektor angeht, reklamiere ich für mich durchaus eine gewisse Expertise.«

»Das entscheidet bei uns immer noch der Chef, würd ich sagen.« Strobl sah Kluftinger fragend an.

»Da fühl ich mich ja direkt geehrt, dass alle mit mir einen Ausflug ins Oberland machen wollen. Du auch, Roland?«

Hefele winkte ab. »Ich würd grad lieber dableiben.«

Kluftinger musste lächeln. »Gut, Buben, dann muss der Papa wohl ein salomonisches Urteil fällen. Machen wir es doch so: Richie, du bleibst da und bereitest was vor über den Maler, das Bild und den Kunstmarkt im Allgemeinen und so Sachen. Da machst du dann noch ein schönes Konzeptpapier, und wir können uns dadurch alle toll informieren. Und Eugen, du fährst mit, und wir reden ein bissle.«

Strobl nickte und sah Maier triumphierend an.

»Machen wir es eben so«, brummte Maier beleidigt. »Geht hier sowieso immer nur nach persönlichem Gutdünken oder danach, wer am lautesten schreit.«

Keine zehn Minuten später hatte Kluftinger bereits Gustav Veigl von der Garmischer Kriminalpolizei am Apparat. »Was verschafft mir die zweifelhafte Ehre, von einem schwäbischen Kollegen behelligt zu werden?«, wollte der wissen.

Veigl schien nicht gerade begeistert von dem Anruf, doch Kluftinger konnte noch nicht einschätzen, ob er seine Begrüßung ernst oder spaßig gemeint hatte. Bei der manchmal recht rustikalen Art der Oberbayern wusste man nicht immer auf Anhieb, woran man war. Er probierte es daher zunächst auf die humorvolle Tour. »Allgäu, wir wollen ja nicht gleich beleidigend werden, Herr Kollege.«

»Sie gehören doch zum Präsidium Schwaben, oder? Ob das jetzt Allgäu, Augsburg, Donauwörth oder sonst was ist, ist mir eigentlich egal. Ich kenn mich bei Ihnen nicht so aus. Also, worum geht's, ich hab reichlich zu tun.«

Also nicht humorvoll, dachte der Kommissar. In dieser Hinsicht wusste er nun zumindest Bescheid. »Ich bin leitender Hauptkommissar bei der KPI Kempten im Allgäu …«

»Ihr Name ist mir schon mal untergekommen im Lauf meiner Tätigkeit«, fuhr ihm Veigl gleich in die Parade. »Aber ich hab immer gedacht, Sie wären vom K1. Sie wissen schon, dass ich beim Raub bin, oder?«

»Ja, das weiß ich, und das ist auch gut so, ich ruf nämlich wegen dem Kunstraub in Kochel an. Also, wegen dem Kaminsky.«

»Kandinsky.«

»Genau.«

»Das hab ich mir schon so in etwa gedacht«, seufzte Veigl. »Sie sind da beileibe nicht der Erste. Aber Schwamm drüber, was wollen Sie wissen?«

»Hört sich jetzt vielleicht blöd an, aber ich hätt da vielleicht einen Tipp für Sie.«

Das Stöhnen am anderen Ende der Leitung war nicht zu überhören. »Wird ja immer besser.«

»Es ist so, ich hab aus gut unterrichteter Quelle einen Tipp gekriegt, wer hinter dem Verschwinden des Bildes aus Ihrem Museum stecken könnte.«

»So, wer denn? Pumuckl?«, kam es gelangweilt aus dem Hörer.

Allmählich verlor Kluftinger die Lust. »Nein, der nicht. Vielmehr eine Gestalt, die uns schon öfter untergekommen ist in Sachen internationaler Kunstraub. Ein Mann, den wir den *Schutzpatron* nennen.«

»Gut, dann brauchen wir den ja nur noch verhaften, und dann ist der Fall gelöst. Ist Schutz der Vor- oder Nachname? Ach so, ja, und die Adresse bräucht ich dann auch noch bei Gelegenheit.«

Jetzt platzte dem Kommissar der Kragen. »Ganz ehrlich, Herr Waibel …«

»Veigl.«

»Oder so. Ich wollt ja bloß helfen. Aber wenn Sie das nicht nötig haben, machen Sie Ihren Kram halt allein. Könnte allerdings sein, dass ich mir den Ort des Geschehens mal genauer anschauen müsste, aber das lassen wir dann vielleicht am besten über die Präsidialbüros laufen.«

»Himmel! Da müssen Sie ja nicht gleich bös werden«, schlug der Mann nun etwas versöhnlichere Töne an. »Tut mir leid, wenn das jetzt falsch rüberkam. Wir können der Sache ja durchaus mal nachgehen, ist nur so, dass ich ständig Anrufe von Leuten krieg, auch von Kollegen, die mir Tipps geben wollen. Und ich hatte außerdem grad ein ziemlich unangenehmes Telefonat mit meinem Vorgesetzten. Wenn Sie wollen, können wir uns im Museum treffen und Sie erzählen mir alles und können sich vor Ort umschauen. Gern auch heut noch. Passt das?«

»Ja, das würd passen.«

»Eugen?«, rief der Kommissar ins Büro der Kollegen, »kommst du, wir fahren nach Kochel.«

»Ah, hat der Veigl dir tatsächlich eine Audienz erteilt?«, fragte Strobl verächtlich, als er vom Schreibtisch aufstand.

Kluftinger stutzte. »Wieso, kennst du den? Hättest du ja gleich sagen können. Woher weißt du denn, dass der mit der Sache befasst ist?«

»Ich ... also, hab den mal ... Das hat irgendwo gestanden.« Dann wechselte der Kollege schnell das Thema. »Aber lass uns mal keine Zeit verlieren. Los geht's!«, rief er mit ungewohntem Tatendrang und stürmte zur Tür hinaus.

»Schon auch schön hier, gell?«

Strobl gab als Antwort auf Kluftingers Frage nur ein undefinierbares Brummen von sich und starrte weiter auf sein Handy. Dabei wollte Kluftinger mit ein wenig Small Talk unter Kollegen die Atmosphäre auflockern – für das unangenehme Gespräch, das er mit dem neuerdings so unzuverlässigen Mitarbeiter zu führen hatte. Er hatte sich vorgenommen, Strobl keine Strafpredigt zu halten, sondern vielmehr herauszufinden, was ihn gerade umtrieb und in seiner Pflichterfüllung so beeinträchtigte.

»Ich mein, man denkt ja immer, schöner als im Allgäu geht's nicht, aber wenn man sich das hier so anschaut ... So schlecht ist es in Österreich auch nicht.« Der Kommissar blickte lächelnd durch die Scheibe seines Passats auf die spektakuläre Landschaft, die an ihnen vorbeizog. Zu beiden Seiten erhoben sich majestätische Berggipfel, in deren Mitte das grünblau schimmernde Wasser des Plansees lag. Er war froh, dass er sich für diese Strecke entschieden hatte, auch wenn sie damit eine Viertelstunde länger unterwegs sein und geringfügig mehr Sprit verbrauchen würden. Da sein Kollege keine Reaktion zeigte, schob er nach: »Stimmt doch, oder?«

Wieder blieb es auf der Beifahrerseite still.

»Himmelherrgott, wir fahren hier durchs Paradies, und dich interessiert's gar nicht. Was machst du denn da die ganze Zeit? Immer noch den Aktienschmarrn? Ich sag's dir, bin froh, dass ich da wieder raus bin, vielleicht solltest du auch lieber ...«

»Danke für den Tipp, Herr Finanzguru«, gab Strobl spöttisch zurück. »Aber es geht hier nicht um Aktien. Ist privat.«

»Privat, ja dann. Sag mal, wegen heut Morgen ...«

»Später, okay?«

Sie fuhren eine Weile weiter, ohne dass jemand etwas sagte. Irgendwann startete der Kommissar einen weiteren Kommunikationsversuch: »Machst du das gar nicht mehr, oder nur grad nicht?«

»Was?«, fragte Strobl abwesend.

»Das mit den Aktien.«

»Schon.«

»Schon grad nicht oder schon überhaupt nimmer?«

»Herrgott«, fuhr ihn der Kollege auf einmal an, »was kümmerst dich denn auf einmal um meine Finanzen? Ist dir doch sonst auch wurscht, ob ich zurechtkomm.«

Kluftinger blickte seinen Mitfahrer kopfschüttelnd an. »Ich sag dir eins, ich bin immer noch dein Vorgesetzter, also reiß dich zusammen und red nicht in diesem Ton mit mir. Was ist eigentlich los? Haben wir jetzt wieder das gleiche Thema wie vor ein paar Monaten? Ist dir dein Beruf zu blöd, weil du an der Börse viel mehr Geld verdienst? Hör mal zu, Eugen, wenn dir das hier alles nicht mehr passt, dann ...«

»Was dann?« Strobl gab sich kampfeslustig.

Kluftinger atmete tief durch. Er wollte die Sache nicht eskalieren lassen. »Die anderen sehen das doch auch, ich muss ja allein deshalb irgendwann reagieren. Ich weiß nicht, was mit dir passiert ist. Wir sind doch sonst gut ausgekommen miteinander. Und du hast immer deine Pflicht erfüllt.«

»Ja, da hast mich auch in Ruhe gelassen und dich nicht dauernd in meine Angelegenheiten eingemischt.«

Der Kommissar war sprachlos. Er kannte Strobl schon ewig, schon vor der Zeit beim K1, und hatte immer das Gefühl gehabt, dass er derjenige war, zu dem er den besten Draht hatte. Ihm musste er nie viel erklären, meist genügte schon ein Blick und der andere wusste Bescheid. Und nun? War er übellaunig, unzuverlässig und ließ niemanden mehr an sich heran. Vor einer Weile hatte er mit einer Erbschaft groß an der Börse spekuliert und hätte Kluftinger beinahe dazu gebracht, ebenfalls risikoreiche Finanzgeschäfte abzuschließen. Aber darum drehte es sich momentan anscheinend nicht. Also startete der Kommissar einen neuen Versuch. »Hast du Ärger mit deiner Freundin? Willst du ... du weißt schon, also, drüber sprechen halt?« Er kam sich vor wie Maier, wenn der ihm etwas entlocken wollte.

»Freundin?« Strobl lachte verächtlich. »Das ist nur eine geldgierige Schlampe, sonst gar nix.«

Na bitte, das war doch mal eine Information, mit der man arbeiten konnte. »Das heißt, ihr seid nicht mehr zusammen?«

Jetzt wandte sich ihm sein Beifahrer zum ersten Mal zu. »Hör mal, Klufti, ich sag dir das in aller Freundschaft: Das geht dich einen Scheißdreck an, okay?«

Der Kommissar war baff. Gut, genau genommen war das keine dienstliche Frage gewesen, aber so eine Reaktion konnte er sich eigentlich nicht bieten lassen. Doch was konnte er tun, außer seinem Mitarbeiter eine offizielle Abmahnung zu verpassen? Das würde ihr Verhältnis sicher nicht verbessern – und außerdem eine Menge Papierkram nach sich ziehen. Also beschloss er, dass es das Beste war, bis auf Weiteres zu schweigen. Er würde aber sicher noch einmal auf die Angelegenheit zurückkommen.

Als sie in Kochel am Franz-Marc-Museum ankamen, wartete ihr Garmischer Kollege bereits auf sie. Jedenfalls vermutete Kluftinger, dass der Mann, der da winkend am Parkplatz stand, Gustav Veigl war.

»So, seid's ihr Schwaben endlich da?«, wurden sie missmutig begrüßt.

Priml, dachte sich Kluftinger. Als würde ein lustloser Strobl nicht reichen, hatte er nun auch noch einen übellaunigen Kollegen aus Oberbayern am Hals. Dabei hatte ihr Telefongespräch doch ganz versöhnlich geendet. Allerdings konnte er Veigls Verhalten zumindest ein bisschen verstehen. Es gehörte nicht zu den Lieblingsbeschäftigungen von Polizeibeamten, sich in den eigenen Ermittlungen von auswärtigen Kollegen herumpfuschen zu lassen. Kluftinger beschloss deswegen, dem anderen mit demonstrativer

Freundlichkeit zu begegnen. »Grüß Gott, Herr Veigl«, rief er ihm also sofort entgegen, als er ausgestiegen war, streckte seine Hand aus und marschierte forsch auf den Kollegen zu. »Das ist ja wirklich nett von Ihnen, dass Sie sich die wenige Zeit, die Sie haben, für uns nehmen. Vielen Dank.«

»Ich ... ja, so schlimm ist es jetzt auch wieder nicht. Grüß Gott!«

Kluftingers Überrumpelungstaktik schien zu wirken, denn es schlich sich ein leises Lächeln auf die Mundwinkel des Mannes aus Garmisch. Allerdings schwand es gleich wieder, als sich Strobl grußlos zu ihnen stellte.

»Das ist mein Kollege, der Herr Strobl. Er wollte unbedingt mit«, sprudelte Kluftinger unverdrossen weiter. *Auch wenn ich nicht weiß, warum*, fügte er in Gedanken hinzu.

»So, ja, dann gehen wir halt mal rein.« Veigl zeigte auf den kleinen Fußweg, der bergauf zum Museum führte.

Kluftinger nickte und ging voran. »Wir haben vor ein paar Jahren ja auch so einen Raub gehabt. Um eine Monstranz ging es damals. Das braucht wirklich niemand.«

Veigl nickte. »Nicht falsch verstehen, auch wegen unserem Telefonat, aber das Interesse an der Geschichte nervt schon ein bisschen. Es waren bereits einige Kollegen da oder haben Tipps gegeben. Und die Medien erst. Das scheucht die Bevölkerung auf.« Der Mann verdrehte die Augen. »Dauernd kriegt man gute Ratschläge. Also, Ratschläge. Gut sind die wenigsten.«

Kluftinger nickte verständnisvoll.

»Na ja, Sie haben wahrscheinlich was Ähnliches erlebt. Ein Kollege von mir hatte ja, als hier das neue Sicherheitssystem installiert worden ist, mit einem Kollegen von Ihnen in Kempten Kontakt. Waren ziemlich ähnliche Erfahrungen, was ich so mitgekriegt habe.«

»Ach so? Sie haben darüber schon mal mit jemandem von uns gesprochen? Wer war das denn?«, fragte Kluftinger überrascht.

»Herrschaft, können wir uns jetzt mal auf das hier konzentrieren und nicht immer irgendeinen alten Schmarrn aufwärmen?«, ging Strobl barsch dazwischen. »Ihr könnt euch dann ja mal privat treffen und in Erinnerungen schwelgen, ich hab heut noch was vor.«

Bevor Kluftinger etwas erwidern konnte, blieb Veigl stehen. »Ganz ruhig, Herr Kollege. Sind eh schon da.«

»Hier?«, fragte der Kommissar erstaunt, denn das Gebäude, vor dem sie standen, glich eher einem Wohnhaus als einem Museum. Allerdings einem wunderschön restaurierten Wohnhaus – in bester Lage, mit unverstelltem Blick über den Kochelsee. Auf einer gekiesten Terrasse standen die Tische eines Cafés, das sehr einladend wirkte.

»Ja und nein. Das war mal das Museum. Jetzt ist es im Anbau.«

Sie folgten Veigls Blick zur Rückseite des Gebäudes. Erst jetzt realisierte Kluftinger, dass dort ein moderner, fast fensterloser Holzkubus stand. Das war schon eher das, was Kluftinger von einem Kunstmuseum architektonisch erwartet hatte. »Meinen Sie, Sie könnten uns mal kurz erzählen, was Sie schon haben?«, fragte er.

»Klar, kommen Sie doch mit rein.« Der Mann aus Garmisch winkte der Frau hinter der Glasscheibe am Empfang zu, die fröhlich zurückgrüßte. Er war vermutlich sehr oft hier gewesen in der letzten Zeit. Im Eingangsbereich blieb er stehen und zeigte an die Decke: »Hier in der Lampe haben die eine kleine Kamera installiert. Die Leuchten sind vor einiger Zeit gewartet worden, wahrscheinlich haben sie's da gemacht. Allerdings hat eine Überprüfung der Elektrofirma uns nicht weitergebracht. Da gab es einen verdächtigen Angestellten, der war nur kurz da beschäftigt, dann verläuft sich seine Spur.«

Kluftinger nickte. Das kam ihm bekannt vor.

»Die Kamera war auf die gesicherte Eingangstür gerichtet«, Veigl deutete auf einen geöffneten Eingang aus dickem Glas, »und zwar auf das Tastenfeld, mit dem man die Tür öffnen kann. Die Kombination wurde zwar regelmäßig geändert, aber das nützt ja nix, wenn man sie immer ausspioniert.«

Auch Strobl lauschte nun interessiert den Worten ihres Kollegen.

»Die Kamera da oben hat ihre Bilder dann an einen Empfänger gesendet, der hier draußen in einem Feuerlöscher untergebracht war. Der war übrigens voll funktionsfähig, also selbst wenn's gebrannt hätte, hätt niemand was gemerkt.« Aus Veigls Worten klang fast so etwas wie Anerkennung heraus. Das raffinierte Vorgehen der Verbrecher schien ihm Respekt abzunötigen. »Es ist jetzt nicht so, dass ich die bewundere«, erklärte er schnell, als er Kluftingers Blick bemerkte, »aber so was sieht man auch nicht alle Tage. Da waren absolute Profis am Werk.« Er räusperte sich. »Wir wissen allerdings nicht, wie sie den Wärmesensor lahmgelegt haben, der drinnen installiert ist. Der hätte eigentlich anschlagen müssen, wenn jemand den Raum betritt.«

»Manipuliert war er aber nicht?«, fragte Kluftinger.

»Nein. Also, nicht sichtbar für uns. Wir haben ihn auseinandergeschraubt und auch mal durchgemessen, aber da ist noch jedes Kabel an seinem Platz.«

»Hm, wie war das noch damals?«, dachte Kluftinger laut. Dann hellte sich seine Miene auf. »Haben Sie den Sensor auf irgendwelche Rückstände untersucht?«

»Rückstände? Wie gesagt, wir haben ihn auseinandergenommen und ...«

»Nein, ich mein nur die Scheibe. Das Sensorfeld.«

»Da ist nix drauf, sieht man ja.«

»Man sieht nix, das stimmt. Aber lassen Sie doch bitte trotzdem noch mal nachschauen und überprüfen, ob sich da Spuren von Haarspray finden.«

»Haarspray.« Veigl sah den Kommissar zweifelnd an. Dann zog er seufzend sein Handy heraus und wählte eine Nummer. »Hallo? Ja, der Veigl. Sag mal, Walter, kannst du bitte bei dem Hitzesensor vom Museum noch mal was nachschauen? Ich weiß, dass wir da nix gefunden haben, aber ... ich hab da so einen Hinweis gekriegt. Da könnte vielleicht Haarspray dran sein. Ja, Haarspray. Himmel, mach's einfach. Wenn du nichts findest, geb ich einen aus. Ja, diesmal wirklich.« Er legte auf. »Sie schauen gleich nach. Wird aber schon ein paar Minuten dauern. Sollen wir derweil was essen? Die haben eine ganz passable Küche im Museumscafé. Bin da in letzter Zeit Stammgast. Aber Sie können sich natürlich auch die Gemälde anschauen, wenn Sie das mehr interessiert.«

»Und du willst wirklich nix?«, fragte Kluftinger seinen Kollegen Strobl, der sich mürrisch auf einen Stuhl an ihrem Restauranttisch fläzte. »Hört sich doch alles ganz gut an.«

»Nein, hast mal gesehen, was das kostet?«

Kluftinger blickte zurück in die Karte. »Na ja, also so schlimm ist das auch wieder nicht.«

»Aha, auf einmal. Sonst bist wegen jeder Wurstsemmel knausrig.«

Verlegen wandte sich der Kommissar Veigl zu. »Jetzt übertreibt er, der Kollege. Aber manchmal sind die Preise in der Gastronomie ja wirklich aberwitzig. Egal, dann bestellen halt wir beide was. Ich nehm das Schnitzel. Und Sie? Sind natürlich eingeladen. Also, zum Getränk.« Kluftinger ließ den Blick ins Tal wandern. Vom Fensterrahmen wie ein Gemälde eingefasst, präsentierte sich eine idyllische Landschaft: Herbstliche Bäume und Berggipfel säumten den glitzernden See im Tal. Kein Wunder, dass sich so viele Maler hier in der Gegend niedergelassen hatten.

Als ihr Essen kam, erzählte Veigl weiter von seinen bisherigen Erkenntnissen: »Die haben die meisten Sicherheitskameras mit schwarzen Plastiktüten verhüllt. Wussten auch genau, wo die hängen. Dann haben sie seelenruhig die Kombination von ihrem Videofilm eingegeben und die Tür aufgemacht.«

»Gab es denn drinnen keine Lichtsensoren?«, wollte Kluftinger wissen.

»Wohl kaum«, mischte sich nun plötzlich Strobl ein. »Die Bilder hängen ja nicht im Tresor, sondern an der Wand.«

»Ach, auf einmal bringt sich auch der Herr Experte wieder ins Gespräch ein.«

»Vergiss es.« Strobl verschränkte die Arme und lehnte sich missmutig wieder zurück.

»Viel mehr gibt es auch nicht zu sagen«, schloss Veigl schulterzuckend. »Von den Dieben fehlt bisher jede Spur.« Er schob sich den letzten Bissen seines Schnitzels in den Mund, das er in Rekordzeit vertilgt hatte. »Nach allem, was Sie gesehen haben: War das Ihr …?«

»Schutzpatron? Ja, da würde ich mich jetzt schon festlegen. Das Vorgehen ist sehr ähnlich. Aber schauen wir doch, was Ihre Kollegen zu dem Hitzesensor meinen.«

Die nächsten zehn Minuten aß Kluftinger schweigend und wartete auf das Klingeln von Veigls Mobiltelefon, doch es blieb stumm. Irgendwann wurde Veigl ungeduldig und rief selbst an. »Ich bin's noch mal … Aha. Und warum hast du nicht gleich angerufen? Verstehe. Danke für die prompte Info.«

Kluftinger grinste. Zufrieden nahm er zur Kenntnis, dass es anderswo auch nicht anders zuging als bei ihnen im Büro. »Und?«, fragte er, als Veigl aufgelegt hatte.

»Treffer«, sagte der anerkennend. Dann druckste er herum: »Kollege, Sie müssen entschuldigen, dass ich Sie nicht gleich …«

»Schon recht.« Der Kommissar winkte ab. »Hätt ich genauso gemacht.«

Veigl streckte seine Hand aus. »Ich bin der Gustav. Aber sag lieber Gustl zu mir.«

Kluftinger schlug ein. »Adalbert. Aber sag lieber Klufti zu mir.«

Der Beamte aus Garmisch warf Strobl einen prüfenden Blick zu, doch der machte keine Anstalten, an ihrer Verbrüderung teilzunehmen.

»Jetzt gibt's für mich keinen Zweifel mehr, was den Schutzpatron angeht«, sagte der Kommissar zufrieden. »Vielleicht kann ich euch ein bissle helfen. Ich hab ja schon mit ihm zu tun gehabt.«

»Also, dann lass mal hören.«

Der Kommissar erzählte alles, was er für hilfreich hielt, und gab dem Kollegen anschließend noch ein paar Tipps: »Sucht mal nach Räumen in der Umgebung, die nur für kurze Zeit angemietet worden sind. Er übt gern, bevor er sich ans echte Objekt wagt. Und er stellt sich jedes Mal ein neues Team zusammen. Die benutzen dann nie ihre richtigen Namen, sondern Codes. Bei uns waren es Heilige.«

Veigl schien ehrlich beeindruckt. Er hörte aufmerksam zu, machte sich ein paar Notizen und bedankte sich mehrmals. Dann begleitete er seine Allgäuer Kollegen zum Parkplatz, wo Kluftinger ihn bat, ihn doch über die Fortschritte auf dem Laufenden zu halten. Als der Kommissar schon im Auto saß, beugte sich der Kollege noch einmal zu ihm herunter: »Warum liegt dir da eigentlich so viel dran? Hast noch eine Rechnung mit ihm offen? Oder will der Kerl dir ans Leder?« Er grinste, doch Kluftinger musste schlucken.

Ohne es zu wissen, hatte Veigl ins Schwarze getroffen.

Sie waren noch nicht auf die Straße eingebogen, da sah der Kommissar im Rückspiegel, dass ihnen der Garmischer Kollege winkend hinterherrannte. Er hielt an und drehte das Fenster herunter.

»Nix für ungut, Kollegen, aber meine Karre springt mal wieder nicht an, das Drecksding. Könntet ihr mich zum Bahnhof fahren?«

Kluftinger nickte eifrig. Er war froh, dem Kollegen auch einen Gefallen tun zu können. »Spring rein, Gustl.«

Als Veigl im Fond Platz genommen hatte, brummte er: »Vielleicht sollt ich doch öfter mal einen Dienstwagen nehmen statt immer meinen alten Jetta.«

Am Bahnhof – Veigl war bereits ausgestiegen und Kluftinger kurz davor, wieder loszufahren – entdeckte der Kommissar auf dem Rücksitz ein fremdes Handy. Schnell nahm er es, stieg aus und rannte auf den Bahnsteig, wo er, etwas außer Atem, Veigl gerade noch beim Einsteigen erwischte.

»Na, du kannst dich wohl gar nicht trennen«, empfing der ihn grinsend. »Können uns gern mal privat treffen, wenn du das magst.«

Der Kommissar, der nicht wusste, ob es der Kollege am Ende ernst meinte, drückte ihm eilig sein Mobiltelefon in die Hand und verabschiedete sich. Dann schlenderte er zurück. Eigentlich mochte er die besondere Atmosphäre an Bahnhöfen, auch wenn er so gut wie nie den Zug nahm. Er betrachtete die blanken Gleise, die in ihm schon als Kind ein Gefühl des Fernwehs ausgelöst hatten. Dann hob er den Blick. Große Teile des Himmels waren inzwischen wolkenverhangen und grau. So schnell ging das hier im Alpenvorland. Dichte Wolkenpakete schoben sich vor die Sonne. Die Menschen drängten sich an ihm vorbei zur Mitte des Bahnsteigs, um dort Schutz zu suchen vor dem zu erwartenden Regenguss.

Kluftinger sog den Geruch ein, den es nur zu Beginn eines Regenschauers gab, und blieb noch ein bisschen. Er genoss es, hier allein zu stehen. Das heißt, ganz allein war er gar nicht, noch ein weiterer Mann stand wie er schutzlos dem beginnenden Regen ausgeliefert. Er hatte ihn erst gar nicht gesehen, so unscheinbar war er, aber trotzdem kam er ihm seltsam bekannt vor. Es war jemand, den er vor vielen Jahren schon einmal getroffen hatte, da war er sich sicher. Obwohl sein Personengedächtnis legendär war, wollte ihm nicht einfallen, wo und in welchem Zusammenhang. Der Kommissar durchforstete sein Hirn, als würde er eine Verbrecherkartei durchsehen – nichts. Dann versuchte er, über den Ort, an dem sie sich befanden, auf den Namen zu kommen. Wen kannte er denn schon in …

Natürlich! Er war wie vernagelt gewesen.

Langsam trat er an den Mann heran, der ihm jetzt den Rücken zudrehte. Wie sollte er ihn ansprechen? Waren sie per Du? Er erinnerte sich nicht mehr. Würde der andere ihn überhaupt noch erkennen? Er entschied sich dafür, ihm vorsichtig die Hand auf die Schulter zu legen. Nur ganz leicht, denn sein Gegenüber wirkte irgendwie schreckhaft. Dann sagte er: »Kommissar Jennerwein?«

Erstaunlicherweise drehte der andere sich nicht um. Er zögerte, zog den Kopf noch ein bisschen weiter zwischen die Schultern. Hatte er sich falsch verhalten, fragte sich Kluftinger. Oder hatte der andere seine Stimme erkannt und keine Lust, mit ihm zu reden? Ihr bisher einziges Zusammentreffen vor Jahren war nicht ganz reibungslos verlaufen. Aber er hatte inzwischen so viel von seinem Kollegen gehört und gelesen, dass er es nicht fertiggebracht hatte, einfach so an ihm vorüberzugehen.

Kluftingers Hand berührte nun kaum noch die Schulter des Mannes, dann zog er sie ganz zurück. Endlich, nach einer viel zu langen Pause, drehte der andere sich um. Unsicher lächelte der Kommissar ihn an. »Jennerwein stimmt doch, oder?«

»Ja, ich bin's leibhaftig.«

»Kennen S' mich nicht mehr?«

»Doch, natürlich. Ich bin nur etwas überrascht.«

»Kluftinger. Aus Kempten.«

»Ja, ich weiß«, sagte Jennerwein, »aber ich bin so erschrocken, dass ich fast meine alten Judo-Kenntnisse aus dem Turnverein ausgepackt hätte. Ein Schulterwurf auf die Gleise. Das hätte eine Schlagzeile gegeben!«

»Das hätt eine Sauerei gegeben.«

»Ich hätte ja nicht gedacht, dass wir uns persönlich treffen. Eigentlich warte ich ja noch auf den Anruf.«

»Ach ja, unsere letzte Begegnung.« Kluftinger erinnerte sich kaum noch daran. Aber er meinte, dass es ein Vorstellungsgespräch gewesen war, ganz zu Beginn seiner Karriere als leitender Beamter. »Wie lang ist das jetzt her? So um die zwanzig Jahre?«

»Möglich, ja.«

»Seitdem schon mal wieder im Allgäu gewesen?«

»Nicht, dass ich wüsste.«

Der Kommissar dachte nach. Hatte er ihm damals wirklich versprochen, ihn anzurufen? War es nicht umgekehrt gewesen? »Und, wie geht's allerweil?«

»Bestens. Und selbst?«

»Kann nicht klagen.«

Sie standen eine Weile da und schauten sich an. Kluftinger

wollte partout keine Frage an den Kollegen mehr einfallen. Er verfluchte sich dafür, ihn angesprochen zu haben. Es hatte schon seinen Grund, dass er so etwas normalerweise nicht tat.

»Und, sind Sie unterwegs?«, fragte er schließlich.

»Soweit ich mich erinnere, waren wir beim Du.«

Also doch. »Freilich. Also, wohin geht's?«

»Ich trete gerade meinen Urlaub an«, antwortete Jennerwein. »Stockholm. Ein paar Wochen.«

Kluftinger nickte. »Schweden, das ist ja auch … schön.«

»Warst du da schon?«

»Nein, um Gottes willen, noch nie. Aber meine Frau schleppt mich hin und wieder in dieses Möbelhaus, das mit der gelben Schrift auf blauem Grund, drum kenn ich das schwedische Essen ganz gut. Und du?«

»Ich kenne noch gar nichts von Schweden.«

»Verstehe.« Der Kommissar überlegte, wie er die schleppende Unterhaltung fortführen könnte, doch Jennerwein kam ihm zuvor.

»Reist du viel?«

»Ich find schon. Aber wenn's nach meiner Erika geht, nicht genug. Südtirol. Und Tirol. Und auch mal Vorarlberg. Vielleicht geht's sogar mal wieder nach Kärnten. Und sonst so? Man liest ja viel von dir!«

»Von dir aber auch. Was tust du hier? Machst Urlaub?«

»Nein, ich war drüben in Kochel am See. Im Museum.«

»Schön!«

»Franz … dings.«

»Franz Marc, jaja. Blaue Pferde. Welche gesehen?«

»Nein, wir waren … was essen.«

Wieder setzte Stille ein. Jennerwein sah auf die Uhr. »Der Zug«, sagte er. »Wie gesagt: Stockholm.«

»Nach Schweden. Verstehe.«

»Ja, dann …«

»Ja, dann also …«

»Bis bald.«

»Wir sollten mal telefonieren. Also wirklich.«

Die Türen der Regionalbahn sprangen quietschend auf.

»Da bin ich auch dafür. Ist ja viel geschehen inzwischen.«

»Abgemacht ...« Kluftinger hob die Hand zum Gruß.

»Hubertus.«

»Ich weiß. Das ist ja in allen Zeitungen gestanden. Bundesverdienstkreuz, gell?«

»Es war eigentlich nur der Bayerische Verdienstorden.«

»Wird schon noch, das mit dem Bundesverdienstkreuz. Man kommt ihm auf die Dauer nicht aus. Also, ich schon, aber ...«

Jennerwein streckte dem Kommissar lächelnd die Hand entgegen. »Ich muss los.«

»Mach's gut. Und nicht so streng.«

Sie verabschiedeten sich, und Jennerwein verschwand im Inneren des Zuges. Da die Wolken sich bereits wieder verzogen, strömten immer mehr Menschen auf den Bahnsteig. Für einen Moment dachte Kluftinger, wie wohl alles gekommen wäre, wenn er damals Jennerwein statt Maier für die Stelle in seiner Abteilung genommen hätte. Ein Diktiergerät hatte der oberbayerische Kollege bestimmt nicht, und sicher würde er auch nicht alle ständig mit seinem Smartphone nerven. Allerdings schien er im Gespräch recht ungelenk. Das hätte schwierig werden können. *Noch schwieriger als mit dem Richie*, dachte er und war sich auf einmal sicher, die richtige Entscheidung getroffen zu haben. Überhaupt: Mochte Jennerwein auch schon viele Fälle gelöst und dafür sogar Orden bekommen haben – das war hier, im kleinen, beschaulichen Oberbayern. Das ließ sich wohl kaum mit den Herausforderungen seines Dienstorts vergleichen. Das Allgäu war schließlich etwas ganz anderes.

Er zuckte die Achseln und verließ den Bahnhof. Bevor er das Auto erreicht hatte, hatte er die kurze Begegnung schon fast wieder vergessen.

5

Als er nach Feierabend in seine Garageneinfahrt bog, hüpfte Kluftingers Herz sogleich vor Freude: Dort stand der pinkfarbene Smart, den er seinem Sohn und seiner Schwiegertochter zur Hochzeit geschenkt hatte. Und das hieß: Enkelbesuch. Er stieg schnell aus und schloss die Haustür auf, hinter der er bereits Erikas und Yumikos Stimmen vernahm.

»Heu, kommt ihr einfach so unter der Woche vorbei, das ist aber nett. Da freut sich der Opa, dass er sein kleines Butzel mal wieder sieht, gell?«, sagte er zu dem Kind in den Armen seiner Frau.

»Pscht! Es schläft.« Erika legte einen Finger an ihre Lippen. »Und dir auch einen wunderschönen Abend, lieber Gatte.«

»Ach so, ja, griaß euch.« Kluftinger ging mit ausgebreiteten Händen auf seine Frau zu, um das Baby zu übernehmen, doch die machte keine Anstalten, es ihm zu geben.

»Nix da, mein Butzele ist ja grad erst gekommen, das will jetzt erst mal bei mir im Arm ein bissle schlafen.«

Wieder war Kluftinger irritiert, dass nicht mehr er mit diesem Kosenamen bedacht wurde.

Erika wandte sich an ihre Schwiegertochter. »Kannst schon fahren, Yumiko. Euer Nachwuchs ist in besten Händen. Könnte nur sein, dass sich die Großeltern drüber streiten, wer sich mit ihm beschäftigen darf.«

»Wohin geht's denn?«, wollte der Kommissar wissen.

»Du weißt doch, dass die Miki heut den Smart gebracht hat und den Passat für die nächste Zeit mitnimmt.«

Kluftinger sah Erika entgeistert an. Woher sollte er das wissen? Er erinnerte sich zwar dunkel, dass Erika gestern irgendetwas von den Autos erzählt hatte, aber diese Information hätte er ja wohl kaum vergessen.

Lächelnd erklärte Yumiko: »Ich hol als Erstes in Kempten den Markus vom Bahnhof ab, der hat ja gerade keinen Wagen und muss mit dem Zug von Kaufbeuren herfahren. Und dann gehen wir zwei noch aus. Danke fürs Auto, Papa.«

»Aber nein, da müssen wir noch mal ... ich mein, ich ...« In seinem Kopf drehte sich alles. *Sein Passat! Jessesmariaundjosef!* Er musste Yumikos Abwesenheit nutzen, um Erika die Idee mit dem Autotausch auszureden. Zwar sah er ein, dass der zweisitzige Smart für eine dreiköpfige Familie ein wenig klein bemessen war, aber *das* war nun auch keine Lösung. »Ja, lass dir nur Zeit. Die Oma und ich, wir haben auch noch was zu besprechen.«

»Nenn mich nicht Oma«, zischte Erika ihm zu, als Yumiko die Haustür hinter sich geschlossen hatte.

»Schon recht. Also Schätzle«, begann Kluftinger zaghaft, »wegen dem Auto ...«

»Ja, wirklich toll von dir, dass du da keine Umständ machst, wo dir doch der Passat so wichtig ist. Bin stolz auf dich. Hast du ihn denn noch schnell ausgesaugt?«

»Ich ... also, ja. Im September halt, nachdem wir die Äpfel zum Mosten gebracht haben. Aber hör zu: Das geht nicht. Die Gangschaltung hakelt, wenn man rückwärtsfahren will.«

Das Klingeln des Telefons unterbrach ihn. Erika legte das Kind in den Stubenwagen und nahm ab. Kluftinger zog sich seine Fellclogs an und tauschte den Arbeits- gegen den Daheimrumjanker. Dann ging er in die Küche, um sich einen Schlachtplan zurechtzulegen, mit dem er verhindern wollte, dass sein Auto in die unverantwortlichen Hände seines Sohnes geriet.

»Um Gottes willen, Butzele!«

Kluftinger zuckte zusammen und rannte wieder in den Hausgang. »Ist was mit dem Kind?«

»Das schläft, wieso?«

»Ja, wegen *Butzele*.«

»Ich mein doch dich.«

Das konnte ja heiter werden, die nächsten Jahre.

»Stell dir vor, ich hab völlig vergessen, dass heut die Jahresversammlung vom Frauenbund ist. Die Marianne hat grad angerufen, ich muss da hin.«

»Ach was«, winkte der Kommissar ab, »so was ist doch keine Pflichtveranstaltung. Wir haben jetzt was Wichtigeres zu tun.« Er dachte an den Passat.

»Du bist lustig, die warten doch auf meinen Kassenbericht. Ohne den können die den Vorstand nicht entlasten und auch nicht neu wählen. Die haben schon die Tagesordnung umgestellt und die Diashow über den Ausflug in die Wachau vorgezogen.«

»Hast du den Bericht überhaupt fertig?«

»Ja klar, hab ich schon gestern gemacht.«

»Aber das ist doch nichts für das Kind, bei den vielen Leuten im Saal kriegt das einen Rappel.«

»Ich nehm's ja auch nicht mit. Musst du halt so lang einspringen, bis die Yumiko wiederkommt. Ich geh mich schnell umziehen.«

»Du meinst ... nur das Kind und ... ich?«, fasste der Kommissar krächzend zusammen und folgte seiner Frau ins Schlafzimmer. Er war noch nie mit einem Baby allein gewesen, selbst damals bei Markus hatte er das immer geschickt umgangen. »Ich mein, also, wenn du willst, dann gib mir halt deinen Bericht und ich bring den der Maria.«

»Marianne. Und du kannst nicht statt mir dahin gehen.«

»Wieso?«

»Das ist der Frauenbund!«

»Ich will dir halt möglichst viel kostbare Zeit mit dem Butzel ermöglichen.«

Nun drehte sich Erika zu ihm um. »Sag mal, kann es sein, dass du Angst hast, allein mit dem Baby?«

Er schlug sich theatralisch gegen die Brust. »Ich?«

»Ja, du. Dann ruf ich einfach schnell Annegret und Martin an. Die beiden haben sich eh schon mehrmals als Kindsmagd angeboten.«

»Die? So weit käm's noch, dass mein Enkel das Gesülze vom Doktor abkriegt. Das hinterlässt doch Schäden bei so einem kleinen Menschen. Und am End bringen sie noch ihren Köter mit.«

»Aber der Martin ist Arzt und sehr kinderlieb und die Annegret erst recht.«

»Erika, zefix, hörst du jetzt mal auf? Natürlich kann ich auf das Kind allein aufpassen. Mach ich sogar sehr gern. Kannst bleiben, solange du willst, bei deinem Weiberabend.« Er schluckte noch im selben Moment über diese forsche Ansage. Andererseits: Das Baby war gerade erst eingeschlafen, was sollte also schon groß sein?

»Ich beeil mich wirklich. Wenn was ist, Didi und Fläschle liegen bereit.«

»Wer liegt bereit?«

»Fläschle und Didi.«

»Wer ist das?«

»Was?«

»Der Didi.«

»Der Schnuller.«

»Ach, der Bapfi. Sag das doch gleich.«

»Ja, der Nuckel halt. Aber die zwei sagen Didi.«

»Ist das Japanisch?«

»Ist doch egal. Ersatzwindeln sind in Yumikos Wickeltasche, wenn's ein Malheur gibt.«

Wickeln! Auch das noch.

»Bis gleich, meine zwei Butzele«, rief Erika im Gehen, dann war es schlagartig still im Haus. Kluftinger zuckte die Achseln. Er würde einfach den Stubenwagen ins Wohnzimmer stellen, ihn vom Sessel aus ein wenig mit dem Fuß hin- und herschieben und ansonsten die Ruhe und sein Feierabendbier genießen. Bei ihrer Rückkehr würde er dann die Ovationen für sein perfektes Kinderhüten entgegennehmen.

Er legte sich also Bier und Salzletten im Wohnzimmer bereit und holte den Wagen. Verzückt blickte er auf sein selig schlummerndes Enkelkind. Es atmete tief und ruhig, die Lider mit den erstaunlich langen Wimpern klimperten, die blauen Äuglein strahlten … Kluftinger schluckte. Das Baby blickte ihn aus wachen, weit aufgerissenen Augen an. Der Kommissar blieb wie erstarrt stehen und rührte sich nicht mehr. Vielleicht würde das Kind einfach weiterschlafen, wenn nichts Interessantes zu sehen war. Doch nun gab es ein vergnügtes Quietschen von sich.

Gequält lächelnd schob er den Wagen ein paar Mal vor und zurück, was das Kind jedoch mit unleidigem Wimmern quittierte. Also beugte er sich tief in den Wagen. »*Duuuziduziduzi*, kommt das kleine Engele mal zu seinem Opa?«

Die Stirn des Säuglings bewölkte sich umgehend. Kluftinger schnitt eine Grimasse, worauf das Kleine sofort herzzerreißend zu weinen begann. Er holte es heraus und drückte es sanft an sich, doch das Wehklagen hörte nicht auf. Auch nicht, als er hopsend im Zimmer herumlief und dabei das Kind in seinen Armen wiegte. Erst als sie an der Wand mit den alten Familienfotos angekommen waren, schien das Brüllen etwas leiser zu werden. »Ja, da schaust du, gell? Das sind alles deine Verwandten. Die da drüben, das ist die Familie von deiner Oma, aber die sind nicht so wichtig. Das hier ist die Kluftinger-Seite.«

Nun war tatsächlich Ruhe, das Baby schniefte nur noch ein wenig.

»So ähnlich wirst du auch mal ausschauen.«

Nach einer Schrecksekunde schrie das Kleine wieder. *Priml.* Vielleicht zum Fenster? Doch besonders malerisch war es nicht, was es da in der Dämmerung zu sehen gab: Der Wind trieb ein paar Blätter die nasse Straße hinunter, die Bäume streckten bedrohlich ihre ziemlich kahlen Äste in den grauen Himmel.

Der Kommissar, dessen Nervenkostüm mit jedem Schluchzer dünner wurde, beschloss, die Sache strategisch anzugehen: Was mochte jedes Kind, was war beruhigend und anregend zugleich? Natürlich: gutes, hochwertiges, pädagogisches Spielzeug. Doch so gründlich er die in seinen Augen ziemlich chaotisch gepackte Wickeltasche seiner Schwiegertochter auch durchsuchte, außer einer Plüschrassel, einem Snoopy-Beißring, Yumikos Laptop und ein paar Tüchern war nichts zu finden, was die Aufmerksamkeit des Kindes länger als ein paar Sekunden auf sich zog.

Schnell schaute er im Kinderwagen im Hausgang nach und schlug sich gegen die Stirn – was das Baby mit einem kurzen Jauchzen quittierte. Also schlug er noch mal zu. Und noch mal. Irgendwann war sein Kopf knallrot, während die Autoaggression ihre Unterhaltungswirkung offenbar eingebüßt hatte. Das war aber nicht schlimm, denn er hatte ja im Kinderwagen die simple Lösung all seiner Probleme entdeckt – den Schnuller samt Holzkette. Er fingerte ihn heraus und steckte ihn dem Kind in den Mund, das ihn jedoch umgehend wieder herauskatapultierte.

Heftig schwitzend ging Kluftinger in die Küche, wusch den Schnuller ab und probierte es erneut: Er ließ ihn eine Weile vor den Augen des Kleinen baumeln, was er mit einem Flugzeuggeräusch untermalte, und steckte ihm den Sauger dann in den Mund – ohne Erfolg.

»Schau mal, der Schnulli«, flötete er, versuchte es außerdem mit »Nuckel«, »Dizi«, »Didi«, »Stöpsel«, dem sachlichen »Sauger«, sogar mit dem wenig anmutigen, aber dafür umso allgäuerischen »Zapfen«, dann gab er auf.

Inzwischen plärrte sein Enkelkind herzerweichend. Er musste sich etwas einfallen lassen, sonst könnte es womöglich eine frühkindliche Abneigung gegen seinen Großvater entwickeln.

Also doch Spielzeug? Schließlich war von Markus noch genügend da. Er beschloss, auf dem Dachboden nachzusehen. Allerdings musste er vorher dringend auf die Toilette, half ja nichts. Er legte das Kind wieder im Stubenwagen ab und zog diesen hinter sich ins Bad. Kluftinger kommentierte laut seine Verrichtung und drückte die Spülung. Das Wasserrauschen sorgte beim Kind offenbar für eine kurze Irritation, denn es hörte auf zu schreien. Immer wenn es wieder zu mucken begann, drückte er die Spülung erneut, mindestens ein Dutzend Mal, auch wenn ihn die Wasserverschwendung in der Seele schmerzte. Irgendwann hörte er nichts mehr vom Kind. Es lag hellwach, aber zufrieden in seinem Wagen.

Erleichtert atmete er auf. Zur Sicherheit holte er aber dennoch die Schachtel mit dem Spielzeug, setzte sich damit neben den Wagen auf den Boden und sichtete den Inhalt: fast alles Automodelle aus den Achtziger- und Neunzigerjahren. Kluftinger stellte sie in einer Reihe auf – nur einen kleinen grauen Passat, der seinem zum Verwechseln ähnlich sah, ließ er in seiner Hosentasche verschwinden. Wenn ihm gar nichts Vernünftiges mehr einfiel, um den Autotausch abzuwenden, hätte er wenigstens noch dieses Modell fürs Nachtkästchen. Dann zog er Markus' geliebtes Schmusekänguru heraus, einige Bilderbücher und schließlich das uralte blecherne Aufziehäffchen mit der Trommel. Damit hatte schon er als Kind gespielt, nun würde eine neue Kluftinger-Generation Spaß damit haben und es, wer weiß, vielleicht eines Tages an die eigenen Nachkommen weitergeben.

Ob das Ding überhaupt noch funktionierte? Er nahm den kleinen Metallschlüssel, zog das Spielwerk auf und stellte das Äffchen auf den Boden. Er lächelte beseelt, als es schnarrend und trommelnd losmarschierte. Sein Lächeln erstarb jedoch, als daraufhin aus dem Stubenwagen ein erschrockenes Kreischen drang.

»Himmelarsch«, entfuhr es Kluftinger. »Ich mein, so ein Mist aber auch«, korrigierte er sich, schließlich hatte er beschlossen, im Beisein des Kindes nicht zu fluchen, auch wenn es ihn noch nicht verstand. Schnell stand er auf, ging zur Toilette und drückte einige Male die Spülung, doch der erhoffte Erfolg blieb aus. *Priml.* Und schuld war nur dieses saudumme Blechäffchen, das er, wenn er ehrlich war, schon als Kind gehasst hatte. Eigentlich sogar ein bisschen gefürchtet, aber darum ging es jetzt ja nicht.

Was sollte er nun tun? Was beruhigte ihn selbst am schnellsten und nachhaltigsten? Natürlich: ein reichhaltiges Essen und eine Runde Fernsehen. Da brauchte er oft nur eine Viertelstunde, schon war er eingeschlafen. Und was bei ihm half, würde aufgrund der genetischen Ähnlichkeit vielleicht auch bei seinem Enkelkind fruchten.

Einhändig erwärmte er also das vorbereitete Fläschchen, dann ließen sich die zwei Kluftinger-Generationen vor dem Fernseher nieder. Allerdings verfügte das Kleine nicht über den gesegneten Appetit seines Großvaters. Immer wieder spuckte es den Sauger aus dem Mund und wand sich in seinem Arm. Der Kommissar griff schnell zur Fernbedienung, der Bildschirm begann zu flimmern, und das Kind wurde kurz still. »Ui, schau mal, eine Wiederholung von *Feuer der Leidenschaft*. Da geht es um die Familie von Schillingsberg ...«

»Uäääáh!«

»Gefällt uns nicht, gell? Kenn ich auch schon, das ist die Folge, in der der Graf ...«

Heftiges Schluchzen.

»Lieber das?« Er schaltete um, wieder hörte das Gebrüll kurz auf. »*Soko Zell am See*? Das sollen Kollegen von deinem Opa sein, aber so geht es bei der Polizei gar nicht zu.«

»Bäähhua!«

»Genau. Ah, schau mal das, Holzfäller in Alaska. Die fällen Bäume und dann transportieren die sie mit Lastwagen ab, über Straßen aus Eis.«

Das Kind wurde ruhig. »Das gefällt dir, hm? Mir auch, nur die Oma schimpft immer, was ich für einen Krampf anschau, wo noch so viel Gartenarbeit zu tun wär und man den Keller mal wieder aufräumen müsste. Oha, jetzt kommt da Werbung ...«

»Ärööööhh.«

»Nix passiert, wir schalten weiter und ... oje, ist das nicht diese Katzberger?«

Auf einem Privatsender war eine Blondine zu sehen, die sich

dabei filmen ließ, wie sie ihr Familienleben als frischgebackene Mama meisterte – und als Frau eines C-Promis, dessen Vater Schnulzen sang. Mit einem Schlag hörte das Kleine auf zu weinen und sah begeistert zum Fernseher, wo die Frau gerade wortreich erklärte, dass sie während ihrer Schwangerschaft zehn Kilo zugelegt habe und sich nun fühle wie eine »schwabbelige Leberwurst«.

»Aber das wollen wir doch nicht sehen, oder? Sollen wir lieber eine schöne Ratgebersendung suchen? Oder vielleicht wieder das mit den Holzfällern?«

Doch jeder Umschaltversuch wurde von seinem Enkel im Keim erstickt. Seufzend ergab sich der Kommissar in sein Schicksal und nahm erfreut zur Kenntnis, dass das Baby nun sogar aus der Flasche trank, während es die Augen nicht von der drallen Blondine lassen wollte, die gerade an ihren ausladenden Brüsten herumdrückte, wobei sie diese – nach Kluftingers Ansicht freimütiger als nötig – »voll die dicken Schläuche« nannte.

Vielleicht ging eben von dieser Mütterlichkeit eine beruhigende Wirkung auf das Kind aus. Doch just, als die Frau selbst gekochte Karotten an ihren Nachwuchs verfüttern wollte, vermeldete eine Stimme, dass, wer erfahren wolle, ob die Babynahrung dem Kind auch munde, nächste Woche wieder einschalten müsse.

Sofort zog sein Enkelkind wieder die Stirn kraus und begann leise zu wimmern, was sich binnen weniger Sekunden zu einem lautstarken Heulkonzert steigerte.

Hektisch zappte Kluftinger im Programm herum, doch nirgendwo war die vermaledeite Blondine zu finden. Für einen Moment erwog er, aus der Faschingskiste die Frau-Antje-Perücke mit den blonden Zöpfen zu holen, von damals, als Erika als Holländerin und er als Tulpengärtner gegangen waren, doch dann verwarf er den Gedanken. Sollten seine Frau oder Yumiko vorzeitig nach Hause kommen, würde er damit in große Erklärungsnot geraten.

Er musste noch mal völlig neu denken, einen innovativen Ansatz finden. Da hatte er eine Idee: Schon öfter hatte er gehört, dass Kuhställe mit klassischer Musik beschallt wurden, um die Tiere zu beruhigen. Warum sollte das nicht auch bei Babys funktionieren? Hoffnungsvoll schaltete er das Radio ein und suchte den Klassiksender, den er von lästigen Mitfahrten im Mercedes von Doktor Langhammer kannte. Doch was da aus dem Lautsprecher drang, hörte sich eher nach Fabriklärm an als nach Musik – was offenbar auch das Baby fand, denn nun drehte es erst richtig auf. Da half es auch nichts, dass eine sonore Radiostimme verkündete, man freue sich auf einen Abend experimenteller Zwölftonmusik von Karlheinz Stockhausen.

Selbst er als wenig ambitionierter Hobbymusiker konnte dieses dissonante Gedudel toppen. *Moment! Das war ja die Idee überhaupt.* Schnell holte er seine Trommel samt Schlägel aus dem Bügelzimmer, legte das Baby aufs Sofa und begann mit einem Lied, das bei den Auftritten der *Harmoniemusik Altusried* stets der unangefochtene Abräumer war: »*Und dann die Hände zum Himmel, nun lasst uns fröhlich sein …*« Weiter kam er nicht, denn schon beim ersten Schlag auf die riesige Trommel fuhr ein Ruck durch das Kind und das Weinen ging in Schreien über.

»Neinneinein! Ich hab auch was Langsames im Repertoire. *Kennst du die Perle, die Perle Tirols …*«

Das Schreien steigerte sich zu einem verzweifelten Kreischen.

»Du bist aber auch ein schwieriges Kind, zefix. Da war ja dein Vater leichter ruhig zu kriegen, … glaub ich«, murmelte er und nahm das brüllende Baby erneut auf den Arm. Allmählich war er mit seinem Latein am Ende. Ob er Yumiko auf dem Handy anrufen sollte? Andererseits kam das einer Kapitulation gleich, dem Eingeständnis seiner völligen erzieherischen Inkompetenz.

Nein, so weit war es noch nicht. Er eilte zum Laptop und tippte »Baby hört nicht auf zu schreien« in die Suchmaschine ein, worauf einige Filmchen erschienen, in denen Kleinkinder dadurch einschliefen, dass man sie den Geräuschen verschiedener elektrischer Küchengeräte aussetzte. Er sah einen kleinen Jungen, der selig schlummerte, während seine Mutter mit einem höllisch lauten Zyklonsauger direkt neben seinem Laufstall herumfuhrwerkte, einen weiteren, der neben einem laufenden Mixer döste, und ein Mädchen, das in einer Wippe auf einem rumpelnden Wäschetrockner thronte und mit geschlossenen Augen genüsslich an seinem Schnuller nuckelte. *Na also, das war die Lösung.*

Der Kommissar begab sich samt Kind in den Keller, schnappte sich einen Korb Schmutzwäsche und stellte ihn entschlossen auf die Waschmaschine. Er formte eine kleine Kuhle, kleidete die Liegefläche mit einem weichen Angora-Unterhemd aus, bettete das Baby hinein, hielt den Korb gut fest, drückte ein paar Knöpfe und betätigte den Startknopf. Und siehe da: Kaum setzte sich unten die Waschtrommel langsam in Gang, verklang oben mit einem Schlag das Geschrei. Das Kleine sah mit großen Augen zur Kellerdecke, zunächst starr wie ein Kaninchen vor der Schlange, dann immer gelöster, bis sich irgendwann die kleinen Augenlider langsam senkten und das Baby in einen erlösenden Schlaf fiel.

Der Kommissar atmete tief durch, zog sich einen kleinen Hocker heran, wischte sich mit einem T-Shirt aus dem Waschkorb den Schweiß von der Stirn und legte das Gesicht in die Hände. Das hatte er sich beileibe leichter vorgestellt.

»Himmelkreuzkruzinesn, was ist los?« Kluftinger fuhr erschrocken auf. Er musste eingenickt sein: Sein verspannter Nacken und das Speichelrinnsal an seinem Kinn verrieten ihm, dass es sich nicht nur um Sekundenschlaf gehandelt haben konnte. Er sah auf die Uhr. Wie lange hatte er gedöst? Das Zetern des Kindes hatte ihn jedenfalls geweckt. Kein Wunder, dass es so brüllte: Bei der Waschmaschine hatte der Schleudergang eingesetzt, und der Korb wurde nicht mehr nur geschaukelt, sondern geschüttelt. Schnell hob er ihn herunter und drückte das Kind mit schlechtem Gewissen an sich. »Weißt du, in dem saudummen Internet stand nix drin, dass man nicht schleudern darf. Aber dein Opa hat dich lieb.«

Zehn Minuten später stand Kluftinger in der Küche und versuchte, den Dauerbetriebsschalter für die elektrische Zitruspresse zu finden, während Erikas Teigknetmaschine einträchtig neben dem Mixer lief und die Abzugshaube auf MAX stand. Der Raum glich einem Schlachtfeld. Aber da die Waschmaschine nun negativ belastet war, probierte er es analog den Internet-Videos mit anderen elektrischen Helfern. Jetzt eilte er in die Speisekammer, holte den Staubsauger und schaltete ihn dazu, doch unbeeindruckt vom Elektrokonzert weinte das Baby weiter. Sein Gesicht hatte mittlerweile eine ähnlich rote Färbung angenommen wie das seines Großvaters. Der Kommissar versuchte, ihm wieder seinen Schnuller anzubieten, doch der fiel herunter und wurde samt Kette gierig vom Sauger verschlungen. Hektisch suchte Kluftinger in der gesamten Wohnung nach Ersatz, bis ihm auffiel, dass das Kind gar keine Geräusche mehr von sich gab.

Zaghaft sah er zu seinem Enkelkind im Stubenwagen. »Endlich«, flüsterte er. Das Baby hatte die Augen geschlossen und schlief. Leider war ihm der genaue Zeitpunkt des Einschlafens entgangen und er konnte nun nicht mehr ausmachen, welche der Einschlafhilfen gewirkt hatte.

Obwohl sich seine Beine bleischwer anfühlten, schaltete der Kommissar schnell alle Geräte ab. Er wollte gerade die Flasche mit der Babymilch wegschütten, da überkam ihn ein unbändiges Verlangen, und er trank sie in einem Zug selbst aus. Zu seinem Erstaunen schmeckte das Zeug nicht einmal schlecht. Einen Moment lang sah er erleichtert aus dem Fenster und seufzte. Jetzt würde er ganz gemütlich alles aufräumen und ...

»Kreuzhimmel, nein!« Gerade bogen Markus und Yumiko in die Einfahrt. Ohne nachzudenken, packte der Kommissar die Geräte, zog wahllos Schränke und Schubladen auf und stopfte alles hinein. Wenn er Glück hatte, würde niemand etwas bemerken, bis er irgendwann in der Nacht aufstehen und alles aufräumen konnte. Er schloss gerade die letzte Schublade, als er hörte, wie sich der Hausschlüssel im Schloss drehte.

»Heilandnocheins, der Staubsauger!«, zischte er und rannte in den Hausgang – wo er seinem Sohn, seiner Schwiegertochter und Erika gegenüberstand.

»Heu, ihr ... schon ... da?«, kiekste er mit verlegenem Grinsen und dem Staubsauger in der Hand.

»Ja, ich hab bloß ganz schnell meinen Bericht vorgelesen und bin dann wieder gegangen«, erklärte seine Frau. »Irgendwie hab ich das Gefühl gehabt, du brauchst mich. Wo ist denn mein Butzele?«

»Das steht doch vor dir, Mama«, grinste Markus.

»Ich mein doch das *kleine* Butzele, nicht den alten Opa.«

Kluftinger legte den Zeigefinger an die Lippen. »Das Kind schläft tief und fest im Wagen«, flüsterte er.

»Ach, war's gar nicht wach?«, wollte Markus wissen.

»Doch, schon. Ein bissle.«

Die drei gingen in die Küche, Kluftinger sah ihnen gespannt hinterher.

»Hast du gesaugt?«, hörte er Erika.

Kluftinger lehnte sich betont locker in den Türrahmen. »Mein Enkelkind und ich, wir haben ein bissle gespielt mit den Sachen, die von dir noch da sind, Markus, dann haben wir das Milchfläschle getrunken ...«

»Aha, und du hast dir das eine oder andere Hopfenfläschle einverleibt, gell, Vatter? Siehst irgendwie mitgenommen aus«, sagte Markus mit schiefem Grinsen.

»Schmarrn, noch nicht mal meine Feierabendhalbe hab ich getrunken. Muss man ja dem Kind nicht vormachen, reicht schon, wenn der Vater mit seinen Kumpels zum Saufen geht, den Schlüssel nicht mehr findet und vor der Tür schläft.«

»Diese Geschichte schon wieder. Da musste ich schließlich die Geburt meines ersten Kindes gebührend feiern.«

»Und was hat das mit dem Staubsauger zu tun?«, beharrte Erika.

»Ach so, genau, ja und dann, also, waren wir zwei noch kurz in der Waschküche und haben was ... geholt. Da ist das kleine Butzel eingeschlafen. So tief und fest, ein Traum. Hab ich mir halt gedacht, machst dich ein bissle nützlich und saugst schnell durch. Der Boden hat's schon brauchen können.«

»Was soll das heißen?« Erika funkelte ihn böse an. »Ist es dir zu schmutzig bei uns, hm?«

»Schmarrn, im Gegenteil.«

»Was meinst du damit?«

»Nix, Himmel. Ich ... wollt dir halt helfen.«

»Ja, so was, schau mal, Markus, unser Kind schläft doch tatsächlich das erste Mal ganz ohne seinen Schlummerdidi«, vermeldete Yumiko erstaunt.

»Hast ihm den nicht gegeben, Vatter?«

»Nein, keine Ahnung, wo der ist, und die Kette ...«

»Nein, Papa«, erklärte Yumiko, »der mit der Kette ist fürs Schlafen völlig uninteressant, das klappt nur mit diesem einen, ganz speziellen Didi hier.« Sie holte einen Schnuller aus der Wickeltasche und hielt ihn hoch.

Er sah tatsächlich völlig anders aus als das Ding, das sich nun im Bauch des Kluftinger'schen Staubsaugers befand.

Der Kommissar schnaubte. *Es hätte alles so einfach sein können.*

»Was wir schon für Dramen hatten, wenn wir den nicht gefunden haben, mein Gott«, sagte Yumiko lächelnd.

»Ja, da seht ihr mal. Hat's gar nicht gebraucht«, erwiderte Kluftinger. »Wenn der Opa da ist, wer will da schon einen Zapfen, gell?«

Erika und Yumiko schienen erstaunt, nur Markus wirkte misstrauisch. »Also komm, jetzt tu grad so, als wärst du der große Babysitter. Entweder war das Zufall oder irgendwas ist daran faul. Wenn ich mir denk, wie lang unser Baby manchmal schreit, bis es einschläft, und bei dir ...«

»Zehn Minuten, und schon sanft eingeschlummert.«

Stirnrunzelnd ging Markus zum Fernsehsessel und nahm Kluftingers Bierkrug zur Hand.

»Der Opa hat mir erzählt, dass ihr manchmal meinen Nuckel ins Bier gehalten habt. Vatter, sag jetzt nicht ...«

»Würd ich nie machen!« Kluftinger verfluchte sich dafür, dass er vorhin nicht auf diese Idee gekommen war.

»Irgendwas verheimlichst du uns, Vatter, das spür ich. Krieg ich schon noch raus. Was läuft denn da eigentlich im Fernsehen?«

Kluftinger ruckte herum. Auf dem Bildschirm unterhielten sich ein Mann und eine Frau gerade über eine ziemlich unförmige beige Unterhose. »Au, da muss ich mit dem Staubsauger ...«

»Ah, Shoppingkanal«, versetzte Markus hämisch, »wenn du dir den Bauch-Weg-Schlüpfer bestellst, den sie da gerade anpreisen, nimm ihn lieber in Schwarz. Fleischfarben steht dir nicht so.«

»Können wir jetzt gehen, ich muss noch ...« Yumiko blickte auf ihren Schwiegervater und senkte dann die Stimme.

»Kannst ruhig laut reden, wir haben keine Geheimnisse vor dem alten Mann«, erwiderte Markus.

»Ich muss noch Milch abpumpen«, sagte die Japanerin verlegen und verließ den Raum.

»Wie jetzt, abpumpen?«, wollte Kluftinger wissen.

»Wir geben dem Kind nur Muttermilch, soll gesünder sein.«

Kluftinger erinnerte sich an das Fläschchen, das er vorher leer getrunken hatte. »Markus, pfiati, ich muss mal aufs ... mir ist ein bissle übel.«

6

Kluftinger wollte weiteren inquisitorischen Fragen nach dem gestrigen Abend mit seinem Enkel lieber aus dem Weg gehen und stand deswegen besonders früh auf. Seine Vernehmungen genossen bei den Kollegen zwar einen legendären Ruf, er wusste aber, dass er einem Kreuzverhör seiner misstrauischen Frau nicht lange standhalten würde. Und es wäre doch schade um seinen Triumph, wenn herauskommen würde, was sich wirklich abgespielt hatte. Also räumte er heimlich die Küchengeräte vernünftig in die Schränke und machte sich dann ohne Frühstück auf den Weg ins Büro, nicht jedoch, ohne Erika noch die Zeitung auf den Küchentisch zu legen, in die er selbst – entgegen seiner Gewohnheit – keinen Blick mehr warf.

Stattdessen hatte er noch einen Zettel geschrieben, über dessen Inhalt er die ganze Nacht nachgegrübelt hatte. Nachdem sämtliche Versuche, den Autotausch rückgängig zu machen, an der Phalanx aus seiner Frau und seinem Sohn zerschellt waren, wollte er zumindest die Eigenheiten seines geliebten Wagens schriftlich niederlegen, damit Markus ihm die Behandlung angedeihen ließ, die es verdiente. Auf dem Papier standen wichtige Dinge wie *Scheibenwischer hinten geht nur, wenn Nebelschlussleuchte an, Rückwärtsgang sanft reinruckeln, nicht mit Gewalt,* oder *bei kaltem Motor höchstens ein Viertel Gas*. Er hoffte, dass er damit zumindest das Schlimmste verhindern würde, bis der Passat wieder in seine verantwortungsvolle Obhut überginge.

Er war noch nicht in Kempten angekommen, da klingelte auch schon sein Mobiltelefon. Auf dem Display stand *Ehefrau Erika*. Das kam zwar auch ihm immer noch seltsam vor, aber er hatte es nicht geschafft, einen Kontakt für sie nur mit ihrem Vornamen anzulegen. Kluftinger ließ es klingeln, er würde sie von der Dienststelle aus zurückrufen. Polizisten, die am Steuer telefonierten, waren nicht gerade das beste Vorbild. Und seit Birte Dombrowski das Ruder in der Direktion übernommen hatte, konnte man mit den Kollegen von der Verkehrspolizei auch keinen Deal mehr aushandeln, falls man erwischt wurde.

Von seiner Sekretärin war noch nichts zu sehen, als er das Büro betrat. Das war zu so früher Stunde nicht ungewöhnlich. Was ihn allerdings überraschte, war die Tatsache, dass Eugen Strobl bereits an seinem Platz saß. Ausgerechnet er, bei dem man in den letzten Wochen schon froh sein musste, wenn er überhaupt erschien. Kluftinger wertete das als Zeichen, dass sich der Kollege wieder auf dem richtigen Weg befand. Beziehungsweise, wenn man es genau nahm: dass er ihn wieder auf den richtigen Weg zurückgebracht hatte.

»Ah, Klufti, ich hab auf dich gewartet«, sagte Strobl, als er seinen Vorgesetzten erblickte. Er wirkte fahrig und nervös.

Überrascht runzelte Kluftinger die Stirn. »Aha, und was gibt's?«

»Können wir in dein Büro gehen?«

»Ja, klar. Komm doch rein.«

Als Strobl an ihm vorbei in den Raum ging, bemerkte Kluftinger einen strengen Schweißgeruch. Auch etwas Alkohol schwang in der Duftwolke mit. Jetzt musterte er den Kollegen genauer: Seine Kleidung war zerknittert und dreckig, das Unterhemd schaute aus der Hose heraus. *Also doch keine Besserung*, dachte der Kommissar. »Sag mal, Eugen, hast du heut Nacht hier geschlafen?«

Strobl lief rot an. »Kannst du nicht aufhören, dich in anderer Leute …« Er brach ab, atmete tief durch und fuhr bemüht freundlich fort: »Hör mal zu, ich weiß, dass ich in letzter Zeit etwas, sagen wir mal, schwierig war.« Er machte eine Pause und wartete, ob Kluftinger etwas dazu sagen würde, doch der schwieg. »Aber das ist bald vorbei. Ist grad alles ein bissle kompliziert bei mir. Deswegen muss ich dich auch sprechen. Ich bräucht morgen unbedingt frei.«

Kluftinger schaute ihn skeptisch an.

»Und ich wollt dich fragen, na ja, ob du mir was leihen kannst.« Beim letzten Satz senkte Strobl seinen Blick.

»Was jetzt, Geld oder wie?«

Strobl sah auf. »Nein, deine Frau. Was denn wohl, Klufti!«

Der Kommissar schnaufte. Er wurde normalerweise nicht angepumpt; sein Umfeld wusste, dass er überaus vorsichtig mit seiner Barschaft umging. Allerdings sah sein Kollege wirklich so aus, als stecke er in Schwierigkeiten. Schließlich gab er sich einen Ruck, griff in seine Gesäßtasche, holte den Geldbeutel heraus und zog einen Zwanzig-Euro-Schein hervor. »Gibst es mir halt zurück, wenn's wieder besser geht.«

Strobl starrte erst ungläubig den Zwanziger an, dann lachte er lauthals los. »Du bist echt ein Original. Aber dein Kleingeld darfst du behalten. Ich bräucht schon eine richtige Summe.«

Misstrauisch kniff der Kommissar die Augen zusammen. »Und wie viel wär eine *richtige Summe?*«

»So tausend fürs Erste?«

Kluftinger klappte der Kiefer nach unten. »Fürs Erste? Tausend? Ich mein: Euro?«

»Ist nur ein momentaner Engpass, das wird definitiv bald vorbei sein, dann kriegst du es wieder. Verzinst sogar.«

Der Kommissar schluckte. Er war besorgt um den Kollegen. Und um sein Geld. »Eugen, wenn du Probleme hast: Ich helf dir gern, aber doch nicht mit so einer Summe, ich hab ein Enkelkind, das muss auch …«

»Passt schon, lass stecken«, unterbrach ihn sein Gegenüber unwirsch. »Hätt ich mir schon denken können, dass bei dir das Arschloch zuschnappt, wenn's um Geld geht.«

Dem Kommissar stockte der Atem. So ließ er nicht mit sich reden, egal, was mit dem Kollegen los war. Noch dazu, wo der etwas von ihm wollte. »Eugen, ich warn dich, du gehst zu weit. So kannst du dich nicht aufführen. Und frei kriegst du auch nicht. Du hast schließlich noch diverse Minusstunden zum Reinarbeiten!« Wieder klingelte Kluftingers Handy, erneut war es seine Frau. Wütend drückte er den Anruf weg. »Himmelzefix, dieses Glump läutet auch immer zur falschen Zeit.«

»Geh ruhig hin. Wir sind eh fertig miteinander. Und das mein ich wörtlich.« Damit stürmte Strobl aus dem Zimmer und knallte die Tür hinter sich zu.

Fassungslos sah Kluftinger ihm nach. Was war nur aus seinem Lieblingskollegen geworden? Das war keine normale Veränderung, irgendetwas Gravierendes musste passiert sein. Dann meldete sich sein schlechtes Gewissen: Hätte er mehr auf ihn eingehen sollen? Ihm doch mit dem Geld aushelfen müssen? Er wusste nicht, wie lange er die geschlossene Tür angestarrt hatte, als sich diese erneut öffnete und Roland Hefele das Büro betrat.

»Was ist denn mit dir los?«, fragte der. »Hypnotisierst du den Eingang, bis irgendjemand kommt?«

»Was? Nein, das war nur grad ... ach, egal.«

»Stimmt was nicht?«

Kluftinger kam nicht dazu, die Frage zu beantworten, denn Sandy Henske lief bereits an Hefele vorbei ins Zimmer. »Ach, Gott sei Dank Chef, ich hab mir ja solche Sorgen gemacht.«

»Wunderschönen guten Morgen, Fräulein Henske«, giftete Hefele in ihre Richtung.

»Alles in Ordnung?«, fragte sie besorgt, ohne darauf zu reagieren.

Irritiert blickte der Kommissar erst sie, dann seinen Kollegen an, der nur mit den Schultern zuckte. »Was soll denn sein?« Dann kam ihm ein Verdacht. »Hat der Eugen Ihnen irgendwas erzählt? Wissen Sie, was bei dem vor sich geht?«

Jetzt war es Sandy Henske, die irritiert wirkte. »Haben Sie denn heut keine Zeitung gelesen, Chef?«

»Heut früh nicht, ausnahmsweise.«

»Dann sollten Sie sich das mal ansehen«, sagte die Sekretärin, kramte aus ihrer Handtasche ein aktuelles Exemplar der *Allgäuer Zeitung* hervor und legte es auf den Schreibtisch. »Hier!«

»Das sind die Todesanzeigen, aber warum ...?« Kluftinger erstarrte. Ganz unten links war eine zu sehen, die nur ein verschnörkeltes Symbol und ein kleiner Spruch zierten. Darüber stand neben einem Kreuz sein Name.

Eine Weile standen sie wortlos da und schauten wie hypnotisiert auf das Papier. Dann nahm Kluftinger die Zeitung in die Hand. Er hatte dem Spruch noch gar keine Aufmerksamkeit geschenkt, immer nur seinen Namen mit dem Kreuz angestarrt. Als er ihn las, fröstelte er: *We'll fly you to the promised land.*

»Du darfst das jetzt wirklich nicht mehr auf die leichte Schulter nehmen.« Maier wirkte besorgt. Seit einer halben Stunde hielten sie nun schon ihre tägliche Morgenlage-Sitzung ab, und noch immer kreiste das Gespräch um die Todesanzeige.

»Mach ich ja gar nicht«, beschwichtigte Kluftinger seinen Mitarbeiter. »Ich hab euch doch erzählt, was ich in Sachen Schutzpatron unternommen hab.«

»Schon, aber genützt hat das ja bisher nix. Wir müssen dich aus der Schusslinie nehmen. Wie wäre es mit Schutzhaft?«, schlug Maier vor.

»Spinnst du?« Kluftinger tippte sich an die Stirn. »Ich lass mich doch nicht ins Gefängnis sperren, weil draußen ein Irrer rumläuft.«

»Aber Polizeischutz wär vielleicht keine schlechte Idee«, meldete sich Hefele zu Wort. »Wenigstens, dass jemand ein bissle schaut, bei dir daheim.«

»Ich weiß nicht.« Der Kommissar zweifelte nach wie vor daran, dass die Sache derart ernst war. Sicher allerdings war auch er sich nicht. Nicht einmal mehr, dass wirklich der Schutzpatron hinter der Sache steckte. Denn die Worte, die in der Anzeige standen, hatten ihn ins Grübeln gebracht.

»Was bedeutet eigentlich der Spruch?«, fragte Hefele, als habe er Kluftingers Gedanken erraten.

»Also, das heißt übersetzt: Wir fliegen dich in das versprochene Land, wobei das sicher nicht wörtlich zu nehmen ist, sondern eher im Sinne von einem verheißenen Land, also dem Paradies, einem jenseitigen Wunschort, dem Nirvana oder dergleichen«, dozierte Maier.

»Herrschaft, du G'scheitschwätzer, das ist mir schon klar. Ich mein, was die Zeilen für den Chef bedeuten.«

»Für *mich*?«, fragte der Kommissar.

»Das war ja für jeden deutlich zu sehen, dass dir der Spruch irgendwas sagt.«

War das wirklich so offensichtlich gewesen? Kluftinger winkte ab. »Ach was. Das ist sicher bloß Zufall.« Er griff sich wieder die Zeitung. Nach einer Weile sagte er: »Schaut euch mal das komische Symbol an, das dabeisteht. Das ist doch eine Monstranz, was ja wieder auf den Schutzpatron hindeuten tät.«

Maier nahm ihm das Blatt aus der Hand. »Also ich weiß nicht, das muss jetzt keine Monstranz sein, find ich. Schaut eher aus wie ... ein Baum. Sagt dir das was? Hast du mal einen Baum gepflanzt, der ...?«

»Herrgott Richie, ich bin doch kein Gärtner. Nein, ich hab keinen Baum gepflanzt. Also, schon, aber das hat damit nix zu tun.«

Jetzt versuchte Hefele sein Glück. »Und wenn es einfach so ein besonderes Kreuz ist? Wie von den Kreuzfahrern, so eine Art Ritterorden ...«

Kluftinger schüttelte den Kopf. »Dieses Rumraten ist mir zu blöd, ich ruf jetzt mal bei der Zeitung an, vielleicht finden wir raus, wer das in Auftrag gegeben hat. Und dann sehen wir weiter.«

Der Kommissar wurde bereits zum vierten Mal weiterverbunden und ratterte sein Anliegen nur noch monoton herunter. Er rechnete ohnehin damit, dass gleich wieder die Warteschleifen-Melodie – eine Xylophon-Version von *Freude schöner Götterfunken* – erklingen würde, als die Frau am anderen Ende zu seiner Überraschung verkündete: »Verstehe. Da kann ich Ihnen bestimmt helfen.«

Kluftinger setzte sich auf und nahm den Hörer, den er zwischen Schulter und Ohr geklemmt hatte, wieder in die Hand. »Ja? Mei, das wär ja pfundig. Brauchen Sie noch irgendwelche Angaben?«

»Nein, ich komm schon klar.«

Er hörte, dass die Frau etwas auf einer Tastatur tippte, wobei sie halblaut mit sich selbst sprach. Das ging eine ganze Weile so, und Kluftinger ließ sich schon wieder in seinen Schreibtischstuhl sinken, da tönte plötzlich ein »Ha!« aus dem Hörer, das ihn zusammenfahren ließ.

»Haben Sie was?«

»Ja. Also, na ja, ich hab immerhin rausgefunden, dass die Anzeige übers Internet aufgegeben wurde.«

»Und steht da auch von wem?«

»Einen Moment.« Wieder das Tippen und das Geflüster. »Ja, jetzt hab ich's. Hm, scheint ein Türke oder so gewesen zu sein.«

»Ein Türke?«

»Ja, vielleicht auch ein Syrer, ich kenn mich da nicht so aus, also, sprachlich jetzt. Der Nachname ist jedenfalls *Onymus*.«

»Klingt komisch«, sagte Kluftinger und ließ ihn sich buchstabieren. Er schrieb ihn auf einen Zettel. »Haben Sie auch den Vornamen?«

»Nein, leider nicht. Nur die Initialen.«

Immerhin, dachte der Kommissar.

»Das wäre A. N.«

Er notierte sich auch das. Dann starrte er auf das Blatt – und der Groschen fiel. A.N. Onymus. *Anonymus*. Er seufzte. »Und der wohnt wahrscheinlich in der Musterstraße, oder?«

»Adresse habe ich leider keine vermerkt. Sonst noch was?«,

fragte die Frau und klang dabei ein wenig stolz, dass sie der Polizei so geholfen hatte.

Kluftinger überlegte. »Mei, also, vielleicht gibt's eine Kontoverbindung, mit der das Ganze bezahlt worden ist?«

»Nein, leider nicht. Lief über einen Bezahldienst.«

»Hab ich mir gedacht«, brummte er, bedankte sich und legte auf. Mit seinem Zettel ging er ins Nachbarbüro.

»Und, was erreicht?«, fragte Hefele.

»Wie man's nimmt. Hier hab ich einen ... nennen wir es mal Namen. Von dem, der die Anzeige aufgegeben hat.« Er reichte das Papier seinem Kollegen.

»Klingt komisch. Grieche vielleicht?«

Kluftinger grinste. »Wohl kaum, schau: A.N. Onymus. Ergibt: Anonymus. Der Name ist falsch. Aber er hat über so einen Internet-Bezahldienst, also ... bezahlt. Schaut doch mal, ob man auf dem Weg über ihn was rauskriegt.«

Maier nahm Hefele den Zettel ab. »Das mach dann wohl besser ich.«

Zurück in seinem Büro, setzte sich Kluftinger an den Schreibtisch und rieb sich die Schläfen. Er wusste nicht mehr, was er glauben sollte. Alles hatte so schön gepasst: Röslers Hinweis, der Urheber des Sprüchleins auf dem Kreuz, der Diebstahl in Kochel – all das wies auf Albert Mang hin, den Schutzpatron.

Doch dann kam die Todesanzeige und mit ihr diese Zeile. *We'll fly you to the promised land.* Die Kollegen hatten recht. Natürlich sagte ihm dieser Spruch etwas. Konnte es ein Zufall sein, dass ausgerechnet dieses Kapitel seines Lebens in der Anzeige aufgegriffen wurde? Ein Kapitel, das er längst zugeschlagen und begraben hatte. Ein dunkles Kapitel. Ein wunder Punkt.

Kluftinger griff zum Telefonhörer. Er würde bei Rösler anrufen, um sich von ihm bestätigen zu lassen, dass der Schutzpatron nach wie vor die richtige Spur war. Um nicht länger darüber nachdenken zu müssen, was sonst vielleicht gemeint sein könnte.

Da niemand abnahm, versuchte er es über die zentrale Nummer des Altenheims. »Heinz Rösler?«, tönte eine schnarrende Stimme am anderen Ende, bei der er sich nicht sicher war, ob sie einem Mann oder einer Frau gehörte. »Nein, den können Sie nicht sprechen.«

»Nur ganz kurz, es ist wirklich wichtig«, insistierte der Kommissar.

»Und wenn's um den Jüngsten Tag geht – der Rösler ist nicht zu sprechen. Nicht mehr. Er ist heute Nacht verschieden.«

Es dauerte ein paar Sekunden, bis Kluftinger die Nachricht realisiert hatte. Noch vor zwei Tagen war er überrascht gewesen, dass der Alte überhaupt noch lebte, und nun, wo er ihn dringend gebraucht hätte, hatte er sich endgültig aus dem Staub gemacht.

Da er nichts sagte, erklang wieder die Stimme aus dem Hörer: »Sind Sie Verwandtschaft?«

»Nein. Polizei.«

»Ah. Da wird er eh mehr Bekannte gehabt haben als sonst wo.« Es folgte ein bellendes Lachen. »Gut, wenn's weiter nix gibt …«

»Wie ist er denn gestorben?«

Die Stimme seufzte. »Na ja, also wirklich überraschend kam das nicht. Wobei …«

»Ja?« Kluftinger wurde hellhörig.

»Ein bisschen komisch war es schon.«

»Inwiefern?«

»Na ja, die Nachtschwester hat gemeint, dass die Geräte nicht liefen, als sie reinkam. Also, das heißt jetzt nichts, er hat sie ja nicht unbedingt gebraucht, nur zur Unterstützung, aber es ist doch seltsam, weil …«

Kluftinger unterbrach. »Sie rühren nix an, ja? Ich schick jemanden vorbei, der sich die Sache mal anschaut.«

»Muss das sein?« Man konnte hören, dass sich die Stimme dafür verfluchte, einer solchen Vermutung Ausdruck verliehen zu haben.

»Ja, das muss sein«. Der Kommissar hängte grußlos ein.

So detaillierte Insiderinformationen über den Schutzpatron wie von Rösler würde er von niemandem mehr bekommen. Er nahm sich die Zeitung und starrte wieder auf die Todesanzeige. Natürlich war das eine Monstranz, alles andere würde ja gar keinen Sinn ergeben.

Aber dieser Spruch.

We'll fly you to the promised land.

Den konnte er nicht ignorieren. Das war schließlich ihre Hymne gewesen in diesem einen Sommer, der alles verändern sollte. Der die letzten unbeschwerten Tage ihrer Jugend beendet hatte. Seine und die seiner Freunde. Es war ihr Motto gewesen.

Ihr Ziel.

The promised land.

Ihre kleine Flucht. Was dabei herausgekommen war, hatte sich weiß Gott nicht als das versprochene Land herausgestellt.

Er atmete tief durch. Mit aller Macht drängte die Vergangenheit, die er so tief in sich begraben hatte, an die Oberfläche.

We'll fly you …

7

… to the promised land.

»Yeah-ha-hea!« Marianne streckte ihre Arme in die Höhe und wiegte sich selbstvergessen im Rhythmus der Musik, die blechern aus einem kleinen Kassettenradio schepperte. Ihr T-Shirt mit dem verwaschenen Che-Guevara-Aufdruck rutschte dabei in die Höhe und entblößte ihren Bauchnabel.

Adalbert Kluftinger starrte gebannt auf das tanzende Mädchen, das alles um sich herum vergessen zu haben schien: die windschiefe Hütte, vor der sie sich immer trafen, das Lagerfeuer, vor allem aber die Menschen um sie herum, diesen bunt zusammengewürfelten Haufen aus vier halbstarken Jungs und zwei Mädchen. Sie nannten sich selbst gern »die Clique«, auch wenn sie kaum unterschiedlicher hätten sein können.

Jetzt trat Horst von hinten an die Tanzende heran und drängte seine Hüfte an ihren Po, wiegte sich mit ihr im Takt.

»Hotte, du bräuchtest echt mal 'ne Bremspille«, sagte Marianne lachend und drehte sich zu dem jungen Mann um, einem baumlangen, muskelbepackten Kerl mit riesigen Pranken, die von seiner Arbeit in der Autowerkstatt immer ölverschmiert waren. Er schob ungeniert eine Hand unter ihr T-Shirt und steckte ihr mit der anderen seinen Joint in den Mund. Marianne nahm einen tiefen Zug und küsste ihn lange und leidenschaftlich.

»Hey, macht mich bloß noch nicht zum Onkel«, schrie der Junge, der auf dem Baumstumpf am Feuer saß und seit fünf Minuten vergeblich versuchte, sich ebenfalls einen ansehnlichen Joint zu drehen. Bewundernd sah er zu, wie sein Bruder Horst und Marianne rummachten. »Das kann ich mir echt nicht vorstellen: *Onkel Manfred!* Wie das klingt …«

Hotte ließ von seiner Freundin ab, warf seinem Bruder einen verächtlichen Blick zu und schimpfte: »Such dir doch selber eine. Dann musst nicht immer mir zuschauen.«

Adalbert klopfte dem jüngeren der Klotz-Brüder auf die Schulter. »Wird schon, Manne.«

»Kannst du das machen?«, fragte der und drückte ihm das Zigarettenpapier in die Hand.

»Nein, Manne, du weißt doch …«

»Ach ja, dein Alter. Komm, nur weil der so ein Affenarsch von einem Bullen ist, musst du doch nicht leben wie ein Mönch. Jetzt bist du noch frei, du bist siebzehn. Wenn du erst mal Familie hast …« Er ließ den Satz im Ungewissen verhallen.

»Lass doch endlich den Bertel in Ruh«, mischte sich da das Mädchen ein, das auf der Decke neben Adalbert Kluftinger saß.

»Passt schon, Brigitte.«

»Nein, nix passt. Immer hacken die auf dir rum, nur weil dein Alter bei der Polente ist.«

Dankbar nickte er ihr zu. Auf Brigitte Fendt war eben Verlass. Er mochte sie, sie war so etwas wie die gute Seele ihrer Gemeinschaft, auch wenn sie rein optisch am allerwenigsten zu den sogenannten Halbstarken passte: Gitti, wie sie genannt wurde, hatte breite Hüften, eine dicke Hornbrille auf ihrer von Sommersprossen übersäten Nase, und wenn sie lächelte, sah man statt einer weißen Zahnreihe nur einen Haufen Drähte in ihrem Mund.

Sie legte Adalbert die Hand auf den Oberschenkel und übte sanften Druck aus. »Gib mal her, den Dübel«, sagte sie mit ihrem Zahnspangenlächeln.

Adalbert sah sie erschrocken an. »Wie meinst du das denn jetzt?«

Hotte und Marianne lachten laut.

»Ach so, den Joint«, murmelte Adalbert leise. Von hinten bekam er einen Stoß in die Rippen.

»Was denn, Bini?«

Korbinian Frey setzte sich neben ihn und strich sich amüsiert die ausladenden Koteletten glatt. Mit dem Kopf deutete er auf Brigitte und rollte vielsagend mit den Augen.

Kluftinger seufzte und flüsterte seinem besten Freund zu: »Ach komm, Bini, du weißt genau, dass ich nix von der will.«

»Stell dich nicht so an«, wisperte Korbinian zurück. »Musst sie ja nicht gleich heiraten. Ein bissle Spaß wär allemal drin.«

Ihre Blicke wanderten wieder zu den zwei Tanzenden. Marianne Reithmayer, die alle nur »Nanderl« riefen, und Horst »Hotte« Klotz waren so etwas wie das anstößigste Paar in ihrem Provinzdorf Altusried: er der Respekt einflößende Rebell, der statt Mofa schon ein Motorrad fuhr und keiner Prügelei aus dem Weg ging, sie die freizügige Dorfschönheit, die sich nicht um Sitte oder Moral scherte, in einer Wohngemeinschaft auf einem Bauernhof lebte und immer mit den knappsten Klamotten herumlief – selbst im Winter.

»Hör auf zu sabbern, Bertele. Die ist 'ne Nummer zu groß für uns«, sagte Frey schließlich, zündete zwei Zigaretten an und gab eine an seinen Freund weiter.

»Danke, Bini«, sagte Adalbert und fasste unwillkürlich an seine Hosentasche, um zu überprüfen, ob er seine Pfefferminzbonbons dabeihatte. Zwar durfte er von Gesetzes wegen bereits rauchen, seine Eltern hatten es ihm trotzdem verboten. Und er hatte keine Lust auf eine Diskussion oder – noch schlimmer – Hausarrest. Als er das kleine Döschen spürte, nahm er die Zigarette. »So viel Selbsterkenntnis in so jungen Jahren, Herr Frey, wie kommt's?«

»Besser, als unerfüllbaren Träumen nachzuhängen.«

Sie zogen an ihren Glimmstängeln und genossen den schönen Sommerabend. Es hatte zu dämmern begonnen, der Geruch von frisch gemähtem Gras lag in der Luft, das Lagerfeuer warf flackernde Schatten auf ihre Gesichter. Es roch nach Freiheit, nach Aufbruch, fand Adalbert – und fühlte, dass sein Leben gerade richtig begann.

Das Lied aus dem Kassettenrekorder wurde plötzlich langsamer, der Ton dumpf und verzerrt, bis es schließlich ganz stoppte. Wütend trat Horst Klotz mit dem Fuß gegen das Gerät: »So ein Scheiß, diese Quietschkiste. Wird Zeit, dass wir uns mal ne ordentliche Anlage organisieren!«

»He, Hotte, bist du gehirnkastriert?« Korbinian sprang auf. »Immerhin *meine* Quietschkiste. Hör auf dagegenzutreten, sonst …«

»Sonst was?« Hotte ließ seine Freundin los und stellte sich dicht vor Frey, den er um etwa einen Kopf überragte.

»Ich mein ja bloß, davon wird's auch nicht besser«, gab der kleinlaut zurück, setzte sich wieder und widmete sich dem Bandsalat im Rekorder.

»Vor dem Öffnen des Mundwerks Gehirn einschalten, falls da eins drin ist in deiner Murmel«, polterte Klotz, dann widmete er sich wieder seiner Freundin, der er demonstrativ an den Hintern fasste.

»Gehen wir doch mal wieder ins Kino«, schlug Adalbert vor, um die Situation zu entschärfen.

»Aha, dem Polizistensöhnchen reicht es nicht, sich hier ordentlich einen in die Birne zu klopfen. Ihm ist nach Abenteuer und weiter Welt«, ätzte Hotte und ließ sich neben ihn fallen.

»Nein, ich mein ja bloß. Es käm zum Bleistift ein neuer Film mit Bud Spencer. Und die Wiederholung von dem Louis de Funz im Kino 4 soll auch lustig sein.«

»Louis wie viel?«

»De Funns … oder wie man den Namen ausspricht. *Oscar, der Korinthenkacker* heißt der Streifen. Saulustig, hab ich gehört.«

Hotte brach in ein heiseres Lachen aus, in das nach und nach auch Marianne und sein Bruder einstimmten. »*Korinthenkacker* – geht's da um deinen Alten, oder was?« Sein Lachen steigerte sich zu einem hysterischen Husten, worauf sich Brigitte demonstrativ wieder neben Adalbert setzte.

»Ihr Affenärsche. Lasst doch mal den Bertel in Frieden«, schimpfte sie.

»Ja, er hat doch nur gesagt, dass er …«, begann Manfred, doch ein vernichtender Blick seines Bruders ließ ihn verstummen.

»Machst jetzt auch einen auf Schmusekater, Brüderchen? Nur weil ihr zusammen die höhere Schulbank drückt, seid ihr nix Besseres, klar? Kannst in

Zukunft gern wieder allein an deiner Maschine rumschrauben.«

»Jetzt komm, Hotte, so war das doch nicht gemeint«, lenkte Manne sofort ein. Er bewunderte seinen Bruder, auch wenn Adalbert das Gefühl hatte, dass der manchmal einen extrem schlechten Einfluss auf den sensibleren Manfred ausübte.

»Aber recht hat er, der Manne«, erklärte Brigitte.

Adalbert winkte ab. »Schon gut, ich kann für mich selber sprechen.«

Jetzt witterte Manfred offenbar die Gelegenheit, sich in den Augen seines Bruders zu rehabilitieren. »Kriegt die Gitti eigentlich Geld von deinem Alten dafür, dass sie auf dich aufpasst, Nazi?«, stichelte er.

Doch Adalbert ließ sich nicht provozieren. »In welchen Film wollen wir jetzt? Bud Spencer oder Louis de … also den anderen?«

»Also ich würde gern *Die Geschichte der O.* sehen«, erklärte Brigitte. »Ist anscheinend sehr sinnlich.« Beim letzten Wort warf sie Adalbert einen langen Blick zu.

»Gibt's da Busenkäfer drin?«, wollte Manfred mit lüsternem Blick wissen.

»Ach was, wir gehen in den neuen Belmondo, oder, Nanderl?« Hotte zwickte seine Freundin in den Po, die vergnügt aufschrie.

»Immer nur Kino find ich eh scheiße«, sagte Marianne. »Lass uns mal was Verrücktes machen. Wegfahren, zu einem Konzert oder Festival.« Sie stimmte das Lied von vorher an: »*We'll fly you to the promised land, and the answer will be, when he gives us the knee …*«

»*The key*«, verbesserte Brigitte. »Das heißt nicht *the knee*, das würd ja bedeuten …«

»Gittilein, wenn du so hübsch wie schlau wärst, bräuchtest nicht das ganze Eisen in deinem Gesicht!«

Brigitte verstummte. Ihr Blick wurde wässrig, und sie senkte den Kopf.

»Hat's das jetzt gebraucht?«, fragte Korbinian, und Adalbert pflichtete ihm mit einem Nicken bei.

Doch Hotte wischte mit seiner Pranke durch die Luft: »Ach, der Bini und der Nazi, unsere Gutmenschen. Macht's euch mal locker.«

»Du sollst mich nicht so nennen«, zischte Adalbert schärfer, als er gewollt hatte, und als Hotte Anstalten machte, sich zu erheben, schob er ein leises »Bitte« hinterher.

»Bei dir tanzen wohl Moskitos im Oberstübchen! Oder soll ich Matschbirne sagen? Sei froh, dass du bei uns mitmachen darfst, okay?«

Er erwiderte nichts. Alle hatten Spitznamen, die cool oder zumindest normal klangen. Nur er wurde *Bertele*, *Bertel* oder eben, was das Schlimmste war, *Nazi* genannt, als Abkürzung seines zweiten Vornamens *Ignaz*. Nächtelang hatte er schon wach gelegen und überlegt, welchen Kampfnamen man aus *Adalbert Ignatius* bilden könnte, aber ihm war nichts eingefallen außer *Adi* – doch der war schon vom Stürmer der örtlichen Fußballmannschaft belegt und politisch auch nicht gerade unbelastet. Was dann? Igi? Aldi? Er begann, seine beiden Vornamen zu hassen.

»Die sind in München, hab ich im Radio gehört«, meldete sich plötzlich Manfred zu Wort.

Alle sahen ihn fragend an.

»Die Les Humphries. Haben einen Gig in München demnächst.«

»Und wie sollen wir da hinkommen?«, platzte Adalbert heraus. »Ich mein: Sollen wir alle bei Hotte auf dem Sozius sitzen, oder hat neuerdings einer von uns ein Auto?«

»Mit dem Zug?«, schlug Manne vor.

Adalbert schüttelte den Kopf. »Zu teuer. Die Konzertkarten sind sicher auch nicht ganz billig.«

Marianne schnalzte verächtlich mit der Zunge. »Sei doch nicht immer so anti. So wirst du nie was erleben. Fahren wir halt als blinde Passagiere!«

»Schwarz? Wenn die uns erwischen, dann ...«

»Scheiß Zug, ich bin Fahrer, kein Mitfahrer. Aber ich hätt vielleicht eine Lösung.«

Sie verstummten und wandten sich Hotte zu, der versonnen auf den winzigen Stummel in seiner Hand blickte, den letzten Rest seines Joints.

Weil er nicht weitersprach, hakte Korbinian nach: »Würdest du sie uns auch mitteilen?«

Doch Horst schüttelte nur den Kopf, nahm einen letzten Zug und warf die Kippe ins Feuer. »Ein andermal. Und jetzt lasst uns baden gehen. Mir ist heiß.«

Marianne jauchzte und fiel ihrem Freund um den Hals. »Au ja, pudelnackig.«

»Wie denn sonst?«

Adalbert gab stirnrunzelnd zu bedenken: »Aber wo? Das Freibad hat doch schon zu. Und einen See haben wir nicht. Die Iller ist zu gefährlich, da kann es ...«

»Er schon wieder«, feixte Manfred und klopfte ihm auf die Schulter. »Als ob uns so ein bissle Zaun abhalten könnt, Nazi! Da kommst doch sogar du drüber.«

Adalbert hielt sich mit weiteren Einwänden zurück, er hatte heute schon genug an seinem Ruf als Bedenkenträger gearbeitet.

»Also, dann: Schwing'mer uns auf die Hobel.«

Adalbert hasste diesen Satz, schließlich war er der einzige der Jungs, der keinen fahrbaren Untersatz besaß. Sein Vater hatte es ihm verboten, weil er, wie er sagte, keine Lust habe, ihn irgendwann von der Straße zu kratzen wie die vielen Möchtegern-Rocker, mit denen er es als Polizist zu tun bekam. Immerhin: Einen Helm hatte er sich kaufen dürfen. Respektive müssen, denn das war die Bedingung gewesen, dass er wenigstens bei den anderen mitfahren durfte.

Alle standen auf und gingen zu den Mopeds, nur er blieb zurück und leerte Hottes Bierflasche über dem Feuer aus, das mit einem Zischen erlosch.

»He, das wollt ich noch trinken«, brüllte der ihn an.

Sofort entschuldigte er sich, worauf Hotte laut loslachte. »Passt schon. Jetzt komm, Feuerwehrmann, sonst kannst laufen.«

Er lief rot an, schnappte sich seinen Helm mit dem hellblauen Mittelstreifen und lief zu den anderen.

»Ich glaub, mich knutscht ein Elch! Jetzt will der doch glatt wieder seinen doofen Integralhelm aufsetzen.« Marianne schüttelte den Kopf und schwang sich hinter Hotte auf den Sitz. Der trat den Kickstarter, drehte das Gas hoch, sodass die durchdrehenden Reifen Dreck und Steine aufwirbelten, und brauste mit aufheulendem Motor los. Sein Bruder sah ihm mit glänzenden Augen nach.

»So ein …«, begann Korbinian, wurde aber sofort von Manfred unterbrochen.

»Was denn? Was willst du sagen? Ich richt's meinem Bruder liebend gern aus.«

»So ein Mist, wollt ich sagen. Hab ein bisschen wenig Luft in den Reifen.«

Grinsend gab nun auch Manne Gas, was auf seinem Mofa weit weniger beeindruckend wirkte als bei seinem Bruder.

Adalbert stand unschlüssig da. Sollte er den vermaledeiten Helm nun aufsetzen oder nicht? Damit wäre er der Einzige gewesen. Wenn aber etwas passierte? Dann wäre er auch der Einzige, der überlebte. Und er hatte seinem Vater versprochen …

»Kommst du jetzt endlich?«, drängte Korbinian.

Da warf Adalbert den Helm in die Hütte und rannte zu Korbinians Moped. Doch Frey hob die Hand: »Nein, lieber nicht. Ich hab, wie gesagt, fast 'nen Platten.« Er deutete mit dem Kopf grinsend auf Brigitte. »Bei der Gitti ist ja auch noch ein Platz frei.«

»Halt dich lieber ein bisschen besser fest«, forderte Brigitte ihn auf, als sie die steile Straße zum Altusrieder Freibad hinunterfuhren. »Das Berühren der Figüren mit den Pfoten ist nicht verboten.«

Sie waren schneller, als es normalerweise mit dem Mofa möglich gewesen wäre, aber ihr Gewicht und die Schwerkraft zusammen bewirkten, dass sie rasant an Fahrt gewannen. Unwillkürlich legte Adalbert die Arme ein wenig enger um die ausladende Taille seiner Fahrerin. Er hätte geschworen, dass sie dabei lächelte, auch wenn er es nicht sah.

Als sie vor dem Freibad ankamen, parkten sie ihre Maschinen hinter ein paar Bäumen, stiegen mit Räuberleiter über den Zaun und gingen Richtung Becken. Sie waren noch gar nicht richtig angekommen, da begann Marianne schon, sich auszuziehen. Bei jedem Kleidungsstück, das sie fallen ließ, jauchzte sie auf, und kurz bevor sie ins Wasser sprang, sah Adalbert im Mondlicht ihren blanken Hintern. Er spürte, wie sein Mund trocken wurde.

»Na, nur nicht so g'schamig tun, Bertel.« Brigitte lachte ihn an. Ihre Zahnspange reflektierte das

Mondlicht. Dann zog sie sich ebenfalls aus. Kurz darauf waren alle im Wasser bis auf ihn. Er wandte sich ab und setzte sich auf eine Bank neben dem Becken. Genau davor tauchten nun die Köpfe von Hotte und Marianne auf. Sie küssten sich gierig, seine riesigen Hände wanderten über ihren Körper. Plötzlich nahm der Mechaniker im Augenwinkel den unfreiwilligen Beobachter wahr. »He, Nazi, hier gibt's nix zu sehen für dich!«

Nun hatte ihn auch Marianne entdeckt. »Los, hau ab, du Spanner. Such dir selber jemanden, mit dem du's treiben kannst!«

Hotte machte eine Handbewegung, als würde er eine Fliege verscheuchen. Adalbert trollte sich ans andere Ende des Beckens. Er wusste manchmal selbst nicht, warum er sich mit Hotte und seinen Leuten abgab. Sicher, bisweilen war Hotte ein Pfundskerl, einer zum Pferdestehlen – leider auch im wörtlichen Sinn. Dann wieder konnte er roh und grobschlächtig sein, verletzend und herrisch. Sein Bruder war da anders – allerdings nur, wenn Horst nicht in der Nähe war. War das der Fall, tat er alles, um dessen Anerkennung zu gewinnen. Lange würde Adalbert nicht mehr mit ihnen rumhängen, das hatte er sich fest vorgenommen. Die bittere Wahrheit war allerdings, dass er außer ihnen eigentlich niemanden hatte. Viele Jugendliche trafen sich zum Beispiel im Fußballverein, den Adalbert aber regelrecht verabscheute, seit ihm der Trainer bei einer Probestunde vor versammelter Mannschaft »zwei linke Füße mit zehn linken Zehen« bescheinigt hatte. Notgedrungen hatte er sich also mit den anderen »Übriggebliebenen« solidarisiert – und war so bei Hotte, Manne und Nanderl gelandet.

Brigitte ging es ähnlich. Er mochte sie eigentlich, nur ihre ständigen Avancen gingen ihm auf die Nerven. Und dann war da noch Bini. Sein bester Freund Korbinian Frey, der seine Schullaufbahn letztes Jahr überraschend beendet hatte und nun eine Kochlehre machte. Bini war ein Freund fürs Leben, da war er sich sicher. Nichts würde sie jemals auseinanderbringen.

»Träumst du? Von der Brigitte?«

Adalbert erschrak, als er von hinten plötzlich eine nasse Hand auf seiner Schulter spürte. Er drehte sich um und blickte in Korbinians grinsendes Gesicht. Bini deutete einen Kussmund an und säuselte mit künstlich hoher Stimme: »Bitte, Bertel, nimm mich, ich bin ein ungeschliffener Diamant.«

»Hör auf, du Depp!« Lachend stieß er seinen Freund zur Seite.

»Willst nicht auch ins Wasser? Echt nicht ganz übel!« Damit sprang Frey wieder ins Becken und spritzte Adalbert von oben bis unten nass.

Der wischte sich das Gesicht ab. Nein, er wollte nicht schwimmen. Das heißt: Gewollt hätte er schon in dieser schönen, lauen Sommernacht. Aber irgendetwas in ihm sperrte sich dagegen, sich hier vor allen auszuziehen. Und so stand er nass am Beckenrand, die Hände in den Taschen vergraben, und schaute wie so oft den anderen dabei zu, wie sie sich amüsierten.

Er war froh, als endlich alle wieder angezogen waren und sie das Freibad auf demselben Weg verließen, auf dem sie gekommen waren. Genau genommen war so ein nächtlicher Besuch im Freibad Hausfriedensbruch, wenn nicht sogar Einbruch. Auf eine Auseinandersetzung darüber mit seinem Vater konnte er gut verzichten.

Diesmal setzte er sich sofort auf Binis Mofa, noch

bevor der aufgestiegen war. Als sie schließlich los-tuckerten, spürte er wieder dieses Gefühl der Freiheit. Wie ausgestorben war das Dorf zu dieser späten Stunde, die Straßenlaternen warfen warme gelbe Lichtkegel auf die Fahrbahn, und Adalbert malte sich aus, wie sie weiterfuhren, immer weiter, einfach nicht anhalten … bis Südtirol. Oder sogar Italien. Was wäre das für ein Leben, wenn er alles hinter sich lassen würde: die Schule, alle Zwänge …

»Da steht einer.«

Adalbert konnte Bini wegen des Knatterns des frisierten Motors kaum verstehen. Korbinian hob den Arm und zeigte nach vorn. Dort, im Schein einer Laterne stand, mitten auf der Straße, eine Gestalt, die Arme in die Hüften gestützt, das Kinn energisch nach oben gereckt – wie ein Cowboy, der auf seinen Duellgegner wartet.

»Scheiße«, entfuhr es Adalbert. Er erkannte sofort, wer das war: sein Vater.

Der hob nun mit der selbstverständlichen Autorität eines Dorfpolizisten die Hand und bedeutete der gesamten Clique, anzuhalten. Nach und nach kamen sie vor dem kleinen, dürren Mann zum Stehen. Er musterte einen nach dem anderen und ging dann langsam, ohne ein Wort, auf Korbinians Mofa zu.

Adalbert stieg ab. »Vatter, wir sind … wir haben …«

Ohne Vorwarnung landete die Hand von Kluftinger senior klatschend auf der Wange seines Sohnes. Der war so überrumpelt, dass er nicht einmal einen Laut ausstieß. Seine Backe lief rot an und begann zu pochen, so fest hatte sein Vater zugeschlagen. Dennoch spürte er den Schmerz kaum, wurde der doch überlagert von der Scham, die heiß durch jede Faser seines Körpers strömte.

»Was hab ich dir g'sagt?«, zischte sein Vater. »Wo ist dein Helm?«

Da meldete sich Manfred zu Wort: »Wir haben ihm gesagt, er soll ihn aufsetzen, aber er hat sich nicht …«

»Halt doch du dein Maul, mit dir hab ich nicht g'redt«, fuhr ihn der Polizist an, und Manne verstummte. Dann schritt er langsam auf ihn zu, breitbeinig, als sei er in voller Polizeimontur, obwohl er nur einen Trainingsanzug trug. Er blieb vor Manfred stehen, blickte erst ihn und dann Hotte an. »Die Klotz-Brüder. Eh klar. Das kann ja nur von euch kommen. Ich hab's dir gesagt, Bub, dass die kein Umgang für dich sind. Mit denen nimmt's mal ein schlimmes Ende.«

Adalbert wäre am liebsten im Erdboden versunken. Sicher, Hotte war hin und wieder wegen Bagatellsachen mit dem Gesetz in Konflikt gekommen, aber dass sein Vater ihn und Manne derart demütigte, war ihm äußerst unangenehm. Zumal er wusste, dass er dafür bei nächster Gelegenheit würde bezahlen müssen.

Plötzlich kniff Kluftinger senior die Augen zusammen. »Warum seid's ihr denn so nass?«, fragte er misstrauisch, dann klappte sein Kiefer nach unten. »Seid's ihr etwa … ins Bad eingebrochen? Na wartet's, das ist Hausfriedensbruch. Ach, was sag ich: Landfriedensbruch.«

»Sie können uns gar nix beweisen«, giftete Marianne zurück. »Außerdem sind Sie noch nicht mal im Dienst, Sie dürfen uns überhaupt nicht aufhalten. Stimmt's, Hotte?«

Der Hüne nickte nur.

»Ja, wenn das der Klotz sagt, dann wird's schon stimmen, gell, Fräulein Reithmayer. Mal sehen, was eure Eltern von der Sache halten, wenn ich sie morgen alle anrufe.«

»Bitte nicht, Herr Kluftinger!«, entfuhr es Brigitte. »Wenn sich die Polizei bei uns meldet, das wär schrecklich. Sie wissen doch, wie schnell sich mein Vater immer aufregt.«

»Anscheinend hat er allen Grund dazu. Und warum musst du als Mädle ein Mofa haben, hm? Unverantwortlich ist das. Fahr doch bei jemand mit, der so eine Maschine richtig bedienen kann.«

»Vatter, es reicht jetzt. Komm, wir gehen heim, dann kannst du's an mir auslassen.«

»Hast recht, Bub, die Mama wartet auch schon auf dich. Und ein paar deutliche Worte setzt es auch, verlass dich drauf!«

Bevor sein Vater noch weitere Peinlichkeiten von sich geben konnte und er für mindestens eine Woche das Gespött der Dorfjugend wäre, machte sich Adalbert, ohne sich von den anderen zu verabschieden, mit gesenktem Haupt auf den Nachhauseweg. Er hatte kaum die Haustür geöffnet, da stürmte seine Mutter im Bademantel und mit Lockenwicklern im Haar auf ihn zu.

»Mei, da bist du ja endlich! Ist was passiert? Warum bist du nass? Hat's geregnet?«

»Geregnet! Ins Freibad sind sie eingestiegen, die Hundskrüppel«, antwortete sein Vater für ihn.

»Aber ich war nicht im Wasser.«

»Aha, und wieso ist dein G'wand nass?«

»Das ist nur vom Bini, der hat mich bissle nassgespritzt.«

»Der Frey Korbinian war auch dabei?« Das Gesicht seiner Mutter hellte sich auf. »Der ist doch sonst so vernünftig.«

»Das sieht man ja«, maulte Kluftinger senior.

»Eine Kochlehre macht er jetzt, der Bini, gell? Hat mir seine Mutter beim Frauenbund erzählt.«

»Jaja.«

»Genau so ein Einbrecher wie die anderen. Und wie unser Herr Sohn!«

Doch die Mutter ließ sich in ihrer Fürsorge nicht beirren. »Jetzt zieh dir schnell den Schlafanzug an, Bub, sonst erkältest dich noch.«

»Ach, das ist deine größte Sorge?«, schimpfte ihr Mann. »Dass sie Landfriedensbruch begangen haben, interessiert dich gar nicht?«

»Aber der Bub hat doch gesagt, dass er nicht im Wasser war.«

»Das spielt doch keine Rolle! Eingestiegen ist er allemal. Wenn das rauskommt, dann kann ich meine Dienstmütze abgeben.«

»Du, du, du! Immer geht's nur um dich.«

»Ja, aber ich …«

»Da! Schon wieder.«

»Himmelherrgott, wenn der Bub auch nur Blödsinn im Kopf hat. Und so was ist auf der Oberrealschule, Kreuzkruzifix!«

»Das heißt jetzt Gymnasium, Vatter.«

»Das neumodische Zeug kümmert mich nicht, Kruzinesn!«

»Du sollst nicht immer so fluchen, sonst gewöhnt sich der Bub das noch an.«

»Der Bub steht übrigens neben euch«, meldete sich der nun wieder zu Wort.

Seine Mutter wollte ihm über den Kopf streicheln, doch er entwand sich ihr.

»Simmer froh, dass nix passiert ist.«

»Was hätt denn bitte passieren sollen?« Die Stimme des Vaters klang resigniert. »Aber eh klar, dass du das feine Bürschle wieder in Schutz nimmst. Wirst schon sehen, wohin das führt.«

»Ach, Adi, lass den Vatter ruhig reden. Aber nächstes Mal nimmst dir eine Mütze mit, gell?«

Adalbert beschloss, dass es sinnvoll war, unter dem Schutzmantel der mütterlichen Fürsorge in Deckung zu gehen, und antwortete deshalb: »Freilich, Mama.«

»Und jetzt iss erst mal was, du musst doch ganz ausgehungert sein. Ganz schmal bist du. Es ist noch was von den Kässpatzen da, ist ja Montag.«

Er seufzte.

»Eine gute Portion Kässpatzen ist einfach der beste Start in die Woche, sag ich immer.«

Er wusste nicht, was er auf diese Lebensweisheit hätte antworten sollen, und blieb deshalb stumm.

8

»Hast du mich gehört, Klufti?«

Der Kommissar zuckte zusammen. Erst jetzt bemerkte er, dass Hefele vor seinem Schreibtisch stand und ihn forschend ansah.

»Was ist denn los mit dir? Hast du grad von deiner Frau geträumt?«

»Nein, von meiner Mutter.«

Hefele schaute ihn verwundert an. »Bitte?«

Kluftinger brauchte etwas, um wieder ins Hier und Jetzt zurückzukehren.

»Gibt's was, was du mit deinen lieben Kollegen besprechen willst?«

»Hm? Ach so, nein. Das war nur, weil damals ... also das Nanderl ...«

Jetzt schien Hefeles Neugier erst richtig geweckt. »Wer ist denn jetzt das Nanderl?«, bohrte er nach.

»Niemand«, herrschte ihn der Kommissar an. »Ich red vom *Wandern*. Weil ich mal wieder eine Bergtour machen will.«

»Im November?«

»Herrschaft, ist doch auch wurscht. Was willst du denn?«

»Nicht gleich wieder rumbrummeln, bloß weil ich dich beim Nichtstun erwischt hab. Der Veigl hat angerufen.«

»Der wer?«

»Gustav Veigl. Aus Garmisch.«

»Ach so, der Gustl. Warum?«

»Keine Ahnung. Er wollt mit dir sprechen, kam aber an meinem Apparat raus.«

»Aha. Hättest ja zumindest mal fragen können, was er will.«

»Bin ich jetzt deine Sekretärin, oder was?«

»Herrschaft, Roland, wir sind doch ein Team! Und deswegen bist du jetzt zu mir gekommen?«

»Um dir das zu sagen, genau.«

»Sehr effektiv. Ein Beamter wie aus dem Bilderbuch«, brummte Kluftinger ruppiger, als er es gewollt hatte.

Hefele stieß beleidigt die Luft aus. »Ehrlich gesagt, wie du da mit offenem Mund in die Ferne geschaut hast, warst jetzt auch nicht grad ein Muster an Effizienz im öffentlichen Dienst.«

»Schon recht, sag doch der Sandy, sie soll den Veigl zurückrufen und ihn durchstellen.«

Zwei Minuten später hatte er den oberbayerischen Kollegen in der Leitung und den Begrüßungs-Small-Talk bereits hinter sich.

»Also: Kannst du dir vorstellen, uns einen Kontakt zu deinem Informanten herzustellen?«, wollte Veigl wissen.

»Nein, das kann ich leider nicht, Gustl.«

»Nicht vorstellen oder nicht machen? Ich weiß, ist immer heikel so was, man gibt seine Leute nicht gern preis. Vollstes Verständnis dafür, Kollege«, wand sich Veigl. »Aber wir könnten ihm viel spezifischere Fragen stellen, wenn wir uns direkt mit ihm unterhalten würden.«

»So mein ich das gar nicht. Ich würd den Kontakt schon herstellen, aber der Herr Rösler wird dir nix mehr sagen …«

»Rösler? So heißt der? Hör mal, probiert will's doch sein. Wenn er zumacht, dann kömmer halt nix machen.«

»Jetzt lass mich halt bitte ausreden. Der Rösler ist tot.«

»Verreck!«, tönte aus dem Hörer, dann entstand eine kleine Pause. »Ich mein: wie jetzt das?«

»Wissen wir auch noch nicht genau. Wir haben es heute Morgen erfahren. Aber es ist schon jemand vor Ort, um die näheren Umstände zu klären.«

»Könnt einer … nachgeholfen haben?«

Kluftinger seufzte. »Der Mann war schwer krank. Andererseits: ausgerechnet jetzt? Schon seltsam. Ich halt dich auf dem Laufenden. Tut mir leid, dass ich dir nicht weiterhelfen kann. Kommst du denn wenigstens voran?«

»Ja, wir sind da auf was Interessantes gestoßen.«

»Ah? Was denn?«

»Könnte sein, dass Insiderinformationen an den Täter von Kochel weitergegeben wurden.«

»Von wem?«

»Ist jetzt noch schwer zu sagen, aber …« Veigl zögerte.

»Du meinst, es gibt einen Maulwurf?«

»Das wollt ich damit sagen.«

»Aus euren Reihen?«

»Aus welchen Reihen weiß ich nicht, eigentlich würd ich für meine Leute die Hand ins Feuer legen. Aber weiß man's?«

Veigl klang ziemlich angegriffen. *Kein Wunder bei diesem Thema*, dachte Kluftinger. Er konnte sich vorstellen, welche Hiobsbotschaft es für seinen oberbayerischen Kollegen sein musste, dass jemand aus seiner Abteilung krumme Sachen zu drehen schien. Das war der Albtraum jedes Ermittlerteams. Weil immer etwas hängen blieb, egal wie es ausging. Weil immer die Frage blieb, warum man nichts bemerkt hatte. Kluftinger erschienen seine eigenen Sorgen auf einmal gar nicht mehr so groß. Anscheinend hatte der Garmischer Kollege kein unproblematisches Team zu leiten, wofür auch die bisher eher dünnen Ermittlungsergebnisse sprachen. »Das heißt, du hast noch keinen Verdacht?«

»Nicht den geringsten. Aber die Täter haben ausgerechnet an dem Tag zugeschlagen, an dem eine von der Versicherung geheim anberaumte Wartung der Alarmsysteme stattgefunden hat, die einen Teil des Systems lahmgelegt hat. Und die Einbrecher haben diesen Bereich völlig außer Acht gelassen, als hätten sie gewusst, dass er deaktiviert war. Das hat mir schon zu denken gegeben. Dass jetzt aber auch noch eine Lösegeldforderung für das Bild eingegangen ist, die exakt dem Wert der polizeiinternen Schätzung des Gemäldes entspricht – da glaub ich nicht mehr an Zufälle, ehrlich gesagt.«

»Hm, hört sich komisch an, da hast du recht. Viel Glück dann bei den internen Ermittlungen.«

»Kann ich brauchen, Kollege, kann ich brauchen«, versetzte der Oberbayer seufzend. »Dann halten wir uns eben gegenseitig weiter auf dem Laufenden, würd ich meinen.«

»Unbedingt, Gustl, servus.«

Als er auflegte, erspähte der Kommissar durch den Türspalt Richard Maier, der gerade vom Altersheim zurückkam. »Richie, komm doch mal einen Moment rein, bitte«, rief er seinem Mitarbeiter zu.

»Hallo, Chef. Mission accomplished.«

»Hm?«

»Auftrag erfüllt. Wir haben Röslers Zimmer in Augenschein genommen, der Renn hat die Spuren gesichert, aber das Personal im Heim hat leider schon ganze Arbeit geleistet. Viel war da nicht mehr zu holen, das Zimmer war ausgeräumt, da soll am Nachmittag schon der Nächste einziehen.«

»Okay, wo ist der Rösler denn jetzt?«

»Momentan noch beim Bestatter, aber Georg Böhm hat ihn schon angefordert, er schiebt morgen früh extra eine Sonderschicht in der Gerichtsmedizin ein. Wenn du willst, kann ich hinfahren. Oder willst du lieber selber?«

Kluftinger winkte hektisch ab. »Nein, ich hab morgen früh ...«, setzte er an, dann aber fand er, dass eigentlich auch nichts dagegensprach, bei der Wahrheit zu bleiben. »Also, ehrlich gesagt, wär's mir ganz recht, wenn du das machst.«

»Gut, kein Problem, fahr ich gleich von zu Hause aus hin. Zur Morgenlage bin ich wieder da.«

»Danke, Richie, nimm dir einfach einen von den Dienstwagen mit heim.«

»Wird gemacht, Chef!«

Der Kommissar sah Maier nach, als der den Raum wieder verließ. Auch wenn er manchmal ein furchtbarer Stresshuber war – verlassen konnte man sich immer auf ihn. Wie auf sein gesamtes Team. Nun, bis auf Strobl vielleicht, aber das würde er bald wieder in den Griff bekommen.

Als Kluftinger das Kemptener Ortsschild in Richtung Altusried passierte, drehte er das Radio des rosafarbenen Smarts ein wenig lauter. Sofort identifizierte er die ersten Takte des Liedes, das gerade vom Lokalsender gespielt wurde, auf den er umgestiegen war, seit sein geliebtes Bayern 1 ein neues Musikkonzept verfolgte: Schlager waren aus dem Programm verschwunden, stattdessen wurden nur noch Songs aus den 80ern und 90ern gespielt. Nichts mehr für ihn.

Nun also Allgäu FM, wo jetzt ausgerechnet die Les Humphries Singers liefen: *We'll fly you to the promised land*. Kluftinger durchfuhr ein Schauder. Seit Jahren, ach was, Jahrzehnten hatte er das Lied nicht mehr gehört. Ein seltsamer Zufall. Er verband mit dem Lied Freiheit und Jugend, unerfüllte Träume und einen pathetischen Schwur. Letztlich rief es in ihm die Erinnerung an einen ganz besonderen Tag, genauer gesagt eine Nacht wach, die er seit nunmehr fast dreiundvierzig Jahren zu vergessen, wenigstens aber zu verdrängen suchte.

Ein paar Sekunden kämpfte er mit sich, wollte das Radio ausschalten. Dann ließ er sich einfach in die Musik fallen, drehte sie sogar noch lauter. Als der Song zu Ende war, war er in einer seltsamen Stimmung. Wie ferngesteuert parkte er den Wagen in der Garage, ging ins Haus, nahm unterbewusst wahr, dass niemand daheim war, und kniete sich vor eine Schublade im Wohnzimmerschrank, ohne vorher wie gewohnt die Schuhe oder den Janker auszuziehen. Er zog die Lade auf, in der unter einem Sammelsurium aus Silberbesteck, Papierservietten, angebrannten Kerzen und alten Weihnachtskarten schließlich eine matte Blechkiste zum Vorschein kam, die er lange nicht zur Hand genommen hatte. Ein zerkratzter Schriftzug verriet, dass sich einst *Nürnberger Lebkuchen* darin befunden hatten. Nun enthielt sie die Devotionalien seiner Jugend. Mit zitternden Fingern klappte er den Deckel nach oben und sah auf die Erinnerungsstücke einer anderen Zeit, eines anderen Lebens.

Auf einmal schnürte es ihm die Kehle zu. Die Erinnerung drängte mit Gewalt zurück, die Schleusen öffneten sich. Er blickte auf verblasste Farbfotos, Schnappschüsse von Jugendlichen, die voller Zuversicht zu sein schienen. Bedächtig nahm Kluftinger ein Bild heraus, strich fast zärtlich darüber und grinste. Irgendwie hatte er verwegen ausgesehen, mit seinen langen Haaren, den zerrissenen Jeans und der kreisrunden Sonnenbrille. Seine Finger tasteten weiter nach der Single von *We'll fly you to the promised land* mit der zerfledderten Hülle, seinen Drumsticks, dem Aufnäher von Hottes Band, seinem rostigen Zippo-Sturmfeuerzeug – er schüttelte den Kopf darüber, was er alles aufgehoben hatte. Dann hielt er vergilbtes Zeitungspapier in der Hand, und sein Lächeln verschwand. Er wusste, welcher Artikel das war. Trotzdem faltete er die Seite auf. Murmelnd las er die Überschrift.

Drama in Altusried – wer steckt dahinter? Polizei tappt im Dunkeln

Dann nahm er die Kiste und den Artikel, setzte sich an den Esstisch und begann zu lesen – von jenem Tag, an dem das Leben seine Weichen gestellt hatte, für ihn und seine Freunde. Unerbittlich hatte das Schicksal zugeschlagen, aus ein paar Halbwüchsigen Erwachsene gemacht, über Nacht, ohne dass sie es hatten kommen sehen. Dabei hatte der Tag völlig normal begonnen. Mit einer Gardinenpredigt seines Vaters, wie so oft …

9

»Hedwig, sag dem Bub, er soll seine Haare schneiden, er schaut doch aus wie ein Mädle!«

Es war das Erste, was Adalbert an diesem Morgen von seinem alten Herrn hörte, als er in die Küche kam. Dasselbe Thema wie so häufig in letzter Zeit. Schon seit ein paar Monaten ließ er sich die Haare wachsen – mittlerweile waren sie fast schulterlang –, und noch immer hatte sein Vater sich nicht damit abgefunden. Er saß mit seiner Zeitung am Frühstückstisch, trank wie jeden Morgen eine Tasse Nescafé und blickte seinen Sohn missmutig an.

»Muss denn in aller Früh schon eine Streiterei sein? Lass den Bub doch, wenn's ihm gefällt«, kam nun die ebenfalls zu erwartende Gegenrede von Adalberts Mutter. Sie lächelte ihren Sohn milde an. »Ich fänd's aber schön, wenn du dich ein bissle kämmst. Auch wenn heut Samstag ist und du nicht ins Gymnasium musst, solltest doch ein wenig auf dich achten.«

Adalbert schüttelte entnervt den Kopf. Für seine Mutter ging er nicht einfach zur Schule, sie redete immer nur vom »Gymnasium«. Er wollte gar nicht wissen, wie sie vor ihren Freundinnen mit ihm angab.

»Hab dir aus der Drogerie ein paar Haargummis mitgebracht, dann kannst du einen Pferdeschwanz binden. Ich zeig dir, wie das geht.«

»Kann ich selber, Mama, danke. Was gibt's zum Frühstück?«

»Wie wär's mit Kaba und einer Salamisemmel?«

Er lächelte dankbar. Sie wusste eben, was gut für ihn war.

»Ja, deine Mutter war heut schon beim Bäcker und beim Metzger Wittgenstein, während der Herr noch im Bett lag.«

»Mit Herr meinst wohl dich, Vatter?«, brummte Adalbert, als er in sein Brötchen biss.

Sein Vater zog die Lesebrille von der Nase und schnaubte: »Das hätt ich mir nicht erlaubt, meinen Eltern gegenüber! Immerhin geh ich jeden Tag zum Schaffen, damit du auf die höhere Schule kannst. Andere in deinem Alter arbeiten. Schau dir mal den Frey an: Der lernt Koch, das ist ein harter Beruf, das kannst mir glauben.«

»Ach, redest du von dem Frey, den du zusammengeschissen hast, weil wir ins Bad eingestiegen sind? Ich hab gedacht, die sind alle kein Umgang für mich?«

»Sind sie auch nicht. Trotzdem muss der Korbinian viel und hart schaffen, und das tät dir verwöhntem Beamtensöhnchen auch nix schaden.«

»Jetzt komm«, raunte Hedwig Maria Kluftinger ihrem Mann zu, »wir alle wissen, wie stolz du bist, dass der Adi auf dem Gymnasium ist und sich so wacker schlägt.«

Doch Kluftinger senior winkte ab. »Beinah hätt er wiederholen müssen, letztes Jahr.«

»Nur wegen Physik«, protestierte Adalbert. »Weil der Bader so ein Arschloch ist.«

»Solche Worte dulde ich nicht an meinem Tisch!«

»Was denn? Physik?«

Erneut schaltete sich seine Mutter ein. »Schluss mit dem Gestreite, sonst mach ich euch keinen Kuchen heut.«

»Entschuldige, Hedwig«, sagte ihr Mann umgehend und gab seinem Sohn mit einem Kopfnicken zu verstehen, es ihm gleichzutun. Da der nicht reagierte, schob der Vater drohend ein gezischtes »Adi!« nach.

»Ist ja schon recht, Mutter, wenn der Vatter friedlich ist, bin ich's auch. Aber nennt mich nicht Adi, zefix!«

»Dafür hörst du mit deiner Drecksflucherei auf, Herrgottzack.«

»Was ist denn so schlimm an Adi, Bub? Sollen wir lieber Adalbert sagen?«, fragte seine Mutter, während sie ihm eine dampfende Tasse Kakao hinstellte.

»Auch nicht grad besser.«

»Also Adi und Schluss«, konstatierte Kluftinger senior.

»Das hört sich doch fast an wie Adolf.«

»Und? Um ein Haar hättest auch so geheißen. Anständiger Name.«

»Was?«, kiekste sein Sohn. »Das ist jetzt nicht euer Ernst, oder? Sagt, dass das nicht euer Ernst ist.«

»Mein Gott, man ist nicht gleich ein Nazi, wenn man so heißt.«

Adalbert raufte sich die Haare. »So heiß ich doch auch noch.«

Sein Vater runzelte die Stirn. »Wie, Adolf?«

»Nein, Ignatius. Aber alle sagen *Nazi*!«

»Siehst, da ist der Adi doch Gold wert«, resümierte Kluftinger senior.

»Ich wär ja für Adlatus Tankred gewesen«, erklärte Hedwig Kluftinger. »So hat ein Großonkel von mir gehießen.«

»Geheißen, Mama.«

»Mei, ich hab halt bloß Volksschule«, antwortete sie verschnupft. »Bei uns hätte man sich die höhere Schule gar nicht leisten können, schon gar nicht für ein Mädle. Schämst dich für mich?«

»Mama, nicht schon wieder die Leier, ja? Kein Mensch schämt sich hier. Außer für den Vatter vielleicht«, fügte er grinsend an. »Aber jetzt mal ehrlich: *Tankred*, bei euch piept's wohl.«

»Schön wär auch Athanasius gewesen«, fand seine Mutter. »Oder Martin.«

»Martin? Ihr habt Martin überlegt? Und rausgekommen ist Adalbert Ignatius? Himmelarsch.«

»Hätt dir das denn gefallen?«, hakte sie nach. »Wärst lieber ein Martin geworden?«

Adalbert riss die Augen auf. »Klar wie Kloßbrühe, Mama. Lässige Typen heißen Martin. Dufter Name.«

Sein Vater blies abfällig die Luft aus. »Lässige Typen, ja. Ein Preußenname ist das! Aber so wie du redest, hätt's doch gepasst. *Dufte*, wenn ich das schon hör. Ihr mit eurer saudummen Jugendsprache allweil.«

»Und? Besser als euer Gruftigelaber.«

»Werd nicht unverschämt. *Du sollst Vater und Mutter ehren, auf dass es dir wohlergehe auf Erden.* Eins von den Zehn Geboten.«

»Ach ja? Welche Nummer denn?«

»Völlig wurscht. Statt dass du froh bist um deinen klangvollen Namen.«

»Da hat der Vatter aber schon recht. Sei halt nicht mit allem so unzufrieden, Bub. Andere Kinder wären stolz drauf.«

»Ich! Bin! Kein! Kind! Mehr!«, schrie Adalbert, und auf seinen Wangen traten dunkelrote Äderchen hervor – wie immer, wenn er sich über etwas aufregte. »Falls mich jemand sucht, ich bin in meinem Zimmer. Braucht aber erst wieder kommen, wenn ihr mich wenigstens ein bissle für voll nehmt, okay?« Er schnappte sich zwei weitere Semmeln und verschwand nach oben.

In seinem Zimmer hockte er sich vor den Plattenspieler mit den beiden Aufstelllautsprechern, die er sich aus Sperrholz gebastelt und mit schwarzem Stoff überzogen hatte, holte eine LP aus dem Regal, balancierte sie auf den Drehteller und schwenkte den Arm mit der kleinen Nadel über die Vinylscheibe. Es knisterte und knackte, dann schepperten die Les Humphries Singers aus den Boxen.

Mit einem Seufzen ließ er sich aufs Bett fallen. *Samstag, ausgerechnet!* Das hieß: Langeweile pur. Erst gegen Nachmittag hatte er sich mit seinen Freunden verabredet, bis dahin galt es, die Zeit totzuschlagen – notfalls sogar ein wenig zu lernen. *Scheiß Physik!* Aber immer noch besser, als wenn sein Vater mit irgendeinem Arbeitsauftrag in Keller oder Garten ankäme.

Adalbert verschränkte die Arme hinter dem Kopf. Er sah wehmütig auf die Poster an der Wand. *Mercedes SL*, neuestes Modell. Golden glänzte das Cabriolet in der untergehenden Abendsonne, während sich eine blondgelockte Schönheit auf der Motorhaube rekelte. Wenn er endlich erwachsen wäre, würde er so einen fahren, das war klar. Einen richtig schönen, schnellen Wagen, keine alte, klapprige Familienkutsche wie seine Eltern. *Ein Kombi, um Himmels willen!* Ungeheuer praktisch, wie sein Vater immer betonte. *Ungeheuer spießig*, fügte Adalbert jedes Mal im Geiste hinzu.

Eine ganze Weile lag er so da und malte sich seine Zukunft aus. Was er mal beruflich machen würde? Sein Vater lag ihm immer mit einem Beamtenjob in den Ohren. Wegen der Sicherheit. Da war bestimmt was dran. Aber was? Lehrer? Jurist? Oder doch Bulle, wie sein Alter? Er schüttelte unwillkürlich den Kopf. Nein! Er war siebzehn. Musste man da nicht von etwas anderem träumen als von einer Karriere im Staatsdienst? Seufzend stand er auf. Vielleicht würde er ja doch noch ein berühmter Schlagzeuger werden. Ringo Starr hatte das schließlich auch geschafft. Man musste nur an seine Träume glauben.

Er räumte ein paar dreckige T-Shirts von seinem Schlagzeug, warf sie auf den Flokati und setzte sich auf den kleinen metallenen Hocker. Wog den großen Trommelschlägel in der Hand. Seine Eltern hatten sich mit einem überraschend großzügigen Betrag am Erwerb eines gebrauchten Drumsets beteiligt, allerdings nur unter der Bedingung, dass er in der Altusrieder Musikkapelle *Harmonie* die Großtrommel übernahm. Dieser Posten war eine Weile vakant gewesen. *Weil niemand dieses sauschwere Ding herumschleppen will*, dachte Adalbert. Und weil ein echter Drummer sich dafür nie hergeben würde. Aber seine Eltern fanden, er müsse sich im örtlichen Vereinsleben integrieren, um »weg von der Straße« zu sein. So hatte er sich gefügt, um seinem Traum näherzukommen.

Lange würde er sowieso nicht in der Blaskapelle bleiben – allein die bescheuerten Lederhosen, die sie bei jedem Auftritt anziehen mussten! Nein, er würde schon bald bei den *Crazy Roosters* spielen, wie Hotte Klotz seine Band seit Kurzem nannte. Dass deren jetziger Schlagzeuger aufhören würde, war nur eine Frage der Zeit, er hatte seine Einberufung schon bekommen, und dann würde er, Adalbert Ignatius Kluftinger, auf der Matte stehen und ein neuer Stern am Musikerhimmel würde erstrahlen. Er warf den altmodischen Schlägel mit der dicken Filzkugel zu Boden, schnappte sich die hölzernen Drumsticks und versuchte, in den Rhythmus der Musik aus den Lautsprechern zu kommen. Für einen kurzen Moment fühlte er sich wie der Schlagzeuger der Les Humphries Singers, sah sich auf Konzertreisen die Welt erkunden, hübsche Mädchen an seiner Seite …

Die Tür öffnete sich ohne Vorwarnung, und sein Vater stand im Zimmer, wie jeden Samstag mit seinem abgewetzten grauen Staubmantel, den er zum »Daheimrumschaffen« trug. »Bub, mach mal dieses Hottentotten-Gedudel aus. Statt dass du sinnlos auf der Trommel rumhackst, könntest für die Kapelle üben. Sonst fliegst du gleich wieder raus.«

»Wär nicht das Schlimmste«, brummte Adalbert.

»Wirst schon noch Gefallen daran finden. So, aber jetzt zieh dir erst mal ein Schaffg'wand an, wir müssen zum Tobel.«

Ausgerechnet! »Was muss denn weg, Vatter?«

»Hab schon das meiste im Kofferraum. Die alte Autobatterie, Mamas Waschküchenschrank und ein paar Farbeimer. Aber die Kühltruhe krieg ich nicht allein auf den Hänger.«

»Kann ich halt weder lernen noch üben.«

»Dafür ist den ganzen Nachmittag Zeit. Oder hilfst mir beim Autoputzen?«

»Vatter, wenn du den Kadett weiter so wienerst, ist bald der Lack durch. Einmal im Jahr würd reichen bei der alten Karre.«

»Aha, ist der Familienkombi dem Herrn Mercedes-Liebhaber nicht mehr fein genug, wie?« Kluftinger senior warf einen demonstrativ abfälligen Blick auf die Autoposter.

»Mein Gott, jetzt sei nicht gleich beleidigt. Ich find Mercedes halt dufte. Sind die besten Autos, immer gefahren von den coolsten Typen. Wirst schon sehen, irgendwann …«

»Irgendwann! Musst erst mal was schaffen im Leben, dann schauen wir weiter, irgendwann. Kommst, Bub?«

»Wenn's sein muss!«, brummte Adalbert genervt und folgte seinem Vater in den Keller.

»Gott sei Dank, nix los«, vermeldete Kluftinger senior erleichtert, als sie mit dem alten Kadett samt Anhänger die Kuppe des kleinen Hügels oberhalb von Altusried passiert hatten, hinter dem das »Tobel« lag. Auf dem Weg waren ihnen zwei Autos mit leerem Anhänger begegnet, die die Mission bereits hinter sich hatten, die nun noch vor den Kluftinger-Männern lag. »Wahrscheinlich haben die keine solchen Langschläfer daheim«, brummte Adalberts Vater vor sich hin und drehte die Blasmusik leiser, die aus dem Autoradio schepperte.

»Sag mal, Vatter, ist das nicht schädlich, wenn man sein Zeug da einfach so reinwirft? Die Marianne sagt …«

»Die Marianne! Die und ihre verlauste Kommune, so was ist schädlich für unser Dorf. Ich glaub, da muss ich mal die Kollegen hinschicken.«

»Aber sie hat gemeint, dass …«

»Ich sag's dir, Bub, halt dich von diesen Hippies fern. Das führt zu nix. Und wo sollen wir denn unseren Müll sonst hinbringen, hm? Nehmen die uns den ab?«

Adalbert schwieg, weil jedes weitere Wort nur zu einer Eskalation geführt hätte. Möglicherweise sogar zu einem Kontaktverbot mit Marianne und den anderen, und das wollte er auf jeden Fall vermeiden. Vielleicht waren Mariannes Warnungen ja auch ein bisschen übertrieben. Was konnte so ein Kühlschrank oder ein altes Ölfass in einem Erdloch schon für Schaden anrichten?

Mittlerweile hatten sie den Rand der Kiesgrube erreicht, und Kluftinger senior bedeutete seinem Sohn, ihn beim Zurückstoßen mit dem Anhänger einzuweisen. »Und mach gescheite Zeichen, da drüben steht der Merkle Johann, nicht dass der denkt, ich könnt nicht rangieren.«

»Jaja, Vatter, Hauptsach, du stehst gut da vor den Leuten.«

Beim Aussteigen winkte Adalbert kurz dem Landmaschinenmechaniker Merkle und seinem Sohn, die von einem Traktoranhänger gerade eine Eckbank ins Tal beförderten. Auf dem Wagen standen außerdem noch einige blaue Metallfässer. Was sich darin befand, wollte er lieber gar nicht wissen.

Schweigend räumten die beiden Kluftingers das Auto aus und warfen alles in das Loch. Adalbert sah den Sachen nach, wie sie den Abhang hinunterfielen, immer schneller wurden, sich überschlugen und schließlich auf dem anderen Sperrmüll landeten. Schon als Kind hatte ihn das fasziniert, und er war stets aufs Neue erstaunt darüber, wie tief die Grube noch immer war, obwohl sich schon so viel angesammelt hatte. Einen Farbeimer nach dem anderen beobachtete er beim Hinunterkullern, ein paar verloren die Deckel und färbten unten Matratzen, Lattenroste und Schrottfahrräder bunt. Der alte Rasenmäher machte ein interessantes Geräusch, als er sich in einem Öltank verkeilte. Zum Schluss wuchteten sie die Kühltruhe an die Kante des Anhängers und wollten sie gerade ankippen, als ein sonores Hupen sie zusammenschrecken ließ.

»Kreuzhimmelsackzement«, zischte Kluftinger senior, »was ist denn jetzt das?«

»Wie war das noch mit dem Fluchen, Vatter?«, fragte sein Sohn grinsend, da hupte es erneut. »Meinst, es gibt Ärger?« Adalbert blickte Richtung Straße, wo eine große silberfarbene Limousine mit laufendem Motor stand. »Mercedes 450SE, Ledersitze, Schiebedach, wahrscheinlich Vollausstattung. Brutales Auto«, referierte er begeistert, während sein Vater energisch auf den großen Wagen zuschritt. Ihr Blick fiel auf das Kennzeichen der Limousine: F-LH 1.

»Au weh, Preiß'n«, zischte Kluftinger senior. Dann beugte er sich zum offenen Fenster, hinter dem ein Mann etwa im Alter von Adalberts Vater zu erkennen war.

»Schönen Tag, mein Guter«, grüßte der Fahrer zackig und in geschliffenem Hochdeutsch, »wir suchen nach einem Restaurant in der Nähe. Darf ruhig auch etwas Exklusiveres sein. Wir befinden uns auf der Durchreise Richtung Königswinkel, und meine Gattin und mein Sohn haben Hunger, wissen Sie?«

In diesem Moment öffnete sich die hintere Seitenscheibe, und Adalbert sah einen Jugendlichen um die zwanzig mit weißem Hemd, gelbem Pullunder und viel zu großer Brille, der ihn von oben bis unten musterte.

»Soso«, brummte Adalberts Vater. »Ein Restaurant gibt's in Altusried nicht, bloß Wirtschaften. Müssten Sie halt nach Kempten fahren, für was Nobleres. Aber unten, beim Mondwirt, machen sie saugute Kässpatzen. Mit einem Haufen Zwiebeln. Kann ich Ihnen sehr empfehlen.«

Der Mann drehte sich zu seiner Frau und murmelte ihr etwas zu. »Lieb gemeint, aber wir würden dann doch eher etwas Urbaneres bevorzugen.«

»Der Urban hat aber keine Gaststätte mehr, bloß noch eine Metzgerei. Ist allerdings ein Rossmetzger, das wissen Sie schon, oder?«

»Wer?«

Kluftinger senior runzelte die Stirn. »Der Urban Joseph.«

Daraufhin stimmte der Mann im Auto ein hüstelndes Lachen an. »Habt ihr das gehört? Mit Fremdwörtern stehen die Leute hier wohl auf Kriegsfuß.«

Adalbert nahm ein abfälliges Grinsen auf dem Gesicht des Sohnes wahr.

»Mit Fremden auch«, presste sein Vater hervor.

Das Lachen verstummte, und der Fahrer fragte nun so langsam und deutlich, als wäre sein Gegenüber ein Kleinkind, dem man eine Verkehrsregel beibringt: »Unter diesen Umständen wollen wir in die Stadt. Nach Kempen. Wohin müssen wir fahren?«

Mit hochgezogenen Brauen drehte sich der Vater zu Adalbert um, der ebenfalls die Augen verdrehte. »Nach Kempen? Keine Ahnung. Kenn ich nicht. Wenn Sie aber nach Kemp-*ten* wollen, könnt ich Ihnen eventuell weiterhelfen.«

»Soso, dann tun Sie das doch bitte mal«, kam es etwas verschnupft aus dem Wagen. »Dann können wir endlich weiter, und Sie können sich wieder Ihrem Tun widmen. Nur so aus Interesse: Ist das denn hier bei Ihnen noch legal?«

Kluftinger senior wurde hellhörig. »Was wollen Sie damit sagen, hm?«

»Na, ich denke, es sollte sich selbst hier auf dem platten Land herumgesprochen haben, dass man toxische Stoffe … Verzeihung … giftige Dinge nicht einfach in die Landschaft kippt. In ein paar Jahren kommt das wie ein Bumerang zu Ihnen zurück.«

Adalbert sah, dass sein Vater kurz davor war, die Fassung zu verlieren, so rot, wie seine Backen leuchteten.

»So, jetzt hören Sie mal zu, großer Müllmeister«, setzte er an, »in unser Tobel geht auch die nächsten Jahre noch was rein, da kommt gar nix zurück. Das werden wir noch in dreißig Jahren machen. Außerdem kann ich mir nicht vorstellen, dass Sie das was angehen täte, und ich weiß auch nicht, warum Sie das überhaupt interessiert.«

»Vielleicht interessiert es ja die örtliche Polizei.«

Adalbert schluckte. Jetzt würde die Lage gleich eskalieren, wenn er nicht eingriff. »Vatter, lass gut sein: Es bringt doch nix, sich mit solchen Leuten rumzustreiten …«

»Einen Scheißdreck lass ich. Dieser G'scheitschwätzer hat mir nicht zu sagen, was ich zu tun und zu lassen hab.«

»Siehst du, Martin, mein Junge«, kam es nun extra laut aus dem Mercedes, »deshalb ist eine gute Ausbildung so wichtig. Studier recht fleißig, damit du ein angesehener Mediziner wirst und nicht in einem dunklen Kaff wie diesem deine Zeit mit tumben, aggressiven Hinterwäldlern fristen musst.«

Nun gab es für Kluftinger senior kein Halten mehr. Er ging noch einen Schritt auf die Limousine zu und zischte: »Jetzt wird es endgültig Zeit für Sie, schauen S', dass Sie weiterkommen, sonst passiert was, Herr …«

»Langhammer. Doktor Langhammer, um genau zu sein.

Den Namen sollten Sie sich merken. Da könnte noch was auf Sie und Ihren Jungen hier zukommen«, schimpfte der Fahrer, während seine Frau ihm beschwichtigend die Hand auf den Arm legte.

»Jawoll«, mischte sich da plötzlich der Junge vom Rücksitz aus ein.

»Du hältst den Mund, Martin«, fuhr ihn sein Vater an.

»G'scheithafen«, schrie Kluftinger senior unvermittelt.

»Bitte was?«

»Schlagen Sie's nach. Im Deppenlexikon.«

Adalbert drängte seinen Vater vom Auto ab und ergriff das Wort: »Also, Sie wollten ja nach Kempten, da fahren Sie jetzt hier weiter, bis Sie den kleinen Berg runterkommen, danach biegen Sie gleich rechts ab Richtung Kimratshofen und dann zehn Kilometer immer geradeaus, können Sie gar nicht verfehlen.«

»Na, immerhin *ein* zivilisierter Mensch«, gab der Doktor zurück und fuhr los. Während das Auto an ihm vorbeirollte, traf sich Adalberts Blick mit dem des geschniegelten jungen Mannes auf dem Rücksitz, und ihn überkam das seltsame Gefühl, dass das nicht ihre letzte Begegnung sein würde.

Eine halbe Stunde später fuhren die Kluftingers zurück, beide regelrecht beschwingt. »Sehr gut, Bub, dass du ihn in die falsche Richtung geschickt hast, diesen arroganten Schnösel! Kommt hierher und führt sich recht auf.«

Adalbert grinste. »Ehrensache, die Kluftingers müssen zusammenhalten. Ich lass doch so einen Heini und seinen depperten Sohn nicht meinen Vatter beleidigen.«

Ein mildes Lächeln huschte über das Gesicht seines alten Herrn, das noch breiter wurde, als sie eine silberne Limousine am Straßenrand passierten, auf deren Motorhaube eine Straßenkarte ausgebreitet war, über die sich gerade ein Ehepaar und dessen erwachsener Sohn beugten.

Kurz vor fünf. Endlich. Adalbert schob das silbern glänzende Feuerzeug, das er gerade noch frisch mit Benzin befüllt hatte, in die Hosentasche. Dazu Zigarettenpapier, das Päckchen *Schwarzer Krauser* aus seinem Versteck hinter dem Nachtkästchen und die Dose mit den Pfefferminzbonbons. Dann zog er sich die schwarze Lederjacke an und ging in den Hausgang. »Ich bin weg, treff mich mit den anderen. Kann später werden, aber ich hab den Schlüssel dabei.«

Wie aufs Stichwort ging die angelehnte Küchentür auf, und seine Mutter erschien in einer Kittelschürze, die von oben bis unten voller roter Flecken war. Hedwig Maria Kluftinger hatte ein Kopftuch auf und schwitzte. Es war Marmeladenzeit, die Johannisbeeren waren reif, und seit dem Mittagessen – wie jeden Samstag Siedfleisch mit Kartoffeln, Meerrettichsoße und Gemüse aus dem Garten – war die Luft geschwängert vom feuchtwarmen Duft der kochenden Köstlichkeit. »Komm halt nicht so spät, weißt doch, dass ich dann nicht schlafen kann.«

»Mutter, du schläfst jedes Mal vor dem Fernseher, wenn ich heimkomm. Und schnarchst dabei so laut, dass man gar nix mehr versteht.«

»Also Bub, was du immer erzählst. Vielleicht, dass ich mal eingenickt bin, aber höchstens kurz. Mit wem triffst dich denn?«

»Ich sag doch, mit den anderen, wieso?«

»So halt. Pack eine Jacke ein. Willst dir Brotzeit mitnehmen?«

»Brotzeit? Wir gehen doch nicht wandern!«

»Schon, aber wenn du Hunger kriegst …«

»Bitte, lass gut sein.«

»Ist dir nicht fein genug, Brotzeit von daheim, hm?«, meldete sich nun sein Vater aus dem Wohnzimmer, wo er gerade die Fußballergebnisse im Radio verfolgte.

»Mann, ich geh weg, kapiert? Da nimmt man keine Brotzeit mit. Wo lebt ihr eigentlich?«

Hedwig Maria streichelte ihrem Sohn zaghaft die Schulter. »Wollen ja bloß, dass es dir gut geht, Bub. Ich weiß, dass du schon bald groß bist, aber du bleibst halt einfach immer mein kleiner Bub. Was meinst, wird's sieben? Oder acht? Bloß so ungefähr …«

»Es reicht jetzt, ich komm schon heim.« Er wehrte die Hand seiner Mutter ab. »Kauft euch doch eine Katze, dann habt ihr was zum Streicheln. Pfiat's euch.«

»Undank ist der Welten Lohn«, hörte Adalbert seinen Vater noch aus dem Wohnzimmer lamentieren, dann ließ er die Haustür hinter sich ins Schloss fallen.

Endlich frei. Endlich bei den Freunden. Endlich keine Fragen mehr. Er hatte das Gartentürchen noch nicht geschlossen, da kehrte er noch einmal um, schloss auf und rief nach drinnen: »Und es wird eher neun, Mama.«

»Oho, hast heut gar keinen Stubenarrest von deinem Alten gekriegt, Nazi?«

Adalbert lächelte Hottes Spruch einfach weg. Wie alle dummen Sprüche.

Doch damit ließ Klotz es diesmal nicht bewenden. »Wie lange darfst denn bleiben?« Er sah sich Beifall heischend um. »Hat dir der Papa keinen Helm mitgegeben? Könnt ja sein, dass es dich hinhaut.«

Wieder einmal fragte sich Adalbert, wieso er sich freiwillig mit diesem grobschlächtigen Typen abgab.

»Lass gut sein, Hotte. Hier, saug lieber noch mal am Dübel«, meldete sich Nanderl, zog ihren Freund zu sich herunter und reichte ihm einen fast abgebrannten Joint.

Außer Brigitte waren alle schon da. Hotte und Nanderl saßen auf dem alten Sofa vor der Hütte, Manne war gerade dabei, auf Anordnung seines Bruders Holz für ein Lagerfeuer herzurichten. Korbinian Freys Mofa lehnte an der Wand der alten Hütte.

»Servus, Leut«, gab sich Adalbert locker. »Und, alles Latte?«

Bini trat mit einem Stuhl aus der schief hängenden Holztür. »Servus, Bertele«, sagte er und dann, leiser: »Alles okay bei dir daheim?«

»Schon. Das war schnell wieder verraucht. Apropos, ich hab ein neues Päckle Krauser dabei, drehen wir uns eine?«

Bini nickte, Kluftinger holte sich eine Flasche Bier aus dem Schuppen und nahm neben Frey auf der steinernen Stufe vor der Tür Platz.

»Mensch, Buben, jetzt probiert halt auch mal von dem Gras. Macht euch ein bissle locker im Schritt«, sagte Hotte und prostete ihnen zu. »Stimmt's, Nanderl?« Er zog seine Freundin an sich und gab ihr einen ausgedehnten Zungenkuss.

Da bog Brigitte um die Ecke des Feldwegs, grüßte fröhlich und zwängte sich neben Adalbert auf die Treppe, woraufhin sich der einen Stuhl holte.

Schließlich taten sie, was sie jeden Samstag taten – eigentlich nichts. Sie rauchten, hörten Musik aus dem alten Rekorder, tranken Bier, wobei Adalbert sich, ebenfalls wie immer, zurückhielt. Später würden sie vielleicht noch in der einzigen kleinen Kneipe des Ortes vorbeischauen, in der überhaupt Jugendliche verkehrten und sich nicht nur die Alten zum Kartenspielen trafen. Würden noch ein, zwei Getränke zu sich nehmen, die anderen von der Dorfjugend treffen und dann schwer und mit verrauchten Köpfen in die Betten ihrer Kinderzimmer fallen.

»Wollen wir mal in die Stadt heute?«, schlug Brigitte vor.

In Kempten gab es ein Kino, zwei Diskos und mehrere angesagte Lokale. »Erst ein Film und dann noch in den neuen Rockschuppen?«

Eigentlich keine schlechte Idee, fand Adalbert, sagte aber nichts. Er wollte nicht, dass sich Brigitte angesichts seiner Zustimmung falsche Hoffnungen machte. Und auf doofe Kommentare der anderen konnte er gut verzichten.

Hotte und Nanderl zuckten gelangweilt die Achseln, Manne fand die Idee okay, doch Bini schüttelte den Kopf. »Bei mir ist Ebbe im Tank und leider auch im Portemonnaie. Und das ist meine vierte Halbe. Wenn mich Berteles Vater in dem Zustand erwischt, kann ich mir den richtigen Führerschein abschminken.«

»Kempten ist doch das gleiche öde Kaff, da können wir auch hierbleiben«, jammerte Nanderl.

»Da hast du recht, mein dunkler Engel. Lieber gönnen wir uns nachher noch ein kleines Tütle und dann … *I fly you to the promised land* …« Wieder schob Horst seiner Freundin demonstrativ die Zunge in den Mund.

»Stimmt. Wie ich schon gesagt hab: *Da* müssten wir hin«, ließ Manne Klotz vielsagend vernehmen und nahm einen großen Schluck Bier.

»Wohin?«, wollte Bini wissen.

»Mann, heut ist doch der Gig in München, von den Humphries. Haben wir doch neulich schon drüber geredet. In drei Stunden spielen die ihr Konzert, und wir hocken in dem Kaff und stinken vor uns hin.«

»Du stinkst, Bruderherz, ich nicht«, sagte Hotte grinsend.

»Hast ausnahmsweise mal recht, Manne«, fand Marianne. »Da müssten wir echt hin. Alle. Zusammen. Das wär so locker.«

Mit einem Ruck erhob sich Hotte und löste sich aus der Umarmung seiner Freundin. »Okay, machen wir es halt«, sagte er entschlossen und schnippte seine nur halb gerauchte Zigarette auf den Boden. »Ich hab euch schon gesagt, ich hätt 'ne Idee. Heut ist es so weit, kommt mit.«

»Kannst uns fürs Erste mal sagen, was das für ne bescheuerte Idee sein soll?«, raunte Brigitte, offenbar noch immer ein wenig beleidigt, dass ihr Vorschlag so einfach niedergebügelt worden war. Die Art und Weise, wie sie Hotte und Nanderl die Stirn bot, rang nicht nur Adalbert immer wieder heimlichen Respekt ab. Außer ihr traute sich niemand, so mit Horst zu reden, nicht einmal sein Bruder.

Klotz funkelte sie an. »Jawoll, Fräulein Brigitte«, schnarrte er und führte die Hand zum militärischen Gruß an die rechte Schläfe. »Ich werde sogleich Bericht erstatten von meiner bescheuerten Idee.«

»Ich würd auch gern wissen, was du vorhast«, meldete sich Bini Frey, um die Schärfe aus der Situation zu nehmen.

»Okay, okay«, sagte Hotte etwas weniger aggressiv, zog sich einen Stuhl heran und setzte sich, indem er die Lehne zwischen die Beine nahm.

Adalbert war auf der Hut. Hotte hatte viel geraucht und auch schon einiges getrunken – eine explosive Mischung, die ihn immer unberechenbarer machte, je später der Abend wurde.

»Also, jetzt hört mal zu, ihr Pfeifen: Ihr kennt ja wohl alle den Ilg.«

»Den mit den Bussen?«, fragte Frey.

»Genau.«

Adalbert nickte. Und ob er Otto Ilg kannte, den Seniorchef des örtlichen Busunternehmens, dessen Betriebshof am Ortsrand lag. Schließlich fuhr er jeden Morgen und Mittag bei ihm mit, meist stehend, weil der klapprige Bus überfüllt war. Schon mehr als einmal hatte die hintere Tür unter dem Druck der Schüler nachgegeben und war während der Fahrt aufgesprungen, worauf der cholerische Ilg, der meist selbst fuhr, immer eine Schimpftirade auf die Schüler niederließ – als seien die schuld am desolaten Zustand seines Fahrzeugs. Mehr als einmal war er Adalbert und seinen Mitschülern schon vor der Nase weggefahren. Oder hatte ihnen das Fahrgeld von achtzig Pfennigen abgeknöpft, wenn sie ihre Monatskarte vergessen hatten – dabei kannte er die meisten seit Jahren. Ein richtiger Kotzbrocken.

Hotte beugte sich vor und senkte die Stimme. »Bei dem Ilg steht hinter der allerletzten Halle, unten Richtung Wald, seit 'ner halben Ewigkeit der kleine Dreißiger-Bus, so ein *Büssing* aus den Fünfzigern. Der geht noch wie ein Glöckle, sein Sohn hat ihn neulich mal laufen lassen.«

»Und den willst du dir mieten, oder was? Vergiss es, den gibt dir der Alte nie«, winkte Hottes Bruder ab. »Überleg bloß mal, wie der mit unserem Vater umgesprungen ist!«

»Klar wie Kloßbrühe gibt er ihn mir nicht, der alte Geizhals.«

»Eben«, brummelte Manne. »Sag ich ja.«

»Außerdem kann keiner von uns Bus fahren. Haben ja nicht mal 'nen Führerschein«, bekräftigte Adalbert.

»Jawoll, Herr Hauptwachtmeister«, rief Marianne.

Hotte hob die Hände und fuhr fort: »Lass mal, Nanderl. Gar kein schlechter Einwand vom Nazi. Hör zu: Erstens fährt sich das Ding wie ein Traktor. Diesel. Im Prinzip gleiche Schaltung. Den mach ich dir sogar mit 'nem Schraubenzieher an. Zweitens: Führerschein wird überbewertet. Zufrieden?«

Adalbert zuckte die Achseln.

Langsam dämmerte es Manne. »Moment mal, du willst ihn klauen?«

»Scheißdreck, ausleihen will ich ihn.«

Adalbert schüttelte den Kopf. Er verstand nicht, warum sich Klotz immer so aufblasen musste. Niemals würden die anderen bei so einem Schwachsinn mitmachen.

Doch Hotte kam jetzt erst so richtig in Fahrt: »Also, die Karre braucht der Ilg im Leben nicht, und so versteckt, wie die steht, kriegt er noch nicht mal mit, dass wir sie uns mal kurz übers Wochenende ausgeliehen haben. Streng genommen schuldet der Typ uns das, weil er unseren Alten auf dem Gewissen hat, stimmt's, Manne?«

Hottes kleiner Bruder zuckte die Achseln. Kluftinger wusste, worauf Horst Klotz anspielte. Immer und immer wieder hatte er die Geschichte von ihnen gehört: Ihr Vater war lange Jahre Fahrer bei Ilg gewesen, bis zu einem Unfall, bei dem nicht nur der alte Klotz schwer an den Beinen verletzt worden war, sondern auch der Unfallgegner ums Leben kam. In einer

Kurve war der Bus frontal in einen VW Käfer geknallt, offenbar weil Klotz am Steuer eingenickt war. Ilg hatte ihn daraufhin fristlos entlassen, obwohl er seinen Fahrer dazu genötigt hatte, völlig übermüdet eine Nachtschicht zu übernehmen.

Hotte kickte einen Stein ins Feuer und fuhr aufgebracht fort: »Der Ilg, die Drecksau, der hat Geld genug. Bei dem bedienen wir uns jetzt mal und holen uns, was uns zusteht. Das ist ein Unternehmerschwein, wie es schlimmer nicht geht. Beutet seine Leute aus, damit er sich den Ranzen fett fressen kann. Dem sein Geld, das steht doch eigentlich den Leuten zu, die für ihn die Drecksarbeit machen. Alle anderen sind dem scheißegal. Und jetzt muss der Ilg uns was zurückgeben, kapiert? Tut er wenigstens mal was für die Allgemeinheit, das Bonzenschwein.«

»Spitzenidee. Können wir jetzt ins Tanzcafé Daiser?«, murrte Adalbert. Er blickte zu den anderen, um sich Unterstützung für seinen Vorschlag zu holen, doch die hingen fasziniert an Hottes Lippen. Je mehr der seinen blödsinnigen Plan ausschmückte, desto glänzender wurden ihre Augen. Und den Polizistensohn beschlich langsam ein ungutes Gefühl …

»Okay, jeder auf seinen Platz«, zischte Hotte Klotz. Die Sonne war inzwischen untergegangen, alles war in fahles Zwielicht getaucht.

Sie standen vor dem Betriebshof der Firma Ilg und versteckten sich hinter einer Mauer. Wie echte Verbrecher. Im Rausch eines alkohol- und grasgeschwängerten Nachmittags hatten sich alle anderen von Klotz mitreißen lassen. Anfangs war Adalbert noch überzeugt gewesen, sie würden nur Spaß machen, doch inzwischen gab es keinen Zweifel mehr, dass sie es todernst meinten. Er selbst war nur aus einem Grund mitgekommen: um sie von der bescheuertsten Idee ihres Lebens abzuhalten. Was sie da vorhatten, war Einbruch und schwerer Diebstahl, darauf stand im schlimmsten Fall Gefängnis. Doch mit seinen Warnungen stieß er auf taube Ohren. Nicht einmal Bini hatte er zur Räson bringen können. Dabei war die Aktion nicht nur kriminell, sondern obendrein völlig sinnlos: Mittlerweile war es viel zu spät, um noch irgendwohin zu fahren.

Adalbert beschloss, dennoch zu bleiben. Vielleicht könnte er, als Einziger annähernd nüchtern, das Schlimmste verhindern – was immer das auch heißen mochte. Außerdem wusste er: Wenn er jetzt kniff, brauchte er sich morgen an der Hütte gar nicht mehr blicken zu lassen. Nanderl würde den letzten Rest Achtung vor ihm verlieren, die anderen natürlich auch. »Soll der Schisser halt Schmiere stehen«, hatte sie vor ein paar Minuten noch getönt. Er schickte ein Stoßgebet zum Himmel, Hotte möge es sich aus irgendeinem Grund doch noch anders überlegen – vergebens. Also bezog er seinen Posten. Als Bini mit den anderen gehen wollte, packte er ihn am Arm: »Du musst bei mir bleiben, vier Augen sehen mehr als zwei«, erklärte er. Etwas Besseres war ihm zum Schutz seines besten Freundes auf die Schnelle nicht eingefallen. Mitfahren würden sie am Ende sowieso nicht, da würde ihm schon noch eine Ausrede einfallen.

Sie spähten um die Ecke der Mauer und sahen im Dämmerlicht, wie sich Hotte, Manne und die beiden Mädchen gebückt über den Betriebshof bewegten. Dass Brigitte mit ihnen ging, wunderte Adalbert am meisten. Aber die beiden jungen Frauen schienen das immer noch für einen Spaß zu halten, sie hielten sich an der Hand und kicherten in einer Tour, bis die Klotz-Brüder ihnen unmissverständlich klarmachten, sie sollten endlich »die Schnauze halten«.

»Wenn die so schreien, hilft das auch nicht gerade dabei, dass wir unentdeckt bleiben«, flüsterte Adalbert Bini zu, der nur nervös nickte.

Die Brüder bedeuteten den Mädchen, hinter einem aufgebockten BMW in Deckung zu gehen und dortzubleiben, während sie sich weiter auf den alten hellgrünen Bus zubewegten, der in einer großen, nach zwei Seiten offenen Halle stand. Die verblichene Aufschrift auf dem Fahrzeug *Otto Ilg Altusried - Bus- und Fuhrunternehmen* war nur noch zu erahnen.

Adalbert und Korbinian sprachen jetzt kein Wort mehr. Mit zitternden Fingern zog Frey ein orangefarbenes Päckchen aus der Hemdtasche. *Overstolz,* die Marke seines Vaters. Der rauchte zu viele Zigaretten am Tag, um zu merken, dass Bini immer wieder welche aus der Werkstatt mitgehen ließ.

Adalbert spielte nervös mit seinem Zippo.

Mittlerweile hatten die Brüder den Bus erreicht und bereits die rechte vordere Tür geöffnet - wie, hatte er nicht mitbekommen. Adalbert und Bini sollten das Wohnhaus der Ilgs beobachten, das dunkel oberhalb der Hallen lag. Die beiden Mädchen hatten von ihrer Position aus die Zufahrt im Blick.

»So ein Dreck, wir reiten uns total in die Scheiße«, machte Adalbert seiner Verzweiflung flüsternd Luft.

Frey zog an seiner Kippe und zuckte mit den Schultern. »Wird schon nicht so schlimm werden. Schon auch mal ein Abenteuer, oder? Bin eh gespannt, ob er den Bus ankriegt.«

»Ich glaub's nicht, der hat doch nur eine große Klappe und nix dahinter!«

Sie zuckten zusammen, als der Anlasser des alten Gefährts aufjaulte. Ein paar Sekunden, dann war es wieder still. Aber nur kurz. Wieder und wieder versuchte Hotte, das betagte Gefährt zu starten, bestimmt fünfmal ertönte das Heulen des Anlassers, dann begann der alte Diesel mit einem Knall zu laufen.

Adalbert spielte mit dem Gedanken, einfach so zu tun, als ob jemand käme, und die Sache dadurch zu beenden, da erstarrte er: In einem der Fenster im ersten Stock war das Licht angegangen. Er wechselte einen schnellen Blick mit Frey, der es auch gesehen hatte. Atemlos stieß er hervor: »Los, Bini, ich sag den Buben Bescheid, du holst die Mädle. Wir müssen abhauen, sofort.«

»Okay, in 'ner halben Stunde an der Hütte, wenn wir uns verlieren.«

Dann stürzten sie los. Im Augenwinkel sah Adalbert, dass das Treppenhaus der Ilgs bereits erleuchtet war. So schnell er konnte, rannte er über den Hof zum Bus, dessen Motor immer wieder heftig aufheulte, wenn Hotte Gas gab. Adalbert roch den Qualm und den Ruß aus dem Auspuff. Die paar Meter bis zur Halle schienen endlos. Als er das Fahrzeug endlich erreicht hatte, rief er: »Hotte, Manne, los, abhauen, der Ilg kommt.«

Seine Schläfen pochten. Doch der Motor war so laut, dass ihn die Klotz-Brüder gar nicht bemerkten. Noch einmal schrie er gegen den Lärm an, da hob Hotte den Blick. Das Funkeln, das Adalbert in seinen Augen sah, verhieß nichts Gutes. »Ein Scheiß kommt, Nazi«, blaffte er zurück. »Du hast nur die Hosen voll und willst, dass wir alles abblasen.«

Manfred grinste schief, meldete aber immerhin seine Bedenken an: »Was, wenn er wirklich kommt?«

Horst ließ ihn gar nicht ausreden: »Dann geh doch mit dem Hosenscheißer«, brüllte er. »Ich zieh das jetzt durch.«

»Haut endlich ab, ihr Deppen, wieso glaubt's ihr mir denn nicht?« Adalbert flehte regelrecht. »Die andern sind schon weg. Los, auf zur Hütte.«

Doch Hotte hatte seinen kleinen Bruder wieder auf seiner Seite. »Verschwind doch mit den Weibern. Wir ziehen das durch«, zischte Manne.

Dann legte Horst unter metallischem Kreischen einen Gang ein, und der alte Bus machte einen Satz nach vorn. Adalbert brachte sich mit einem Sprung in Sicherheit, fiel hin, rappelte sich wieder hoch und rannte über den gekiesten Platz zu dem schützenden Wald auf der anderen Seite der Halle. Die Hände auf die Knie gestützt, verschnaufte er kurz.

»Warum kommen die Deppen nicht?«, tönte es auf einmal hinter ihm, dann spürte er eine Hand auf seiner Schulter.

»Bini!«

»Alles okay mit dir, Bertel?«

Er wandte sich um und sah Brigittes Zahnspange aufblitzen. »Jaja, eh klar, aber die zwei glauben mir nicht. Der Hotte will es durchziehen.«

Neben Brigitte stand Marianne, die er noch nie so blass und besorgt gesehen hatte.

»Los, wir müssen weiter«, mahnte Frey. »Wenn uns hier einer erwischt, sind wir auch dran.« Damit machte er kehrt und rannte los, genauso wie Marianne und Brigitte.

Nur Adalbert blieb wie angewurzelt stehen.

»Komm«, hörte er Bini aus der Ferne rufen.

»Gleich.« Er war hin- und hergerissen, wollte flüchten, hatte aber das Gefühl, dass etwas Schlimmes passieren würde, wenn er nicht hierblieb. Gebannt starrte er auf den Betriebshof. Die Scheinwerfer am Bus waren angegangen, und das Gefährt bewegte sich langsam aus der Halle heraus. Hotte musste am Wohnhaus der Ilgs vorbeifahren, wenn er vom Hof wollte. Noch immer zogen Rußschwaden durch die Luft, ein lautes Brummen überlagerte alle anderen Geräusche – und im Lichtkegel des Fahrzeugs stand plötzlich, in Schlafanzug und Filzpantoffeln, Otto Ilg. In seiner Hand hielt er eine Schrotflinte.

Er rief etwas, doch Adalbert konnte ihn nicht verstehen. Dann leuchteten für einen Moment die roten Bremslichter auf, das Vehikel stoppte. Eine Weile regte sich keiner, der Bus und Ilg standen sich gegenüber wie die Kontrahenten eines bizarren Western-Duells.

Adalbert wagte kaum zu atmen. Was würde nun passieren? Wie würde sich der aufgebrachte Busunternehmer verhalten? Schließlich hatte er eine Waffe – und war einer der schlimmsten Choleriker im Ort.

Jetzt schrie Ilg wieder etwas, dann brachte er seine Waffe in Anschlag. Würde er wirklich schießen? Oder würden gleich die Bustüren aufgehen und die Brüder herauskommen? Ein unbestimmtes Gefühl sagte Adalbert, dass es anders kommen würde. Schlimmer.

Der Schreck fuhr ihm in alle Glieder, als erneut der Motor aufheulte, die Bremslichter erloschen, der alte Bus sich mit einem Satz in Bewegung setzte und auf den Mann im Pyjama zuhielt. Ilg ließ seine Waffe sinken.

»Oh Gott, Hotte, mach kein' Scheiß …«, flüsterte Adalbert. Er schloss die Augen, dann hörte er über das Brummen des Motors hinweg den kurzen, dumpfen Aufprall, als Ilgs Körper auf ein paar Tonnen Metall traf. Ein Geräusch, das er nie mehr vergessen sollte. Kies knirschte unter den Rädern, der Bus kam zum Stehen, während der Dieselmotor im Leerlauf weitermalmte.

Adalbert öffnete die Augen: Ilg lag neben dem Fahrzeug, sein Körper war bizarr verdreht. Eines seiner Beine zuckte noch ein paar Sekunden, dann regte er sich nicht mehr. Adalbert wusste sofort, dass er tot war. Ihm wurde übel, er hatte Angst, jeden Moment umzufallen, doch das Adrenalin in seinem Körper hielt ihn aufrecht.

Benommen stiegen die Brüder aus und torkelten auf Ilg zu, beugten sich hinunter, drehten sich kurz die Köpfe zu und begannen zu rennen, als sei der Teufel höchstpersönlich hinter ihnen her.

Reglos starrte Adalbert auf die gespenstische Szene. Zum ersten Mal hatte er mit angesehen, wie ein Mensch starb. Ob Hotte in dem Moment die Sicherungen durchgebrannt waren, ob sich seine Wut über das Schicksal seines Vaters in einer Verzweiflungstat Bahn gebrochen hatte oder ob er einfach nur wahnsinnig war – das spielte keine Rolle mehr. Ein toter Körper lag da auf dem Boden, der kurz vorher noch voller Leben gewesen war. Ein Bild schrecklicher, grausamer Endgültigkeit. Ein Bild der Trauer, Zerstörung, Hoffnungslosigkeit. Es riss ihn förmlich herum, als er sich mit einer Gewalt übergab, als würde sein Innerstes nach außen gekehrt.

»Zu keinem ein Wort, habt ihr das alle kapiert? Noch mal, wenn ich nicht gefahren wär, hätt der mich über den Haufen geschossen. Wenn einer von euch nicht dichthält, sind wir alle dran, verstanden? Dann fahren wir alle in den Knast ein!« Hottes Hände zitterten, als er gierig an einem Joint zog. Er lief ständig vor den anderen auf und ab, die mit hängenden Köpfen vor der Hütte saßen und in das glimmende Häufchen Asche starrten, das von ihrem Feuer übrig war. Im Hintergrund hörte man noch immer Polizeisirenen.

»Absolute Verschwiegenheit, kein Sterbenswörtchen zu niemand!«, wiederholte Hotte immer wieder wie ein Mantra.

Adalbert wusste, dass er vor allem ihn mit seinen Mahnungen meinte. Natürlich, schließlich war er außer Manne der Einzige, der alles gesehen hatte. Die anderen waren ja längst weggelaufen, nur er war dageblieben. Wofür er sich nun innerlich verfluchte.

»Wir müssen jetzt heim, alle. Lasst euch nichts anmerken, benehmt euch einfach wie immer, verstanden?«, zischte Hotte nervös. »So, und jetzt wird geschworen. Kommt um die Feuerstelle und sprecht mir nach.«

Die anderen fünf erhoben sich, bildeten einen Kreis, und jeder streckte die rechte Hand so in die Mitte, dass sie sich alle über der Glut trafen.

»Ich schwöre, über die Sache heute Abend mit niemandem außer der Clique zu sprechen, egal, was kommt. Für immer und ewig. Auf Leben und Tod«, sagte Hotte eindringlich, und alle sprachen die Worte murmelnd nach.

10

»Hier muss doch irgendwo eine Kopfschmerztablette sein, zefix. Erika?« Kluftingers Schädel brummte an diesem Morgen, als habe er die letzte Nacht durchgezecht. Schuld daran waren die alten Geschichten, die nun, nach all den Jahren, wieder hochkamen. Ihm war, als habe er alles noch einmal erlebt. Durchlebt. In allen Einzelheiten, genau wie damals. Dabei hätte die Erinnerung über die Jahre eigentlich verblassen müssen. Doch genau das Gegenteil war der Fall: Es schien geradezu, als habe das konsequente Verdrängen die Vergangenheit in irgendeinem Winkel seines Gehirns konserviert – und nun kam alles wieder an die Oberfläche. Beanspruchte Platz in seinem Kopf, was zu diesen unerträglichen Schmerzen führte. Langhammer würde Kluftingers Theorie wahrscheinlich nicht unterschreiben, aber er wusste, dass es so war.

»Abgelaufen. Himmelnochmal!« Der Kommissar pfefferte die Schachtel zurück in das überquellende Schrankfach, in dem sie ihre Medikamente aufbewahrten – allerdings nach dem Prinzip der chaotischen Lagerhaltung. »Hier müsst mal jemand aufräumen«, schimpfte er mit pochenden Schläfen.

»Mit jemand meinst du mich, oder?« Erika stand im Bademantel in der Tür.

»Heu, bist du schon auf?«

»Ja, ich hab das Gefühl gehabt, du hättest nach mir gerufen. Beziehungsweise geschrien.«

»Ach so, kann sein ... ich brauch Kopfschmerztabletten und find einfach ...«

»Da.« Seine Frau zog mit einem Griff eine Schachtel aus dem Fach und hielt sie ihm hin. »Ich find mich da drin eigentlich ganz gut zurecht.«

»Du hast ja auch nicht diese wahnsinnigen Schmerzen.«

»Nein, stimmt, Entschuldigung, das hab ich natürlich nicht bedacht, Opa«, sagte sie übertrieben süßlich und küsste ihn auf die Stirn.

Am Frühstückstisch fühlte er sich schon bedeutend wohler. Es war erstaunlich, wie schnell diese Medikamente heutzutage wirkten.

»Und, geht's wieder?«, fragte seine Frau, diesmal ganz ohne Ironie.

»Bissle besser, aber trotzdem noch ziemlich schlimm«, presste er hervor. Er hoffte, dass seine Frau aus Mitleid über seinen Ausbruch von vorhin hinwegsehen würde. Und sein Plan ging auf, denn sie fuhr mit einem anderen Thema fort.

»Du, ich hab nachgedacht. Der Smart ist für uns zwei doch ein ganz nettes Auto. Mehr brauchen wir gar nicht.«

»Hm«, brummte er. Er wollte erst sehen, worauf sie hinauswollte, bevor er sich äußerte.

»Eben. Und da hab ich gedacht, dass die Kinder doch den Passat einfach behalten können. Und wir nehmen den Smart.«

Er verschluckte sich an seinem Kaffee. »Meinen ... ich mein: unseren Passat? Kommt ja gar nicht ... also, was ich sagen will, die Kinder, so ein altes Auto wollen die doch gar nicht.«

»Meinst du? Ich hab den Eindruck, dass die gut damit zurechtkommen. Zumindest für eine Weile, bis der Markus besser verdient und sie sich was Gescheites leisten können. Das ewige Leben wird unsere alte Familienkutsche eh nicht haben.«

»Was soll das bitte heißen?«

»Ich mein ja bloß, der ist jetzt über dreißig Jahre.«

»Wir auch, Erika.«

»Das ist ein bissle was anderes, oder?«

Kluftinger dachte angestrengt nach. Wenn Markus den Passat fahren würde, wäre der innerhalb eines Jahres reif für die Schrottpresse, da war er sich sicher. Für ein solches Auto erforderte es ganz außerordentliches Feingefühl und sehr viel Erfahrung, sonst waren seine Tage gezählt. Ausgerechnet jetzt, wo er endlich ein H-Kennzeichen und die damit verbundene Steuererleichterung erhalten hatte. Wie sollte er den Niedergang seines geliebten Wagens nur verhindern? Da kam ihm die rettende Idee: »Weißt du, Erika, unser Auto, das ist für uns zwei alte Dackel schon recht. Aber die Kinder … Der Wagen entspricht einfach nicht mehr den heutigen Sicherheitsstandards.«

»Ach, du meinst, wenn uns was passiert, ist es egal, oder was? Wir haben das Leben eh hinter uns?«, hakte Erika gereizt ein.

»Nein, Schmarrn. Aber du und ich, wir kennen den Passat so gut, da braucht's nix. Wenn die Yumiko den viel fährt …«

»Du meinst jetzt, weil sie eine Frau ist?«

»Schmarrn mein ich. Aber die ist von den Japanern alles Mögliche an Assistenzsystemen gewohnt. Und im Passat, da ist nix mit ABS und Airbag und was weiß ich noch.«

»Meinst du?«

»Wenn was passieren würd, ich mein, dem Butzel oder dem Markus …«

»Oder der Yumiko …«

»Ja, siehst du! Das können wir nicht verantworten.«

Seine Frau nickte nachdenklich. »Ja, ich glaub, du hast recht.«

»Freilich hab ich recht. Ich wollt das ja auch schon vorschlagen, dass sie das Auto behalten, aber dann …« Er rollte mit den Augen.

»Gut. Dann kaufen sie sich eben ein Neues. Und wir unterstützen sie dabei.«

Wieder bekam Kluftinger den Kaffee in den falschen Hals und hustete lautstark. »Finanziell? Schon wieder?«

»Daran hab ich gar nicht gedacht. Aber du hast recht: Für die Gesundheit unseres Enkelkindes ist uns nichts zu teuer, gell?«

»Natürlich nicht«, erwiderte er leise. »Wobei: Vielleicht, wenn wir den Passat ein bissle herrichten und neue Reifen ...«

»Nein, du hast mich schon überzeugt. Aber was ich eigentlich gemeint hab mit unterstützen: Du kannst ja mit ihnen zum Autokaufen gehen. Kennst dich doch aus damit.«

Kluftinger stutzte. Was sein Autowissen anging, befand er sich auf dem technischen Stand der Achtzigerjahre. »Also, sooo fit bin ich da auch wieder nicht.« Er hielt inne. Wenn er dabei wäre, könnte er zumindest steuernd eingreifen und verhindern, dass der neue fahrbare Untersatz astronomische Summen kostete. Dass irgendein geldgieriger Verkäufer den beiden eine Ausstattung aufschwatzte, die völlig unnötig wäre. »Stimmt schon, ich geh mit!«, schloss er bestimmt. »Ich schau mich nachher mal um, was der Markt grad so hergibt.«

Als er in die Garage ging, fiel sein Blick auf das Holzkreuz. Die notdürftig darübergelegte Decke war halb wieder heruntergerutscht. Der Anblick war für den Kommissar wie ein Stoß in die Magengrube. Er musste endlich diesen Idioten finden, der das zu verantworten hatte. Erst dann würde dieser Druck von ihm weichen – und er wieder richtig durchatmen können.

Fluchend räumte er das Kreuz in die hinterste Ecke mit den Gartengeräten und dem Autozubehör. Dort würde es so lange ruhen, bis die Sache vorbei war. Wie auch immer sie ausgehen würde.

»Na, Chef, kaufst du dir einen Plug-in-Hybrid oder gleich einen Vollelektrischen?«

»Hm?«

»Die Steuervorteile sind ganz attraktiv, ich überleg es mir auch schon.«

Kluftinger sah verwundert von den Gebrauchtwagenanzeigen

in der Zeitung auf, von denen er sich ein, zwei interessante bereits angestrichen hatte. »Servus, Richie. Wolltest du nicht in Memmingen bei der Obduktion vom Rösler sein?«

»Stell dir vor, der Böhm musste die verschieben, weil er eine Autopanne hatte. Mit dem kannst dich gleich zusammentun bei der Suche nach einem neuen Fahrzeug. Vielleicht kriegt ihr Mengenrabatt.«

»Nein, mir tut's mein Passat gern.«

»Fährst du jetzt nicht den Smart?«

Der Kommissar hob abwehrend eine Hand. »Nix, das ist nur vorübergehend, weil der Markus den Passat braucht. Wegen dem Butzel und dem Kinderwagen. Deshalb such ich ja ein Auto für ihn.«

»Gäb ja jetzt die Dieselprämie, könntest deine alte Mühle drangeben und in die E-Mobility einsteigen.«

»Jetzt red keinen Schmarrn. Das i-Zeug ... ist noch nicht ausgereift. Und den Passat geb ich nimmer her, ist jetzt ein Oldtimer. Mit dem fahr ich bis zur Pensionierung.«

»Solange es noch Ersatzteile dafür gibt«, merkte Maier an. »Und Leute, die so was Vorsintflutliches reparieren können.«

»Lass das mal meine Sorge sein. Ich würd dem Bub auch einen Passat empfehlen, aber die neuen sind sündteuer!«

Maier schien zu überlegen. »Frag doch mal den Eugen, der will sein Auto verkaufen, wenn ich das neulich richtig verstanden hab.«

Kluftinger beugte sich interessiert vor. »Echt? Was fährt der grad? Meinst, der geht günstig her?«

»Na ja, kommt drauf an, was du ausgeben willst. Ist ein BMW.«

»Mei, wenn's sein müsst ...«

»M5, glaub ich. Achtzylinder, schwarz, Vollausstattung und so. Über fünfhundert PS. Schenken wird er ihn dir nicht, aber er braucht die Kohle, wie's scheint.«

»Achtzylinder, bei dir hakt's wohl. Kein Wunder, dass der Eugen allweil so knapp bei Kasse ist. Allein, was die Kiste Benzin säuft, macht Beamte wie uns doch arm!«

»Na, so arm dürften Sie doch nicht sein, mit Ihrem Gehalt als leitender Kriminalhauptkommissar, oder täusche ich mich, Herr Kluftinger?« Polizeipräsidentin Birte Dombrowski stand plötzlich im Türrahmen. Maier nahm sofort Haltung an.

Kluftinger hingegen runzelte die Stirn. Normalerweise kündigte die Chefin Besuche in der Abteilung vorher an. »Geht nicht um mich, Frau Dombrowski. Guten Morgen, was kann ich für Sie tun?«

Die Präsidentin schenkte ihm ein Lächeln. »Guten Morgen. Nichts, Herr Kluftinger, ich hatte eher das Gefühl, ich müsste einfach meinen Beistand bekunden.«

Richard Maier verzog kaum merklich das Gesicht.

Auch der Kommissar war verunsichert. »Ich versteh jetzt nicht ganz, ich mein: Wieso müssen Sie mir beistehen?«

»Versuchen Sie bitte nicht, es runterzuspielen. Ich kann mir nur zu gut vorstellen, wie es Ihnen im Moment geht.«

»Mir? Jetzt im Ernst, Frau Dombrowski, mir geht's …«

»Wir hatten erst vor sechs Wochen ein Meeting der Polizeipräsidenten, ich war in einer Arbeitsgruppe zum Thema ›steigende Gewalt gegen Beamte‹. Der Psychologe konnte uns anhand von Fallbeispielen gut verdeutlichen, was in Kollegen vorgeht, die auf einmal zur Zielscheibe für Kriminalität und blinden Hass werden.«

»Ach so, Sie meinen, wegen dem Dings, nein, also, ich nehm mir das wirklich nicht so zu Herzen.«

»Ich wollte Ihnen nur anbieten, wenn Sie jemanden zum Reden oder dienstliche Unterstützung brauchen, ich bin immer für Sie da, hören Sie?«

Jetzt räusperte Maier sich vernehmlich.

Die Präsidentin wandte sich ihm zu. »Sie möchten etwas dazu sagen?«

Sofort sprudelte er los: »Ich habe eine neue Theorie, was das Bedrohungsszenario angeht. Vielleicht stehen wir da alle im Fokus, die ganze Abteilung. Und dabei geht es möglicherweise sogar vorwiegend um mich.«

Kluftinger zog ungläubig die Augenbrauen nach oben. »Bitte?«

Die Präsidentin gab sich ungerührt: »Ich erinnere mich nicht, Ihren Namen auf dem Kreuz oder in der Anzeige gelesen zu haben, Herr Maier. Ich hoffe und zähle natürlich auch auf Ihre bedingungslose Unterstützung für Ihren Chef in dieser schwierigen Situation. Ich kann mich da doch auf Sie verlassen?«

»Immer. Versteht sich von selbst, Frau Präsidentin«, versetzte er dienstbeflissen, dann zog er eine Augenbraue nach oben und fügte in vertraulichem Ton an: »Und sonst so, alles ... paletti?«

Birte Dombrowski warf Kluftinger einen irritierten Seitenblick zu, dann atmete sie tief ein und erklärte mit kühlem Lächeln: »Keine Sorge, Herr Maier, ich wüsste nicht, was wir über diese dienstlichen Belange hinaus zu diskutieren hätten.«

»Selbstverständlich«, schnarrte er.

Dann verabschiedete sich die Präsidentin und eilte aus dem Zimmer.

Sie war gerade so außer Hörweite, da legte Maier los: »Wenn du versuchst, bei ihr durch dieses Bedrohungsszenario auf der Mitleidsschiene voranzukommen, dann sag ich dir gleich: Das ist nicht nachhaltig. Dauerhaft trägt so was nicht.«

»Voranzukommen?« Kluftinger zog die Brauen zusammen. »Was meinst du denn jetzt?«

»Das weißt du genau. Wenn du sie mir auf diese Art ausspannen willst, dann ...« Er beendete seinen Satz nicht.

Der Kommissar wusste nicht, ob er wütend werden oder lachen sollte. Er entschied sich für Letzteres. »Richie, um sie dir ausspannen zu können, müsstest du sie erst einmal haben.«

»Ui, das ist ja mal was ganz Neues! Läuft da was bei euch?« Hefele stand grinsend in der Tür, hinter ihm Eugen Strobl.

»Servus, Roland. Keine Sorge, so schlimm steht's noch nicht um mich. Und Eugen, du auch mal wieder pünktlich im Büro? Respekt.« Strobl setzte zu einer Rechtfertigung an, doch Kluftinger kam ihm zuvor: »Männer, bitte: Wir fangen ohne großes Getue einfach an. Bringt mich mal auf den aktuellen Stand und dann ... hab ich euch vielleicht auch noch was zu erzählen.«

Die drei Kollegen warfen sich fragende Blicke zu.

»Seht ihr dann schon. Also, was gibt's?«

Die Beamten nahmen Platz. Hefele meldete sich als Erster zu Wort. »Das hier kam gestern noch rein.« Er wedelte mit ein paar Ausdrucken. »Geht um die Sache in Kochel. Eine Mail vom Veigl. Die Kollegen vermuten ja, dass es jemanden in Polizeikreisen gibt, der mit dem Schutzpatron kooperiert. Nun konnten sie nachverfolgen, dass von einem ganz bestimmten Dienstrechner auf die Datei mit der Wertanalyse des gestohlenen Bildes zugegriffen wurde.«

Kluftinger horchte auf. »Aha? Das müsste dann der Computer von dem besagten Maulwurf sein.«

Hefele schüttelte den Kopf. »Leider nicht ganz so einfach. Der Rechner steht im Schulungszentrum der Münchener Kripo.«

»Jessas, also für jeden zugänglich?«

»Zumindest für die ganzen Kollegen im Präsidium in München und die Fortbildungsteilnehmer. An dem betreffenden Tag waren anscheinend ein Haufen Seminare. Das macht die Sache ziemlich kompliziert, schreibt der Veigl. Aber sie sind dran.«

»Okay, irgendeine Spur vom Schutzpatron selber?«

Alle schüttelten die Köpfe.

»Schaut aus, als könnten wir weiterhin nur warten – und gut auf dich aufpassen«, resümierte Roland Hefele.

»Oder einfach mal wieder unsere richtige Arbeit machen«, brummte Strobl.

»Was hältst du davon, wenn wir dich in so ein Zeugenschutzprogramm nehmen?«, schlug Maier vor. »Dir eine neue Identität verpassen, vielleicht in ... Norddeutschland?«

»Das ist jetzt aber nicht dein Ernst«, sagte Kluftinger mit einem ungläubigen Lächeln.

»Wieso? Wenn doch was passiert, macht man sich ewig Vorwürfe.«

Hefele grinste breit. »Der Richie will nur, dass der Weg zur Chefin frei ist.«

»Halt du doch die Klappe. Oder hast du's auch auf sie abgesehen?«

»Ich?« Hefele zeigte theatralisch auf sich. »Ich bin der glücklichste Mensch der Welt momentan. Bestens versorgt.«

»Ich glaub, das sieht die Sandy anders.«

Jetzt nahm Hefeles Gesicht eine rote Färbung an. »Ich red ja nicht von der Sandy, du Depp.«

»Du wolltest uns irgendwas erzählen, Klufti?«, unterbrach Strobl.

Kluftinger wunderte sich, dass Strobl die günstige Gelegenheit, ein wenig auf seinem württembergischen Kollegen rumzuhacken, ungenutzt ließ. Er atmete tief ein, dann begann er zu erzählen. Von jenem Tag im Sommer, vor ungefähr vierzig Jahren. Den Jugendlichen, von denen einer diese saudumme Idee hatte. Eine Idee, die in eine Katastrophe mündete, an deren Ende ein Mensch sein Leben lassen musste.

»Leck mich am Arsch.« Strobl brachte zum Ausdruck, was wohl alle dachten, nachdem der Kommissar geendet hatte.

»Brutal«, pflichtete Hefele ihm bei.

»Wenn ich ganz kurz fragen dürfte, wie es dann weiterging, nach diesem ... Vorfall? Wirft ja doch einige Fragen auf«, fand Maier.

Kluftinger stand auf und ging zum Fenster. Er öffnete es und ließ die kalte, feuchte Luft in seine Lunge strömen. Er musste kurz durchatmen, bevor er das letzte Kapitel dieser unheilvollen Geschichte erzählte. Das, auf das er am wenigsten stolz war. Er setzte sich wieder und schloss die Augen. Dann kamen die Bilder zurück.

11

Sie trafen sich kaum noch nach dieser verhängnisvollen Nacht. Jeder versuchte mit dem, was vorgefallen war, auf seine Art und Weise fertigzuwerden. Stillschweigen hatten sie verabredet. Sogar geschworen. Noch am Abend des Geschehens. Ohne Kompromisse, ohne Ausreden. Dann hatten sich ihre Wege getrennt. Nur einmal hatte Adalbert Hotte und Marianne auf dem Motorrad durch den Ort brausen sehen. Er war schnell in Deckung gegangen, damit sie ihn nicht entdeckten. Sie schienen ausgelassen, fröhlich. Ob das alles nur gespielt war? Oder machte ihnen der Tod des Busunternehmers wirklich nichts aus? Hotte musste doch die Wände hochgehen vor Angst und Schuldgefühlen.

Für Adalbert jedenfalls war das Leben seither ein anderes. Er schleppte sich mühsam durch seinen Alltag, konnte sich auf nichts mehr konzentrieren, schlief schlecht und hatte auch die letzte Physikarbeit in den Sand gesetzt. Seinem Vater fiel nichts auf, aber seine Mutter bemerkte die Veränderung in dem Moment, als sich auch noch Appetitlosigkeit zu seinen Symptomen gesellte. Sie sprach ihn sofort darauf an, und er rechtfertigte sich mit Liebeskummer, ein Thema, von dem er wusste, dass es seiner Mutter zu unangenehm war, als dass sie nachhaken würde.

So vergingen die Tage quälend langsam. Inzwischen waren Sommerferien, was die Sache noch verschlimmerte, denn die Schule hatte wenigstens ein bisschen Ablenkung geboten. Die Hitzewelle, die über sie hereingebrochen war, half ihm auch nicht dabei, sich besser zu fühlen. Ganz Europa hatte sich in einen Glutofen verwandelt und ließ die Menschen ächzen. So fielen die paar Jugendlichen, die mit weit mehr als nur den hohen Temperaturen zu kämpfen hatten, nicht weiter auf. Einmal hielt Adalbert es nicht mehr aus und wollte seinen Freund Korbinian Frey nach Feierabend beim Mondwirt abpassen, wo er als Lehrling arbeitete. Doch als er ihn kommen sah – schlurfender Gang, fahles Gesicht, eingefallene Wangen –, zog er sich wieder zurück. Bini ging es genauso schlecht, von ihm war keine Hilfe zu erwarten.

Deswegen freute sich Adalbert fast, als er eines Tages im Briefkasten eine Nachricht fand, auf der stand, die ganze Clique treffe sich am bekannten Ort, abends um sechs. »Alle müßen komen«, hatte Hotte in seiner Kinderschrift notiert, wobei er *Alle* dreimal unterstrichen hatte. Sollte heißen: Das war keine Bitte, das war ein Befehl. Adalbert kam ihm gerne nach. Mit einem mulmigen Gefühl zwar, aber auch mit der Aussicht, endlich mit jemandem über das Erlebte sprechen zu können.

Der Tag des Zusammentreffens verging besonders langsam, die Minuten dehnten sich ins Endlose, während er bei geschlossenen Fensterläden in seinem Zimmer hockte und auf den Abend wartete. Mit 35 Grad wurde ein neuer Hitzerekord erreicht, und seine Mutter hatte ihn bestimmt zehnmal gefragt, ob er denn nicht ins Freibad wolle. Doch Adalbert wollte nicht. Es hätte ihn zu sehr an ihr letztes, unbeschwertes Beisammensein erinnert.

Schließlich hatte die Uhr ein Einsehen, und es war so weit. Eilig schwang er sich auf sein Rad und fuhr so schnell er konnte zur Hütte. Er war schweißnass, als er ankam.

»Bertele, du keuchst ja wie eine kaputte Dampflok«, begrüßte ihn Korbinian Frey. »Musst aufpassen, sonst wirst noch dick. Hast schon ein bissle angesetzt.«

»Spinnst du?«, empörte er sich. »Schau dir doch meine Eltern an. Das Schlanksein hab ich geerbt, da passiert nix.« Er stieg ab.

Als er seinen Freund begrüßte und ihm in die Augen blickte, war der kurze, unbeschwerte Moment schon wieder vorbei. »Die anderen noch nicht da?«

Frey schüttelte den Kopf und setzte sich auf den Baumstumpf vor die Feuerstelle. Dort, wo sonst die Flammen züngelten, lag jetzt nur ein Haufen Asche. Bei diesen Temperaturen verspürte niemand das Verlangen nach einem Feuer.

»Ah, ihr seid's schon da. Hallo, Bertel.« Brigitte war gekommen, allerdings zu Fuß, weshalb sie sie nicht gehört hatten. »Mofa ist in der Werkstatt«, beantwortete sie die fragenden Blicke der jungen Männer. »Übrigens, was ich noch sagen wollte, bevor …« Das Röhren eines Motorrads übertönte den Rest.

Kurz darauf bog Hotte so scharf um die Kurve des Waldwegs, dass sein Hinterrad wegrutschte und er ein wenig driftete. Ob es Absicht gewesen war oder nicht, konnte Adalbert nicht sagen, aber es sah spektakulär aus.

»Habt ihr Streit, die Marianne und du?«, fragte Brigitte mit Blick auf seinen leeren Hintersitz.

»Warum? Hast Interesse?«, erwiderte Horst mit breitem Grinsen.

»Nein, danke, hab echt kein' Bedarf an Langhaardackeln.«

Die beiden anderen versuchten, ihr Lachen zu unterdrücken. So redete sonst niemand mit Hotte. Der ignorierte die Bemerkung, stieg ab und kam auf Adalbert zu. »Na, wie läuft's im Gimpelnasium?«

»Geht so. Selber?«

»Mir würd's besser gehen, wenn ich mich nicht immer fragen müsst, ob du dichthältst, Nazi.«

»Ich hab nix gesagt. Ehrlich.«

»Ja, noch. Aber wie lang hältst du das durch?«

Adalbert schluckte. »Ich hab's dir gesagt, ich verrat nix.«

»Hm«, knurrte Hotte, gab sich aber zufrieden. Er setzte sich ebenfalls auf einen Baumstumpf und drehte sich eine Zigarette. Die drei schauten ihm dabei zu, als sei es eine große Kunst, was er da tat. Von sich aus hatte keiner Lust zu reden. Als er fertig war, steckte Hotte die Zigarette an, blies den Rauch in die Luft und sah ihm versonnen nach. »Um den Alten ist es eh nicht schad«, stellte er fest.

»Jetzt mach aber mal halblang«, protestierte Korbinian. »Das war vielleicht ein Depp, aber jetzt ist er tot. Wegen uns. Wegen … dir.«

Klotz wandte sich ihm zu und kniff die Augen zusammen. »Ja? Und wenn du das nicht auch irgendwann sein willst, dann hältst du dein dummes Maul, klar? Du hängst da genauso mit drin.«

»Hotte, ich hab damit nix zu tun.«

»Mitgefangen, mitgehangen.«

»Ich war nicht dabei, als es passiert ist.«

»Weil du die Hosen voll hattest.«

»Ich hab die Hosen nicht voll gehabt, aber ich bin auch kein Mörder.«

Jetzt fuhr Hotte Klotz hoch und baute sich vor Korbinian auf. »Das war ein Unfall«, zischte er.

»Ach, und wieso …?«

Wieder erklang das Knattern eines Mofas, und Hottes Bruder Manfred bog um die Ecke; hinter ihm saß Marianne. Irgendetwas stimmte nicht, das merkte Adalbert sofort. Die beiden winkten aufgeregt und riefen irgendetwas in ihre Richtung. Er spürte, wie sich ihm die Kehle zuschnürte. Doch als das Mofa in einer stinkenden blauen Wolke vor ihnen hielt, erkannte er, dass Marianne und Manfred lachten.

»Stellt euch vor«, platzte Manne sofort heraus, »die haben ihn.«

Sie blickten sich ratlos an. »Wen?«

»Den, der den alten Ilg überfahren hat.«

Adalbert verstand überhaupt nichts mehr. »Aber das wart doch … das waren doch wir.«

»Eben nicht, du geistiger Bodenturner«, erklärte Manfred mit einem triumphierenden Lächeln. »Das war irgend so ein Zigeunerschwein. Meinen jedenfalls die Bullen. Und die im Dorf glauben's ihnen gern.«

»Echt? Einer von diesen Drecks-Bettlern?« Hotte klang, als habe er gerade den Hauptgewinn an der Losbude gezogen. »Diesen Arschlöchern ist einfach nicht zu trauen.« Er lachte rasselnd.

Adalbert war fassungslos. Seit ein paar Wochen schon campierten ein paar Roma am Rande der Ortschaft. Und er wusste auch, dass dieses fahrende Volk von den Altusriedern stets höchst misstrauisch beäugt wurde. Auch sein Vater bläute ihm immer ein, sich von *denen* fernzuhalten, weil die hinter ihren dunklen Augen böse Dinge ausheckten. »*Die Zigeuner klauen wie die Raben, das wird denen schon in die Wiege gelegt*«, pflegte er zu sagen. Und sein Sohn hatte, auch wenn er ihm nicht gänzlich glaubte, seinem Willen entsprochen. Aber einem von ihnen einen Mord in die Schuhe schieben? Das ging zu weit.

»Das sind doch eh alles miese Galgenvögel«, schaltete sich nun auch Marianne ein. »Da trifft's auf jeden Fall den Richtigen.«

»Wie meinst du das?«, fragte Brigitte kampfeslustig.

»Och komm, hör auf mit deinem *Wir-sind-alle-Brüder*-Geschwafel. Das sind Zigeuner. Denen liegt das Klauen und Töten im Blut, davon leben die ja. Schon immer. Was meinst du, was der Typ schon alles auf dem Kerbholz hat? Und läuft noch immer frei rum!«

Brigitte schien nachzudenken. Kluftinger erwartete ein flammendes Plädoyer für die Nächstenliebe, doch stattdessen sagte sie: »Vielleicht hast du ja recht.«

»Also, dann passt doch alles«, erklärte Manne, von der unerwarteten Wendung der Ereignisse noch immer aufgekratzt. Dann setzte er wieder sein schiefes Grinsen auf. »Wir machen gar nix und lassen der Gerechtigkeit ihren Lauf.«

12

»*Der Gerechtigkeit ihren Lauf*, na, der hatte ja vielleicht Nerven.« Es war eine ganze Weile still, nachdem Kluftinger diese Episode aus seiner Jugend erzählt hatte. Bis Maier das Wort ergriffen hatte. »Und wie ging's dann weiter?«

Der Kommissar saß versonnen am Schreibtisch.

»Chef? Wie ist das weitergegangen?«

»Hm?« Er hatte nicht mitbekommen, dass jemand gesprochen hatte.

»Na, du wirst diesen Hotte doch nicht etwa verpfiffen haben, oder?«, bohrte Strobl nach.

»Ich hab's mir nicht leicht gemacht, das kann ich euch sagen.«

»Oh Mann, du hast ihn hingehängt? Ohne Scheiß? Dabei hast ihm in der Nacht doch geschworen …«

»Was hättest du denn gemacht, Eugen?«, fiel ihm Richard Maier scharf ins Wort. »Immerhin hat er jemanden umgebracht, und der Chef war der Einzige, der es mit angesehen hat. Der hat mit voller Absicht gehandelt. Und ein anderer hätte dafür gebüßt. Also?«

»Keine Ahnung, aber unter Freunden …«

»Ich hab auch mit mir gekämpft, aber das hab ich mit mir allein ausmachen müssen. Konnt ja schlecht den anderen von meinen Überlegungen erzählen. Und letztlich bin ich zum gleichen Schluss gekommen wie der Richie«, rechtfertigte sich Kluftinger. »Ich konnt doch keinen Verbrecher decken, während ein Unschuldiger dafür ins Gefängnis geht, bloß weil er blöderweise zur falschen Zeit am falschen Ort war. Noch dazu, wo sich ganz Altusried auf die Zigeuner eingeschossen hatte.«

»Roma«, korrigierte Maier.

»Damals hießen die noch … egal. Ich hätt nie mit der Schuld leben können. Hab nächtelang nicht geschlafen damals.«

Hefele nickte. »Und dann bist zu deinem Vater gegangen?«

»Ja, irgendwann hab ich's nicht mehr ausgehalten. Ich war grad siebzehn. Es musste doch gerecht zugehen. Ich war der einzige Augenzeuge, außer dem Horst und dem Manne. Also hab ich's dem Vater gesagt. Er war sogar ziemlich gefasst, was ich ihm bis heut hoch anrechne. Ich hab erwartet, dass er mir eine langt. Hat er aber nicht. Mein Vater hat gesagt, dass er stolz auf mich ist, dass ich mit der Wahrheit rausrücke. Weil er es genauso gemacht hätt. Er hat mir versprochen, dass er versuchen würde, dass kein großes Ding draus wird. Und dass sie, wenn möglich, nie preisgeben, woher sie die Informationen haben. Dabei ist es auch geblieben. Offiziell ist jedenfalls nie rausgekommen, dass ich es war.«

»Offiziell?«, fragte Hefele.

»Die Klotz-Brüder haben sich natürlich ihren Reim drauf gemacht. Und glaubt's mir: Auch wenn mein Vater mich gelobt hat, ich hab mich nicht als Held gefühlt damals. Ich wollt doch bloß verhindern, dass die das dem Zig… dem *Roma* anhängen.«

»Hat man dich und die anderen denn nie wegen unterlassener Hilfeleistung oder Beihilfe zu einer Straftat belangt?«, fragte Maier schmallippig. »Wäre ja die logische Konsequenz für deinen Vater gewesen, oder?«

»Spinnst du?«, gab Kluftinger zurück. »Ich war ja praktisch Kronzeuge. Die haben den anderen natürlich sofort freigelassen und den Horst kassiert. Hat dann ziemlich schnell gestanden. Zum Glück, dadurch war niemand von uns anderen als Zeuge geladen.«

»Das war ja ein schöner Kuhhandel«, spottete Strobl, doch Kluftinger ging nicht auf die Bemerkung ein. »Und was hat er gekriegt, vor Gericht?«

»Nix, das ist ja das Tragische.«

»Nichts?« Strobl runzelte die Stirn, auch die anderen schienen überrascht.

Der Kommissar schüttelte resigniert den Kopf. »Es kam nie zur Verhandlung. Hat sich in der U-Haft umgebracht. Erhängt.«

»Scheiße.« Hefele war blass geworden. Auch den Kollegen sah man an, dass sie schockiert waren über diese Wendung.

»Allerdings«, seufzte Kluftinger bitter. »Die Mutter von den Klotz-Brüdern hat das nie gepackt, die ist einige Jahre danach gestorben. Sie ist ziemlich sonderlich geworden, war eine richtig tragische Gestalt im Ort. Hat rumgebrüllt, Selbstgespräche geführt und immer wieder gesagt, dass es um einen Zigeuner mehr oder weniger nicht schad gewesen wäre. Aber ihr hätte man den Buben genommen.«

»Die Mutter und dieser Hotte können es also beide schon mal nicht sein, die dich bedrohen«, schlussfolgerte Maier.

Hefele rollte die Augen. »Messerscharf kombiniert, Richie. Aber sag mal, Klufti, was ist denn aus dem Manne geworden?«

»Ist auf die schiefe Bahn geraten. Hat nie eine vernünftige Ausbildung gemacht, hatte ein paar Hilfsjobs auf dem Bau und bei Bauern und hat ansonsten von der Sozialhilfe gelebt. Und vor allem viel getrunken. Ich bin ihm sogar mal dienstlich begegnet. Er dachte wohl, ich könnt bei ihm aus alter Verbundenheit ein Auge zudrücken. War jetzt kein Riesending, das er gedreht hat, aber ihr könnt euch ja vorstellen, dass er da bei mir auf Granit gebissen hat.«

»Immer schön nach den Vorschriften«, ätzte Strobl.

»Dann wissen wir ja, was du zu tun hast, Chef, oder?«, erklärte Maier.

»Mir den Manne vornehmen? Meint ihr?«

Strobl sah ihn mit großen Augen an. »Das ist doch mehr als offensichtlich: Er hat mit dir ’ne Rechnung offen. Du hast damals schließlich seinen Bruder verpfiffen, was dazu geführt hat, dass der sich umgebracht hat und die Mutter wahnsinnig geworden ist.«

»So kann man das jetzt auch wieder nicht sagen«, widersprach Kluftinger.

»Obendrein wird in der Todesanzeige das Lied genannt, das ihr immer gehört habt, von der Band, auf deren Konzert ihr mit dem gestohlenen Bus wolltet. Was brauchst du noch? Ein Hinweisschild, das er sich um den Hals hängt?«

»Schon recht. Mag ja sein. Dann lasst uns mal schauen, wo der Manne momentan wohnt und was er so macht.«

Als Kluftinger und Eugen Strobl, gefolgt von einem Streifenwagen für alle Fälle, den Hof der Kriminalpolizei verließen, wussten sie bereits deutlich mehr über die Lebensumstände des Mannes, dem sie gleich einen unangekündigten Besuch abstatten würden. Schon bei der Adresse hatte der Kommissar wissend genickt. Sie lag im Kemptener Stadtteil Bühl, der bei den Polizisten nicht den besten Ruf hatte. In dem heruntergekommenen kleinen Wohnblock, der an einer großen Kreuzung lag, lebten Leute, die es mit dem Gesetz nicht so genau nahmen. Der Eigentümer, eine Halbweltgröße der Stadt, vermietete gegen Barzahlung auch einzelne Zimmer, ohne groß nach Personalien zu fragen. Inzwischen waren dort deutlich mehr Personen gemeldet, als die schäbigen Wohnungen hergaben. Ob sie Klotz wirklich antreffen würden, war mehr als fraglich.

Das Studium der Kriminalakte seines ehemaligen Freundes hatte für Kluftinger einige interessante Details zutage gefördert: Manne hatte seine »Karriere« bereits Ende der Siebzigerjahre gestartet, mit Diebstählen und Körperverletzungen, dann folgten Mitte der Achtziger eine Erpressung und schließlich ein bewaffneter Raubüberfall auf eine Autobahnraststätte, bei dem er gestellt und anschließend zu einer Haftstrafe verurteilt wurde. Mittlerweile war Klotz wieder auf freiem Fuß und hatte sich seit seiner letzten Verurteilung vor einigen Jahren nichts mehr zuschulden kommen lassen – oder war zumindest nicht erwischt worden.

»Weit hat er's ja vom Gefängnis nicht gebracht«, sagte Strobl grinsend, als sie an der großen Kreuzung nach rechts, Richtung Bühl abbogen. In diesem Stadtviertel befand sich seit mehreren Jahren auch die Justizvollzugsanstalt.

»Damit ist er nicht der Einzige in dieser Gegend«, stimmte der Kommissar zu.

»Von was lebt er denn jetzt? Sozialhilfe?«

»Hartz IV. Und er ist laut Haftbericht Alkoholiker. Ich weiß aber nicht, ob er im Moment gerade trinkt. Wenn du mich fragst: Ich bin mir nicht sicher, ob so wahnsinnig viel dafürspricht, dass der so eine aufwendige Geschichte inszeniert. Ich glaub eher, wenn der ein Problem mit mir hätt, dann würd er mich verprügeln oder von mir aus über den Haufen schießen.«

Strobl wiegte den Kopf. »Das heißt noch gar nix. Der hat lange genug gesessen, da kommen manche auf die seltsamsten Ideen.«

»Na ja, werden wir ja sehen. Falls der Vogel nicht ausgeflogen ist.«

Kurz darauf fuhren sie auf den trostlosen Hinterhof des gesuchten Hauses. Zwei, drei Autos ohne Nummernschilder standen herum, dazu eine Menge Fahrräder, auf zwei Wäschestangen hingen fleckige Laken. In der hinteren Ecke bei den Mülltonnen zerkleinerte jemand mit einer Motorsäge gerade einen Haufen Europaletten. Vor der offenen Eingangstür des verkommenen Sechzigerjahrebaus saßen ein paar Frauen und Männer auf Plastikstühlen, zwei kleine Jungen spielten Ball. Neben den Stühlen stand eine Batterie leerer Limo-, Cola- und Bierflaschen. Als die beiden Polizeiwagen vorfuhren, wandten alle die Köpfe; zwei Frauen standen auf und gingen langsam ins Haus.

Kaum hatte Kluftinger die Autotür geöffnet, hörten die Kinder mit ihrem Ballspiel auf, schnappten sich ihre Roller und fuhren um ihn herum. Drei junge Männer erhoben sich von ihren Stühlen und kamen mit breiter Brust auf die beiden Beamten zu. Auch die

Streifenpolizisten waren bereits ausgestiegen, hielten sich aber wie abgesprochen im Hintergrund. Selbst wenn der Kommissar sich in dieser Situation nicht direkt bedroht fühlte, hatte er dennoch ein mulmiges Gefühl, wusste er doch nicht, wie ihm diese Typen, die offensichtlich getrunken hatten, begegnen würden.

Schließlich standen die drei Männer ihnen wie eine Phalanx gegenüber. »Wollt ihr zu uns?«, fragte der Mittlere, ein kahl rasierter Typ in Trainingsanzug. In der Hand hielt er eine Bierflasche – eine potenzielle Waffe, die Kluftinger genau im Auge behielt. Er glaubte, einen Berliner Zungenschlag bei dem Mann herauszuhören. Der andere rauchte, der dritte kaute schmatzend einen Kaugummi.

»Kommt drauf an, wer Sie sind.«

»Wir kennen uns alle und ham 'n Auge aufeinander, wissense? Wenn's sonst keiner macht. Zu wem wollense, dann sag ich Ihnen, ob er da is.«

»Schön, sind Sie also der Pförtner.«

»Mal nich unverschämt werden, klar?«

Der Kommissar lächelte gequält. An Strobls ungeduldigem Auf- und Abwippen merkte er, dass der gern massiver aufgetreten wäre, deswegen legte er ihm die Hand auf den Arm, um ihn fürs Erste zurückzuhalten. Sie durften die Situation nicht eskalieren lassen. Noch nicht. Er zückte seinen Ausweis: »Kriminalpolizei Kempten. Wir wollen eigentlich zu Herrn Manfred Klotz, aber das sagen wir ihm vielleicht am besten selber, Herr ...«

»Manne, hau ab, schnell!«, brüllte auf einmal der mit der Zigarette. Gleichzeitig schritten die drei auf die Beamten zu und versperrten ihnen den Weg, während sich aus der anderen Gruppe ein Mann löste und die Flucht Richtung Straße ergriff.

Jetzt erst erkannte Kluftinger seinen alten Freund. »Manne, bleib stehen!«, rief er und wollte ihm hinterher, doch sein Gegenüber ließ ihn nicht vorbei. Da zogen die beiden Schutzpolizisten ihre Waffen. Mit weit aufgerissenen Augen wichen die Störer zurück und hoben instinktiv die Hände.

»Sollen wir?«, fragte Strobl, worauf der Kommissar nur ein hektisches »Logisch!« brüllte, dann setzte er dem fliehenden Manne Klotz nach, der sich mittlerweile die steile, von Gestrüpp bewachsene Böschung zur Straße hochkämpfte. Noch ein paar Sekunden, dann würde er oben aus ihrem Blickfeld verschwinden. Kluftinger gab einem der uniformierten Kollegen ein Zeichen, ihm zu folgen, während der andere weiter die drei Männer in Schach hielt. Die anderen Hausbewohner waren nicht mehr zu sehen.

Als der Kommissar den Fuß der Böschung erreicht hatte, hörte man von der höher gelegenen vierspurigen Straße Reifen quietschen. Mehrere Autos hupten. »Mach jetzt bloß nicht noch mehr Scheiß, Manne, du Depp!«, presste Kluftinger hervor. Er hatte keine Ahnung, ob Klotz bewaffnet war – nicht auszudenken, wenn er irgendwelche Passanten bedrohen oder gar als Geisel nehmen würde.

Strobl und der Streifenpolizist stürmten an Kluftinger vorbei. Er wusste, dass er mit ihnen niemals würde Schritt halten können. Zwar hatte er in diesem Sommer bereits einige kleine Bergwanderungen und Fahrradtouren gemacht – weit mehr als in den letzten Jahren –, einen nennenswerten Zuwachs an körperlicher Fitness hatte er dadurch jedoch nicht verzeichnen können. Schwer atmend nahm er die Steigung, rutschte aber auf Gestrüpp und hohem Gras immer wieder zurück. Er gab alles, um zu den anderen aufzuschließen, die nun ebenfalls aus seinem Sichtfeld entschwanden. Als er es bis an die Kante geschafft hatte, sah er flüchtig an sich hinunter: Seine Haferlschuhe waren fast weiß vom Staub, die Hosenbeine übersät mit Kletten. Klotz war nicht mehr zu sehen. Strobl und der Polizist liefen über den zweiten Fahrstreifen der stark befahrenen Straße. Kluftinger wollte ebenfalls hinüberrennen, doch seine Beine versagten ihm den Dienst. Er musste für einen Augenblick verschnaufen und beugte sich keuchend nach vorn, die Hände auf die schmerzenden Knie gestützt. »Zefix«, zischte er sich selbst zornig zu. Auch wenn er sonst weder mit seinen Jahren noch ernsthaft mit seinem Körper haderte: In solchen Situationen wäre er gern noch einmal fünfundzwanzig und fünfzehn Kilo leichter.

Er sah, dass sich Strobl zu ihm umblickte und kopfschüttelnd etwas zu dem Uniformierten sagte, dann rannten sie auf die Produktionshalle einer großen Firma für Verpackungsmaterialien zu, die auf der gegenüberliegenden Straßenseite lag. Jetzt sah er auch Klotz wieder, wie er durch ein offenes Tor in der Fabrik verschwand. Trotz seines wahrscheinlich alles andere als gesunden Lebenswandels schien Manne deutlich fitter zu sein als er selbst. Dennoch, Mannes Vorsprung auf die Polizisten hatte sich verkürzt. Sie erreichten bereits das Firmentor.

»Vorsicht«, schrie Kluftinger gegen den Verkehrslärm an, als er einen riesigen Gabelstapler mit hoch aufgetürmten Papierrollen auf seine Kollegen zukommen sah. Der Fahrer schien sie nicht zu bemerken, er fuhr mit unvermindert hoher Geschwindigkeit auf die Toröffnung zu. Im letzten Moment brachten sich die Beamten mit einem Sprung in Sicherheit.

Das Adrenalin setzte neue Kräfte im Kommissar frei, und er rannte wieder los. Beim Überqueren der Straße hupten die Autos auch ihn an, und der Kommissar hatte Glück, nicht auf der Motorhaube eines Toyotas zu landen, dessen Fahrer es besonders eilig hatte. Er wollte ihm schon mit einem unmissverständlichen Zeichen zu verstehen geben, was er von seiner Fahrweise hielt, als er den Schuss hörte. Sein Herzschlag beschleunigte sich noch einmal. Blindlings lief er weiter, achtete nicht auf das Stechen in seiner Seite, den Schweiß, der in seinen Augen brannte. Endlich erreichte er das Gebäude, doch das Rolltor hatte sich inzwischen geschlossen, er stürzte zu einer Seitentür, riss sie auf und fand sich in einer riesigen Halle wieder, in der sich neben ein paar Maschinen Papier und Kartonagen meterhoch türmten. Alles wurde durch Neonleuchten in kaltes Licht getaucht. Und es war fast gespenstisch still. Weder Manne Klotz noch seine Kollegen waren zu sehen, genauso wenig wie Mitarbeiter der Fabrik. Keuchend zog Kluftinger seine Waffe und lief weiter den Mittelgang entlang.

»Fuck, das können wir vergessen!«, tönte es jetzt durch die Halle.

Strobl, Gott sei Dank! Seine Kollegen tauchten aus einem Seitengang auf. »Eugen, wo ist er hin? Wer hat geschossen?«, rief der Kommissar.

Die Beamten kamen langsam auf ihn zu, der Uniformierte mit einer Pistole in der rechten Hand. »Weg ist er, Klufti«, schimpfte Strobl. »Kollege Klausner hat noch einen Warnschuss abgegeben, als er hier auf der Seite durchs Tor ist, hat ihn aber nicht aufhalten können. Draußen keine Spur.«

Kluftinger nickte und steckte halb resigniert, halb erleichtert seine Waffe weg.

»Ich hab schon Alarm ausgelöst, über Funk«, erklärte Klausner eilig, als habe er Angst, man könnte ihm die Schuld an der misslungenen Verfolgungsjagd geben. »Die Gegend wird abgeriegelt und durchforstet. Heli ist angefordert. Schaut aus, als könnten wir zu Fuß nicht viel ausrichten.«

»Verstehe, gut gemacht, Kollege.«

Beruhigt nickte ihm der Uniformierte zu.

»Trotzdem saublöd. Solange die anderen nicht da sind, durchsuchen wir wenigstens noch das Werksgelände. Los, Männer!«, befahl Kluftinger, und sie gingen wortlos nickend in entgegengesetzte Richtungen auseinander.

»Kann mir nicht vorstellen, dass die ihn jetzt noch finden«, resümierte der Kommissar resigniert, als er zusammen mit Eugen Strobl im Hausflur vor der kargen, verdreckten Wohnung stand, in der Manfred Klotz sein offenbar trostloses Leben fristete.

»Wart's mal ab. Das Haus wird ja überwacht. Ich könnt mir durchaus vorstellen, dass er bald wieder hier aufschlägt. Wo soll denn einer wie der groß hin?«

»Hoffentlich, ich werd ganz verrückt allmählich!«

»Ist doch verständlich. Aber glaub mir, das mit dem Kunstraub und diesem Schutzpatron können wir fallen lassen. Wieso sollen wir weiter die Arbeit von den Kollegen in Oberbayern machen? Dass es der Klotz ist, der dir ans Leder will, ist doch jetzt mehr als eindeutig.«

Kluftinger wiegte nachdenklich den Kopf. »Sagen wir: Es wäre möglich.«

»*Wäre möglich*, jetzt hör aber auf. Überleg mal, was wir da drin alles gefunden haben, Himmelarsch!«

Kluftinger wunderte sich über Strobls Engagement in diesem Fall, der ihn noch bis heute Morgen so gar nicht interessiert hatte, und wertete dies als Zeichen, dass der Kollege wieder auf dem Weg zu alter Form war. Und er hatte ja recht. Im Zimmer von Klotz hatten sie einiges gefunden, was dafürsprach, dass dieser zumindest an der ganzen Sache beteiligt war: die Todesanzeige mit Kluftingers Namen aus der Zeitung ausgerissen und auf ein Blatt geklebt, eingerahmt durch Bleistiftzeichnungen von seinem Grab samt Grabstein. Die Skizzen waren von überraschender Qualität, soweit der Kommissar das beurteilen konnte. Ob Manne diese Fertigkeit in seiner Haftzeit erworben hatte? Kluftinger hatte schon von den abstrusesten Dingen gehört – etwa dass Gefangene mit dem Singen von Opern begannen, Harfe lernten oder dass Männer, die zuvor nie ein Buch in der Hand gehalten hatten, auf einmal zu literarisch versierten Leseratten wurden.

Auf dem Tisch lagen Fotos aus ihrer gemeinsamen Zeit, einige Zeitungsartikel über einen von Kluftingers letzten Fällen, eine Geschichte im Bergsteigermilieu, in deren Folge ein Interview mit ihm in der Zeitung erschienen war. Außerdem hing ein Foto von Manne mit seinem Bruder und seiner Mutter in der Küche – der einzige Wandschmuck. Dazu CDs mit Musik, die sie damals gehört hatten, ein paar Groschenromane, ein Fernseher. Sonst nichts.

Klotz hatte ganz offensichtlich mit seiner Vergangenheit nicht abgeschlossen, haderte noch immer mit seinem Schicksal – und verfolgte obendrein ziemlich interessiert, was mit Kluftinger passierte. Der fand aber nach wie vor, dass die Aktionen nicht zu jemandem wie Manne passten.

»Dass wir da drinnen keinen Tropfen Alkohol finden, hätt ich wirklich nicht gedacht«, riss ihn Strobl plötzlich aus seinen Überlegungen.

»Stimmt. Vielleicht ist er trocken. Oder pleite?« Er atmete tief durch. »Also, Eugen, packen wir's erst mal und erzählen den anderen von unserem glorreichen Feldzug«, schloss Kluftinger und stieg die schäbige Holztreppe hinab.

»Ist halt schade, dass ich nicht mitkonnte. Ich will mich jetzt nicht selber loben ...«

»Nein, das ist überhaupt nicht deine Art, Richie«, fiel Strobl dem Kollegen Maier ins Wort.

»Ist es auch nicht. Aber mit Verlaub, ich bin wohl unbestritten der Fitteste und Sprintstärkste in unserem Team. Mache schließlich jedes Jahr aufs Neue das Deutsche Sportabzeichen. Die Chancen stünden also wohl nicht schlecht, dass Klotz nun hier zur Vernehmung sitzen würde, wäre ich mit von der Partie gewesen.«

»Gott erhalte dir dein unerschütterliches Selbstvertrauen«, stichelte Strobl.

»Vielleicht hättest du ihn mit einem gezielten Speerwurf zur Strecke gebracht«, ergänzte Roland Hefele. »Oder ist das in dem Sportabzeichen gar nicht drin?«

»Das hilft uns jetzt alles überhaupt nicht weiter«, fuhr Kluftinger genervt dazwischen. »Also, Männer, was tun wir jetzt?«

Strobl zuckte die Achseln. »Ist doch logisch: Wir warten, bis uns der Klotz bei der Fahndung ins Netz geht, dann kaufen wir ihn uns. Inzwischen widmen wir uns den liegen gebliebenen Brandfällen.«

»Ich mein, dass wir auf jeden Fall auch die Schutzpatron-Sache weiterverfolgen sollten«, fand Hefele, was Strobl jedoch ziemlich aufbrachte: »Herrgott, ihr mit eurem Kunstschmarrn! Was soll denn der Scheiß, ich mach doch nicht die Arbeit von diesem verblödeten Veigl.«

»Sag mal, Eugen, wieso bist du denn so emotional, wenn's um den geht?« Maier blickte seinen Kollegen eindringlich an. »Hast du dich das schon mal gefragt? Erinnert dich der Veigl an jemanden? Aus deiner Kindheit vielleicht? Deinen Vater, einen Onkel?«

»Klufti, sag dem Hilfspsychologen, dass er das lassen soll, sonst vergess ich mich.«

Der Kommissar hob beschwichtigend die Hände. »Beruhigt euch einfach. Ich versuch's ja auch, obwohl es mir immer schwerer fällt. Also, mit dem Manne könnten wir eventuell auf der richtigen Spur sein – aber ich finde trotzdem, dass wir den Kollegen weiterhelfen müssen, wo wir können. Ich will ja selber diesen Magnus endlich hinter Gittern haben.«

»Komm, das ist doch nur, weil du mit dem noch 'ne Rechnung offen hast. Gekränkte Eitelkeit«, brummte Strobl.

»Ist manchmal nicht die schlechteste Motivation für einen Ermittler«, gab Maier zu bedenken.

»Männer, wir haben alle was zu tun, denk ich. Bis später!« Kluftinger komplimentierte die Streithähne aus dem Büro. Dann wählte er mit einem mulmigen Gefühl und einem latent schlechten Gewissen eine Telefonnummer. Er hätte sich schon längst mal wieder melden müssen bei …

»Korbinian Frey?«

Damit, dass sein Freund so schnell ans Telefon gehen würde, hatte er nicht gerechnet.

»Ja, Bini, servus. Ich bin's, der …«

»Bertele! Ja ist denn heut schon Weihnachten?«, tönte es mit der gewohnten Ironie aus dem Hörer.

»Servus. Du, ich …«

»Was brauchst denn von mir?«

»Brauchen? Wieso? Ich wollt bloß so …«

»Erzähl keinen Krampf. *Bloß so* rufst du nicht an. Also? Hab nicht den ganzen Tag Zeit, die Küche ruft.«

»Gut. Ich war grad beim Manne.«

»Welchem Manne?«

»Dem Klotz Manne.«

Eine Weile blieb Frey stumm, dann hörte Kluftinger ihn tief Luft holen. »Wieso das denn auf einmal?«

»Ich wollt ihm einfach mal einen Besuch abstatten, weil ...«, begann der Kommissar, doch sein Freund fiel ihm ins Wort.

»Bertele, wir haben abgemacht, dass wir die alten Sachen ruhen lassen. Grab jetzt bitte nicht diese unglückselige Geschichte aus, weil du meinst, du müsstest in deiner Vergangenheit aufräumen. Was damals passiert ist, liegt unter so viel Staub begraben – so soll's gefälligst auch bleiben. Für mich jedenfalls. Glaub auch nicht, dass es dir guttut. Leb im Hier und Jetzt, nicht im ›Es war einmal‹!«

»Bini, du verstehst mich nicht ganz. Nicht ich wollt das alles wieder hervorholen, sondern der Manne. Also, vielleicht.«

»Der hat sich bei dir gemeldet?«

»Nein, das nicht. Nicht so. Sag mal, du hast nicht zufälligerweise in der Zeitung gelesen, was mir neulich in Altusried passiert ist, oder? An Allerheiligen?«

»Ehrlich gesagt nicht, ich hab die Zeitung abbestellt. Schreiben eh nur Schmarrn. Aber erzähl: Bist wieder in ein offenes Grab gestürzt, wie damals, vor Jahren, bei deinem Milchwerksfall?«

Kluftinger klärte Frey mit knappen Worten über die Ereignisse der letzten Tage auf.

»Ja verreck, Bertele. Das hab ich nicht gewusst.« Frey klang betroffen. »Und du meinst, der Manne hat was damit zu tun?«

»Ich hab überhaupt keine Ahnung mehr, was ich meinen soll. Hast du vom Manne was gehört in all den Jahren? Hat er sich mal gemeldet?«

»Nie. Aber probier's doch mal über die Marianne. Nach Hottes Tod hatten sie und der Manne ziemlich viel miteinander zu tun, glaub ich. Vielleicht haben die noch Kontakt.«

»Weißt du denn, wo sie wohnt?«

»Keinen blassen Schimmer, tut mir leid.«

»Passt schon, ist ja meine Arbeit, so was rauszukriegen.« Er machte eine kurze Pause und fuhr dann kleinlaut fort: »Und ... ich mein ... sonst so?«

»Wie, *sonst so?*«

»Na ja, wie geht's?«, fragte Kluftinger, bemüht, es beiläufig klingen zu lassen.

»Ach komm, Bertele, jetzt kümmer dich mal um dich selber, mit mir ist alles okay. Ich bin dir auch nicht bös, dass du dich immer bloß meldest, wenn du was brauchst. Echt.«

»Gut«, seufzte der Kommissar erleichtert.

»So bist du halt, kann man nix machen«, sagte Frey lachend. »Ich fahr demnächst wieder weg, in die Anden diesmal. Danach meld ich mich mal, dann gehen wir auf ein Bier und ich zeig dir, was du da drüben alles verpasst hast, ja?«

»Alles klar, Bini, so machen wir's. Danke – und pass auf dich auf.«

»Du auch, Bertele, du auch. Nicht dass mir noch Klagen kommen und ich meine Reise abbrechen muss. Ich hätt noch nicht mal 'nen schwarzen Anzug, klar?«

»Klar, Bini«, murmelte der Kommissar und legte auf.

»Das gibt's doch nicht!« Kluftinger knallte den Hörer auf die Station. Seit über einer Stunde bemühte er sich nun schon, den Aufenthaltsort von Marianne Reithmayer herauszufinden – ohne Ergebnis. Einwohnermeldeamt, Polizeiakten, Anrufe bei alten Bekannten: Alle Versuche waren ergebnislos verlaufen. Ihm fiel nur noch eine Möglichkeit ein, doch die hatte er bis zuletzt hinausgeschoben. Jetzt blickte er auf den Zettel mit den durchgestrichenen Namen. Nur einer war noch übrig.

Brigitte Fendt.

Es war nicht so, dass der Kommissar etwas gegen die Frau hatte. Im Gegenteil: Sie war neben Bini diejenige gewesen, mit der er sich in ihrer Clique am besten verstanden hatte. Zu gut, wenn man ihn damals gefragt hätte, denn Brigitte war, das hatte selbst er bemerkt, unsterblich in ihn verliebt gewesen. Eine Liebe, die er jedoch nie erwidert hatte. Was, wenn sie ihm immer noch nachtrauerte? Wenn sie niemals darüber hinweggekommen war? Vielleicht war sie aber auch verheiratet, hatte Kinder. Ob er mit seiner Kontaktaufnahme alte Wunden aufreißen würde, ihr gar neue Hoffnungen machte, die er keinesfalls erfüllen konnte? Schließlich war er ein glücklicher Ehemann. Was, wenn sie seinen Besuch gänzlich missverstehen würde, wenn sie seine Lebensumstände überhaupt nicht störten? Seine jetzige Stellung als Hauptkommissar, die ihn ab und zu auch in die Medien brachte, könnte ihre Leidenschaft vielleicht noch anheizen.

»Roland?« Kluftinger schrie so laut nach seinem Kollegen, dass sein Kopf rot anlief.

Wenige Sekunden später stand Hefele in der Tür. »Um Gottes willen, ist was passiert?«

»Was soll denn passiert sein?«

»Ich mein ja nur, weil du so geschrien hast.«

»Hab ich doch gar nicht. Hab bloß gerufen.«

»Nein, das war kein Rufen mehr, das war ein … «

»Herrschaftszeiten, willst du mit mir jetzt diskutieren oder was arbeiten?«

»In dem Fall nehm ich das Diskutieren«, erwiderte Hefele grinsend.

»Komm jetzt mit, Depp, wir haben was zu tun.«

»Also noch mal zum Mitschreiben: Ich soll dich nur begleiten, damit die Frau dir nicht an die Wäsche geht?«

Kluftinger seufzte. Er hätte sich denken können, dass Hefele sein Anliegen ins Lächerliche ziehen würde. Aber er hatte ihn auch nicht darüber im Unklaren lassen können, was sie möglicherweise erwartete. Sonst hätte der Kollege mit einer unbedachten Bemerkung vielleicht noch mehr Schaden angerichtet. »Ich red nicht von … Himmel, Roland, die Frau war halt in mich verliebt. Heftig und lange. Ich will bloß, dass du sie mir vom Leib hältst. Darin hast du doch Erfahrung.«

Hefeles Grinsen verschwand. Lauernd fragte er: »Worin?«

»Ich mein halt, mit den Frauen, dass die ... also nicht falsch verstehen, aber jetzt zum Beispiel deine Sache mit der Sandy ...«

»Ich hab sehr gut verstanden, aber wenn du damit sagen willst, dass ich ...«

»Ah, da müsst es sein!«, platzte Kluftinger heraus, froh darüber, dieses leidige Gespräch nicht fortsetzen zu müssen. Dann blickte er erstaunt auf den Zettel in seiner Hand. »Sind wir hier wirklich richtig?«

Hefele nahm die Notiz und überprüfte die Adresse. »Ja, stimmt. Wieso?«

Sie waren nicht nur in Kemptens nobelster Wohngegend gelandet, die Hausnummer, die sie suchten, gehörte zu einem geradezu herrschaftlichen Anwesen. Zwar in der bunkerartigen Bauweise der Achtzigerjahre angelegt, aber dennoch das, was man landläufig als Villa bezeichnete.

»Vielleicht putzt sie ja da«, vermutete Kluftinger, zuckte die Achseln und schritt auf die Tür zu, die eher ein Portal war. Als er den Klingelknopf neben einem Messingschild mit dem Namen Bieber drückte, ertönte im Innern einer dieser volltönenden Gongs, wie man sie aus alten *Derrick*-Episoden kannte, dann schwang die Tür auf.

»Grüß Gott, meine Herren.« Vor ihnen stand eine elegant gekleidete Frau, die der Kommissar auf Ende vierzig schätzte, schlank, mit goldenen Armreifen und einer Perlenkette.

»Grüß Gott, Kluftinger mein Name, wir würden gerne«, er dachte kurz nach, »eine Angestellte von Ihnen sprechen. Frau Brigitte Fendt. Ist die da?«

Die Frau lachte und entblößte dabei eine ebenmäßige Zahnreihe. »Die ist hier nicht angestellt. Die arbeitet ohne Bezahlung. Und zwar lebenslang.«

Kluftinger und Hefele tauschten irritierte Blicke. »Entschuldigung, aber ich versteh nicht ganz ...«

Da lachte die Frau noch einmal auf, legte dann die Hand auf

den Arm des Kommissars und sagte: »Wir waren übrigens per Du, soweit ich mich erinnere, Bertel.«

»Brigitte?« Jetzt war Kluftinger baff. Vor ihm stand tatsächlich seine Jugendfreundin. Aber er hatte sie nicht erkannt, so sehr hatte sie sich verändert. »Mei, Gitti, tut mir leid, aber ich hab dich nicht ... du bist so ...«

»Dünn?«

Tatsächlich hatte er genau das gedacht. »Nein, ich mein, so ... anders.«

Sie seufzte. »Ja, ich weiß. Die Jahre sind nicht spurlos an mir vorübergegangen.«

Der Kommissar fand, dass das die Übertreibung des Jahrzehnts war. Aus der dicken, bebrillten Brigitte war eine schöne, elegante Frau geworden. Und genau das wollte er ihr auch sagen: »Bitte, Gitti, das stimmt doch gar nicht, ich mein, du bist ... also wirklich ... ziemlich!« Er hätte eine solche Transformation nie für möglich gehalten. Wer weiß, wie die Sache damals sonst ausgegangen wäre.

Wohl weil er sie etwas zu lange angestarrt hatte, ergriff die Frau nun wieder das Wort: »Ich nehm das mal als Kompliment. Nachdem du damals keinerlei Interesse an mir hattest und sich unsere Wege so mir nichts, dir nichts getrennt haben, war ich eine Zeit lang ziemlich unglücklich. Hab viel abgenommen und bin ein ganz anderer Typ geworden. Ich wollte eigenständig sein, wenn das mit den Männern schon nicht so klappte, wie ich mir das gewünscht hab. Tja, ist dann nichts draus geworden, denn da hab ich den Thomas kennengelernt. Der war grad dabei, das Fuhrunternehmen von seinem Vater zu übernehmen. Allerdings wollte der alte Herr nur übergeben, wenn sein Sohn in sicheren Verhältnissen steckt, wie er es immer genannt hat. Zusammen haben wir aus der kleinen Firma dann, nun ja, etwas Größeres gemacht.«

»Reden Sie von Thomas Bieber?«, fragte Hefele neugierig.

»Ja, wieso?«

Kluftinger wusste, weshalb der Kollege so erstaunt war.

Thomas Bieber hatte nicht irgendein Fuhrunternehmen, er war Chef eines weltweit tätigen Logistikkonzerns und sicher einer der reichsten Kemptener. Gewesen, denn er war inzwischen gestorben. Was Brigitte zu einer der wohlhabendsten Witwen der Gegend gemacht hatte. »Ich hatte ja keine Ahnung …«, stammelte der Kommissar, der zu seiner Verwunderung auf einmal einen Anflug von Bedauern spürte, dass damals nichts zwischen ihnen passiert war. »Aber du heißt immer noch Fendt, oder?«

Sie nickte. »Erst hatte ich einen Doppelnamen, aber den Bieber hab ich wieder abgelegt. Du weißt doch, dass ich schon immer eine freiheitsliebende Frau gewesen bin.«

Forschend blickte Kluftinger ihr ins Gesicht. Sollte das irgendeine Anspielung sein?

»Jetzt kommt doch erst mal rein, du und dein Kollege.«

»Hefele«, sagte der und folgte ihr.

Brigitte führte sie in ein Esszimmer, das in etwa so groß war wie das ganze Haus des Kommissars. Sie setzten sich an einen gläsernen Tisch, dann erschien eine weitere, elegant gekleidete Frau und fragte sie nach ihren Wünschen.

»Das ist Helga, die gute Seele des Hauses«, erklärte Brigitte Fendt. »Diesen Kasten hier allein in Schuss zu halten, würde mich etwas überfordern.«

Die beiden Beamten nickten automatisch, als hätten sie eine Ahnung von solchen Häusern und ihrem Pflegebedarf.

»Möchten die Herren Kaffee?«, fragte die Haushälterin. Sie nickten erneut, und die Frau verschwand wieder.

»Aber jetzt sag mal, warum ihr da seid«, fragte Brigitte. »Sicher nicht, um in Erinnerungen zu schwelgen, oder?«

»Irgendwie schon«, antwortete Kluftinger.

Brigitte kniff die Augen zusammen. »Doch nicht die alte Geschichte«, flüsterte sie.

»Doch, genau die.«

»Damit hab ich abgeschlossen.« Sie wirkte auf einmal kühl und abweisend.

Der Kommissar verstand sie nur zu gut. »Das hab ich auch immer gedacht. Aber vielleicht gilt das nicht für jeden von uns.« Dann erzählte er ihr alles, vom Kreuz auf dem Friedhof, von der Anzeige und seinem Verdacht gegen Manne Klotz. Sie lauschte mit unbewegtem Gesicht.

Als er fertig war, brachte die Haushälterin gerade den Kaffee. Alle schwiegen, bis sie wieder gegangen war, dann sagte Brigitte leise: »Ich hab den Manne nicht mehr gesehen seit damals. Das heißt …«

»Ja?« Kluftinger ließ die Tasse, die er gerade zum Mund führen wollte, wieder sinken.

»Einmal war er da.«

»Bei dir?«

»Ja. Stand einfach vor der Tür. Hat wohl mitgekriegt, dass es mir ganz gut geht. War ja auch kein Geheimnis.«

Der Kommissar hatte das Gefühl, seine Unwissenheit rechtfertigen zu müssen. »Weißt du, Gitti, ich kümmer mich nicht um solche Sachen. Also: wer mit wem und so. Drum hab ich das nie mitgekriegt.«

»Schon gut. Der Manne jedenfalls wusste Bescheid. Er hat mich um einen Job angebettelt. Und aus irgendwelchen Gründen, ich kann dir wirklich nicht mehr sagen, warum, hab ich meinen Mann überredet, ihm einen zu geben. Thomas hat gar nicht groß nachgefragt und ihn als Hilfskraft im Lager eingestellt. Allerdings war Manne unzuverlässig. Aber wem sag ich das. Er war faul und unpünktlich – und dann hat er auch noch Sachen mitgehen lassen.« Sie lachte bitter auf. »Hätt ich mir eigentlich denken können. Jedenfalls haben die ihn ziemlich flott wieder rausgeschmissen. Seither hab ich nichts mehr von ihm gehört.«

Kluftinger ließ ihr einen Moment Zeit, die Gedanken an die Vergangenheit zu verarbeiten. Dann fragte er: »Und wie steht's mit der Marianne?«

Brigitte Fendt atmete tief ein, als koste es sie einige Anstrengung, darüber zu reden. »Die hat mir ein paarmal geschrieben.

Dreimal darfst du raten, warum: Auch sie hat Geld gebraucht. Außer dir scheinen wirklich alle über meine Lebensumstände Bescheid gewusst zu haben.« Ein wenig der Herzlichkeit und Wärme, mit der sie die Polizisten empfangen hatte, kehrte in die Miene der Frau zurück.

Kluftinger hob entschuldigend die Schultern. »Hast du …?«

»Ihr was gegeben? Ich wollte eigentlich nicht, so wie sie uns immer behandelt hat, dich, den Bini und mich. Aber dann hab ich's doch getan.«

»Nein, ich wollt fragen: Hast du ihre Adresse?«

»Ach so, freilich.« Sie stand auf und ging zu einer weißen Kommode, aus der sie ein kleines Büchlein hervorholte. »Warte, gleich hab ich's.« Sie legte ihm das aufgeschlagene Notizbuch hin, und er notierte sich die Adresse. »Ich weiß nicht, wie aktuell das ist. Sie wohnte damals in so einer Schrebergartensiedlung«, fuhr Brigitte Fendt fort. »Kann sich wohl keine richtige Wohnung leisten. Schlimm. Dabei hab ich immer gedacht, aus der wird mal was Großes. Die war immer so selbstbewusst, so frei, dafür hab ich sie bewundert.«

Kluftinger steckte die Notiz ein. »Und jetzt ist es grad umgekehrt gekommen.«

Sie sah ihn an. Der Schleier, der sich über ihre Augen gelegt hatte, als sie von der Vergangenheit gesprochen hatte, war weg. Sie lächelte. »Ja, findest du? Ach Bertel, du wusstest schon immer, was Frauen gerne hören.«

Hefele verschluckte sich an seinem Kaffee und hustete heftig.

Brigitte Fendt streckte die Hand aus und legte sie auf die des Kommissars. »Wollen wir mal zusammen essen gehen? Um der alten Zeiten willen?«

Er wollte gerade zusagen, da kam ihm Hefele zuvor: »Wissen Sie, mein Chef hat ziemlich viel um die Ohren grad. Wegen der Sache mit dem Kreuz, und dann stapeln sich ja auch noch ein paar alte Fälle.«

»So schlimm ist es jetzt auch wieder nicht, Roland«, unterbrach ihn Kluftinger, dem es auf einmal gar nicht mehr recht war, dass sein Kollege den Auftrag, den er ihm vor einer halben Stunde gegeben hatte, so gewissenhaft erfüllte.

»Ja, so schlimm nicht, schon klar. Aber er ist halt nicht mehr der Jüngste. Opa ist er jetzt schon, gell, Klufti?« Hefele hieb seinem Vorgesetzten auf die Schulter. »Kriegt auch schnell Sodbrennen und Magensachen, wenn er viel isst. Und so schlimmes Aufstoßen. Davon weiß natürlich vor allem seine Frau ein Lied zu singen. Die kümmert sich ja auch um alles, weil er so Wasser in den Beinen hat.«

»Also jetzt hör aber mal auf«, empörte sich der Kommissar. »Ich bin kerngesund.«

»Ha, seit wann jetzt das?«, erwiderte Hefele lachend und zwinkerte ihm verschwörerisch zu. »Neulich, da bist du doch erst ...«

Kluftinger sprang auf. »So, wir müssen dann auch wieder, Brigitte. Wegen dem Essen melde ich mich mal separat. Bis bald dann.«

»Ja, bis bald. Würde mich freuen«, rief sie den beiden hinterher, die eilig das Haus verließen.

Als die Beamten wieder im Auto saßen, beugte sich Hefele zu ihm. »Kann ich verstehen, dass du dir die Alte vom Leib halten willst.«

Kluftinger sah ihn verständnislos an und fuhr los, ohne noch etwas zu erwidern.

13

»Heu, das ist doch der Dings ...«, murmelte Kluftinger bei sich, als er mit dem Smart in seine Garageneinfahrt bog. Natürlich war er das. Zweifelsfrei: Vor dem Gartentor seiner Nachbarn saß Langhammers Hund mit dem saudummen Namen, den der Kommissar sich beim besten Willen nicht merken konnte. Wittmann oder Weißenstein oder wie er hieß. Vom Doktor jedoch – bislang zumindest – keine Spur, weshalb Kluftinger hastig ausstieg und ins Haus eilte, um einer etwaigen Begegnung zu entgehen.

Sein »Bin daheim!« verhallte ungehört. Erika war nicht zu Hause, wie er schnell an zwei rosafarbenen Klebezetteln am Gangschrank bemerkte. *Bin mit Annegret und Martin unterwegs, Hund entlaufen. Melde mich. Bussi,* stand auf dem einen, auf dem anderen war notiert: *Falls es später wird: SWS, Eier, Essiggurken im Kühlschrank. Semmeln (Mohn) in Brotdose.*

Ein Lächeln machte sich auf dem Gesicht des Kommissars breit. SWS stand für Schweizer Wurstsalat. Er hatte ihn sich insgeheim schon lange mal wieder gewünscht, den Wunsch seiner Frau gegenüber allerdings noch gar nicht geäußert. Aber auf Erika war Verlass, sie wusste, was ihm guttat. Wie viel wichtiger als materieller Reichtum oder gesellschaftlicher Status war doch diese selbstverständliche Harmonie, dieses reibungslose Miteinander zwischen zwei Menschen. Auch wenn aus Brigitte Fendt eine atemberaubend attraktive Frau geworden war – für Kluftinger gab es kaum einen ... nein, korrigierte er sich innerlich: *keinen* Zweifel –, er hatte sich richtig entscheiden. Und diese Entscheidung bisher nie infrage gestellt. Er schätzte Erikas warme, gutherzige Art, ihr Einfühlungsvermögen und ihre Selbstlosigkeit. Gerade half sie ihrer Freundin bei der Suche nach deren Hund – etwas, was ihm gar nicht in den Sinn gekommen wäre, schließlich war jeder selbst für seine Siebensachen verantwortlich. Der Doktor war ihm ja auch noch nie beim Aufräumen des Dachbodens zur Hand gegangen.

Er wollte schon den Kühlschrank öffnen und ein ungestörtes Abendessen genießen, da hielt er inne: Es wäre wirklich kein großer Umstand, den Hund einzufangen, um dann vor Langhammers und vor allem vor Erika als echter Held dazustehen. Das würde sich höchstwahrscheinlich sogar auszahlen, vielleicht in Form einer Portion Kässpatzen außer der Reihe. Und seine gute Tat für heute – oder diesen Monat – hätte er obendrein vollbracht. Er nickte, griff sich ein Stück Lyoner und ging nach draußen.

Erfreut stellte er fest, dass der Hund nach wie vor an derselben Stelle hockte und wie gebannt in den Nachbarsgarten starrte. Kein Wunder, befanden sich hinter dem Tor an der Hausecke doch eine ganze Batterie Kaninchenställe. Vom Kommissar nahm der Vierbeiner keinerlei Notiz. Er musste ihn also rufen. Nur wie? Noch immer war ihm der Name entfallen.

»Hierher«, versuchte er es mit einer neutralen Anrede. Das Tier jedoch zeigte keine Regung. »Huuundi!« Wieder keine Reaktion. Wie war das noch gewesen ... »Feuerstein? Äh ... Widderstein!« Endlich drehte das Tier den Kopf in seine Richtung. Kluftinger ging instinktiv in die Hocke, der Hund jedoch wandte sich wieder den Kaninchen zu. »Widderstein, hierher!« Erneut trafen sich ihre Blicke, doch das Tier machte keine Anstalten, sich zu bewegen. »Na gut, wenn's sein muss«, murmelte er, zog den halben Ring Lyoner aus der Jankertasche, popelte umständlich ein Stück ab und legte es sich in die offene Hand. Noch bevor er erneut gerufen hatte, rannte Langhammers Hund los und kam im Affenzahn auf ihn zu. So schnell, dass es dem Kommissar ein wenig mulmig wurde. »Sitz, Hinkelstein!«, schrie er, ohne nachzudenken, und sofort setzte sich der Hund hechelnd hin. Gebannt fixierte er die Wurst in Kluftingers Hand, wobei er sich immer wieder mit der Zunge ums Maul schleckte. Überrascht von der Folgsamkeit des Tieres, die er auf seine natürliche Autorität zurückführte, wartete er noch ein paar Sekunden, dann sagte er: »Und jetzt hol das Leckerli.«

Einen Viertel-Ring Wurst später hatte der Kommissar das Tier ins Haus gelockt und die Tür hinter ihm geschlossen. Seine Freundlichkeit schwand. »Bleib bloß im Hausgang, ins Wohnzimmer und in die Küche kommst mir nicht, Hundsviech.«

Als hätte er verstanden, ließ sich der Hund mit leisem Jaulen auf der Fußmatte nieder und legte den Kopf auf die Pfoten. Immerhin, das Vieh war gar nicht so blöd, wie es aussah, das musste Kluftinger dem Doktor lassen.

Er ging zum Telefon und wählte Erikas Handynummer, die er von einem weiteren Post-It am Schrank ablas. Gleichzeitig mit dem Tuten erklang auch das Lied *Hello again* von der Kommode. Unter ein paar ungeöffneten Briefen vibrierte schlagerdudelnd Erikas Handy. *Priml*, musste er also den Doktor anrufen. Oder noch besser: warten, bis Erika und Langhammers wieder da waren. Vielleicht erhöhte das die Wirkung, wenn sie, verzweifelt und müde von der Suche, zurückkehren würden.

Er zog also die Schuhe aus und ging in die Küche, nicht ohne Langhammers Hund noch einmal ein prophylaktisches »Bleib!« zuzurufen, was der mit einem Blick aus schläfrigen Augen quittierte. Dann schenkte Kluftinger sich ein Bier ein, nahm sich zwei Mohnsemmeln aus der Brotbox, legte die restliche Lyoner zurück in den Kühlschrank und griff sich die Schüssel Wurstsalat – mit viel Käse und noch mehr Zwiebeln, genau wie er ihn mochte. Zufrieden setzte er sich an den Küchentisch und zog gerade die Klarsichtfolie vom Salat, da ertönte draußen im Flur ein Jaulen, dann ein flinkes Tapsen, und keine zwei Sekunden später stand der Hund freudig wedelnd in der Küche. Er setzte sich direkt neben den Kommissar und schaute ihn mit großen, flehenden Augen an, wobei er sich wieder ständig die Schnauze leckte.

»Hast den Wurstsalat gerochen, hm? Aber was hab ich gesagt: ab in den Hausgang.«

Doch das Tier dachte nicht daran, sich wieder zu trollen. Wie angewurzelt saß es da und fixierte Kluftingers voll beladene Gabel, die der gerade in seinen Mund balancierte.

»Kreuzhimmel, jetzt schleich dich, Köter!«, presste er hervor, wobei ein Stückchen Käse zu Boden fiel. In Windeseile hatte der Hund es inhaliert und starrte wieder zum Kommissar. Der konnte ein Grinsen nicht unterdrücken. »Fein, gell? Das ist Emmentaler, weißt du ... dings, Siebenstein. So was Feines kriegst beim Doktor nicht, oder?«

Da bellte der Hund, was in Kluftingers Ohren wie Zustimmung klang. Wieder musste er lächeln. »Bist auch nicht gern bei dem, hm? Kann's dir nachfühlen.«

Wieder dasselbe kurze, bestätigende Bellen.

»Soso, interessant. Bist ja wirklich ein ganz Schlauer ... Falkenstein.« Es machte dem Kommissar zunehmend Spaß, sich Fantasienamen für den Hund auszudenken. Jedes Mal sah er dabei im Geiste Langhammer schmerzhaft zusammenzucken. »Schau, da hast noch mal Lyoner und ein Stückle Schübling. Gehört beides in einen gescheiten Wurstsalat bei uns daheim. Nicht nur die billige Fleischwurst aus der Packung wie in der Wirtschaft. Wurst muss immer vom Metzger kommen, nicht aus dem Supermarkt, gell?«

Mit einem Jaulen quittierte der Hund Kluftingers Aussagen. Der Kommissar war baff. Er führte eine regelrechte Unterhaltung mit dem Tier. In dieser kurzen Zeit hatten sie schon eine Verbindung aufgebaut. Dass so ein patenter Hund ausgerechnet beim Quacksalber sein Leben fristen musste, tat ihm leid – und so wanderte gut ein Drittel des von Erika vorbereiteten Wurstsalats nicht in seinen Magen, sondern unter den Küchentisch, wo es der Hund eifrig vertilgte. Nur die Zwiebeln interessierten ihn nicht sonderlich, was Kluftinger freute, da ihm so mehr davon blieben.

Er wollte gerade von der Kochsalami noch ein paar hundegerechte Häppchen abschneiden, als ein Schlüssel ins Haustürschloss gesteckt wurde. Einen Augenblick später hörte er bereits die klagende Stimme des Doktors: »Lieb von dir, dass du uns beruhigen willst, Erika. Aber Wittgenstein ist nun mal ein reinrassiger Ungarischer Wischler. Sehr begehrte Tiere – auf dem Schwarzmarkt werden horrende Summen dafür bezahlt.«

Kluftinger schlug sich gegen die Stirn. »*Wittgenstein*, klar, das war der blöde Name von dir!«, flüsterte er dem Hund zu. »Ich nenn dich trotzdem weiter, wie ich will.« Dann rief er in den Hausgang: »Erika, hier sind wir.«

»Wir? Wer ist *wir*?«

»Siehst du gleich, Schätzle«, trällerte er, dann standen seine Frau und hinter ihr das Ehepaar Langhammer im Türrahmen.

»Butzele!«

»Herr Kluftinger!«

»Wittgenstein!«, tönten Erika, Annegret Langhammer und der Arzt nacheinander.

Dann stürzte der Doktor auf den Hund zu. »Da bist du ja, alter Ausreißer. Na, jetzt ist Herrchen ja wieder da. Wo haben Sie ihn bloß gefunden, mein Lieber?«

»Wieso hast denn nicht gesagt, dass er bei dir ist?«, fragte Erika.

»Ganz ruhig alle miteinander. Der Wendelstein hier ist vor dem Gartentürle von den Kleins gesessen, als ich heimgekommen bin. Dann hab ich deinen Zettel gelesen und mir gedacht, bevor den Dengelstein noch ein böser Hundefänger wegholt und er es dann noch schlechter hat als eh schon, nehm ich ihn mal lieber in meine Obhut. Und dein Handy hast ja nicht dabeigehabt.«

»Ach ja, stimmt.«

»Das ist so nett von Ihnen, Herr Kluftinger«, strahlte Annegret Langhammer.

Erika beugte sich zu ihm herunter und küsste ihn auf die Wange.

»Ach was, das war doch selbstverständlich«, gab sich der Kommissar gönnerhaft.

Der Arzt streichelte den Hund, der allerdings nur Augen für Kluftinger und dessen Salamistückchen hatte. »Alle Achtung, dass Sie es überhaupt geschafft haben, ihn hierherzubringen. Er ist ja sonst total auf mich fixiert. Bin Ihnen zu Dank verpflichtet. Werde demnächst mal ein paar feine Tröpfchen aus meinem Keller als Wiedergutmachung vorbeibringen.«

Der Kommissar winkte ab. »Machen Sie sich da mal keine Mühe, Herr Langhammer, ich hab von den letzten paar Malen noch genügend Tröpfchen rumliegen.«

»Esst ihr noch schnell was mit, ihr zwei?«, fragte Erika. »Ich hab einen großen Wurstsalat gemacht, das reicht locker für uns alle.«

Der Blick des Kommissars fiel in die Schüssel, in der nur noch vereinzelte Wurst- und Käsestückchen lagen. »Gut, das käme jetzt sehr drauf an, wie viel Hunger …«, begann er, hielt dann kurz inne und erklärte: »Also, noch besser ist ja die Kochsalami vom hiesigen Metzger. Ich hab schon ein paar Probierstückle vorbereitet. Wenn Sie kosten wollen?« Mit diesen Worten streckte er den Langhammers sein Brotzeitbrett entgegen.

Doch der Arzt lehnte mit skeptischem Blick ab und erklärte, er und seine Frau seien gerade auf rein basische Ernährung umgestiegen, da sei hochverarbeitetes Fleisch natürlich reines Gift. Zudem müssten sie jetzt heim, denn es werde höchste Zeit für Wittgensteins Essen, das Annegret bereits am Mittag aus frischen Zutaten ohne Salz und weitere Zusatzstoffe, abgesehen von ein paar Spirulina-Algen, gekocht habe. »Klare Strukturen sind auch für Hunde wichtig. Immer dieselben Bezugspersonen, Essen zur gleichen Zeit. Sagt auch unser *Personal Dogtrainer*«, schloss Langhammer sein Kurzreferat.

Seine Frau schob nach: »Aber danke für das Angebot, gern dann ein andermal wieder. Ist ja auch nicht für immer, diese Basen-Sache.«

»Dann wollen wir drei Hübschen mal wieder.« Langhammer wandte sich zur Tür. »Komm, Wittgenstein, wir gehen.«

Der Hund schaute nicht einmal zu seinem Herrchen auf. Noch immer blickte er hektisch zwischen dem Kommissar und dem Brotzeitbrettchen hin und her.

»Wittgenstein, Fuß!«, zischte der Arzt nun energischer, wieder ohne Wirkung.

»Hiiiiier kommst du her!«

»Ich glaub, der Meilenstein will gar nicht so recht heim«, versetzte Kluftinger mit schelmischem Grinsen.

Fassungslos starrte der Doktor auf das Tier. »Anscheinend ist er verwirrt, ich fürchte sogar traumatisiert. Sicher, weil er sich verlassen vorkam.« Dann hob er den Blick, schaute erst zum Kommissar, dann zu der leeren Wurstsalat-Schüssel und fragte misstrauisch: »Sie haben ihm doch nichts gegeben? Käse und Zwiebeln sind geradezu Gift für so einen jungen Hund. Scharfes und Saures könnte seinem empfindlichen Magen schaden und seinen Geruchssinn vernichten.«

»Ich?« Kluftinger dachte kurz an den Cayennepfeffer und den kräftigen Branntweinessig im Wurstsalat. »Was sollt ich dem schon geben?« Er hatte das Gefühl, als sehe der Hund verschwörerisch zu ihm auf. Aus einem Reflex streckte er die Hand nach dem Vierbeiner aus und strich ihm über den Kopf.

Langhammer entspannte sich. »Schön, Kluftinger, hätte mich auch gewundert, ist ja allgemein bekannt.«

»Eben.«

Dann wandte sich der Doktor in scharfem Ton erneut dem Hund zu. »Wittgenstein, wenn du nicht freiwillig kommst, muss ich zur Leine greifen, du scheinst es nicht anders zu wollen.« Damit verließen er und seine Frau die Küche. Kluftinger tätschelte dem Hund noch einmal den Rücken und schob ihn dann in Richtung Tür: »Hast es dir halt auch nicht aussuchen können, Einstein. Komm, geh mit dem Doktor mit, sonst kriegt der noch Depressionen und ist gar nimmer zu ertragen.«

Mit hängendem Kopf trottete der Vierbeiner aus der Küche.

Der Kommissar nahm seine Frau in den Arm, küsste sie auf die Wange und flüsterte ihr ins Ohr: »Aber ich hab's mir aussuchen können. Und ich bin froh, dass nicht die Brigitte ... ich mein, also, dass wir uns damals füreinander entschieden haben, gell, Schätzle?«

14

»Also, ich geh dann«, rief Kluftinger am nächsten Morgen in den Hausgang.

Er wollte bereits die Tür hinter sich schließen und zur Arbeit fahren, da rief ihn seine Frau zurück. »Hast du an die Trommel gedacht? Wegen der neuen Bespannung?«

Natürlich hatte er nicht daran gedacht. Dabei hatte er seinem Dirigenten versprochen, zum Konzert am Volkstrauertag mit einem frisch bespannten Instrument zu kommen, weil es sich im jetzigen Zustand nicht mehr vernünftig stimmen ließ und Geräusche von sich gab, als schlage man auf eine verendende Kuh ein. Erika hatte deshalb einen Termin bei der einzigen Werkstatt für Schlaginstrumente in der Gegend ausgemacht. Und dieser Termin war heute. »Sicher, Schätzle, was glaubst du denn? Wie könnt ich das vergessen?«, flötete er, dann beeilte er sich, in die Garage zu kommen und sein Instrument einzuladen.

Als dort sein Blick jedoch zwischen Trommel und Smart hin und her wanderte, war er ratlos. Wie sollte er dieses Ungetüm in dem winzigen Auto unterbringen? Sehnlich wünschte er sich seinen Passat zurück, bei dem er sich über mangelnde Ladefläche noch nie hatte Gedanken machen müssen. Aber alles Lamentieren half nichts, irgendwie musste das Instrument mit. Nicht nur, weil er sonst sein Versprechen dem Dirigenten gegenüber nicht einlösen konnte, was sich in einer weniger nachsichtigen Betrachtung seiner Proben-Fehlzeiten bemerkbar machen würde, sondern auch, weil er jetzt ja vor Erika so getan hatte, als sei alles schon in die Wege geleitet.

Zunächst versuchte er also, die Trommel in den winzigen Kofferraum zu hieven, auch wenn ihm sein Augenmaß sagte, dass das nie und nimmer funktionieren würde, was dann auch genauso eintraf. Es gab folglich nur die Möglichkeit, sie auf dem Beifahrersitz unterzubringen. Er schob ihn ganz nach hinten, was im Falle des Smarts etwa fünf Zentimeter bedeutete. Dann drückte und quetschte er, bis er es tatsächlich irgendwie schaffte, das Ding auf den Sitz zu bugsieren. Erleichtert schloss er die Tür. Doch irgendwie ein Raumwunder, dachte er, als er einsteigen wollte. Da fiel sein Blick auf den Fahrersitz, auf dem noch ungefähr zwanzig Zentimeter Platz blieben. Seufzend zerrte er die Trommel also wieder heraus, wobei er mächtig ins Schwitzen kam, denn diese Aktion dauerte erheblich länger als das Einladen. Endlich hatte er das Instrument wieder draußen, stellte es auf den Boden und kratzte sich am Kopf. Für einen Moment spielte er mit dem Gedanken, die alte Bespannung zu zerschneiden und die Trommel über den Sitz zu stülpen, immerhin ging er ja damit eh zur Werkstatt. Doch wenn irgendwas schiefginge, würde er beim Konzert am Kriegerdenkmal ziemlich blöd dastehen. Außerdem brachte er als Hobbymusiker solch eine barbarische Tat einfach nicht übers Herz.

Was also tun? Ein Taxi rufen? Zu teuer. Anhänger? Dazu fehlte dem Smart die Kupplung. Aufs Dach spannen? Das war sicher nicht .... Moment. *Natürlich!* Er würde das Ding einfach auf dem Dach befestigen, das hatte genau die richtige Größe, schien geradezu gemacht für eine solch voluminöse, aber dennoch leichte Fracht. Fix legte er eine alte Wolldecke auf das Wagendach, legte die Trommel darauf, warf eine weitere Decke darüber und band das Ganze mit ein paar Seilen fest, die er im Innenraum unter dem Dachhimmel verknotete. Dazu ließ er die Fenster ein wenig herunter. Zum Glück hatte das Auto rahmenlose Türen. *Wirklich nicht ohne, die kleine Blechschüssel.* Er beschloss, zur Sicherheit noch einen Spanngurt an der Trommel anzubringen.

Er musste eine ganze Weile suchen, schon lange hatte er die Dinger nicht mehr gebraucht. Bei den Gartensachen neben den Dachständern mussten sie doch irgendwo sein. »Kruzifix!«, fluchte er, dann jedoch stockte ihm der Atem, denn genau das hielt er nun in Händen: das vermaledeite Grabkreuz mit seinem Namen. Mit bebenden Lippen starrte er darauf, bevor er es von sich warf, in die andere Ecke, wo es krachend auf dem Boden landete. Immer wieder schien das hölzerne Gebilde zu ihm zurückzukommen, um sich erneut in sein Bewusstsein zu schleichen und seine Gedanken zu vergiften. »Lass mich endlich in Ruh«, zischte er und suchte weiter.

Nach ein paar Minuten hatte er den Gurt schließlich gefunden und zurrte damit sein Musikinstrument fest. Zufrieden mit seiner Konstruktion wollte er starten, merkte nun aber, dass Auto und Instrument zusammen zu hoch waren, um noch aus der Garage herauszufahren. »Himmelarschundzwirn!« schimpfte er, schlug gegen das Lenkrad und war kurz davor, einfach den Rückwärtsgang einzulegen und das Trommelspielen damit endgültig aufzugeben, doch dann siegte die Vernunft. Er stieg aus, löste alles erneut auf, fuhr das Auto nach draußen und wiederholte dort die Festschnall-Prozedur, wobei er nun schon recht schnell vorankam.

Fast eine halbe Stunde später als geplant fuhr er los, allerdings erst, nachdem er im Büro angerufen hatte, um bekanntzugeben, dass er wegen einer »wichtigen dienstlichen Angelegenheit« etwas später kommen werde.

Wegen der offenen Fenster war es eine recht zugige Fahrt, und Kluftinger fürchtete, dass er sie mit einer Erkältung oder mindestens Halsschmerzen würde bezahlen müssen. Doch als er auf den Hof der Polizeidirektion fuhr, war ihm schnell klar, dass das möglicherweise nicht das Schlimmste an der Sache war: Die Kollegen hielten sich mit Bemerkungen über seine seltsame Fracht auf dem rosafarbenen Smart nicht zurück. Von der Frage, ob es sich um ein Beweisstück vom Einbruch in eine Musikalienhandlung handle, dem Kommentar, wo die Trommel denn mit dem Auto hinwolle, bis hin zur Bemerkung, dass er wohl in seiner Abteilung endlich mal ordentlich auf die Pauke hauen wolle, war alles dabei. Den Vogel aber schoss Hefele ab, der aus dem Fenster gelehnt über den ganzen Hof brüllte: »Sag mal, Klufti, ist das unsere neue Sirene? Aus Stromspargründen jetzt handbetrieben?«

Nachdem Kluftinger in seinem Büro angekommen war und die Kollegen sich zur Morgenlage versammelt hatten, eröffnete er die Sitzung mit den Worten: »Wer heut noch mal die Worte *Smart* oder *Trommel* in den Mund nimmt, macht die nächsten drei Wochen Sonntagsdienst.«

Das saß. Keiner erwähnte das Gefährt noch einmal.

»Wo ist eigentlich der Strobl schon wieder?«, schimpfte der Kommissar, als sie beginnen wollten, doch Maier und Hefele zuckten nur die Achseln. »So geht das nicht weiter, mir reicht's jetzt!« Er zog sein Handy heraus und tippte die Worte »MELDE DICH SOFORT, SONST MUSS ICH KONSEQUENZEN ZIEHEN, DEIN VORGESETZTER« hinein. Dann schickte er die SMS an Strobls Nummer. »Was steht heut sonst noch an?«

Maier runzelte die Stirn. »Du wolltest doch nach Marktoberdorf zu dieser Marianne, deinem Schwarm von früher.«

»Ach ja, richtig. Und sie war nicht mein Schwarm.«

»Soll ich da wieder mit, damit sie dir nicht an die Wäsche geht?«, fragte Hefele.

Kluftinger überlegte. Es war auf jeden Fall sicherer, jemanden dabeizuhaben. Gut möglich, dass Manne Klotz sich bei seiner Bekannten versteckte. »Schaden tät's nicht«, antwortete er also. »Aber eins sag ich dir gleich: Brauchst mich nicht wieder so senil hinstellen. Die Marianne ist ein echter Feger, in die waren damals alle verknallt. Wenn sie mich also heute noch nett findet, dann ist es nicht nötig, dass du mich alt aussehen lässt.«

Den fragenden Blick von Richard Maier beantwortete Hefele umgehend: »Weißt du, der Chef war früher nämlich ein richtiger Ladykiller. Und deswegen sind die Weiber heut noch scharf auf …«

»Lass gut sein, Roland«, fuhr ihm der Kommissar über den Mund. »Sonst noch was?«

»Ja, der Vogel aus Garmisch hat angerufen und gebeten, dass du dich mal bei ihm meldest«, vermeldete Maier.

»Veigl. Und ja, mach ich gleich. Also dann: an die Arbeit.«

Gespannt, was die oberbayerischen Kollegen zu berichten hatten, wählte Kluftinger Veigls Nummer. Der meldete sich schon nach dem ersten Klingeln.

»Ah, Kollege Kluftinger«, begrüßte er ihn diesmal betont freundlich. »Gut, dass du anrufst.«

Ganz neue Töne, dachte sich der Kommissar, sagte aber: »Danke, dass du dich gemeldet hast.«

»Bevor wir uns jetzt weiter warm in den Hosensack bieseln: Ich hab Neuigkeiten. Wir haben ja nach deinem Tipp Räumlichkeiten in der Umgebung überprüft, die nur für eine kurze Zeitspanne angemietet worden sind – und zwar alle bis zu einem halben Jahr vor dem Raub. Darunter war tatsächlich einer, der auffällig war. Es war das gleiche Muster wie damals bei euch in Kempten: Ein Unbekannter hat den Raum, der mal zu einem Gewerbe gehört hat, angemietet. Nachts war dort reger Publikumsverkehr, die Miete wurde immer bar bezahlt, und keiner wusste so genau, was da vor sich ging.«

Na bitte, dachte der Kommissar.

»Wir haben uns die Räumlichkeiten mal angeschaut, und weißt du, was wir gefunden haben?«

»Was denn?«

»Nichts. Alles leer. Keine verwertbaren Spuren.«

»Mist.«

»So schlimm auch wieder nicht. Ich mein, wer hinterlässt denn einen gemieteten Raum so klinisch rein? Das kann kein Zufall sein, das wär ja der feuchte Traum aller Immobilienbesitzer. Aber wir haben noch was.«

»Ach, geht's um die Quelle, die der Schutzpatron benutzt hat?«

Er hörte Veigl am anderen Ende der Leitung schnaufen. »Der Maulwurf? Ja, wir wissen jetzt, dass er von München aus zugegriffen hat, aber da sind wir noch nicht weitergekommen.«

Kluftinger ließ sich in seinen Schreibtischsessel sinken. *Wäre auch zu schön gewesen.*

»Aber …«

»Ja?«

»Wir sind ihm auf den Fersen.«

Jetzt setzte sich der Kommissar wieder auf. »Wie das?«

»Wir haben, nicht weit von dem gemieteten Raum in einem Waldstück, einen Müllsack gefunden, der zu dem Gewerbe passt, das da mal war.«

»Das versteh ich jetzt nicht.«

»Also: Die Räumlichkeiten, die die angemietet haben, haben mal zu einem Farbengeschäft gehört. Die hatten Tüten mit ihrem Logo drauf. Und in solche hat jemand seinen Müll reingestopft und dann im Wald entsorgt. Allerdings im Wasserschutzgebiet. Diesen Tatbestand wiederum hat ein …«, Veigl machte eine Pause und fuhr in ironischem Ton fort, »*besorgter Bürger* entdeckt und gleich der Polizei gemeldet. Normal gehen mir diese Leute ja ziemlich auf den Senkel, aber dieser Typ hat uns unbeabsichtigt weitergeholfen.«

»Inwiefern?« Kluftinger wollte nun endlich wissen, was die Kollegen entdeckt hatten.

»Also, er hat halt gedacht, dass da giftige Stoffe drin sein könnten und deswegen …«

»Gustav, bitte.«

»Gustl, wenn schon. Jedenfalls: Der Inhalt des Müllbeutels ist eher ungewöhnlich. Ich schick dir das noch per Mail durch, aber es war unter anderem eine Telefonnummer drin, die zu einem in der Szene bekannten ... ich sag mal ›Spezialisten‹ für verschlossene Türen und Safes führt.«

»Das müssen sie sein«, entfuhr es dem Kommissar.

»Wart's ab, wird noch besser. Außerdem lag in dem Abfall die Quittung für ein Nachtsicht-Video-Überwachungssystem. Dazu ein paar SIM-Karten und die Quittung eines Lebensmittelgeschäfts.«

»Das mit der Quittung sagst du doch nicht einfach so, oder?«

»Richtig, Herr Kollege. Auf der Quittung ist logischerweise auch der genaue Zeitpunkt des Einkaufs drauf. Und jetzt kommt's: Das Geschäft hat eine Videoüberwachung. Wir lassen gerade die Bänder holen. Einer von denen müsste also da drauf sein.«

Kluftinger pfiff anerkennend durch die Zähne. »Nicht schlecht, Herr Specht.«

»Herr Veigl, in dem Fall bitt'schön. Aber jetzt noch mal zu diesem ominösen Maulwurf.«

Kluftinger war baff. »Dazu gibt's doch noch was?«

»Schon, aber nix, woraus sich seine Identität ergeben würde. Wir haben in einer der Tüten das Handy gefunden, das, so wie's aussieht, für den Kontakt zwischen der Schutzpatron-Truppe und dem Maulwurf benutzt wurde.«

»Ah! Wie habt ihr das denn rausgekriegt?«

»Anhand der SMS-Konversation, die sich drauf befindet. War natürlich gelöscht, aber wir haben's wiederherstellen können.«

Kluftinger war ehrlich beeindruckt. Mit so vielen guten Nachrichten hatte er nicht gerechnet.

»Allerdings lief alles über Prepaid«, schränkte sein Gesprächspartner ein. »Wir haben keine Möglichkeit rauszufinden, mit wem er gesprochen hat.«

»Kannst du mir mal eine Abschrift von der Unterhaltung schicken?«

»Klar, lass ich machen. In ein paar Minuten hast du's.«

Kluftinger bedankte sich überschwänglich und hängte ein. Er und sein Kollege hatten einen schlechten Start erwischt, aber nun, da sie sich mit gegenseitigem Respekt begegneten, waren die Ergebnisse ihrer Zusammenarbeit beeindruckend.

Die Zeit, bis Veigl ihm die Sachen schickte, verging zäh wie Kaugummi. Im Sekundenrhythmus drückte Kluftinger auf das kleine Briefkuvert in seinem Mailprogramm, um die Anzeige zu aktualisieren. Endlich verkündete ein metallisches Klingeln, dass sich eine neue Nachricht in seinem Posteingang befand. Sofort öffnete er sie und klickte sich durch die zahlreichen Anhänge, vor allem Fotos der Dinge, die Veigl ihm vorhin beschrieben hatte. Dann öffnete er ein Textdokument, das die Abschrift der Handy-Konversation beinhaltete.

Er brauchte nur ein paar Zeilen zu lesen, dann war ihm klar, dass er dem Schutzpatron so nahe war wie seit dem Fall mit der gestohlenen Monstranz nicht mehr.

welches kamerasystem?

stand da zum Beispiel, worauf die Antwort lautete:

muss erst in die datenbank. melde mich zur vereinbarten zeit. hde, erzengel

Erzengel. Das war also der Deckname des Kontaktes. Wie er Mang kannte, hatte er diesen nicht ohne Hintergedanken vergeben. Irgendwas bedeutete der Name für ihn und ihre Sache, aber was? Der Kommissar startete eine kleine Internet-Recherche, gab *Erzengel* ein und erhielt sofort eine unüberschaubare Anzahl an Treffern: katholische und esoterische Websites, Darstellungen in der Kunst oder Buchtipps. So würde er nicht weiterkommen. Also erweiterte er den Suchbegriff *Erzengel* um *Schutzpatron*. Was er dann sah, ließ ihn schlucken. Schon einer der ersten Treffer erklärte, dass Erzengel Michael nicht nur der Schutzheilige der katholischen Kirche, sondern auch der Polizei war. Das konnte kein Zufall sein, dazu kannte er die Methoden von Albert Mang zu gut, der sich gerne in solchen Details verkünstelte.

Die Tatsache, dass es in Polizeikreisen einen Maulwurf gab – und daran gab es nun keinen Zweifel mehr –, machte Kluftinger betroffen. Und wütend.

Kluftinger nahm sich wieder die Handykonversation vor: Einen

Tag später hatten die beiden wieder Kontakt, diesmal vermeldete *Erzengel* das genaue Fabrikat der Video-Überwachungsanlage, samt Platzierung der Kameras im Museum.

Kurz darauf dann diese Nachricht:

heute M in K meiden. die anderen Engel schauen vorbei.

Der Kommissar lachte bitter auf. Es erleichterte die Arbeit eines Diebes natürlich erheblich, wenn man mit derartigen Informationen über die Vorhaben der Polizei versorgt wurde.

Zwei Tage später ein erneuter Austausch von Nachrichten:

brauche Infos zu konkretem termin. finale phase.

Die Antwort lautete:

bin in muc. morgen mehr. hde, erzengel

Dem Kontaktmann schien es diabolische Freude zu bereiten, sich mit seinem Decknamen zu verabschieden. Und die Formel *hde*, die wohl für »Habe die Ehre« stand, legte den Schluss nahe, dass es sich um jemanden aus Süddeutschland handelte, der diese dort verbreitete Grußformel verwendete. Aber noch etwas machte Kluftinger stutzig. Er wusste nicht genau, was und warum, es war nur ein Gefühl. Sein inneres Alarmsystem hatte angeschlagen, was oft passierte, ohne dass er zunächst den Grund dafür kannte. Es war wie eine Wolke, die über seinem Kopf schwebte, sie musste sich erst in etwas Greifbares verwandeln, musste … *stopp*! Jetzt, ja, jetzt hatte er es!

»Chef?«

»Hm?«

Sandy Henske stand vor seinem Schreibtisch. »Ich kann den Strobl nicht erreichen, tut mir leid.«

»Wie?«

»Sie wollten doch, dass ich den Eugen anrufe. Aber er meldet sich nicht. Hab ihm jetzt mal eine E-Mail geschrieben. Ich find auch, so kann das nicht weitergehen.«

»Ja, danke, Fräulein … dings«, gab er zerstreut zurück.

»Alles in Ordnung bei Ihnen?«

»Bei mir? Sicher.« Er seufzte. Der Gedanke von eben war weg.

Dabei hatte er ihn schon gehabt, hatte gespürt, wie er Gestalt angenommen hatte, doch nun war er ihm wie Sand durch die Finger geronnen. Dabei spürte Kluftinger genau, dass es eine ungeheuer wichtige Erkenntnis gewesen war.

»So, endlich ist das saudumme Ding vom Dach!«, sagte Kluftinger einigermaßen erleichtert, als er vor dem Musikgeschäft in Marktoberdorf wieder in seinen Smart stieg, um nun endlich zu Marianne zu fahren.

»Das war ja der nächste Weg von Altusried her.«

»Weiß ich schon, aber der Hörburger ist der Einzige, der das noch vernünftig macht.«

»Verstehe. Wenigstens lachen uns die Leute jetzt nicht mehr aus wegen der rosafarbenen Bonbondose samt musikalischer Begleitung.«

Tatsächlich hatten ihnen während der gesamten Fahrt immer wieder Passanten spöttisch zugewinkt. Ein Jugendlicher auf dem Fahrrad hatte sogar Luftgitarre gespielt, als er neben ihnen an der Ampel stand. Auf der Bundesstraße hatte es dann ein Hupkonzert gegeben, weil der Kommissar wegen seiner kostbaren Fracht und deren fahrlässiger Befestigung nur mit knapp sechzig Sachen unterwegs war.

»*Keksdose*, wir wollen doch nicht schlampig in den Details werden. Immerhin hatte der Wagen mal Werbung für Waffelgebäck drauf. Sag mal, wo müssen wir eigentlich genau hin?«

»Diese Seifenkiste hat doch sonst so viel Schnickschnack, wie steht's denn mit einem Navi?«

»Navi? Ein echter Kriminaler benutzt doch so was nicht.«

»Was denn dann?«

»Intuition. Bauchgefühl.«

»Dass ich nicht lache. Ich geb's mal ins Handy ein, okay?«

»Jawohl, Kollege Maier!«

Hefele sog genervt die Luft ein. »Bloß weil dir Smartphones noch immer suspekt sind, heißt es nicht, dass alles an den Dingern schlecht sein muss. Also, fahr du mal Richtung Stadtmitte, Genaueres sag ich dir rechtzeitig.«

Sie fanden die triste Kleingartensiedlung am Rande des kleinen Ostallgäuer Städtchens – dank Handyhilfe – ohne Probleme. Bei dem trüben Herbstwetter wirkte die Anlage wenig einladend, wobei Kluftinger vermutete, dass sich dieser Eindruck auch bei strahlendem Sonnenschein nicht grundlegend ändern würde.

Nun standen sie vor dem Problem, die Parzelle von Marianne Reithmayer zu finden – wenn die hier überhaupt anzutreffen war. Bei dieser Witterung, noch dazu an einem Wochentag, war wenig los in der Anlage, die sie über einen breiten Grasweg betraten. Links und rechts davon lagen die meist von Hecken umstandenen Gärten. Keine Briefkästen oder Klingelschilder wiesen auf deren Besitzer hin – sie waren ja auch nicht zum Wohnen gedacht. Die beiden Polizisten passierten eine kleine Abzweigung vom Hauptweg, wo sie einen Mann sahen, der eifrig ein winziges gelbes Auto polierte, das wirkte, als stamme es aus einem Kinderkarussell auf dem Jahrmarkt.

»Ui schau, Klufti, der Karren ist ja noch kleiner als dein Smart – und älter als der Passat«, sagte Hefele grinsend.

»Ja, und das scheint mir auch noch der originale Fahrer zu sein«, stimmte ihm Kluftinger lachend zu. Der Mann trug eine Knickerbocker-Hose und eine altmodische Schiebermütze.

»Grüß Gott«, rief Hefele, als sie auf ein paar Meter an ihn herangekommen waren. Als der Angesprochene den Kopf hob, bemerkten die Polizisten überrascht, dass es sich um einen Mittvierziger mit Hornbrille und verwegen wirkendem Dreitagebart handelte – sie hatten einen älteren Herrn erwartet.

»Guten Tag, die Herren, Sie kommen vom Oldtimermagazin, nehme ich an? Ich hab dem Boliden gerade noch einmal den letzten Schliff für die Fotos verpasst«, sagte er mit stolzem Lächeln und streckte ihnen die Hand zum Gruß entgegen. »Robert Borgmann, freut mich, dass Sie sich die Zeit nehmen.«

Kluftinger gab ihm die Hand und klärte ihn über das Missverständnis auf.

»Oh, entschuldigen Sie die Verwechslung, ich erwarte ein paar Journalisten, die eine Geschichte über Kleinwagen im historischen Motorsport machen.«

»Aha«, sagte Kluftinger, höflichkeitshalber Interesse heuchelnd, »und da geht es um Ihren Trabant? Schön gepflegt, der Wagen.«

Borgmann blitzte ihn böse an und zischte: »Es handelt sich hier um einen Lloyd, eine ernst zu nehmende Größe im Motorsport unter tausend Kubikzentimeter bis in die Sechzigerjahre hinein, nicht um einen schnöden Trabant.« Dabei hatte er sich Kluftinger immer mehr genähert, der nun einen Schritt zurückwich und abwehrend die Hände hob.

»Wir wollten eh bloß fragen, ob Sie zufällig die Frau Reithmayer kennen«, schaltete sich nun Hefele ein.

»Reithmayer? Oh ja, die kennt hier natürlich jeder.« Er rollte vielsagend mit den Augen. »Einfach den Weg runter, links. Sie wohnt hier ja permanent, obwohl es gegen die Statuten ist. Mich stört das nicht, aber den älteren Leuten im Verein ist sie ein Dorn im Auge. Wie ich allerdings auch, weil ich den Lloyd immer wieder hier hereinbringe. Aber was soll ich tun, er ist ja fast schon ein Familienmitglied.«

Kluftinger nickte.

»Robert, der Blättermagen kocht, möchtest du ihn jetzt in Gläser abfüllen?«, tönte eine Frauenstimme hinter der Hecke.

»Oh, Sie sehen, ich habe zu tun, ich habe heute Morgen vom Metzger meines Vertrauens wunderschöne Innereien bekommen, die wir jetzt einsäuern. Also, wie gesagt, diese Nanderl, wie sie hier alle nennen, finden Sie ganz hinten links. Aber machen Sie sich darauf gefasst, dass die Sie nicht gerade freundlich empfangen wird. Ging hier schon vielen so.«

Die Polizisten bedankten sich und verabschiedeten sich von dem Mann, der ihnen fröhlich nachwinkte.

Während sie dem Weg folgten, beschlich den Kommissar das

gleiche Gefühl wie gestern, als sie Brigitte besucht hatten: Er kam sich vor, als sei er in der falschen Gegend. Nur waren die Vorzeichen umgekehrt: Bei Brigitte hatte er eine etwas bescheidenere Umgebung erwartet, bei Nanderl etwas ... Lebendigeres, jedenfalls auf keinen Fall eine Schrebergartensiedlung.

Als sie an Mariannes Parzelle ankamen, zogen sie das knarrende Gartentor auf und betraten ein verwildertes Grundstück, an dessen Ende eine heruntergekommene Hütte stand. Von der Veranda baumelte eine bunte Lichterkette, und eine Armada von Gartenzwergen tummelte sich auf der kleinen Terrasse, die vollgestellt war mit alten Schränken und Kommoden, teilweise abgelaugt oder abgeschliffen, teilweise mit Ölfarbe bemalt. Kein Wunder, dass dieser Bereich den anderen Gartenbesitzern ein Dorn im Auge war, dachte Kluftinger.

Ein großer Pflanzbehälter aus Waschbeton diente der Bewohnerin anscheinend als Aschenbecher – er war randvoll mit Kippen, die in schmutzigem Sand steckten. Kluftinger und Hefele sahen sich mit hochgezogenen Brauen an. Der Kommissar klopfte schließlich seufzend an die Tür der Hütte und bekam überraschend schnell Antwort: »Verschwind, Rudi, ich hab den Schrank noch nicht fertig. Komm gefälligst nächste Woche wieder. Und bring das Geld mit!« Die Stimme klang tief und rau. Kluftinger konnte nicht mit Sicherheit sagen, ob sie einer Frau oder einem Mann gehörte. Und seit er sich bei einer Füssener Kollegin einmal in die Nesseln gesetzt hatte, war er diesbezüglich sehr zurückhaltend geworden.

»Hier ist nicht der Rudi. Machen Sie doch bitte auf, wir hätten bloß ein paar Fragen«, rief Hefele durch die Tür.

Erneut ließ die Antwort nicht lange auf sich warten: »Jetzt nicht, ich bin noch zu besoffen, um aufzustehen. Kommt nachmittags wieder, wenn ihr was wollt. Ich bleib hier sowieso wohnen, ihr kriegt mich nicht raus!«

Die Beamten zuckten die Schultern, dann drückte Kluftinger, einem Impuls folgend, einfach die Klinke, und die speckige Holztür schwang so leicht auf, dass sie innen gegen ein Schränkchen knallte. »Entschuldigung, war offen«, rief er ins Ungewisse der dunklen Behausung, deren Luft ein Gemisch aus Alkohol, Zigarettenqualm, Schweiß und ungesundem Essen war, das ihnen das Atmen schwer machte. Der Kommissar hatte Mühe, seinen Hustenreiz niederzukämpfen, Hefele nieste mehrmals.

»Raus hier, oder ich ruf die Bullen! Das ist Hausfriedensverletzung.« Die Stimme gehörte tatsächlich einer Frau. Sie lag auf einem zerschlissenen Sofa unter einer Leoparden-Wolldecke. Ungelenk setzte sie sich auf, strich sich durch ihre wirren grauen Haare und blies den Rauch ihrer Zigarette in den verqualmten Raum. Sie trug ein altes T-Shirt und einen Morgenmantel aus abgewetztem Samt.

»Die Bullen sind wir selber«, versuchte Hefele, sich dem Ton anzupassen. »Marianne Reithmayer?«

Kluftinger wollte ihn gerade korrigieren, denn diese Frau, der offensichtlich gleich mehrere Zähne fehlten, konnte niemals Nanderl sein, diese aufregende, unerreichbare Schönheit aus seiner Jugendzeit, da antwortete sie: »Ja, das bin ich.«

Der Kommissar war baff. Marianne war doch nur zwei, drei Jahre älter als er. Aber die Frau da vor ihm auf dem Sofa hätte er locker auf über siebzig geschätzt. Sie stand auf, kratzte sich am Hintern, ließ ihre Füße in ausgelatschte Cordpantoffeln gleiten und schlurfte auf sie zu. Mit einer fahrigen Handbewegung deutete sie auf einen kleinen Resopaltisch mit drei Stühlen, auf dem ein Wasserkocher, eine Packung Instantkaffee sowie eine Flasche Obstler standen. Die Tischplatte war fleckig, das Kreuzworträtsel einer Illustrierten lag aufgeschlagen unter einer mit Pflaster geflickten Lesebrille, daneben stand ein ebenfalls überquellender Aschenbecher.

Jetzt musterte die Frau ihre beiden Besucher eingehend. »Seid ihr von der Einwohnerpolizei oder wie das heißt?«

»Nein, wir sind von der –«, begann Hefele, doch Kluftinger fiel ihm ins Wort: »Nanderl, ich bin's, der Bertel.«

Sie sah ihn verständnislos an. »Bertel? Welcher Bertel?«

»Kluftinger …«

»Der Nazi?« Für einen kurzen Moment huschte ein Lächeln über ihr Gesicht und ließ die alte Marianne durchscheinen, dann war es schon wieder vorbei, und ihre Miene verfinsterte sich. »Sieh mal an, dass wir uns noch mal über den Weg laufen. Wie lange ist das jetzt her?« Sie füllte ein Glas Wasser in der Spüle.

»Lang, Marianne, sehr lang.«

»Kann euch nix anbieten, hab nix Gescheites. Was willst von mir? Hab ich was angestellt?«

Kluftinger holte tief Luft. »Können wir uns kurz setzen?«

»Kann ich wahrscheinlich nicht verhindern, oder seh ich das falsch? Hast dich ja ganz gut gehalten, Nazi. Nur fett bist geworden«, sagte Marianne, als sie zum Tisch zurückkam, das Glas in den Wasserkocher schüttete und ihn einschaltete. Alle drei nahmen auf den unbequemen Stahlrohrstühlen Platz. »Bist nimmer bei der Kripo?«, wollte die Frau wissen. »Haben sie dich zwangsversetzt?«

»Nein, ich bin schon noch bei den Kriminalern.«

»Ich sag dir eins, die Hütte hier gehört mir. Ich geh da nicht raus, die hat mir mein Onkel hinterlassen. Das einzig Gute, was mir die Sau jemals getan hat. Und ja, ich sag's gleich: Ich richt ab und zu alte Bauernmöbel für den Maierhofer Rudi her, den Antikhändler in Biessenhofen. Schwarz, wenn du's genau wissen willst. Mit den Ämtern hab ich nix zu tun, außer dass ich mir da ab und zu völlig legal Stütze abhol. Was immer ihr also wollt, ihr seid bei mir an der falschen Adresse.« Sie strich sich eine Strähne ihres fettigen Haars hinters Ohr, drückte die Zigarette aus und zündete sich eine neue an.

»Wir sind nicht wegen eines Delikts oder so da«, erklärte der Kommissar ruhig.

»Ach so, wolltest mich mal besuchen? Schauen, wie sich das Nanderl von damals entwickelt hat, wie? Ist nicht viel übrig vom jungen, rassigen Feger, gell, Nazi? Ich sag's ja, nicht jedem ist es so gut gegangen wie dir damals. Schaust gut aus, mit deinen Pausbacken.«

Der Kommissar setzte an, um etwas Ausweichendes, Unverfängliches zu erwidern, doch diesmal kam ihm sein Kollege zuvor: »Ihr könnt's doch einfach mal zusammen was essen gehen und über alte Zeiten reden, Erinnerungen aufleben lassen. Hast du doch vorher gemeint, gell, Klufti?«

Der Kommissar blickte seinen Mitarbeiter aus großen Augen an. Anscheinend hatte er sich den Rüffel nach dem Besuch bei Brigitte Fendt allzu sehr zu Herzen genommen. »Roland, das lass mal schön unsere Sorge sein.«

Doch Hefele ließ nicht locker: »Sei doch nicht so schüchtern. Ihr habt euch sicher viel zu erzählen.«

»Gut«, knurrte Kluftinger, »warum gehen wir nicht zu viert, mit deiner Freundin?«

Schlagartig verstummte der Kollege, und der Kommissar wandte sich wieder Marianne Reithmayer zu, die jetzt Wasser auf das Kaffeepulver in ihrem Glas goss. »Also Nanderl, wir sind eigentlich aus einem völlig harmlosen Grund da, ich wollt dich nämlich fragen, ob du vielleicht von den anderen mal was gehört hast. Aus unserer Clique, mein ich.«

»Gehört? Von dir hab ich gehört, dass du eine große Karriere bei der Polizei hingelegt hast. Kommst ja immer mal wieder im Radio. Der ganze Stolz der Allgäu-Bullen. Hut ab, kannst dir was drauf einbilden.«

»Ich hab's nicht so mit dem Einbilden ...«, warf der Kommissar ein, doch Marianne fuhr ungerührt fort: »Du hast damals den Hotte an deinen Alten verraten! Das war allen klar, auch wenn die Bullen nie offiziell was rausgelassen haben. Und der Einzige, dem es danach nicht schlechter, sondern besser gegangen ist, bist du, Adalbert Ignaz Kluftinger.«

»Das stimmt doch gar nicht. Hör zu, Marianne, ein anderer wär an Hottes Stelle in den Knast gegangen.«

»Hotte ist tot! Wegen dir«, zischte die Frau. »Alles wär anders gekommen, hättest du dein Maul gehalten wie wir anderen auch. Der Hotte, der wär als Musiker groß rausgekommen. Und ich immer noch mit ihm zusammen. Aber? Nicht mal zwanzig ist der geworden wegen deiner Petzerei.«

»Der Hotte hat sich selber umgebracht, nicht ich.«

»Weil er keine andere Wahl gehabt hat. Und wir? Manne hat nix mehr auf die Reihe gekriegt seitdem, und ich auch nicht mehr wirklich. Wir haben es nicht ausgehalten, dass er auf einmal weg war, haben immer gedacht, wir hätten das verhindern können, verstehst du?«

Kluftinger seufzte. Sollte er Stellung dazu nehmen? Sich rechtfertigen? Was konnte er sich davon erhoffen? Diese verbitterte, psychisch labile Frau von seiner Sichtweise überzeugen? Ziemlich unwahrscheinlich, dass ihm das gelänge. Und ein weiteres, noch unbehaglicheres Gefühl beschlich ihn: Hatte sie nicht vielleicht ein bisschen recht? Resigniert erwiderte er: »Wenn du das so siehst, Marianne, kann ich wohl nichts dagegen tun. Hast du denn noch Kontakt zu den anderen?«

Marianne nahm einen Schluck Kaffee, dann fuhr sie missmutig fort: »Nicht viel. War wohl doch nix mit der großen Freundschaft. Die Brigitte, die hat sich diesen reichen Speditionstypen geangelt. Wie sie gemerkt hat, dass mit dir nix geht, hat die sich gedacht: Wenn ich schon nicht den krieg, den ich will, hol ich mir wenigstens einen, der mich zur Frau Generaldirektor macht.«

Der Kommissar schüttelte den Kopf. »Dass das jetzt auch noch mit mir zu tun hätte, kann ich mir beim besten Willen nicht vorstellen.«

»Ist aber so. Drum ist die so eine geldgeile Nutte geworden.«

»Sag mal, Marianne, gibt's auch was, an dem ich deiner Meinung nach nicht schuld bin?«

»Was weiß ich. Der Bini hat's wohl noch am ehesten gepackt. Aber von dem hab ich auch nix gehört, nur dass er so ein Bergfex geworden ist und Reisen nach Neapel oder sonst wohin macht.«

»Nepal«, korrigierte der Kommissar, der fand, dass es Zeit wurde, endlich zum Punkt zu kommen. »Und der Manne? Was weißt von dem?«

»Dem Manne geht's noch dreckiger als mir. Was damals war, achtundneunzig, damit hast ihm den Rest gegeben.«

Kluftinger ahnte, worauf sie anspielte.

»Wir sehen uns manchmal. Dann haben wir ein bissle ... Spaß. Ist dann fast so, als wär der Hotte bei mir.« Traurig zog sie an ihrer Zigarette.

Kluftinger hoffte, dass sie das Thema nicht vertiefen würde. »Weißt du, wo er gerade ist?«

»Er wohnt in Kempten, oben am Bühl.«

»Ich weiß, wo er wohnt. Mich interessiert, wo er sich im Moment aufhält. War er hier, gestern? Heute?«

»Nein. Und wenn, dann würd ich's dir sicher nicht sagen!«, spie sie ihm giftig entgegen. »Weil ich nie jemand verpfeifen würd. Schon gar keinen Freund. Was du ja ständig machst, um weiterzukommen.«

Der Blick des Kommissars ging zu Roland Hefele, der aufmerksam zuhörte. »Weißt du, Marianne, ich würd ihm gern helfen, dem Manne. Und das kann ich bloß, wenn ich weiß, wo er ist.«

Nun lachte sie kehlig auf. »Du und helfen, klar. Du willst, dass er wieder in den Bau geht! Wie achtundneunzig. Damals hast es ja auch geschafft. Nix mit *promised land*! Sagt dir das überhaupt noch was, hm?« Damit erhob sie sich, schlappte zu einem alten Plattenspieler, der in einer Ecke am Boden stand, und schaltete ihn ein. Knisternd setzte der Song ein, der ihm in letzter Zeit so oft begegnet war. Dann begann sie zu tanzen, im Morgenmantel, mit ihren verfilzten Haaren und den Pantoffeln, einen qualmenden Zigarettenstummel in der Hand, die Augen geschlossen.

Der Kommissar gab Hefele mit einem Blick zu verstehen, dass sie hier nichts mehr ausrichten konnten. Beide standen auf. »Gut, Marianne, ich kann dich bloß noch mal bitten, dich zu melden, wenn der Manfred hier aufkreuzt. Ich tu ihm nichts, würd mich einfach gern mit ihm unterhalten. Das kannst du mir glauben oder nicht. Und ich würd an deiner Stelle ehrlich gesagt mal ordentlich lüften und ein bissle Obst essen, hast doch noch so schöne Boskoop-Äpfel draußen am Baum hängen«, sagte er im Gehen, doch Marianne, die noch immer in sich versunken tanzte, schien davon keine Notiz zu nehmen.

Während der Rückfahrt ins Büro sagte erst einmal keiner etwas, was Kluftinger ganz entgegenkam. Er musste erst verarbeiten, was aus dieser jungen, attraktiven, lebenslustigen Frau geworden war. Er spürte aber, dass Hefele, seit sie aufgebrochen waren, eine Frage auf der Seele lag, und schließlich stellte er sie auch: »Sag mal, Klufti, was ist 1998 eigentlich passiert? Was hat sie gemeint mit *Hat man ja gesehen, wie du ihm da geholfen hast*? Wir waren damals doch schon zusammen in der Abteilung, aber ich kann mich an nix erinnern.«

»Das wundert mich nicht. Das war gleich an meinem ersten Tag, da warst du gar nicht dabei.«

»Dein erster Tag als was?«

»Als Abteilungsleiter halt.«

»Wo wir die Vorstellungsgespräche hatten? Und leichtsinnigerweise den Richie genommen haben?«

Kluftinger warf Hefele einen vorwurfsvollen Blick zu.

»Schon gut. Im Nachhinein scheint sich ja eher der Eugen als faules Ei herauszustellen.«

»Ich würd nicht so hart über ihn urteilen. Wer weiß, was der für Probleme hat.«

»Momentan haben doch eher wir mit ihm Probleme. Aber wegen damals: Was war mit dem Klotz an deinem ersten Tag? Ich erinnere mich nur noch, wie du mit den ganzen Brezen gekommen bist, und dann ... dann ...« Der Rest des Satzes ging in einem heiseren Lachen unter.

Kluftinger wusste, worauf der Kollege anspielte. Das war wirklich unangenehm gewesen, und auch wenn es schon zwanzig Jahre her war, spürte er noch immer die Beklemmung, wenn er daran dachte. Er sah es vor sich, als wäre es gestern gewesen. Als er, beladen mit Papiertüten voller Butterbrezen, die Bäckerei verlassen hatte …

15

»Oh nein, wir sind zugeparkt!«, rief Erika.

Kluftinger sah erst, wovon sie sprach, als er den Kopf etwas anhob, um über die Tüten hinwegsehen zu können. Ein Lastwagen hatte sich quer hinter seinen Passat gestellt und ihn so blockiert. »Himmelarsch, das darf doch nicht wahr sein. Ausgerechnet an meinem ersten Tag!« Sein Kopf lief rot an.

Er war sowieso schon knapp dran, weil Erika darauf bestanden hatte, dass er als Einstand unbedingt noch etwas für seine künftigen Mitarbeiter einkaufen sollte. Seinen Einwand, dass sie dann auch in Zukunft derartiges von ihm erwarten würden und so ruckzuck das Geld, das er nun mehr verdiente, für solche Mitbringsel wieder draufgehe, ließ sie nicht gelten. »Du willst doch einen guten Eindruck machen«, hatte sie gesagt. Dabei hatte er gehofft, nun, da er endlich Chef war, ende auch das ständige Eindruck-Machen-Müssen.

Wütend verstaute er die Tüten im Kofferraum, dann stapfte er zu dem kleinen Lkw und begann zu brüllen: »Fahr deine Dreckskarre da weg, zefix, sonst lass ich dich abschleppen. Und das wird teuer.«

»Jetzt sei doch nicht so ruppig«, zischte Erika. »Ein Kommissar sollte sich in seiner Ausdrucksweise ja wohl von denen abheben, hinter denen er beruflich her ist.«

»Das ist die einzige Sprache, die Lastwagenfahrer verstehen«, flüsterte er seiner Frau zu.

»Sie sind ja ganz rot im Gesicht, vielleicht kommen Sie mal bei mir vorbei«, tönte es da aus der Fahrerkabine.

Erst jetzt nahm Kluftinger den Mann, der da hinterm Steuer saß, richtig wahr. Und musste feststellen, dass der gar nicht aussah wie die meisten Lkw-Fahrer. Er war groß, schlank, trug ein gelbes Polohemd mit aufgenähtem Krokodil und auf seiner Nase eine riesige Brille. Er musste etwa in Kluftingers Alter sein, hatte aber deutlich weniger Haare. Der Kommissar runzelte die Stirn. Irgendwie hatte er das Gefühl, diesen Typen schon mal gesehen zu haben, wusste aber beim besten Willen nicht, bei welcher Gelegenheit. »Wie, vorbeikommen?«, gab er zurück. »Damit ich Ihnen Fahrunterricht geben kann, oder was?« Aus irgendeinem Grund wechselte er zum respektvolleren *Sie.*

»Nein, damit ich Sie untersuchen kann.«

»In der Werkstatt?«

»Nicht doch. In meiner Praxis.«

Kluftinger verstand nicht, was der andere meinte. Da meldete sich eine Stimme aus seinem Passat. »Papa, ich komm zu spät zur Schule!«

Wieder kochte die Wut im Kommissar hoch. »Ja, Herrschaftszeiten, dann wärst halt mit dem Bus gefahren.«

»Da! Schon wieder«, mischte sich der Lastwagenfahrer erneut ein.

»Was denn?«

»Sie sind schon wieder ganz rot geworden. Ich tippe auf Bluthochdruck. Wahrscheinlich haben Sie Stress im Beruf und essen recht fett.«

Kluftinger dachte an die Kässpatzen, die ihn heute Abend zur Feier des Tages erwarteten. »Meine Essgewohnheiten gehen Sie gar nix an, Herr …«

»Langhammer. Doktor Langhammer, um genau zu sein. Noch mag Ihr Einwand ja zutreffen. Allerdings eröffne ich gerade meine allgemeinärztliche Praxis hier und würde mich freuen, wenn ich mich auch Ihrer Gesundheit annehmen dürfte.«

Wie geschwollen der sich ausdrückt, dachte Kluftinger. *Der wird hier in Altusried nicht alt.* »Ich geh seit jeher zum Brändle, der mir bestätigt hat, dass ich kerngesund bin.«

»Kollege Brändle hat die Praxis an mich abgegeben. Er geht in Ruhestand. Wussten Sie das denn gar nicht?«

»Ich … also, klar. Sicher hab ich das gewusst. Aber der Brändle, also der hat mir versprochen, dass, ich mein, wenn ich was brauch …«

»Wie lange waren Sie denn schon nicht mehr bei ihm?«

Kluftinger fand zwar, dass das diesen blasierten Typen nichts anging, aber der Mann hatte eine Art an sich, die ihn trotzdem auf die Frage antworten ließ. »Mei, das ist schon eine Weile her, vielleicht so zwei Jahre.«

»Was ist denn hier los?« Eine vertraute Stimme in Kluftingers Rücken ließ ihn herumfahren.

»Morgen, Vatter.«

»Griaß di, Bub. Müsstest du nicht langsam losfahren? Ist doch dein erster Tag heut. Wichtig, dass man da einen guten Eindruck macht.«

Der Kommissar seufzte. »Ja, ich wär auch schon längst unterwegs, wenn nicht der Depp … ich mein, der Doktor da, mir den Weg versperren würd.«

»Welcher Doktor denn?«

»Papa, kommst du jetzt endlich?«, tönte es wieder aus dem Passat.

»Hallo, Markus, musst du nicht in die Schule?«, fragte Kluftinger senior.

»Ja, aber der Papa fährt nicht los.«

»Himmel, nimm halt den Bus.«

»Der ist längst weg.«

Der Vater des Kommissars ging nun auf Langhammer zu. »Sie müssen jetzt wirklich umparken. Mein Sohn hat gleich einen wichtigen Termin, er übernimmt heut die Leitung vom Kommissariat für Kapitaldelikte bei der Polizei in Kempten. Ich war ja auch lange Jahre dort beschäftigt, und meine Beziehungen haben sicher geholfen …«

»Ach, das ist ja interessant«, rief der Doktor erfreut. »Da hab ich ja gleich den wichtigsten Mann im Dorf kennengelernt.«

Kluftinger senior winkte ab. »Wichtigster, das weiß ich nicht, aber ich bin schon ganz gut bekannt hier.«

»Ach so, ja, Sie natürlich auch. Ist das nicht ein Zufall? Ihr Sohn und ich haben beide heute unseren ersten Tag. Wenn das mal nicht der Beginn einer wunderbaren Freundschaft ist.«

Kluftinger brach in heiseres Husten aus. Er war sich sicher, dass er sich mit diesem Doktor heute zum letzten Mal unterhalten hatte. »Wenn Sie jetzt nicht gleich wegfahren, dann geht hier höchstens eine wunderbare Feindschaft los«, polterte er.

»Null Problemo, bin schon weg. Will ja nicht der

Exekutive im Wege stehen. Man muss sich gutstellen mit den staatlichen Würdenträgern hier auf dem Lande.« Mit diesen Worten machte sich der Arzt daran, den Lastwagen an eine andere Position zu fahren, was ziemlich lange dauerte, denn er war der Größe seines Gefährts ganz offensichtlich nicht gewachsen.

»Sollte vielleicht lieber kleinere Autos fahren, der Depp«, raunte Kluftinger seinem Vater zu.

»Was hast du da eigentlich?«, fragte der mit Blick auf die Tüten im offenen Kofferraum.

»Brezen. Für die Belegschaft.«

»So viele? Ist doch viel zu teuer. Die gewöhnen sich nur dran. Dann ist dein zusätzliches Gehalt ruckzuck wieder aufgebraucht.«

»Sind doch nur ein paar Butterbrezen.«

»Pa-pa!«

»Ja, Markus, ich komm schon.«

»Mission ausgeführt«, rief ihm der Mann aus der Lkw-Kabine zu.

»Du, Vatter, ich muss. Herrschaft, wo ist denn jetzt die Erika?« Kluftinger blickte sich suchend um und entdeckte sie in ein Gespräch mit einer elegant wirkenden Frau vertieft. Ungeduldig rief er sie zu sich.

Als sie endlich alle im Auto saßen, begann er, wie ein Rohrspatz über den Lkw-Fahrer zu schimpfen. Erika hörte ihm jedoch kaum zu. »Wer war denn das, mit der du da geredet hast?«, wollte er schließlich wissen.

»Ach, eine sehr nette Frau, die zieht grad nach Altusried. Hab mich schon zum Kaffee mit ihr verabredet. Vielleicht kann ich ihr ein bissle helfen, hier Fuß zu fassen. Stell dir vor, ihr Mann wird unser neuer Doktor.«

Kluftinger stieß die Luft aus. »Meiner sicher nicht. Und du willst dich mit der abgeben? Ausgerechnet? Na ja, musst du selber wissen. Solang ich mit ihm nix zu tun hab, soll's mir recht sein.«

»Jetzt musst aber schon langsam mal lernen, wie man sich eine Krawatte bindet«, mahnte Erika, während sie ihrem Mann den Knoten schlang.

Vor dem Polizeigebäude angekommen, saß Kluftinger noch immer auf dem Fahrersitz und wartete ungeduldig, dass seine Frau endlich fertig wurde. »Ich kann das schon«, log er, »aber bei dir wird's halt viel schöner.«

»So, alles klar, mein Butzele.« Sie beugte sich zu ihm und gab ihm einen Kuss. »Fesch schaust aus. Und jetzt geh da rein und zeig ihnen, was ein guter Chef ist.«

Kluftinger nickte mechanisch, stieg aus und holte die Tüten aus dem Kofferraum. Die Worte seiner Frau hallten in seinem Kopf nach. Was machte denn einen guten Vorgesetzten aus? Wenn man besonders nachsichtig und freundschaftlich mit seinen Mitarbeitern umging? Oder eher streng war und klare Regeln setzte? Ein Vorbild war? Alles zusammen? Er seufzte. Das Leben als Chef war gar nicht so einfach. *Chef*. Das Wort klang nicht schlecht. Wer hätte gedacht, dass er es einmal mit Leben füllen würde. Aber jetzt war es tatsächlich so weit. Er war *Chef*. Mit stolzgeschwellter Brust betrat er seine zukünftige Abteilung.

Sein erster Blick fiel, wie der aller Besucher, auf den Schreibtisch seiner Sekretärin. Denn auch das würde in Zukunft zu seinen Privilegien gehören. Er hatte eine gute Seele, die ihm den Rücken freihielt, die sich um Papierkram und andere lästige

Dinge kümmerte. Und die eigentlich an eben diesem Schreibtisch sitzen sollte, der jedoch leer war.

»Was haben Sie denn dabei?«

Er fuhr herum und blickte in die wässrig grünen Augen seiner Bürokraft, die durch die dicken Brillengläser riesig wirkten. »Ah, Frau Meise, grüß Gott.«

»Morgen, Herr Kluftinger. Sind das Brezen?«, fragte sie mit heruntergezogenen Mundwinkeln.

»Ja, ich hab gedacht, weil doch heut mein …«

»Der Chef hat ein großes Büfett im Besprechungsraum aufgebaut. Da können Sie *die da* ja dazulegen.«

Der Chef? Er verstand nicht. »Aber ich …«

Karin Meise ließ ihn nicht ausreden. »Er erwartet, dass Sie in einer halben Stunde alle zur Feier kommen.«

»Wer?«

»Der Chef.«

»Aber ich bin doch …«

»Daran müssen wir uns wohl alle erst gewöhnen. Und legen Sie die Brezen bitte an den Rand, ja? Sollen das schöne Bild doch nicht verschandeln.«

Kluftinger schnaufte. Das ging ja schon gut los. Seine Sekretärin war offensichtlich mit der Pensionierung ihres ehemaligen Vorgesetzten und dem Wechsel zu ihm nicht ganz glücklich, um es vorsichtig zu formulieren. Oder war das einfach nur Ausdruck ihres berüchtigten Griesgrams? *Die Krähe* wurde Frau Meise hinter vorgehaltener Hand genannt. Außer Hermann Hefele, den sie regelrecht verehrte, hatte sie so ziemlich allen Mitarbeitern des Kommissariats das Leben schwer gemacht. Immerhin: Allzu lange war die gebürtige Bremerin nicht mehr hier, denn bald würde sie selbst in Rente gehen. Kluftinger schwor sich, danach eine Sekretärin aus dem Allgäu zu verpflichten.

»Vielleicht übernehme ich das besser«, riss ihn die Frau aus seinen Gedanken, nahm ihm die Tüten ab und verschwand in Richtung Besprechungszimmer. Sein »Vielen Dank, Frau Meise, ich geh dann mal in mein Büro, falls mich jemand sucht!« hörte sie schon gar nicht mehr.

Er schloss die Tür hinter sich und blieb erst einmal stehen. Das war es also: *sein* Büro. *Sein* eigener Raum. In dem er Fälle lösen würde mit *seinem* Team. Leitender Kriminalhauptkommissar im K1, nicht mehr einfach Kommissar im Gemeinschaftsbüro. Und wer weiß: Vielleicht war das noch nicht einmal das Ende der Fahnenstange. Vielleicht würde er einst sogar die ganze Kripo leiten? Oder gar Polizeipräsident werden – dann allerdings müsste er wegziehen, denn Kempten war ja »nur« eine Direktion. Was auch immer kommen mochte: In diesem Büro würde der Grundstein dazu gelegt werden. An *seinem* Schreibtisch, unter *seinem* Kupferstich … Er hielt inne. Der Kupferstich hinter dem Drehstuhl gehörte nicht ihm. Dieses düstere Monstrum, das irgendeine mittelalterliche Hafenszene zeigte, hatte ihn schon immer gestört. Er ging also zur Wand und nahm das Bild ab.

»Was machen Sie denn da?«, bellte die Meise, die ohne zu klopfen den Raum betreten hatte.

Das würde er ihr noch abgewöhnen, dachte der Kommissar. »Ich hab nur das Bild runtergenommen.«

»Das wird dem Chef aber nicht gefallen, wenn Sie hier alles umstellen.«

»Aber ich bin doch jetzt …«

»Besonders dieses Bild hat er immer … sehr … wir sind auch immer wunderbar miteinander … ausgekommen.« Ihre Stimme brach, und sie begann zu schluchzen. Schnell eilte sie aus dem Zimmer.

Vielleicht würde er das mit dem Anklopfen erst einmal nicht erwähnen, dachte der Kommissar. Er setzte sich auf seinen Schreibtischstuhl und rollte unsicher damit hin und her.

»Ah, ich sehe, du hast es dir schon gemütlich gemacht.« Die sonore Stimme seines Vorgängers ließ ihn zusammenfahren.

»Ja, ich dachte, also, ich wollte ...«

»Schon gut, ist ja jetzt dein Büro. Und ich sehe, das grauslige Kupferbild hast du auch abgenommen.«

»Ich kann's natürlich auch wieder aufhängen, wenn Ihnen das lieber ist, Herr Hefele.«

»Jetzt lass doch endlich das mit dem Herrn Hefele. Ich bin der Hermann.« Er streckte ihm seine Hand entgegen.

Kluftinger ergriff sie gerne. Sein Ex-Vorgesetzter hatte sich reichlich Zeit gelassen, ihm das Du anzubieten. Ein einseitiges Angebot noch dazu, denn während Kluftinger den scheidenden Abteilungsleiter immer gesiezt hatte, verwendete der seit jeher diese vertrauliche Anrede.

»Und den alten Schinken lass um Gottes willen unten.« Der Alte blickte sich verschwörerisch um. »Ich hab das hängen lassen müssen, weil's ein Geschenk von der Krähe war.«

»Von der Krähe?«, wiederholte Kluftinger überrascht.

»Ja, so nennt ihr die doch heimlich immer, weiß ich schon. Pass bloß auf, mit der ist nicht gut Kirschen essen. Bin nicht traurig, dass ich sie nicht mehr jeden Tag sehen muss.«

»Wollen Sie ... ich mein, willst du das Bild denn mitnehmen?« Der Kommissar hob es auf und hielt es ihm hin.

»Bloß nicht, schmeiß es einfach weg, wenn sie's nicht merkt!«

In diesem Moment ging die Türe auf, und die Sekretärin kam herein.

»Ja, Frau Meise, stellen Sie sich vor, unser lieber Herr Kluftinger bietet mir an, dass ich das Bild mitnehmen kann, das ich von Ihnen geschenkt bekommen hab«, flötete Hermann Hefele etwas zu laut. »Ist das nicht toll? Ich weiß schon einen wunderbaren Platz dafür bei mir zu Hause.« Für die Frau nicht hörbar schob er in Kluftingers Richtung nach: »Auf dem Dachboden.«

»Ja wirklich, Chef? Das freut mich aber ungemein.« Ihre Augen wurden wieder feucht.

»Nicht weinen, Frau Meise, mir geht es doch genauso. Weiß gar nicht, was ich ohne Sie tun soll.«

Sie winkte ab und brach in Tränen aus, worauf sie aus dem Raum eilte.

Ratlos blickte Kluftinger seinen Vorgänger an.

»Wenn ich dir einen Tipp geben darf, Junge: Stell dich immer gut mit der Sekretärin«, erklärte der. »Das ist das Wichtigste für die Atmosphäre im Büro. Und wenn die stimmt, kommt der Rest von ganz allein.«

Der Kommissar schluckte. Das konnte ja heiter werden, denn für das positive Verhältnis zu Frau Meise sah er schwarz.

»Ja, wo is`n der neie Hoffnungsträger?«

Schon im Vorraum hörten sie den Direktionsleiter poltern. Hefele verdrehte die Augen, da wurde die Tür geöffnet.

»Ah, da sans ja, de zwoa. Da Oide und da Neie, Vergangenheit und Zukunft einträchtig beinand. Recht so, meine Herrn. Aber warum san S' denn ned auf da Feier?

»Ich wollt mich hier nur schon mal ein bisschen einrichten, Herr Lodenbacher. Ich mein: Herr Polizeidirektor«, erwiderte Kluftinger dienstbeflissen.

»Ja, des kann i scho versteh'n. Aber da Herr Hefele werd drüben vo den andern scho sehnsüchtig erwartet.«

Der Alte nutzte die Gelegenheit und machte sich aus dem Staub. Direktionsleiter Lodenbacher musterte den Nachfolger, was diesen nervös machte. Dann sagte er:

»Wissen S', i bin ja auch erst kurz da, aber i muss sag'n, des is echt a guater Laden. Wenn er richtig g'führt wird. I hob dafür a Händchen, moan i. Sie bestimmt auch. Wenn S' irgendwas brauchan, dann kemman S' einfach bei mir vorbei, mei Tür steht für meine Leit immer offen. I mog an kurz'n Dienstweg. Hauptsach, es lafft.«

Er schlug Kluftinger kumpelhaft auf die Schulter. »Von dene Sesselfurza aus´m Ministerium lass ma mia uns gar nix sagen, oder? Und wenn's lafft, dann samma bald per Du, mir zwoa. Bis glei am Büfett.«

Mit diesen Worten verließ er das Büro.

»Vielen Dank, Herr Lodenbacher«, rief Kluftinger ihm nach und blickte noch eine Weile auf die geschlossene Tür. Das war ein Mann nach seinem Geschmack. Jemand, dem es um die Sache ging, nicht um die Wirkung nach außen. Ein uneitler, pragmatischer Chef. So wollte er auch werden, da war Lodenbacher ein echtes Vorbild.

Wieder öffnete sich die Tür. Die Sekretärin kam schnellen Schrittes herein, knallte ihm einen Papierstapel auf den Schreibtisch und sagte: »Das sind die Bewerbungsmappen. Und eine Vernehmung, die Sie heute noch erledigen müssen.« Dann war sie schon wieder verschwunden.

Kluftinger nahm sich die Unterlagen für die Vernehmung vom Stapel. Als er den Namen las, der darauf stand, atmete er tief ein. Ausgerechnet an seinem ersten Tag. *Manfred Klotz.* Andererseits: Das war kein besonders seltener Name ... Hoffnungsvoll blätterte Kluftinger die Seiten auf, doch schon das erste Bild zeigte unzweifelhaft seinen Jugendfreund. Und auch die Daten passten dazu: unbescholten aufgewachsen in Altusried – bis zu jenem schicksalhaften Tag. Von da an immer wieder kleine Gaunereien, Diebstähle, zuletzt eine schwere Körperverletzung. Das kann ja heiter werden, dachte der Kommissar und legte die Akte zur Seite. Er wollte sich erst einmal mit den Bewerbern für die noch freie Stelle in seiner Abteilung beschäftigen. Einen festen Mitarbeiter hatte er ja schon: Roland Hefele. Er war der Neffe seines Vorgängers und ein äußerst umgänglicher Kollege, den er seit vielen Jahren kannte. Und dann gab es noch einen, den er gerne dabeigehabt hätte, der sich aber noch zierte: Eugen Strobl. Er war momentan beim Dezernat für Wirtschaftskriminalität beschäftigt und dort durch sein Ermittlungstalent aufgefallen. Außerdem wurde er allenthalben für seine Zuverlässigkeit und Teamfähigkeit gelobt. Genau so jemanden brauchte er bei sich.

Kluftinger zog sich die Bewerbungsmappen heran, blätterte sie durch und las die Namen halblaut: »Oliver von Bodenstein, Willibald Adrian Metzger, Karl Göttmann.« Kluftinger schüttelte den Kopf. Einen Adligen wollte er nicht in seiner Abteilung haben, da wüsste er nie, wie er ihn ansprechen sollte. Die Bewerbung dieses Metzger-Typen war eher unter der Rubik *Kurioses* abzuheften, denn der Mann war kein Polizist und außerdem aus Österreich. Und dieser Göttmann hatte inzwischen schon wieder zurückgezogen, weil er die Leitung einer ständigen Sonderkommission in der Landeshauptstadt übernommen hatte.

Blieben für den heutigen Tag noch drei auf der Liste: Eugen Strobl, bei dem es ein sehr spezielles Vorstellungsgespräch werden würde, ging es doch darum, ihn zu überreden, die Stelle zu wechseln. Aber der Kommissar war zuversichtlich, dass ihm das gelingen würde. Dann ein gewisser Richard Maier, mit besten Referenzen, allerdings aus Baden-Württemberg. Und ein Bewerber aus Oberbayern.

»Und? Was dabei?«

Roland Hefele stand plötzlich an seinem Schreibtisch. Der Kommissar hatte ihn gebeten, an den Gesprächen teilzunehmen. Immerhin mussten sie alle gut zusammenarbeiten.

Kluftinger zuckte die Achseln. »Werden wir ja sehen.«

»Weiß auch nicht, warum du da so eine Wissenschaft draus machst. Hast offenbar noch viel vor, hm?« Sein Kollege blickte ihn prüfend an.

Kluftinger wusste, dass Hefele lieber eine ruhige Kugel schob, wobei er seine Besonnenheit durchaus schätzte. Dagegen hielt Hefele ihn offenbar für einen karrieregeilen Streber. »Ich will nur, dass wir eine gute Abteilung zusammenbekommen«, rechtfertigte er sich.

»Ja, damit du gut dastehst und in ein paar Jahren die nächste Stufe auf der Karriereleiter nehmen kannst.«

»Darum geht's doch gar nicht.«

»Ich mein ja bloß: Wir müssen uns das Leben nicht stressiger machen, als es eh schon ist.«

»Das hab ich nicht vor.«

»Gut zu wissen. Aber wenn ich seh, was du da so alles anschleppst ...« Er zeigte auf die Dinge, die Kluftinger auf seinem Schreibtisch liegen hatte: einen elektrischen Taschenrechner, einen modernen Timeplaner und daneben – darauf hatte er bestanden – ein Faxgerät, eines der ersten der Dienststelle. »Bist wohl so einer, der immer den neuesten technischen Schnickschnack braucht, hm? Mein Onkel hat eine ziemlich gute Aufklärungsquote, auch ohne das ganze neumodische Zeugs.«

»Ich will uns die Arbeit doch nur erleichtern.«

»Ja, klar. Bei dem ganzen Glump braucht man ewig, bis man das mal richtig bedienen kann, und dann gibt's wieder was Neues. Das hält doch bloß auf.«

»Wird schon nicht so schlimm werden.« Der Kommissar blickte auf die Uhr. »Wer kommt denn als Erstes?«

»Der Strobl. Aber da muss ich dir gleich was sagen.« Er senkte die Stimme und sah kurz zur Tür. »Der hat sich auch beworben.«

»Nein, eben nicht. Ich hab ihn gebeten, dass er heut herkommt.«

»Ich mein für *deinen* Job.«

Kluftinger war baff. »Das hab ich nicht gewusst.«

»Hat mir mein Onkel gesteckt. Muss aber unter uns bleiben. Dachte nur, dass du das wissen solltest, kann ja sein, dass so was unterbewusst eine Rolle spielt. Ich mein, dass sie nicht ihn, sondern dich genommen haben ... und dein ganzes Spielzeug.«

Es klopfte an seiner Bürotür – zum ersten Mal am heutigen Tag. Bisher waren seine Besucher einfach hereingeplatzt. »Bitte«, rief Kluftinger, und Eugen Strobl trat federnden Schrittes ein. Kluftinger kannte den Kollegen von einigen gemeinsamen Lehrgängen, bei denen sie sich auf Anhieb gut verstanden und hin und wieder auch abends zusammen gezecht hatten. Zudem hatten ihre Abteilungen bereits bei zwei oder drei Fällen kooperiert. Sie begrüßten sich, und Strobl gratulierte dem Kommissar zu seiner neuen Stellung. Falls es ihm etwas ausmachte, dass Kluftinger die Stelle bekommen hatte, auf die er auch spekuliert hatte, ließ er sich nichts anmerken.

»Setz dich doch, Eugen. Ich will nicht lange drumrum reden, du weißt es ja eh: Ich würd dich gern in unserem Team haben.«

Strobl atmete tief durch. »Schau, Adi«, begann er, und Kluftinger zuckte bei diesem Spitznamen zusammen. Niemand außer Strobl nannte ihn so, und sollte er wirklich Teil seiner Truppe werden, war dies das Erste, was er ändern musste. »Es freut mich ja, dass du mich dabeihaben willst, aber ich steh einfach mehr auf die Wirtschaftskriminalität. Da kenn ich mich aus, was lang genug gedauert hat, aber jetzt fühl ich mich in der Welt der Finanzen zu Hause.«

»Die richtig interessanten Sachen wird's aber bei uns geben.«

»Meinst du? Das bezweifle ich. Schau doch mal die Statistik an. Wann war denn der letzte Mord hier? Passiert doch nix.«

»Also, das ist doch übertrieben.«

»Und so Brände und so weiter, das ist ja auch nicht so prickelnd.«

»Sind wir doch froh, dass es bei uns nicht zugeht wie in Chicago«, mischte sich Hefele ein.

»Ja, Roland, dass dir das gefällt, ist mir schon klar.«

Hefele funkelte Strobl kampfeslustig an. »Was soll das denn jetzt heißen?«

Vielleicht war es doch keine so gute Idee, die

beiden zusammen in eine Abteilung stecken zu wollen, dachte der Kommissar. »Und deine Vorliebe für die Finanzen ist der einzige Grund, warum du nicht zu uns kommen willst?«, forschte er vorsichtig nach.

»Was soll es denn sonst für einen geben?«

Hefele warf Kluftinger einen scharfen Blick zu.

»Keinen bestimmten, ich mein nur«, antwortete der.

Sie saßen sich noch eine Weile schweigend gegenüber, dann erhob sich Kluftinger: »Also Eugen, überleg's dir. Ich hätt dich gern im Team und find, du würdest gut zu uns passen.«

Sie reichten sich die Hand, und Strobl verließ das Büro.

»An dem bleib ich dran«, erklärte Kluftinger, nachdem die Tür ins Schloss gefallen war.

»Aber du hast doch gemerkt, dass der keinen Bock hat«, gab Hefele zu bedenken.

»Ach was, das ist nur, weil er meinen Job wollte. Das vergeht auch wieder. Und dann sprechen wir noch mal. Weißt du, der ist bei der Wirtschaftskriminalität so vielen Verlockungen ausgesetzt, mit all dem Geld und so, und der widersteht dem, als wär's nix. Das find ich schon beeindruckend.«

»Vielleicht sollten wir es mal mit der Beate versuchen«, sagte Hefele und versuchte dabei, so gleichgültig wie möglich zu klingen.

»Bitte, nicht schon wieder«, seufzte der Kommissar. Er wusste, dass Hefele ein Auge auf die junge Kollegin vom Rauschgift geworfen hatte. Und seit Wochen versuchte er, ihm die Beamtin schmackhaft zu machen. »Liebe am Arbeitsplatz, das führt zu nix.« Grinsend fügte er hinzu: »Aber wenn du es so nötig hast: Ich glaub, unsere Sekretärin wär noch zu haben.«

Hefele stieß beleidigt die Luft aus.

»So, wen haben wir denn als Nächstes?«, wollte Kluftinger wissen, als draußen auf einmal laute Stimmen zu hören waren. Hefele und er sahen sich schulterzuckend an.

»Ein Richard Maier, aber der kommt eh nicht infrage, ist aus Leutkirch, hat seine Ausbildung und die bisherige Laufbahn in Baden-Württemberg absolviert«, las Hefele von einem Aktendeckel ab und fügte hinzu: »Das tun wir uns nicht an, bis der sich in die bayerischen Eigenheiten eingearbeitet hat …«

»Lass uns doch erst mal schauen, so ein frischer Blick von außen kann auch Vorteile haben … Herrgott, was ist denn da los?« Die Stimmen vor Kluftingers Büro waren immer lauter geworden. Als er die Tür öffnete, wäre er um ein Haar mit der aufgeregten Frau Meise zusammengestoßen.

»Unerhört ist das«, zeterte die. »Gut, dass Sie gerade kommen, ich wollt schon den Chef rufen.«

»Aber ich bin doch jetzt der … dings.«

»Den früheren mein ich«, rief sie aufgeregt. »So was hätte es mit dem nicht gegeben.«

Der Kommissar bemühte sich um einen beschwichtigenden Ton: »Was hätte es denn nicht gegeben, Frau Meise?«

Da meldete sich hinter ihr ein junger, dunkelhaariger Mann mit Brille und messerscharf gezogenem Scheitel zu Wort. Auch er wirkte aufgebracht. »Was es gibt? Darüber kann ich Ihnen gerne Auskunft erteilen!«, rief er um Fassung ringend und mit unüberhörbar württembergischem Akzent. »Mein Name ist Maier. Richard Maier. Ich habe hier ein Vorstellungsgespräch, beziehungsweise hätte ich es bereits vor sieben Minuten gehabt, allerdings wird Pünktlichkeit hier anscheinend nicht allzu groß geschrieben. Dabei ist sie das A und O in der Polizeiarbeit, worauf ich die ältere Dame hier höflich hingewiesen habe.«

Kluftinger musste angesichts dieser Bezeichnung für die Meise ein Grinsen unterdrücken. »So, haben Sie das?«

»Ja, das hat er, auf unverschämte Art und Weise«, keifte jetzt die Sekretärin. »Ich hab ihn unterrichtet, dass wir uns hier nicht hetzen lassen. Heute schon gar nicht.«

Kluftinger war der Neuankömmling allein schon deswegen sympathisch, weil er der alten Giftspritze Paroli bot. »Schon gut, Frau Meise, der Herr Maier ist jetzt ja sowieso dran.«

Mit strahlendem Lächeln und einem triumphierenden Seitenblick auf die Frau trat der Bewerber ein. Während der Kommissar noch überlegte, wie er seine Sekretärin wieder beruhigen könnte, zog die bereits beleidigt von dannen und murmelte bitter: »Das hat man davon! Unser richtiger Chef hätte den gleich entfernen lassen. Und jetzt kriegt so was auch noch einen Termin.«

Seufzend schloss Kluftinger die Tür und musterte den Mann in seinem Büro: Maier war ein paar Jahre jünger als er, auch wenn er in seinem altmodischen Sakko mit den aufgenähten Ellbogenschonern älter wirkte. Er hatte schon Platz genommen und entnahm seinem ledernen Aktenkoffer ein schwarzes Kästchen. Den fragenden Blick des Kommissars beantwortete er umgehend. »Ich habe mein Diktiergerät mitgebracht, um den Verlauf des Gesprächs zu protokollieren. Nur für interne Dokumentationszwecke und eine persönliche Evaluation meines Auftretens. Spricht irgendetwas dagegen?«

Hefele rollte die Augen, doch Kluftinger war angetan von so viel Engagement. »Ist vielleicht eine gute Idee, die wir hier auch mal aufgreifen könnten«, erwiderte er.

Maier nickte zufrieden. »Gefällt mir schon mal gut, Ihre Offenheit gegenüber moderner Technik.«

Der Kommissar winkte ab: »Wissen Sie, Herr Maier, ich bin der festen Ansicht, gerade in unserem Beruf kann man gar nicht modern genug sein. Wir müssen mindestens auf demselben Stand sein wie unsere *Klienten*, sonst haben die uns irgendwann überholt und wir können nur staunend hinterherschauen. Wenn Sie sich sogar privat mit solchen Sachen beschäftigen, kann das für unser Team doch nur nützlich sein.«

Hefele seufzte, während Richard Maier anerkennend lächelte. Kluftinger hatte das Gefühl, dass sie beide auf derselben Wellenlänge lagen. »Gut, Herr Maier, Ihre Unterlagen haben wir bereits studiert, Sie haben ja wirklich gute Noten in der Prüfung, und auch Ihre Dienstbeurteilungen sind tadellos.«

»Tadellos ist vielleicht nicht ganz zutreffend.«

»Bloß keine falsche Bescheidenheit. Hier steht doch …«

Maier hob die Hand, und der Kommissar verstummte. »Ich bin mit dem internen Beurteilungssystem für Beamte im Freistaat Bayern noch nicht allzu vertraut, aber dem Wortsinn nach würde Ihre Aussage ja lediglich *ohne Tadel* bedeuten, was meine Qualifikation sicher nicht adäquat wiedergibt. Wir in meinem Heimatbundesland sprechen da schon eher von *äußerst tüchtig* oder gerne auch *die Anforderungen in sehr erheblichem Maße übertreffend*. Das ist ein nennenswerter Unterschied, und gerade in solchen Belangen sollte man doch genau bleiben.«

»Genau. Bleiben. Sag ich auch immer«, stimmte ihm der Kommissar beeindruckt zu. »Warum soll's denn für Sie gerade die freie Stelle in unserem Team sein? Was interessiert Sie an der Arbeit in der Polizeidirektion Kempten?«

Sein Gegenüber sog bedeutungsschwer die Luft ein. »Ich will gar nicht verhehlen, dass mir mit meiner Qualifikation alle Türen bei der baden-württembergischen Polizei offen stünden, möglicherweise sogar administrative Aufgaben im ministerialen Bereich.«

Kluftinger zog fasziniert die Brauen hoch. Es machte ihn stolz, dass sich so ein Hochkaräter um einen Posten in seiner Abteilung bewarb.

»Mir aber ist es wichtig, nicht nur theoretisch zu arbeiten, für mich stehen die Praxis, der Umgang mit Menschen im Zentrum. Und in Letzterem sehe ich auch meine besondere Stärke. Mir scheint zudem, dass die Hierarchien in der bayerischen Polizeistruktur ein wenig flacher sind, entgegen dem landläufigen Klischee. Ich bin ein großer Anhänger flacher Hierarchien. Sie auch?«

Kluftinger zögerte, dann nickte er eifrig. »Total. Flach ist mir bei den … dings, also, besonders wichtig. Und ich find auch, obwohl Württemberg ja prinzipiell flacher ist, kann Bayern da locker mithalten.«

Maier sah ihn skeptisch an. »Wobei mithalten?«

»Bei der Fläche. Der Flachheit. Auf jeden Fall. Oder, was meinst du, Roland?«

Hefele schreckte hoch, blies die Backen auf und nickte dann einfach.

»Sehr schön«, stieß der Kandidat erfreut hervor, »ich habe das Gefühl, Ihr Führungsstil fußt stark auf kommunikativem Miteinander und dem freien Austausch von Meinungen, nicht auf einer autoritären Struktur. Würden Sie das denn bestätigen, Kollege … wie war gleich noch der Name, Häfeler?«

»Hefele.«

»Ah, ein Landsmann.«

»Nur nicht unverschämt werden.«

»Oder Vorfahren im Ländle?«

»Geht Sie gar nix an.«

»Also?«

»Also was?«

»Na, ob Sie das kommunikative Miteinander hier bestätigen können?«

Hefele überlegte ein wenig, dann brummte er: »Mei, was soll ich Ihnen jetzt groß bestätigen? Werden Sie dann schon sehen, wie es bei uns zugeht. Also, wenn's klappen würde. Täte. Kann man jetzt ja noch gar nicht sagen.«

Maier zog eine Schnute und wiegte den Kopf. »Schön, also auch hier eine ergebnisoffene Haltung. Gefällt mir und interessiert mich. Könnte mir vorstellen, hier anzufangen. Müsste ich mir aber dennoch gut überlegen …«

Kluftinger stutzte kurz. »Also, genau genommen überlegen ja wir.«

Der Württemberger feuerte gleich die nächste Frage ab: »Wie würden Sie das Klima in Ihrer Truppe beschreiben? Sehen Sie sich eher als *Primus inter Pares* denn als klassischer Vorgesetzter? Und wie wird mit Fehlern umgegangen? Gibt es da Hänseleien oder gar Häme? Wenn ja, müsste ich Ihnen sofort einen Korb geben. Das käme für mich nicht infrage.«

»Nein, also das gab's noch nie. Primus, ja, also mal so, mal so. Und Häme, also unter meiner Regie wird das nicht einreißen, das kann ich Ihnen versprechen«, beeilte sich der Kommissar klarzustellen. »Hier kann jeder sein, wie er ist, und sagen, was er denkt, ohne dass er sich dafür dumme Sprüche anhören muss. Da können Sie sich voll und ganz auf mich verlassen.«

Wieder lächelte sein Gegenüber zufrieden, während Hefele immer düsterer dreinblickte.

»Sehr schön. Ich sage Ihnen ganz offen, ich habe mich auch noch auf eine andere Stelle beworben, in einem oberbayerischen Kurort. Ich erwähne das nicht, um Druck auf Sie auszuüben. Heute kann ich Ihnen ohnehin noch nicht endgültig zusagen.«

Kluftinger wurde ein wenig nervös. Der Mann schien wirklich zu wissen, was er wollte, hatte seine Prinzipien und war allem Anschein nach ziemlich begehrt. Außerdem hatte er unkonventionelle Ideen, wie die Sache mit dem Diktiergerät zeigte. Sicher wäre er eine Bereicherung für die Abteilung mit seinem frischen Blick auf die Dinge und seiner offenen Art. Was sollte er also tun? Wenn er sich diesen hoch qualifizierten Kandidaten durch die Lappen gehen ließe, würde er sich das bestimmt ewig vorwerfen. Kluftinger stand ruckartig auf und streckte dem Mann die Rechte entgegen. »Herr Maier, wir würden uns sehr freuen, wenn Sie sich für unsere Abteilung entscheiden würden. Von uns aus steht dem nichts im Weg, ich würde mich auf jeden Fall für Ihre Versetzung hierher aussprechen.«

Maier schien von dieser schnellen Zusage überrascht – genauso wie Hefele, der ungläubig zwischen den beiden hin und her blickte.

»Ach, damit hätte ich jetzt … sonst ist das nie so«, begann der Württemberger, dann räusperte er sich und fuhr mit fester Stimme fort: »Schön, ich werde Ihnen dann Bescheid geben, wenn ich meine Entscheidung getroffen habe.« Er stoppte sein Diktiergerät und steckte es weg. »Ich habe ja all Ihre Aussagen hier dokumentiert. Vor allem auch die Einlassungen zur Personalführung, zum Gruppenklima und zum Prinzip der flachen Hierarchien. Wenn das alles erfüllt wird, kann ich mir vorstellen, die Stelle anzunehmen.«

Der Kommissar lächelte ein wenig verunsichert. »Sie nehmen ...? Ja, primus ... ich mein priml ... also, prima.« Er sah auf seine Uhr. »Auweh, ich müsste jetzt eh weitermachen, wir haben hier heute eine kleine Feier, und dann steht eine Vernehmung an, noch dazu von einem alten Bekannten von mir. Immer blöd so was.«

Die Stirn seines Gegenübers bewölkte sich. »Ein Bekannter, sagen Sie, Herr Hauptkommissar? Wenn ich mir den Hinweis erlauben darf: Man muss immer achtgeben, den privaten und den dienstlichen Blick auf die Dinge auseinanderzuhalten. Darauf lege ich sehr großen Wert. Ist nach meinem Dafürhalten auch ein wichtiges Prinzip der Polizeiarbeit, ja jeglicher hoheitlicher Aufgabe schlechthin. Wie die Pünktlichkeit.«

Der Kommissar war perplex. Dass ihn ein Bewerber um eine Stelle derart belehrte, war schon ein starkes Stück. Andererseits: Der Mann hatte Mut und außerdem natürlich völlig recht mit dem, was er sagte. Denn die Aussicht auf die Vernehmung von Manne Klotz lag ihm aus genau denselben Gründen schon den ganzen Morgen über schwer im Magen. »Ganz Ihrer Meinung, Herr Maier. Man muss da sehr vorsichtig sein, nicht, dass es noch eine rechte Vetterleswirtschaft gibt.«

Der Bewerber setzte noch einen drauf: »Allerdings

gilt es auch zu beachten, dass man in dieser Beziehung nicht übererfüllt und möglicherweise die Bekannten schlechter behandelt als nötig und dadurch …«

Kluftinger schwirrte der Kopf. Er bedankte sich noch einmal und geleitete den Kandidaten hinaus.

Als er die Tür wieder hinter sich geschlossen hatte, legte Roland Hefele sofort los: »Sag mal, hab ich jetzt schlecht geträumt, oder hast du dem gerade zugesagt?«

»Na ja … ich mein, wenn er will, dann nehmen wir ihn, passt doch, oder?«

»Was heißt da: wir? *Du* nimmst ihn. Hätt ich mir ja die Zeit sparen können, wenn du mich nicht mal nach meiner Meinung fragst.«

Der Kommissar war zerknirscht. Gar nicht so einfach, als Chef all die Befindlichkeiten seiner Mitarbeiter unter einen Hut zu kriegen. Er hatte das Gefühl, dass auch in dieser Beziehung noch einiges auf ihn zukommen würde. »Ich frag dich doch. Hab halt gedacht, du bist derselben Meinung.«

»Und warum jetzt ausgerechnet der?«

»Weil uns den sonst eine andere Dienststelle wegschnappt! Der ist innovativ, korrekt und total motiviert.«

»Ja, furchtbar stressig und obendrein ein G'scheitschwätzer«, echauffierte sich der Kollege.

»Jetzt komm, Roland, wir wollen doch die modernste und dynamischste Abteilung sein …«

»Wer will das?«

»… und mit dem schaffen wir das garantiert. Grad die Württemberger sind gesellige Leut. Ihr werdet euch sicher anfreunden.«

»Anfreunden? Auf keinen Fall.«

»Glaub's mir, bei so was täusch ich mich nie. Und was der Maier gesagt hat, mit den flachen Hierarchien, das hat mir imponiert.«

»Da imponieren mir die ganz und gar nicht flachen Argumente von der Beate schon mehr. Wieso nehmen wir die nicht, hm? Da weiß man, was man kriegt. Und hat noch was fürs Auge.«

Der Kommissar wiegte skeptisch den Kopf. »Noch mal, eine Frau, das ist in so einem neuen Team sicher nicht ganz einfach. Noch dazu, wenn sie gut aussieht. Da hast du ruck, zuck einen regelrechten Kindergarten beieinander, wenn jeder von den männlichen Kollegen meint, er müsst sich mehr aufgockeln als der andere.«

»Ich hab zwar das Gefühl, dass es zu so was nicht kommen würde«, erwiderte Roland Hefele, »schließlich sind wir alle erwachsene Menschen, aber bitte, dann nehmen wir halt einen Hässlichen.«

Kluftinger winkte energisch ab, schob Hefele vor sich aus der Tür und legte ihm beruhigend die Hand auf die Schulter. »Musst doch nicht so schwarzsehen, Roland. Mit dem Maier Richard können wir bestimmt richtig Spaß haben, wenn er mal ein bissle auftaut. Ist doch auch wichtig, dass es lustig zugeht im G'schäft.«

Hefele zog resigniert die Schultern hoch, was Kluftinger als Zustimmung wertete.

»Und jetzt sind wir erst mal froh, dass wir die stressigen Vorstellungsgespräche hinter uns gebracht haben. Gönnen wir uns ein Bier und ein bissle Leberkäs und vergessen die Arbeit für eine Weile, müssen doch den Abschied von deinem Onkel gebührend feiern. Das Fass will ja leer werden, nicht dass er es noch mit nach Hause nehmen muss.«

»Entschuldigen Sie, dass ich mich in Ihren wohlverdienten Feierabend einmische, aber darf ich fragen, was jetzt aus meinem Vorstellungsgespräch wird?«

Kluftinger zuckte ein wenig zusammen. Er hatte den unscheinbaren Mann, der da auf dem Gang wartete, einfach übersehen. Dabei war er schon länger da, denn jetzt fiel ihm ein, dass er ihn vor einer Stunde bereits im Vorbeigehen wahrgenommen hatte. Er glaubte, eine oberbayerische Färbung in seinen Worten zu hören. »Wie meinen Sie?«

„Nun ja. Ich sitze hier seit zwei Stunden und warte auf mein Vorstellungsgespräch.«

»Besser schlecht g'sessen als gut g'standen«, sagte Kluftinger und blickte Beifall suchend zu Hefele.

Der Fremde fuhr ungerührt fort: »Ich habe mir nicht so viel zum Lesen mitgenommen. Sie sind schon mehrmals an mir vorbeigegangen. Erinnern Sie sich nicht?«

»Ach so, Sie möchten sich bewerben.« Kluftinger blickte auf die Uhr. Eigentlich wollten sie jetzt ja zum gemütlichen Teil übergehen.

»Wissen Sie, wir feiern heut den Ausstand von meinem Vorgänger, und bei solchen Feierlichkeiten geht's bei uns hoch her, das ist schon manchmal bös ausgegangen, gell, Roland?« Dabei zwinkerte er seinem Kollegen vielsagend zu.

»Können wir dann vorher noch das Gespräch führen? Meine Unterlagen habe ich ja abgegeben – da steht alles drin. Referenzen, Vorlieben, Zukunftsperspektiven. Das Übliche halt.«

Kluftinger zog die Stirn in Falten. »Heu, ja, so was, Unterlagen haben Sie abgegeben? Dann muss ich die glatt übersehen haben. Wie ist denn Ihr Name?«

»Jennerwein. Aus Oberbayern.«

Kluftinger lachte auf. »Ja, sicher, und ich bin der

Brandner Kaspar. Sie gefallen mir. Und wie ist jetzt der richtige Name?«

»Hubertus Jennerwein.«

»Und im Nebenerwerb sind Sie Wildschütz, stimmt's?«

Der unscheinbare Mann, der Kluftinger an den dunkelhaarigen englischen Schauspieler aus diesem Film mit den Hochzeitsfeiern und der Beerdigung erinnerte, langte in seine Sakkotasche, zog einen Dienstausweis der bayerischen Polizei hervor und hielt ihn dem Kommissar vor die Nase. Der reichte ihn an Hefele weiter. »Au, Kollege, müssen S' schon entschuldigen, aber bei dem Namen ... Mei, was soll's, dafür hab ich saudumme Vornamen. Ist doch wurscht, sag ich halt Hubertus. Und ich bin der Klufti.«

Jennerwein schien überrascht, machte dann aber klar, dass er sich trotz der fortgeschrittenen Stunde noch ein Gespräch erwartete. Der Kommissar sog die Luft ein und lugte zu dem Raum mit dem Büfett hinüber, vor dem bereits einige Kollegen mit Tellern in der Hand standen. Wenn sie sich nicht beeilten, war es leer geräumt, bevor sie es auch nur in Augenschein nehmen konnten. Dann würden ihnen allenfalls noch die Brezen bleiben, die Kluftinger mitgebracht hatte. Er wusste, wie maßlos die Kollegen sein konnten, wenn es was umsonst gab. Fragend schaute er zu Hefele, der ihm mit einem Kopfschütteln zu verstehen gab, dass er nicht einmal in Erwägung zog, angesichts dieser speziellen Lage noch einem weiteren Vorstellungsgespräch beizuwohnen. Also rang sich Kluftinger ein gequältes Lächeln ab und erklärte: »Wie wär's denn, wenn wir uns einfach ganz zwanglos bei einem Bier und ein bissle Brotzeit unterhalten täten? Sie ... du, also, können gern was mitessen, man muss nur ein bissle schnell sein bei uns.«

Jennerwein war von diesem Vorschlag offensichtlich nicht begeistert, eine Weile schien er zu überlegen, dann aber zuckte er die Schultern, und die drei gingen Richtung Büfett.

»Woher kommen Sie denn genau?«, wollte Hefele wissen.

»München«, versetzte sein Gegenüber.

»Au ja, das kann ich nachvollziehen, dass man da wegwill«, sagte Kluftinger grinsend. »Und bei uns ist es ja auch besonders schön.«

Sein ehemaliger Chef eröffnete gerade das Büfett. Genau zur richtigen Zeit, denn sie hatten sich mittlerweile einen Platz direkt bei den Tellern, der strategisch geschicktesten Position, ergattert.

»Also, Folgendes, Hub... also, Herr Dings, jetzt machen wir es einfach so, ich schau mir Ihre Unterlagen dann noch mal an. Bloß momentan, also, da wüsst ich nicht hundertprozentig genau, wo sie liegen. Ja, und dann telefonieren wir einfach, oder?«

„Gut, also, dann telefonieren wir ... äh, Klufti. Ich habe mir meinen Eindruck schon gebildet.«

»Hoffentlich einen guten. Dann telefonieren wir also.« Kluftinger hatte Mühe, neben dem Wurstsalatturm auf seinem Teller ein Paar Weißwürste samt Breze so zu drapieren, dass die nichts vom Essig abbekamen und der süße Senf dabei nicht den Geschmack der Salatsoße verfälschte. Konnte dieser Bewerber sich nicht einfach zufriedengeben? »Dauert wahrscheinlich nicht wahnsinnig lang, also, wenn die Unterlagen wieder aufgetaucht sind, dann telefonieren wir, ganz sicher.«

Jennerwein nickte. »Ich halte die Kollegen in Chicago noch ein bisschen hin.«

»Chicago?«, wiederholte Kluftinger abwesend. Nur

durch geschicktes Drehen des Tellers konnte er verhindern, dass ein Zwiebelring in den Senf fiel. »Ja, gut, abgemacht. So, das war jetzt ja nett, dass Sie kurz vorbeigeschaut haben, Herr … also … dings, Hubert. Dann gute Heimreise. Nehmen Sie sich doch noch was mit. Eine Wurst vielleicht?«

Jennerwein schüttelte den Kopf und hob zum Abschied die Hand.

»Breze wenigstens? Seele?«

Doch der Mann war bereits aus der Tür, und Kluftinger konnte sich endlich ungestört dem Arrangement weiterer Speisen auf dem seiner Meinung nach viel zu kleinen Teller widmen.

»Sag mal, Klufti, wer war jetzt das, mit dem der Roland und du euch da unterhalten habt?«, fragte ihn Willi Renn, ein Mitarbeiter des Erkennungsdienstes.

»Hm? Was, Willi?«

»Der Typ gerade. Der so ausschaut wie Hugh Grant?«

»Wie wer?«

»Der Schauspieler. *Vier Hochzeiten und ein Todesfall.*«

»Ach, der. Den kenn ich«, rief Kluftinger erfreut aus.

»Und, wer war jetzt der Typ am Büfett?«, insistierte Renn.

»Keine Ahnung, wen du meinst, Willi«, erwiderte der Kommissar und balancierte als krönenden Abschluss eine Pizzaschnecke zuoberst auf seinem Teller.

Mit einem mulmigen Gefühl öffnete Kluftinger die Tür zu dem kleinen Vernehmungsraum. Wenigstens hatte er sich am Büfett ordentlich satt gegessen, und so war die Aufregung über den ersten Tag als Chef der Abteilung einer entspannten Schwere gewichen. Doch nun wartete der Arbeitsalltag auf ihn, der ausgerechnet mit einem sehr unangenehmen Gespräch begann. Es ging um schwere Körperverletzung, die man seinem Jugendfreund Manfred Klotz zur Last legte: Im Anschluss an die Allgäuer Festwoche in der Kemptener Innenstadt war es zu einer Schlägerei gekommen, bei der ein Zwanzigjähriger von einem schweren Gegenstand so heftig am Kopf getroffen worden war, dass er zunächst ins Koma gefallen war und seit seinem Aufwachen mit schweren Beeinträchtigungen zu kämpfen hatte. Irgendwann war man im Zug der Ermittlungen auf Klotz, der schon öfter aktenkundig geworden war, als Tatverdächtigen gestoßen. Kluftinger überlegte, wie lange er ihn schon nicht mehr gesehen hatte – das musste gut zwanzig Jahre her sein.

Kaum hatte der Kommissar Platz genommen, ging auch schon die Tür auf und der Verdächtige wurde von einem uniformierten Polizisten hereingeführt. Kluftinger bedeutete dem Beamten, die Handschellen abzunehmen, was dieser widerwillig tat. Er musterte Klotz, der für sein Alter ziemlich mitgenommen aussah – aufgedunsen und ungesund. Mit grimmigem Gesicht nickte er dem Kommissar zu. Der gab dem uniformierten Kollegen ein Zeichen, draußen zu warten, was dieser ebenfalls nur ungern befolgte. Kluftinger wartete, bis sich die Tür hinter ihm geschlossen hatte, atmete tief ein, dann setzte er an: »So, dann kann's ja losgehen, Manne.«

Klotz blickte verwundert auf. »Kennen wir uns?«

»Allerdings. Seit wir fünfzehn sind. Aus unserer Clique.«

Jetzt hieb der Mann mit der flachen Hand auf den Tisch. »Scheißdreck, der Nazi!«

Kluftinger zuckte zusammen, als er nach so vielen

Jahren seinen verhassten Spitznamen von damals hörte. »Genau der.«

»Das passt, dass du hier jetzt der Oberbulle bist«, blaffte Klotz, dann jedoch schien ihm ein Gedanke zu kommen, denn sein Gesichtsausdruck wurde offener, die Lippen verzogen sich zu einem hoffnungsvollen Lächeln. »Ich mein natürlich: Reschpekt, dass du es so weit gebracht hast, Nazi.«

Der Kommissar schüttelte den Kopf, als könne er damit diesen Namen loswerden und alles, was er mit ihm verband. »Wenn überhaupt, dann bitte Klufti. Oder notfalls Adalbert.«

»Klar, klar«, versetzte Klotz eilfertig, »gar kein Problem. Adalbert. Klingt eh viel besser.«

Kluftinger zog die Brauen zusammen und deutete auf die Akte, die vor ihm auf dem Tisch lag. »Also, Manne, so wahnsinnig gut sieht das alles nicht aus, was du da angesammelt hast.«

»Du, Naz... ich mein, Adalbert, das hört sich alles viel schlimmer an, als es wirklich war. Völlig übertrieben. Und auch lang her. Bin jetzt ja ganz anders, kennst mich doch.«

»So? Dann erzähl doch bitte mal, was sich am 18. August in der Fischerstraße so abgespielt hat.«

»Das? Ach komm, ich bitt dich! Lächerlich. Der Typ hat mich provoziert.«

»Du gibst es also zu?«

»Nix. Wieso sollt ich?«

»Weil du deine Ausgangslage verbesserst, wenn du dich kooperativ zeigst.«

Klotz sah ihn skeptisch an, schien abzuwägen, wie er sich am besten verhalten sollte. Dann kniff er die Augen zusammen und presste hervor: »Hör mal, Adalbert Ignatius Kluftinger, ich könnt mir vorstellen, dass du dir tierisch Vorwürfe machst, weil du meinen Bruder auf dem Gewissen hast, stimmt's?«

Kluftinger schluckte. »Soweit ich mich erinnere, hat sich der Hotte das Leben genommen.«

»Du weißt genau, wie ich das mein.« Seine Stimme wurde wieder sanfter. »Was passiert ist, ist passiert, aber jetzt kannst du alles wiedergutmachen.«

Der Kommissar sagte nichts. Er wusste, worauf sein Gegenüber hinauswollte.

Weil Kluftinger ihm nicht entgegenkam, fuhr Klotz fort: »Wenigstens bei mir kannst du ein Auge zudrücken, okay?«

Sie sahen sich lange an, dann antwortete der Kommissar: »Nein, Manne. Das kann ich nicht. Und das will ich auch gar nicht.«

»Ach so? Willst vielleicht, dass ich mich auch mit dem Bettlaken aufknöpf, in der Weiherstraße?«

Kluftinger durchfuhr ein Schauer. Im Gefängnis in der Kemptener Weiherstraße hatte sich Hotte damals das Leben genommen. Er räusperte sich, dann fuhr er mit fester Stimme fort: »Red keinen Unsinn, Manne. Dafür bist du nicht der Typ. Und hör auf, mir zu drohen. Ich bin Beamter, was soll ich bitte machen? Welche Veranlassung hätt ich denn? Selbst wenn ich wollte, bin ich an Recht und Gesetz gebunden. Ich entscheid doch nicht, ob sie dich am Ende einsperren.«

»Kannst ja wenigstens sagen, dass die Vernehmung ergeben hat, dass ich es wahrscheinlich nicht war. Oder dass ich ein Alibi hab. Tu nicht so, als hättest du da keine Möglichkeiten! Wenn einer wie du nicht will, dass jemand in den Bau geht, dann geht er auch nicht.«

Der Kommissar konnte nicht fassen, dass er ausgerechnet an seinem ersten Tag in der neuen Abteilung mit so etwas konfrontiert wurde. Er würde Manne keinesfalls helfen, nicht auf diese Weise. Aber wie sollte er ihm das beibringen?

»Wir sind doch Freunde, Adi!«

Kluftinger entfuhr ein bitteres Lachen. Er erinnerte sich daran, was ihm Manne an den Kopf geworfen hatte, damals, als alles auseinandergebrochen war. Nein, Freunde waren sie nicht. Nicht mehr. Energisch knallte er seine Faust auf den Tisch. »So nicht, Manne, vergiss es. Hier, jetzt und für immer, klar?« Eine Weile blieb es still. Der Kommissar ärgerte sich, dass er so emotional geworden war. Um einen sachlichen Ton bemüht, fuhr er fort: »So, und jetzt würd ich dich gern zum besagten Vorfall vernehmen.«

»Versuch's doch, ich sag nix, du Arschloch.«

»Manne, ich kann dich nicht vor deiner Strafe bewahren. Niemand kann das. Aber wenn du kooperierst, das bringt dir was.«

»So wenig zählen die alten Freunde bei dir? Hätt ich mir ja denken können! Nie hast dich bei irgendeinem von uns gemeldet. So wie ich dich kenn, hast nicht mal mehr mit deinem besten Kumpel Bini Kontakt. Sind wir dir alle nicht mehr fein genug, hm?«

Das hatte gesessen. Im Unterhalten von Freundschaften war Kluftinger tatsächlich nicht der Zuverlässigste. Und tatsächlich hatte er auch von Korbinian Frey schon eine Weile nichts gehört, dabei wollte er sich schon längst mal wieder bei ihm melden. Er würde ihn demnächst anrufen. »Manne, das hat doch nicht das Geringste mit dem zu tun, was man dir vorwirft. Dein Opfer ist immer noch im Krankenhaus, wird vielleicht nie wieder richtig gesund.«

»Das Arschloch hat mich provoziert«, zischte Klotz

mit funkelnden Augen. »Hat meine Mutter und meine ganze Familie beleidigt, klar? War Zeit, dass der ein paar aufs Maul kriegt, die Drecksau. Nicht das erste Mal, dass ich dem begegnet bin. Ein schwindsüchtiges Bürschle mehr oder weniger, wen juckt's?«

»Kann ich das also als Schuldeingeständnis verstehen? Du gibst zu, dass du den Mann niedergeschlagen hast?«

Klotz grinste ihn verächtlich an. »Einen Scheiß geb ich zu. Und an dem Abend war ich sternhagelvoll, also eh nicht schuldfähig oder wie das heißt. Was kann man mir da denn schon, hm? Außerdem hab ich das nur dir gesagt und keinem Gericht.«

»Ach so? Du meinst, da gibt es einen Unterschied?«

Nun fuhr Klotz von seinem Stuhl hoch und baute sich vor Kluftinger auf. »Du hältst diesmal deine blöde Beamtenfresse, sonst zeig ich dir, was mit Verrätern passiert, okay? Wenn du mich hinhängst, dann wirst du irgendwann für alles bezahlen, was du uns angetan hast, du Sau! Dann werdet ihr eures Lebens nicht mehr froh, du und deine kleine Spießerfamilie, das schwör ich dir. Und ich halt mich an Schwüre, im Gegensatz zu Verräterschweinen wie dir!«

Kluftinger sah ihn ungläubig an. Seine Unsicherheit verschwand, auch wenn Klotz mit seinen Drohungen genau das Gegenteil beabsichtigt hatte. Dachte der wirklich, er könnte ihn auf diese Art einschüchtern? Natürlich würde er alles tun, um die schwere Körperverletzung mit noch unabsehbaren Folgen aufzuklären. Das war die Nagelprobe für seine zukünftige Laufbahn, und auf einmal war er sogar froh darum: Er würde alles aufbieten, um Zeugen oder andere verwertbare Beweise für Mannes Schuld zu finden.

Klotz wartete mit bebenden Lippen auf eine Reaktion, da flog die Tür auf, und der Beamte in Uniform stürmte herein. Er musste Manfreds Schreie gehört haben. Doch noch bevor er den Verdächtigen erreicht hatte, verpasste Klotz dem Kommissar eine schallende Ohrfeige, die ihm für einen Moment die Luft zum Atmen nahm. Ein brennender Schmerz breitete sich auf seinem Gesicht aus, in seinem Ohr pfiff es. Er taumelte kurz und musste sich an der Tischkante festhalten, um nicht ins Straucheln zu geraten – allerdings nicht wegen der Wucht des Schlages, sondern vielmehr aus Verwunderung über diesen unvorhergesehenen Angriff. Zum ersten Mal hatte ihn ein Verdächtiger körperlich angegangen, noch dazu jemand, den er seit Jahrzehnten kannte. Glücklicherweise hatte er in dem Schutzpolizisten einen Zeugen dafür, denn auch für diese Körperverletzung würde sich Klotz verantworten müssen. Das dürfte die Haftstrafe, die er ohnehin zu erwarten hatte, noch einmal deutlich verlängern.

Wortlos sah Kluftinger nun dabei zu, wie Klotz von dem Kollegen in Handschellen gelegt und abgeführt wurde. Sein Herz pochte bis zum Hals, er spürte, wie seine Hände von dem plötzlichen Adrenalinschub heftig zitterten. Noch einmal drehte sich Manne zu ihm um und spuckte aus, bevor er von einem heftigen Stoß des Polizisten in Richtung Tür befördert wurde.

Kluftinger sah ihm lange nach, dann ließ er sich auf seinen Stuhl sinken und schloss die Augen. Was war da gerade passiert? Wie hatte er so die Kontrolle verlieren können? Vielleicht war er in der Sache doch zu sehr befangen und sollte die Ermittlungen abgeben. Aber was würde das für einen Eindruck machen? Sein erster Fall als Abteilungsleiter. Nein, er würde weitermachen. Denn Manfred Klotz war nicht mehr sein Freund. Schon lange nicht mehr. Eigentlich hatte er immer nur einen richtigen Freund gehabt, all die Jahre, mit dem er durch dick und dünn gegangen war. Und bei dem musste er sich unbedingt mal wieder melden. Er zog einen Kugelschreiber aus seiner Brusttasche und kritzelte auf einen kleinen Zettel: *Korbinian Frey anrufen – dringend*.

16

»Wen musst du dringend anrufen?«

»Hm?«

»Du hast gesagt, du musst dringend jemanden anrufen«, wiederholte Hefele. Mittlerweile hatten sie schon mehr als die Hälfte der Strecke nach Kempten zurückgelegt. Kluftinger biss sich auf die Unterlippe. Hatte er laut gedacht? »Ach, nix, ich hab bloß grad ...«

Ein Piepsen seines Handys vermeldete, dass eine SMS eingetroffen war. Kluftinger fischte es während der Fahrt aus der Hosentasche und las halblaut.

Tut mir leid, kann heut wirklich nicht, ist wichtig. schau, dass ich's morgen wieder schaff. hde, eugen.

Erst wollte sich der Kommissar über den Inhalt von Strobls Nachricht aufregen, doch dann hielt er inne. Etwas an der Formulierung ließ ihn aufhorchen. Sein inneres Radar schlug an, auch wenn er nicht sofort wusste, weshalb. Noch einmal las er die Nachricht.

»Pass auf!«, schrie da sein Sitznachbar, und Kluftinger riss den Kopf nach oben. Er war gefährlich weit auf die Gegenfahrbahn gekommen und musste nun mit einem heftigen Lenkmanöver einem Transporter ausweichen.

»Hoppala!«, entfuhr es ihm.

»Hoppala? Du bist gut, das wär beinahe ins Auge gegangen. Ich hab schon die Englein singen hören.«

Da fiel der Groschen beim Kommissar. Seine Kehle wurde trocken. Nein, das konnte nicht sein. Das durfte nicht sein.

»Was Schlimmes?«, fragte Hefele.

»Wie?«

»Du schaust, als hätt dir der Teufel persönlich eine SMS geschickt.«

»Nein, der nicht, bloß der Eugen.«

»Aha, nimmt der Herr sich wieder eigenmächtig Urlaub? Oder hat er einen neuen Job?«

»Ich fürchte, eher Letzteres«, raunte Kluftinger, erklärte den Satz jedoch nicht näher. Er musste jetzt nachdenken. Konnte das sein? War das möglich? Sollte Strobl, *sein* Strobl wirklich ...? Er wagte nicht einmal, den Gedanken zu Ende zu führen. Doch die Hinweise waren eindeutig. Eine Sache allerdings musste er noch überprüfen, bevor er wirklich glauben konnte, was eigentlich unglaublich war.

»Zefixhimmelkreuzdreck!« Kluftinger hieb auf die Tastatur seines Computers ein, doch so vehement er auch drückte und klickte, das Ergebnis blieb dasselbe: Sie wussten, dass es einen externen Zugriff auf die Dateien gegeben hatte, in denen die Schutzvorrichtungen für das Museum in Kochel gespeichert waren. Sogar den Ort dieses Zugriffs hatten sie ausmachen können: das Schulungszentrum der bayerischen Kriminalpolizei in München. Allerdings war die Spur im Sande verlaufen, da man die Zugriffe dort keiner bestimmten Person zuordnen konnte. Strobl hatte die Überprüfung dieser Frage freiwillig übernommen. Nun aber war Kluftinger die Teilnehmerlisten des betreffenden Tages noch einmal durchgegangen – auf der Suche nach einem ganz bestimmten Namen. Und zu seinem Leidwesen war er fündig geworden. Eugen Strobl hatte im fraglichen Zeitraum dort eine EDV-Fortbildung besucht. Jener Eugen Strobl, der in letzter Zeit durch massive Unzuverlässigkeit glänzte. Jener Strobl, der schon eine Weile heftige Geldprobleme hatte. Jener Strobl, der unbedingt mit nach Kochel wollte, der sich dort unmöglich aufgeführt hatte und der ihnen seit einer Weile einreden wollte, die Schutzpatron-Spur endlich fallen zu lassen.

Jetzt fiel dem Kommissar auch wieder ein, was Veigl gesagt hatte, als er ihn gebeten hatte, ihm die Sicherheitsvorkehrungen genau zu schildern, die bei dem Raub überwunden worden waren: *»Das hat einer unserer Männer Ihrem Kollegen doch schon erzählt.«*

In Summe ließ das nur einen Schluss zu: Er hatte den Maulwurf gefunden. Den, der polizeiliche Informationen an einen der meistgesuchten Verbrecher in ihrem Dienstbereich weitergegeben hatte. Dieser Maulwurf war sein langjähriger Mitarbeiter Eugen Strobl.

Er hatte diese Erkenntnis schon einmal fast gehabt, doch da war sie ihm gleich wieder entglitten. Sie hatte aber offenbar in seinem Unterbewusstsein darauf gewartet, dass ihr irgendein Signal zum Durchbruch verhelfen würde. Und das war in Form der SMS gekommen. *hde, eugen*, hatte darunter gestanden. Wie bei allen anderen Nachrichten des Kollegen auch. Und wie unter den SMS auf dem Handy aus Garmisch: *hde, erzengel.*

Mit zitternden Händen holte sich Kluftinger am Waschbecken ein Glas Wasser und trank es in einem Zug aus. Welche Tragweite seine Entdeckung hatte, war ihm noch nicht ganz klar, eines stand jedoch fest: Alles würde sich ändern. Für ihn. Für sein Team. Vor allem aber für Strobl. Er hatte geheime Informationen weitergegeben. Weiterverkauft, vermutete der Kommissar, denn nur so würde es überhaupt einen Sinn ergeben. Seine Entlassung aus dem Staatsdienst und eine Strafverfolgung würde selbst Kluftinger nicht verhindern können – und wollte das auch gar nicht, wenn er ehrlich war.

Langsam dämmerte ihm außerdem, dass der Kollege nicht nur einem Verbrecher beim Ausführen seiner Tat behilflich gewesen war. Nein, viel mehr: Indem er mit dem Schutzpatron gemeinsame Sache machte, hatte er vielleicht dem Mann geholfen, der Kluftinger nach dem Leben trachtete.

Der Kommissar musste Strobl unbedingt sprechen. Sofort. Vielleicht gab es doch noch eine andere Erklärung. Oder zumindest eine, die alles nicht ganz so schlimm aussehen ließ. Hatte Strobl die Gefahr für ihn nur billigend in Kauf genommen? War es sogar ein Racheakt? Immerhin hatte Eugen sich damals auch um die Stelle als Kommissariatsleiter beworben, nun war Kluftinger sein Vorgesetzter.

Er rieb sich die Augen, wusste nicht mehr, was er denken sollte. Alles, was er wusste, war, dass er die Antworten auf seine Fragen nur von einem einzigen Menschen bekommen konnte.

Eine halbe Stunde später saß Kluftinger niedergeschlagen in seinem Auto. Er hatte Strobl in seiner Wohnung aufsuchen wollen, doch der wohnte nicht einmal mehr dort. Was war nur passiert? Wie hatte ihnen allen das entgehen können? Und wo konnte der Kollege sich aufhalten?

Ihm fiel ein, dass Strobl, als er sich Geld von ihm pumpen wollte, das Pfandleihhaus erwähnt hatte. Vielleicht hatten die ja eine aktuelle Adresse von ihm. Der Kommissar startete den Motor und fuhr los. Selbst wenn die Spur vage war, war das immer noch besser, als überhaupt nichts zu unternehmen.

Als er auf den Parkplatz des Kemptener Pfandleihhauses fuhr, ein unscheinbares Bürogebäude im Industriegebiet, wurde er umgehend für seinen Tatendrang belohnt: Direkt vor seinen Augen verließ Eugen Strobl das Geschäft, ging allerdings nicht zu einem Wagen, sondern zu einem Fahrrad, das neben der Eingangstür lehnte. Als er sich auf den Sattel schwang, fasste sich Kluftinger ein Herz, stieg aus und rief: »Eugen, warte!«

Strobl zuckte zusammen, als habe Kluftinger einen Schuss aus seiner Waffe abgefeuert, entspannte sich aber, als er seinen Vorgesetzten erkannte. Für einen Moment verzogen sich seine Mundwinkel zu einer Art Lächeln, doch dann sanken sie wieder. »Holst mich jetzt persönlich zum Arbeiten ab, oder wie?«

»Ich wollt eigentlich nach dir schauen.«

»Ich brauch keinen Aufpasser. Wir sind nicht in der Schule. Und du bist nicht mein Lehrer.«

»Ich will doch gar nicht ... Eugen, ich muss mit dir reden.« Er ging auf seinen Kollegen zu. Der sah fürchterlich aus: eingefallene Wangen, tiefe Schatten unter den Augen, flackernder Blick. »Um Gottes willen, was ist denn mit dir passiert?« Für einen Augenblick überwog die Sorge um seinen alten Freund, und Kluftinger vergaß, weswegen er eigentlich hier war.

»Was soll schon sein? Hab mir ein paar Kröten für meine Rolex geben lassen. War sowieso ein hässliches Trumm. Und von euch hat sie ja auch keiner haben wollen.«

Kluftinger nickte. »Brauchst du Geld?«

»Du hast mir ja keins gegeben.«

»Eugen, ich hatte doch keine Ahnung, dass es so dringend ist.«

»Du hast von vielem keine Ahnung. Zum Beispiel davon, wie nervös so ein Kredithai werden kann, wenn man sich mit den Rückzahlungen verspätet.«

»Du hast ... ich mein, du warst bei *so einem*?«

»Hab keine Wahl gehabt. Alles ist weg, verstehst du? Alles. Die ganze Erbschaft, das Geld, das ich an der Börse verdient hab – futsch. Ich wollt's natürlich zurückgewinnen, hab mich auf immer riskantere Transaktionen eingelassen, alles auf Pump, bis ...« Strobl hatte geredet, ohne sein Gegenüber anzusehen, als müsse er sich selbst seine unglaubliche Geschichte noch einmal erzählen. Nun wurde er sich der Gegenwart des Kommissars wieder bewusst. »Aber was kümmert's dich?« Er stieg auf das Rad.

»Eugen, jetzt wart halt.«

»Kann nicht. Hab noch einen Termin.« Er trat in die Pedale.

»Mit Albert Mang?«, rief ihm der Kommissar nach.

Strobls Rad schlingerte, dann hielt er an. Langsam drehte er sich um, sah dem Kommissar in die Augen. Eine Mischung aus Entsetzen und Scham spiegelte sich in seinem Blick.

»Ich weiß es«, sagte Kluftinger leise.

Strobl stieg ab. »Lass es dir erklären, Klufti.«

»Was gibt es da zu erklären?«

»Es ist doch nur ein deppertes Gemälde. Ein bissle Leinwand mit Farbe drauf. Noch nicht mal besonders schön. Die hätten's sogar wiedergekriegt, wenn sie bezahlt hätten, wen juckt's also, außer einen riesigen Versicherungskonzern, der's abschreiben kann? Aber für mich ging's um die nackte Existenz. Ich hab mich mit den falschen Typen eingelassen. Schon vor dem Mang. Und die wollen ihr Geld. Was hätt ich denn machen sollen?«

Kluftingers Kopf lief rot an. »Du bist Polizist!«, schrie er, und seine Stimme hallte auf dem leeren Parkplatz wider.

»Das hilft mir auch nix.«

»Du sollst anderen helfen, nicht dir.«

Jetzt erwachte in Strobl die Kampfeslust: »Ach ja? Du hast den Schutzpatron doch laufen lassen!«

Das hatte gesessen. »So siehst du die Sache also. Interessant. Aber sag mal: Hast du dir nie überlegt, dass der Schutzpatron vielleicht doch jemandem außer der Versicherung schaden könnte? Und zwar mir?«

Aller Zorn verschwand aus Strobls Gesicht. Er schien sich dessen erst jetzt richtig bewusst zu werden. »Ich ... das glaub ich nicht.«

»Das glaubst du nicht? Die haben damals bei unserem Fall sogar eine alte Frau über die Klinge springen lassen.«

»Das war doch bloß ein Versehen.«

»Sag mal, spinnst du jetzt völlig? Auf wessen Seite stehst du eigentlich?«

»Auf keiner. Ich mein, auf deiner, aber ...«

»Du nimmst in Kauf, dass der mich umbringt.«

»Also jetzt mach mal halblang.« Strobl klang gereizt, seine Halsschlagader trat deutlich hervor. »Ich hab das damals doch überhaupt nicht gewusst. Die Sache mit Kochel hatte rein gar nix mit dir zu tun. Ich hätt ihm niemals Informationen gegeben, die dir schaden könnten. Mein Gott, jetzt hab doch nicht so viel Angst um das bissle Leben. Die Sache mit dem Grab, das war der Klotz, glaub's endlich.«

»Selbst wenn. Du hast einem Verbrecher, den wir seit Jahren suchen, Polizeiinformationen gegeben. Kannst du noch in den Spiegel schauen?«

»Ich hab im Moment gar keinen Spiegel, wenn du's genau wissen willst. Ich hab nicht mal eine Wohnung. Kann dich aber beteiligen, wenn du willst.«

Kluftinger war fassungslos. Nun stieg in ihm die kalte Wut hoch. »So, mir wird das zu blöd. Du kommst jetzt mit mir, dann werden wir die Sache schon offiziell klären. Kannst dich mal mit der Dombrowski unterhalten, wie die das alles sieht.«

»Ich denk gar nicht dran.«

Strobl stieg wieder auf sein Rad und wollte losfahren, doch Kluftinger stellte sich vor ihn und griff an den Lenker. »Bleib jetzt da, du Depp!«, schrie er seinen Kollegen an. Der wollte seinen Arm wegziehen, doch Kluftinger klammerte sich mit aller Kraft daran, worauf Strobl abstieg und das Rad an sich riss. Dabei geriet der Kommissar aus dem Gleichgewicht und ließ die Lenkstange los. Strobl stolperte, und beide knallten samt Fahrrad auf den Asphalt. Kluftinger spürte einen stechenden Schmerz im Knie, ignorierte ihn aber und rappelte sich hoch. Da traf ihn ein Schlag am Kinn, der ihn für einen kurzen Augenblick benommen machte. Als er sich wieder gefangen hatte, sah er gerade noch, wie Strobl um die Hausecke bog und aus seinem Blickfeld verschwand.

Der Kommissar rieb sich das Kinn. War das gerade wirklich passiert? Hatte Strobl ihm eine verpasst? Unfassbar, dass die Sache so eskaliert war. Er stand auf und klopfte sich den Staub von der Hose. Hin- und hergerissen zwischen der Wut auf Strobl und seinen Schuldgefühlen dem Kollegen gegenüber, humpelte er zum Auto.

Die widersprüchlichsten Gedanken jagten ihm durch den Kopf: *Hätt ich die Notlage meines Freundes früher erkennen und ihm helfen müssen? Zum Glück hab ich die Sache mit den Aktien sein lassen. Womöglich würd ich jetzt genauso dastehen wie mein Kollege. Ist jeder in der Lage, kriminell zu werden, wenn die Umstände widrig genug sind?* Nein, in diesem Punkt war er sich sicher, er wäre bestimmt nie straffällig geworden. Strobl allerdings hatte keine Familie, die ihn auffing.

Was sollte nun aus dem Kollegen werden? Kluftinger machte sich normalerweise keine Gedanken über das Strafmaß, das überführte Delinquenten erwartete, aber in diesem Fall war es etwas anderes. Würde Strobl ins Gefängnis wandern? Seine Karriere bei der Polizei jedenfalls war definitiv beendet.

Er ließ sich auf den Fahrersitz fallen, startete das Auto aber noch nicht. Zuerst musste er sich seine nächsten Schritte überlegen. Fahndung nach dem Kollegen? Nein, das wollte er ihm nicht antun. Sicher würde er ihn zur Vernunft bringen. Er musste sich selbst den internen Ermittlungen stellen, Reue zeigen. Als Kluftinger sich sein Handy griff, sah er auf dem Display, dass seine Frau bereits mehrere Male bei ihm angerufen hatte. Bevor er sie gleich zurückrufen würde, musste er aber noch ein anderes Telefonat führen. Er wählte Strobls Nummer. Es wunderte ihn nicht, dass der nicht abnahm und sich stattdessen die Mailbox meldete. Der Kommissar hatte sich schon zurechtgelegt, was er sagen wollte: »Hallo, hier ist der Klufti. Eugen, was da eben passiert ist – lass uns das vergessen. Rühr dich bitte bei mir, wir müssen das klären und überlegen, wie es weitergeht. Noch kann ich dir helfen. Aber wenn ich bis morgen früh nichts von dir höre, dann muss ich ohne dich Maßnahmen ergreifen, sonst mach ich mich auch strafbar. Eigentlich mach ich das jetzt schon. Aber um der alten Zeiten willen: Meld dich bis morgen.« Seufzend legte er auf und betrachtete das Telefon in seiner Hand. Hoffentlich hatte er die richtigen Worte gefunden.

Dann wählte er die Kurzwahltaste mit der Nummer zwei – die eins war für die Mailbox reserviert, was ihn jedes Mal ärgerte, denn eigentlich hätte er sie gern seiner Frau zugewiesen. »Ja, Erika, ich bin's. Du hast angerufen.«

»Genau, ich wollt fragen, ob wir jetzt heute zum Autokaufen gehen können mit den Kindern? Du wolltest doch schauen, ob es bei dir klappt.«

Der Autokauf! Kluftinger schnaufte tief durch. War er dazu heute in der richtigen Stimmung?

»Bist du noch dran?«

»Hm? Ja, von mir aus. Passt schon.«

»Ist was?«

»Was soll denn sein?«

»Du klingst so … deprimiert.«

Er konnte seiner Frau einfach nichts vormachen. »Ach, ist viel los grad. Aber es geht schon.«

»Wir können es genauso gut auf einen anderen Tag verschieben. Darauf kommt's auch nicht mehr an.«

Nein, er wollte das jetzt machen. Er wollte Zeit mit seiner Familie verbringen. Auf andere Gedanken kommen. Die Ablenkung würde ihm guttun. »Wir treffen uns beim Autohändler. Ich freu mich drauf.«

Als der Kommissar im Bad Grönenbacher Gewerbegebiet seinen rosafarbenen Wagen auf den Hof des Autohändlers lenkte, überzog ein Lächeln sein Gesicht. Und das aus nicht weniger als fünf Gründen: Da war zunächst seine Frau, die ihm freudig zuwinkte. Dann erblickte er Markus und Yumiko und – noch wichtiger – den Kinderwagen mit seinem Enkelkind. Außerdem seinen Passat, jenen treuen blechernen Gefährten, der mit ihm seit über dreißig Jahren durch dick und dünn fuhr. Bald würde er ihn wieder ganz für sich haben, vorausgesetzt, sie würden heute fündig. Davon ging er aber aus, denn – und das war der letzte Grund für seine plötzliche gute Laune – an der Einfahrt stand ein Schild mit der Aufschrift: *Billiger wäre geklaut*. Er winkte seiner Familie zu, parkte den Smart und griff sich die Werbeanzeige, die er am Morgen aus der Zeitung ausgerissen hatte. Diese enthielt einen Coupon, bei dessen Vorlage man einen Duftbaum nach Wahl, eine Parkscheibe sowie ein Heißgetränk bekam, und beim Kauf eines Wagens außerdem noch Warndreieck, Verbandkasten und Pannenweste »kostenlos geschenkt«, wie es hieß.

»Meinst nicht, wir hätten lieber wieder zum Sittler gehen sollen?«, fragte seine Frau, als er aus dem Wagen ausgestiegen war.

Er ließ den Blick über die schier endlosen Reihen von Autos wandern, die hier angeboten wurden, und schüttelte den Kopf. Zum VW-Händler konnten sie immer noch. Aber die Werbegeschenke gab's nur hier. »Erika, davon verstehst du nix. Die haben hier ein viel größeres Angebot, weil sie alle Marken vertreiben.«

»Gut, ich hab bloß gedacht ... Bin froh, dass du dir da so viele Gedanken drüber machst.«

»Mei, was bleibt mir übrig«, brummte er ruppiger, als er eigentlich gewollt hatte.

»Inwiefern?«

Insofern, dass ich endlich wieder meinen Passat brauch, aus dem ich meine Trommel nicht dauernd rausräumen muss und der mir passt wie mein alter Schlafanzug, schoss es ihm durch den Kopf. Doch aus seinem Mund hörte sich das um des lieben Friedens willen ein wenig anders an: »Weißt, Erika, der Bub hat ja überhaupt keine Ahnung von so was, obwohl der bald dreißig ist. Wenn wir ihm nicht den Smart zur Hochzeit geschenkt hätten, würd der immer noch Rad fahren. In dem sein Alter hatten wir schon den Passat. Wo sind die überhaupt hin?«

Inzwischen standen Markus und Yumiko samt Kinderwagen gerade vor einem riesigen braunen SUV.

»Die zwei gucken bloß ein bissle rum«, beschwichtigte Erika, als sie den skeptischen Blick ihres Mannes bemerkte.

»Gut, dann legen wir mal los!« Kluftinger trat forsch zu seinem Sohn. »Was willst du denn haben, Markus?«

»Keine Ahnung, halt irgendwas Günstiges. Soll auch nicht riesig sein und wenig brauchen, vielleicht ein Hybrid aus Japan.«

»So weit käm's noch, Japanerglump«, empörte sich Kluftinger, worauf Erika fragend zu ihm blickte. Sofort senkte er seine Stimme wieder. »Bloß weil deine Schwiegerleut von da kommen.«

»Schmarrn, aber was die Pannenstatistik angeht, sind die super.«

»Statistik! Hör doch auf. Aus Japan ist noch nie was Gescheites gekommen.«

»Was würdest du denn empfehlen, Papa?«, tönte es auf einmal glockenhell hinter ihm. Er fuhr herum und blickte in die dunklen Augen seiner Schwiegertochter.

»Mei, keine Ahnung. Ich hab bloß grad zum Markus gesagt, einen ... Franzosen tät ich nicht nehmen. Die schauen zwar ganz gut aus und haben einen Haufen Ausstattung, aber halten nicht lang. Ich weiß das noch von einem Musikkollegen, dem Schönkahler Franz, der hat mal einen Renault gehabt, so einen R4. War sofort durchgerostet. Und wenn der Franz was in den Kofferraum gelegt hat, ist ihm die Klappe auf den Kopf gefallen, und die Sitze ...«

»Vatter, das ist doch locker vierzig Jahre her, oder?«

»Ist aber deswegen nicht weniger richtig.«

»Verstehe, Papa«, sagte Yumiko, »was hältst du denn von Toyota? In der Pannenstatistik sollen die Autos aus Fernost ja immer vorn dabei sein.«

Kluftinger räusperte sich. Sein rechtes Augenlid begann zu flattern. »Ich sag immer: Aufs Land kommt's gar nicht an. Heutzutage sind die zugelieferten Teile ja aus der ganzen Welt. So gesehen, kann man das gar nicht mehr genau zuordnen. Wichtig ist erst mal, dass die Größe stimmt. Was soll's denn ungefähr sein?«

»So eine Familienschüssel braucht's nicht. Golfgröße reicht uns locker, gell, Miki?«

Yumiko nickte.

»Soso. Welche Extras? Ich würd euch empfehlen: so wenig wie möglich. Alles, was nicht drin ist, kann auch nicht kaputtgehen.«

Markus zog entnervt die Brauen hoch. »Aha, Vatter, danke für den Hinweis. Ich würd sagen, es braucht auf jeden Fall ...«

»Zentralverriegelung und Servolenkung, klar. Das hat sich beim Smart bewährt. Und vielleicht noch ein Schiebedach«, konstatierte Kluftinger. »Alles andere ist Firlefanz.« Jetzt senkte er seine Stimme: »Der Verkäufer versucht mit Sicherheit, euch noch mehr aufzuschwätzen. Lasst euch davon nicht beeindrucken, ja? Wir bleiben knallhart. Alles, was diese Typen wollen, ist viel Geld rausschlagen. Möglichst wenig unnötige Ausstattung ist die Devise.«

»Ich brauch kein Schiebedach, Vatter.«

»Musst es ja nicht nehmen, Bub. War nur ein Vorschlag. Schön, dass du so bescheiden ...«

»... weil ich 'ne Klimaanlage haben werde. Außerdem wären das Soundpaket und eine Lederausstattung nicht schlecht, mit Kindern ist das ...«

»Unfug ist das.« Kluftinger schnappte nach Luft. »Wir sind hier nicht bei *Wünsch dir was*, sondern bei *So isch es*, klar? Ihr müsst eh sparen.«

»Ich hab den beiden schon gesagt, dass wir ihnen was dazugeben, zum Auto«, sagte Erika mit mildem Lächeln und rüttelte leicht am Kinderwagen, in dem Kluftingers Enkelkind vergnügt vor sich hin brabbelte. »Damit unser kleines Butzele auch schön zu uns fahren kann, gell?«

Priml, mit dieser Information hatte der Kommissar aus taktischen Gründen eigentlich noch eine Weile hinterm Berg halten wollen, um den finanziellen Rahmen nicht von vornherein allzu komfortabel erscheinen zu lassen. Nun galt es umso mehr, das Heft bei dem geplanten Verkaufsgespräch in der Hand zu behalten. »Ihr lasst das schön mich machen«, erklärte Kluftinger und machte dabei ein Gesicht, als stünde er kurz vor der Unterzeichnung eines internationalen Friedensabkommens. »Was den Preis angeht, haltet ihr euch zurück. Wenn diese Typen auch nur die geringste Uneinigkeit spüren, nutzen sie das sofort aus. Von keinem von euch ein Wort!«

»Jawoll, Massa, Frau und Kinder nix sagen. Nur Massa sprechen«, erwiderte Markus grinsend und bekam dafür von Yumiko einen Rempler verpasst.

»Mach dich nur lustig, Bub. Ihr dürft auf keinen Fall zeigen, wenn euch ein Auto gefällt. Immer schön alles mies machen. So tun, als wäre es das allerletzte Glump.«

»Ah, wird ja nett werden da drin, Vatter. Sollen wir erst noch draußen bleiben? Wenn sie dich rausschmeißen, können wir dann so tun, als würden wir dich nicht kennen.«

»Bub, hör auf deinen Vater«, mahnte Erika. »Der kennt sich aus bei so was.«

»Genau. Das letzte Auto, das er gekauft hat, ist rosa und hat nur zwei Sitze.«

»Markus, das war ein Geschenk für uns, und wir haben uns sehr darüber gefreut«, vermeldete Yumiko eilig, woraufhin Kluftingers Miene sich wieder aufhellte.

»Genau. Und dass ihr so schnell ... ich mein, mich zum Opa macht, damit konnte ja vor der Hochzeit auch keiner rechnen«, ergänzte der Kommissar. Dann betrat er mit seiner Familie im Schlepptau wie ein sizilianischer Patriarch den Ausstellungsraum des Autohändlers. Dort standen neben einigen fast neuen Modellen auch ein hellblauer Oldtimer und einige Oberklasselimousinen, die aussahen, als seien sie gepanzert.

Kaum hatten sie sich ein wenig umgesehen, kam auch schon eine Frau Anfang vierzig in dunkelblauem Hosenanzug auf sie zu. Kluftinger sah schnell in die Runde, um alle noch einmal auf die besprochene Linie einzuschwören. Erika zwinkerte ihm zu, Yumiko, die den Kinderwagen mit dem mittlerweile schlafenden Enkel etwas entfernt vor der Glasfront abgestellt hatte, kam ebenfalls nickend zurück. Nur Markus schnaufte genervt. Wieder einmal war sein Sohn die Schwachstelle, dachte der Kommissar.

»Wunderschönen guten Tag, kann man helfen?«, fragte die Frau und streckte Kluftinger die Hand entgegen.

»Käm drauf an. Wir suchen ein Auto.«

»Davon haben wir so viele, dass wir sie gleich verkaufen.«

Kluftinger erwiderte das Lächeln der Frau nicht, sondern sog gequält die Luft ein. Er wollte sich nicht durch Small Talk mit der Sekretärin aufhalten lassen, sondern gleich zum Punkt kommen. »Könnten Sie uns bitte jemanden schicken, der sich mit so was auskennt?«

Die Frau schien nicht zu verstehen. »Womit?«

»Mit Autos. Also, ich mein, würden Sie uns einen Verkäufer schicken?«

Sie lächelte ihn weiter an. »Ich teile mir den Bereich Verkauf mit meiner Mutter, aber die hat heute frei.«

»Ach so«, versetzte Kluftinger verblüfft. »Und der Vater ist ...«

»... ist unser Werkstattleiter. Aber es ging Ihnen doch um einen Gebrauchtwagenkauf, wenn ich das richtig verstanden habe? Keine Sorge, wir machen das Geschäft schon eine Weile, und auch wenn ich eine Frau bin, hab ich in meinem Leben schon gut und gern vier- bis fünftausend Autos an den Mann gebracht. Auch an die Frau, übrigens.«

Nun lächelte der Kommissar, allerdings ziemlich verlegen. Die Äderchen in seinem Gesicht traten dunkelrot hervor. »Sehen Sie ... drum sind wir hier. Weil Sie so viel Erfahrung haben. Einen Gebrauchten täten wir suchen, genau.«

»Schön, was darf's denn ungefähr sein? Vielleicht etwas mit einem höheren Einstieg? Wird ja bei Senioren immer beliebter.«

Kluftinger drehte sich empört zu seinen Familienmitgliedern um, die mühsam ihr Lachen unterdrückten. Er überlegte. Ob sie unter einem Vorwand wieder gehen sollten? Aber Duftbaum und Parkscheibe wollte er sich nicht leichtfertig durch die Lappen gehen lassen. »Ist nicht für mich, sondern für die Kinder.« Kluftinger deutete auf Markus und Yumiko, die dastanden wie zwei Erstklässler bei der Einschulung.

»Verstehe. Und da ist der Papa als Unterstützungskommando mitgekommen, nicht wahr? Schön.«

Markus entfernte sich unauffällig. Ihm schien die Sache bereits peinlich zu werden.

»Darf ich Ihnen denn etwas bringen? Kaffee, Wasser, ein paar Kekse?«

»Schon. Also, alles. Viermal bitte, für meine Frau einen Entkoffeinierten mit drei Stück Zucker, aber bitte nicht umrühren, sie mag's nicht so süß. Für mich nur mit Milch und die Kinder trinken schwarz. Ach, und wenn Sie eh schon gehen, dann täten wir auch gleich noch den Wunderbaum und die Parkscheibe kriegen. Also die für umsonst.« Kluftinger zog den mittlerweile etwas ramponierten Zeitungsausriss aus der Jankertasche und hielt ihn der Verkäuferin hin, auf deren Namensschild *Ricardi* stand. Sie hieß also wie der ganze Laden. Immerhin.

Die Juniorchefin machte auf dem Absatz kehrt und kam kurz darauf mit ihrem unerschütterlichen Lächeln zurück. »Den Kaffee lasse ich Ihnen gleich in unserer Lounge servieren. Hier schon mal der Duftbaum und die Parkscheibe. Beim Kauf eines Autos gibt's übrigens noch mal ein Set obendrauf.«

»Und Warndreieck und so auch.«

»Sicher, Herr …«

»… Kluftinger.«

»Herr Kluftinger, das Servicepaket bekommen Sie beim Kauf ganz automatisch. Wie natürlich auch ein Jahr volle Gewährleistung, bei all unseren Fahrzeugen. So, wenn Sie und auch die verehrte Gattin vielleicht schon mal in die Lounge gehen wollen, dann würd ich mich einfach ganz unverbindlich mit den jungen Leuten unterhalten.« Sie sah zu den beiden hinüber, die gemeinsam das Angebotsschild eines schwarzen Golfs studierten.

»Wir sind nicht bloß zum Kaffeetrinken mitgekommen«, schaltete sich Erika ein. »Mein Mann kennt sich bei Autos aus, müssen Sie wissen, und da verlässt sich unser Sohn natürlich auf ihn.«

»Aha, ein Experte. Hervorragend.«

»Na ja, Experte …«

»Nur keine falsche Bescheidenheit. Gleich vorab: Was wir nicht im Lagerbestand haben, können wir immer bestellen. Welcher Fahrzeugtyp soll es sein? Welche Ausstattung?«

»Möglichst wenig.«

»Sicher, es soll möglichst wenig kosten, das ist heutzutage ja oft die Maxime. Aber ich meinte ...«

Kluftinger fuchtelte aufgeregt mit den Händen. »Nein, nicht wenig kosten. Also, schon auch. Aber es soll auch nicht viel Ausstattung haben.«

Nun sah ihn Frau Ricardi fragend an. »Hab ich jetzt richtig gehört ...?«

»Ja, haben Sie. Ausstattung kostet Geld, geht schnell kaputt und verwöhnt die Leut bloß. Die wollen dann immer mehr Schnickschnack haben. Ein Teufelskreis.«

»Aha, so sehen Sie das also. Bitte, wir stellen uns gern auf die Bedürfnisse unserer Kundschaft ein – und seien die noch so speziell.«

»Gut. Ich würde mich zu einer Zentralverriegelung überreden lassen. Und ich glaub, so eine Servolenkung wär schön. Sonst braucht's nicht viel.«

Nun lachte die Frau kurz auf. »Da müssten wir ja bei den meisten Autos noch was ausbauen. Was fahren Sie denn, wenn ich fragen darf?«

»Ich? Den Passat da draußen. Ist nicht mehr das aktuelle Modell, aber hat alles, was nötig ist. So was in der Richtung ...«

Als der Blick von Frau Ricardi auf Kluftingers Wagen fiel, erstarb ihr Lächeln für einen Moment. »Oh, der? Wissen Sie was, wir hätten auch Wagen, die eigentlich für den Export gedacht sind, ganz hinten im Hof. Vielleicht finden Sie da das Richtige.«

Der Kommissar wurde misstrauisch. Wollte ihn die Frau mit irgendeiner Schrottkarre über den Tisch ziehen, die dann nach ein paar Hundert Kilometern den Geist aufgab? Er musste ihr dezent, aber dennoch deutlich zeigen, mit wem sie es zu tun hatte. Also nestelte er unauffällig an seiner Jankertasche herum, fingerte seine Polizeimarke heraus und ließ sie zu Boden gleiten.

»Oh, Ihr Schlüsselanhänger ist runtergefallen«, sagte die Autoverkäuferin und bückte sich sofort nach der Messingplakette.

»Au, das ist ja meine Marke!«

Die Frau reichte sie ihm wortlos und fuhr fort: »Gut, also doch keins von den ganz Alten. Käme denn ein kleiner Van infrage?«

Doch Kluftinger gab noch nicht auf. Sie sollte schon wissen, dass sie einen leitenden Beamten vor sich hatte. »Vans? Ah ja, solche haben wir bei der Kripo auch immer mehr. Meine Mitarbeiter schätzen die sehr.«

»Ach, Sie sind bei der Kriminalpolizei?«

Na also. Allerdings wirkte die Frau nicht ganz so beeindruckt, wie er sich erhofft hatte.

»Dann kennen Sie vielleicht einen Herrn Schrobel oder Scobel oder so ähnlich? Seinen Wagen haben wir kürzlich hereingenommen. Können Sie kaufen. Ein BMW. Echtes Schnäppchen.«

Kluftinger winkte ab. »Wir suchen was Mittelklassiges, wenn's nix extra kostet mit Zentralverriegelung und Servo. Und Winterreifen. Schiebedach kein Muss. Ist da was im Angebot?«

»Lassen Sie mich ganz kurz mitnotieren«, sagte Frau Ricardi und zog ein großes Smartphone aus der Tasche, auf dem sie ein wenig herumtippte. »Diesel?«

»Schon. Oder Benziner.«

»Gut, also offen. ABS sowieso, ESP oder mindestens ASR, nehm ich an?«

Kluftinger grübelte. ABS kannte er natürlich. Den Rest zwar nicht, aber das konnte nur bedeuten, dass man es nicht brauchte. »Danke, nur ABS.«

»Also nur ABS, außer die anderen Sachen sind fest drin, ja? DCC ist nicht gewünscht?«

Was sollte das nun wieder sein? Direktes Communikationscentrum?

Der Kommissar kam sich vor wie in diesem deutschen Song aus den Neunzigern, der nur aus Abkürzungen bestand. »Nicht gewünscht, nein.«

»Also kein Abstands-Tempomat.«

Ah, davon war also die Rede. »Nein, ich brems selber. Also, der Markus halt.«

»Schön. Lane-Assist?«

Kluftinger machte große Augen. »Brauchen wir nicht«, sagte er auf Verdacht.

»Verstehe. Sitzheizung? Im Winter immer angenehm.«

»Sonst noch was? Für den Winter kauft er sich eh Lammfelle und einen schönen Lenkrad-Überzug.«

In dem Moment kam ein vertrautes Krähen aus dem Kinderwagen, der noch immer am Fenster stand. Yumiko eilte gleich zum Kind und nahm es auf den Arm.

Frau Ricardi sah erstaunt hinüber. »Ach, das junge Paar hat schon Nachwuchs? Hatte ich gar nicht mitbekommen. Wie süß! Wobei das natürlich die Lage komplett ändert.«

»Wie jetzt?«, wollte Kluftinger wissen.

»Also da nehmen wir am besten Ledersitze, lassen sich toll abwischen. Und Isofix und SIPS. Unerlässlich für die Sicherheit der kleinen Maus. Oder ist es ein Junge?«

Der Kommissar reagierte gar nicht. Das Thema Sicherheit für sein Enkelkind schien ihm nun wichtiger. »Wofür wär denn dieses Isodings? Dass es im Auto nicht so kalt ist?«

Frau Ricardi lachte kurz auf, dann erklärte sie geduldig, dass es sich dabei um ein passives Rückhaltesystem für Kindersitze handle, das im Fahrzeugbau heutzutage Standard sei.

Vor dem geistigen Auge des Kommissars erschien das schreckliche Bild eines Autounfalls mit seinem Enkel. »Gut, das nehmen wir dazu. Beides«, sagte er schnell.

»Schön, sehr sinnvoll. Dann vielleicht noch Scheibenairbags für die hinteren Türen?«

»Unbedingt.«

»Privacy-Verglasung mit Sonnenschutzfunktion? Schützt vor Hitzschlag.«

»Schon wichtig, oder?«

Sie nickte.

»Dann das auch.«

Erika drückte kurz seinen Arm, während die Autoverkäuferin

überlegte. Er lächelte seine Frau gönnerhaft an. Dann fuhr die Ricardi fort: »Viele Eltern wünschen sich ein High-Performance-Soundsystem, damit kann man jeden Lautsprecher einzeln ansteuern, dass es für die Kleinen nicht zu laut wird. Die haben ja so empfindliche Ohren.«

»Die Ohren, freilich ... Gut, nehm ich. Also wir.«

»Schiebetüren wären praktisch. Muss man das Kind beim Rausnehmen nicht so verbiegen. Und eine elektrische Heckklappe, wenn die junge Mama mal wieder Windelpakete unterm Arm klemmen hat.«

»Die kann sie ja abstellen. Aber die Schiebetür wär gut. Und haltbar müsst das Auto auch sein, weil wenn unser Enkelkind mal den Führerschein hat, dann soll es ja nicht mit einer Klapperkiste durch die Gegend fahren.«

Die Frau schien nicht recht zu wissen, ob er nur einen Witz gemacht hatte. »Also, wenn ich all diese Parameter ins System eingebe, habe ich ... einen Treffer. Wie schön. Ein feuerroter Renault Kangoo. Was für die Familie, aber auch frisch und jugendlich.«

Kluftinger war skeptisch. Ausgerechnet ein Franzose. Und dazu die Farbe. »Rot? Gäb's nicht auch was Dezenteres?«

»Ich sag nur eins: Sicherheitsaspekt Signalfarbe.«

Signalfarbe, freilich.

»Gut. Sie müssten auch was in Zahlung nehmen.«

Frau Ricardi konnte ihr Entsetzen schwer verbergen. Sie sah unsicher hinaus auf den Hof, wo der Passat stand. »Also, ganz ehrlich, was Ihr bisheriges Fahrzeug angeht: Mehr als fünfzig Euro sind da nicht drin. Zu uns kommen zwar auch Aufkäufer aus Afrika, aber die nehmen solche Kisten kaum noch mit. Zumindest müssten Sie dann keine Entsorgungsgebühr zahlen.«

Kluftinger schnappte nach Luft.

»Na schön, hundert könnte ich machen, dann müssten Sie ihn aber selber abmelden.«

»Sie wären gut. Der Passat ist sogar ein Oldtimer. Und unverkäuflich.«

»Das sehe ich auch so«, murmelte Frau Ricardi.

»Aber um den geht's gar nicht.«

»Nein?« Der Frau fiel sichtlich ein Stein vom Herzen.

»Nein, mein Sohn müsste den Smart in Zahlung geben, der danebensteht.«

Sie sah erneut zum Hof, atmete tief ein und schüttelte schließlich entschieden den Kopf.

»Tut mir leid, das müsste Ihr Sohn dann wirklich privat versuchen. Bei aller Liebe, aber einen rosafarbenen Smart, den krieg ich ja in zehn Jahren nicht verkauft.«

Ein paar Minuten später waren sie alle draußen um den roten Wagen versammelt. Frau Ricardi rieb gerade heftig mit einem Lappen auf dem Bezug des Beifahrersitzes herum.

»Das hätt's doch jetzt wirklich nicht gebraucht«, zischte Erika ihrem Mann zu.

Der zuckte nur mit den Achseln. »Sie hat doch gesagt, auf dem Leder lässt sich alles leicht wieder abwischen.«

»Aber du hättest ja nicht gleich den Rote-Beete-Babybrei als Versuchsanordnung nehmen müssen. Nachher müssen wir das Ding noch ohne Probefahrt kaufen.«

»Das wollen wir doch erst mal sehen, was hier gekauft wird.«

»Fertig«, rief da die Verkäuferin und erhob sich. Kleine Schweißtröpfchen standen auf ihrer Stirn. »Nichts mehr zu sehen.«

Die anderen beugten sich hinunter und begutachteten skeptisch den nassen Fleck, der sich auf dem Sitz deutlich abzeichnete.

Erika wiegte den Kopf. »Na ja, ich weiß nicht so recht.«

»Wenn das erst mal trocken ist ...«, antwortete Frau Ricardi.

»Ist ja auch wurscht«, ging der Kommissar dazwischen. »Das Auto muss jetzt erst mal den kluftingerschen Härtetest bestehen.« Unter den zunächst fragenden, dann zunehmend entsetzten Blicken seiner Familie verbrachte er die nächsten zehn Minuten damit, sämtliche Knöpfe des Fahrzeugs zu drücken, wobei er sich einmal schmerzhaft unterm Lenkrad einklemmte, als er die Memoryfunktion des Fahrersitzes aktivierte. Zum Schluss legte er sich in einer Art grotesken Yoga-Stellung auf den Rücksitz, schließlich habe Markus als Kind die meisten Fahrten in genau dieser Position verbracht.

Die Motorinspektion lief dann schneller als gedacht: Statt wie beim Passat allerhand Leitungen, Kabel und Filter, sah man hier nur einen großen Plastikdeckel. »Sehr sauber und aufgeräumt«, erklärte der Kommissar mit Kennerblick.

»Weißt du was, mach doch mal eine Probefahrt mit dem«, beendete sein Sohn die Zeremonie. »Du kannst ja am besten beurteilen, ob das Fahrwerk was taugt.«

Geschmeichelt willigte Kluftinger ein. »Wenn du meinst. Klar, ich hab halt die meisten Kilometer auf dem Buckel. Und ich hör gleich, wenn's Probleme gibt. Dann grotzgert es oder es rottelt was. Wenn's ganz schlimm ist, dann hulaint es sogar.«

»Bitte was?«

»Sind so Spezialbegriffe. Wenn du willst, kann ich dir das auch mal beibringen.«

»Später mal, Vatter, okay?«

Eine Dreiviertelstunde später kam Kluftinger zurück, was man am eingeschalteten Warnblinker und dem Fernlicht schon von Weitem sah, aber auch hörte, denn das Radio lief auf voller Lautstärke.

»Ich weiß nicht, wie man das ausschaltet!«, schrie er ihnen durchs offene Fenster entgegen. In seinen Ohren steckten zusammengeknüllte Papiertaschentücher.

Frau Ricardi nahm ihm den Schlüssel ab und drückte einen Knopf am Lenkrad, woraufhin der Lärm sofort verstummte.

»Läuft eigentlich ganz gut«, begann Kluftinger noch immer schreiend, worauf ihm seine Frau die Taschentücher aus den Ohren zog. »Aber er klingt ein bissle komisch in Rechtskurven, wenn man gleichzeitig links blinkt.«

»Wäre natürlich interessant, dem nachzugehen, aber hat sich ja jetzt erledigt«, unterbrach ihn die Verkäuferin.

»Wie das jetzt?«, fragte er irritiert.

»Na, passt doch wie angegossen, ist sogar ein VW mit toller Ausstattung«, antwortete sie und zeigte auf einen Golf Kombi, in dem Yumiko und sein Sohn saßen, dahinter, selig schlummernd, sein Enkelkind. Im Kofferraum war der zusammengeklappte Kinderwagen zu erkennen. »Über den Smart sind wir uns dann auch noch einig geworden.«

»Ja, wie ... ich mein, was ... wie viel?«, stammelte Kluftinger.

»Tolles Auto, oder? Steht den Kindern doch gut«, freute sich seine Frau.

Markus startete den Wagen, ließ das Fenster herunter und rief: »Bis demnächst. Und vielen Dank für eure finanzielle Unterstützung, Vatter. Aber so viel hätt's doch gar nicht gebraucht!«

Fassungslos schaute der Kommissar dem mit roter Nummer versehenen Wagen hinterher. Bevor der den Betriebshof verließ, schrie er: »Eine gute Wahl! Hätt ich auch genommen!«

17

Als Kluftinger und Erika etwas später als geplant zu Hause ankamen, weil er mit seinem wiedererlangten Passat noch eine Extrarunde hatte drehen wollen, bemerkte er sofort das Auto seiner Eltern am Straßenrand. Sie waren noch nicht ausgestiegen, da lief Kluftingers Mutter bereits aufgeregt zu ihnen und klopfte gegen Erikas Seitenscheibe.

»Ist was mit dem Vatter?«, rief der Kommissar besorgt.

Doch sogleich tauchte der neben der Fahrertür auf und wedelte mit irgendwelchen Papierchen. Kluftinger und seine Frau blickten sich fragend an und stiegen aus. »Was habt ihr denn? Ihr schaut aus, als wär euch der Leibhaftige begegnet.«

»Servus, Bub, schau, was die Mutter in der Kirche gefunden hat, wie sie beim Rosenkranz war.«

Seine Frau erklärte: »Streng genommen war es die Rother Gundi, die sammelt die doch. Und da hat sie sie gefunden, hinten bei den Laudate.«

»Bei was?«, fragte Kluftinger.

»Die heißen Gotteslob, Hedwig«, korrigierte sein Vater.

»Bei den Gebetbüchern …«

»Nein, Bub, das sind Gesangbücher.«

»Zefix, Mutter, was sammelt sie denn, die Rother? Ich mein: Was hat sie gefunden?«

»Gib du's ihm. Ich will nicht die Überbringerin von schlechten Omen sein«, lamentierte Hedwig Maria.

Endlich erkannte der Kommissar, was seine Eltern schon die ganze Zeit in Händen hielten und was sie ganz offensichtlich auch so nervös machte: Es waren Sterbebildchen. Diese kleinen, gefalteten Kärtchen mit der Traueranzeige und einem Foto des Verstorbenen, die man traditionell zu Beerdigungen verteilte. Er griff sich eines und faltete es auf. Als er das Portrait darin sah, begannen seine Hände zu zittern. Mit der Rechten tastete er nach der Dachreling des Autos, aus Angst, seine Knie könnten gleich ihren Dienst versagen. Auf dem Kärtchen war sein eigenes Foto abgedruckt.

»Erika, pass bitte gut auf unseren Buben auf, ja?«

»Mutter, jetzt mach sie doch nicht noch extra verrückt.«

Kluftingers Frau hatte darauf bestanden, dass ihre Schwiegereltern noch auf einen Tee hereinkamen, so aufgewühlt, wie sie von der Sache mit den falschen Sterbebildchen waren.

Erika stieß hörbar die Luft aus und fasste die Hand ihres Mannes. »Brauchst nicht meinen, dass ich das nicht eh schon wär vor lauter Angst um dich, Butzele.«

Nun hatte er ihn also wieder, seinen Kosenamen. Jetzt wurde es wirklich ernst.

Sein Vater nahm noch einmal eines der Sterbebildchen in die Hand und besah es sich genauer. Dann bemerkte er bitter lächelnd: »Ist ja schon lustig: Vorn drauf ist dasselbe Gemälde, das wir uns für unsere eigene Beerdigung ausgesucht haben, stimmt's, Hedwig?«

Sie stimmte zwar zu, erklärte aber vehement, dass *sie* das ganz und gar nicht lustig finde.

Kluftinger senior hob beschwichtigend die Hand. »Noch ist ja nix passiert. Musst halt genauer ermitteln, Bub. Richtig auf Zack sein, dann hat's mit diesem Spuk bald ein Ende. Hast schon mal dran gedacht, dass es jemand sein könnt, der eine Rechnung mit dir offen hat? Beruflich, mein ich.«

Der Kommissar seufzte. Wie so oft fühlte sein Vater sich berufen, ermittlungstaktische Ratschläge zu erteilen. Wahrscheinlich schlug er gleich noch Personenschutz vor.

»Haben dir die Kollegen wenigstens Personenschutz angeboten? Wär ja wohl das Mindeste, meinst nicht?«

»Jaja, Vatter.«

Erika riss die Augen auf. »Stimmt. Eigentlich ist das unverantwortlich von deiner Chefin, dass keiner auf dich aufpasst. Bei so einer Bedrohung!«

»Himmel, Leut, jetzt schaltet doch alle mal einen Gang runter. Ihr macht's mich noch ganz g'schaicht. Wird schon nix sein, zefix.« Kluftinger hatte plötzlich ein schreckliches Gefühl der Enge, er musste raus hier, sonst würde er noch die Wände hochgehen. Auch wenn die anderen es nur gut meinten, sich sorgten, ihm helfen wollten: Mit ihrem Verhalten erreichten sie das genaue Gegenteil. Durch ihre Angst wurde er selbst plötzlich auch panisch. Seine Strategie, die Geschehnisse seit Allerheiligen vor den anderen und sich selbst herunterzuspielen, funktionierte offenbar nicht. Er fühlte sich in der Pflicht, seine Lieben zu beruhigen. Und dazu war er einfach nicht mehr in der Lage, denn mit den Sterbebildchen hatte die Angelegenheit eine neue Eskalationsstufe erreicht. Also beschloss er, dem nachzugehen. Außerdem war der Ort, den er dazu aufsuchen musste, momentan der einzige, der ihm wahre Ruhe garantierte. »Ich spazier noch schnell in die Kirche, gell?«, sagte er daher und schnappte sich seinen Janker von der Eckbank.

Seine Mutter schnappte nach Luft. »Sollen wir mitgehen? Oder wenigstens der Vatter? Dass du nicht allein bist.«

»Mutter, ich wär ganz gern kurz allein. Was soll denn in der Kirche passieren?«

»Nimm wenigstens dein Handy mit«, bat Erika. »Bloß wenn was wär.«

Er schenkte seiner Frau ein warmes Lächeln, gab ihr einen Kuss auf die Wange, verabschiedete sich von seinen Eltern und verließ das Zimmer. Auch wenn er sich nicht mehr umdrehte, spürte er ihre sorgenvollen Blicke in seinem Rücken.

Als sich das schwere Portal hinter ihm geschlossen hatte, umfing ihn gleich der typische Kirchengeruch, jene Mischung aus kaltem Weihrauch, Mottenkugeln und feuchtem Mauerwerk, die er schon seit seiner Kindheit kannte. Sofort meldete sich auch sein schlechtes Gewissen, weil er so lange keine Messe mehr besucht hatte. Auf einmal war er wieder Adi, der Ministrant, dem der Pfarrer regelmäßig die Ohren lang gezogen hatte.

Kluftinger steuerte das Regal mit den Gesangbüchern an, das hinter der letzten Kirchenbank angebracht war und auf dem stets die neuesten Pfarrbriefe, Missionsprospekte und eben die Sterbebildchen lagen. Tatsächlich entdeckte er hier noch einen ganzen Stapel von denen, die seinen eigenen Namen trugen. Er pfefferte sie wütend in den Papierkorb. Schon war ihm etwas wohler. Mit dem Urheber dieses makabren Scherzes hätte er zu gerne einmal ein paar Takte geredet.

Einem Impuls folgend, ging er zum Marienaltar mit den Kerzen. Das war »sein« Platz in der Kirche, wo er schon oft für einen Moment innegehalten, ein Opferlicht entzündet und so manches Bittgesuch an die Gottesmutter gerichtet hatte. Das konnte in seiner momentanen Situation sicher nicht schaden. Doch als sein Blick auf eine der hinteren Bankreihen fiel, hielt er abrupt an. Darauf verstreut lagen noch mehr der kleinen Kärtchen mit seinem Namen und Konterfei darauf. Fluchend hob er sie auf, um kurz darauf festzustellen, dass sie in der ganzen Kirche verteilt waren: Sie lagen kreuz und quer auf dem Boden, den Kniebänken, den Handläufen, als habe sie jemand ... Er schaute nach oben. *Natürlich, die Empore.* Der Typ, der hinter ihm her war, hatte die Bildchen von dort herabregnen lassen. Hektisch raffte er alle zusammen, die er finden konnte, und stopfte sie sich in die Tasche. Wie ein Besessener suchte er alle Reihen ab und lief dann, vom ständigen Bücken außer Atem, die Holztreppe zur Orgelempore hoch.

Er zerknüllte die letzten Bildchen, die hier oben lagen, und stieg wieder hinab.

Vor dem Marienaltar drückte er sich in eine der Sitzreihen und ließ sich erschöpft nach vorn auf die Kniebank sinken. Was war es, das seine Welt gerade so ins Wanken brachte? Oder sollte er fragen: Wer? Bis vor ein paar Tagen war noch alles in Ordnung gewesen. Er hatte ein gesundes Enkelkind, sein Bub war glücklich verheiratet und hatte sein Examen mit guten Noten bestanden, seinen Eltern ging es trotz ihres hohen Alters blendend, und sogar den Passat hatte er sich heute erfolgreich zurückerobert. Doch über dem Idyll war an diesem verdammten Allerheiligentag eine schwarze Wolke aufgezogen, die seither auf alles einen dunklen Schatten warf.

Und dann war da noch die Sache mit Strobl. Hatte sich Kluftinger all die Jahre so in ihm getäuscht? Hatte der Kollege wirklich in Kauf genommen, dass ihm Schlimmes zustieß, nur für ein wenig Geld, noch dazu von einem gesuchten Verbrecher?

»Gelobtseijesuschrischtus, Adalbert.«

Panisch fuhr der Kommissar herum. Die Stimme hatte geklungen wie vom Boandlkramer persönlich, dem Sensenmann aus dem *Brandner Kaspar*, ein Stück, das sie schon öfter im Theaterkästle aufgeführt hatten. Sogar sein eigener Vater hatte die todbringende Gestalt einmal verkörpert. Die Angst schnürte ihm die Brust zu. War es nun so weit? Holte ihn jetzt der Gevatter?

»Hinabgestiegen in das Reich des Todes«, krächzte nun wieder die Stimme.

»Am dritten Tage auferstanden von den Toten«, murmelte Kluftinger reflexartig die nächste Zeile des Apostolischen Glaubensbekenntnisses. Dann entlud sich seine Anspannung in einem hysterischen Lachen, als er in das Gesicht von Kunigunde Rother blickte, der Freundin seiner Mutter, die die Bildchen gefunden hatte und die sich mit zunehmendem Alter fast nur noch in der Kirche aufzuhalten schien. Ihr salbungsvoller Ton hatte ihn schon genervt, als sie noch als Katechetin den Kommunionunterricht abgehalten hatte. In ihrer Hand hielt sie ein paar der Kärtchen.

»Grüß Gott, Frau Rother. Sie hätten mich bald zu Tode erschreckt«, sagte er schwer atmend.

Die Frau hob ihre Linke, die in einem wollenen Handschuh steckte, und erklärte: »Sag so was nicht so leichtfertig dahin, Adalbert. Pass nur auf dich auf, deine Mutter kann dich nicht dein ganzes Leben vor Unheil bewahren. Das kann nur der Herr. Und die Jungfrau Maria.« Dann streckte sie ihm mit der anderen Hand die Sterbebildchen entgegen. »Nimm dein Schicksal an, und der Herr wird dir Begleiter sein. Vergiss nie: Das Bild, das dir deine Augen zeigen, ist oft trügerisch. Nur wer mit dem Herzen sieht, erkennt das Antlitz unseres Herrn.«

Damit machte sie kehrt und schlurfte Richtung Ausgang.

»Frau Rother, was meinen Sie denn damit?«, rief er ihr hinterher, doch die Alte hielt nur ihren Zeigefinger vor die Lippen.

Was um alles in der Welt wollte sie ihm sagen? War das nur irgendein Geschwurbel aus einem frommen Heftchen oder der letzten Predigt des Pfarrers? Er starrte auf das Sterbebildchen. Wegen des schummrigen Lichts musste er die Augen zusammenkneifen. Das Foto war gut und gern dreißig Jahre alt. Wer auch immer es ausgesucht hatte, von Aktualität hielt er ganz offenbar nicht viel. Wie jungenhaft er damals ausgesehen hatte. Wie entschlossen. Das erkannte man trotz der schlechten Qualität. Das Bild sah aus, als habe man es von einem anderen abkopiert. Er stutzte. War das nicht das Portrait, das er beim Fotografen hatte machen lassen, für seinen ersten Dienstausweis als Streifenpolizist? Es war auch einmal in der Zeitung veröffentlicht worden, damals, bei seinem ersten großen Fall am Funkensonntag. Dieser grauenvollen Geschichte, in die er nur durch Zufall hineingeraten war und die doch so viel verändert hatte.

Begonnen hatte es seinerzeit auch hier, in der Kirche. Nach der Abendmesse hatte er sich in das Gotteshaus geschlichen. Hatte zur selben Madonnenstatue gebetet, in derselben Bank gekniet. Seine Knochen hatten das damals weitaus leichter mitgemacht. Wie jetzt hatte er gemurmelt: »Gegrüßet seist du Maria ...«

18

»… voll der Gnade, der Herr ist mit dir, du bist gebenedeit unter den Weibern und gebenedeit …«

Mit einem Windstoß flog die Kirchentür auf und wehte ein paar Wortfetzen der Menschen herein, die sich draußen mit Fackeln zum traditionellen Funkensonntagsumzug versammelt hatten. Nun warteten sie auf die Ankunft der Hexe. Adalbert Ignatius Kluftinger spürte die kalte Luft des Spätwintertags im Nacken. Das Gerüst, das wegen der Dachrenovierung an Kirche und Turm angebracht war, schepperte metallisch unter den Windböen, die dem ganzen Tag eine ungemütliche Note verliehen.

Er schwang sich behände auf, ging schnellen Schrittes zum Eingang und schloss das Portal wieder. Die schweren schwarzen Schuhe, die er zu seiner Uniform trug, hallten auf dem steinernen Kirchenboden, bei jeder Bewegung klapperten die Handschellen am Hosenbund. Energisch ging er zurück zum Kerzengestell und drückte sich wieder in die Bank. Blickte zur Marienstatue hoch. Wie oft hatte er hier schon gekniet und um himmlischen Beistand gebetet … Nun war er Mitte zwanzig und gerade erneut befördert worden. Und hatte endlich das Gefühl, auf dem richtigen Weg zu sein. Ungefähr zehn Jahre lag der tragische Tod Otto Ilgs jetzt zurück, der den Wunsch in ihm geweckt hatte, eine Polizistenlaufbahn einzuschlagen. Genau wie sein Vater, obwohl das für ihn bis dahin unvorstellbar gewesen war. Doch damals hatte er gespürt, dass er etwas gutzumachen hatte, seinen Beitrag für mehr Gerechtigkeit in dieser Welt leisten musste. Hehre Ziele, die er zwar nur im Kleinen, in seiner Heimatregion, dem Allgäu, verwirklichen konnte, aber das war ja auch schon etwas. Der Richterberuf hätte ihn ebenfalls gereizt, doch das trockene und als schwierig geltende Jurastudium hatte ihn abgeschreckt. Zudem hätte es einiges an Rechtfertigungsarbeit gebraucht, um seinen Vater von der Sinnhaftigkeit einer mindestens sechs- oder siebenjährigen Ausbildung bis zum Volljuristen zu überzeugen. Und letztlich wollte auch er lieber schnell in den Beruf einsteigen, als ewig weiter die Schulbank zu drücken.

Dass sein Vater stolz auf ihn war, weil er in seine Fußstapfen trat, hatte das Verhältnis zwischen ihnen in den letzten Jahren merklich verbessert, auch wenn es nicht immer ganz einfach war, zusammen im Bereich der Polizeidirektion Kempten zu arbeiten. Die Tipps aus der Praxis, die der Vater für ihn parat hatte, nahm er trotzdem gerne an. Manchmal jedenfalls.

Nun hatte er es also geschafft, hatte seinen ersten eigenverantwortlichen Einsatz vor sich. Doch wie so oft plagten ihn Selbstzweifel. Nach außen zeigte er das nie, die meisten hielten ihn für selbstbewusst und zielorientiert. Das legte schon sein Erscheinungsbild nahe: Er war sportlich, auch wenn sich ein leichter Bauchansatz über der Hose wölbte – wegen der guten Kässpatzen, die seine Mutter immer kochte. Sein Haar war voll, fast zumindest, die Backen von energischem Rot, der Blick fest.

Ausgerechnet dieser selbstsicher erscheinende junge Mann, der heute Abend als Polizeibeamter für sein Heimatdorf und die umliegenden Gemeinden zuständig war, wusste im Moment nicht mehr, ob er dieser Aufgabe wirklich gewachsen war. Bislang hatte er immer in zweiter Reihe gestanden, assistiert oder wenigstens im Team gearbeitet. Doch heute war er derjenige, der im Notfall Entscheidungen zu treffen hatte. Sicher, in der Direktion hatten auch ein paar Vorgesetzte Bereitschaft, aber im operativen Dienst kam es auf ihn an.

Er faltete die Hände und presste die Finger gegeneinander, bis sie weiß wurden. *Himmel, jetzt scheiß dir nicht in die Hose, was soll denn sein?*, sprach er sich selbst Mut zu. *Eben.* Was sollte schon sein, schließlich passierte hier auf dem Land kaum etwas Aufregendes. Noch dazu am Sonntagabend.

Andererseits würden heute in allen Dörfern der Umgebung die traditionellen Funkenfeuer brennen, mächtige Scheiterhaufen aus Holz, Sperrmüll, Matratzen und alten Autoreifen, mit denen man im Allgäu am Wochenende nach Aschermittwoch den Winter austrieb. Adalbert Kluftinger war bisher selbst bei jedem Funken dabei gewesen, denn dort spielte immer die Musikkapelle. Und für die gab es freie Getränke, Bratwürste – und Funkenküchle, ein süßes Schmalzgebäck, für das der junge Polizeibeamte jede Sahnetorte stehen ließ.

Doch aus seiner jetzigen Perspektive bedeutete *Funkensonntag* eben nicht nur ein unbeschwertes Dorffest, sondern auch Feuergefahr, erhöhtes Verkehrsaufkommen und ungezügelter Alkoholgenuss mit den daraus resultierenden betrunkenen Autofahrern.

Murmelnd begann er zu beten: »Liebe Jungfrauund-gottesmuttermaria, mach bitte, dass nix Blödes passiert heut, wo ich meinen ersten Dienst hab.«

»Soso, ein ganz seltener Gast hier in meinen heiligen Hallen«, donnerte eine Stimme. Er brauchte sich gar nicht umzudrehen, um zu wissen, dass der Altusrieder Pfarrer hinter ihm stand. Adalbert hatte nie einen anderen erlebt. Der Geistliche hatte ihn sogar getauft, und – deswegen war er ihm heute noch gram – seinen Eltern den Zweitnamen *Ignatius* aufgeschwatzt.

»Schön, wenn auch die Staatsmacht um göttlichen Beistand bei unserer lieben Gottesmutter nachsucht. Da kann es noch nicht so schlecht um unser Land bestellt sein. Nur dass man dich sonntags fast nie in der Messe sieht, gefällt mir weniger. Heute auch nicht gewesen, wie?«

Adalbert Kluftinger zog automatisch den Kopf ein, als er sich umwandte. Der Pfarrer hatte einen Lodenmantel über dem Messgewand an. In seiner rechten Hand hielt er eine noch nicht entzündete Fackel. Auch er war also schon für den Umzug bereit, bei dem die Hexe in einem zum Käfig umfunktionierten Leiterwagen vor dem Fackelzug zum Scheiterhaufen gezogen wurde. *Damit kennt sich die Kirche ja aus*, dachte Adalbert halb amüsiert, halb befremdet. Denn dass die Kirchgänger, die gerade noch fromme Gebete gesprochen hatten, eine vermeintliche Hexe zu deren Verbrennung durchs Dorf trieben, stellte für ihn einen seltsamen Widerspruch dar. Die Hexe wurde den ganzen Weg zum Funken über mit Schmährufen belegt und kurz vor dem Scheiterhaufen gegen eine Strohpuppe ausgetauscht, die dann unter großem Hallo am Galgen verbrannt wurde. Fackelzüge anderer Art hatte es außerdem in der noch nicht so fernen Vergangenheit im Allgäu genug gegeben.

Doch weil er die Funkenküchle gar so liebte, hatte er das Spektakel immer in Kauf genommen. »Grüß Gott, Herr Pfarrer. Ich weiß schon, wär mal wieder Zeit. Hab aber oft Dienst am Sonntag«, erklärte Adalbert kleinlaut. »Auch heut übrigens.«

»Das will ich hoffen. Ansonsten fände ich es wenig passend, unserer lieben Jungfrau und Gottesmutter Maria mit einer Schusswaffe unter die Augen zu treten.«

Der Polizist langte reflexartig an seine Dienstpistole im Gürtelholster. Er lächelte verlegen. »Ja, sonst hätt ich die …«

»Sonst hätt sie mein Bub natürlich ordentlich eingeschlossen. Aber heut ist er ganz allein für die Sicherheit hier im Ort verantwortlich. Wie ich früher.«

Adalbert hatte das Kommen seines Vaters gar nicht bemerkt. Der grüßte den Pfarrer und fuhr fort: »Macht einen schon stolz, wenn der Sohn so in die eigenen Fußstapfen tritt. Auch wenn sie groß sind. Also die Kinder. Nicht die Fußstapfen. Wobei: die auch.«

Der Priester lächelte süßlich. »Schön, wenn aus den Kleinen Leute werden. So redliche noch dazu.«

»Mein Bub war schon immer sehr gerechtigkeitsliebend. Da gab es für ihn natürlich nur diesen Weg.«

Eifrig nickend erklärte der Geistliche: »Hab ich mir immer schon gedacht, auch damals beim Ministrantenunterricht. Stets auf der Seite des Guten gewesen, der Adi.«

Pharisäer, dachte sich Adalbert. Hatte sich das vorher nicht noch ganz anders angehört?

»Hat heute seine Bewährungsprobe«, sprach Kluftinger senior weiter in der dritten Person über seinen Sohn, was den immer besonders nervte. Er kam sich dann vor wie das Kind, das nur still zuhören darf, wenn sich die Erwachsenen unterhalten.

»Wer?«, fragte er daher provokant.

»Na du, Bub«, versetzte der Vater verwundert.

»Also, so hoch häng ich das jetzt auch wieder nicht«, log Adalbert.

»Solltest du aber, Bub. Man wird genau hinschauen, wie du das machst, wo ich doch früher fürs Dorf verantwortlich war. Mach mir keine Schande, gell? Geht um deine Beurteilung.«

»Du sagst doch immer, ich soll nicht so auf die Karriere schielen.«

»Das schon. Aber eine gute Dienstbeurteilung ist ein sanftes Ruhekissen. Damit kannst eine ruhige Kugel schieben.«

»Mann, Vatter, ich bin nicht mal dreißig. Mir geht's noch nicht um die ruhige Kugel.«

Der Pfarrer hörte mit gespitzten Lippen zu, wobei er wie bei einem Tennismatch zwischen den beiden Kluftingers hin und her blickte.

Nun wandte sich der Vater an ihn. »Was sagen Sie, Herr Pfarrer: Wer zu sehr den Kopf hochstreckt, kriegt auch am ehesten eins auf den Deckel, oder?«

Der Priester machte ein feierliches Gesicht und faltete die Hände. »Ganz richtige Einstellung, mein lieber Herr Kluftinger. Demut und Bescheidenheit sind allemal gottesfürchtiger als das Streben nach Macht und Geld. Zwar ist das Glück auch mit den Tüchtigen, wie ein altes Sprichwort sagt, aber wer sich über andere erhebt, dem wird das Himmelreich ewiglich verschlossen bleiben.«

»Da hörst du's, Bub«, brummte der Vater. »Leg dich mit niemandem an.«

»Schon gar nicht mit der heiligen katholischen Kirche«, ergänzte der Geistliche.

»Auf gar keinen Fall würd der Bub das machen, Herr Pfarrer«, erklärte Adalberts Vater ernst. »Weißt, Bub, diejenigen, die immer die Ellbogen ausfahren, die mag keiner im Kollegium. Sei bloß froh, dass du nicht bei den Kriminalern bist. Da muss das ganz schlimm sein.«

»Vatter, vielleicht geh ich den höheren Dienst noch an. Wer weiß, ob mir die ganz normale Laufbahn nicht irgendwann zu langweilig wird.«

Kluftinger senior schnappte nach Luft. »Langweilig, wenn ich das schon hör. Darum geht's doch nicht im Leben. Sind für euch junge Leute Begriffe wie Ruhe, Zufriedenheit und materielle Sicherheit gar nicht mehr aktuell?«

Jetzt schaltete sich der Pfarrer wieder ein. »Leider immer weniger. Merke ich auch bei meinen Religionsklassen. Von der Frömmigkeit will ich gar nicht reden.«

»Wissen Sie, Herr Pfarrer«, sagte Adalbert, der immer mehr Mühe hatte, seinen Zorn zu unterdrücken, »wir jungen Leute haben oft gar nicht mehr die Zeit, in die Kirche zu gehen. Man muss arbeiten oder lernen, weggehen will man auch noch, und wenn man ein Mädchen hat, dann will man eben auch mit dem zusammen sein.« Ein erzürnter Blick des Pfarrers traf den jungen Polizisten, der sofort rot wurde. »Nein, nicht, wie Sie jetzt denken. Aber man will ja auch mal ins Kino oder so …«

»Red dich nicht um Kopf und Kragen! Was soll denn der Herr Pfarrer von uns denken?«, zischte Kluftinger senior seinem Sohn zu, bevor er sich wieder an den Geistlichen wandte. »Er hat ein Mädle kennengelernt, wissen Sie, Hochwürden?«

»Vatter, bitte.«

»Kann doch der Herr Pfarrer wissen, ist ja nix dabei, in deinem Alter.«

Adalbert schwang sich auf. »Ja, ich muss dann eh zum Dienst. Pfiagott, Herr Pfarrer, und einen schönen Sonntag noch. Vatter, wir sehen uns ja später. Pfiati.«

»Pfiati, Bub, mach's gut, gell?«

»Gott behüt dich, Adalbert Ignatius. Und lass dich mal wieder im Gottesdienst sehen. Gelobt sei Jesus Christus.«

»In Ewigkeit, Amen.«

»… *wenn selbst ein Kind nicht mehr lacht wie ein Kind, dann sind wir jenseits von Eden* … zefix.«

Adalbert Kluftinger stieg auf die Bremse des Streifenwagens. Eine Katze überquerte knapp vor dem ziemlich neuen Audi 80 die Hauptstraße. Heute ein Haustier zu überfahren hätte ihm gerade noch gefehlt. Er machte das Autoradio leiser, damit er den Funk besser verstehen konnte. Dann schob er sich eine Zigarette in den Mund, auch wenn er sich nicht traute, sie im Polizeiwagen anzuzünden. Seine anfängliche Nervosität war einem anderen Gefühl gewichen. Dem der Überlegenheit. Überall schauten ihm die Leute respektvoll nach, wenn er vorbeifuhr. Ein wenig kam er sich vor wie James Dean. Genauso lässig. Adalberts Bedenken waren wie weggeblasen. Schließlich wuchs der Mensch mit seinen Aufgaben, hieß es. Warum nicht auch er?

In gemessenem Tempo fuhr er durch das nahezu ausgestorbene Ortszentrum von Altusried. Die meisten Bewohner waren beim Funkenfeuer. Umso wichtiger, auch abseits davon nach dem Rechten zu sehen. Solche kollektiven Ereignisse waren eine Einladung für Diebe und Einbrecher.

Nachdem er eine Weile durch die Straßen gekreuzt war, Präsenz gezeigt hatte, wie seine Vorgesetzten das nannten, beschloss er, auch noch zum Funken zu fahren. Dort standen die Leute um das riesige Feuer und feierten. Alles ging seinen gewohnten Gang. Die Menschen konnten sich sicher fühlen, er passte ja auf sie auf. In diesem Moment spürte er es: Er hatte genau den richtigen Beruf gewählt.

Etwas abseits, bei den beiden Feuerwehrautos, die für alle Fälle bereitstanden, stellte er den Wagen ab und stieg aus. Jedes Mal, wenn er gegrüßt wurde, tippte er sich an die Uniformmütze und grüßte zurück. Dann stand er da, die Daumen im Gürtel eingehakt, und genoss die Wärme, die von dem Feuer ausging. Nur das Funkenküchle versagte er sich - aber er hatte seine Mutter beauftragt, ihm einen Vorrat davon mitzubringen.

Plötzlich fiel sein Blick auf die Hügelkette oberhalb des Ortes. Adalbert erschrak. Dort flackerte es rötlich. Das musste ebenfalls ein Feuer sein, ein großes, sonst würde man es nicht bis hierher sehen. Sein Puls beschleunigte sich. Fackelte da jemand seinen privaten Scheiterhaufen ab? Wenn dem so wäre, müsste er einschreiten. Er ging auf die Feuerwehrleute zu, die mit dampfenden Tassen voller Punsch und Glühwein herumstanden und sich unterhielten.

»Servus, beieinander«, grüßte er in die Runde. »Sagt's mal, weiß irgendjemand was von einem extra Funken, oben Richtung Opprechts?«

Die Männer sahen ihn nur fragend an.

»Hat bei euch jemand was angemeldet?«

Da trat einer der Feuerwehrmänner vor. Kluftinger erkannte ihn als Josef Deuring, den Kommandanten. »Das ist doch der junge Kluftinger, oder?«

»So schaut's aus, guten Abend, Herr Deuring. Wissen Sie denn was von dem Feuer da auf dem Buckel?« Er zeigte auf den flackernden roten Punkt.

Der Mann schüttelte den Kopf. »Nein. Sollen wir ausrücken? Passt jetzt eigentlich gar nicht.«

»Ich werd erst mal selber schauen, danke. Vielleicht hat ja alles seine Richtigkeit. Kann aber schon sein, dass ich Sie von oben anfunke.«

»Geht in Ordnung. Aber bitte keine Alleingänge. Feuerbekämpfung ist unsere Aufgabe. Ach ja, kannst ruhig *du* sagen, wo wir jetzt ja praktisch zusammenarbeiten. Bin der Sepp.«

»Alles klar. Freut mich. Bin der Adal … ach was, der Klufti.«

»Gut. Dann vielleicht bis später, Klufti.« Deuring nickte und ging zu seinen Kollegen zurück.

»Was gibt's denn, Bub?«

Schon wieder hatte sich sein Vater unbemerkt genähert und blickte ihn nun mit einer Tasse Glühwein in der Hand und einer Wollmütze auf dem Kopf erwartungsvoll an. Adalbert wollte ihn erst abwimmeln, besann sich dann aber eines Besseren. Im Moment kam ihm sein alter Herr gar nicht ungelegen. Schließlich machte der das Geschäft schon eine Weile länger. Wieder deutete er auf den Feuerschein am Hügel. »Du weißt auch nix von einem zusätzlichen Funken, oder, Vatter?«

Der schüttelte den Kopf.

Nun trat auch noch Adalberts Mutter hinzu. »Ich

hab deine Funkenküchle. Iss sie, solang sie noch warm sind.«

»Hedwig, bitte, lass«, schimpfte ihr Mann. »Der Bub ist im Dienst. Und irgendein Depp zündelt da oben rum.«

»Ich fahr mal rauf«, erklärte Adalbert. Und schob dann ein unsicheres »Oder?« nach.

»Aber nicht allein, Bub«, rief die Mutter aufgeregt. »Was da passieren kann.«

»Mama, ich bin schon groß. Und obendrein bei der Polizei.«

»Der Vatter kann doch mitkommen, schließlich ist der auch Beamter.«

»Schon, Mama, aber er ist halt nun mal nicht im Dienst.«

Doch da hatte Kluftinger senior bereits seinen Glühwein in einem Zug ausgetrunken, seiner Frau die Tasse mit dem Hinweis »Ist Pfand drauf« in die Hand gedrückt und steuerte nun die Beifahrertür des Streifenwagens an.

Schon als sie die letzten Häuser des Ortskerns hinter sich gelassen hatten, erkannten die beiden, dass sie sich nicht umsonst auf den Weg gemacht hatten.

»Scheißdreck, da hat einer das große Kreuz angezündet!« Adalberts Herz pochte bis zum Hals. Das meterhohe Holzkreuz markierte die größte Erhebung des Ortes.

»Jessesmaria, sieht wirklich so aus, Bub.«

»Das ist mindestens Sachbeschädigung und Brandstiftung, stimmt's? Jetzt wird's ernst, Vatter.«

»Weißt, ich würd ehrlich gesagt gleich mal in Kempten Bescheid geben. Ist ja ein Fall für die Brandermittler.«

»Lass uns erst mal hochfahren. Wir haben die Pflicht zum Ersteingriff.«

»Schon, aber das gibt auch schnell Ärger. Weißt doch, wie die Herren Kriminaler sind.«

»Vatter, wir sind Polizisten. Und ich hab Dienst. Wir müssen jetzt da rauf.«

Kluftinger senior wiegte den Kopf hin und her. »Dann heißt's wieder, wir Grünen würden unsere Kompetenzen überschreiten.«

»Nix da, Dienst ist Dienst.«

»Meinst, Bub?«

»Mein ich, Vatter.«

»Du musst ja den Bericht morgen schreiben, nicht ich.«

»Das krieg ich grad noch hin.«

Entschlossen schaltete Adalbert das Blaulicht ein. Immerhin schien sein Vater anzuerkennen, wer heute Abend Chef im Ring war. Und trotz ihrer Meinungsverschiedenheit war er froh um die Unterstützung durch seinen alten Herrn.

Er ließ die lodernden Flammen nicht mehr aus den Augen, bis sie auf der Hügelkuppe angekommen waren. Von hier ging es nur zu Fuß weiter. Wortlos stiegen die beiden aus und gingen auf das Feuer zu. Erst jetzt erfassten sie das ganze Ausmaß: Jemand hatte um das gut drei Meter hohe Holzkreuz eine Menge Bretter aufgeschichtet, die nun lichterloh brannten. Auch das Kreuz stand bereits in Flammen.

»Kruzifix«, entfuhr es Adalbert. Hektisch blickte er sich um, doch keine Menschenseele war zu sehen.

»Ich geh zurück zum Auto und hol die Feuerwehr«, sagte Kluftinger senior schnell und drehte sich um.

Adalbert jedoch ging weiter. Jetzt erkannte er auch, dass die brennenden Bretter Paletten waren.

Immer wieder knackte und knallte es, Funken stoben hoch, wenn eine glühende Latte in sich zusammenfiel. Er ging noch ein wenig näher heran. *Dieser Gestank.* Er schnupperte. War das nicht …? Schon seit sie angekommen waren, hatte er diesen seltsamen Geruch in der Nase, der so gar nicht zu dem Holzfeuer passen wollte. Süßlich, beißend. Mit zusammengepressten Lippen dachte er: wie verschmurgeltes Fleisch. Ob hier einer der Bauern verendetes Vieh entsorgte? Am Kreuz?

Er machte einen weiteren Schritt auf das Feuer zu, auch wenn er die Hitze nun schmerzhaft auf seinen Wangen fühlte. Als er sich die Hand schützend über die Augen hielt, wich mit einem Mal jegliche Farbe aus seinem Gesicht. »Scheiße«, keuchte er. Der Wind hatte sich etwas gedreht und Rauch und Qualm in die andere Richtung geweht. Da erkannte er an dem brennenden Kreuz eine menschliche Gestalt. Besser gesagt, die Reste davon. Diesmal war es keine Strohpuppe wie unten im Ort. Er drehte sich ruckartig weg, weil sein Magen sich unter einem heftigen Krampf zusammenballte, dann übergab er sich.

»Vatter, da hängt einer«, schrie er, als er schließlich, noch immer vom Würgereiz gebeugt, zurück zum Wagen rannte.

»Wo?«

»Am Kreuz. Im Feuer.«

»Um Gottes willen, wirklich? Nicht bloß eine Puppe?«

»Nein, ein Mensch.«

»Weißt, vielleicht sollten wir fürs Erste nicht groß spekulieren und lieber …«

Auf einmal beruhigten sich Adalberts Puls und Magen

wieder. Sein Herz schlug zwar schnell, aber gleichmäßig, und er war völlig klar im Kopf. Wusste, was zu tun war. »Vatter, funk die Kollegen von der Kripo an. Und die Feuerwehr. Die sollen raufkommen, aber sich im Hintergrund halten, klar?«, dirigierte er knapp. »Wenn die hier reinfahren, dann ist die Spurenlage beim Teufel. Bleib du am Auto und überwach den Funk. Ich versuch, alles großräumig abzusperren.«

»Wie du meinst, Bub«, sagte sein Vater, auch er leichenblass, und griff zum Funkgerät.

Die zwanzig Minuten bis zum Eintreffen der Kollegen der Kriminalpolizei waren Adalbert Kluftinger wie eine Ewigkeit vorgekommen. Noch immer stand er am Absperrband und hielt allzu neugierige Feuerwehrleute in Schach, die ihn mit Sätzen wie »Aha, bist jetzt ein ganz Wichtiger!« bedachten. Da sah er, dass sein Vater mit einem hochgewachsenen Mann sprach. Er erkannte ihn sofort: Es war Hermann Hefele, genannt »der Alte«. Der Kriminalbeamte mit den grauen Haaren und dem imposanten Schnauzbart war so etwas wie die graue Eminenz der Verbrechensbekämpfung im Allgäu. Wann immer es spektakuläre Fälle in der Vergangenheit gegeben hatte, etwa den Kälberstrick-Mord von Weitnau – Hefele war damit betraut gewesen. Seine Aufklärungsquote war legendär. Nun stand er in einem zerknautschten Wollmantel am Tatort und hörte aufmerksam Kluftinger senior zu, der wild gestikulierend auf ihn einredete.

»Übernimmst du mal, Lucki?«, rief Adalbert einem der Feuerwehrmänner zu, dann ging er schnellen Schrittes zu den beiden. Unterwegs kamen ihm Beamte in weißen Ganzkörper-Anzügen entgegen, die wie Astronauten aussahen: die Mitarbeiter des Erkennungsdienstes, eine Abteilung, die in den letzten Jahren immer mehr an Bedeutung gewonnen hatte.

»Servus«, sagte Adalbert und hob schüchtern die Hand, als er ankam, doch die Herren nahmen keine Notiz von ihm. Er bekam aber mit, dass sein Vater gerade seine Lagebeschreibung abgab.

»… und dann haben wir sie gefunden. Wir haben natürlich sofort alles dicht gemacht und euch verständigt.«

Wir? Das Wort hallte in Kluftingers Kopf wider. Er hatte das etwas anders in Erinnerung. Mit einem vernehmlichen Räuspern zog er nun endlich die Aufmerksamkeit auf sich. »Grüß Gott, Herr Kriminalhauptkommissar«, sagte er respektvoll.

Der schaute ihn verwundert an. »Und du bist …?«

»Das ist bloß mein Sohn«, ging Kluftinger senior dazwischen. »Ich mach das schon, Bub, halt du da hinten die Stellung.«

»Aber ich …«

»Nix aber! Hermann, musst schon entschuldigen, ist heut sein erster Tag allein auf Streife. Ich bin vorsichtshalber mal mitgefahren.«

Mit einer Mischung aus Wut und Fassungslosigkeit lauschte Adalbert den Worten seines Vaters.

»Wenn ich das kleine Familientreffen mal unterbrechen dürfte«, krähte hinter ihnen eine helle Stimme. Sie drehten sich um und standen einem klein geratenen Mann um die dreißig gegenüber, der ebenfalls einen Ganzkörperanzug und Gummistiefel trug, was seine geringe Körpergröße noch betonte. »Ich wüsst gern, wer für das alles hier verantwortlich ist.«

»Das alles? Was meinst du denn damit, Willi?«, fragte Hermann Hefele.

»Na das.« Er drehte sich um und zeigte mit einer

ausladenden Handbewegung auf den Tatort. »Die Absperrungen und das ganze Zeug.«

Obwohl der Mann vor ihm so klein war und seine Stimme so hoch, nahm Kluftinger unweigerlich Haltung an. Von dem Männlein ging eine natürliche Autorität aus, die dadurch verstärkt wurde, dass sogar der Alte ihn gewähren ließ.

Da meldete sich Kluftinger senior zu Wort: »Entschuldigen Sie bitte, aber mein Sohn hat noch gar keine Erfahrung.«

»Du warst das?«, hakte der Mann im weißen Anzug sofort ein.

Da es eh keinen Sinn hatte, das Ganze zu leugnen, nickte Adalbert langsam.

Der Erkennungsdienstler kam noch ein paar Schritte auf ihn zu, dann hob er die Hand, worauf Adalbert ein wenig zusammenzuckte. Doch der andere hieb ihm nur mehrere Male anerkennend auf die Schulter. »Gut gemacht, Kollege. Seit ich da bin, versuch ich den ganzen Banausen beizubringen, wie wichtig ein unversehrter Tatort ist. Und dann kommt einer wie du und macht von selber alles richtig. Naturtalent, was?«

Er wusste nicht, was ihn mehr beeindruckte: die Art, wie der junge Mann mit dem Alten sprach, oder die Tatsache, dass er von ihm so gelobt wurde.

»Wir haben auf der Polizeischule …«, setzte er an, doch sein Gegenüber ließ ihn nicht ausreden.

»Weiter so. Dann werden wir noch viel Freude zusammen haben. Ich bin übrigens der Willi. Renn. Also, auf gute Zusammenarbeit.« Er streckte ihm seine Hand hin, die Adalbert mechanisch ergriff.

»Aber er ist doch bloß Streifenpolizist«, mischte sich jetzt sein Vater wieder ein. »Da werden Sie nicht viel mit ihm zusammenarbeiten.«

»Schade eigentlich.« Renn zuckte bedauernd die Achseln. »Aber was nicht ist, kann ja noch werden.« Dann drehte er sich um und stapfte davon.

Die drei sahen ihm noch eine Weile nach, dann erklärte Hefele: »Das war unser Neuer bei der Spurensicherung. Bisschen loses Mundwerk, aber eine absolute Koryphäe auf seinem Gebiet. Kannst dir was drauf einbilden, dass der dich so hat hochleben lassen, Kluftinger junior.«

»Adalbert heißt er, der Bub. Ja, es ist schon wichtig, dass man den Tatort nicht … verdingst, gell?«, fügte sein Vater geschäftig an. »Das sag ich auch immer.«

Jetzt verzog sich der Schnauzbart des Kriminalers zu einem spöttischen Grinsen. »Freilich, das sagst du immer. Dann darfst du eigentlich auch wieder zurück nach Hause. Ist doch dein freier Tag heut. Und ich hab hier noch ein paar Fragen an deinen Sohn zur Faktenlage.«

Kluftinger senior wollte protestieren, doch der Hauptkommissar hob die Hand. »Passt schon, er ist der Diensthabende. Wir kommen hier ohne dich klar.«

Ein wenig tat Adalbert sein Vater leid, wie er jetzt mit hängenden Schultern von dannen zog. Andererseits hatte er es sich auch ein bisschen verdient, fand er.

»Wo sind denn hier die nächsten Höfe?«, riss ihn Hermann Hefele aus seinen Gedanken. »Und wem gehören die?«

»Der nächste gehört dem Lederer Hubse. Ich mein Hubert. Oder Hubertus? Das weiß ich jetzt gar nicht. Und dann kommt der Hof vom Theo. Natterer. Schätzungsweise fünfhundert Meter und einen Kilometer entfernt.«

»Kann man die von hier aus sehen?«

»Nein. Aber von da oben, hinterm Kreuz«, Kluftinger hob die Hand und zeigte auf den Hügel, »hat man einen Blick auf die andere Seite.«

Hefele nickte. »Danke, du hast uns wirklich sehr geholfen. Deinen Bericht lässt mir schnellstmöglich zukommen. Kannst gehen.«

Doch Kluftinger schüttelte den Kopf. »Ich bleib. Vielleicht braucht man mich noch.«

»Was hab ich dir gesagt von wegen Einmischen? Was hab ich dir da gesagt?« Kaum, dass sie eine halbe Stunde später im Auto saßen und sich auf den Rückweg machten, begann Kluftinger senior mit seiner Schimpftirade. Sein Sohn spürte die Speichelspritzer seines Vaters auf seiner rechten Wange.

»Aber Vatter, ich hab doch bloß …«

»Dich in Sachen eingemischt, die dich nix angehen.«

Adalbert erwiderte nichts, er wollte, dass sein Vater sich erst einmal beruhigte.

»Das kommt nicht gut an, wenn man überall seine Nase reinsteckt. Und es versaut die Preise, verstehst? Wenn wir Streifenpolizisten anfangen, eigenmächtig solche Tätigkeiten auszuüben, dann müssen wir das bald die ganze Zeit tun. Und wir haben wirklich genug um die Ohren.«

Wieder erwiderte Adalbert nichts, was seinen Vater tatsächlich etwas zu besänftigen schien. Offenbar deutete er sein Schweigen als Einsicht, auch wenn dem ganz und gar nicht so war. Vor allem, als der Senior feststellte: »Weißt du, das ist nicht unsere Sache. Das ist Sache der Studierten. Die sind da oben«, er deutete mit einer Hand eine Linie an, »und wir da herunten. Wir gehören in den Streifenwagen und die in die edlen Autos. Daran ändert sich auch nix, wenn du privat so einen Nobelhobel fährst.«

Als Adalbert Kluftinger am nächsten Tag gegen halb zehn den Flur der Kemptener Kriminalpolizei betrat, die im gleichen Gebäude untergebracht war wie seine eigene Abteilung, war ihm doch etwas mulmig zumute. Zwar war er ganz und gar nicht der Meinung seines Vaters, auch wenn er gestern nicht mehr widersprochen hatte. In der Nacht allerdings hatten die Worte seines alten Herrn ihre volle Wirkung entfaltet. Er hatte schlecht geschlafen und immer wieder über den Abend nachgedacht. Nun war er sich gar nicht mehr so sicher, ob er sich nicht doch etwas zu weit vorgewagt hatte. Er hatte den Bericht als Erstes heute Morgen verfasst. Auch die Identität des Opfers, das von den Kollegen sehr schnell als die Altusrieder Lehrerin Karin Kruse identifiziert worden war, hatte er vermerkt, auch wenn er nicht wusste, wie diese schnelle Identifizierung vonstattengegangen war. Er musste sich nichts vorwerfen, das war ganze Arbeit. Dennoch beschloss er vorsichtshalber, das Schriftstück einfach auf den Schreibtisch des Alten zu legen und sich schnell wieder aus dem Staub zu machen. So früh würde von denen eh niemand da sein, wenn man den Gerüchten über ihre Arbeitsmoral Glauben schenken durfte.

Er wollte gerade das Büro von Hermann Hefele betreten, da dröhnte dessen sonore Stimme auf dem Flur: »Aha, hast du was für mich?«

Erst jetzt fiel Kluftinger auf, dass ihn der Alte die ganze Zeit schon duzte, was er als völlig natürlich empfand. »Ja, ich … also ich sollt doch einen Bericht …«, druckste er herum.

»Den hast du schon geschrieben?«, fragte sein Gegenüber ungläubig.

»Ja, freilich, ist ja keine große Sache.«

»Das sehen meine Mitarbeiter hier ein bisschen anders. Bei denen dauert das ewig.«

Kluftinger wollte etwas erwidern, da packte ihn von hinten jemand unsanft an der Schulter. Als er sich umdrehte, blickte er in das Gesicht seines Vaters, das hektische rote Flecken zeigte. »Kommst du mal bitte, Bub?«, sagte der, und man merkte ihm an, dass er sich mühsam beherrschen musste. Als er seinen Sohn um die nächste Ecke gezerrt hatte, legte er los: »Hast du denn gestern nicht zugehört, was ich dir gesagt hab? Du hast hier nix verloren.«

»Vatter, ich hab den Bericht abgegeben.«

»Das kann man doch mit der Hauspost schicken. Bei den Kriminalern spaziert man nicht einfach so rein, merk dir das ein für alle Mal. Jeder hat hier seinen Platz. Und jetzt tu endlich das, wofür dich unser Staat bezahlt!«

Es war kurz nach eins, als das Telefon auf Adalberts Schreibtisch klingelte.

»Meise hier«, meldete sich eine schnarrende Frauenstimme am anderen Ende. »Der Herr Kriminalhauptkommissar Hefele möchte Sie sprechen. Sofort.«

»Ja, gern, ich komm …«, konnte er noch sagen, vor dem »gleich« hatte die Frau bereits wieder aufgelegt.

Also doch, dachte er und erhob sich zögernd. Er hatte ja die Warnungen seines Vaters in den Wind schlagen müssen! Nun würde er die Rechnung dafür in Form eines Anpfiffs serviert bekommen. Kluftinger stieg erneut die Stufen zum Kommissariat hinauf, diesmal mit einem noch unbehaglicheren Gefühl im Magen. Er betrat das Vorzimmer des Kripochefs, die Sekretärin sah nur kurz auf, deutete mit der Hand auf die offene Tür zum Büro, und er trat ein.

Hermann Hefele und seine Mannschaft schienen bereits auf ihn zu warten. Der Alte saß auf dem Stuhl hinter seinem Schreibtisch, der sich unter riesigen Aktenstapeln bog. Ein weiterer Beamter, dessen Namen er nicht wusste, lehnte am Schreibtisch, zwei andere, die er vom Sehen kannte und die seines Wissens nach Müller und Hartmann hießen, hatten sich in einer kleinen Sitzgruppe niedergelassen. Alle blickten ihn an, doch keiner sagte etwas.

»Stör ich?«, fragte Kluftinger unsicher. »Es hat geheißen, ich sollt kommen …«

»Ja, das stimmt«, erwiderte Hermann Hefele freundlich. Da er ihn nicht aufforderte, sich zu setzen, blieb Kluftinger stehen, wie ein Schüler, der vor der Klasse ausgefragt wird.

»Ich hab noch ein paar Fragen wegen gestern.«

Jetzt kommt's, dachte Kluftinger.

»Diese Frau, die da … zu Tode gekommen ist, diese Karin …«

»Kruse«, vervollständigte Kluftinger.

»Genau. Also, kennst du die?«

»Nein. Das heißt: doch.«

»Was denn nun?«

»Sie wohnt noch nicht lang in Altusried. Ist erst vor ein paar Monaten gekommen. Zum neuen Schuljahr, sie ist … war Lehrerin an der Hauptschule. So was wie die haben wir bisher noch nicht gehabt. Sehr gutaussehend. Hat den Männern bei uns im Ort gleich den Kopf verdreht.« Kluftinger lächelte, doch dann korrigierte er sich schnell. »Also einigen. Mir nicht, also, nicht dass ich sie nicht … ich mein, also jedenfalls hat man über sie geredet. Viel.«

»Hattest was mit ihr?«, fragte der, von dem Adalbert glaubte, dass er Müller hieß, mit breitem Grinsen.

»Nein«, antwortete Kluftinger wahrheitsgemäß. »Ich hab schon eine … Bekanntschaft.«

»Was erzählt man sich denn sonst noch im Dorf?«, hakte der Alte nach.

»Nichts, was es wert wär, dass man ihm Beachtung schenkt. Schmarrn, Spekulationen, dass sie gleich mehrere Männer auf einmal gehabt und was mit Schülern angefangen hätt und so weiter. Aber alles bloß Dorftratsch.«

»Nur keine voreiligen Schlüsse ziehen, junger Mann«, mahnte der Beamte am Schreibtisch.

Doch Hefele hob die Hand. »Lass mal, Konrad. Das ist doch sehr interessant, was uns der Kollege da erzählt.«

Kluftinger war baff. Offenbar war Hefele wirklich an seinen Beobachtungen interessiert. Also beantwortete er gewissenhaft jede weitere Frage, gab, wo er es für sinnvoll hielt, seine Einschätzung ab, und glänzte ansonsten mit Hintergrundwissen aus dem Dorfleben.

Schließlich geleitete ihn der Alte persönlich zur Tür und bedankte sich für seine Hilfe. Kluftinger wollte schon gehen, da stellte ihm Hefele noch eine letzte Frage. Eine Frage, deren Einfluss auf sein ganzes weiteres Leben er damals noch nicht abzuschätzen vermochte: »Sag mal, einen wie dich könnten wir gut brauchen. Hättest du nicht vielleicht Lust, bei uns in der Soko mitzuarbeiten?«

19

Kluftinger musste lächeln bei dem Gedanken an seine ersten Begegnungen mit den Kollegen vom Kommissariat. Noch immer spielte er mit dem Sterbebildchen in seiner Hand. Ja, wenn der alte Hefele ihm diese Frage vor gut dreißig Jahren nicht gestellt hätte, wäre er damals nicht in die Soko gekommen – und heute wohl nicht leitender Kriminalhauptkommissar. Er hätte stattdessen den Karriereweg eingeschlagen, den sein Vater immer für ihn vorgesehen hatte: Streifenpolizist. Ohne besondere Verpflichtungen, ohne besondere Ambitionen. Wäre das ein schlechteres Leben gewesen? Zahlte er gerade den Preis dafür, dass er eine andere Abzweigung genommen hatte?

Er las den Spruch auf dem Sterbebildchen und seufzte. Nein, er hatte es richtig gemacht. Hatte Menschen helfen können und andere, gefährliche, aus dem Verkehr gezogen. Vielleicht war die Welt dadurch nicht besser geworden, aber seine Heimat tatsächlich ein klein wenig sicherer. Und das war doch auch schon etwas.

Außerdem, so empfand er es, hatte er durch seinen Einsatz für die gerechte Sache seine Schuld aus der Jugend gesühnt – falls es überhaupt etwas zu sühnen gab.

Plötzlich öffnete sich das Kirchenportal mit einem Knarzen. Kluftinger drehte sich ruckartig um, was einen stechenden Schmerz in seinem Nacken verursachte – und entspannte sich.

Erika stand in der riesigen Tür und schaute mit zusammengekniffenen Augen in die fast vollständig dunkle Kirche. Nur die Kerzen vor dem Marienaltar sorgten für ein wenig flackerndes Licht.

Er räusperte sich, da erblickte ihn seine Frau. »Butzele, da bist du ja. Ich hab mir Sorgen gemacht.«

Er stand auf und hielt die Zettel hoch. »Ich hab die Sterbebildchen eingesammelt. Geht doch nicht, dass die hier rumliegen.«

Langsam kam sie auf ihn zu. Der Schein der Kerzen tauchte ihr Gesicht in ein weiches, warmes Licht. Mit einem Mal wurde er von einer Welle der Zuneigung für sie ergriffen. Sie war noch immer eine schöne Frau, dachte er. Im Gegensatz zu ihm schien ihr das Alter nichts anhaben zu können. Aus einem Impuls heraus umarmte er sie und drückte sie fest an sich. »Sag, Schätzle, erinnerst dich noch an den Faschingsball damals, in unserem ersten Jahr?«, fragte er mit belegter Stimme.

Erika hob überrascht den Kopf. »Wie kommst du denn jetzt darauf?«

»Weißt du noch, wie eng wir da getanzt haben?«

»Sicher weiß ich das noch. Du warst ein Pirat.«

»Ich war *Herr der sieben Meere!*«, präzisierte Kluftinger.

»Ja, oder das. Jedenfalls fand ich es drollig, weil ich noch nie einen Erwachsenen gesehen hab, der als Pirat auf den Fasching geht.«

Ihr Mann hob mahnend den Zeigefinger.

»Oder als *Herr der sieben Meere*.«

»War schön damals, gell?«

»Ja. Und leider gab es danach nicht mehr viele Faschingsbälle, auf denen wir gemeinsam waren.«

Er schnaufte. Erika hatte recht. »Nächstes Jahr gehen wir wieder, versprochen.« Mit diesen Worten küsste er sie auf die Stirn und zog sie zum Ausgang.

20

An diesem Morgen erwachte Kluftinger voller Tatendrang. Er beschloss, heute einfach mal etwas Schönes mit Erika zu unternehmen. Und da Samstag war, hatte er auch schon eine Idee. Ungeduldig wartete er, bis seine Frau neben ihm aufwachte, und kaum dass sie die Augen aufgeschlagen hatte, platzte er auch schon damit heraus: »Du, Schätzle, wie wär's, wenn wir zwei heut in Kempten auf den Wochenmarkt gehen?«

Erika rieb sich den Schlaf aus den Augen, gähnte ausgiebig und antwortete: »Guten Morgen. Hast nicht gut geschlafen?«

»Ich? Doch, freilich, wieso? Was ist jetzt, gehen wir?«

»Wie spät?«

»Also ... keine Ahnung, was ist denn das überhaupt für eine Antwort?«

Jetzt setzte sich seine Frau im Bett auf und sah auf die Uhr des Radioweckers. »Halb sieben? Am Samstag? Ist das schon die senile Bettflucht?«

Kluftinger spürte, wie seine Lust auf gemeinsame Unternehmungen wieder abnahm. Er kämpfte das Gefühl aber nieder. Heute wollte er romantisch sein. Um jeden Preis. »Ich bin so munter, weil ich Lust hab, mit dir was zu unternehmen. Das Wetter ist auch schön, also gehen wir halt auf den Wochenmarkt. Damit liegst mir doch immer in den Ohren. Und jetzt willst du nicht, oder wie?«

Seine Frau war nun völlig wach, was Kluftinger daran sah, dass sie besorgt ihre Stirn krauszog. »Aber ist denn das gut? In der aktuellen Lage?«

»Was denn für eine Lage?«

»Jetzt tu doch nicht so. Wegen der Drohungen.«

Kluftinger hatte für einen Moment wirklich nicht daran gedacht. »Ach so, das ...« Auf einmal war alles wieder da, und die Lust auf seine eigene Idee näherte sich dem Nullpunkt. Er zweifelte kurz, dann erklärte er bestimmt: »Ich lass mir von so einem Deppen meine Freiheit nicht nehmen! Der will doch bloß, dass ich nicht mehr auf den Wochenmarkt geh. Aber den Gefallen tu ich ihm nicht.«

»Du nimmst dir doch sonst auch die Freiheit, *nicht* hinzugehen«, bemerkte seine Frau spitz.

»Ja, sonst. Aber jetzt ... muss ich ja praktisch. Weil ich nicht mehr die Freiheit hab, nicht hinzugehen, wenn du weißt, was ich mein.«

»So ungefähr. Aber ich weiß wirklich nicht, ob das so eine gute Idee ist. Wir können auch ein andermal hin. Außerdem brauchen wir nix Spezielles, ich war gestern schon beim Einkaufen.«

»Nix da.« Er robbte an seine Frau heran. Die Erinnerung an den Faschingsball war noch sehr präsent. »Wär doch toll, wir essen wie früher einen Bauernschübling und vielleicht ein Wienerle ...«

»Sehr romantisch«, bemerkte Erika sarkastisch. »Hat nicht der Romeo seine Julia auch mit der Aussicht auf eine Brühwurst rumgekriegt?«

»Ach komm, du weißt genau, wie ich das mein. Außerdem seh ich dann, wo du die ganzen Sachen immer einkaufst«, sagte er und fügte in Gedanken hinzu: *Und kann kontrollieren, ob es die woanders nicht billiger geben tät.*

»So, hab ich zu viel versprochen?« Kluftinger breitete die Arme aus und atmete die Luft tief ein, die hier, mitten auf dem Kemptener Wochenmarkt, erfüllt war vom Duft frischen Obsts und heißer

Würstchen. Dann reckte er demonstrativ den Kopf und schaute in den hellblauen Himmel, der – für November eher ungewöhnlich im Allgäu – nur von ein paar Schäfchenwolken bevölkert wurde.

»Ich weiß schon, dass es hier schön ist«, antwortete Erika, die sich auf eine der Bänke am Fuße der mächtigen Lorenz Basilika niedergelassen hatte. Tatsächlich verfügte nicht jede Stadt über eine so spektakuläre Kulisse für ihren Wochenmarkt. »Aber tu nicht so, als hättest du das alles gebaut!«

Kluftinger fielen die zahlreichen neuen Angebote auf, die dort seit seinem letzten Besuch vor Jahren Einzug gehalten hatten: Man konnte nun Müsli aus heimischer Produktion kaufen, genauso wie Algensalat, Putenhartwurst, Allgäuer Edelkäse und Burger aus zerrupftem Fleisch. Zwar hatte er sich die ganze Fahrt über auf seinen Schübling gefreut, bei den vielen kulinarischen Verlockungen geriet sein Entschluss jedoch ins Wanken. Vor allem beim Anblick der längsten Schlange, die sich erstaunlicherweise vor einem historisch anmutenden Lieferwagen befand, aus dem heraus Allgäuer Kässpatzen verkauft wurden. Unschlüssig steuerte er den Wagen von *Fisch Schmidt* an, als er dort Birte Dombrowski stehen sah.

Schnell wandte er sich um und beugte sich tief über den nächstbesten Marktstand, denn auf Dienstgespräche hatte er an diesem unbeschwerten Vormittag nun wirklich keine Lust.

»Grüß Gott, der Herr. Sie interessieren sich für unsere Wurstauswahl?«

Erst jetzt sah der Kommissar, dass er sich über die Auslage eines Mannes gebeugt hatte, der neben Schaffellen und Naturwolle auch ziemlich grau aussehende, tranig riechende Lammwurst anbot.

»Danke, aber ich hab's nicht so mit Hammel.«

»Könnten Sie dann bitte Ihre Nase aus meinen Landjägern nehmen?«

Kluftinger hob entschuldigend die Hand und drehte sich zu seiner Frau um, da traf sein Blick den der Polizeipräsidentin. So blieb ihm nichts anderes übrig, als auf sie zuzugehen, wobei er Erika noch schnell ins Ohr zischte: »Wir schwätzen uns da aber nicht fest, bei der Chefin. Nur schnell *Grüß Gott* und dann weiter.«

»Guten Tag, Herr Kluftinger«, tönte da auch schon die Dombrowski und trat auf ihn zu, ebenso wie ein junger Mann, offenbar ihre Begleitung. »Auch auf der Suche nach gesundem Essen?«

»Immer«, erwiderte er im Brustton der Überzeugung. »Grüß Gott.«

Sie reichte ihm die Hand. »Das ist Florian.«

»Ah, der Sohnemann«, entfuhr es Kluftinger, was seine Chefin mit einem beiläufigen Lächeln quittierte.

»Nein, das ist nicht mein Sohn.«

Der Kommissar wartete auf eine weitere Erläuterung, doch sie beließ es dabei, und er wurde davon abgelenkt, dass ihn Erika in die Seite boxte. »Ach so, ja: mei Frau, mei Chefin.«

Die beiden begrüßten sich herzlich. »Freut mich, dass ich Sie endlich einmal kennenlerne, Frau Kluftinger. Sind Sie regelmäßig hier?«, fragte die Dombrowski. »Dann haben wir uns vielleicht schon einmal gesehen, ohne es zu wissen.«

»Ja, das könnt gut sein«, erwiderte Erika.

»Sagen Sie, Herr Kluftinger, ich war ja gestern auf einem Kongress und bin deswegen über die tagesaktuelle Lage nicht ganz im Bild. Aber ist das sinnvoll, dass Sie hier am helllichten Tag in der Öffentlichkeit herumlaufen?«

Erika nickte heftig. »Genau das hab ich ihm auch gesagt, Frau Präsidentin. Und stellen Sie sich vor, gestern, in der Altusrieder Kirche ...«

»... da hat der Pfarrer eine schöne Predigt gehalten«, unterbrach sie ihr Mann.

»Was denn für eine Predigt? War doch Freitag gestern«, korrigierte ihn seine Frau und fuhr fort: »Also jedenfalls hat der, na, der Unbekannte halt, Sterbebildchen ausgelegt. Von meinem Mann. Was denken Sie, wie es einem geht, wenn man plötzlich das Sterbebildchen vom eigenen Mann in der Hand hält?«

»Das weiß ich sogar sehr genau, Frau Kluftinger. Aber Sie haben recht, das muss man ernst nehmen. Ich bin wirklich alarmiert.«

»Ach was, das muss man jetzt nicht gleich so hochsterilisieren«, warf der Kommissar ein.

»Nichts da, Herr Kluftinger.« Die Polizeipräsidentin sah auf die Uhr. »Sagen wir um elf in Ihrem Büro? Ich denke, wir müssen hier schnell handeln.«

»Priml, Erika, ganz priml«, maulte Kluftinger, als seine Vorgesetzte außer Hörweite war. »Primulant, möcht ich fast sagen. Jetzt muss ich zum Schaffen, statt mit dir hier schön auf dem Markt zu sein. Hätten auch noch in die Stadt gehen können, ein Kleid für dich kaufen. Oder ein neues Dirndl.«

»Ach, das hattest du alles vor?«

»Ja.«

»Sicher.«

»Kannst mir schon glauben.«

»Tu ich doch. Vielleicht wolltest auch noch einen Urlaub auf den Malediven buchen?«

»Mach du ruhig Witze, das hätt ein perfekter Tag werden können, und jetzt ...«

»Jetzt ist wichtiger, dass ihr euch um diesen Verrückten kümmert. Damit wir in Zukunft auch noch schöne Tage haben.«

»Hm«, brummte Kluftinger. »Ich hab aber noch Hunger.«

»Was magst denn essen? Hast du dich endlich entschieden?«

»Schübling.« Er stapfte los, kaufte sich eine Wurst und stopfte sich die Hälfte davon auf einmal in den Mund. »Du kannf ruhig heimfrn odr inkaufn«, presste er mampfend hervor, auch ein bisschen, weil er wusste, wie sehr sie es hasste, wenn er sein Essen so schlang. Schließlich stand er wegen ihr so unter Zeitdruck.

Sie verabschiedete sich mit einem Kuss auf seine wurstdicke Backe, worauf er sich ebenfalls auf den Weg machte. Den Rest der Wurst aß er im Gehen. Während er Richtung Stadtpark lief und das Markttreiben hinter sich zurückließ, schweiften seine Gedanken wieder zurück zu dem Jahr des grausamen Funkensonntags.

Damals, als junger Polizist, war er oft auf dem Wochenmarkt gewesen. Hatte in Uniform am Wurststand gestanden, sich mit Passanten unterhalten und gleichzeitig ganz entspannt Polizeipräsenz verkörpert. Den Leuten ein Gefühl der Sicherheit vermittelt. Ein Beamter zum Anfassen war er gewesen, damals. *Damals war die Welt noch in Ordnung*, sinnierte er wehmütig. Und der Schübling mit Breze und süßem Senf hatte noch nicht umgerechnet sechs Mark gekostet, sondern achtzig Pfennig. Wenigstens war die Wurst immer noch so gut wie früher. Manche Dinge änderten sich eben, andere nicht. Und das war auch gut so.

21

»Vatter, jetzt mach endlich, ich muss wirklich pünktlich sein heut.«

Adalbert Kluftinger war genervt. Seit zehn Minuten wartete er nun schon, dass sein Vater endlich herunterkam und zu ihm ins Auto stieg. Dabei war heute ein besonders wichtiger Tag: Hermann Hefele, Leiter des K1 bei der Kemptener Kripo, hatte ihn tatsächlich zur Teilnahme an der Sonderkommission mit dem sprechenden Namen *Funkenmord* eingeladen. Ihn, einen normalen Streifenpolizisten, der noch dazu ganz am Anfang seiner Karriere stand. Und wenn Hefele etwas hasste, dann war es Unpünktlichkeit.

»So übereifrig muss man auch nicht sein«, tönte es aus dem Bad. »Fünf Minuten vor der Zeit ist des Beamten Pünktlichkeit. Nicht gleich eine Dreiviertelstunde.«

»Mama, sag ihm, ich fahr, er soll sein eigenes Auto nehmen.«

Nun ging die Badezimmertür wie auf Kommando auf. Kluftinger senior knöpfte sich das beige Uniformhemd zu. »Komm ja schon, Bub, bloß nicht hudeln.«

Na also, ging doch. Adalbert wusste, wie gern

sein Vater es vermied, sein eigenes Auto zur morgendlichen Fahrt in die Kemptener Polizeidirektion zu nutzen, seit sein Sohn den Passat hatte.

»Eure Brotzeit«, rief Hedwig Maria Kluftinger, wie immer morgens in Kittelschürze und Pantoffeln, und wedelte mit zwei in Pergamentpapier verpackten Broten.

»Wir brauchen nix, heut ist doch Mittwoch, da geht's auf den Wochenmarkt.«

»Ich nehm's gern mit, Mama, wer weiß schon, ob man bei der Soko einfach so Brotzeit machen kann«, erklärte ihr Sohn und nahm ihr beide Päckchen ab.

Sie zupfte ihm noch ein paar Flusen von der Uniformjacke, dann strahlte sie ihn an. »Schon ein großer Tag für dich heut, gell, Bub? Bist aufgeregt?«

»Schmarrn, Mama. Kein Stück«, log er, drückte seine Mutter zum Abschied und ging hinter seinem Vater nach draußen. »Eigentlich wärst eh du dran zum Fahren«, rief er, als Kluftinger senior in den Passat stieg.

»Ich weiß, aber … ist grad schlecht, wegen … meine Kupplung, die schleift ein bissle.«

»Schleift, verstehe«, seufzte Adalbert, verstaute die Brotzeit in seiner Aktentasche auf dem Rücksitz, nahm auf der Fahrerseite Platz und startete den Wagen.

Sie waren noch keine Minute gefahren, da legte sein Vater los: »Überlegst dir's halt noch mal mit der Soko, hm? Die suchen nur einen Deppen, der ihnen die Drecksarbeit macht, ohne groß zu widersprechen. Weil sich ein kleiner Beamter wie wir nun mal gebauchpinselt fühlt, wenn sich die großen Kriminaler mit ihm abgeben.«

Adalbert sagte nichts, und sein Vater machte weiter. »Ich mein ja bloß. Du *musst* nicht. Kannst auch einfach weiter deinen normalen Dienst versehen. Wie's vorgesehen ist.«

»Auch wenn du's mir immer noch nicht glaubst: Ich hab da Bock drauf.«

»Bock, was soll denn das jetzt wieder sein? Ihr habt's eine Sprache, ihr jungen Leut.«

»Vatter, jetzt geh mir bitte nicht auf die Nerven. Brauchst auch nicht eifersüchtig sein, bloß weil dich keiner gefragt hat.«

»Mich?«, tat der Vater erstaunt, als wäre er auf einen solch abwegigen Gedanken noch nie gekommen. »Ich bin doch nicht … also, das wär ja noch schöner. Ich hätt ja eh sofort abgesagt.«

Sein Sohn grinste. »Na also …«

»Wobei, streng genommen hätte man schon jemanden mit meiner langjährigen Erfahrung eher fragen müssen als so einen Backfisch wie dich.«

»Backfisch«, wiederholte Adalbert abfällig. »Eine Sprache habt's ihr alten Leut.«

Kluftinger senior sagte kein Wort mehr, bis sie die Außenbezirke von Kempten erreicht hatten. »Schau, dass du pünktlich bist, heut Abend. Um halb sechs kommt der zum Abdichten vom Garagendach«, brach er das Schweigen.

»Wer?«

»Der Arbeiter.«

»Der Schwarzarbeiter, Vatter?«

»Du hilfst mir ja nicht. Und was soll denn ein kleiner Beamter wie ich, mit einem mickrigen Gehalt …«

Sein Sohn schüttelte den Kopf. »Dein Geiz bringt dich mal noch in Teufels Küche.«

Er nahm sich fest vor, eine deutlich unverkrampftere Beziehung zu Geld an den Tag zu legen, wenn er selbst einen eigenen Haushalt und vielleicht sogar eine kleine Familie haben würde.

Auf dem Korridor der Polizeidirektion kam ihm ein uniformierter Kollege entgegen: Roland Hefele. Er war etwas jünger als Kluftinger, und jeder wusste, dass er der Neffe vom *Alten* war. Adalbert hatte schon die eine oder andere Schicht mit ihm verbracht und schätzte seine direkte Art.

»Ah, Null-Null-Klufti«, sagte Hefele grinsend. »Mal wieder in geheimer Mission unterwegs? Ziehst wohl bald die Uniform aus und kommst bloß noch im Anzug, wie mein Onkel und seine überbezahlten Sesselfurzer?«

»Servus, Roland. Schmarrn. Ich bleib euch schon erhalten.«

»Ach so? Ich hab gedacht, du willst Karriere machen, damit du dir deine Luxuskarosse finanzieren kannst. Unsereins hat einen verrosteten Kadett, und der Herr fährt Neuwagen. Irgendwie muss das Geld doch reinkommen, oder?«

»Hab den total billig gekriegt. War ein Vorführwagen.«

»Aber Kripo tät dir schon trotzdem raushängen, hm?«

»Du, ich mach das jetzt ein Mal, und damit gut. Dann ist wieder Dienst nach Vorschrift.«

Hefele nickte zufrieden. »Wochenmarkt, halb eins?«

Adalbert Kluftinger schüttelte den Kopf. »In so einer Soko kann man schlecht um zwölf den Stift fallen lassen.« Er hörte seinen Worten nach. Hatte das nicht tatsächlich ein wenig wichtigtuerisch geklungen? Er musste aufpassen, dass sich nicht die

Prophezeiungen seines Vaters schneller bewahrheiteten, als er »Sonderkommission« sagen konnte. Daher fügte er an: »Könnt ich mir vorstellen jedenfalls. Kenn mich da ja nicht so aus.«

»Soso, dann frohes Schaffen und … Fasten. Sag meinem Onkel einen schönen Gruß. Mich hat der übrigens noch nie gefragt, ob ich an einer Soko interessiert wär. Dabei hab ich dem als Bub immer für umsonst den Rasen gemäht. Ja, Undank ist der Welten Lohn.«

Kluftinger sah demonstrativ auf die Uhr.

»Lassen Sie sich nicht aufhalten, Herr Kriminalrat«, ätzte sein Gegenüber und ging weiter.

Als Kluftinger kurz darauf den Besprechungsraum der Kriminalpolizei Kempten betrat, war ihm mulmig zumute. Die Mitarbeiter, die neulich bei seinem Gespräch dabei gewesen waren, saßen an dem großen Tisch und unterhielten sich murmelnd, ihr Chef Hermann Hefele jedoch war noch nirgends zu sehen. Ausgerechnet. Die anderen hatten ihn neulich bereits deutlich spüren lassen, dass sie seine Mitarbeit bei dem Fall für überflüssig hielten. Er sah sich um. Am Kopfende des Tisches stand eine fahrbare Schultafel, auf die mit Kreide *Altusrieder Funken-Mord* geschrieben war. Drum herum waren mit Tesa ein paar handgeschriebene Blätter und Fotos angebracht.

»Guten Morgen mit'nand«, schmetterte er so forsch es ging in die Runde, doch außer einem Brummen kam nicht viel zurück. Zwei von den Kollegen hoben nicht einmal den Kopf und unterhielten sich weiter. »Gibt's denn bei Ihnen eine Sitzordnung?«, fragte er den Einzigen, der ihn anblickte. Der Mann hieß Konrad Hartmann. Kluftinger wusste das, er hatte sich vorbereitet und die Namen aller Soko-Mitarbeiter auswendig gelernt.

»Sind ja weder bei einer Hochzeit noch bei der Erstkommunion, falls man dir das nicht gesagt hat. Bei uns muss jeder sehen, wo er bleibt. Sitzt, mein ich«, erwiderte Hartmann und sah dabei Beifall heischend in die Runde. Adalbert senkte den Blick und nickte, dann setzte er sich auf einen der Stühle, die vor den Fenstern aufgereiht standen. Sich gleich zu den echten Kriminalern an den Tisch zu setzen, erschien ihm doch ein wenig vermessen.

Mit der Aktentasche auf dem Schoß wartete er. Und wunderte sich ein wenig, dass außer den Kripobeamten keine weiteren Fachleute aus anderen Abteilungen an der Soko teilzunehmen schienen. Er biss sich auf die Unterlippe, starrte auf den Nadelfilzboden und schwieg. Immerhin: Niemand schien weiter von ihm Notiz zu nehmen. Ob er einfach noch mal auf einen der Kollegen zugehen sollte? Oder kam das zu forsch rüber? Sein Vater hatte ihn mit seinen seltsamen Handlungsanweisungen ganz verunsichert. Überhaupt: Was machte er hier? Er könnte jetzt so schön mit einem Streifenwagen durch die Stadt …

»So, meine Herren«, tönte es in diesem Moment von der geöffneten Tür her. Hermann Hefele betrat den Raum zusammen mit dem Polizeidirektor, Willi Renn vom Erkennungsdienst, der eine Tüte bei sich trug, und Franz Pschorr, dem Pressesprecher. Die Kollegen nahmen sofort Haltung an. Reflexartig erhob sich Adalbert Kluftinger von seinem Stuhl. Als der Alte ihn sah, nickte er ihm zu und machte ihm ein unmissverständliches Zeichen, sich an den Besprechungstisch zu setzen. Mit schüchternem Lächeln nahm Kluftinger also zwischen Willi Renn und »Müller drei« Platz, wie Oswald Müller in der Direktion genannt wurde.

Hefele nahm Platz und legte sofort los. »So, gehen wir in medias res. Wir begrüßen heute in unseren Reihen einen sehr engagierten Kollegen von der Schutzpolizei, Adalbert Kluftinger. Seinen Vater dürften ja alle zumindest vom Hörensagen kennen.«

Gemurmel machte sich breit, und Kluftinger glaubte auch einige spöttische Lacher zu vernehmen, doch vordergründig lächelten ihm die Beamten nun freundlich zu. Da betrat Frau Meise, die Abteilungssekretärin, den Raum. Sie balancierte auf einem kleinen Tablett eine Tasse und einen Teller mit zwei dick belegten Salamisemmeln. Wortlos stellte sie es neben Hefele ab, der sich bei ihr bedankte und leise fragte: »Fünf Löffel Kakaopulver?«

»Wie immer, Chef. Lassen Sie es sich schmecken«, erklärte sie eifrig. »Einen erfolgreichen Tag, die Herren«, wünschte sie noch, dann war sie wieder verschwunden.

Eine ziemlich fürstliche Brotzeit, die sich der Alte da bringen ließ, fand Kluftinger. Ob er es auch einmal zur »eigenen« Sekretärin bringen würde? Wer wusste das schon? Aber einen derart gehaltvollen Kakao würde er sich auf jeden Fall versagen. Schließlich wollte er rank und schlank bleiben. Seine Erika sollte ihn doch auch noch in vielen Jahren attraktiv finden …

»Ich bitte darum, dass Sie unseren jungen Kollegen behandeln wie einen von uns, aber das versteht sich ja eigentlich von selbst, denk ich.«

Willi Renn lächelte ihm aufmunternd zu, die anderen nickten widerwillig. Dann fuhr Hefele fort: »Lassen Sie uns anfangen. Zunächst zum Ermittlungsstand: Ich hab hier den Obduktionsbericht aus Memmingen vorliegen. Doktor Zillenbiller hat die sterblichen Überreste des Opfers mittlerweile untersucht, soweit das eben möglich war.«

Der Alte machte eine kurze Pause, die in Kluftinger jene Bilder des Tatorts heraufbeschwor, die er seit dem schrecklichen Abend nicht mehr aus dem Kopf bekam. Er atmete tief ein und schloss die Augen.

»Die Tote weist mehrere Knochenbrüche auf, sie dürfte vor ihrem Ableben ziemlich malträtiert worden sein«, erklärte Hefele weiter. »Ob sie bereits tot war, als sie am Kreuz befestigt worden ist, lässt sich zumindest zum momentanen Zeitpunkt nicht zweifelsfrei sagen.« Auch den anderen im Raum schien der Fall an die Nieren zu gehen. Sie hatten den Blick gesenkt und atmeten schwer. Nur dem Alten war keine Regung anzumerken. Geschäftsmäßig fuhr er fort: »Der Scheiterhaufen wurde fein säuberlich aus Holzpaletten aufgestapelt, als Brandbeschleuniger wurde wahrscheinlich Benzin verwendet, mit dem auch die Frau übergossen worden ist. Bei der Toten handelt es sich übrigens eindeutig um Karin Kruse, Volksschullehrerin zur Anstellung in Altusried. Ledig, sechsundzwanzig Jahre alt, stammt ursprünglich aus Kassel. Sie bewohnte seit vergangenem September ein möbliertes Zimmer im Ortszentrum, bei einer Frau Rimmele, mit der sie immer wieder Meinungsverschiedenheiten hatte bezüglich Herrenbesuch und Hausordnung. Der Altusrieder Schulleiter spricht im Zusammenhang mit Karin Kruse von einer engagierten, extrovertierten und lebenslustigen Frau, wobei es einige Gerüchte im Ort gibt, sie habe es, sagen wir mal, mit der Trennung zwischen Beruf und Privatleben nicht so genau genommen.«

»Sie hatte was mit Schülern?«, hakte »Müller drei« ein.

»So genau wollt sich niemand festlegen, man hat ihr wohl auch einige andere Männergeschichten angedichtet. Dorftratsch eben. Wobei: Der Ort des Geschehens, das Kreuz, der Scheiterhaufen, der besondere Tattag – gut möglich, dass hier die Symbolkraft dem oder den Tätern ganz besonders wichtig war.«

»Sprich, man wollte bewusst eine Hexenverbrennung inszenieren?«, brachte es Hartmann auf den Punkt.

»Muss man zumindest in Erwägung ziehen, ja«, bestätigte der Alte.

Nun meldete sich erstmals Polizeidirektor Franz Jehle zu Wort, ein weißhaariger Mann mit hängenden Wangen: »Kann man den Tatabend schon rekonstruieren? Durch Zeugenbefragungen?«

Hefeles strenger Ton wurde nun sanfter. »Ja, Herr Jehle, gute Frage, danke, da konnten uns die Kollegen von der Schutzpolizei bereits wichtige Hinweise geben. Vor allem unser Kluftinger … ich meine, Kollege Kluftinger junior, hat uns durch seine profunde Ortskenntnis und diverse eigene Befragungen unter der Bevölkerung sehr geholfen.«

Alle sahen zu Adalbert, der sofort knallrot anlief.

Hefele schien das zu bemerken und fuhr schnell fort: »Es ergibt sich daraus folgendes Bild: Karin Kruse hat wohl gegen sechs Uhr nachmittags ihr gemietetes Zimmer verlassen und ist mit ihrem Fahrrad in Richtung des Weilers Opprechts aufgebrochen. Auf dem Weg wurde sie von einigen Passanten gesehen. Anscheinend fuhr sie immer mal wieder dort hinauf. Kurz hinter dem Dorfrand verliert sich ihre Spur. Auch wurde niemand sonst gesehen, der in dieser Richtung unterwegs gewesen wäre. Vom Aufbau des Palettenstapels will ebenfalls keiner etwas mitbekommen haben. Ist natürlich auch ziemlich ab vom Schuss.«

»Wenn ich mich da mal einschalten darf«, meldete sich jetzt Renn zu Wort.

Kluftinger spürte, wie alle den Atem anhielten. Offenbar war es nicht üblich, den Alten ungefragt zu unterbrechen. Doch der hob nur die Augenbrauen und sagte: »Willi?«

Der Erkennungsdienstler nickte. »In der Glut wurde unter anderem ein Beil sichergestellt, das ich mitgebracht hab. Der Holzstiel ist ausgebrannt. Möglicherweise wurde der Haufen damit zusammengenagelt, ist aber zugegebenermaßen etwas spekulativ. Vielleicht könnte man bei den umliegenden Höfen mal fragen, ob im Lauf des Tages Hämmern oder dergleichen zu hören gewesen ist.« Renn schob jetzt den transparenten Plastikbeutel in die Mitte des Besprechungstisches. Darin war ein ungewöhnlich geformtes Metallteil zu erkennen. Wie der Kopf einer Axt, aber mit mehr Kanten und Ecken. Kluftinger kam die Form bekannt vor.

»Hier, könnt es euch ja mal anschauen«, forderte Renn sie auf. »Spuren sind sonst keine dran.«

Konrad Hartmann griff sich die Tüte als Erster, sah sich den Inhalt genauer an, um sie schließlich an seinen Nebenmann weiterzugeben. Die Spurenlage sei wegen des Feuers leider sehr dünn, führte Renn weiter aus, wobei das besonnene Handeln der Streifenbeamten vor Ort eine völlige Verwüstung des Tatorts zum Glück verhindert habe. Kluftinger nickte ihm dankbar zu. Da kam ihm eine Frage. »Die Frau ist ans Kreuz gebunden worden, oder?«

Der klein gewachsene Mann drehte sich ihm zu und nickte.

»Sind denn Reste von der Schnur übrig?«

Nun lachten einige der anderen auf. »Müller drei«

sagte mit spöttischem Grinsen: »Junger Kollege, nach dem Feuer wird da nicht viel übrig sein, wir haben ja praktisch keine Spuren, das hat doch der Willi gerade gesagt. Einfach mal bissle zuhören.«

Die Adern auf Adalberts Wangen traten hervor. Er hatte sich nur einbringen wollen, um zu zeigen, dass er voll bei der Sache war.

Doch Willi Renn kam ihm zu Hilfe. »Also, Kollege Müller, da muss ich widersprechen. Ich hab nicht gesagt, dass wir nichts haben, sondern dass die Spurenlage dünn ist. Tatsächlich sind Reste übrig, von einem kunststoffummantelten Draht, mit dem die Kruse an den Händen am Kreuz befestigt war.«

Müller lehnte sich beleidigt in seinem Stuhl zurück und sog die Luft ein.

»Gute Frage also, leider handelt es sich aber um Massenware. Die Kunststoffummantelung ist natürlich weggeschmort, dürfte sich aber um normalen grünen Zaundraht gehandelt haben. Fraglich, ob euch das weiterbringt, aber man weiß ja nie.«

Dankbar sah Kluftinger zu Renn, der ihm kaum merklich zuzwinkerte. Adalbert lächelte. Der Erkennungsdienstler war ihm nach der kurzen Zeit bereits eine Art Vertrauter in dieser nicht allzu gastfreundlichen Runde geworden. Und anscheinend mochte der ihn auch.

Schließlich wurde auch Kluftinger der Asservatenbeutel mit dem Beil gereicht. Es hatte eine spezielle Form, die Schneide war schmal, hatte eine deutliche Einkerbung in der Mitte und lief hinten spitz zu einem richtigen Hammer zu. Wie die anderen vor ihm wog er das Werkzeug in der Hand und wollte es gerade kopfschüttelnd an Renn zurückgeben, da hielt er inne. Er hatte eine Idee, einen vagen Gedanken. Oder war es mehr? Eine mögliche Spur? Oder doch nur das Hirngespinst eines übereifrigen jungen Polizisten?

Denn Kluftinger fiel ein, dass er genau so ein Teil schon selbst benutzt hatte, vor ein paar Tagen noch, auf dem Garagendach. Sein Vater wollte es mit ihm zusammen reparieren, doch dann hatten sie aufgegeben und einen Fachmann gerufen.

»Wenn niemand was zu dem Asservat zu sagen hat, würd ich es einfach fürs Erste wieder zu uns in die Abteilung mitnehmen und mich verabschieden«, erklärte Renn, stand auf und griff bereits nach dem Beutel, der vor Kluftinger lag.

Jetzt oder nie!, dachte er. Aber sollte er riskieren, sich wieder eine übellaunige Abfuhr von einem Kriminaler einzufangen? Andererseits war er nicht hier, um devot und ängstlich auf Anweisungen zu warten. Dafür hatte ihn der Alte sicher nicht angefordert. Was hatte er denn schon zu verlieren? Er nahm all seinen Mut zusammen, langte nach dem Beutel und hob ihn demonstrativ in die Höhe. Er räusperte sich, dann sagte er mit leicht krächzender Stimme: »Moment, ich hab da noch eine Anmerkung, Herr Renn.«

Skeptische Blicke trafen ihn, die letztlich alle dasselbe ausdrückten: *Muss uns der Wichtigtuer schon wieder aufhalten?*

»Wir waren beim Willi«, sagte Renn.

»Genau. Willi. Also, was ich sagen will, ist: Ich weiß zufälligerweise, dass man ein solches Beil nicht einfach zum Holzhacken im Garten nimmt. Es handelt sich um Spezialwerkzeug. Zimmerer zum Beispiel verwenden solche Dinger, zudem ist es ein typisches Dachdeckerwerkzeug.«

»Oho«, brummte Hartmann nun, »welche Erkenntnis. Möglicherweise gibt es sogar den einen oder anderen

Schreiner, der so was rumliegen hat? Oder einen Landwirt? Nicht zu vergessen Werkzeughändler! Es soll sogar Zimmerer geben, die gleichzeitig Dachdecker sind. Solche Banalitäten bringen uns doch nicht weiter. Hermann, können wir jetzt …«

»Moment!« Kluftinger hörte seinem eigenen Ausruf nach, sah seine rechte Hand, die in die Höhe geschnellt war, ließ sie zitternd sinken und sagte so ruhig wie möglich: »Aber es gibt nur einen, der kurz vor Opprechts am Waldrand einen Stadel besitzt, in dem er seine Materialien lagert: den jungen Dachdeckermeister Harald Mendler.«

»Hermann, grüß dich. Ich wollt den Bub abholen. Der muss heut noch mit mir aufs Garagendach. Ist undicht.«

Adalbert Kluftinger erkannte sofort die Stimme seines Vaters, als er gegen fünf Uhr nachmittags in einem der Büros an der elektrischen Schreibmaschine saß und das Vernehmungsprotokoll aus der Walze zog, das er fertig getippt hatte. Was wollte der denn schon wieder hier? Hatte er nicht selbst gesagt, dass man nicht unangemeldet bei den Kriminalern reinschneite? Adalbert stand auf und ging auf den Gang, um Schlimmeres zu verhindern. Dort stand Hermann Hefele einem ziemlich nervös wirkenden Kluftinger senior gegenüber, der geschäftig auf ihn einredete. Doch Hefele schüttelte immer wieder den Kopf.

»Kluftinger, jetzt hör bitte mal auf, dich für deinen Sohn zu entschuldigen. Der ist groß und selber Polizist, capito?«

Der Vater sah ein wenig bedröppelt zu seinem Sprössling. »Ich mein ja bloß …«

»Und weil du grad gefragt hast: Ja, wir hatten

heute wirklich zusätzliche Arbeit wegen ihm. Er hat uns den ganzen Nachmittag auf Trab gehalten.«

Kluftinger senior wirkte geknickt. Mit einem tiefen Seufzen erklärte er: »Mei, Hermann, das tut mir ja so leid. Ich hab dir aber gleich gesagt, er ist noch ganz am Anfang …«

Adalbert räusperte sich, doch Hefele winkte nur grinsend ab.

»Deinem Sohn ist es zu verdanken, dass wir einen Tatverdächtigen haben, klar? Er hat uns durch seine Kombinationsgabe zu einem verstecken Stadel unweit des Tatorts geführt, auf den wir so schnell sicher nicht gekommen wären. Und in dem haben wir nicht nur Paletten, Brandbeschleuniger und denselben Draht wie am Kreuz gefunden, sondern auch ein T-Shirt des Opfers. Noch Fragen?«

Kluftingers Vater schaute den Kriminalbeamten mit offenem Mund an.

»Und du musst heut auf ihn als Hilfsarbeiter verzichten. Er hat hier noch zu tun. Länger wahrscheinlich. Musst dir wohl einen Handwerker nehmen.«

Kluftinger senior schnappte nach Luft.

»Aber nicht schwarz, gell?«, schob Hefele grinsend nach, dann ging er mit seinem neuen Teammitglied zurück ins Büro.

22

Auch die Erinnerung an seinen damaligen Erfolg vermochte das mulmige Gefühl nicht zu vertreiben, das sich in Kluftingers Magen breitgemacht hatte. Er warf den Pappteller mit den letzten Senfresten in Sandy Henskes Papierkorb, drückte die Klinke zu seiner Bürotür nach unten, und kaum hatte er diese geöffnet, blickte er in drei besorgte Gesichter: die seiner Kollegen Maier, Hefele und der Polizeipräsidentin Birte Dombrowski.

Er schnaufte: Sie hätte ja nicht auch noch den Kollegen das Wochenende versauen müssen. Reichte ja, dass er anzutreten hatte.

»Den Strobl hab ich nicht erreicht«, erklärte Hefele ungefragt, als der Kommissar an seinem Schreibtisch Platz nahm.

Strobl, zefix! An den hatte er vor lauter Sterbebildchen gar nicht mehr gedacht. Das Ultimatum, das er seinem Mitarbeiter gestellt hatte, war längst verstrichen. »Ja, was den Eugen Strobl angeht, muss ich euch eh was sagen«, begann er. Er wusste nicht, wie er es am besten erklären sollte, deswegen berichtete er ganz direkt, was er herausgefunden hatte. Als er damit fertig war, starrten ihn alle ungläubig an. Hefele wirkte geschockt, die Dombrowski hatte die Stirn in tiefe Falten gelegt – nur Maier wiegte den Kopf hin und her, als wolle er etwas sagen.

»Richie?«, forderte ihn der Kommissar auf.

»Also, so was in der Richtung hab ich mir schon gedacht.«

»Ja klar, du hast es natürlich wieder gewusst, hm?« Hefeles Kopf lief rot an. »Das ist doch ein ausgemachter Scheißdreck, Richie! So was konnte niemand von uns ahnen. Ich mein: Das ist der Eugen. Unser Eugen.«

»Also mein Eugen ist er nicht«, begann Maier, doch Kluftinger unterbrach ihn sofort. Wenn er jetzt etwas überhaupt nicht gebrauchen konnte, dann war es ein Streit unter den Kollegen. *Den verbliebenen Kollegen*, dachte er bitter. Sie mussten nun zusammenhalten. »Passt schon, Richie. Wir sind alle geschockt. Ich hab das ja auch erst gestern erfahren.«

»Sie wissen das schon seit gestern?«, fragte die Dombrowski fassungslos. »Herr Kluftinger, der Kollege Strobl hat nicht bloß einen Kugelschreiber aus dem Büro mitgehen lassen. Wir haben es hier mit einem Dienstvergehen und obendrein mit einer strafbaren Handlung zu tun! Sie hätten mich sofort informieren müssen. Wie stehen wir denn da, wenn das rauskommt? Das ist eine höchst sensible Angelegenheit.«

Kluftinger fand, dass sie zum ersten Mal ein bisschen wie ihr Vorgänger Dietmar Lodenbacher klang, der sich auch immer zuerst um die Außenwirkung gesorgt hatte.

»Ich werde sofort alles Nötige veranlassen und Strobl abholen lassen.« Sie stand auf. »Wirklich, Herr Kluftinger, damit haben Sie sich, ach was, uns allen einen Bärendienst erwiesen.« Dann fiel die Tür hinter ihr ins Schloss.

Eine Weile blickten sie ihr nach, ohne etwas zu sagen. Da auch der Kommissar sich nicht dazu äußern wollte, kam er nun auf den eigentlichen Grund zu sprechen, weshalb sie am Wochenende hier waren, und erzählte ihnen von den Sterbebildchen.

»Himmel, da jagt ja eine Hiobsbotschaft die nächste«, seufzte Hefele.

Der Kommissar nickte nur.

»Immerhin haben wir zwei Verdächtige – den Schutzpatron und Klotz«, resümierte Maier.

»Es gibt vielleicht noch einen Dritten«, korrigierte ihn sein Vorgesetzter zögerlich. Wieder sahen ihn seine Kollegen mit einer Mischung aus Erstaunen und Bestürzung an, und Kluftinger fragte sich, ob er ihnen für einen Samstagvormittag nicht ein bisschen zu viel zumutete. »Kann auch sein, dass ich mich täusche.«

»Wenn du uns freiwillig davon erzählst, vermute ich mal, dass das nicht der Fall ist«, sagte Maier.

Dann berichtete er ihnen von Harald Mendler, dem tatverdächtigen Dachdecker aus dem Funkenmord-Fall, und äußerte die Vermutung, dass auch er es sein könne, der hinter der ganzen Sache steckte. Als er fertig war, wandte Hefele ein: »Aber der ist doch im Gefängnis.«

»Eben nicht«, berichtigte ihn Kluftinger. »Wenn mich nicht alles täuscht, ist der kürzlich rausgekommen.«

»Und warum soll gerade der so einen Hass auf dich haben?«, wollte Hefele wissen. »Da waren doch damals viele in der Soko. Und auch viele ... na ja, richtige Kripobeamte.«

Kluftinger nickte. Er wog seine folgenden Worte gut ab. Dann holte er tief Luft und sagte: »Aber nur einer hat ihn in ein Geständnis getrieben.«

23

»Herr Mendler, Ihnen ist hoffentlich klar, dass es sich strafmildernd auswirkt, wenn Sie gestehen?«

Kluftingers Gegenüber blickte ihn aus müden Augen an, und auch er selbst fühlte sich alles andere als frisch. Wie lange saßen sie schon hier? Er hatte jedes Zeitgefühl verloren. Es mussten viele Stunden sein; draußen war es inzwischen dunkel geworden. Aber er wollte weitermachen. Musste weitermachen, denn die Kollegen beobachteten bei dieser Befragung nicht nur den Verdächtigen, sondern auch ihn. Wenn es ihm nicht gelingen sollte, Mendler zu einem Geständnis, mindestens aber einer unbedachten Äußerung zu verleiten, die ihn verraten würde, konnte er sich eine Karriere als Kriminalkommissar gleich wieder abschminken.

»Sollen wir es noch mal durchgehen? Sie hatten ein Verhältnis mit Karin Kruse.«

»Das hab ich doch schon lange zugegeben«, brüllte Mendler auf einmal erstaunlich kraftvoll.

»Ja, nachdem wir es bewiesen haben und Ihnen nichts anderes übrig blieb. Das ist nicht das Gleiche. Überlegen Sie ganz genau, *wann* Sie uns *was* sagen. Der

Zeitpunkt macht vor Gericht einen erheblichen Unterschied.« Der alte Hefele hatte ihm diese Strategie der Befragung kurz zuvor nahegelegt.

Harald Mendler wischte sich übers Gesicht. Er war angezählt, das war deutlich zu sehen. Genau in diesem Umstand witterte Kluftinger seine Chance. »Ihre Frau erwartet ein Kind von Ihnen, da wollten Sie natürlich auf keinen Fall, dass sie das mit der Karin erfährt.«

»Ja, stell dir vor. Kommt vor. So was nennt man Affäre, du Depp!«

Kluftinger überhörte die Beleidigung nicht nur, er wertete sie als gutes Zeichen: Der andere fühlte sich bedroht. »Bei dem Mord wurden *Ihre* Werkzeuge benutzt, in *Ihrem* Schuppen lag das T-Shirt der Ermordeten. Was sollen wir denn noch beibringen, damit Sie endlich gestehen? Ein Schild vor Ihrem Haus, auf dem steht: *Ich war's*?«

Mendler schüttelte resigniert den Kopf.

»Was soll das heißen? Hab ich was vergessen?«

»Ich brauch eine Pause. Und ich hab Hunger.«

»Essen und Trinken gibt's gleich nach dem Geständnis. Dann haben Sie auch Ihre Ruhe. Können schlafen. Also, sagen Sie jetzt, wie alles genau abgelaufen ist?«

Der Mann antwortete nicht. Er knetete seine Finger, die schon ganz rot waren.

»Wollte die Karin Kruse es Ihrer Frau sagen? War es das? Oder hatte sie einen anderen, und Sie waren eifersüchtig?«

»So war sie nicht!«

»Ach, wie war sie dann? Erzählen Sie halt!«

»Sie war … anders.«

Kluftinger nickte nur.

»Anders als alle anderen hier. Als diese Trutscheln vom Dorf. Das hat mir gefallen. Deswegen hab ich sie … ich hätt ihr niemals was tun können.«

Er wirkte überzeugend, auch wenn Kluftinger noch nicht viel mit Verdächtigen von solchem Kaliber zu tun gehabt hatte. Vermutlich waren die alle überzeugend. Jetzt beugte er sich so weit wie möglich zu dem Mann vor und sagte verständnisvoll: »Mir ist schon klar, dass das für Ihre Familie schlimm werden wird. Aber noch können Sie zumindest Ihre Frau raushalten. Sie werden eh verurteilt, da beißt die Maus keinen Faden ab. Bei der Beweislage! Aber Ihre Frau … für die wäre es doch sehr viel besser, wenn sie nicht aussagen müsste, meinen Sie nicht? Am Ende passiert noch was mit dem ungeborenen Kind.«

Mendlers Kopf schnellte nach oben. Aus wässrigen Augen blickte er Kluftinger an.

Jetzt ist er so weit. Nur noch einen kleinen Schubs … »Wenn Sie es zugeben, haben Sie vielleicht eine Chance, Ihr Kind irgendwann zu sehen, bevor Sie im Gefängnis verrotten …«

Mendlers rote Augen richteten sich auf den Polizisten. Er schloss sie für einen Moment, dann presste er hervor: »Dann war ich's halt, Scheiße noch mal!«

Kluftinger war wie vom Donner gerührt. »Wie bitte?«

»Ich war's, da hast du dein Scheißgeständnis.«

»Und was war der Grund?«

»Such dir was aus. Eifersucht? Erpressung? Enttäuschte Liebe? Was ist dir am liebsten, hm?«

»Die Wahrheit.«

»Weißt du was, hol dir von mir aus einen runter auf deine Wahrheit. Aber lass mich in Ruhe. Und vor allem: Lass meine Familie in Ruhe, sonst geht's dir genau wie der Karin. Kapiert?«

Kluftinger lehnte sich zurück. Sein Mund fühlte sich trocken an. Da war es. Das ersehnte Geständnis. Er hatte es tatsächlich geschafft. Doch obwohl er seit Stunden genau darauf hingearbeitet hatte, fühlte er keinen Triumph, keine Befriedigung. Nur eine Woge der Erschöpfung, die über ihn hereinbrach. Er hatte kaum die Kraft aufzustehen, schlurfte müde zur Tür und warf noch einen Blick zurück. Mendler war auf dem Tisch zusammengesunken, sein Körper wurde von einem Weinkrampf geschüttelt. Ein schrecklicher Anblick, doch es war geschafft. Der kleine Schutzpolizist Adalbert Ignatius Kluftinger hatte gerade seinen ersten Mordfall gelöst.

Als er den Nebenraum mit den Bildschirmen betrat, auf denen man das Verhör verfolgen konnte, hielt er überrascht inne: Die gesamte Sonderkommission hatte sich dort versammelt. Alle schauten ihn mit großen Augen an; keiner sagte etwas. Kluftinger suchte den Blick des Alten, der zufrieden aussah und ein Nicken andeutete. Für dieses Nicken hatten sich all die Strapazen der vergangenen Stunden gelohnt. Es war die höchste Form der Anerkennung. Dann begann einer nach dem anderen dem Polizisten zu applaudieren.

Eine Stunde, zahllose Tassen Kaffee und ein halbes Dutzend Zigaretten später ging Kluftinger zurück auf sein Stockwerk. Die Kriminalbeamten, die an ihm vorbeigingen, klopften ihm auf die Schulter oder reckten den Daumen nach oben. Es war ein unbeschreibliches Gefühl. Und er wusste, dass er mehr davon wollte. Bevor er die Glastür passiert hatte, die auf den Gang führte, rief jemand seinen Namen. Er drehte sich um und blickte in die Augen des alten Hefele.

»Gute Arbeit, mein Junge.«

Er störte sich nicht an dem »Junge«. Wenn der Alte das sagte, war es fast ein Kompliment.

»Wir hätten ihn auch so drangekriegt, das ist dir schon klar, oder?«

»Ich … also, ja, das weiß ich.«

»Das sollte keine Kritik sein. Ein Geständnis ist immer besser. *Confessio est regina probationum* sagen wir. Du weißt doch, was das bedeutet?«

Kluftinger nickte, auch wenn er keine Ahnung hatte. Neben Physik hatte er mit Latein in der Schule am meisten zu kämpfen gehabt. Er würde es gleich heute Abend nachschlagen.

»Die Königin der Beweise«, fügte der Alte erklärend an.

»Ja, die Königin«, wiederholte der Polizist. Das würde er sich merken. Er wandte sich zum Gehen.

»Was ich noch sagen wollte: Vielleicht überlegst dir mal einen Wechsel zur Kripo?«

Kluftinger war baff. Er hatte die ganze Zeit darüber nachgegrübelt, wie er den Alten darauf ansprechen sollte, und nun kam der von selbst auf ihn zu. »Ich …«

»Lass dir Zeit. Es erfordert einiges an Fleiß und Durchhaltevermögen, die ganze Ausbildung zu durchlaufen, die Akademie. Dauert Jahre. Aber ich würd mich für dich einsetzen. Wir brauchen gute Leut.«

Er nickte verlegen.

»Kennst du eigentlich meinen Neffen?«

»Den Roland? Klar.«

»Der tendiert auch in die Richtung. Aber er hat bei Weitem nicht dein Talent. Also, sag Bescheid, wenn du dich entschieden hast.«

24

»Und wie lief das dann vor Gericht weiter?«, wollte Maier wissen, nachdem Kluftinger geendet hatte.

»Beschissen.«

»Wieso?«, schaltete sich auch Hefele ein.

»Der Mendler hat widerrufen. War dann letztlich ein Indizienprozess. Aber ganz ehrlich: Ich hab immer ein komisches Gefühl gehabt. Schon bei der Verhandlung. Hab nie vergessen, wie der mich damals angeschaut hat. Mit so einer Mischung aus Wut und Resignation, Verzweiflung und Enttäuschung. Schlimm.«

»Hast du über die Zweifel mal mit jemandem geredet?«

»Nicht bis gerade eben. Ich war zu der Zeit einfach zu ehrgeizig.«

Maier warf Hefele einen erstaunten Blick zu. »Also, mit Verlaub, Chef, aber das muss lang her sein.«

»Ja, da könntest du recht haben. Aber ich war auch mal anders.«

Roland Hefele pflichtete ihm bei: »Stimmt, du warst echt ein Karrieretyp, damals. Mehr als alle anderen in der Direktion.«

Maier stand mit offenem Mund da, als sein Chef nachdenklich weitersprach. »Ich wollt nicht sagen: *Ich hab einen Fehler gemacht, wir müssen vielleicht noch mal neu suchen*. Mir war klar, dass alle zufrieden waren mit dieser Lösung. Und mir hat's beruflich nicht geschadet. Im Gegenteil.«

»Aber du hast dir nix vorzuwerfen«, fand Hefele. »Er ist ja dann nicht wegen diesem ... Geständnis verurteilt worden. Wenn er widerrufen hat, zählt es nicht als Beweis. Basta. Also gab es drüber hinaus genügend andere Gründe.«

Kluftinger wiegte skeptisch den Kopf. »Schon. Formal trifft das natürlich zu. Aber ein Richter kann sich auch nicht ganz von so was frei machen. Ich mein, wenn er weiß, dass einer es schon mal zugegeben hat.«

»Und der Typ hat bis jetzt gesessen?«, hakte Maier ein.

»Ja, besondere Schwere der Schuld und so. Aber vor Kurzem ist er rausgekommen.«

Eine Viertelstunde später wollten alle drei aufbrechen, um Harald Mendler an dessen Meldeadresse zur Rede zu stellen – als ihnen die Präsidentin über den Weg lief. Sie wollte wissen, wohin sie unterwegs seien. Kluftinger klärte sie in knappen Zügen darüber auf und äußerte seinen Verdacht gegen Harald Mendler.

»Und da meinen Sie, Herr Kluftinger, dass es das Richtige ist, wenn Sie so mir nichts, dir nichts bei ihm klingeln? Sind Sie jetzt von allen guten Geistern verlassen?« Birte Dombrowski bestand darauf, stattdessen zwei Streifen zu Mendlers Meldeadresse zu schicken.

Wenig später stellte sich heraus, dass er dort nicht anzutreffen war. Auch die Wohnung von Strobl war leer, wie Birte Dombrowski resigniert berichtete. Doch das hätte ihr der Kommissar auch vorher sagen können.

Die Stimmung war ziemlich gedrückt, als Kluftinger mit seinen verbliebenen Mitarbeitern und der Präsidentin, die ebenfalls darauf bestanden hatte zu bleiben, im Büro saß und erörterte, wie es weitergehen sollte. Letztlich hatten sie drei Verdächtige, nur war keiner von ihnen auffindbar: weder Mendler, noch Klotz, noch der Schutzpatron. Und was mit Strobl passieren würde, stand völlig in den Sternen.

Vor ihnen auf dem Tisch lagen ein paar der Sterbebildchen aus der Kirche. »Die Bedrohung wird immer konkreter, Herr Kluftinger«, fasste die Polizeipräsidentin mit Blick darauf zusammen. »Immerhin hat der Täter auch schon einen Tag und einen Ort für seinen, nennen wir es … Anschlag auf Sie angegeben.«

Kluftinger sog die Luft ein. Natürlich, auf den Bildchen stand *Altusried*, was ihn jedoch nicht weiter verwunderte. Was sonst? Dass dahinter ein Datum folgte, gab ihm da schon mehr zu denken. Ein ganz konkretes Datum sogar. Das des morgigen Sonntags. Des Volkstrauertags.

In der Hektik des Vortags war ihm das gar nicht aufgefallen. »Kann aber auch Zufall sein.«

»Nichts ist Zufall. Wir müssten Sie jetzt eigentlich völlig abschirmen. Wenigstens bis morgen Abend wäre ich dafür, dass Sie hierbleiben.« Birte Dombrowski stand auf und ging zum Fenster. »Wir können im Moment leider nicht agieren, sondern nur reagieren. Uns sind die Hände gebunden.«

»Ich setz mich doch nicht hier rein und wart, dass andere die Sache für mich klären. Dafür bin ich jetzt wirklich nicht der Typ. Es sei denn …«, begann er, dann verwarf er den Gedanken wieder. Die Chefin würde dabei niemals mitmachen. »Ach, egal.«

»Was denn, Klufti?«, bohrte Hefele nach. »Jetzt sag halt.«

Also gut, dann eben doch, dachte der Kommissar. Er erhob sich, richtete sich das Hemd und schob die Brust raus. Entschlossen, das Heft des Handelns wieder selbst in die Hand zu nehmen. »Also, folgender Vorschlag: Morgen Vormittag findet in Altusried anlässlich des Volkstrauertags ein Standkonzert der Musikkapelle statt. Da bin ich als Trommler natürlich mit von der Partie. In aller Öffentlichkeit, im Zentrum des Ortes, gleich neben der Kirche. Ich werd da morgen spielen, schön sichtbar für alle – und den einen. Wenn wirklich was dran ist an der Geschichte mit dem Datum, dann wird er da sein.«

»Ich verstehe jetzt nicht ganz, wo dahinter die Idee ist«, bemerkte die Präsidentin.

Der Kommissar seufzte, dann sagte er leise: »Na ja, wenn *wir ihn* schon nicht finden, dann sorgen wir halt dafür, dass *er uns* findet. Also mich.«

Sie wirkte entsetzt. »Sie wollen ihm doch nicht etwa eine Falle stellen? Das wäre völlig unverantwortlich.«

»Doch, das will ich. Also ... vielleicht. Ist ja erst mal so eine Art Gedankenspiel.«

An Kluftingers Vorschlag schloss sich eine zehnminütige, heftige Diskussion an. Birte Dombrowski hegte erhebliche Zweifel wegen der Sicherheit für die Konzertbesucher im Allgemeinen und wegen Kluftingers körperlicher Unversehrtheit im Speziellen. Hefele war ebenfalls skeptisch, vor allem, weil alles bereits am nächsten Tag über die Bühne gehen müsste. Nur Maier war von Anfang an Feuer und Flamme für die Idee.

»Richie, es geht aber nicht darum, James Bond zu spielen, das ist dir schon klar, oder?«, mahnte Hefele.

Maier blickte schnell zur Polizeipräsidentin. »Daran ist mir auch nicht gelegen. Aber ich bin überzeugt, wir könnten die Lage gut im Griff behalten und das Spukgespenst des Schreckens endlich austreiben.«

»Sehr blumig formuliert, Richie«, sagte Kluftinger und rang sich ein Lächeln ab.

»Apropos Lage, wo wäre denn das besagte Konzert?«, wollte die Präsidentin nun wissen.

Kluftinger wertete dies als erstes Zeichen, dass sie den Vorschlag nicht mehr rundweg ablehnte. »Wie gesagt, am Altusrieder Kriegerdenkmal«, erklärte er, entschlossen, alles zumindest einmal grob durchzuspielen. »Das ist gleich neben der Kirche. Von den umliegenden Häusern böten sich Möglichkeiten der Überwachung und – wenn nötig – für Scharfschützen. Die Zugangswege könnten wir bestens kontrollieren, vorausgesetzt, wir haben genügend Leute. Und im Notfall lässt sich alles in Sekundenschnelle abriegeln.«

»Das müsste auf alle Fälle gewährleistet sein«, unterstrich Birte Dombrowski.

Kluftinger nickte. »Ich würd's nicht vorschlagen, wenn ich nicht glauben tät, dass es klappt. Ich hab schon auch ein gewisses Interesse dran, dass alles glatt über die Bühne geht.«

Sie seufzte. »Und Sie könnten garantieren …«

»Garantieren kann ich gar nix. Aber wenn Sie mich fragen: Ich würd das Risiko eingehen. Es wirkt zumindest kalkulierbar.« Er hieb mit der Hand auf den Tisch. »Herrschaft, wir müssen endlich handeln und nicht bloß warten. Dass endlich Schluss ist mit dem Zinnober und wir wieder normal arbeiten können. Aber wenn wir uns dazu entschließen, dann müssen wir sofort mit der Umsetzung anfangen. Viel Zeit bleibt uns nicht mehr. Und irgendjemand müsst dann auch noch meine Trommel vom Bespannen abholen …«

Birte Dombrowski lächelte. »Das sollte das geringste Problem sein.«

Einen Moment überlegte sie, dann hatte sie ihre Entscheidung offenbar gefällt. »Schön, ich verlasse mich auf Ihr Urteil, Sie kennen die Lage in Altusried schließlich am besten. Wir machen das. Unter einer Bedingung.«

»Und die wäre?«, fragte Kluftinger.

»Beim leisesten Verdacht, es könnte gefährlich werden, brechen wir ab und nehmen Sie sofort aus der Schusslinie.«

»Ganz in meinem Sinn.«

»Gut, Herr Kluftinger. Sie können für die Aktion über die komplette Mannschaft des Präsidiums, auch über die Schutzpolizei und Spezialkräfte verfügen. Sollte es da irgendwelche Probleme geben, bin ich Ihre direkte Ansprechpartnerin. Ich möchte lückenlos über die Planung informiert werden. Wir richten einen internen Krisenstab ein. Wichtig ist, dass nichts, aber auch gar nichts nach außen dringt.«

Hefele blickte skeptisch drein. »Also, wenn wir heut Abend mit ein paar Hundertschaften im Dorfkern einfallen, wird das wahrscheinlich ziemlich schnell die Runde machen.«

Die anderen nickten, doch Birte Dombrowski erklärte: »Dann

müssen wir eben gezielt andere Informationen streuen. Wir können das sicher mit der allgemein herrschenden terroristischen Bedrohungslage für öffentliche Veranstaltungen glaubwürdig verkaufen.«

»Sehr gute Strategie«, fand Maier.

Kluftinger presste die Lippen zusammen. Es gab da noch etwas, das ihm auf der Seele brannte. Mehr noch als die Bedenken, die er im Hinblick auf die Sicherheit beim Standkonzert hegte.

Seiner Vorgesetzten entging das nicht. »Sind Sie anderer Meinung?«

»Nein. Also. Ich mein, deswegen nicht. Aber ...«

»Ja, nur raus damit.«

»Ich hätt auch eine Bedingung.«

Sie sah ihn erwartungsvoll an. Als er nichts sagte, hakte sie nach: »Und die wäre?«

VOLKSTRAUERTAG

25

Die Bedingung, dass seine Frau nichts davon erfahren dürfe, hatte seine Vorgesetzte zwar akzeptiert. Erika davon abzuhalten, zum Konzert zu gehen, ohne ihr zu erklären, warum, stellte sich nun aber als äußerst schwierig heraus. »Schätzle, das ist doch ein Schmarrn, was willst du denn da?« Kluftinger folgte ihr in den Hausgang. Seit einer halben Stunde versuchte er verzweifelt, sie davon zu überzeugen, dass es ganz und gar keine gute Idee war, heute mit ihm zum Platzkonzert am Kriegerdenkmal zu gehen. Dabei saß er selbst auf Kohlen. Sicher waren die Kollegen schon alle auf Position, so wie sie es gestern besprochen hatten. Er musste weg. Allerdings konnte er Erika den wahren Grund ja nicht nennen, und langsam gingen ihm die Argumente aus. Die schlechte Witterung hatte sie mit einem Blick auf die Wetterapp ihres Handys vom Tisch gewischt.

»Was glaubst du denn so einer App? Die kommt doch aus Amerika, die wissen da gar nix über unser Wetter.« Doch das konnte seine Frau ebenso wenig umstimmen wie die von ihm prognostizierte Langeweile beim Konzert, die sie mit dem Hinweis konterte, dass es daheim noch viel öder wäre. »Dann back mir doch einen Kuchen«, rief er schließlich in seiner Verzweiflung.

»Ach, der Herr amüsiert sich, und ich darf ihm noch einen Kuchen backen?«, lautete ihre Antwort.

»Was heißt denn da amüsieren? Meinst du, so ein deppertes Konzert macht mir Spaß?«

»Warum gehst du dann hin?«

»Ich ... du willst doch unbedingt, dass ich in der Musikkapelle mitspiel.« Dieser Einwand war nach all den Jahren nicht mehr wirklich überzeugend. Was sollte er denn noch sagen? Er hatte ohnehin ein schlechtes Gewissen, weil er seine Frau anlügen musste, auch wenn es sich um eine gut begründete Notlüge handelte. Was, wenn er heute Abend nicht einmal mehr Gelegenheit haben würde, ihr alles zu erklären? Nein. Er musste diese düsteren Gedanken vertreiben. Und er musste jetzt endlich weg. Eine Möglichkeit aber fiel ihm noch ein. »Vielleicht kommt ja später noch Besuch«, mutmaßte er.

»Was denn für Besuch?«

»Man trifft doch immer allerhand Leute bei so Konzerten. Möglich, dass ich jemand einlad.«

»Wen?«

Er zögerte kurz, dann versetzte er strahlend: »Die Langhammers zum Beispiel?«

Sie lächelte ungläubig. »Die würdest du nie freiwillig einladen.«

»Seit die ihren Hund haben, find ich die eigentlich ganz nett«, log er.

Die Stirn seiner Frau legte sich in Falten. »Wirklich? Aber dann muss ich doch noch aufräumen.«

Jetzt hatte er sie. »Ach was, das tut's doch auch so. Also zur Not.«

»Zur Not? So schlimm? Dann muss ich auf jeden Fall noch Ordnung machen.«

»Wenn du meinst ... geh ich einfach allein.« Zufrieden mit seinen manipulativen Fähigkeiten begab er sich wieder ins Schlafzimmer, um seine Auftrittsmontur fertig anzuziehen. Jetzt, da er sich wieder voll auf das konzentrieren konnte, was vor ihm lag, kehrte auch die Nervosität zurück. Als er in seine Kniestrümpfe schlüpfte, merkte er, dass seine Hände zitterten. Er hielt inne und hob den Blick. Sein Zuhause. Würde er es noch einmal wiedersehen? Allmählich realisierte er in vollem Umfang, wie gefährlich das heutige Vorhaben war. Wenn etwas schiefging, könnte das auch sein Ende bedeuten. *Ende*, wie das klang. Schon in ein paar Stunden konnte alles vorbei sein. Was würde aus seiner Familie werden, wenn ihm etwas zustieß? Aus Erika?

Nie hätte er für möglich gehalten, dass eine Lage eintreten könnte, in der sich solche Fragen stellten. Damals, als sie einander kennengelernt hatten, war noch alles leicht und unbeschwert gewesen. Wie er sich diese Zeit zurückwünschte …

Mit einiger Kraftanstrengung streifte er seinen Ehering ab und las die Inschrift. *Meinem Butzele, für immer.* Er lächelte. Damals, als er Erika den Heiratsantrag gemacht hatte, hatte sie ihn das erste Mal so genannt. Vielleicht war es nicht der romantischste Antrag aller Zeiten gewesen, aber sie hatte *Ja* gesagt. Und damit hatte ihr gemeinsames Leben begonnen. Auch wenn es in mancher Hinsicht ein etwas holpriger Start gewesen war. Vor allem an diesem bewussten Abend.

26

»Ist das denn jetzt was richtig Ernstes, Bub?« Hedwig Maria Kluftinger legte die Radieschen beiseite, wischte sich die Hände an ihrer Schürze ab und sah ihren Sohn forschend an. »Ist es so weit? Wirst flügge?«

»Himmel, keine Ahnung, Mama! Von mir aus passt's schon. Ich mag die Erika, und ich find halt, ihr sollt wissen, mit wem ich mich so treff.«

»Das mein ich allerdings auch, Adi«, meldete sich Kluftingers Vater zu Wort, der bislang stumm in seinem Fernsehsessel die Zeitung gelesen hatte.

»Sagt heut bitte nicht Adi, okay? Und Ignaz auch nicht«, bat Adalbert seine Eltern, auch wenn er das heute mindestens schon fünfmal getan hatte. Er wollte, dass seine Freundin den besten Eindruck bekam. Dass sie sich ausgerechnet für ihn entschieden hatte, war ihm ein Rätsel, und dieses Glück wollte er nicht durch unbedachte Äußerungen seiner Eltern aufs Spiel setzen.

»Jaja, wir sagen nur *Majestät* heut, damit wir dem Herrn genehm sind«, maulte sein Vater. »Hast die Liste auswendig gelernt, was wir heut alles nicht dürfen, Hedwig? Keine alten Fotos zeigen, die junge

Dame nicht mit *Fräulein* ansprechen, keine politischen Witze erzählen, nicht fluchen …«

»Ihr dürft alles, zefix! Ich bin halt … mir ist es eben wichtig, dass sie euch auch gut findet.«

Der Vater zuckte die Achseln. »Was könnt ihr an uns wohl nicht gefallen?«

Adalbert wollte gerade antworten, da schaltete sich seine Mutter ein. »Schämst dich etwa für uns?«

Er schüttelte den Kopf.

»Nervös bist halt, gell, Bub.« Sie strich ihm über die Wange. »Aus Kindern werden Leute.«

»Mutter, ich bin Mitte zwanzig.« Wozu redete er überhaupt?

»Deckst du mal den Tisch?«

Schulterzuckend machte sich Adalbert am Geschirrschrank zu schaffen. »Ich nehm das gute Service.«

»Haben wir denn heut Sonntag?«, tönte der Vater vom Sessel. Da niemand auf seine Stichelei einging, fuhr er fort: »Ist das eigentlich immer noch die von der Festwoche?«

»Welche denn wohl sonst, hm?«

»Weiß man ja nicht, ob so was lang hält, mit einer, die sich da im Bierzelt den Männern an den Hals schmeißt.«

Adalbert zählte innerlich bis zehn, und weil das nicht ausreichte, gleich noch einmal. Ein Streit zum jetzigen Zeitpunkt würde in einem totalen Fiasko enden. »Falls es dich interessiert: Ich hab mich ihr an den Hals geworfen, nicht umgekehrt. Und es war im Weinzelt.«

»Auch nicht besser. Und die ist aus der Stadt?«

»Schon.«

»Hast kein Mädle aus Altusried gefunden?«

»Was wär daran besser, Vatter?«

»Ich mein halt. Weiß man, was man hat. Die Prestele Traudl zum Beispiel.«

»Die hat einen Kropf.«

»Aber ist ein sehr anständiges Mädle. Hat Hauswirtschafterin gelernt. War sogar schon mal bei einem Pfarrer in Stellung.«

»Ja dann … die Arme.«

»Versündig dich nicht!«, rief seine Mutter dazwischen.

»Schon recht, Mama. Deswegen hat sie aber immer noch einen Kropf.«

»Den kann man operieren«, wand sein Vater ein.

»Himmel, du hast dir doch die Mutter auch selber ausgesucht.«

»Das war was anderes.«

»Genau. Wie bei mir auch. Und deswegen reiß dich bitte zusammen, wenn die Erika kommt. Sonst lass ich dich entmündigen und steck dich ins Heim.«

Eine Weile war nur Papierrascheln oder Besteckklappern zu hören, irgendwann aber kam der Kopf von Kluftinger senior hinter der Zeitung wieder zum Vorschein.

»Nowotny heißt die?«

»Genau. Und?«

»Mein ja bloß. Wo kommt denn die Familie her?«

»Keine Ahnung.«

»Flüchtlinge?«

»Was weiß ich. Oder Vertriebene. Böhmen oder …«

»Macht eh keinen großen Unterschied.«

Adalbert atmete tief ein, zählte diesmal gleich bis dreißig und sah seinen Vater eindringlich an. »Du mit deinen bescheuerten Vorurteilen!«

In diesem Moment kam seine Mutter mit der Salatschüssel herein, stellte sie auf den gedeckten Tisch und lamentierte, während sie die Position jeder Gabel und jedes Messers noch einmal nachjustierte: »Dass ich nix zum Essen machen darf, ist schon eine Zumutung.«

»Mutter, du machst ja den Salat. Und was heißt, du darfst nicht? Die Erika hat angeboten, dass sie das Essen mitbringt. Ist doch nett, oder?«

Vater Kluftinger raunte seiner Frau zu: »Unserem Sohn ist deine Hausmannskost halt peinlich.«

»Ein Scheiß ist mir peinlich, und jetzt tut's nicht so blöd, sonst brenn ich mit der Erika nach Indien durch in irgendeine Hippiekommune, rauch den ganzen Tag Shit und praktiziere freie Liebe. Und keines von euren zehn Enkelkindern werdet ihr je zu Gesicht kriegen, klar?«

Mit offenem Mund blickten die Eltern ihren Sohn an, als die Türglocke ging.

»Ich mach auf.« Kluftinger senior wollte sich erheben, doch sein Sohn hielt ihn zurück. »Nein, Vatter, ich geh. Und wenn ihr nicht wollt, dass ich mit fünfzig noch die Füß unter euren Tisch streck, dann seid einfach wie immer, okay? Oder lieber … anders.«

Nervös und mit einem schlechten Gewissen, dass er seinen Eltern so viele Verhaltensregeln vorgegeben hatte, machte er sich auf den Weg zur Tür. Vielleicht hatte er ja ein bisschen übertrieben. Was konnte bei einem harmlosen Abendessen schon groß schiefgehen? Als er die Klinke drückte, merkte er, dass seine Hände schweißnass waren. Er wischte sie sich schnell an der Hose ab, dann öffnete er. »Erika! Ja, also … hallo, so eine Überraschung.«

»Aber du hast mich doch eingeladen.«

Er räusperte sich ausgiebig. »Ich mein: Hast es gleich gefunden?«

»Freilich. Bin doch nicht blöd. Sogar das Busfahren hab ich ganz allein gemeistert.« Sie strahlte ihn an, drückte ihm erst einen Kuss auf die Wange und dann eine riesige Porzellanschüssel Kässpatzen in die Hand. »Bin schon ein bissle nervös«, flüsterte sie ihm zu.

Er winkte mit großer Geste ab. »Ach, warum denn? Das wird doch … nett.« Beim Blick auf die Schüssel lief ihm sofort das Wasser im Mund zusammen. »Brutal, wie gut das riecht!« Schließlich zog er sie hölzern an sich.

»Himmelkruzinesn, wo sind denn jetzt meine guten Hausschuhe?«, tönte es da hinter ihm. Dort stand in voller einmeterfünfundsechzig Lebensgröße sein Vater, peinlich berührt angesichts seines Sohnes, der da eng umschlungen mit einer Fremden in seinem Windfang stand. Er musterte die Besucherin von oben bis unten, dann streckte er ihr die Hand entgegen. »Fräulein Nowotny, oder?«

»Grüß Gott, Herr Kluftinger, Sie können ruhig Erika sagen.«

»Jetzt schon? Na, wenn Sie meinen, Fräulein Erika, dann …«

»Vatter, wie oft noch?«, zischte Adalbert. »Das Fräulein kannst dir sparen!«

»Ach so, ja, dann … ich bin der Vatter. Also, von ihm da. Der Herr Kluftinger, gewissermaßen. Grüß Sie Gott dann also … Erika, sozusagen.«

»Freut mich sehr«, sagte die junge Frau lächelnd und zog ihre Hand zurück, die Kluftinger senior noch immer heftig schüttelte.

Um weitere Peinlichkeiten zu umschiffen, drückte Adalbert seinem Vater die Kässpatzen in die Hand. »Bringst das gleich der Mutter? Zum Warmmachen.«

»Ich? Damit kenn ich mich aber gar nicht aus.«

»Kann ich auch, Herr Kluftinger.«

Als sie die Küche betraten, tönte Hedwig Maria Kluftinger: »So, Sie sind also die Neue.«

Ihrem Sohn stockte der Atem, doch seine Freundin streckte ihr ungerührt die Hand hin. »Erika reicht. Freut mich, Frau Kluftinger. Hab schon viel von Ihnen gehört. Und von Ihren Kochkünsten.«

Raffiniert, dachte Adalbert, über ihre Leidenschaft fürs Kochen würde sie die Mutter am besten knacken.

»Heut hab ich ja nix machen dürfen, außer ein bissle Salat«, jammerte die. »Er wollt's nicht, wissen Sie?«

»Streng genommen war das meine Idee. Sie müssen doch nicht auch noch kochen, wenn ich schon einfach so vorbeikomme.«

Hedwig Maria Kluftinger seufzte. »Hätt's aber nicht gebraucht.«

Erika winkte ab. »Ist doch wirklich kein Aufwand gewesen, das bissle Spatzen!«

»Eben drum hätt's des nicht gebraucht. Das hätt ich grad auch noch zusammengebracht.«

»Mama!«

Seine Mutter sah skeptisch auf das Behältnis, dann entfuhr ihr ein Lacher. »Die kann ich zum Warmmachen aber nicht in der Schüssel lassen. Die springt uns. Ist nicht feuerfest, Fräulein.«

»Erika. Und du, bitte«, sagte die bestimmt. »Also, ich mach die immer da drin. Die hält über zweihundert Grad aus.«

»Da wär ich mir nicht so sicher«, murmelte Hedwig Maria, füllte die Spatzen samt Zwiebeln in eine Blechform um und ließ sie im Ofen verschwinden.

»Riecht aber verlockend, muss man schon mal sagen«, lobte Kluftingers Vater, und sein Sohn stimmte ihm kopfnickend zu.

»Jetzt tu nicht so, als ob du das sonst nie bekommen würdest!«, herrschte ihn seine Frau an.

»Macht man denn in der Tschechoslowakei auch Spatzen?«, wollte Adalberts Vater wissen.

Erika schien nicht zu verstehen.

»Ihre Eltern sind doch aus dem Osten, oder?«

»Ach, das meinen Sie. Nein, mein Vater ist aus dem Sudetenland, quasi auch Deutscher, so gesehen. Meine Mama kommt von hier.«

»Von wo denn?«

»Ravensburg.«

»Oh! Mei, man kann sich's ja nicht aussuchen, wo man reingeboren wird. Sie selber sind aber schon hier geboren, oder?«

»Klar, in Kempten. Und Allgäuer Hausmannskost ess ich total gern.«

»Der Bub auch«, sagte die Mutter, und Adalbert hatte das Gefühl, dass sie ein wenig erleichtert klang. »Er ist da sowieso ein bissle speziell, mit dem Essen. Montags kriegt er zum Beispiel immer seine Spatzen. Mit Salat. Und vielen Zwiebeln. Das braucht er. Und wenn es Süßspeisen gibt, dann will er vorher eine Suppe. So eine mit Gemüse drin.«

Adalbert wurde heiß und kalt zugleich. Das Gespräch entglitt ihm zunehmend.

»Toll, ist ja auch gesund, wenn man nicht immer bloß Fleisch isst«, antwortete Erika strahlend.

Jetzt fiel seiner Mutter die Kinnlade nach unten. »Aber Sie sind doch keine so Vegetative, oder?«

»Nein, ich mag schon gern auch mal ein Schnitzel oder einen Braten.«

»Gott sei Dank. Weil, wenn der Bub sein Fleisch nicht kriegt, wird er furchtbar unleidig, gell?« Sie kniff ihren Sohn in die Wange.

»Schmarrn«, brummte der.

Doch Hedwig ließ nicht locker. »Doch, doch. Und mit Fisch braucht man ihm gar nicht zu kommen, stimmt's?«

Jetzt wurde es ihm wirklich zu viel. »Können wir mal über was anderes reden als übers Essen?«

Der Vater stimmte zu. »Richtig. Setzen wir uns und trinken erst mal was, bis die Spatzen warm sind.«

Kurz darauf saßen sie am Esstisch – Kluftinger senior auf der einen, sein Sohn und dessen Freundin auf der anderen Seite. Erika hatte auf Wasser bestanden, sie trinke schließlich nie Alkohol, was Vater Kluftinger mit einer Mischung aus Wohlwollen und Verwunderung zur Kenntnis nahm. »Oft besser, angetrunkene Frauen sind ja nicht so ein schöner Anblick.«

Nun kam auch Hedwig Maria Kluftinger an den Tisch, setzte sich auf die vorderste Kante eines Stuhls und nippte an ihrem Glas.

»So, dann wollen wir mal anfangen«, tönte der Vater, beugte sich vor und rieb sich die Hände.

»Die Spatzen sind noch im Rohr.«

»Ich mein ja nicht mit dem Essen.«

»Sondern?«, fragte Adalbert stirnrunzelnd.

»Mit … der Unterhaltung eben.«

Mit dem Verhör, hatte der Vater wohl eigentlich sagen wollen.

»Sie wohnen in Kempten?«

»Wer? Meine Eltern?«

Der Vater war irritiert. »Ja, die auch.«

»Schon. In Sankt Mang.«

»Und Sie, Edeltraut?«

Unsicher sah sie zu ihrem Freund. »Denk dir nix, Erika. Mein Vatter wird dich erst duzen, wenn du nach der Vernehmung als unschuldig entlassen wirst.«

»Ach so, ja, ich wohn auch in Kempten. In einer kleinen Wohnung am Residenzplatz. Schon seit drei Jahren.«

»Die Erika hat so ein nettes Apartment, da kann man am Samstagfrüh sogar vom Bett aus den Wochenmarkt sehen.«

Seine Eltern sahen sich mit einem Blick an, in dem Verwunderung und Empörung gleichzeitig lagen.

»Hat sie mir erzählt. Die Erika …«, beeilte sich Adalbert mit rotem Kopf hinzuzufügen.

»Haben die Eltern keinen Platz mehr für Sie … dich?«

»Nein, sie wohnen zur Miete in einem Block an der Magnusstraße.«

Kluftinger senior nickte gönnerhaft. »Nicht schlimm. Oft sogar bequemer. Eigentum verpflichtet ja auch. Als Hausbesitzer hat man doch immer Arbeit und Verantwortung. Schnee räumen, Straße kehren, der Garten …«

»Aber dann ist sie ja früh bei den Eltern ausgezogen. Hatten sie Streit?« Jetzt fing seine Mutter auch noch an, über seine Freundin in der dritten Person zu reden. Wenn die nach all den Sonderbarkeiten überhaupt noch seine Freundin war.

Doch Erika ließ sich nicht aus der Ruhe bringen. »Nein, meine Mama war eher ein bisschen traurig, aber der Umzug war mein großer Wunsch. Ich bin einfach gern selbstständig und unabhängig. Und so kann ich zu Fuß in die Arbeit und muss nicht den Bus nehmen.«

»Aha, was ist das denn für eine Arbeitsstelle?«, wollte der Vater wissen.

»Ich bin bei einem Rechtsanwalt. Im Vorzimmer«, sagte Erika.

Kluftinger senior bekam große Augen. »So, ein Rechtsverdreher. Kennt man den?«

»Also, das glaub ich jetzt nicht ...«

»Mein Mann hat als Polizeibeamter viele Kontakte zur Justiz«, erklärte Hedwig Maria stolz. »Er wird da recht geschätzt.«

Erikas Lächeln zeigte keinerlei Risse. »Mein Chef ist der Doktor Doldacher.«

Der Vater blies hörbar die Luft aus. »Ausgerechnet«, murmelte er. »Na ja, irgendjemand muss halt auch das machen. Kann man sich ja nicht immer aussuchen. Aber so eine junge Frau wird eh nicht mehr lang arbeiten wollen, stimmt's? Die wahre Bestimmung ruft!«

Um Himmels willen, dachte Adalbert. Jetzt wurde auch noch öffentlich die Familienplanung besprochen. Doch auch diese Herausforderung nahm seine Erika mit stoischer Gelassenheit an. Er spürte genau: Diese Frau durfte er sich nicht durch die Lappen gehen lassen.

»Das seh ich etwas anders«, sagte sie. »Ich liebe meinen Beruf und kann mir gar nicht vorstellen, bloß Hausfrau zu sein. Ist doch langweilig, den ganzen Tag daheim auf den Mann warten und in der Küche ...«

»Jessas, die Spatzen!«, entfuhr es da Hedwig Maria Kluftinger, und sie sprang auf.

Adalbert folgte ihr in die Küche. »Und Mutter, was meinst?«, fragte er leise, als die gerade die Kässpatzen wieder in die Schüssel umfüllte.

»Recht trocken.«

»Trocken? Versteh ich nicht.«

»Und bissle verbrutzelt sind sie auch.«

»Ich mein die Erika! Außerdem hast *du* die Spatzen im Rohr vergessen. Also, wie findest du sie?«

»Mei, schon.«

»Schon wie? Nett?«

Sie zuckte die Schultern und machte eine Schnute. »Du, was soll ich da jetzt schon sagen. Kenn ja das Mädle nicht. Bloß so viel: *Ich* bin gern Hausfrau, *mir* fehlt nix. Hier, trag das mal rüber.«

Das Essen lief, wie immer bei den Kluftingers, eher wortkarg ab.

»Wirklich gut, die Spatzen«, fällte der Vater schließlich ein mildes Urteil, nachdem er sich fast die Hälfte der Schüssel einverleibt hatte.

»Saugut!«, fügte Adalbert kauend an. Er hatte sich eben noch einmal eine Portion auf den Teller geschaufelt und streute gemahlenen Pfeffer darüber. Gerne hätte er auch etwas nachgesalzen, wollte seiner Mutter diesen Triumph aber nicht gönnen.

Erika blinzelte ihn an. »Danke. Hoffentlich hat's Ihnen auch geschmeckt, Frau Kluftinger? Sie haben so wenig genommen.«

»Doch, schon. Hab bloß nicht so viel Hunger heut. Aber war recht … ordentlich für … also, ich mein für was Aufgewärmtes jedenfalls.«

»Schön«, sagte Erika mit gefrorenem Lächeln.

Jetzt für ein wenig Auflockerung sorgen, schoss es Kluftinger durch den Kopf. »Da kenn ich einen guten Witz! Also, der Mann kommt nach der Arbeit heim zu seiner Frau, ist aber ein bissle spät dran. Es gibt Kässpatzen, und der Mann sagt nach der ersten Gabel: ›Zefix, die sind ja furztrocken‹.« Adalbert machte eine Pause, sah einmal in die Runde, um die nötige Spannung aufzubauen, dann fuhr er fort: »Da sagt die

Frau: ›Mei, selber schuld, vor einer halben Stunde waren sie noch seichnass!‹« Sofort lachte er schallend los, allerdings als Einziger.

Seine Mutter sagte unvermittelt: »Der Bub braucht viel Essen, damit es ihm gut geht. Seit der Kindheit trinkt er abends eine angewärmte Milch mit Honig. Am liebsten aus der Donald-Duck-Tasse.«

Adalbert schüttelte ungläubig den Kopf.

»Und ihm wird schnell kalt nachts, drum hat er meistens Einteiler an. Ich geh spät ins Bett, da schau ich immer in seinem Zimmer vorbei, weil ich ihm ja eh die Sachen für den nächsten Tag noch rausleg, und da deck ich ihn zu, wenn er sich wieder aufgestrampelt hat.«

Erika grinste.

»Das stimmt doch gar nicht, Mutter!«, protestierte Adalbert.

»Kriegst halt nicht mit, weil du einen gesegneten Schlaf hast. Wie ein kleines Baby.«

Amüsiert blickte sein Gast zwischen ihm und der Mutter hin und her.

Das war's, war sich Kluftinger sicher. *Aus und vorbei.*

Doch Hedwig war noch längst nicht fertig: »Eine Naschkatze ist er auch. Für einen Datschi lässt er alles stehen.«

Adalbert sprang auf. »Mutter, wir zwei müssten mal schnell in die Küche.«

»Warum denn? Den Nachtisch heben wir uns für später auf.«

»Mutter! Geh! Jetzt! Mit!«

Sie zog die Brauen nach oben und verließ unwillig den Raum.

Kaum waren die anderen außer Hörweite, zischte er: »Mama, spinnst du jetzt? Was soll denn der Scheiß?«

»Was denn?«

»Du weißt genau, was ich mein. Wenn du so weitermachst, bin ich die Erika schneller los, als die Helene weg ist!«

»Welche Helene denn? Kommt die auch noch?«

»Die Birne. Unser Nachtisch.«

»Ach die.«

»Also, erzähl nicht so ein Zeug!«

»Ich sag nur: Eine Gute hält's aus, und um eine Schlechte ist's nicht schad«, sagte Hedwig Maria Kluftinger bestimmt. »So, und jetzt frag ich sie, ob sie mir Sahne schlagen hilft. Mal sehen, ob sie dieses neumodische Sahnesteif nimmt.«

Als das junge Pärchen anderthalb Stunden später allein im Windfang stand, wusste Adalbert nicht, ob er lachen oder weinen sollte. Einerseits war alles ohne größere Eskalationen verlaufen. Andererseits war das nur Erikas Engelsgeduld zu verdanken, denn sie hatte im Kreuzverhör des Vaters ihre finanziellen Verhältnisse ebenso offenlegen müssen wie ihre Einstellung zu Religion und freier Liebe und sogar die Fernsehgewohnheiten ihrer Eltern. Hedwig Maria hatte dagegen abgefragt, wie die Bewerberin es mit dem Bügeln, dem Wäschewaschen sowie dem Fensterputzen hielt, und außerdem die Bandbreite ihrer kulinarischen Fähigkeiten erkundet.

Adalbert hatte irgendwann resigniert und nur noch staunend zugehört, wie seine Freundin auf jede Frage eine Antwort hatte. Jetzt wusste der junge Polizist nicht mehr, wo oben und unten war. Und vor allem: ob er noch eine Freundin hatte oder bereits wieder solo war.

»Ich bring dich noch«, sagte er unsicher und fasste

sie zaghaft an der Schulter. Immerhin, diese Berührung ließ sie zu.

Sie lächelte ihn an. »Das ist lieb von dir.«

Vor der Haustür fasste er sich schließlich ein Herz. »Und? Wie … ich mein … war arg schlimm, oder?«

Erika runzelte die Stirn. »Schlimm? Wieso schlimm? War doch ein netter Abend.«

Also doch. Nicht nur, dass sie die Schnauze voll hatte – sie machte sich auch noch lustig über ihn. »Es tut mir leid. Wir können …«

Da legte sie ihm lächelnd einen Finger auf die Lippen und küsste ihn. Eine Woge des Glücks erfasste ihn, und seine Backen glühten. »Heißt das … du magst mich immer noch?«

Sie grinste. »Klar. Jetzt, wo ich weiß, dass du jeden Abend eine Milch brauchst und wie ein kleines Baby schläfst – ein richtiges Butzele bist du.«

Er drohte ihr scherzhaft mit dem Zeigefinger, was sie noch weiter anstachelte.

»Fang mich doch, Butzele«, rief sie übermütig und lief zu seinem Passat.

Als er zu ihr aufgeschlossen hatte, schlang er die Arme um sie und küsste sie.

»Bussieren kann's auch, das Butzele. Endlich hab ich einen Spitznamen für dich.«

»Untersteh dich!«

»Einmal Butzele, immer Butzele. Das bringt mich jetzt schön heim, und danach zieht es brav seinen Einteiler an!«, neckte sie ihn. »Damit es sich nicht wieder aufstrampelt.«

Beide lachten, bis ihnen die Tränen kamen.

Dann wurde Adalbert auf einmal ernst. »Hör mal zu«, begann er feierlich, und sie sah ihn gespannt an. »Wenn du mich immer noch magst, trotz meiner ganzen

Abgründe und obwohl du jetzt meine dunkelste Seite kennengelernt hast, also meine Eltern …« Er machte eine lange Pause.

»Ja?«

»Also, ich mein … da könntest du doch unter Umständen, also nur, wenn's dir auch passen würd … irgendwann, pressiert jetzt ja auch nicht … also auf jeden Fall, tätest du mich heiraten wollen würden?«

Sie starrte ihn ungläubig an.

»Die Mama hätt nix dagegen, glaub ich. Und dem Vatter ist es eh wurscht«, schob er hinterher.

Wieder lachte sie laut los und schlang die Arme um ihn. »Ja, mein Butzele, ich will! Oder in deinen Worten: Ich würd schon eventuell wollen täten.« Dann küsste sie ihn lange und innig.

Beschwingt pfeifend schloss Adalbert Kluftinger eine knappe Stunde später die Haustür auf. Er hatte seine Verlobte nach Hause gebracht und mit einem keuschen Kuss auf der Haustreppe verabschiedet. *Seine Verlobte.* Ja, so durfte er sie jetzt hochoffiziell nennen. Seine zukünftige Frau. Erika Kluftinger, geborene Nowotny.

»So, Adi, jetzt haben wir den Salat«, empfing ihn die Mutter klagend im Hausgang.

»Was ist denn passiert?«

»Deine Bekannte hat ihre Schüssel stehen lassen.«

»Kann sie ja beim nächsten Mal mitnehmen, meine … Bekannte.«

»Kommt sie denn jetzt öfter?«, bohrte die Mutter nach.

»Könnt schon sein«, antwortete er mit verschmitztem Lächeln. »Hat ihr recht gut gefallen – trotz allem.«

Noch bevor seine Mutter nachhaken konnte, was er damit meinte, nahm Adalbert sie in den Arm und drückte sie.

»Schön, wenn du sie magst«, sagte sie. »Ist ja eigentlich ganz nett. Bloß so dünn! Die könnt ja gar nicht vernünftig für dich sorgen.«

Als Adalbert kurz darauf im Schlafanzug das Bad verließ, raunte ihm sein Vater, ebenfalls bereits im Einteiler, zu: »Die musst dir warmhalten, diese Navratil. Macht bessere Spatzen als deine Mutter! Und das will was heißen.«

27

»Also Schätzle, ich hab dich lieb. Pass bitte auf dich auf.« Kluftinger gab seiner Frau einen Kuss auf den Mund.

Die blickte ihn überrascht an. »Du tust grad so, als wär's ein Abschied für immer.«

Er schluckte. War das so offensichtlich? »Schmarrn, aber wer weiß, was …«

»Und sag dem Martin und der Annegret, dass sie nix mitbringen sollen«, unterbrach sie ihn. »Ich back noch was.«

»Mitbringen?«

»Wenn du sie einlädst.«

»Ach so.« Es fiel ihm schwer, sich von Erika zu lösen. Er konnte das Damoklesschwert, das in Gestalt der geplanten Polizeiaktion über seinem Haupt schwebte, geradezu körperlich spüren. »Wart nicht mit dem Essen auf mich«, sagte er schwermütig. »Nicht heute und …«

»Alles klar, bis später dann«, gab seine Frau kurz zurück und schloss die Tür.

Mit jedem Schritt, den sich Kluftinger von seinem Haus entfernte, hatte er mehr düstere Vorahnungen. Oder war es nur das Gewicht seiner Großtrommel, das ihn nach unten zog? Er beschloss mindestens ein Dutzend Mal, wieder umzukehren, nur um sich sofort fürs Weitergehen zu entscheiden. Als er jedoch am Leichenschauhaus vorbeikam, wo er den ersten Kollegen erblickte, der sich unauffällig am Eingang zum Friedhof postiert hatte, wurde ihm wieder etwas leichter ums Herz. *Ich bin nicht allein*, sagte er sich. Alles war abgesichert. Um die gesamte Kirche herum führte ein schmaler, gekiester Weg, dann kam eine hohe Hecke, dahinter der Friedhof. An den Eingängen zu dem Weg hatten sie überall Kollegen postiert. Nur auf der Rückseite, beim Kriegerdenkmal, führte eine Straße vorbei, die sie aber ebenfalls auf beiden Seiten überwachten. Kluftinger grüßte alle Polizisten, die er passierte, mit einem unauffälligen Nicken. An der Eingangstür zum Kirchturm schließlich entdeckte er Richard Maier. Er freute sich aufrichtig, ihn zu sehen, und ging auf ihn zu. Als er näher kam, erkannte er allerdings, dass er eine billig aussehende Landhaustracht trug.

»Heu, Richie, hat's das G'wand beim Aldi gegeben?«

»Slltst ncht mt mr rdn«, gab der unverständlich zurück.

»Was?«

Maier sah sich um, dann flüsterte er: »Du solltest nicht mit mir reden, meine Tarnung fliegt sonst auf.«

»Jetzt hör doch auf, Richie, ich kann doch beim Konzert am Volkstrauertag mit einem Mann in Plastiklederhosen ratschen, wenn ich will. Dabei denkt sich doch niemand was.«

»Die Hose ist nicht aus ...«

»Aber wenn du schon so auf Unauffälligkeit bedacht bist, hättest vielleicht besser ein anderes T-Shirt angezogen.«

»Wieso? Das ist bayerisches Brauchtum.«

»Ja, vom Oktoberfest!«

»Und wenn's so wäre?«

Kluftinger schnaufte. »Mir ist es ja egal, aber die Aufschrift *Bier formte diesen Körper* ist vielleicht nicht das Richtige für den Volkstrauertag.«

»Tracht ist Tracht«, beharrte Maier mit vorgeschobenem Unterkiefer.

»Meinetwegen. Habt ihr euch den Turm heut früh noch mal genau angeschaut?«

»Ja, der ist sauber. Und ich bleib hier stehen, das ist der einzige Zugang. Die Kirchentüren sind auch alle zugeschlossen. Von da oben droht also schon mal keine Gefahr. Jedenfalls müsste jeder, der da rauf will, erst an mir vorbei.«

»Sehr beruhigend«, erwiderte der Kommissar. Und diesmal meinte er es sogar so. »Aber vielleicht gehst doch besser rein, ist ja kein Fasching hier.«

»Das musst du grade sagen.«

»Was soll denn das jetzt heißen?«

Maier zeigte auf seine Trommel. »Mit deinem Instrument und der Musiktracht, da …«

»Da … was?«

»Vielleicht geh ich doch besser rein«, wich Maier aus. »Obwohl meine Augen hier draußen durchaus gebraucht werden könnten.«

»Sind ja doch noch viele andere Kollegen da.«

»Ja, wie besprochen. Kommandozentrale ist der orange Transporter mit der E-Werk-Aufschrift da drüben. Die Straßen sind dicht, da kommt keiner mehr mit dem Auto durch. Haben einfach die Feuerwehr angewiesen, großräumig abzuriegeln, wegen der Veranstaltung und aufgrund von Sicherheitsbedenken. Ist ja nicht mal gelogen.«

»Alles klar, danke Richie.« Er hob die Hand zum Gruß und ging weiter, Maier jedoch blieb vor der Tür stehen.

Der Platz vor dem Kriegerdenkmal füllte sich langsam. *Hier kann eigentlich nichts schiefgehen*, sprach er sich selbst Mut zu. Er stellte kurz die Trommel ab und ging in die Hocke, um seinen Schuh zuzubinden, da schubste ihn unsanft jemand von hinten. Er fuhr herum – und entspannte sich im selben Augenblick. Vor ihm saß, hechelnd und mit tropfenden Lefzen, Langhammers Hund. Er blickte den Kommissar erwartungsvoll an, offenbar in der Hoffnung, dass der gleich mit ihm spielen werde. Kluftinger war gerührt, doch er war nun wirklich nicht in der Stimmung dazu. Das schien das Tier allerdings wenig zu kümmern. Es begann herzzerreißend zu jaulen. Wollte ihm der Hund irgendwas mitteilen? Lag etwas in der Luft? Etwas, das er ahnte, das für Kluftinger als Menschen jedoch nicht wahrnehmbar war?

»Wittgenstein! Da – bist – du – ja.« Ein keuchender Martin Langhammer kam um die Kirchenecke gerannt. Als er sah, dass der Hund vor dem Kommissar hockte, verlangsamte er seinen Schritt. Er streichelte dem Tier über den Kopf. »Sehr brav, mein Lieber. Gut gemacht.«

Kluftinger sah ihn fragend an. »Was jetzt? Das Weglaufen?«

Der Doktor richtete sich wieder auf. »Weglaufen? I wo. Ich habe ihm befohlen, Sie zu suchen und bei Ihnen sitzen zu bleiben.« Während er dies sagte, schwenkte er ein kleines Tütchen in seiner Hand.

Auch wenn der Kommissar wirklich gerade andere Sorgen hatte: Darauf musste er einfach etwas erwidern. »Klar, genau so hat's ausgesehen. Der Hund folgt einfach aufs Wort«, erklärte er sarkastisch. »Wenn man ruft *Komm her oder nicht*, dann kommt er her oder nicht – und zwar sofort.«

»Richtig. Ich hab ihn da hinten von der Leine gelassen ...« Langhammer zeigte in Richtung Friedhof, woraufhin das Tütchen direkt vor Kluftingers Gesicht baumelte. Nun erkannte der Kommissar auch, worum es sich dabei handelte: Es war die verpackte Hinterlassenschaft des Hundes – von respektabler Größe, wie er feststellte. »... und dann ist er bis hierher allein gelaufen und hat Sie gefunden.«

Kluftinger ging bei jeder Bewegung des Tütchens ein wenig in Deckung, weil er Angst hatte, dass es irgendwann reißen könnte, so heftig, wie der Doktor es herumschleuderte. Der war nun voll in seinem Element und berichtete von den neuesten Wundertaten des außergewöhnlich intelligenten Tieres, was Kluftinger allerdings nur halb mitbekam. Zu groß war inzwischen seine Nervosität. Gehetzt blickte er sich um, während der Doktor irgendetwas von *Apportieren* und *Pfote geben* fabulierte. In Kluftingers Blickfeld schob sich eine kleine Gruppe von Musikkollegen, die langsam auf den Platz schlenderten. Nun kamen ihm doch Gewissensbisse: Brachte er nicht auch sie in Gefahr? In ihren Uniformen sahen sie sich zum Verwechseln ähnlich. Was, wenn das auch dem möglichen Angreifer so ging und an seiner Stelle …

»Hören Sie mir überhaupt zu?«, fragte der Doktor empört.

»Doch, doch, Herr Langhammer, ich hab jedes Wort verstanden. Allerdings hab ich heute ein schweres Stück zu spielen und muss mich ein bissle konzentrieren.«

»Auf Ihrer … *Trommel?*«

»Ja, wenn das so einfach wär, dann könnt's ja jeder. Sogar Sie«, blaffte der Kommissar heftiger zurück, als er eigentlich wollte, und verabschiedete sich schnell. Er sah Langhammer und seinem Hund nach. Wer wusste schon, ob dies nicht sogar das letzte Treffen mit dem Doktor … Er brachte den Gedanken lieber nicht zu Ende und nahm sich vor, von nun an zu allen nett und freundlich zu sein, denen er begegnete. Doch sein Vorsatz geriet schnell ins Wanken, als er zu drei Blechbläsern stieß, die ihn sofort mit »Ah, da kommt ja die wandelnde Leiche!« begrüßten.

»Solche Sprüche kannst dir sparen«, grantelte Kluftinger zurück.

»Ich hab's euch gleich gesagt«, wandte sich der Mann mit dem goldglänzenden Flügelhorn an seine Kollegen. »Tote haben einfach keinen Humor.«

Der Kommissar lächelte gequält und ließ die drei stehen. Er hatte keinen Nerv für diese Art Small Talk und begab sich zu seinem Auftrittsort. Da er nichts weiter zu tun hatte, ließ er seinen Blick schweifen und blieb an dem Denkmal hängen. Er hatte es noch nie genauer betrachtet, es war einfach immer da gewesen. Jedenfalls solange er lebte. Nahm man nicht alles, was einen immer schon umgab, gar nicht richtig wahr? Sie hatten es als Kinder beim Versteckspiel benutzt, später, um heimlich dahinter zu rauchen. Aber heute, an diesem besonderen Tag, schaute er es sich zum ersten Mal richtig an: Es war aus grauem Marmor und zeigte zwei überdimensionale Figuren, einen sterbenden Soldaten und den auferstandenen Christus, der dem Krieger einen tröstlichen Blick zuwarf. Ein Blick, in dem ein Versprechen lag: Dein Tod war nicht umsonst. Und, vielleicht noch wichtiger: Dein Tod ist nicht das Ende. Es schien zu wirken, denn der Soldat sah irgendwie ruhig und friedlich aus. Seitlich waren lange Namensreihen in eine Steintafel gehauen worden – Namen von Altusriedern, die im Ersten Weltkrieg ihr Leben gelassen hatten. Ob der Name Kluftinger dort auch auftauchte? Der Kommissar hatte nie nachgesehen. Er wollte das gerade nachholen, als hinter ihm jemand rief: »Ah, der Herr Chefpaukist, was bin ich froh, dich zu sehen. Bis vor einer Sekunde war ich mir nicht sicher, ob du überhaupt auftauchen würdest.«

Er brauchte sich gar nicht umzudrehen, um zu wissen, wer diese Spitze gegen ihn abgeschossen hatte: An der sonoren Stimme mit dem markanten Singsang erkannte er sofort ihren Dirigenten Franz Ortmayr. Der ging voll und ganz in seiner Aufgabe auf, weswegen Kluftingers mangelnde Probenpräsenz ein Stachel in seinem Fleisch war. »Servus, Franz.«

»Ich nehm an, du hast die Stücke für heute daheim geübt?« Der Dirigent wedelte mit ein paar Notenblättern.

»Ja, klar. Die kann ich«, log er. Er hatte keine Ahnung, was sie heute spielen würden, war aber zuversichtlich, dass er das auch ohne Proben hinbekommen würde.

»Soso, na, da bin ich ja mal gespannt.« Ortmayr winkte die noch verstreut auf dem Kirchplatz herumstehenden Musiker zu sich. »Sammeln bitte, alle sammeln. Auch innerlich. Gleich geht's los.«

Wenn du wüsstest, wie recht du hast, dachte Kluftinger bitter.

Einige Minuten später hatten sie zu spielen begonnen. Beethovens *Trauermarsch*. Der Kommissar vermutete darin eine Gemeinheit Ortmayrs gegen ihn persönlich, denn meist hatten sie zu diesem Anlass mit *Über den Sternen* angefangen oder *Ich hatt einen Kameraden*, die praktisch ohne Großtrommel auskamen. Der Marsch dagegen war voller Einsätze für ihn, von denen er nicht jeden genau erwischte, was vor allem an seiner Unkonzentriertheit lag, nicht an der mangelnden Übung. Jedenfalls sagte er sich das, wenn ihn wieder ein giftiger Blick des Dirigenten traf. Zumindest den Schlussakkord setzte der Kommissar genau und schaffte damit einen versöhnlichen Ausklang des Stücks.

Nun trat der Pfarrer vor sie und begann in salbungsvollem Tonfall seine Ansprache. Kluftinger hörte zunächst nicht richtig zu, sondern konzentrierte sich darauf, die Umgebung genau im Blick zu behalten. Doch dann redete der Priester plötzlich vom Tod, der ganz unerwartet kommen, einen aus der Mitte des Lebens reißen könne, aus der Gemeinschaft der geliebten Menschen. War das ein Omen, wie dieser Tag enden würde? Sollte er nicht vorsichtshalber ein paar Gebete sprechen und sich zu seinen Sünden bekennen?

Mit einem mulmigen Gefühl begann Kluftinger also, das *Ave Maria* zu beten. Die Gottesmutter war ihm immer besonders vertraut gewesen, war sie in all ihrer Einzigartigkeit eben doch auch einfach Mensch gewesen.

Gegrüßet seist du, Maria, voll der Gnade, der Herr sei mit dir.

Sie hatte vielleicht auch mal was getan, worauf sie selbst nicht stolz gewesen war.

Du bist gebenedeit unter den Frauen …

Er hatte sich immer an dem Wort *gebenedeit* gestoßen, weil es so altertümlich klang und er nicht genau wusste, was es bedeutete, aber diesmal meinte er, es zumindest zu spüren. Diese besondere Aufgabe, die der Frau übertragen worden, für die sie und nur sie ausgewählt worden war.

… und gebenedeit ist die Frucht deines Leibes … Strobl!

Kluftinger war wie vom Donner gerührt. Er hatte unbestimmt über die Menschenmenge geblickt, ohne einen Einzelnen wahrzunehmen, so sehr war er in sein Gebet versunken, doch an einem Gesicht, weit hinten, etwas abseits, war er hängen geblieben und mit einem Schlag wieder ganz ins Hier und Jetzt zurückgekehrt: Dort stand sein Kollege Eugen Strobl. Warum wagte er sich hierher? Mitten unter die anderen Polizisten? Was, wenn ihn einer erkannte? Sie wären gezwungen, ihn sofort festzunehmen. Ihre ganze Sache würde auffliegen, ihre ... Er stockte. Vor den Augen des Kommissars begann sich alles zu drehen. Was, wenn Strobl aus einem ganz bestimmten Grund hier war? Wenn er derjenige war, den sie suchten? Wenn er es war, der ihm ans Leder wollte?

Jetzt schaute auch Strobl in seine Richtung, ihre Blicke trafen sich für einen kurzen Moment. Kluftinger schüttelte unwillkürlich den Kopf: Nein, sein Kollege war nicht hier, um ihm etwas anzutun, das konnte er in seinen Augen lesen. War dieser Blick nicht im Gegenteil voller Schuldgefühle, voller Scham? Strobl sah aus, als wolle er sich entschuldigen, etwas gutmachen, was nicht wiedergutzumachen war.

Woher wusste er von der Sache? Vertraute er darauf, dass die alten Kollegen nichts gegen ihn unternehmen würden? Der Kommissar kam nicht dazu, den Gedanken weiterzuverfolgen, denn der Dirigent hob seinen Taktstock, und sie begannen wieder zu spielen. Schnell blätterte er die Noten um und musste schlucken. Diesmal lautete der Titel *Vorbei*, ein schweres, getragenes Stück. Die ersten Takte erklangen, er schwang den Schlägel wie in Trance, schaute wieder zu Strobl, der jedoch seinen Blick nicht mehr erwiderte. Er sah überhaupt nicht mehr nach vorn, sondern in eine ganz andere Richtung, nach oben, zum Kirchturm. Was gab es denn da zu sehen? Kluftinger wollte seinem Blick folgen, doch in diesem Moment stürmte sein Kollege los. Direkt auf ihn zu. Mit einer Waffe in der Hand. Jetzt packte den Kommissar die nackte Panik. Die Kirchturmglocken läuteten. Kluftinger hob den Kopf. Die goldenen Zeiger zeigten neun Uhr dreißig. Warum fiel ihm das jetzt auf? Er war zu keiner Regung mehr fähig, auch nicht, als sein Einsatz an der Trommel gefordert war. Als wäre er selbst zu Stein geworden, stand er vor dem marmornen Denkmal, eine unbewegte graue Gestalt irgendwo im Zwischenreich von Leben und Tod. Starr beobachtete er, wie Strobl um die Menschen herum auf ihn zulief. Sah das denn sonst niemand? Was war mit den Kollegen? Die Kapelle hörte nach und nach auf zu spielen, weil die Trommeleinsätze ausblieben. Der Dirigent rief ihm etwas zu, auch Strobl schrie nun, und endlich löste sich Kluftingers Erstarrung. Er ließ mechanisch den Trommelschlägel fallen und griff nach seiner Waffe, die er sich hinten in den Bund der Lederhose gesteckt hatte. Doch das raue Leder verhinderte, dass sie einfach so herausglitt. Nun wurden die Menschen auf dem Kirchplatz unruhig, sahen sich irritiert um, wollten wissen, warum die Musik langsam erstarb.

Strobl war nur noch ein paar Schritte entfernt. Der Kommissar zog ruckartig an seiner Pistole, sah, dass nun auch Maier und ein paar andere Kollegen auf ihn zurannten. Dann endlich hatte er seine Waffe frei, riss sie nach vorn – zu spät! Strobl stürzte sich mit einem mächtigen Satz auf ihn, warf den Kommissar um, sodass seine Trommel mit einem dumpfen Poltern zu Boden fiel. Ein Aufschrei ging durch die Menge, die Musiker stoben auseinander, Instrumente schepperten auf die Erde. Kluftinger landete schmerzhaft auf seinem Arm mit der Waffe, doch er ließ sie nicht los, sondern versuchte, sie wieder vor seinen Körper zu bringen. Zwischen sich und Strobl.

Dann knallte es.

Ein ohrenbetäubender, alles übertönender Knall. Gefolgt von einem heißen Schmerz, wie der Kommissar ihn noch nie gespürt hatte. Und von erlösender, alles verschlingender Schwärze.

28

Die Zeremonie hatte lange gedauert, aber nun waren fast alle Trauergäste gegangen. Erika Kluftinger stand noch am offenen Grab, gebeugt, die Augen geschwollen und rot vom Weinen. Eine letzte Träne rann über ihre Wange, als sie noch einmal hinabsah auf all die Blumen, die da kreuz und quer auf dem Sarg lagen, vermischt mit der Erde, die von den vielen Menschen als letzter Gruß hineingeworfen worden war. Wie viele es gewesen waren, die sich persönlich von ihm hatten verabschieden wollen! Viel mehr, als sie erwartet hatte.

Sie zupfte die Schärpe an einem der größten Kränze neben dem provisorischen Holzkreuz zurecht und las still für sich noch einmal die Inschrift darauf: *In ewiger Erinnerung. Deine Kollegen vom K1.* Gleich daneben eine Blumenschale der Gewerkschaft, und auch Birte Dombrowski hatte es sich nicht nehmen lassen, einen Kranz im Namen der gesamten Allgäuer Polizei zu stiften. Wieder wurde Erika von einem heftigen Schluchzen geschüttelt.

»Frau Kluftinger, kommen Sie, wir bringen Sie jetzt nach Hause, ja?« Sandy Henske hatte ihr den Arm um die Schulter gelegt. *Wie reizend von ihr, mich zu trösten,* dachte Erika, dabei hatte doch auch die Sekretärin einen schlimmen Verlust zu verkraften.

»Ja, bitte, das wär nett. Ihr müsst eh alle noch mitkommen, ich hab doch Kuchen gebacken, wer soll den denn sonst essen?«

Sandy rang sich ein Lächeln ab. »Klaro kommen wir mit, ist doch Ehrensache.«

»Ehrensache, genau«, pflichtete ihr Richard Maier bei. »Wir müssen jetzt noch mehr zusammenrücken.«

»Schön gesagt, Richie«, erklärte Roland Hefele und legte seinem Kollegen die Hand auf die Schulter.

Wortlos machten sie sich auf den Weg zum Friedhofsausgang. Nur der Kies knirschte unter ihren Schritten. Irgendwann sagte Maier nachdenklich: »Was meint ihr: Ob es ihm in seiner letzten Stunde ein Trost war, dass er in Ausübung seiner Pflicht gestorben ist?«

»Ich glaub, so was ist einem dann ziemlich egal«, mutmaßte Hefele.

»So viele Leute haben ihm die letzte Ehre erwiesen«, presste Sandy Henske nun hervor. Dann begann auch sie wieder zu weinen. »Richtig ergreifend war das. Das hätte ihn bestimmt gefreut.«

»Bestimmt, Sandy«, erklärte Hefele und zog sie freundschaftlich an sich, was sie bereitwillig geschehen ließ. Er seufzte tief, dann fuhr er fort: »Schade, dass der Chef das nicht hat miterleben können.«

»Tja, das ist nun mal leider unmöglich, Roland«, bemerkte Maier betrübt.

»Unglaublich, wie sehr einem Ihr Mann schon nach gerade mal drei Tagen fehlt«, sagte Sandy und schnäuzte sich. Die anderen nickten traurig, dann machten sie sich gemeinsam auf den Weg, wobei sie Erika in ihre Mitte nahmen. Bis sie den Parkplatz erreicht hatten, sprach keiner mehr, jeder hing seinen eigenen Erinnerungen an den Verstorbenen nach.

Eine Viertelstunde später hatten sich alle vor Kluftingers Wohnhaus eingefunden. Sogar Birte Dombrowski, die am Friedhofsportal gewartet hatte, war auf Einladung von Erika spontan mitgekommen. Mit noch immer zitternden Händen schloss Erika die

Tür auf. Das ganze Haus lag in völliger Stille, kein Licht brannte, obwohl es an diesem trüben Novembertag kaum richtig hell geworden war. Als trage auch der Himmel Trauer.

»Hallo?«, rief Erika reflexartig in den Gang – so wie sie es immer tat. Seit Jahrzehnten schon.

Stille.

»Ah, seid's ihr endlich da?«, tönte es nach einer Weile aus dem Wohnzimmer, dann öffnete sich die Tür. »Hab mich bloß ein bissle hingelegt, die Schmerzmittel machen mich so müd.«

Die Kollegen lächelten Kluftinger an, der im Türrahmen stand und sie aus tief liegenden Augen anblickte. Sein Resthaar stand derangiert vom Kopf ab. Er räusperte sich. »Schön, dass ihr da seid an diesem schweren Tag. Kommt's rein, Tisch ist schon gedeckt. Tut mir bloß leid, dass der Kaffee ganz eingekocht ist auf der Warmhalteplatte. Und die Sahne hat auch schon mal besser ausgeschaut. Aber ich hab ja nicht gewusst, wie lange es dauert.«

»Ist doch egal, Butzele, sowieso toll, dass du schon alles gerichtet hast, trotz deiner Verletzung.« Erika legte Handschuhe und Tasche ab, zog den Mantel aus und gab ihrem Mann einen Kuss auf die Wange, was er sich, trotz Anwesenheit seiner Kollegen, gern gefallen ließ.

Dann schüttelte er den Kopf. »Das ist doch das Mindeste. Wenn schon einer meiner engsten Kollegen und Freunde beerdigt wird. Das Leben hat er mir gerettet, und ich kann nicht dabei sein, zefix.« Er verzog das Gesicht und langte sich reflexartig an die einbandagierte Stelle an seiner Schulter. Auch wenn die Schmerzen manchmal fast unerträglich waren: Er war am Leben, hatte nur einen Streifschuss abbekommen, während Eugen Strobl sein Leben für ihn gelassen hatte. Die Kugel hatte sich mitten durch sein Herz gebohrt, war auf der anderen Seite wieder ausgetreten und hatte dann Kluftingers Schulter touchiert. Seine Lippen bebten, als er die Polizeipräsidentin begrüßte. Er sah sie zum ersten Mal seit dem Drama vor dem Altusrieder Kriegerdenkmal, der Polizeiaktion, die so gründlich schiefgegangen war wie nichts zuvor in seiner Laufbahn. Mit der Dombrowski würde er sich noch einmal gesondert aussprechen müssen, aber nicht hier, vor den Kollegen. Den verbliebenen Kollegen, fügte er innerlich bitter an.

Erika holte noch ein weiteres Gedeck für die Präsidentin, dann nahmen alle am Esstisch Platz. Schweigend saßen sie da und starrten zu Boden oder richteten den Blick aus dem Fenster in die Ferne. Der Kommissar spürte, dass es an ihm war, als Erster etwas zu sagen. Er räusperte sich, dann setzte er an: »Ja, vielen Dank, dass ihr alle da seid, auch Sie, Frau Präsidentin. Ich hab mich ja schweren Herzens Ihren Anweisungen gefügt und bin nicht mitgekommen. Ihr könnt euch vielleicht vorstellen, wie schwer das ... für mich war, dem Eugen ... nicht einmal die letzte Ehre ...« Die Stimme versagte ihm, seine Augen wurden feucht.

Sofort begannen die anderen, Kluftinger von der Trauerfeier zu erzählen: von den vielen Gästen, die sich von ihrem Kollegen verabschiedet hatten, der würdigen Umrahmung durch den Polizeichor, dem Grußwort des Innenministers und den schönen Ansprachen. In allen Einzelheiten schilderten sie den Weg zum Grab, die Kränze, die niedergelegt, die Lieder, die gespielt worden waren, und erzählten, dass die Medienvertreter wie verabredet der Zeremonie ferngeblieben waren.

Das half dem Kommissar, und auch die anderen wurden durch ihre Erzählungen bei aller Trauer und Betroffenheit ein wenig abgelenkt. »Wenn ich bloß wüsst, warum er da hingekommen ist, ohne irgendjemandem einen Ton zu sagen, zefix«, presste Kluftinger irgendwann hervor und ließ seine Faust so heftig auf den Tisch knallen, dass die leeren Tassen klapperten.

Hefele richtete sich in seinem Stuhl auf, rückte die Krawatte zurecht, deren Knoten verriet, dass er keine Übung darin hatte, und erklärte: »Schuld bin ich. Von mir hat er es erfahren. Hätt ich ihm nicht diese saudumme SMS geschrieben, ich Depp, dann wär der Eugen wahrscheinlich noch am Leben.«

»Das ist nicht gesagt, Roland«, entgegnete Kluftinger.

»Außerdem, eins ist ziemlich sicher«, warf Maier ein, »statt dem Eugen hätten wir dann heute höchstwahrscheinlich den Chef beerdigt.«

Erika griff nach der Hand ihres Mannes und drückte sie so sehr, dass es schmerzte.

Hefele schüttelte den Kopf. »Er hat mir geschrieben, wissen wollen, ob wir uns treffen können, er wollt mit mir reden. Da hab ich zurückgeschrieben, dass wir uns auf das Konzert vorbereiten, auf die Falle, und dass er ja zeigen kann, ob er noch Polizist ist und auf welcher Seite er steht. Ich hab ihn noch angestachelt.«

Wieder wandte sich Maier an seinen Kollegen: »Roland, du musst da wirklich keine Schuldgefühle haben. Wenn, dann höchstens der Chef, für ihn hat sich der Eugen schließlich geopfert. Unser Freund hat frei entschieden, in der Situation so zu reagieren, ohne Rücksicht auf sein eigenes Leben. Er hat den Schützen oben am Turm gesehen und sich zwischen unseren Vorgesetzten und die Kugel geworfen.«

Kluftinger hörte ihm aufmerksam zu.

»Er hätte auch schreien können«, fuhr Maier, an Kluftinger gewandt, fort, »dich warnen, was weiß ich, aber er hat diesen Weg gewählt. Sehenden Auges hat er sich in die höchste Gefahr begeben. Für dich, Chef. Für dein Überleben.«

»Meinst jetzt vielleicht, ich hab mir das so ausgesucht, Richie, hm?«, brummte der Kommissar. »Ich weiß, dass ich dem Eugen mein Leben zu verdanken hab. Mein Gewissen ist damit schon genug belastet, da brauch ich nicht noch dich als den großen Mahner. Der Eugen und ich hatten nicht einmal mehr die Chance, uns auszusöhnen …«

»Am meisten bin aber wohl ich verantwortlich, weil schließlich alles damit angefangen hat, dass ich Sie, Frau Dombrowski, auf dem Markt getroffen hab.« Nach Erikas Einwurf war es ein paar Sekunden lang still.

Dann griff die Präsidentin ein: »Es bringt nichts, wenn wir uns hier gegenseitig die Schuld zuweisen. Niemand kann dadurch Herrn Strobl wieder lebendig machen. Wie Herr Maier sagt: Es war in diesem Moment seine Entscheidung. Wahrscheinlich wollte er eben doch zeigen, dass er noch zu uns gehört.«

»Wenigstens bleibt ihm so jetzt eine interne Ermittlung und die Entlassung erspart«, sagte Maier.

»Na, da kann er ja richtig froh sein«, kommentierte Hefele.

»Wir wissen ja im Nachhinein nicht, was ihn dazu getrieben hat, sich mit solchen Leuten einzulassen«, gab Kluftinger zu bedenken. Und fügte seufzend hinzu: »Für mich bleibt er alles in allem ein feiner Kerl.«

Dann brachte Birte Dombrowski das Thema auf die nun bevorstehenden Ermittlungen. Immerhin gehe es nicht mehr nur um eine vage Bedrohungslage, sondern um einen Polizistenmord – durch einen nach wie vor unbekannten Täter, der, wie er bewiesen hatte, zu allem bereit war. »Die Medien belagern uns. Schließlich ist das alles vor einem riesigen Publikum passiert. Die Leute wollen natürlich Ergebnisse, und seit der Tat sind schon wieder drei Tage verstrichen. Das ist eine Menge Zeit. Uns sitzt das Ministerium im Nacken. Wir können nicht warten, bis der Mörder hier auftaucht, nachdem er uns in dem Chaos entwischt ist.«

Erika sah sie erschrocken an.

Die Präsidentin fuhr sachlich fort: »Die weiteren Ermittlungen laufen jedenfalls ohne Sie, Herr Kluftinger.«

»Niemals. Ich bin ab morgen wieder im Büro, das bissle Streifschuss …«

»Ihr Engagement in allen Ehren, aber …«

»Nix aber«, donnerte er.

Alle sahen ihn mit großen Augen an. So war er seine Chefin noch nie angegangen. Erika stand mit besorgter Miene auf und verließ zögernd den Raum. Sandy Henske folgte ihr. »Wir machen noch mal Kaffee«, sagte sie und schloss die Tür hinter sich.

»Frau Dombrowski, bei allem Respekt, aber das können Sie nicht mit mir machen«, fuhr der Kommissar in gemäßigterem Ton fort. »Ich hab einen engen Mitarbeiter verloren und Gott weiß, wie viel Schuld ich selbst daran habe. Ich will den Verantwortlichen dafür zur Rechenschaft ziehen. Um jeden Preis. Davon werden Sie mich nicht abhalten können, so oder so.«

Hefele und Maier beobachteten gespannt, was nun folgen würde. »Ich verstehe Ihre emotionale Reaktion voll und ganz«, erklärte die Präsidentin. »Ich weiß, wie sehr Sie das alles mitgenommen hat. Ihr persönliches Engagement in dieser Sache könnte stärker ja gar nicht sein. Darin liegt aber gerade auch mein größtes Problem ... unser größtes Problem.«

Kluftinger holte Luft, um zu widersprechen, doch sie hob abwehrend die Hand. »Lassen Sie mich bitte ausreden. Ich verstehe, wie gesagt, Ihren Wunsch. Und will auch nicht verhehlen, dass mir durchaus daran gelegen wäre, den Fall schnell zu einem Abschluss zu bringen. Aber wir haben alle, die wir hier sitzen, Fehler gemacht, die Lage unterschätzt oder gänzlich falsch bewertet, was zusammen mit anderen Faktoren zu dieser Katastrophe geführt hat. Ich nehme da bewusst niemanden aus.«

»Ist jetzt nicht so wichtig vielleicht«, warf Richard Maier ein, »aber einen Fehler in dem Sinn kann ich bei mir nicht entdecken.«

»Wurde nicht der Schuss, der Herrn Kluftinger treffen sollte und schließlich den Kollegen Strobl tötete, vom Kirchturm aus abgegeben? Jenem Objekt, das Sie angeblich genau durchsucht hatten und für dessen Sicherheit Sie die Verantwortung trugen?«

Maier hielt die Luft an.

»Und warum haben Sie, nachdem der Schuss gefallen war, Ihren Posten verlassen? Möglicherweise ist uns der Täter dadurch entwischt.«

Da auch Kluftinger keine Lust auf weitere Schuldzuweisungen hatte, wandte er sich in sachlichem Ton an seine Kollegen. »Einigen wir uns einfach darauf, dass alles wirklich beschissen gelaufen ist. Deswegen ist es wichtig, dass ab morgen wieder normaler Bürobetrieb herrscht.«

»Nichts da, normaler Betrieb.« Birte Dombrowski winkte ab. »Sie gehen doch nicht so mir nichts dir nichts ins Büro, während der Mörder frei herumläuft.«

»Heißt das, der Kollege vor dem Haus bleibt auch weiter im Auto sitzen und nimmt mich dann in der Früh mit ins Büro?«

»Ich sagte es Ihnen doch, Sie kommen nicht ins Büro, basta. Sie bleiben schön hier, mit intensiviertem Personenschutz. Wir werden Sie über Skype und Telefon einbinden.«

Kluftinger zog die Brauen hoch. »Intensiviert, heißt das ...?«

»Dass ein Personenschützer von jetzt an in Ihrer Wohnung bleibt. Ganz genau.«

»Aber bloß am Telefon kann ich nicht arbeiten.«

»Eine andere Möglichkeit sehe ich leider nicht«, erwiderte die Präsidentin schulterzuckend.

Da hatte Kluftinger eine Idee. Allerdings rang er eine Weile mit sich, ob er sie wirklich artikulieren sollte. Schließlich würde deren Umsetzung auch einiges an Unbill mit sich bringen. Aber hatte er eine Wahl? »Ich schon«, sagte er also zögerlich. »Wenn ich nicht zu euch ins Büro kann, dann kommt halt ihr mit dem Büro zu mir.«

Sein Blick traf den von Birte Dombrowski. Sie überlegte, dann erklärte sie seufzend: »Sicher ungewöhnlich, aber warum nicht. Könnte schon klappen. Kein geringer Aufwand natürlich, aber sei's drum. Besondere Situationen erfordern besondere Maßnahmen.«

»Ein echtes Home-Office quasi«, versetzte Maier. »Wird höchste Zeit, wir hinken da den Entwicklungen im modernen Arbeitsmarkt eh hinterher.«

»Allerdings müssen Sie sich da sicherlich noch das Einverständnis Ihrer Frau holen, Herr Kluftinger, oder? Würde sie ja ganz schön einschränken ...«, fand Birte Dombrowski.

»Das hat's gleich«, erklärte Kluftinger bestimmt. »Erika, kommst du mal ganz kurz?«

Als Kluftinger ein paar Stunden später von seinem Verbandswechsel und der Nachuntersuchung in der Klinik wieder nach Hause kam, warteten dort nicht mehr seine vertrauten vier Wände auf ihn, jene Festung, die seinem Leben bisher Stabilität und Sicherheit verliehen hatte und in die er sich nun so gerne zurückgezogen hätte. Stattdessen erkannte er sein eigenes Wohnzimmer kaum wieder. Die Kollegen hatten in der kurzen Zeit ganze Arbeit geleistet und seinen Rückzugsort in ein provisorisches Büro verwandelt: Auf dem Esstisch standen die Computer aus dem Präsidium, auch sein eigener, was er an den vielen Klebezetteln erkannte, die am Bildschirmrand hafteten. Vor der Couch verbaute ein großes Flipchart den Blick auf den Fernseher. Auf dem Boden und über die Möbel schlängelten sich Kabelstränge, zwischen denen Richard Maier lag, der sie nach einem für Kluftinger nicht nachvollziehbaren Schema miteinander verband. Sogar Maiers Sitzball für »*eine ergonomische Haltung am Schreibtisch*«, die er ihnen immer wieder predigte, hatte seinen Weg ins kluftingersche Wohnzimmer gefunden.

Der Kommissar war verzweifelt: Hier vermengten sich zwei Sphären miteinander, die absolut nicht zusammengehörten. Er war immer stolz darauf gewesen, dass er seine Arbeit, so belastend sie oft auch war, kaum je mit nach Hause nahm. Und nun war die Arbeit einfach zu ihm gekommen. Hatte ihn eingeholt. Er fühlte sich leer und ausgeliefert. Dabei hatte er es selbst so gewollt. *Wahrscheinlich steht im Schlafzimmer der Kopierer und auf dem Klo das Faxgerät*, dachte er bitter. Er hatte das Gefühl, dass ihm hier drin die Luft zum Atmen genommen wurde.

Überstürzt stolperte er aus dem Wohnzimmer und öffnete die nächstbeste Tür, um sie gleich wieder hinter sich zu schließen. Sofort drangen die Geräusche des hektischen Treibens in seinem Haus nun nur noch gedämpft an sein Ohr. Kluftinger atmete auf. Dass das Bügelzimmer ihm einmal als Refugium vor den Kollegen dienen würde, hätte er auch nicht gedacht.

»Tag, Chef.«

Die Stimme in seinem Rücken ließ ihn herumfahren.

»Tut mir leid, ich wollt Sie nich erschrecken«, sagte Sandy Henske schuldbewusst und blickte ihn aus rot umrandeten Augen an. Sie saß an einem winzigen Klapptisch, auf dem ein Telefon und ein Laptop standen. Auf dem Bügelbrett hatte der Drucker Platz gefunden. »Alles 'n bisschen viel auf einmal, was?«

Er nickte.

»Kann mir vorstellen, wie Sie sich jetzt fühlen. Wir können nach Feierabend heimgehen, aber Sie ...« Sie deutete auf die provisorische Büroeinrichtung. »Und das ausgerechnet jetzt, wo das mit dem ... dem ... Eugen«, weiter kam sie nicht, ein heftiger Weinkrampf schüttelte ihren Körper.

Kluftinger machte einen Schritt auf seine Sekretärin zu und nahm sie in den Arm. Auch ihm war zum Heulen zumute, aber diese kleine Episode führte ihm vor Augen, dass er nun stark sein musste. Für seine Kollegen. Sonst würde alles auseinanderfallen. Diese Erkenntnis gab ihm Mut und Kraft zurück. Ja, er würde diese Aufgabe annehmen. Den Mörder von Eugen Strobl zur Strecke bringen. Er nickte sich selbst zu, als er Sandy Henske den Rücken tätschelte.

Da klopfte es an der Tür zum Bügelbüro.

»Zefix«, zischte der Kommissar, rief dann aber: »Herein!«

Die Tür öffnete sich, und der Kopf seines Vaters schob sich durch den Spalt. »Griaßdi, Bub, ich ... oh, stör ich?«

»Schmarrn, Vatter. Was gibt's?«

»Ich bring das Putzmittel, das die Mutter für euch mitbestellt hat. Aber sag mal, was ist denn hier eigentlich los?«

Kluftinger erklärte seinem Vater, dass das Polizeipräsidium nun einen temporären Außenposten in Altusried hatte, was den regelrecht begeisterte. Vermutlich, weil er seinen Sohn dadurch in Sicherheit wusste.

»Da kann ich ja mithelfen bei euch«, bot der an, »ihr braucht bestimmt jeden Mann. Und wo das Büro jetzt ja quasi in unserem Haus ist ...«

»Meinem Haus, Vatter.«

»An dem deine Mutter und ich kräftig mitgewerkelt haben, wenn ich mich recht erinnere.«

Der Kommissar seufzte und warf Sandy Henske, die ihre Tränen inzwischen getrocknet hatte und wieder an ihrem Minischreibtisch saß, einen vielsagenden Blick zu.

»Vatter, das eine hat mit dem anderen nix zu tun. Und wir kommen ganz gut klar mit den Leuten, die wir haben.«

»Fühl mich eben mitverantwortlich für das alles.«

»Warum denn das?«

»Ohne mich wärst ja wahrscheinlich gar nicht bei der Kripo ...«

Der Kommissar holte Luft, um seinem alten Herrn aufs Heftigste zu widersprechen, doch ihm fehlte der Kampfgeist.

Hinter seinem Vater erschien auf einmal Erika in der Tür. »Ich geh einkaufen, soll ich was mitbringen?«

Ihr Mann schüttelte den Kopf, doch sein Vater vermeldete umgehend: »Ja, das wär nett, ich hab beim Arbeiten nämlich schon immer gern Salzletten geknabbert.«

»Vatter, du arbeitest ja gar nicht.«

»Und einen Spiralblock«, rief Richard Maier aus dem Hausgang dazwischen. »Kariert bitte. Außerdem bräuchten wir extra stabilen Tesafilm. Am besten einen, den man wieder ablösen kann. Und ein paar Marker für das Flipchart. Vielleicht in Rosa, Blau und Leuchtgrün. Und Orange. Dann hab ich hier noch ein paar Kleinigkeiten notiert.« Er reichte Erika einen voll beschriebenen Zettel.

Der Kommissar wollte protestieren, doch seine Frau erklärte: »Freut mich, wenn ich was tun kann, Herr Maier.«

Also schluckte Kluftinger hinunter, was er eigentlich hatte sagen wollen, rief Erika allerdings hinterher: »Lass dir die Quittungen geben. Zahlt alles der Staat.«

Zwei Stunden später saßen Richard Maier, Roland Hefele und Sandy Henske mit dem Kommissar um dessen Esstisch. Kluftingers Vater hatte sich schließlich doch überzeugen lassen, zumindest fürs Erste wieder nach Hause zu gehen. Die vier starrten auf das Flipchart, als würde dort in wenigen Minuten die Lösung ihres schicksalhaften Falles erscheinen. Dabei standen lediglich ein paar dürre Worte darauf, die ihre bisherigen Erkenntnisse zusammenfassten. Nichts, was sie nicht hätten im Kopf behalten können. Aber das Aufschreiben half ihnen, vermittelte es doch den Eindruck, dass die Ermittlungen irgendwie vorankamen.

Keiner schien etwas sagen zu wollen, stattdessen rutschten sie unbehaglich auf ihren Plätzen hin und her. Sie fremdelten noch mit der ungewohnten Umgebung, was paradoxerweise auch für Kluftinger galt, obwohl er bei sich zu Hause war. Vielleicht fühlte er sich deswegen verpflichtet, die drückende Stille zu brechen.

»Wir wissen also weiterhin nicht, wer es ist, der ... also, den wir suchen«, sagte er mit vom langen Schweigen belegter Stimme. Die anderen nickten, schienen froh, dass nun endlich wieder so etwas wie Arbeitsatmosphäre aufkam. Sandy Henske notierte sich etwas in einen Block, was den Kommissar leicht irritierte – wie die Tatsache, dass sie bei dieser Besprechung überhaupt dabei war. Es war eigentlich nicht ihre Aufgabe, aber er vermutete, dass sie sich in ihrem Bügelbüro allein gefühlt hatte, und ließ es daher durchgehen. »Immerhin haben wir das hier«, fuhr er fort und hielt ein Papier mit einem kopierten Nachruf auf ihn hoch, der Anfang der Woche im Anzeigenteil der Lokalzeitung erschienen war und bei ihm und seinen Kollegen für erheblichen Wirbel gesorgt hatte. »Was wissen wir darüber?«

Roland Hefele und Richard Maier blickten sich an. Sie hatten keine Ahnung, worauf ihr Chef hinauswollte. »Dass es im Nachruf um dich geht?«, wagte Maier einen Versuch.

»Ja, schon klar. Aber ich mein: Er war am Montag drin, also vorgestern. Der, der den Nachruf aufgegeben hat, hat folglich fest damit gerechnet, dass es mich trifft. Er hat ihn ja am Samstag schon in Auftrag gegeben, wie wir inzwischen herausgefunden haben.«

Kluftingers Kollegen schienen immer noch nicht sicher, was ihnen ihr Vorgesetzter damit sagen wollte.

»Wer hat denn bei der Zeitung angerufen, ob es Informationen über den Auftraggeber gibt?«

»Das war ich«, vermeldete Maier. »Aber das Ergebnis ist wie letztes Mal: keine Anhaltspunkte, alles übers Internet bezahlt.«

»Himmelherrgott«, schimpfte der Kommissar, »die drucken wirklich alles, egal von welchem Deppen, Hauptsache, es wird bezahlt.«

»Ja, ich glaub, die haben auch schon ein schlechtes Gewissen. Mich hat sogar der Leiter der Anzeigenabteilung zurückgerufen, um sich zu rechtfertigen. Er hat gemeint, man müsse es jedem ermöglichen, etwas zu veröffentlichen, angstfrei und ohne Furcht vor Verfolgung –«

»Ach, Scheißdreck«, unterbrach ihn Kluftinger, und Sandy Henske sah erschrocken von ihrem Block auf. »Wenn die anders arbeiten würden, hätten wir den schon!«

»Reg dich doch nicht so auf, bringt ja nix. Immerhin lebst du noch. Ist nicht jedem vergönnt.« Maiers letzter Satz ließ die Gespräche erst einmal wieder verstummen.

Nach einer gefühlten Ewigkeit ergriff Kluftinger erneut das Wort. »Schaut's mal, die Passage hier.« Er zeigte wieder auf die Kopie mit dem Nachruf und las vor. »*Der Tod, den wir betrauern, war nicht umsonst, nicht zufällig, nicht willkürlich. Darin liege euer Trost: Dass du zwar gegangen bist, aber gleichzeitig auch heimgekehrt. Um endlich deine irdische Schuld zu tilgen.*« Kluftinger atmete schwer. »Klingt ziemlich verschwurbelt, aber er wollt unbedingt was loswerden. Wie die ganze Zeit schon: mit dem Kreuz, dem Spruch in der Todesanzeige, den Sterbebildchen. Und jetzt das als Abschluss. Um alles noch mal zu erklären. Ich mein, er hätte das ja nicht mehr tun müssen, mit dem Nachruf. Hat er aber. Und da müssen wir ansetzen.« Dem Kommissar wurde das selbst erst so richtig bewusst, als er es aussprach. Und diese Erkenntnis befeuerte ihn. »Das könnte die Schwachstelle sein, mit der wir das Schwein kriegen. Also, was will er uns, was will er *der Welt* damit sagen? Kapiert ihr?«

Er sah in ihren Augen, dass sie ihn verstanden. Also las er weiter vor: »*Die, die über uns wachen, tragen größte Verantwortung. Sie können Leben schenken und Leben nehmen, etwas, was sonst nur der Herr kann. Reißen sie jemanden fort aus der Mitte seiner Lieben, ist das Leben aller dahin, dann Gnade uns Gott.*«

»Das ist ja dann wohl gegen uns gerichtet«, resümierte Hefele.

Maier pflichtete ihm bei: »Ja, scheint, dass er von der Polizeiarbeit nicht allzu viel hält.«

»Vielleicht hat er Grund dazu«, dachte Kluftinger laut.

»Wie meinst du das?«

»Der letzte Satz lautet: *Scheitern sie an der ihnen auferlegten Aufgabe, bleiben letzte Dinge ungesühnt.*«

»Also zum Schutzpatron passt das schon mal gar nicht«, befand Maier. »Im Gegenteil: Wenn, dann kann er dir dankbar sein, dass du ihn noch nicht geschnappt hast, Chef.«

Kluftinger kniff die Augen zusammen.

»Nicht falsch verstehen, ich mein nur, in diesem konkreten Fall wird er sich ja wohl kaum beklagen, dass er nicht für seine Sünden büßen muss.«

»Da ist was dran«, befand Hefele, und Maier schien ob dieser Zustimmung ein wenig überrascht.

Kluftinger trommelte mit den Fingern auf den Tisch und blickte grübelnd auf den Nachruf. »Bleiben immer noch zwei, auf die es passen würde. Einmal der Mendler und dann der Klotz. Der Mendler hat immer seine Unschuld beteuert, und der Klotz findet ja auch, dass ich an seinem Schicksal die Verantwortung trage. Das würd zu der Sache mit *aus der Mitte seiner Lieben* am ehesten passen, oder?«

Hefele wiegte den Kopf hin und her. »Aber würd der Klotz so schreiben? Besser gesagt: Könnt er das? Klingt schon eher …« Der Beamte suchte nach dem richtigen Ausdruck.

»Gebildet«, vollendete Maier.

»Ja, genau, das hab ich gemeint. Danke, Richie.«

Maier sah Hefele mit großen Augen an, und auch Sandy wirkte überrascht von so viel Freundlichkeit unter den Kollegen. Selbst Kluftinger staunte. Die neue Situation in ihrer Abteilung hatte auch die Dynamik ihrer gemeinsamen Arbeit verändert. »Wenn der Mendler im Gefängnis viel die Bibel oder irgendwelchen esoterischen oder philosophischen Schmarrn gelesen hat, könnt es schon sein, dass er sich jetzt so ausdrückt«, sagte er.

»Es nützt uns eh nichts, solange wir nicht wissen, wo die beiden sind«, schloss Maier das Thema ab. »Die Wohnungen werden observiert, die Gefängniskollegen von Mendler wurden befragt, mehr können wir im Moment nicht machen.« Da erklang ein metallisches »Ping« auf seinem PC. »Ah, Moment, ich hab da grad eine Mail gekriegt, auf die ich schon 'ne ganze Weile warte.« Er zog die Brauen zusammen und las. »Ha, seht ihr, wie schnell sich die Lage ändern kann: Jetzt können wir doch was tun.«

Kluftinger und Hefele blickten ihn überrascht und hoffnungsvoll an.

Maier genoss die Aufmerksamkeit, dann vermeldete er mit getragener Stimme: »Der Mendler hat sich nach der Haftentlassung bei seiner Tochter gemeldet!«

29

Es hatte einige Diskussionen gegeben, weil Kluftinger selbst zu Harald Mendlers Tochter fahren wollte, um sie zum Besuch ihres Vaters zu befragen. Letztlich hatte er sich dann auch mit einem Machtwort durchgesetzt, schließlich war noch immer er der Chef, Bedrohungslage hin oder her.

Nun stand er zusammen mit Richard Maier vor dem Einfamilienhaus in Depsried, einem Weiler östlich von Altusried. Er atmete tief durch. Der Nebel hing heute tief über dem Allgäu, hier, nahe der Illerschleife, war er schier undurchdringlich. Über einen gekiesten Hof erreichten sie das Haus aus den Achtzigerjahren, das einen gepflegten Eindruck machte. Neben dem Eingang stand ein großes Metallherz, das mit akkurat gesägten Holzscheiten gefüllt war, daneben brannten zwei Kerzen in Windlichtern. Ein ausgehöhlter Kürbis, der seine besten Tage schon hinter sich hatte, stand auf dem Fensterbrett.

Der Kommissar drückte auf die Klingel, ein leiser Gong ertönte, und bereits wenig später flog mit einem Schlag die Haustür auf. Unwillkürlich machten die Polizisten einen Schritt zurück. Ein vielleicht achtjähriges Mädchen blickte die beiden fragend an. »Hallo. Ihr seid aber nicht die Selina«, schimpfte die Kleine.

»Nein, das sind wir nicht«, erklärte Maier. »Wir sind nämlich ...«

»So 'ne Kacke, ich hab gedacht, jetzt kommt endlich die Selina. Was wollt'n ihr?« Sie stemmte die Hände in die Hüften.

Kluftinger setzte sein Opa-Lächeln auf. »Wir würden gern mal mit deiner Mutter sprechen.«

»Die ist nicht da. Ist noch beim Einkaufen, weil mein Bruder, dieser Vollpfosten, grad mein Matheheft mit Cola versaut hat. Jetzt holt sie mir ein neues. Und der blöde Arschi-Adrian muss es zahlen«, sang sie schadenfroh.

»Sag noch einmal Arschi zu mir, doofe Baby-Tussi«, tönte es jetzt aus dem Hausinneren. Die Windfangtür ging auf, und ein nur wenig älterer Junge erschien. »Das sag ich der Mama, dann kannst du dir deinen bescheuerten Kika heut Abend abschminken!«

»So, wer seid ihr beiden denn?«, versuchte Kluftinger es erneut.

»Das ist mein Bruder, Arschi-Adrian«, begann das Mädchen grinsend, kam jedoch nicht weiter, da ihr der Junge eine schallende Ohrfeige verpasste. Daraufhin ging sie auf ihn los und rang ihn zu Boden.

Die Polizisten sahen schulterzuckend dabei zu, wie sich die Kinder balgten, um sich hauten, sich immer schlimmere Ausdrücke an den Kopf warfen, auch solche, die der Kommissar noch nie gehört hatte. Schließlich packte das Mädchen ihren Bruder an den Haaren, während er sie im Schwitzkasten hatte.

»Könntet ihr jetzt bitte aufhören, ihr tut euch ja weh«, rief Kluftinger.

»Sie haben uns gar nix zu sagen. Das ist eine Sache zwischen meiner Schwester und mir«, brüllte Adrian mit rotem Kopf, dann kickte er die Haustür mit dem Fuß zu.

Noch einmal drückte Kluftinger auf die Türglocke, doch davon ließen sich die Streithähne nicht beeindrucken.

»Lass mich mal«, sagte Maier.

»Meinst du, du kannst besser klingeln?«, brummte sein Vorgesetzter.

Tatsächlich erreichte auch Maier mit seinem Sturmläuten

nichts. »Aufmachen, Polizei!«, rief er schließlich und hämmerte mit der Faust gegen die Tür.

Kluftinger schüttelte nur den Kopf. In diesem Moment bog ein Kombi auf den Hof und bremste so abrupt ab, dass der Kies unter den Rädern hervorspritzte. Ihm entstieg auf der Fahrerseite eine Frau Mitte dreißig mit blonden, gelockten Haaren und roter Brille. Sie hatte einen Einkaufskorb in der Hand, aus dem Lauch, Geschenkpapier und ein Stapel Schulhefte herausragten. Schnellen Schrittes kam sie auf die beiden zu. »Kann ich Ihnen helfen?«

»Ja, Kluftinger, mein Kollege Maier, Kripo Kempten.«

Sie wirkte nicht überrascht. »Sie wollten was wissen zum Besuch meines ... Erzeugers?«

»Genau. Dann sind Sie Frau Amberger?«

»Cornelia Amberger, ja, das bin ich. Kommen Sie rein, ich musste nur kurz weg, einkaufen. Und ich hab meine Hefte in der Schule liegen lassen.«

»Ach, Sie sind Lehrerin?«, fragte Kluftinger und bemühte sich, nicht allzu überrascht zu klingen, schließlich hörte man von drinnen noch immer die beiden kämpfenden Kinder.

»Ja, an der Grundschule in Dietmannsried. Warum?«

»Nur so«, sagte er. Dass auch das Opfer ihres Vaters Lehrerin gewesen war, fand er eine seltsame Koinzidenz.

Maier polterte: »Wir haben übrigens Ihre Kinder schon kennengelernt, aber dann haben sie uns die Tür vor der Nase zugeknallt.« Er hielt kurz inne, wieder war von drinnen ein Kreischen zu hören. »Sind die zwei denn ganz allein zu Hause? Kann ja recht problematisch sein, in dem Alter.«

Frau Amberger wirkte irritiert. »Natürlich sind sie allein. Also ... ausnahmsweise, weil ich nur kurz weg war. Ist das ein Problem für Sie?«

Kluftinger sah, dass Maier bereits über weitere pädagogische Tipps nachdachte, daher kam er ihm zuvor. »Gar kein Problem. Aber dürften wir vielleicht reinkommen, dann können wir uns besser unterhalten.«

Eine Viertelstunde später saßen sie am Esstisch der Familie, auf dem kreuz und quer Notenlisten, Rotstifte und Klebezettel durcheinander lagen, dazwischen Bücher und leere Schokoriegelpackungen. Die von Tochter Amelie sehnlich erwartete Selina war mittlerweile eingetroffen, was auch den Streit zwischen den Geschwistern beendet hatte. Ihrer Mutter war dies nämlich ebenso wenig gelungen wie Maier, der für das Vorzeigen seiner Dienstmarke nur Gelächter geerntet hatte. Adrian war in ein brutal wirkendes Spiel auf seiner Konsole vertieft. Frau Amberger bot den Polizisten einen Pfefferminztee an, den die dankend ablehnten. Tee trank Kluftinger nur, wenn er krank war.

»Wohnen Sie schon lange hier?«, begann er.

»Ich bin hier aufgewachsen. Meine Mutter und mein Vater haben das Haus gebaut.«

Der Kommissar hob die Brauen.

»Stiefvater«, korrigierte sich die Frau. »Aber für mich ist er mein Papa und wird es immer bleiben. Seitdem er nicht mehr lebt, wohnt Mama in der Einliegerwohnung im Souterrain. Sie wollte, dass wir oben einziehen. Max und ich sind froh, dass wir das Haus haben. Mein Mann ist viel unterwegs, da ist es toll und auch praktisch, dass meine Mutter bei uns wohnt. Die Kinder sind manchmal ein wenig lebhaft.«

Kluftinger schmunzelte angesichts dieser Beschreibung.

»Mama ist nach dieser Sache mit Harald Mendler, also ihrem ersten Mann und meinem leiblichen Vater, froh gewesen, weg aus dem Dorf zu sein, wegen dem Gerede und alldem.«

Maier sah sie mit hochgezogenen Brauen an.

»Ich weiß, was Sie sagen wollen: Von Altusried nach Depsried ist es jetzt nicht wahnsinnig weit, aber ihr hat es gereicht. Und dass sie dann noch Papa, also meinen Stiefvater, kennengelernt hat, dem das alles egal war und der mich vom ersten Moment angenommen hat wie seine eigene Tochter, hat sie immer als großes Glück empfunden. Und das war es auch. Was Besseres als er hätte uns nicht passieren können.«

»Wie alt waren Sie da?«, wollte der Kommissar wissen.

»Als sie zusammengekommen sind? Keine zwei Jahre.«

»Hat ganz schön lange gedauert, bis Ihre Mutter über die Sache hinweggekommen ist, oder?«

Cornelia Amberger lachte bitter auf. »Hinweg? Das ist sie bis heute nicht. Wissen Sie, Mama ist eine Meisterin im Verdrängen. Hat einfach getan, als hätte es einen Harald Mendler in ihrem Leben nie gegeben. Keine Bilder, keine Gespräche über die ganze Sache, nichts. Mein Papa war eben Georg Amberger.«

»Seit wann wissen Sie denn über ... die Sache Bescheid?«

Sie presste die Lippen zusammen: »Ich bin mir sicher, Mama wollte uns nur schützen. Sie hat es immer gut gemeint. Aber das ist leider oft das Gegenteil von gut. Das Gerede im Dorf war ja nicht auf einmal weg, nur weil sie sich das so gewünscht hat und wir ein paar Kilometer weiter gezogen sind. Kaum war ich in der Schule, hab ich das von meinen Mitschülern gehört. Am Anfang hab ich sie noch ausgelacht für den Unsinn, den sie mir da erzählt haben – um schließlich eines Abends von meiner geknickten Mutter zu erfahren, dass sie die Wahrheit sagten. So ungefähr wenigstens.«

Kluftinger nickte betroffen. »Das muss ein Schock gewesen sein.«

»Für mich ist eine Welt zusammengebrochen. Hat mich wirklich für eine Weile aus der Bahn geworfen. Und meine Eltern haben es ausbaden müssen. Mit stoischer Gelassenheit haben sie all meine Zicken ertragen. Ich war, gelinde gesagt, ein ziemlicher Kotzbrocken in der Pubertät, mit allem, was so dazugehört. Aber durch die Liebe von Mama und Papa konnt ich irgendwann sagen: Ich bin die Conny, nicht mehr nur die Tochter des Psycho-Mörders.«

Kluftinger hörte aufmerksam zu. Was es für eine Familie hieß, mit der Erkenntnis weiterzuleben, dass der geliebte Vater, Onkel, die Schwester oder Tochter einen Menschen getötet hatte, gehörte nicht zu dem, womit man sich als Kripobeamter oft auseinandersetzte. »Wie war denn das, als Ihr leiblicher Vater auf einmal vor der Tür stand?«

»Ich hab ihn ja gar nicht erkannt. Wie auch, hatte ihn ja nie gesehen. Ich war gerade beim Rasenmähen, und auf einmal steht da ein Mann im Garten. Bin ganz schön erschrocken erst mal. Zum Glück war Mama gerade nicht da. Sie war nachher total panisch, hatte gehofft, sie sähe ihn nie wieder. Und dann taucht er einfach so hier auf. Der hat Nerven.«

»Wirkte er aggressiv oder aufgebracht?«

Frau Amberger schüttelte den Kopf. »Gar nicht. Er war völlig ruhig, freundlich. Mit fast sanfter Stimme hat er sich vorgestellt, gesagt, er wolle uns einfach mal kennenlernen, wenn das für mich okay wäre. Er hat auf die Kinder gezeigt, gefragt, ob das meine seien. Wollte wissen, ob er ihnen mal was schenken darf.«

»Und wie haben Sie reagiert?«

»Ich dumme Kuh hab zu heulen angefangen und hab gesagt, er soll gehen. Statt dass ich mich mit meiner Vergangenheit auseinandergesetzt hätte. Aber ich konnte nicht über meinen Schatten springen. Wissen Sie, ich hätte das Gefühl gehabt, ich verrate damit meinen Stiefpapa.«

»Und Mendler ist einfach so gegangen?«

»Ja, ohne Weiteres. Er hat mir ein schönes Leben gewünscht, gesagt, er könnte mich durchaus verstehen. Dann hat er sich umgedreht, und ich hab ihn nicht mehr gesehen.«

»Wann war denn das genau?«

»Vor ziemlich genau sechs Wochen, glaub ich.«

»Haben Sie eine Ahnung, wo er jetzt sein könnte?«

»Nicht die geringste.«

»Ihre Kinder hat er aber nie behelligt? Sie abgepasst, nach der Schule oder so?«

Frau Amberger sah ihn panisch an. »Um Himmels willen. Die wissen von gar nichts. Ihr Opa ist der Georg gewesen.« Die Frau zögerte kurz. »Ich weiß, wie das jetzt wirken muss, aber ich finde, es ist noch zu früh, es ihnen zu sagen.« Sie knetete nervös ihre

Hände. »Manche Fehler seiner Eltern wiederholt man wohl entgegen besserem Wissen.«

»Verstehe ich gut, Frau Amberger«, sagte Kluftinger ruhig. »Wir sind doch alle bloß Menschen.«

»Mann, Scheiße, du Pisser, hau endlich ab, ich will mit der Selina Singstar spielen«, kreischte es auf einmal aus dem hinteren Teil des Wohnzimmers.

»Du kannst mich mal.«

»Amelie, Selina, ihr könnt doch unten bei Oma fernsehen, bis Adrian mit *World of Warcraft* fertig ist«, rief die Lehrerin. Dann wandte sie sich wieder an ihre Besucher. »Zum Glück haben wir genügend Platz, dass sich die beiden ein wenig aus dem Weg gehen können.«

»Das ist eigentlich keine Lösung, finde ich«, begann Maier, doch der Kommissar schnitt ihm das Wort ab: »Geht uns aber überhaupt nix an, finde *ich*.«

Als sie sich verabschiedeten, senkte Cornelia Amberger die Stimme: »Wenn Sie dann doch mal wissen, wo er ist, mein ... also der Mendler, dann würd ich mich freuen, wenn Sie mir seine Telefonnummer oder Adresse geben könnten. Ich glaub zwar nicht, dass ich mich bei ihm melde, aber wer weiß, vielleicht ist mir irgendwann doch noch danach.«

Ein paar Stunden später, als alle Kollegen weg waren, wirkte sein Zuhause auf Kluftinger noch fremder als heute Morgen. Eine gespenstische Stille hatte sich ausgebreitet. Eigentlich war es nicht stiller als sonst, wenn er um diese Zeit heimkam, aber seit seine Wohnung zur improvisierten Dienststelle geworden war und alles mit Büroutensilien vollstand, gehörten dazu eben auch die typischen Bürogeräusche, die Menschen, die mit Papieren in der Hand herumwuselten, die Telefongespräche, das Rattern des Druckers.

Jetzt war er richtiggehend erleichtert, dass nachts ein Kollege der Bereitschaftspolizei zur Sicherheit in seinem Haus bleiben würde. Ursprünglich hatte er das abgelehnt, es machte die Bedrohung irgendwie greifbarer, aber nun freute er sich, den jungen Mann zu sehen, der auf einem Stuhl im Gang saß und in sein Handy starrte.

»Und, gibt's was Interessantes?«, fragte Kluftinger und zeigte auf das Mobiltelefon.

Der junge Mann erschrak und sprang auf. »Ich, nein, ich hab nur ...«

»Schon gut, bleiben Sie sitzen. Oder noch besser, setzen Sie sich in einen Sessel, ist doch viel zu unbequem so.«

»Vielen Dank, das passt schon. Wenn es zu bequem wird, schlaf ich nur ein.«

Kluftinger lächelte wissend. »Ja, das geht mir auch immer so am Abend. Ich schaff meistens nicht einmal einen ganzen Film, ab der Hälfte bin ich weg. Wobei das auch an den Schmonzetten liegen kann, die meine Frau immer sehen will. Rosamunde Pilcher und so.« Er verdrehte die Augen.

Der junge Polizist lächelte unsicher.

»Kluftinger«, sagte der Kommissar und streckte ihm die Hand hin.

»Ich weiß«, antwortete der Beamte. Dann wurde er rot. »Ich mein, Entschuldigung, Schneider, ich bin ...«

»Neu, oder? Wollen Sie einen Kaffee?«

»Nein danke, Ihre Frau hat mich schon versorgt.« Er zeigte auf die Thermoskanne auf der Kommode. »Ich soll Ihnen einen schönen Gruß sagen und dass sie schon ins Bett gegangen ist.«

Der Polizist wurde wieder rot, was Kluftinger ganz sympathisch fand. »Gut, dann pack ich's auch mal. War ein ... anstrengender Tag.«

30

Erwartungsgemäß schlief der Kommissar schlecht, was ihn aber nicht weiter beunruhigte, denn unter diesen Umständen war Tiefschlaf für jeden normalen Menschen praktisch ausgeschlossen. Während er sich im Bett herumwälzte, schossen ihm Gedankenfetzen durch den Kopf, die sich mit kurzen Traumsequenzen zu surrealistischen Bildern vereinten, Bilder von Friedhöfen, Kreuzen, Särgen. Vom Kriegerdenkmal. Dem Tumult.

Und dem Knall.

Ruckartig richtete er sich auf. Hatte er den Knall eben geträumt? Oder war da wirklich ein Geräusch gewesen? Er blickte zu Erika, die tief und fest schlief. Aber das tat sie immer, sie war mit einem festen Schlaf gesegnet, der für ihn, selbst in den ruhigsten Phasen seines Lebens, kaum erreichbar schien.

Er wischte sich übers Gesicht und merkte erst jetzt, dass er schweißgebadet war. Langsam schlug er die Decke zurück. Die kühle Luft tat ihm gut. Ein Glas Wasser würde ihm jetzt helfen. Und bei der Gelegenheit könnte er auch ein kleines Schwätzchen mit dem Polizeibeamten halten, diesem Schreiber oder Schreiner oder wie der hieß.

Vorsichtig schlich er aus dem Zimmer und schloss die Tür hinter sich. Barfuß tapste er die Treppe hinunter. Es war dunkel im Haus, nur die Straßenlaterne warf milchiges Licht durch die

Scheiben. Das immerhin reichte aus, um schon von hier oben den Stuhl des Polizisten zu sehen, der jedoch leer war. War daher das Geräusch gekommen? Vielleicht machte der junge Mann ja gerade seine Runde und hatte irgendetwas umgestoßen. Aber warum hatte er dazu nicht das Licht eingeschaltet? Machte er seinen Kontrollgang mit einer Taschenlampe? Das würde, falls es jemand von draußen sah, nur unnötig Aufmerksamkeit erregen. Oder hielt er auf dem Sofa ein kleines Nickerchen?

Der Kommissar ging noch ein paar Stufen weiter nach unten, bis er die Mitte des Treppenabsatzes erreicht hatte. Dann blieb er ruckartig stehen: Entsetzt sah er, dass die Tür zum Bügelzimmer einen Spaltbreit offen stand. Das war es allerdings nicht, was ihm eine Gänsehaut über den ganzen Körper jagte: Aus der Türöffnung ragten zwei Beine.

Die Beine des Polizisten.

War er ...? Kluftinger wagte nicht, den Gedanken zu Ende zu denken. Aus einem Reflex heraus sprang er die letzten Stufen hinunter, stürmte in das kleine Zimmer und beugte sich über den Mann. Sofort entspannte sich der Kommissar ein wenig: Er atmete noch. Es war auch kein Blut zu sehen, jedenfalls nicht bei dieser Beleuchtung. Allerdings bezweifelte er, dass der Beamte einfach ohnmächtig geworden war. Automatisch fasste er an seine Hosentasche, wo er normalerweise sein Handy hatte, doch er griff ins Leere, schließlich hatte er den Schlafanzug an.

Kluftinger versuchte, die Situation so ruhig wie möglich zu analysieren. Er musste davon ausgehen, dass jemand in die Wohnung eingedrungen war, um den Polizisten gewaltsam auszuschalten. Vermutlich benötigte sein Kollege ärztliche Hilfe. Andererseits war der Eindringling sicher noch im Haus.

Was also tun?

Er lehnte sich nach hinten, um in den Gang zu spähen. Dort auf der Kommode stand das Telefon. Wenn er es erreichen würde, könnte er Verstärkung rufen. Und den Notarzt. Irgendwie musste er dorthin gelangen. Bisher hatte er zwar niemanden gesehen, aber es schien abwegig, dass derjenige, der sich Zugang zum Haus verschafft hatte, wieder verschwunden war. Wenn, dann wollte er etwas von *ihm*. Was, das konnte er sich denken.

Mit klopfendem Herzen legte sich der Kommissar auf den Boden und robbte näher an das Telefon heran. Doch nichts geschah. Kein Schatten löste sich aus den dunklen Ecken, niemand stürzte sich auf ihn, kein Schuss fiel. Schließlich hatte er den Apparat erreicht. Mit zitternden Fingern nahm er den Hörer aus der Ladeschale, drückte den grünen Knopf – aber das Gerät blieb stumm. Kein Freizeichen, nichts. Kluftinger nahm sich nicht die Zeit, darüber nachzudenken, wie das Telefon lahmgelegt worden war. Jetzt ging sein Blick zur Eingangstür. Bis dahin könnte er es schaffen, und wenn er erst einmal draußen war, dann ... *Erika!* Siedend heißt fiel ihm ein, dass seine Frau oben im Bett nichts ahnend schlief. Er konnte sich also nicht aus dem Staub machen, während sich hier drin ein Wahnsinniger versteckte.

Sollte er sein Handy holen? Das war ebenfalls oben im Schlafzimmer. Wie seine Waffe. *Zefix!* Er war zwar bis hierher gekommen, aber nur, weil *er*, wer auch immer das war, es zugelassen hatte, da war Kluftinger sich sicher. Von irgendwoher in der Dunkelheit seines Hauses beobachtete ihn dieser Irre. Und würde kaum tatenlos dabei zusehen, wie der Kommissar die Kollegen zu Hilfe rief oder seine Pistole holte.

Ob er sich stattdessen die des bewusstlosen Schutzbeamten nehmen konnte? Er blickte in seine Richtung – doch das Gürtelholster war leer. Kluftinger schluckte, Schweiß trat auf seine Stirn. In ihm breitete sich dasselbe Gefühl aus wie am Volkstrauertag, als er zum Konzert aufgebrochen war. Wie das geendet hatte, wusste er nur zu gut. Hektisch schaute er um sich, aber nichts, was er sah, schien einen Ausweg aus dieser Situation zu ermöglichen: seine Fellclogs, seine Arbeitstasche, die Trommel ... Moment: die Trommel. Ohne nachzudenken krabbelte er hinüber und griff sich den Schlägel. Das war zwar nicht gerade ein Totschläger, aber Kluftinger konnte damit umgehen, und richtig benutzt entfaltete das Ding eine ziemliche Wucht. Sogleich fühlte er sich etwas weniger ausgeliefert, auch wenn seine einzige Waffe Teil seines Musikinstruments war.

Langsam stand er auf, den Schlägel in der Hand, und schlich in Richtung Küche. Er wartete vor der Tür, holte tief Luft, riss sie auf und sprang in den Raum. Leer. Wegen der schnellen Bewegung wurde ihm schwindlig, und er musste sich am Büfett festhalten. Was tat er hier eigentlich? Sein unbekannter Gegner hatte eine Schusswaffe, davon musste er ausgehen. Wollte er ihn wirklich mit einem Holzschlägel zur Strecke bringen? Wäre es nicht doch besser, rauszurennen und sofort Hilfe zu rufen? Er könnte ja dann gleich zurückkommen und … Doch das schreckliche Bild seiner Frau in einer Blutlache auf dem Ehebett beendete diesen Gedanken. Er wischte sich über die schweißnasse Stirn. Seine Hand zitterte. Er musste weiter.

Das Wohnzimmer. Wieder wartete er kurz davor, drückte die Klinke und stieß die Tür mit dem Fuß auf. Der Raum war dunkler als die Küche, da die Fenster auf den Garten hinausgingen. Instinktiv machte er einen weiteren Schritt hinein, wobei er fast über eines der herumliegenden Kabel stolperte. »Zefix«, entfuhr es ihm, und er erschrak ein bisschen über seine eigene Stimme, die in der Stille seines Hauses so deplatziert wirkte wie die vielen Büromöbel.

Mit zusammengekniffenen Augen versuchte er das Dunkel zu durchdringen. Da sah er, dass der Tabletcomputer auf dem Esstisch noch angeschaltet war. Er lag mit beleuchtetem Display nach unten, wodurch er von einem feinen Lichtsaum umgeben war. Es wirkte, als schwebe das Gerät. Der Kommissar ging darauf zu, um es abzuschalten, und in diesem Moment begann die Stimme zu sprechen.

»Ich wollte nicht stören.«

Nie würde er den Klang dieser Worte vergessen, die da auf einmal sein dunkles Wohnzimmer erfüllten, tief und bestimmt, hart und … ja, es kam ihm so vor, als habe der Mann, dem sie gehörte, beim Sprechen gelächelt. Der Kommissar schloss die Augen und wartete, bis die Schockwelle abebbte, die seinen Körper durchströmte.

»Schön, dass Sie gekommen sind. Ich wollte mich ungern zu Ihnen ins Schlafzimmer bemühen, das wäre mir doch etwas zu intim gewesen.«

Das war's, schoss es Kluftinger durch den Kopf. *Das Letzte, was du in deinem Leben hörst, wird diese mysteriöse Stimme sein, dann wirst du hier, in deinem eigenen Wohnzimmer, deinen letzten Atemzug tun.* Ob es Strobl auch so gegangen war? Ob er gewusst hatte, dass es so weit war?

»Es tut mir leid um Ihren Kollegen«, sagte die Stimme, als habe sie seine Gedanken gelesen.

Zaghaft drehte der Kommissar sich um. Er konnte nichts erkennen, nur einen Schatten vor ihrem Balkonfenster, mehr ein Schemen, der beinahe mit dem Schwarz um ihn herum verschmolz. Also würde er nicht einmal wissen, wer ihn auf die andere Seite beförderte. Dieser Gedanke war so unerträglich, dass Kluftinger seine Sprache wiederfand: »Wer sind Sie?«

»Wir sind uns nie begegnet. Jedenfalls nicht persönlich. Aber es freut mich, dass wir uns jetzt endlich kennenlernen.«

Kluftinger hätte beinahe aufgelacht, wäre die Situation nicht so ernst gewesen. »Die Freude ist einseitig«, sagte er.

»Gut, dass Sie Ihren Humor nicht verloren haben, Herr Kommissar.«

Eine Weile schwiegen sie. Kluftinger ertrug diese Stille gepaart mit der Dunkelheit kaum noch. So wollte er nicht abtreten. Er tastete nach dem Lichtschalter. Doch als er ihn mit einem Klicken umlegte, blieb es genauso dunkel wie zuvor.

»Eine kleine Vorsichtsmaßnahme«, sagte die Stimme und klang amüsiert.

Der Kommissar schloss seine Hand fester um den Schlägel. Er würde nicht ohne Kampf sterben, so viel stand fest.

»Bevor Sie irgendwelche Dummheiten machen, darf ich mich

kurz vorstellen. Mein Name ist Albert Mang. Aber Sie kennen mich wohl besser als den *Schutzpatron*.«

Kluftinger fühlte sich, als habe man *ihm* den Schlägel über den Kopf gezogen. *Also doch! Der Schutzpatron!* Aber machte es jetzt überhaupt noch einen Unterschied, um wen es sich handelte? »Sie also«, keuchte er.

»Eben nicht«, antwortete die Gestalt.

Eine seltsame Ruhe, eine friedliche Gelassenheit breitete sich im Kommissar aus. Dieses Gefühl kam unerwartet, doch es war angenehm. Endlich schwand der Druck, der auf ihm lastete, endlich war da nicht mehr diese nagende Ungewissheit, ob, wann, wo und wie es passieren würde. »Bringen wir es hinter uns«, sagte er, wobei seine Stimme wieder so fest und bestimmt klang wie gewohnt.

»Respekt«, sagte der andere. »Die Geschichten über Sie scheinen zu stimmen.«

Welche Geschichten?, dachte Kluftinger, aber er fragte nicht. Es spielte sowieso keine Rolle mehr.

»Aber Sie irren sich, ich habe nicht vor, Ihnen etwas anzutun.«

Was?

»Ich bin aus einem anderen Grund hier. Wer auch immer Ihnen nach dem Leben trachtet – und ich hoffe für Sie, dass er nicht so gut ist wie ich, denn sonst wären Sie längst tot –, ich bin es jedenfalls nicht.«

Wieder schien der Boden unter Kluftingers Füßen zu schwanken. Was erzählte ihm diese Gestalt da? »Mang, was soll das? Treiben Sie irgendein perverses Spiel mit mir?«, wagte er schließlich zu fragen.

»Nein, ganz im Ernst: Ich will Ihnen nichts antun. Aber hören Sie endlich auf, mir nachzustellen. Das macht unser beider Leben nur unnötig schwer. Und wer weiß, vielleicht bringen Sie mich sonst in eine Situation, in der ich nicht mehr so milde gestimmt bin.«

»Wollen Sie mir drohen?«

Albert Mang lachte. »Ich glaube, das ist wirklich nicht nötig. Übrigens: Ein wenig enttäuscht bin ich schon von Ihnen.«

Der Kommissar sagte nichts.

»Sie hätten gleich merken müssen, dass das Ganze, diese Theatralik mit dem Kreuz und dem Nachruf, nicht mein Stil ist. Ich arbeite still, schnell und präzise.«

»Soll ich Sie jetzt dafür loben, oder was? Sie sind trotzdem ein Verbrecher. Oder wie würden Sie den Raub in Kochel bezeichnen? Und die Sache damals in Altusried?«

»Ich sehe mich als Künstler.«

Jetzt war es Kluftinger, dem ein Lachen entfuhr.

»Da gibt es nichts zu lachen«, fuhr Mang ihn an. »Zumindest betrachte ich mich als den Besten meiner Zunft. Ihnen nicht ganz unähnlich.«

Jetzt macht er mir auch noch Komplimente, dachte der Kommissar halb belustigt, halb verstört. Es schien tatsächlich, als müsse er heute doch noch nicht vor seinen Schöpfer treten. »Aber wer ist es dann, der mich auf dem Zettel hat?«

»Es ist nun wirklich nicht meine Aufgabe, das herauszufinden. Glauben Sie mir, ich habe weit Wichtigeres zu tun.«

Nachdem die Todesangst Kluftinger aus ihrem kalten Klammergriff entlassen hatte, stieg nun die Wut in ihm hoch. »Das mit dem Strobl, dass Sie den zu einem Ihrer Handlanger gemacht haben, das verzeihe ich Ihnen nie.«

Wieder lachte der Schutzpatron. »Sie sind schon irgendwie lustig. Wenn ich wollte, könnte ich Ihnen einfach das Licht ausknipsen, nicht nur das in Ihrem Wohnzimmer. Und Sie machen mir Vorwürfe!«

Es folgte eine kurze Pause, Mang schien nachzudenken. Dann fuhr er fort: »In gewisser Weise respektiere ich das. Glauben Sie mir, es tut mir leid, wie es mit Ihrem Kollegen ausgegangen ist. Ich hätte ihn noch brauchen können. Allerdings werden Sie kein Bedauern von mir dafür hören, dass er mir in so vorzüglicher Weise behilflich war.«

Der Mann bediente sich zwar einer äußerst gewählten Ausdrucksweise. Aber es klang nicht echt, sondern gelernt. Bemüht. Der Kommissar konnte dahinter noch immer den Mann aus dem Allgäu erkennen, der aus einfachen Verhältnissen stammte. »Auch wenn Sie es heute schaffen, wieder zu verschwinden, ich werde Sie mit aller Härte des Gesetzes verfolgen.«

»Ja, das verstehe ich natürlich. Ist schließlich Ihre Aufgabe. Aber verzeihen Sie, wenn ich das nicht als ernsthafte Bedrohung betrachte.«

In Kluftinger reifte ein Plan. Wenn er es schaffte, Mang durch das Gespräch so abzulenken, dass der unvorsichtig wurde, hatte er vielleicht eine Chance, ihn zu überwältigen. Und er wusste auch schon, wie er das anstellen würde. »Der Rösler ist tot, haben Sie das mitbekommen?«

Tatsächlich bemerkte der Kommissar, wie das den anderen kurz aus der Fassung brachte.

»Das ist bedauerlich. Auch wenn wir uns nicht mehr sehr nahestanden.«

»Hatten Sie Ihre Finger im Spiel?«

»Zerbrechen Sie sich nicht den Kopf darüber. Stellen Sie mir einfach nicht mehr nach. Sie sehen ja: Ich finde Sie viel leichter als Sie mich.«

Kluftinger machte sich bereit, hob langsam, Millimeter für Millimeter den Arm mit dem Schlägel. Dann fasste er sich ein Herz und rannte los. Genau in diesem Moment blendete ihn ein gleißendes Licht, ließ ihn taumeln, und er fiel über eine Kiste voller Akten, die auf dem Boden stand. Mit einem Krachen landete er in dem Flipchart, das mit ihm zu Boden ging. Vor seinen Augen war noch immer ein grüner Fleck von dem Lichtblitz. Kluftinger rappelte sich auf, schlug unkoordiniert mit dem Schlägel um sich, traf aber niemanden. Sein Atem ging schnell, er duckte sich leicht, machte sich auf Gegenwehr gefasst. Nichts. Er rannte nach draußen zum Sicherungskasten, wo der Hauptschalter umgelegt war, den er sofort wieder in die richtige Position brachte, worauf im Wohnzimmer das Licht anging. Er lief zurück – doch der Raum war leer. Nur die Vorhänge bauschten sich im Nachtwind.

Der Kommissar trat an das Fenster und blickte hinaus. Da war niemand mehr. Es würde keinen Sinn machen, jetzt noch hinauszulaufen. Mang hatte das alles gut geplant, er würde ihn nicht finden.

Kluftinger wusste, dass dies sicherlich nicht ihr letztes Zusammentreffen gewesen war.

31

»Ich hab mir heute extra Hausschuhe mitgebracht, das macht es noch heimeliger. Vielleicht könnten wir das auch im normalen Büroalltag in Kempten einführen, sorgt für mehr emotionale Bindung zum Arbeitsplatz«, erklärte Maier, nachdem er Kluftingers ungläubigen Blick auf die Wollfilz-Hüttenschuhe mit Norwegermuster bemerkt hatte.

Gern hätte der Kommissar ihm erklärt, wie seltsam er das fand, andererseits trug er seine Fellclogs und schwieg deshalb. Er hatte sowieso ganz andere Sorgen: Zusammen mit dem Wachmann, den er mit viel kaltem Wasser und starkem Kaffee wieder zum Leben erweckt hatte, hatte er heute Morgen erst einmal das Durcheinander beseitigt, das er und der Schutzpatron dort nachts angerichtet hatten. Mit dem jungen Kollegen vereinbarte er Stillschweigen über Mangs nächtlichen Besuch. Schließlich hätte die Nachricht davon nur wieder unnötig für Wirbel gesorgt und möglicherweise das Ende seines Heimbüros und damit seiner Mitwirkung an diesem Fall bedeutet – obwohl nun immerhin einer der drei potentiellen Täter ausschied. Denn wenn der Schutzpatron ihm wirklich nach dem Leben trachtete, hätte es für ihn keine bessere Gelegenheit als gestern gegeben.

Nun waren alle Akten wieder einigermaßen geordnet, die Schäden beseitigt, der Personenschützer von seiner Ablösung in den morgendlichen Feierabend entlassen, und nichts deutete mehr auf den ungebetenen Gast zu nächtlicher Stunde hin. Dachte der Kommissar zumindest.

»Was ist denn das für eine Drahtschlinge, da auf dem Balkon? Die lag doch gestern noch nicht da. Hat jemand versucht, nachts bei dir einzudringen?«, fragte Maier alarmiert.

Himmelkruzifix, hatten sie etwas übersehen? Kluftinger eilte ihm nach. Sein Kollege schwenkte ein Stück Blumendraht. »Das wär das erste Mal, dass jemand versucht, bei mir einzudringen«, brummte der Hausherr. »Lass mal sehen.«

Maier sah ihn seltsam grinsend an.

»Das? Schmarrn. Das hat doch nichts ... Was schnüffelst du überhaupt auf meinem Balkon rum?«

»Ich schnüffle nicht, ich beobachte aufmerksam. Und da stolpere ich beim Lüften über diese Schlinge. Im Wohnzimmer war ein derartiger Mief, dass an konzentriertes Arbeiten kaum zu denken war.«

»Ja, weil ihr da gestern den ganzen Tag eure Ausdünstungen verbreitet habt.«

»Vielleicht bring ich morgen *Febreze* mit.«

»Was, bitte?«

»Raumduft. Zirbe vielleicht oder Lavendel. Wobei: Zitronengras könnte für ein Klima der Konzentration und Klarheit sorgen. Mal sehen, was ich noch zu Hause hab.«

»Untersteh dich und sprüh so ein Stinkzeug in mein Wohnzimmer.«

»Schaden könnt's nicht.«

Kluftinger drohte ihm mit erhobener Hand.

»Jaja, schon gut. Also, wie erklärst du dir dann diese in eindeutiger Art und Weise gebogene Schlinge?«, insistierte sein Mitarbeiter. Noch bevor Kluftinger antworten konnte, fügte er an: »Weißt du, ich kenn mich ein wenig aus, seitdem ich mich bei den Kollegen vom Einbruch hab beraten lassen. Bei mir sind mittlerweile Bewegungsmelder, Wärmesensoren, Einzelschlösser und auch Drucksensoren an allen Fenstern und Türen installiert. Kameraüberwachung und Alarm sowieso.«

»Sowieso.«

»Soll ich davon was mitbringen?«

»Nein, Richie. Du sollst überhaupt nix mitbringen, Himmel noch mal. Ich kann doch eh schon nicht mehr laufen in meinen eigenen vier Wänden. Also behalt dein Technikglump und den Raumparfümschrott bei dir und mach deine Arbeit. Das Drahtding, das ist ... also, das hab ich gebraucht, um ... für mein Enkelkind eine Figur zu basteln.« Etwas Besseres fiel ihm auf die Schnelle nicht ein.

»Eine Figur? Was denn genau?«

»Einen ... Dino, zefix, ist jetzt das so wichtig?«

Der Kollege legte nachdenklich einen Zeigefinger an die Lippen. »Nun ja, ich weiß nicht, ob es für einen Dino nicht noch zu früh ist. Oder ist es ein Pflanzenfresser? Wobei: Eine Skulptur aus Draht ist auch nix für einen Säugling, könnt sich damit verletzen.«

»Richie, jetzt hör auf! Misch dich bitte nicht in alles ein. Ich geh doch auch nicht durch deine Wohnung und such nach Gefahrenstellen.«

»Könntest du aber. Würdest wahrscheinlich kaum etwas finden. Ich bin gegen das meiste gewappnet, schließlich passieren die schlimmsten Unfälle noch immer im Haushalt.«

»Willst vielleicht noch in meinem Schlafzimmer gucken, ob da alles okay ist?«

»Wenn du möchtest ...«

»Reiß dich zusammen, schließlich seid ihr alle wegen was ganz anderem hier. Und jetzt respektier endlich meine Privatsphäre, sonst wird die Schlinge gleich noch mal zweckentfremdet, kapiert?«

Maier schniefte verächtlich: »Ob das der richtige Umgangston für eine Abteilung ist, die erst vor wenigen Tagen ein Mitglied verloren hat? Wollten wir nicht alle ein bisschen netter zueinander sein?« Dann zog er ein Taschentuch hervor und schnäuzte demonstrativ hinein.

Der Kommissar stand betroffen vor ihm. Der Hinweis auf Strobl sorgte sofort wieder für eisige Stimmung. »Wo sind eigentlich die anderen?«

»Bei der Zubereitung des Frühstücks.«

»Bei was?«

»Bei deiner Frau.«

Kluftinger marschierte in die Küche. Er seufzte bei dem Bild, das sich ihm bot: Erika richtete zusammen mit Sandy Henske auf dem Küchentisch gerade eine Wurst- und Käseplatte an, während Hefele am Herd stand und mit dem Kochlöffel in einer Pfanne herumrührte.

»Ah, Herr Maier«, sagte seine Frau, als sie den Kollegen hinter ihrem Mann stehen sah, »was mögen Sie denn zum Frühstück? Spiegeleier oder lieber Rührei mit Speck? Oder eine Marmeladensemmel?«

»Für mich zwei wachsweiche Eier. So fünfeinhalb Minuten wären perfekt. Dazu zwei Scheiben Toast bitte, und haben wir Orangenmarmelade?«

»*Wir* sind doch kein Hotel hier«, schimpfte Kluftinger.

Erika winkte ab. »Ist doch bloß eine Kleinigkeit. Magst noch schnell ein paar Orangen pressen? Für den Saft.«

»Sicher nicht.«

»Das hat der Roli doch grad schon gemacht«, erklärte Sandy und schenkte Hefele ein warmes Lächeln. »Ganz schön fleißig is der heute Morgen.«

Geht das nun auch wieder los, schoss es Kluftinger durch den Kopf. Eigentlich hatte er gedacht, die Romanze zwischen den beiden gehöre ein für alle Mal der Vergangenheit an.

»Kannst du das mit den Eiern für deinen Kollegen übernehmen, Butzele?«, fragte Erika, doch da war der Kommissar schon wütend aus der Küche gelaufen.

Eine halbe Stunde darauf waren die Wogen zwischen allen Beteiligten wieder geglättet und das üppige Frühstück verspeist. »Also, jetzt aber an die Arbeit, Zeit wird's. Wir müssen alles noch mal durchgehen. Vielleicht haben wir was übersehen.«

Kluftinger wurde vom Klingeln der Haustürglocke unterbrochen. Sofort war es still. »Erwarten wir noch jemanden?«, fragte er in die Runde und erntete einhelliges Kopfschütteln.

»Vielleicht der Paketbote? Die Post?«, mutmaßte seine Frau. »Kaminkehrer war neulich schon da.«

»Erwarten Sie jemanden?« Der Personenschützer streckte seinen Kopf zur Tür herein. Wieder schüttelten alle den Kopf. Kluftinger wollte sich erheben, doch der Wachmann bedeutete ihm, sich wieder zu setzen. »Ich schau nach.«

»Kann mir zwar nicht vorstellen, dass der Täter jetzt auf einmal freundlich läutet, aber bitte«, sagte der Kommissar schulterzuckend.

Kurz danach war der Beamte wieder zurück. »Also, Herr Kluftinger, da wär ein älterer Herr, der behauptet, Ihr Vater zu sein.«

»Behauptet, Sie wären gut!«, tönte Kluftinger senior bereits aus dem Hausgang, dann drängte er sich an dem Polizisten vorbei ins Wohnzimmer. »Grüß Gott, allerseits«, rief er in die Runde und drückte seiner Schwiegertochter eine große Papiertüte in die Hand. »Brezen für alle. Nur die Butter bräuchten wir von dir, ich leg denen in der Bäckerei ja nicht extra Geld hin, bloß für das bissle Streichen.«

Maier, Hefele und Sandy begrüßten ihn freundlich, Kluftinger hingegen war etwas weniger erfreut, ihn ausgerechnet jetzt zu sehen. »Vatter, du weißt doch, dass wir arbeiten müssen.«

»Eben«, sagte der mit fester Stimme und zog seinen Lodenmantel aus. »Wer arbeitet, muss auch essen. Ein leerer Bauch studiert nicht gern.«

»Ein voller«, korrigierte Maier.

»Der auch. Genau. Also, ein bissle Butter, und los geht's mit der Brotzeit.«

»So, wo drückt jetzt der Schuh?« Kluftingers Vater blickte gespannt in die Runde.

Inzwischen hatten alle zusätzlich zu ihrem üppigen Frühstück noch eine Breze vertilgt, da niemand gewagt hatte, die Spende des alten Herrn abzulehnen. Weil keiner antwortete, bohrte der nach: »Wie ist denn gerade der Ermittlungsstand?«

»Vatter, also, wenn du unbedingt willst, dann hör halt kurz zu. Aber sonst machst du nix, gell? Verschwiegenheitspflicht gilt auch noch für pensionierte Beamte.«

Beleidigt sog sein Vater die Luft ein und zwängte sich an einem Computertisch vorbei zum halb zugebauten Sofa.

Kluftinger wandte sich an seine Mitarbeiter. »Also, Leute, schon mal so viel vorab: Den Schutzpatron können wir ab sofort außen vor lassen. Der hat mit unserer Sache definitiv nichts zu tun.«

»Ach so?«, hakte Hefele verwundert nach. »Gestern hatten wir den doch noch auf unserer Liste.«

»Ja, aber heut nicht mehr.«

»Und warum?«

»Weil ich es sag.«

Die anderen sahen sich mit gerunzelter Stirn an. »Hattest du eine Eingebung heut Nacht, oder wie kommt's zu dieser Erkenntnis?«, wollte Maier wissen.

»Ja, kann man ungefähr so sagen. Ein ... Erweckungserlebnis praktisch. Hab das im Gefühl, könnt euch zu hundert Prozent auf mich verlassen.«

»Gefühle sind ein schlechter Ratgeber der Polizeiarbeit«, meldete sich Kluftinger senior von der Couch zu Wort.

»Vatter!«

Richard Maier tönte: »Na ja, streng genommen hat dein Papa da recht.«

Der strahlte. »Eben, Kollege. Das haben sie uns schon in der Ausbildung immer gesagt.«

»Uns auch«, bestätigte Maier. »Bei wem haben Sie denn Ihre absolviert?«

»So, jetzt reicht's«, schimpfte Kluftinger. »Vatter, du gehst jetzt heim und machst ... Rentnersachen.«

»*Was* bitte soll ich machen?«

»Was weiß ich, einen Ausflug mit der Mutter, Kreuzworträtsel, Falschparker melden oder was du sonst den ganzen Tag so machst, aber bitte halt hier nicht weiter die Ermittlungen in einem Polizistenmord auf, ja?« Sandy Henske sah den Kommissar mit großen Augen an, was ihm das Gefühl gab, sich rechtfertigen zu müssen: »Er dürft doch gar nicht da sein. Ist seit Ewigkeiten nicht mehr im Dienst. Wenn die Dombrowski mitkriegt, dass wir hier ein lustiges Kaffeekränzchen mit Familienanschluss veranstalten, dann ist was los, könnt ihr mir glauben.«

Kluftinger senior wollte beleidigt aufstehen, da ergriff Maier wieder Partei für ihn: »Also, ich finde, dass wir Hilfe von so einem erfahrenen Ex-Kollegen durchaus brauchen können. Versteh nicht, wieso du da so ruppig bist.«

»Schließlich war dein Papa damals beim *Funkenmord* auch dabei, der hat vielleicht hilfreiche Infos für uns«, erklärte nun auch Hefele.

»Braucht gar nicht so bei ihm rumschleimen«, zischte Kluftinger den beiden zu. »Bloß weil er euch Brezen gebracht hat. Das macht er nie wieder, ist ihm viel zu teuer. Aber bitte, bleibt er halt da, wenn das alle so toll finden. Werdet schon sehen, was ihr davon habt.« Missmutig holte er ein Foto von Mendler aus dem Drucker, das ihn als jungen Mann kurz vor der Gerichtsverhandlung in den Achtzigerjahren zeigte, und heftete es an das Flipchart.

»Jaja, der Wurstel«, kommentierte sein Vater. »Dass der so was fertiggebracht hat, in so einer Brutalität obendrein ...«

Kluftinger schüttelte entnervt den Kopf. »Der *wer*?«

»Der Wurstel. So hat man ihn immer genannt, den Harald.«

Der Kommissar seufzte. Auch seine Kollegen schienen auf einmal nicht mehr überzeugt, ob die Anwesenheit des Alten so eine gute Idee war.

»Ein paarmal haben wir auf seine Kosten ein schönes Essen gehabt.«

»Vatter, das tut jetzt aber wirklich nichts zur Sache.«

»Wollt's ja nur erzählen. Weil er halt immer der Wurstkönig war. Aber wenn's niemand interessiert, dann geh ich. Ich will nicht betteln müssen, dass ich dableiben darf ...« Damit erhob er sich verschnupft.

Kluftinger zog die Brauen zusammen. »Moment, was war das noch mal?«

»Schübling waren das, beim Würstle-Essen. Gar nicht schlecht, vom alten Metzger noch, weißt, dem Wittgenstein.«

»Nein, ich mein, der Mendler Harald war bei euch im Verein Wurstkönig?«

»Schon.«

»Habt ihr das gehört?«, fragte er aufgeregt.

Seine Kollegen sahen Kluftinger verständnislos an.

»Der Mendler war beim Vatter im Verein. Den Schützen. Wurstkönig, das ist so was wie Schützenkönig, kennt das denn keiner von euch?«

Sie schüttelten die Köpfe.

»Na ja, so ganz stimmt das auch nicht«, dozierte Kluftinger senior nun und brachte sich vor dem Flipchart in Position. »Ein Wurstkönig ist der zweite Sieger beim Preisschießen. Er bekommt als Trophäe eine Wurstkette statt der wertvollen Schützenkette. Dem Dritten werden lauter Brezen umgehängt.«

Jetzt hatte er auch die Aufmerksamkeit der anderen.

»Der Harald war schon in der Jugendwertung häufig auf den vordersten Plätzen beim Preisschießen. Er ist aber nie Schützenkönig geworden, weil der Königsberger Erwin unschlagbar war. Der hat ja im Zweiten Weltkrieg in Monte Cassino als Scharfschütze die Amis ... also, ihr wisst schon.«

Mit einem Lächeln und einem bestimmten »Gut, das reicht, danke, Vatter« beendete Kluftinger den Vortrag. »Es spricht schon sehr für den Mendler, dass er gut schießen kann, auch wenn er die letzten Jahrzehnte wohl kaum Gelegenheit gehabt haben dürfte zu üben. Im Gefängnis ist der Schießsport ja nicht so verbreitet.«

»Er kann aber seit seiner Entlassung wieder geübt haben«, sagte Hefele. »Außerdem verlernt man das nicht, ist wie Fahrradfahren.«

»Könnt schon sein. Fraglich ist bloß noch, wie er an ein Gewehr gekommen ist, mit dem er auf die Entfernung so genau zielen kann. Wobei ihm da natürlich auch seine Gefängniskontakte geholfen haben könnten. Aber wie um alles in der Welt ist er unbemerkt den Kirchturm rauf- und auch wieder runtergekommen?«

Alle dachten nach. Hefele ging im Zimmer umher, während Maier mit einem Kugelschreiber auf seinem Sitzball herumtrommelte.

»Vielleicht hat er sich als Pfarrer verkleidet«, platzte Kluftinger senior in die Stille.

Sein Sohn rollte mit den Augen. »Das können wir ausschließen.«

»Oder er hat sich mit einem Tarnanzug von oben abgeseilt?«

Ein Blick in die Gesichter seiner Mitarbeiter genügte Kluftinger, um zu wissen, dass alle es an der Zeit fanden, den alten Herrn wieder loszuwerden, so wertvoll sein voriger Beitrag auch gewesen war. »So, Denkpause«, erklärte er also, und alle versicherten, dass das eine ihrer wichtigsten Arbeitsmethoden sei, die sie bei einem Seminar erlernt hätten, und dass in diesen Pausen nichts mehr ermittelt werde. Mit dem Vorwand, Birte Dombrowski habe außerdem einen Besuch angekündigt, wurde der Vater endgültig hinauskomplimentiert.

»Wollt uns dein Vater jetzt allen Ernstes den Maier machen?«, fragte Hefele spöttisch, als Kluftinger die Haustür geschlossen hatte.

Der Kommissar grinste.

»Also bitte, ich dachte eigentlich, jetzt hört das Mobbing endlich auf, nachdem Eugen auf so tragische Weise von uns gegangen ist.«

Hefeles und Kluftingers Lächeln gefror, und sie machten sich ohne weiteren Kommentar wieder an die Arbeit.

Nachdem sich die Kollegen endlich in den Feierabend verabschiedet hatten, trat wieder diese unangenehme Stille ein. Doch da es heute zu früh war, um gleich schlafen zu gehen, setzte sich Kluftinger noch einmal mit den Papieren, die die Arbeit des Tages dokumentierten, aufs Sofa. Und das war gar nicht so einfach, denn das Flipchart, dem bei seinem Sturz gestern ein Standfuß auf halber Höhe abgebrochen war, stand nun mit diesem Stummel auf der Couch, um keine Schieflage zu bekommen. Den Kollegen gegenüber hatte Kluftinger sein Enkelkind für den Schaden verantwortlich gemacht, dies aber mit einer Schimpftirade darüber verbunden, dass zurzeit ja lauter Todesgefahren für das Kleine in seinem Haus lauerten. Richard Maier und Sandy Henske hatten deshalb ihre Mittagspause drangegeben, um im Wohnzimmer alles wenigstens annähernd kindersicher zu machen, was dem Kommissar ganz recht war, weil ihm diese Aufgabe in Kürze ohnehin bevorgestanden hätte – auch ohne improvisiertes Büro.

Ziellos blätterte er nun durch die Papiere, schlug Ordner auf und wieder zu, um schließlich bei der Mendler-Akte hängen zu bleiben. Er suchte nichts Bestimmtes, hoffte aber dennoch, nun, da er Ruhe hatte und klarer denken konnte, irgendetwas zu finden, das ihn weiterbringen würde. Gerade stieß er auf einen Zeitungsausschnitt aus den Achtzigern mit einer Anzeige, die darauf hinwies, dass Mendlers Betrieb bis auf Weiteres geschlossen bleibe. Und danach nie wieder aufmachen sollte, wie Kluftinger nun wusste. Doch das war es gar nicht, was ihn interessierte. Die Seite war gefaltet, ein Foto über der Anzeige war so nur zur Hälfte zu sehen. Er wusste nicht, was, aber irgendein Detail an diesem Foto ließ ihn innehalten. Er nahm die Seite aus dem Ordner und faltete sie auf. Das Foto zeigte einen Mann, der einen Rauhaardackel auf dem Arm hielt. Die Bildunterschrift lautete:

»*Schatzgräber feiert Geburtstag. Dackel Wotan, der vor einem Jahr bei der Burgruine Kalden zufällig auf einen Geheimgang gestoßen war, der schließlich zum Auffinden der Magnusmonstranz geführt hatte, hat kürzlich das für Hunde stattliche Alter von zwölf Jahren erreicht. Sein Herrchen An-*

dreas Kohler erklärte, er sei immer noch bei bester Gesundheit, weil er ihn vor allem mit ...«

Kluftinger hörte auf zu lesen. Er kannte sowohl Hund als auch Herrchen. Er hatte damals am Rande mit dem Fall zu tun gehabt und viele Jahre später noch einmal – dann aber richtig. Da war er auch zum ersten Mal auf Albert Mang, den *Schutzpatron* gestoßen, der ihn gestern besucht hatte. Doch diese Verbindung war es nicht, die ihn bei dem Foto hatte aufmerken lassen. Kohler stand mit seinem Dackel neben dem Altusrieder Pfarrheim, im Hintergrund war die Kirche samt eingerüstetem Turm zu sehen. Der Kommissar schaute auf das Datum der Zeitung: Es war etwa drei Monate nach dem Mord an der Lehrerin aufgenommen worden. Mit einem Schlag wusste er, warum er gestutzt hatte. Wegen des Kirchturms. Genauer: wegen des Gerüsts daran.

Er erinnerte sich wieder an die Nacht, in der er und sein Vater die Leiche der jungen Frau am Kreuz entdeckt hatten. Sofort fröstelte er, doch es gelang ihm, das Gefühl abzuschütteln. Er musste jetzt klar denken. Vor seinem Einsatz war er in der Kirche gewesen. Und schon zu diesem Zeitpunkt war der Turm eingerüstet gewesen, da war er sich sicher. Jetzt fiel ihm ein, dass das noch eine ganze Weile so geblieben war, worüber sich viele Altusrieder aufgeregt hatten. Weil niemand sich für den Abbau zuständig fühlte, nachdem die Ermittlungen abgeschlossen waren. Nicht zuletzt seine Mutter, die immer wieder lamentiert hatte, was für ein Schandfleck so ein eingerüsteter Turm im Ortsmittelpunkt sei. Hintergrund war jedoch: Bereits kurz nach der Mordnacht hatte auf der Baustelle erst einmal alles still gestanden. Denn die Firma, die mit der Sanierung des Turms befasst gewesen war, hatte dichtgemacht: der Dachdeckerbetrieb von Harald Mendler.

Kluftinger spürte, wie ihm heiß wurde. Er war nun ganz nah dran. Mendler kannte den Turm also sehr gut, er hatte ja lange daran gearbeitet. Wusste er mehr als sie darüber? War das die Lösung?

Abrupt stand er auf, was das Flipchart gefährlich ins Wanken brachte. Es schlug gegen die Wand, blieb aber stehen. Sofort öffnete sich die Tür, und der junge Polizist stand im Zimmer, eine Hand an seinem Pistolenholster mit der Waffe, die Mang auf dem Balkon zurückgelassen hatte, als wolle er ihm zeigen, dass er es ernst meinte. Offenbar hatte sich der Polizist vom Schock der vergangenen Nacht recht gut erholt.

»Alles in Ordnung«, beruhigte ihn Kluftinger. »Ich hab bloß ... also, ich muss noch mal schnell wohin.«

»Auf die Toilette?«

»Nein, ich mein ... weg.«

Der Mann sah ihn ungläubig an. »Wie? Sie müssen doch hierbleiben. Das hat die Präsidentin unmissverständlich angeordnet. Ich will auch wirklich nicht, dass noch mal was schiefgeht.«

»Dauert ja nicht lang«, sagte er vage.

»Ich ... also, ich glaub nicht, dass ich Sie gehen lassen darf.« Der junge Mann schien sich nicht ganz sicher zu sein. Auf jeden Fall war ihm deutlich anzumerken, dass er mit der Situation überfordert war.

»Hören Sie, Herr Schreiner«, begann Kluftinger in väterlichem Tonfall.

»Schneider.«

»Genau. Sie vergessen einfach, dass wir darüber gesprochen haben und lassen mich kurz gehen, ja? Weil ich ja auch nix sagen werde wegen gestern Nacht.«

Der Beamte wurde bleich. Es tat dem Kommissar leid, dass er ihn auf diese Art unter Druck setzen musste, aber es ging nun mal nicht anders. Und er konnte sich auch nicht von ihm begleiten lassen, irgendwer musste bei Erika bleiben. »Keine Angst, wir teilen unser nächtliches Geheimnis – und jetzt auch noch ein zweites.«

»Ein zweites?«

»Na, dass ich heut noch mal weggegangen bin.«

»Aber wenn was passiert ...«

»Ich geh bloß zum Pfarrer, da ist es normalerweise relativ sicher.«

»Ich weiß nicht, ich …« Der Mann schien mit sich zu ringen, und Kluftinger ließ ihm die Zeit, denn ihm war klar, zu welchem Ergebnis er kommen würde. »Also gut«, sagte Schneider schließlich, »aber Sie müssen sich beeilen.«

»Abgemacht. Und passen Sie mir gut auf meine Frau auf.«

»Wer soll gut auf mich aufpassen?« Erika war unbemerkt ins Wohnzimmer gekommen.

Zefix, dachte der Kommissar. Das wiederum würde jetzt nicht ganz so leicht werden. »Ach, nix, Schätzle, wir haben nur grad geredet.«

»*Schätzle?*« Sie musterte ihren Mann misstrauisch. »Was ist da im Busch?«

»Busch? Welcher Busch?«

Nun witterte der Polizist offenbar seine Chance, Kluftingers Ausbruch doch noch zu verhindern, und erzählte Erika aufgeregt von dessen Plänen.

»Du willst weg? Allein? Hat's dich jetzt? Nach allem, was passiert ist!«

Der junge Beamte hob die Hände: »Also, ich halt mich da raus.« Mit diesen Worten verließ er den Raum.

Kluftinger setzte wieder seine Unschuldsmiene auf. »Schätzle, es ist ja nicht so, dass ich einen Spaziergang machen will oder so.«

»Hör mit dem *Schätzle* auf. Davon lass ich mich nicht täuschen.«

»Täuschen? Es geht doch nicht darum, dich zu täuschen. Du bist doch mein Schätzle. Und dein Butzele muss nur ganz kurz was kontrollieren.«

»Wenn du noch einmal Schätzle sagst …«

»Mach ich nicht, versprochen, Sch … liebe Erika.«

»Ruf einen Kollegen und lass den diese Kontrolle machen.«

»Es ist nicht gefährlich, ich geh bloß zum Pfarrer. Der tut mir nix.«

»Der Pfarrer ist nicht gefährlich, das ist mir schon klar.« Erika wurde langsam ungehalten. »Aber dass du allein draußen rumläufst!«

»Das ist doch nicht weit. Und wenn ich Erfolg hab, dann hilft es vielleicht dabei, dass das alles bald vorbei ist.«

Seine Frau kniff die Augen zusammen. »Wirklich?«

»Wirklich! Ehrenwort. Ich bin vielleicht ganz nah dran.«

»Aber dann nimmst du den Benjamin mit.«

»Wen?«

»Denn Herrn Schneider. Herrschaft, der Polizist, der seit Tagen auf dich aufpasst.«

»Nicht auf mich. Auf uns. Und deswegen muss der bei dir bleiben.« Kluftingers Argumentation wurde von einem Tumult im Hausgang unterbrochen. Er riss sofort die Tür auf. Was er sah, ließ ihn erstarren, während Erika einen spitzen Schrei ausstieß. Schneider stand mit vorgehaltener Waffe im Flur und zielte in Richtung Hauseingang. Von ihrer Position aus konnten sie allerdings nicht erkennen, auf wen er die Pistole gerichtet hatte.

»Herr Kommissar«, rief der junge Mann atemlos, »funken Sie die Bereitschaft an. Ich hab hier einen, der hat sich draußen verdächtig rumgedrückt.«

Kluftinger wollte einen Schritt nach vorn machen, doch Erika packte ihn am Arm. Sie war kreidebleich. Er entwand sich ihrem Griff. Was sollte schließlich passieren, Schneider hielt sein Gegenüber ja offensichtlich in Schach. Als er die zwei Schritte zum Schutzpolizisten gemacht und freie Sicht auf die Haustür hatte, musste er grinsen. Dort stand, mit erhobenen Händen und schockiertem Blick, Doktor Martin Langhammer. Ein paar Meter hinter ihm erkannte er auch dessen Frau, die ebenso bleich war wie Erika.

»Der behauptet, er sei ein Freund von Ihnen«, sagte Schneider.

Kluftinger schüttelte den Kopf. »Das kann man so nicht sagen«, erklärte er, worauf Langhammers Augen noch größer wurden.

»Hab ich mir gleich gedacht«, bemerkte Schneider nickend. »Der passt überhaupt nicht zu Ihnen.«

Guter Beobachter, dachte der Kommissar. Dann entschärfte er die Situation. »Aber stecken Sie mal ruhig die Waffe weg, ich kenn den Herrn näher.«

Peinlich berührt verstaute der Beamte seine Pistole wieder im Holster. »Ich hatte ja keine Ahnung.«

»Schon gut, Sie haben sehr professionell reagiert. Ist schließlich nicht Ihre Schuld, dass der da draußen rumlungert«, erwiderte Kluftinger.

Obwohl die Waffe nun wieder verstaut war, standen Langhammers noch immer wie angewurzelt da. In diesem Moment näherte sich von draußen ein Schatten, glitt über die Türschwelle, und schließlich stand, freudig wedelnd, Langhammers Hund neben dem Kommissar.

»Himmel noch mal! Sie müssen sich anmelden, das haben wir doch gesagt. Sonst weiß unser Bewacher nicht Bescheid und dann passiert genau das, was passiert ist. Den Herrn ..., also den Beamten, trifft hier überhaupt keine Schuld.« Kluftinger versuchte, seinen Worten einen ernsten Ton zu verleihen, was ihm schwerfiel, denn die Sache bereitete ihm großes Vergnügen. Das Ehepaar Langhammer saß am zum Schreibtisch umfunktionierten Esstisch, jeder eine Tasse Tee vor sich, die ihnen helfen sollte, sich von dem eben erlittenen Schock zu erholen.

»Ich bin auch ganz schön erschrocken«, sagte Erika.

»Ja, klar, wir alle.« Ihr Mann nickte vorwurfsvoll.

»Denken Sie ab jetzt bitte dran. Der ... Dings packt sich jeden, der hier rein will. Also ... so gut wie.« Bei diesen Worten zwinkerte er dem Polizisten zu, der ebenfalls eine Tasse Tee trank, allerdings im Stehen.

»Ich hatte ja keine Ahnung, dass Sie so wichtig ... also, ich meine, dass die Lage so ernst ist.« Langhammer klang gleichermaßen eingeschüchtert wie beeindruckt. Seine Hand wanderte dabei unter den Tisch, um seinen Hund zu streicheln, doch er fand ihn nicht. Als er sich nach unten beugte, sah er, dass das Tier Kluftinger nicht mehr von der Seite wich.

»Bist ein ganz Braver, gell«, sagte der Kommissar und streichelte das Tier. »Und ein Schlauer.« Da kam Kluftinger eine Idee.

Nehme den Hund als Aufpasser mit, bis gleich, Bussi

Diese paar Zeilen sollten reichen, um ihm ein bis zwei Stunden Luft zu verschaffen. Kluftinger drückte Schneider den Zettel in die Hand, den dieser mit einem gequälten Lächeln entgegennahm. Die Gelegenheit war günstig: Erika war in ein Gespräch mit Annegret und dem Doktor vertieft. Es war dem jungen Beamten anzusehen, dass er sich vor ihr fast genauso fürchtete wie vor den möglichen dienstrechtlichen Konsequenzen, die ihm drohten, wenn er den Kommissar nun einfach gehen ließ.

Der zog leise die Haustür auf, winkte erst dem Polizisten und dann dem Hund und schlüpfte mit dem Vierbeiner nach draußen.

Es dauerte eine Weile, bis die Haushälterin des Pfarrers auf sein Klingeln reagierte. Normalerweise hätte Kluftinger schon längst aufgegeben, aber er hatte Licht brennen sehen und wegen der Dringlichkeit seines Anliegens beschlossen, auszuharren. Schließlich ging die Tür auf, und die alte Haushälterin, die im Ort nur *Frau Pfarrer* genannt wurde, erschien. Sie musterte den späten Gast mit einer Mischung aus Überraschung und Ablehnung und erklärte dann grußlos: »D'r Pfarrer ischt nicht da. War im Vatikan. Kommt irgendwann heut spät wieder. Pfiagott.«

Kluftinger brachte gerade noch den Fuß in die Tür, bevor die Frau sie wieder zuknallen konnte. Sie bekam große Augen. »Lasset Sie des sein!«, schimpfte sie.

»Wann genau kommt er denn wieder?«, fragte er höflich. »Es wär sehr dringend.«

»Ich weiß wirklich nicht genau. Worum geht's denn?« Ihre Augen glänzten neugierig.

Zu neugierig, fand Kluftinger. »Sagen Sie ihm einfach einen schönen Gruß.«

»Mach ich, Herr Kluftinger«, rief sie ihm hinterher. Am schmiedeeisernen Tor zum Vorgarten blieb der Kommissar stehen. Er blickte auf den Hund. »Was machen wir denn jetzt, Hindemith?«, fragte er. Das Tier jaulte leise, und Kluftinger verbesserte sich:

»Wittgenstein, mein ich natürlich. Sollen wir jetzt wieder heimgehen?«

Weil der Vierbeiner offenbar nicht so recht zu wissen schien, was Kluftinger von ihm wollte, bellte er einmal. »Ob wir beim alten Mesner Eberle vorbeischauen? Der kann uns bestimmt weiterhelfen.« Wittgenstein bellte erneut bestätigend. Der Kommissar tätschelte ihm den Kopf. »Hast recht, genau das machen wir.«

Der Mesner wohnte nur zwei Straßen weiter in einem winzigen, uralten Hexenhäuschen, das sie als Kinder immer gemieden hatten, weil es so unheimlich wirkte mit seinen schiefen Fenstern und den efeuberankten Mauern. Außerdem grenzte es direkt an den Friedhof, was in ihrer Phantasie düstere Bilder heraufbeschworen hatte. Selbst jetzt, als Erwachsener, konnte er sich dem nicht ganz entziehen, auch wenn sein Unbehagen durch die Gegenwart des Hundes tatsächlich etwas gemildert wurde. »Braver Wittgenstein«, sagte der Kommissar deshalb und tätschelte dem Tier den Kopf, was dieses sich nur zu gern gefallen ließ.

Am Häuschen des Kirchendieners gab es keine Klingel, und so klopfte Kluftinger so laut er konnte, denn er ging davon aus, dass der alte Mann nicht mehr besonders gut hörte. Im Gegensatz zum Pfarrheim wurde ihm hier allerdings schon wenige Sekunden später geöffnet.

»Himmelkreizkruzifix, ihr Saubande ihr …«, tönte es ihm entgegen, dann verstummte der Mesner. »Ach, du. Musst schon entschuldigen, aber meistens sind es Kinder, die so brachial an die Tür donnern. Und dann hauen sie ab.« Aus wässrigen Augen musterte der Mann seinen späten Besucher.

Kluftinger wusste zwar nicht, wie alt er war, er konnte sich aber nicht erinnern, jemals einen anderen Mesner im Ort erlebt zu haben. Und schon in Kindertagen war er ihm alt vorgekommen. Jetzt schien sein ganzes Gesicht nach unten zu hängen, wie eine geschmolzene Maske aus Wachs.

»Entschuldigen Sie die Störung, Herr Eberle, aber es ist wichtig. Kennen Sie mich noch? Kluftinger.«

»Ja, freilich, der kleine Adi. Komm doch rein. Aber die Bestie da bleibt draußen!«

»Freilich. Mach brav sitzi hier draußen, gell, Wittgenstein? Dein … Lieblingsherrchen ist gleich wieder da.«

Er folgte dem Mann ins Wohnzimmer, wobei er den Kopf einziehen musste, so niedrig waren die Räume. Für Eberle schien das kein Problem, er ging gebückt voran, und Kluftinger fragte sich, ob diese Haltung von der Deckenhöhe kam oder vom Alter. Als sie das Wohnzimmer betraten, das erstaunlich groß wirkte, war der Kommissar überrascht. Das Herzstück des Raums war ein riesiger, chromglänzender Flachbild-Fernseher. Der größte, den er je gesehen hatte. Das Licht des Displays erhellte die ansonsten dunkle Stube.

»Stör ich Sie beim Fernsehen?«

Der Mesner schüttelte den Kopf. »Macht nix. Ich schau *Netflix*, da kann ich auf Pause gehen.«

»Ah so, freilich.« Kluftinger hatte keine Ahnung, wovon der Alte redete. »Und, was schauen Sie grad so?« Eigentlich interessierte ihn das gar nicht, aber er wollte schließlich etwas von dem Mann.

»Ach, interessiert dich das? Dann hock dich doch hin und schau ein bissle mit. Ich kann ja nicht schlafen, wenn ich nicht einen netten Film gesehen hab.« Eberle ließ sich in seinen Sessel sinken und drückte auf die Fernbedienung. Das Bild bewegte sich nun wieder, und Kluftinger bekam große Augen: Es zeigte einen Mann mit einer Ledermaske, der mittels Kettensäge gerade eine halbnackte, kreischende junge Frau zerteilte. Angewidert wandte er sich ab. Für solche Filme hatte er nichts übrig, im Gegenteil, ihm wurde regelrecht übel davon. Dass aber der alte Eberle sich so einen Schund ansah, überraschte ihn sehr.

»Ich hab das immer gern mit meiner Frau geschaut«, erklärte der ungefragt. »Aber jetzt, wo sie nimmer da ist …« Er sprach den Satz nicht zu Ende. »Ab und zu kommt der Pfarrer mit seiner Frau auf einen Film vorbei. Also … Haushälterin, will ich sagen. Setz dich halt und schau mit. Ich kann dir ja erzählen, was du verpasst hast. Weißt, der mit der Maske heißt *Leatherface*, also wir täten sagen *Lederg'sicht*, der wohnt mit seiner Familie, in der alle Kannibalen sind, auf einem abgeschiedenen Hof und ...«

»Jaja, kenn ich schon«, unterbrach ihn Kluftinger, der fürchtete, alles andere würde nur zu einer ausführlichen und unappetitlichen Schilderung des Filminhalts führen.

»Ach so? Ja schad.« Die Wangen des Mannes schienen nun noch ein wenig mehr nach unten zu hängen. Dann hellten sich seine Augen auf. »Aber ich hab auch noch andere Filme. *Die Nacht der untoten Bestien* zum Beispiel. Den wollt ich mir zwar fürs Wochenende aufheben, aber ich könnt ihn natürlich auch vorziehen. Dann schieb ich den *Tanz der Teufel* auch nach hinten und tausch *Psycho* mit dem *Exorzisten* ...« Er sprach inzwischen mehr mit sich selbst als mit seinem Besucher und nahm einen Zettel zur Hand, auf dem er sich Notizen machte.

»Vielen Dank, das ist wirklich sehr, quasi, verlockend. Aber ich muss ja ...« Kluftinger dachte kurz nach. Was musste er denn? »Ach ja, ich muss ja zum Wittgenstein.«

»Zum Metzger?«

»Nein, zum Hund.«

»Ach, der Hund. Neulich mit dem Pfarrer hab ich auch einen Film mit einem Hund angeschaut.«

»Lassie?«

Der Mesner schüttelte den Kopf. »*Der Blutrausch des Höllenhundes*. War aber nix. Das war so dunkel, wenn das Vieh jemand den Kopf abgebissen hat, da hast du kaum was gesehen. Und am Fernseher liegt's nicht, der ist 4K.«

»4K, soso.« Kluftinger fragte nicht nach. »Herr Eberle, ich kann ja ein andermal zum Fernsehen kommen. Wenn ich mal mehr Zeit hab, dann bring ich auch ein paar Chips mit oder so. Jetzt hätt ich aber eine dringende Frage: Wissen Sie, wo die Baupläne vom Kirchturm sind? Also mich interessieren vor allem die vom Umbau in den Achtzigerjahren.«

Er erwartete, dass der alte Mann eine Weile überlegen würde, doch der antwortete sofort: »Ja, freilich, die werden in der Sakristei aufbewahrt. In einem extra Kästle. Wie alle Bausachen.«

»Meinen Sie, wir könnten die schnell mal holen? Ich tät wirklich nicht fragen, wenn's nicht wichtig wär.«

»Ja, sicher. Gehen wir halt gleich rüber. Muss bloß mein Handy mitnehmen, falls was wär. Wenn du fertig bist, kannst ja wiederkommen, und dann schauen wir was Schönes zusammen.«

Nachdem der Mesner den Kommissar in die Sakristei eingelassen hatte, war er zu Kluftingers großem Bedauern wieder gegangen, allerdings nicht, ohne mehrmals darauf hinzuweisen, dass Kluftinger, wenn er gehe, die Tür so hinter sich zuziehen müsse, bis er es *schnapperln* höre. Der Kommissar war sich zwar nicht sicher, wie genau ein *Schnapperln* klang, aber er vertraute darauf, dass er es schon erkennen würde, wenn es so weit war. Nun stand er mutterseelenallein in der dunklen Sakristei – abgesehen vom Hund natürlich. Eine kleine, aber momentan nicht unwichtige Tatsache, denn eigentlich war eine einsame Kirche in der Nacht kein Ort, an dem er sich gerne aufhielt. Die Bilder des Films, der bei Eberle gelaufen war, tauchten vor seinem geistigen Auge auf. Er versuchte, sie abzuschütteln, indem er sich ganz auf seine Aufgabe konzentrierte. Sein Blick wanderte zum großen Tisch der Sakristei, der nur durch den Schein einer Bürolampe erhellt wurde. Darauf lagen mehrere zusammengerollte Baupläne, die Kluftinger ausbreitete und eine Weile studierte, auch wenn er im Lesen solcher schematischer Zeichnungen nicht besonders gut war.

Unten auf dem Plan prangte ein Stempel mit dem Logo und der Adresse der Firma Mendler. *Ihr letzter Auftrag.* Als er sich grob orientiert hatte, fuhr er mit dem Finger den Weg auf die Turmspitze über das Treppenhaus nach. Dabei fiel ihm nichts Besonderes auf. Doch es gab noch einen weiteren Plan, älter als der, den er vor sich liegen hatte. Das Papier war bereits vergilbt und die Beschriftung in altertümlichen Lettern verfasst. Dennoch sah er dem ersten sehr ähnlich, zeigte den Turm, die Treppe und ... Kluftinger stutzte. Neben der Treppe war noch etwas anderes. Es waren nur zwei senkrechte Striche, die von ganz oben bis nach ganz unten reichten. Er legte den neueren Plan daneben – dort fehlten die Striche. Hatte das etwas zu bedeuten? Er war sich nicht sicher, doch sein Instinkt sagte ihm, dass er der Sache nachgehen musste.

Also schnappte er sich die alte Zeichnung und ging damit aus der Sakristei in die Kirche, wozu er nur um die Wand mit dem sogenannten »Allerheiligsten« herumgehen musste, schon stand er hinter dem Altar. Das Kirchenschiff war stockdunkel. »Kruzifix«, schimpfte er und zuckte zusammen, als sein Fluch von den Wänden widerhallte. Rasch bekreuzigte er sich und tätschelte den Hund, der sich eng an seine Beine geschmiegt hatte. Ihm schien es hier drin genauso wenig zu gefallen wie dem Kommissar. Dennoch zwang sich Kluftinger, ruhig zu bleiben. Es handelte sich ja um die Kirche, das Haus Gottes auf Erden, wie der Pfarrer immer wieder betonte. Wenn es also einen Ort gab, an dem er nichts zu befürchten hatte, dann war er hier drin. Egal zu welcher Tages- oder Nachtzeit.

Dennoch musste er etwas gegen die Dunkelheit tun. Allerdings wollte er auch nicht die volle Beleuchtung einschalten, das hätte im Ort vielleicht für Aufsehen gesorgt. Möglicherweise würde ein besorgter Nachbar die Polizei rufen. Also ging er noch einmal zurück in die Sakristei und durchsuchte die Schubladen nach einem Feuerzeug oder nach ... *Streichhölzern*! Zwischen allerlei Papieren, einer Kordel für eine Soutane und ein paar Päckchen Weihrauch lag tatsächlich eine Schachtel dieser langen Zündhölzer. Rasch nahm er sie an sich und suchte nun nach Kerzen, fand hier hinten jedoch keine. Wo der Pfarrer sie wohl aufbewahrte? Da fiel ihm ein, dass ja neben dem Altar die riesige Osterkerze stand. Er ging wieder in den Kirchenraum, entfachte eines der Streichhölzer und hielt es an den Docht der großen Kerze. Zischend und knackend flammte dieser auf und warf, als sich das Flackern beruhigt hatte, erstaunlich viel Licht ins Kirchenschiff.

Doch Kluftinger brauchte es an anderer Stelle, beim Aufgang zum Turm. Also nahm er die Kerze aus der Halterung, was gar nicht so einfach war, schließlich war sie unhandlich und schwer. Er musste sie mit beiden Händen tragen. Dann schritt er mit dem Hund im Schlepptau bis zu einem Türchen seitlich des Altars, öffnete es quietschend und blickte sich in dem winzigen, muffigen Raum um: Klapprige Holzstufen führten nach oben in die Schwärze, mehr gab es darin nicht zu sehen. Doch die Treppe war nebensächlich, ihn interessierte etwas anderes. Denn hinter der Holzkonstruktion war eine kleine Nische, in die gerade ein Mensch hineinpasste. Dort verliefen auf dem Plan die Striche, die er nicht zu deuten vermochte. Er stellte die Kerze auf eine Stufe und presste sich zwischen Geländer und Wand.

Der Hund saß auf der Schwelle und schien nicht so recht zu wissen, was er tun sollte, weswegen er einen klagenden Laut von sich gab. »Sei ein Braver und mach Platz«, sagte Kluftinger und beobachtete dann erstaunt, wie das Tier sich hinlegte. Er schien ein ungeahntes Händchen für Vierbeiner zu haben. *Hoffentlich lässt sich das auch auf kleine Kinder anwenden*, dachte er und spürte, wie sehr er sein Enkelkind vermisste. In den letzten Tagen hatte er keine Zeit für das Kleine gehabt.

Mit einem Seufzen schüttelte er den Gedanken ab, schob sich weiter in die Nische und tastete die Wand ab. An einer Stelle hielt er inne. Dort spürte er kein Mauerwerk unter seinen Fingern, sondern Holz. Ächzend streckte er sich nach der Kerze und zog sie etwas näher zu sich heran. Mit nervösem Staunen blickte er auf ein paar Bretter, die durch ein Scharnier an der Mauer befestigt waren. *Eine Luke!* Er versuchte, mit den Fingern zwischen Holz und Ziegel zu kommen, was ihm tatsächlich gelang. Dann zog er die Klappe etwas auf und starrte in ein schwarzes Loch, aus dem ein kalter Lufthauch kam. Sein Mund wurde trocken, denn er ahnte, worauf er da gestoßen war. Mit zitternden Händen öffnete er den Durchlass so weit es ging und schob seinen Oberkörper hinein, da berührte etwas sein Gesicht. Mit einem entsetzten Laut sprang er zurück und ließ die Luke los, die mit einem Knall in ihre Ausgangsposition zurückschwang. Durch den Luftzug erlosch das Licht der Kerze.

Wittgenstein bellte erschrocken auf, als das Krachen im Kirchenschiff widerhallte. Kluftinger brauchte ein paar Sekunden, um sich von dem Schreck zu erholen, dann redete er beschwichtigend auf das Tier ein, wobei er damit eigentlich mehr sich selbst beruhigte. Als sein Puls sich wieder einigermaßen normalisiert hatte, zündete er ein weiteres Streichholz an, was ihm erst im dritten Anlauf gelang, entfachte damit von Neuem den Docht, behielt das brennende Hölzchen aber in der Hand, während er mit der anderen die kleine Holztür erneut öffnete. Dann schob er sich samt Streichholz hinein, was ihm einiges an Anstrengung und Gelenkigkeit abverlangte.

Die Flamme flackerte wegen des Luftzugs, und der Kommissar hielt den Atem an, um sie nicht aus Versehen auszublasen. Er blickte nach oben, wo sich ein schmaler Schacht in der Dunkelheit verlor. Und nun sah er auch, was ihn im Gesicht berührt hatte: Es war ein Seil, das wie aus dem Nichts aus der Schwärze auftauchte und vor seinen Augen baumelte.

Ein alter Lastenaufzug, schoss es Kluftinger durch den Kopf. Das konnte die Erklärung sein. Für den Plan. Und den Rest. Hastig zwängte er sich aus der Nische hervor. Das Streichholz war inzwischen heruntergebrannt, aber auf dem Weg nach oben würde er ohnehin kein Licht brauchen, er musste ja nur den Treppenstufen folgen, und die konnte er immerhin erahnen.

»Du bist brav und bleibst hier«, sagte er zum Hund, was dieser mit einem ängstlichen Wimmern quittierte. »Und wenn jemand kommt, packst du ihn!« Dann begann er mit seinem Aufstieg. Auf dem gesamten Weg nach oben klopfte er immer wieder die Wand ab, immer mit dem gleichen Ergebnis: An einer Stelle hinter der Treppe klang es hohl. Der Schacht ging also bis ganz nach oben durch. Als er endlich die letzte Stufe geschafft hatte, blieb er eine Weile stehen, um wieder zu Atem zu kommen. Dann zog er die hölzerne Tür zum mächtigen Glockenstuhl auf. Mondlicht fiel durch die Schlitze der Fensterverkleidung herein, gerade so viel, dass er die riesigen Glocken sehen konnte, die hier wie eiserne Wächter hingen, riesig und Furcht einflößend.

Hier zu sein, zu dieser nächtlichen Stunde, nach allem, was passiert war, und nicht schreiend davonzulaufen, erforderte alle Willenskraft, die Kluftinger aufbringen konnte. Von hier aus war Strobl erschossen worden, und der Täter hatte sich ... Ein ohrenbetäubender Lärm ließ den Kommissar zusammenzucken. *Kruzifix, jetzt bin ich dran*, dachte er im ersten Moment, erst dann wurde ihm bewusst, dass es eine der Kirchenglocken war, die angeschlagen hatte. Sie schlug nur einmal, dann war wieder Ruhe.

Der Viertelstundenschlag. Er versuchte, seine innere Uhr darauf einzustellen, dass in fünfzehn Minuten zwei weitere Schläge ertönen würden. Wieder zündete er ein Streichholz an und musste diesmal die Hand schützend davorhalten, denn hier oben drang die Luft pfeifend durch die Ritzen der Fensterläden. Der Dachstuhl war etwas verwinkelt, und er musste sich orientieren, um die genaue Position des Schachts ausfindig zu machen. Der lag versteckt hinter einem Kasten, möglicherweise ein Schaltkasten für die Steuerung der Glocken, dachte der Kommissar. Die Luke war kaum zu sehen, sie musste irgendwann einmal mit Putz überstrichen worden sein. Nur wenn man genau hinschaute, konnte man die Umrisse erkennen.

Kluftinger öffnete das Türchen. Das Seil war an einem Balken befestigt und verschwand genauso in der undurchdringlichen Schwärze, wie es unten wieder auftauchte. Doch er sah noch etwas. Es war nur ein kleines Stück einer Plastikverpackung, aber er wusste, was es war, denn diese Müsliriegel kaufte Erika auch hin und wieder. Hier hatte jemand gewartet. Kluftinger wusste, worauf. Auf einmal lief das ganze Geschehen wie ein Film vor seinen Augen ab. Mendler wusste um den Schacht, von dem wahrscheinlich nicht einmal der Pfarrer Kenntnis hatte, weil er damals, in jenem schicksalhaften Jahr, mit der Renovierung des Turmdachs beauftragt worden war. Hatte er den Schacht vielleicht sogar bei der Renovierung benutzt? Egal, er musste ihn gekannt haben. Und er war ein exzellenter Schütze. Am Tag des Konzerts war er irgendwann, wahrscheinlich früh am Morgen, unbemerkt nach oben geklettert. Vielleicht auch schon früher. Hatte sich auf dem Balken versteckt, an dem das Seil festgebunden war. Als Dachdecker hatte er sicher kein Problem mit großen Höhen und Abgründen, die sich unter ihm auftaten. Als es dann so weit war, hatte er geschossen, sich in Windeseile an dem Seil wieder hinuntergelassen und den Tumult ausgenutzt, um unbemerkt zu verschwinden.

Harald Mendler. Der Name hallte in Kluftingers Kopf wider wie das Geläut der Kirchenglocken. Nun, da er endgültig wusste, mit wem er es zu tun hatte, drohte ihn eine Welle der Verzweiflung zu übermannen. Dabei hatte er gedacht, dass er erleichtert sein würde, wenn er endlich wüsste, wen sie suchen mussten. Doch das Gegenteil war der Fall: Der Schrecken hatte nun ein Gesicht, und die Schuld, die er auf sich geladen, aus der dieser Schrecken resultiert hatte, war körperlich spürbar.

Alle Kraft fiel vom Kommissar ab. Er ließ sich in die Hocke gleiten und starrte in die Dunkelheit. Das heftige Bellen eines Hundes holte ihn wieder zurück in die Realität. Es kam von unten, aus der Kirche. *Wittgenstein!* Jetzt vernahm er eine donnernde Stimme, und eine nie gekannte Panik streckte ihre kalten Klauen nach ihm aus. War das Mendler? War es jetzt so weit? Das Bellen des Hundes ging in eine Art Jaulen über. Das brachte Kluftingers Kampfgeist zurück. Er würde sich nicht einfach so seinem Schicksal ergeben und schon gar nicht diese arme, schutzlose Kreatur im Stich lassen.

Das Herz schlug ihm bis zum Hals, als er die Treppe hinunterstürzte, zwei, drei Stufen auf einmal nehmend, fast blind in der Dunkelheit, aber von einem nie gekannten Gefühl erfüllt, das in ihm brannte wie Feuer: Rache. Rache für Strobl. Rache für die Angst, die er und vor allem seine Familie hatte ausstehen müssen. Rache für ... Als er unten angekommen war, hielt er so abrupt an, dass ihn die Wucht seines eigenen Körpergewichts beinahe umgerissen hätte. Im Schein der Osterkerze bot sich ihm ein derart bizarres Bild, dass er sich fragte, ob er halluzinierte: Die Tür zum Kirchenraum stand offen; im Türrahmen kauerte der Hund, fletschte immer wieder die Zähne und bellte eine dunkle Gestalt an, die ihm gegenüberstand. Sie hielt etwas in den Händen, was Kluftinger im fahlen Kerzenlicht erst nicht erkannte. Dann begriff er und erkannte auch die Gestalt: Es war der Pfarrer, ein Kruzifix vor sich haltend und lateinische Beschwörungsformeln murmelnd, als wolle er eine Teufelsaustreibung durchführen.

Ihre Blicke trafen sich, und der Geistliche schien ebenso überrascht wie der Kommissar. »Adi ... du?«

»Ja, Herr Pfarrer, was machen Sie denn da?«

Als Kluftinger sprach, drehte sich der Hund um, winselte ein wenig und verkroch sich hinter den Beinen des Kommissars.

»Vorsicht, lass diese blutrünstige Bestie nicht so nah an dich ran!«, schrie der Pfarrer mit sich überschlagender Stimme.

»Bestie?« Es dauerte ein paar Sekunden, bis Kluftinger verstand. »Das ist doch keine Bestie. Das ist der Wittgenstein.«

»Der Metzger?«

»Herrgott, was habt's ihr denn immer mit dem Metzger? Die Metzgerei hat doch der Klüpfel Norbert übernommen! Nein, Wittgenstein wie der Dings, der Philosoph. Der ist trotz seines Lebensumfelds erstaunlich brav, der tut Ihnen nix.«

Erleichtert, aber auch beschämt ließ der Pfarrer das Kreuz sinken. »Ach so, ja, freilich, der ... Philosoph.« Er räusperte sich. »Und, was machst du hier zu dieser unchristlichen Zeit?«

»Beten klingt jetzt unglaubwürdig, oder?« Kluftinger erklärte dem Geistlichen, warum er gekommen war, wer ihn eingelassen und was er herausgefunden hatte. Der Pfarrer zeigte sich überrascht: Von dem Schacht hatte er tatsächlich noch nie gehört. Eine Weile standen sie sich wortlos gegenüber, dann sagte der Geistliche so kleinlaut, wie Kluftinger ihn noch nie erlebt hatte: »Es wäre mir recht, wenn die Sache unter uns bliebe.«

»Das mit dem Schacht?«

»Nein, ich meine ... also mit dem Hund und dem Kreuz und so.«

Es bereitete Kluftinger großes Vergnügen, den Pfarrer, der ihn sonst immer von einem hohen moralischen Ross herab behandelte, so sanft zu erleben. »Hm, ich weiß nicht.«

Die Augen des Mannes weiteten sich. »Adi, du willst dich doch nicht versündigen.«

»Ich glaub nicht, dass es eine Sünde ist, wenn man die Wahrheit sagt.«

Der Pfarrer senkte den Blick.

»Obwohl ...«

»Ja?« Hoffnungsvoll hob er seinen Kopf wieder.

»Wenn Sie mich in Zukunft in Ruhe lassen mit Ihren Messen am Sonntag und wenn Sie nicht mehr meiner Mutter sagen, ich müsst öfter in die Kirche kommen und so ... dann könnt ich das Ganze unter Schweigepflicht laufen lassen. Staatliches Beichtgeheimnis, quasi.«

Zerknirscht nickte der Pfarrer. Jetzt tat er dem Kommissar fast schon wieder leid. Er wechselte das Thema. »Und, wie war's in Rom?«

»Woher weißt ... schön war's. Ich mein, anstrengend natürlich, war ja ein Arbeitsaufenthalt. Und in meinem Alter ... Aber ich habe mit vielen interessanten Leuten gesprochen. Und diese Stadt, diese Geschichte, diese Spiritualität. Sogar eine Audienz hab ich mitmachen dürfen.«

»Ja? Das klingt wirklich interessant.« Kluftinger rang ein wenig mit sich, aber eine Spitze zum Schluss konnte er sich dann doch nicht verkneifen: »Wenn das so toll ist, dann nehmen Sie doch beim nächsten Mal Ihre Frau mit, die war, glaub ich, ein bissle enttäuscht, dass sie hierbleiben musste.«

32

»Dass dieser junge Beamte, der Schneider, dich hat gehen lassen, ist unverantwortlich, Chef. Es geht da ums Prinzip, schließlich hatte er klare Anweisungen.« Maier redete sich regelrecht in Rage. »Würde mich interessieren, was die Präsidentin dazu sagt.«

»Richard, jetzt mach mal halblang. Die Anweisungen geb hier immer noch ich, und die Chefin erfährt sowieso von gar nix. Den jungen Kollegen trifft keine Schuld, weil nämlich ein alter, sturer Kriminaler ihn quasi dazu gezwungen hat.«

Maier gab sich damit nicht zufrieden. »Ja, dass du auf die Sicherheitsvorkehrungen pfeifst, die angeordnet sind, haben wir ja schon mehrmals erlebt. Aber das geht nicht. Da können wir den Fall gleich abgeben.«

»Hat der Richie schon recht«, pflichtete Hefele ihm bei, und auch Sandy Henske nickte heftig. »Ich mein, einfach mal so auf den Turm zu spazieren, von dem aus geschossen wurde, mitten in der Nacht, das ist ganz schön hirnverbrannt, Klufti, tut mir leid. Noch dazu mutterseelenallein.«

»War ja gar nicht allein, ich hab ja den Wittgenstein dabeigehabt.«

»Wen?«

»Egal.«

Kluftinger hatte sich am Vorabend nach seiner Rückkehr bereits vor Erika und den Langhammers für sein heimliches Verschwinden rechtfertigen müssen, wobei es dem Doktor möglicherweise mehr um das Seelenheil des Hundes als die körperliche Unversehrtheit des Kommissars gegangen war. Nun sah er sich auch noch den Vorwürfen seiner Mitarbeiter ausgesetzt. Priml. »Also, ich hab mich für diesen Weg entschieden, ihr hättet es anders gemacht. Von mir aus. Zu ändern ist eh nix mehr, und passiert ist auch nix. Was zählt, sind doch Ergebnisse. Und die sind ziemlich eindeutig, oder nicht?«

Die Kollegen stimmten zu. Nun gab es keinen Zweifel mehr: Sie suchten nach Harald Mendler.

»Ich weiß zwar noch nicht, wie er das mit dem Les-Humphries-Lied rausgefunden hat, aber darum können wir uns auch noch kümmern, wenn wir ihn haben.«

»Aber wie sollen wir den finden?«, sprach Maier die Frage aus, die sie alle umtrieb. Nach seinem Gefängnisaufenthalt konnte Mendler nicht auf ein intaktes soziales Netz zurückgreifen, er hatte keine Bekannten, bei denen er hätte untertauchen können. Zumindest wussten sie nichts davon, hatten keinerlei Anhaltspunkte, außer ein paar ehemaligen Knastbekanntschaften, die sie alle bereits ergebnislos abgeklappert hatten.

Kluftinger war verzweifelt. Er hatte mehr und mehr das Gefühl, einem Phantom nachzujagen, das nur dann in Erscheinung trat, wenn es wollte, etwa mit einer Anzeige, den Sterbebildchen und dem Kreuz – oder wie zuletzt beim Konzert am Volkstrauertag. Im nächsten Moment war es dann wieder wie vom Erdboden verschluckt.

Wer konnte schon sagen, ob Mendler für den vergangenen Sonntag nicht von auswärts angereist und wieder in irgendeine andere Richtung verschwunden war? Vielleicht in die Schweiz oder nach Österreich? Weder bei seiner angeblichen Meldeadresse nach der Haftentlassung, noch in irgendwelchen Hotels und Pensionen, der Wärmestube oder einem Obdachlosenasyl war in letzter Zeit jemand aufgetaucht, auf den Mendlers Beschreibung gepasst hätte. Die Großfahndung, die sie gestern sofort eingeleitet hatten, hatte bisher keinerlei Ergebnis gebracht. Nun würden sie auch über die Medien die Öffentlichkeit um Hilfe bitten, ein Schritt, den Kluftinger nur äußerst ungern ging.

»Ob er's aufgegeben hat?«, sagte er mehr zu sich selbst als zu den anderen. Doch schon bevor sein Satz verklungen war, wurde ihm klar, wie unrealistisch diese Hoffnung war. Durfte er das überhaupt hoffen? Auch wenn seine Rachegefühle nicht mehr ganz so ausgeprägt waren wie letzte Nacht auf dem Kirchturm – er musste Mendler zur Strecke bringen, damit der für den Mord an Eugen Strobl zur Verantwortung gezogen wurde. Damit die Angst endete, die seit Wochen seine Familie in Atem hielt.

Auch die anderen schüttelten nur die Köpfe. Einfach für immer von der Bildfläche zu verschwinden, so einfach würde es ihnen Mendler nicht machen.

»Ja, da kommt ja unser Butzele endlich«, tönte es da auf einmal von draußen. Erika hatte Yumiko und Markus gebeten, mit dem Kind zu ihnen zu kommen – wer wusste schon, was diesem Irren einfiel, wenn er an sein eigentliches Ziel, den Kommissar, nicht herankam.

»Bist nicht du immer das Butzele gewesen, Chef?«, fragte Maier sachlich.

Hefele und Sandy Henske bemühten sich, ihr Grinsen zu unterdrücken.

Kluftinger ließ die Kollegen stehen und stürmte hinaus, um sein Enkelkind und dessen Eltern zu begrüßen. Das Kleine auf Erikas Arm verzog jedoch ängstlich das Gesicht und begann zu weinen, als sein Großvater derart ungestüm in den Hausgang rannte.

»Mein kleines Schätzle wird doch nicht blärren, wenn es den lieben Opa sieht«, brachte Kluftinger noch hervor, als er bemerkte, wie eine gewaltige Woge unterschiedlichster Gefühle über ihn hereinbrach. All die Trauer um den Kollegen, die Angst um seine Familie, das Glück, das Kind und seinen Sohn gesund zu sehen, die Dankbarkeit, selbst am Leben geblieben zu sein, entluden sich in einem heftigen Weinkrampf, gegen den er machtlos war. Aus dem Wohnzimmer liefen die Kollegen auf den Gang und sahen ihn betroffen an. Alle schwiegen. Erika gab Yumiko das Kind und umarmte ihren Mann, sogar Markus legte ihm beruhigend den Arm um die Schulter. So blieben sie ein paar Minuten stehen, in denen keiner ein Wort sprach.

»Gugg, mei gleenes Engelschn, da is der Opa aufm Bild.« Seit zehn Minuten hatte Sandy Henske nun Kluftingers Enkelkind auf dem Schoß und ließ es auf ihren Beinen auf- und niederhopsen, was das Kleine mit launigem Quietschen und zahnlosem Lächeln quittierte. »Na, da krieg'n ja de Ohren Besuch, so wie du immer lachst, mei gleenes Scheißerschn.« Wenn sie mit dem Baby redete, war ihr Sächsisch viel ausgeprägter als sonst, stellte der Kommissar überrascht fest. Sie deutete immer wieder auf den Ausdruck eines Bildes, das sie eben per Mail bekommen hatte. »Isch glaub, es hat Sie sofort erkannt aufm Bild. Ne? Haste dein Opa gleisch gesehen, isser gut getroffen, was?«

Kluftinger zog die Brauen nach oben. »Wenn, dann höchstens das Auto. Bin da ja viel zu weit weg«, brummte er, holte sich das Blatt vom Schreibtisch und warf noch einen letzten Blick auf den rosa Smart mit der riesigen Trommel auf dem Dach, der eine lange Autoschlange hinter sich herzog. »Das brauchen wir dann eigentlich nicht mehr, Sandy.« Damit ließ er das Bild auf ihren Tisch segeln, was das Kind aufs Neue begeisterte. Die Kollegen von der Verkehrspolizei hatten die Aufnahme am Morgen mit dem Hinweis gemailt, die Besatzung eines Polizeihubschraubers habe auf der Bundesstraße 12 bei einem Routineflug das skurrile Fahrzeug entdeckt und fotografiert. Von einer Verfolgung des Delikts könne man unter zwei Bedingungen absehen: Erstens müsse es sich glaubhaft um einen geheimen Spezialeinsatz gehandelt haben, zweitens müsse der polizeibekannte Fahrzeughalter sein Einverständnis zum Abdruck des Fotos in der Mitarbeiterzeitschrift geben – unter der Rubrik »Kurioses«.

»So, und dann wär's ganz gut, wenn das kleine Schätzle mal in die Küche zur Oma geht, damit wir wieder arbeiten können, gell?« Kluftinger machte Anstalten, das Kind aus Sandys Armen zu heben, das jedoch sofort zu strampeln und zu schreien begann.

Die Sekretärin strahlte. »Sieht aus, als würde das Engelschn bei der Tante Sandy bleiben wollen, wie?«, versetzte sie lächelnd und streichelte dem Baby zärtlich über den Kopf.

»Vielleicht würde der Tante so was Kleines auch ganz gut zu Gesicht steh'n ...«, säuselte Hefele aus der anderen Wohnzimmerecke, worauf Sandys Lachen gefror.

Markus stand auf einmal in der Tür. »Vatter, ich will nicht stören, aber der Opa kommt nicht, soll ich sagen.« An Sandy gewandt fragte er: »Soll ich Sie eigentlich vom Kind befreien?«, was die mit vehementem Kopfschütteln quittierte.

»Was ist mit dem Opa?«, erwiderte der Kommissar irritiert.

»Weil ich doch bei Oma und Opa anrufen sollt, ob die nicht vielleicht auch lieber kommen wollen. Wegen der Sicherheit und so.«

Kluftinger sah ihn verdutzt an. »Und das soll ich dir angeschafft haben?«

»Quatsch. Die Mama. Jedenfalls hat der Opa gemeint, ihr müsst ohne ihn zurechtkommen, und wenn der Täter wirklich bei ihm aufkreuzt, hat er schon ein paar schöne Holzscheite ausgesucht, die er ihm über den Schädel ziehen könnt.«

Der Kommissar seufzte nur und wollte sich eben seinem Computer zuwenden, als die Türklingel ertönte. Alle im Raum sahen sich an. Wortlos stand Maier auf, griff sich seine Dienstwaffe und schlich in den Gang.

»Richie, was soll denn jetzt das?«, flüsterte der Kommissar.

»Ich wüsste nicht, dass sich weitere Besucher für heute angemeldet hätten«, sagte der Kollege ernst. »Ihr geht alle in Deckung. Herr Schneider, Sie kommen mit. Roland, kümmer dich um den Chef und die Familie. Ihr bleibt in Deckung, kapiert?«

Kluftinger war so perplex wegen des bestimmten Tons seines

Mitarbeiters, dass er es einfach geschehen ließ. Er sah, wie Erika langsam aus der Küchentür kam, doch Maier sandte sie mit einem Wink zurück. Der Kommissar stellte sich so hin, dass er zwar vom Wohnzimmer aus den Eingang im Blick hatte, er jedoch nicht gleich zu sehen war. Dann brachte sich Maier hinter der Haustür in Position. Wieder ging die Glocke, und es klopfte an der Tür. Alle hielten die Luft an. Sogar das Baby schaute mit großen Augen in die Runde und gab keinen Mucks von sich. Nun setzte sich der uniformierte Beamte in Bewegung und drückte auf Maiers Kopfnicken langsam die Klinke nach unten.

»Hallo, *blumevierundzwanzig.de*, hab isch wunderschone Gruß fur …«, konnte der ungebetene Besucher gerade noch sagen, dann sprang Maier aus seiner Deckung, stürzte sich auf den Mann und rang ihn nieder. Die Blütenblätter des Buketts flogen in alle Richtungen, als es neben seinem Überbringer auf dem Boden landete. Maier schwang sich auf den Rücken des Boten und hielt ihm die Pistole an die Schläfe.

»Bitte, nix Schlechtes machen.«

»Wer sind Sie?«, herrschte er den Mann an, der völlig reglos unter ihm lag, das Gesicht seitlich auf den Boden gepresst.

»Bin ich Gavinder Rashna Singh«, erklärte der in fremdländischem Singsang. »Bin ich bloß Bote von Blumen. Aushilfe, fur meine Bruder. Arbeite sonst in Restaurant Jaipur, in Kuche. Ehrenhafter Mensch, Gavinder Singh.«

Der schwarzhaarige Mann hatte einen dunklen Teint. Das war garantiert nicht Harald Mendler, dachte der Kommissar. »Richie, lass den los, der will uns nix Böses.«

»Nix Böses. Nein. Gavinder Singh, will er nix Böses. Zu keine Mensch«, sagte der Mann flehend, als er sich schließlich mit erhobenen Händen und panischem Gesichtsausdruck aufrappelte.

Zwanzig Minuten später hatte sich die Lage wieder einigermaßen entspannt. Dem verschüchterten Herrn Singh waren die vielen Entschuldigungen der Polizisten sichtlich unangenehm. Das üppige Trinkgeld von fünfzig Euro nahm er da deutlich lieber an. Erika hatte ihm Tee gemacht, den er in kleinen Schlucken schlürfend trank, während er auf einem der Küchenstühle saß und von seinem Auftrag berichtete: Jemand habe anonym über den Blumen-Bringdienst einen großen Strauß schwarzer Nelken bestellt, die an einen Adalbert Ignatius Kluftinger adressiert gewesen seien. Singh und seine Kollegen hätten noch Witze gemacht wegen des komischen Namens, aber dass das dann so ausgehen würde, hätte er nicht gedacht, erklärte der Mann und umklammerte seine Teetasse. Dem Blumenstrauß, der nun ziemlich zerrupft in einer Vase auf dem Küchentisch stand, war eine maschinell erstellte Karte angeheftet gewesen. Bezahlt worden war bargeldlos und ohne Hinweis auf den Auftraggeber. Mit zahllosen Entschuldigungen verabschiedete sich der noch immer zitternde Mann schließlich.

Sicher würde der Inder nie wieder freiwillig an einer fremden Tür klingeln, dachte Kluftinger mit schlechtem Gewissen. Maier dagegen betonte, er würde jederzeit wieder so handeln.

Jetzt hielt der Kommissar die Grußkarte in Händen und starrte nachdenklich darauf. Vorn war eine kitschig gemalte schwarze Rose aufgedruckt, darunter stand »Letzter Gruß« in verschnörkelten Lettern. Murmelnd las er noch einmal den getippten Spruch auf der Rückseite: »Die Hälfte der Tat besteht darin, angefangen zu haben. *Decimus Magnus Ausonius*.«

»Magnus? Ist das jetzt doch von unserem Magnus, dem Schutzpatron?«, fragte Hefele verunsichert.

»Auf keinen Fall«, wischte Kluftinger den Einwurf beiseite.

»Was versucht er uns mit diesem Spruch zu sagen?«, wollte Maier wissen. »Vielleicht müssen wir textkritisch vorgehen und jedes Wort genau analysieren. Wenn man die *Hälfte* in den Fokus rückt, dann liegt ja der Gedanke nah, dass …«

»… er ein Fan davon ist, pathetisch-verschwurbelte Nachrichten zu schreiben«, unterbrach ihn der Kommissar. »Vielleicht wär's an der Zeit, ihm einfach mal auf dieselbe Weise zu antworten.«

Kluftingers Vorschlag, der eigentlich mehr ein unreflektierter, aus der Verzweiflung geborener Einwurf gewesen war, hatte eingeschlagen wie eine Bombe. Die Kollegen waren regelrecht euphorisiert und hatten in Windeseile eine Anzeige formuliert, die nun in der Zeitung erscheinen sollte. Es handelte sich um einen Text zum Gedenken an Karin Kruse. Sie wussten schließlich, dass mit ihrem grausamen Tod alles seinen Anfang genommen hatte. Zu diesem Anfang mussten sie nun zurückkehren.

Maier, Hefele und Kluftinger saßen vor dem Blatt Papier und lasen ein letztes Mal, was sie niedergeschrieben hatten:

In liebevollem Gedenken an Karin Kruse. Lass uns zusammentreffen an jenem Ort, wo die Geschichte begonnen hat. Nur wir beide, morgen, am Totensonntag, wenn traditionell der lieben Verstorbenen gedacht wird. Damit endlich ein Schlusstrich gezogen wird unter die Vergangenheit.

»Schlussstrich schreibt man jetzt mit drei s«, warf Maier ein.

Hefele schüttelte den Kopf. »Mit drei s? Sieht doch grauslig aus.«

»Das macht es nicht weniger richtig. Seit der Rechtschreibreform schreibt man es mit drei s. Nur weil es dir nicht gefällt, kannst du das nicht einfach ignorieren.«

»Diese Reform ist aber kein Gesetz. Ich kann schreiben, wie ich will.«

»Das sagst du doch nur, weil du es nicht besser gewusst hast.« Maier klang kampfeslustig, doch für solche Kindereien hatte Kluftinger nun wirklich keinen Kopf.

»Ich bin mir sicher, dass das dem Mendler ziemlich wurscht ist«, sagte er. »Außerdem war er während der Reform im Gefängnis, wahrscheinlich hat er's gar nicht mitgekriegt.«

Maier verschränkte beleidigt die Arme. »Ich sag's ja nur. Wenn's deswegen schiefgeht: Mich trifft keine Schuld.«

»Jaja, das nehm ich dann auf meine Kappe«, schloss Kluftinger die Sache ab, und Hefele fügte hinzu: »Und ich. Das ist es mir wert.«

Sie widmeten sich wieder der Anzeige, deren letzte Zeilen lauteten:

Es gibt neue Erkenntnisse, neue Sichtweisen. Aber ich brauche eine Information. Nur so kann der wahre Schuldige gefunden werden und die Gerechtigkeit endlich siegen.

Sie hatten lange über diese Formulierung debattiert. Ihr Ziel war es, Mendler psychologisch da zu packen, wo er am zugänglichsten war. Sein Ziel, daran bestand kein Zweifel, war es, das Unrecht, das ihm aus seiner Sicht widerfahren war, zu rächen. Sie mussten so tun, als ginge es ihnen genau darum, dieses Unrecht anzuerkennen, das war ihre einzige Chance, ihn zu einem Treffen zu bewegen – von dem Mendler annehmen musste, dass es nicht so einsam stattfinden würde, wie es die Anzeige versprach. Außerdem war der Text allgemein genug formuliert, dass Außenstehende nicht wussten, worum es genau ging.

Sie sahen sich an und nickten einander zu. Das war ihre Botschaft. Jetzt konnten sie nur noch warten.

33

Es war eine fast alltägliche Szene, als die ganze Familie –Kluftinger, Erika, Markus und Yumiko mit dem Baby – am nächsten Tag beim Frühstück zusammensaß. Nur die in einer Ecke des Esstischs zusammengeschobenen Rechner und Arbeitsunterlagen zeugten von der ganz besonderen Situation, in der sich alle befanden. Erika hatte die Utensilien in einer Ecke zusammengestellt – weil Wochenende sei und sie auch mal wieder ein normales Leben führen müssten, hatte sie erklärt. Davon waren sie allerdings weiter entfernt als je zuvor, dachte der Kommissar mit Blick auf den Einsatz, der ihm am morgigen Sonntag bevorstand. Aber seine Familie ahnte davon nichts.

»Heu, schau mal, da ist eine Anzeige für die Lehrerin von damals drin«, sagte Erika überrascht und hielt ihrem Mann die Zeitung vors Gesicht.

»Welche Lehrerin?«, fragte er so betont unbeteiligt, dass sein Sohn hellhörig wurde.

»Die Kruse«, fuhr Erika fort, »die damals ... du weißt schon. Die Sache beim Kreuz oben.«

»Heu, und über die steht was in der Zeitung?«

»Nicht *über* die, *für* die.«

Kluftinger tat, als lese er die Anzeige zum ersten Mal. »Ja, interessant. Kann ich noch einen Kaffee haben?«

Markus kniff misstrauisch die Augen zusammen. »Darf ich auch mal lesen?«, fragte er und griff sich die Zeitungsseiten. Er verstand sofort und sah seinen Vater entsetzt an. Der schüttelte kaum merklich den Kopf, weshalb sein Sohn zähneknirschend erklärte: »Nett, dass nach so langer Zeit noch jemand an die denkt.«

»Schon, aber das ist doch irgendwie seltsam formuliert, findest du nicht?«, fragte seine Mutter.

»Ach, Anzeigen darf ja jeder Depp aufgeben. Hauptsache, er bezahlt.«

Damit gab sich Erika zufrieden und schob ihrem Enkelkind ein klein geschnittenes Marmeladenbrot hin.

»Lieber nicht«, erklärte daraufhin Yumiko und nahm das Brot wieder weg. »Zu viel Zucker.«

Erika zuckte beleidigt mit den Schultern. »Uns hat das auch nicht geschadet.«

Das Baby schien ihr zustimmen zu wollen, denn es hob zu einem durchdringenden Protestgeschrei an, als das Marmeladenbrot aus seinem Sichtfeld verschwand.

Kluftinger nutzte die Ablenkung und zischte Markus ein »Danke!« zu.

Doch für den schien die Sache noch nicht ausdiskutiert. »Wir reden nachher noch«, gab er zurück.

»Vatter, du spinnst doch, das ist genau, was der will.« Markus schüttelte den Kopf. Seit zehn Minuten versuchte er seinem Vater den Plan, sich am nächsten Tag zum Schauplatz des Mordes an der jungen Lehrerin zu begeben, um Mendler dort zu treffen, wieder auszureden.

»Schon klar, aber noch mal: Wir wollen das ja auch, das ist für uns die einzige Möglichkeit, ihn zu kriegen«, entgegnete Kluftinger. »Wenn er kommt, schnappt die Falle zu.« Ihre Unterhaltung war mit der Zeit immer lauter und hitziger geworden. Die Frauen machten einen Spaziergang mit dem Kinderwagen, deswegen war es nicht nötig, leise zu sprechen.

»Aber das weiß der doch auch. Schau mal, was der bisher abgezogen hat. So einfach wird er sich nicht fangen lassen. Der ist kein Depp, sondern hochintelligent. Aber nicht im guten Sinn.«

»Dann, mein lieber Sohn, müssen wir eben noch ein bissle intelligenter sein.«

Kluftinger hing die Unterhaltung mit Markus den ganzen Tag über nach. Einerseits freute es ihn, dass sein Sohn so besorgt um ihn war. Ihr Verhältnis war nicht immer unbelastet, aber in solchen Momenten spürte er, dass es auf einem unerschütterlichen Fundament aus Liebe und Respekt ruhte. Andererseits aber wollte er seinem Kind nicht solche Sorgen bereiten. Doch sosehr er sich auch das Hirn zermarterte: Wenn sie jemals wieder in Frieden leben wollten, musste er das durchziehen. Ein normales Leben könnte andernfalls nicht mehr stattfinden. Vielleicht war es ja genau das, was Mendler wollte: ihn gar nicht umbringen, sondern ihm in einem anderen, perfideren Sinn das Leben nehmen. Darauf konnte Kluftinger sich nicht einlassen. Zu warten, bis Mendler irgendwann auftauchte, war keine Option.

Genau aus diesem Grund hatte er keinerlei Zweifel mehr an seinem Tun, als er später mit den Kollegen den Plan für den Totensonntag besprach.

Erika hatte etwas verschnupft reagiert, als die Polizisten am frühen Nachmittag schon wieder vor der Tür standen. Schließlich war sie von einem freien Wochenende ausgegangen. Aber dies war alles andere als eine normale Arbeitswoche, was ihr natürlich nicht in der letzten Konsequenz klar sein konnte. Und Kluftinger hatte nicht vor, etwas an seinem Vorhaben zu ändern.

Genau aus diesem Grund zwang er seine Kollegen zu flüstern, als sie sich besprachen.

»Wir müssen die Lage da oben heute erst mal unauffällig sondieren, damit der Mendler nichts mitkriegt«, zischte Kluftinger also.

»Wir heißt in dem Fall aber ohne dich«, flüsterte Maier so leise zurück, dass Hefele und der Kommissar zweimal nachfragen mussten, was er gesagt hatte.

»Wie meinst du das?«, wollte Kluftinger wissen.

»Dass du nicht mitgehst.«

»So, und seit wann bestimmst du das?«

»Erstens sagt einem das der gesunde Menschenverstand und zweitens ... HAT MICH DIE PRÄSIDENTIN SEHR DAFÜR GELOBT!«

Den letzten Satz gab Maier so übertrieben laut von sich, dass Kluftinger und Hefele zusammenzuckten und sich verwirrt ansahen. Erst dann merkte der Kommissar, dass sich die Tür in seinem Rücken geöffnet hatte. Er drehte sich um und sah seine Frau, die mit der Gießkanne hereingekommen war und sich nun daranmachte, die Blumen auf dem Fenstersims zu gießen. Sofort stimmte er, ähnlich laut wie Maier, in die Scharade mit ein: »Ja, so was, Richie, Glückwunsch. Dass dir die Präsidentin selbst gratuliert hat für ...« Er stockte. *Zefix*, er hatte einfach drauflosgeplappert, ohne sich wirklich etwas zu überlegen. »... also für die Sache.«

»Ja, Mensch, toll, die Sache!«, erklärte nun auch Hefele.

Es folgte ein betretenes Schweigen, das Erika unterbrach: »Ihr braucht's euch wegen mir nicht zurückhalten. Ich hör eh nicht zu.«

»Also erstens zeigt das, was du grad gesagt hast, dass du doch zuhörst«, erwiderte ihr Mann. »Und zweitens dürfen wir aus dienstrechtlichen Gründen nicht alles vor Dritten diskutieren.«

Erika drehte sich um und stemmte eine Hand in die Hüfte. »Ich bin ja wohl keine Dritte. Und außerdem stört dich das normalerweise auch nicht, schließlich erzählst du mir sonst auch alles.«

Die anderen grinsten ihren Chef an.

Wenn du wüsstest, dachte der, antwortete aber: »Das ist in dieser speziellen Situation was anderes.«

»Bin schon weg!«, gab seine Frau pikiert zurück und schlüpfte aus dem Zimmer.

»Gut reagiert, Richie«, fand Hefele, aber der Kommissar schränkte ein: »Bissle theatralisch vielleicht.«

»Also du hättest auch nicht grad den Oscar gewonnen für deine Darbietung«, gab Maier beleidigt zurück.

»Herrschaftszeiten, darum geht's ja jetzt auch gar nicht. Also, wo waren wir? Genau: Wenn wir also morgen oben sind ...«

»Genau genommen ging es darum, dass du weder heute noch morgen mitkommst«, präzisierte Maier. »Die Chefin hat das unmissverständlich gesagt! War eh schwer genug, sie von unserem Vorhaben zu überzeugen. Die kriegt nach dem Desaster am Volkstrauertag ziemlich Druck vom Ministerium, glaub ich. Ungerechtfertigterweise, wenn ich das hinzufügen darf.«

Hefele nickte. »Noch so ein Ding kann die sich nicht leisten. Aber wenn der Mendler weiter frei rumläuft, ist es noch schlimmer, das hat sie dann auch irgendwann eingesehen.«

»Und ich sag euch auch was: Entweder ich geh da mit, oder das alles findet nicht statt. Nach allem, was passiert ist ...« Seine Stimme wurde brüchig. »Also jedenfalls muss ich da sein, ich hätt keine ruhige Minute, wenn ihr wieder euer Leben aufs Spiel setzt wegen mir.«

Jetzt mischte sich Hefele ein: »Das ist doch nicht wegen dir.«

»Ich versteh euch ja. Aber ich kann doch einen Beobachtungsposten einnehmen, der ein bissle weg vom Schuss ist. Da gibt's Stellen, von denen hat man einen guten Überblick, wird aber selber nicht gesehen. Dagegen könnt ihr ja wohl nix haben.«

Seine Kollegen blickten sich an. Ihnen war klar, dass er ohnehin nicht klein beigeben würde, also gab Hefele schließlich nach: »Bevor du da unangemeldet rumläufst, kommst halt offiziell mit. Aber nur als Gast, damit das klar ist.«

Eine Stunde später, Sandy Henske war inzwischen zu ihnen gestoßen, saßen sie am Tisch, jeder eine Tasse mit dampfendem Kaffee vor sich, und besprachen die Einzelheiten ihres Sondierungseinsatzes.

»Ich find, dein Kaffee schmeckt irgendwie anders, Sandy. Also besser«, sagte Hefele unvermittelt.

»Was soll das denn heißen?«, fragte Kluftinger. Seine Frau hatte ihnen die Tassen gebracht, was Hefele erst jetzt klar wurde.

»Oh, ich mein, der von deiner Frau ist auch gut. Aber auch wieder anders. Man ist den von Sandy eben gewohnt.«

»Danke, das ist wirklich mal ein außerordentliches Lob.« Die Sekretärin verzog das Gesicht, und Hefele presste die Lippen zusammen.

»Können wir jetzt wieder zu den zweitwichtigsten Dingen nach dem Kaffeearoma zurückkehren?«, drängte Maier. »Unserer Einsatzbesprechung zum Beispiel?«

»Völlig richtig«, pflichtete ihm Kluftinger bei, nahm einen Schluck und setzte die Tasse mit einem demonstrativen »Aaaah« ab. »Wir müssen sicherstellen, dass ihr da oben nicht auffallt. Und zwar niemandem. Vor allem natürlich dem Mendler nicht. Alles muss völlig unspektakulär und alltäglich rüberkommen. Am besten wär's ... aber egal, das geht nicht.«

»Was denn?«, hakte Maier nach.

»Ich hab bloß grad gedacht: Wenn jemand Traktor fahren könnt, das wär natürlich ...«

»Kann ich.«

»Hm?«

»Ich kann Traktor fahren«, sagte Maier laut, worauf Kluftinger sofort den Zeigefinger auf die Lippen legte und ihn warnend anblickte. »Ach so, ja«, wechselte der Kollege sofort wieder in den Flüsterton. »Ist trotzdem so. Nicht weiter schwierig. Das könnt ich also schon mal übernehmen.«

Kluftinger hatte Zweifel. Er erinnerte sich an eine Autofahrt ins Oytal bei einem ihrer letzten Fälle. Damals hatte es Maier sogar geschafft, ein Allradfahrzeug im Schlamm zu versenken. »Wirklich, nix für ungut, Richie, aber hier geht's um viel.«

»Eben. Ich hab früher so *work and travel* gemacht, da bin ich sehr viel Traktor gefahren, unter anderem in einem Kibbuz in Israel.«

»In einem was?«

»Kibbuz. Eine basisdemokratische Kollektivsiedlung.«

»Work and dings in der Kolonie, soso.« Kluftinger war sich nicht sicher, worum es sich da genau handelte, wollte das aber auch nicht vertiefen. »Ja, dann …«

»Ich könnt ja mit der Sandy einen Kinderwagen rumschieben«, schlug Hefele vor. »So wie eine junge Familie.«

Sie blickten alle zur Sekretärin, die das Gesicht verzog. »Also ich weiß nich, scheint mir nich so prickelnd die Idee.«

Maier jedoch war begeistert: »Das ist super. In den Kinderwagen könnte man unauffällig unsere Funkgeräte reinlegen.«

Hefele warf seinem Kollegen einen dankbaren Blick zu.

»Also dann«, sagte Kluftinger und klatschte in die Hände, »ein junges Glück mit älterem Herrn und ein Kollo … ein israelischer Bauer. Dann kann ja nix mehr schiefgehen. Geh mer's an.«

Kluftinger hatte in der Nähe von Opprechts einen Unterschlupf aus Holz und Zweigen gefunden, den sich anscheinend Jugendliche mal hier gebaut hatten. Es war ein trüber Tag, der Hochnebel überzog alles mit einer feuchtkalten Schicht aus winzigen Wassertröpfchen. Er zwängte sich auf das Holzbrett, das im Unterstand als Bank diente. Morgen würde er sich auf jeden Fall ein Kissen mitnehmen, wer wusste schon, wie lange er hier würde sitzen müssen. Als Ersatz stopfte er sich fürs Erste seine Handschuhe unter den Allerwertesten, denn wer zu kalt saß, bekam Hämorrhoiden, hatte ihm seine Mutter immer eingebläut. Und mit solchen Beschwerden zu Langhammer gehen zu müssen, wäre wohl für beide nicht besonders angenehm. Dann schon lieber kalte Hände.

Er zog den Feldstecher aus der Umhängetasche, stellte Thermoskanne und Becher neben sich, ebenso wie das ziemlich vorsintflutliche Funkgerät, dann ließ er zum ersten Mal den Blick über die Landschaft wandern. Tatsächlich: Einen besseren Beobachtungsposten konnte es kaum geben. Niemand würde ihn morgen hier vermuten, denn er war weit genug vom eigentlichen

Ort des Geschehens entfernt, hatte aber trotzdem alle Zufahrtswege im Blick und konnte den Kollegen per Funk Anweisungen geben oder sie gegebenenfalls warnen.

Ein Blick durchs Fernglas zeigte ihm, dass Hefele und Sandy mittlerweile den kleinen Parkplatz am Waldrand erreicht und Markus' neues Auto abgestellt hatten. Sein Sohn hatte es ihnen spontan geliehen, da es über einen Kindersitz und einen *Baby an Bord*-Aufkleber verfügte. Perfekte Tarnung also, denn die Gegend hier oberhalb des Dorfes war eine bei Familien beliebte Spazierstrecke: wenig Verkehr, schöne Aussicht und viel Grün.

Gerade stiegen die beiden aus. Von Weitem hätte man sie tatsächlich für ein Paar mit Kleinkind halten können. Sandy hob gerade die Babypuppe vorsichtig aus dem Sitz und bettete sie in den Kinderwagen, den Hefele bereits aufgeklappt hatte. Kluftinger fragte sich, woher er das konnte. Jedenfalls würde niemand bei diesem Anblick an Polizisten denken.

Nun drehte sich der Kommissar in die andere Richtung. Seltsam, von Richard war weder etwas zu hören noch zu sehen. Sie hatten sich von Pirmin Mayrock, dritter Klarinettist in der Harmonie und gleichzeitig Landwirt mit dem wahrscheinlich größten Fuhrpark der ganzen Gemeinde, einen Traktor älteren Baujahrs ausgeliehen – samt Jauchefass, um das Ganze möglichst realistisch wirken zu lassen. Schließlich wurde im Allgäu besonders gern am Samstag gedüngt. Weil da abends gebadet wurde, wie ihm Mayrock unlängst bei einem Bier im Mondwirt erklärt hatte.

Und nun? Ob Maier doch Probleme mit dem Fahrzeug hatte? Als sie losgefahren waren, hatte er sich erstaunlich geschickt angestellt und sogar den Rückwärtsgang auf Anhieb gefunden. Kluftinger zuckte mit den Schultern und sah wieder zu Hefele und Sandy. Wie vereinbart, machten sie eifrig Handyfotos von der Gegend, achteten aber darauf, dass entweder der Kinderwagen oder einer von ihnen mit im Bild war. Sie spielten ihre Rolle sehr überzeugend. Auf einmal stürmte Sandy sogar so unvermittelt mit dem Wagen davon, dass Hefele Mühe hatte, mit ihr Schritt zu halten. Dazu gestikulierte er wild hinter ihr her. Perfekt, fand Kluftinger. Oder hatten sie sich tatsächlich in die Haare gekriegt? Nach den neuerlichen Annäherungsversuchen des Kollegen war das eigentlich vorprogrammiert gewesen. Immerhin: Ein streitendes Paar war unterm Strich glaubhafter als eines, das einträchtig nebeneinander herspazierte.

Da von Maier noch immer jede Spur fehlte, beschloss Kluftinger, ihn anzufunken, bekam jedoch keine Antwort, anscheinend war er noch zu weit entfernt. Seufzend erhob er sich von seinem unbequemen Sitz, fingerte das Handy aus der Tasche seiner Cordhose und tippte die Kurzwahltaste des Kollegen.

»Huber?«, tönte eine etwas undeutliche Männerstimme nach zwei Klingelzeichen aus dem Lautsprecher. Kluftinger runzelte die Stirn.

»Hallo? Hier Huber«, drängte die Stimme.

»Au, zefix, da muss ich ... nix für ungut«, murmelte der Kommissar schnell ins Telefon und unterbrach die Verbindung. Er hasste es, wenn er sich verwählte, war immer hin- und hergerissen zwischen kommentarlosem Auflegen und peinlichen Entschuldigungsarien. »Saublödes Handyglump allweil«, schimpfte er, dann versuchte er es erneut.

»Huber?«

Er legte umgehend wieder auf. Am liebsten hätte er sein Telefon in den Wald geschmissen. Warum wählte das Ding ständig die falsche Nummer? Seinen Berater in allen elektronischen Belangen konnte er schlecht fragen, den versuchte er schließlich gerade vergeblich zu erreichen. Er beschloss, sich die bei Maiers Kontakt angezeigte Zahlenkombination zu merken und von Hand neu einzutippen. Vielleicht war ja irgendetwas falsch verknüpft in diesem vermaledeiten Ding, das eben doch viel mehr Computer als Telefon war. Wieder tutete es.

»Huber?«

Kluftinger traute seinen Ohren nicht. »Tut mir wirklich leid jetzt, Herr Huber, dass ich schon wieder dran bin, aber ...«

»Zu wem wollten Sie denn?«

»Ich also ... hab gedacht ... dass der Maier ...«

Eine Weile blieb es still, dann hörte Kluftinger ein Flüstern. »Ich bin's doch.«

»Wie bitte?«

»Ich bin's. Richie. Huber ist doch nur mein rustikaler Deckname.«

Der Kommissar seufzte tief. »Himmel, du Depp, weißt du, wie oft ich ... sag mal, wo bleibst denn du?«

»Müsste jeden Moment in deinem Blickfeld auftauchen. Es galt, zunächst noch die Elektrik des Zugfahrzeuges auf Funktionstüchtigkeit zu überprüfen, dann hab ich mich über weitere sicherheitsrelevante Details wie Warnblinkanlage und Bremssystem aufklären lassen, und schließlich mussten wir die Birne in der Kennzeichenleuchte des Jauchefasses erneuern. Wäre wichtig, falls die Dunkelheit vor unserer Rückkehr hereinbräche.«

»Ja, ganz wichtig. Aber mindestens so wichtig: Versuch bitte, auch von der Straße aus heimlich Fotos zu machen. Und merk dir Einbiegungen, Feldwege und potenzielle Verstecke möglichst genau, ja?«

»Roger.«

Kluftinger legte entnervt auf. Wenn er sich nur selbst die Umgebung mal ansehen könnte, wüsste er genau, worauf man am nächsten Tag achten müsste. Doch das Risiko konnte er diesmal wirklich nicht eingehen, nach allem, was passiert war. Wer wusste schon, ob sich nicht auch Mendler bereits heute hier oben umsah.

Wieder schaute er zu den beiden anderen. Hefele hatte Sandy mittlerweile eingeholt, allerdings machte die Sekretärin keinerlei Anstalten, mit ihrem Begleiter zu sprechen. Sie war beleidigt. *Wie im richtigen Leben,* fand der Kommissar und dachte wehmütig an seine Frau. Ob sie sich jemals wieder wegen einer Nichtigkeit würden streiten können? Weil sie sonst keine schlimmen Sorgen hatten? Er hoffte es inständig und wunderte sich gleichzeitig, dass es offenbar Situationen gab, in denen man sich sogar nach dieser Facette des Alltags sehnte.

Nach einer Weile hörte er endlich ein Brummen, wenig später erschien auch der Traktor: Maier steuerte das Gefährt mit verkniffenem Gesicht und knallroten Ohrenschützern über einer Bommelmütze. Doch als er gänzlich um die Kurve gebogen war, entfuhr dem Kommissar ein erschrockenes »Jessas!«: Das Jauchefass sprühte seinen Inhalt in hohem Bogen auf die Straße. Im Feldstecher sah Kluftinger, dass sein Kollege überhaupt nicht zu merken schien, was für eine übelriechende Spur er da hinter sich herzog. Stattdessen begann er nun, in aller Ruhe Handyfotos zu schießen. Der Kommissar musste ihm Bescheid geben, sonst drohte sich ihre wohlüberlegte Tarnung in jauchegeschwängerter Luft aufzulösen. Er griff wieder zum Handy. Im Fernglas sah er, wie der Kollege das Tempo verlangsamte, dann rechts ranfuhr und das Telefonat erst annahm, als das Gespann stand.

»Gruber?«

»Wer ist denn jetzt wieder Gruber, ich denk, du heißt Huber?«

»Aha, findest du also auch, dass das der bessere Tarnname ist?«

»Himmel, Richie, du hast das Bschüttfass an.«

»Was ist dran?«

»Dein Odelfass ist angegangen. Du düngst gerade die ganze Straße, du Kasper.«

Der Kollege blickte nach hinten und hantierte fahrig an irgendwelchen Hebeln. »Ich weiß nicht, wie das wieder ausgeht«, rief er aufgeregt. Mittlerweile hatte sich hinter dem Fass schon ein beachtlicher Fäkaliensee gebildet. »Was soll ich machen, Chef?«

»Woher soll ich ...?« Der Kommissar hatte keine Ahnung, wie man ein derartiges Ding bediente. »Irgendwo musst du ja drangekommen sein, überleg halt. Ist sicher ein Hebel oder ein Hydraulikschalter, was weiß ich.«

Der verflüssigte Kuhmist floss mittlerweile in Strömen die abschüssige Teerstraße hinab.

»Ich kann dir ja fix ein Foto der Schalter per MMS schicken, wart mal kurz …«

»Richie!«, brüllte Kluftinger jetzt so laut, dass er sein eigenes Echo hören konnte. »Bis dahin ist das Scheißding leer. Kuppel ab … oder schau halt direkt am Fass, da gibt es sicher einen Notausschalter.«

Maier sprang von der Fahrerkabine und verschwand hinter dem riesigen Jauchefass. Eine Weile sah Kluftinger nichts vom Kollegen, dann, nach vielleicht einer halben Minute, versiegte der Strahl endlich. Kurz darauf kam Maier wieder hinter dem Fass hervor, allerdings stakste er nun zum Führerhaus zurück.

»Scheiße, im wahrsten Sinn des Wortes. Bauer … dings … Gruber, over and out«, schnarrte es kurz darauf aus Kluftingers Handy.

»Richie, bei aller Liebe, so kommst du mir nicht ins Haus.«

Nachdem sie genügend Informationen über den Einsatzort gesammelt hatten, waren sie nach Altusried zurückgekehrt. Den Traktor hatten sie vorher wieder beim Besitzer abgegeben – mit einem kleinen Obulus für die Reinigung des Fahrersitzes. Hefele stellte den Kinderwagen im Windfang ab, während Maier mit einem Stofftaschentuch an seinem Hosenbein herumwischte, das mit bräunlicher, stinkender Flüssigkeit getränkt war, genau wie seine ehemals hellblauen Turnschuhe, deren Farbe nunmehr ins Olivgrüne ging.

»Was soll denn das jetzt? Meint ihr, ich hab das mit Absicht gemacht?«

Kluftinger hob ratlos die Hände. »Absicht hin oder her, so kommst hier nicht rein. Entweder du ziehst dich komplett aus, was ich aber weder meiner Schwiegertochter noch meiner Frau zumuten kann, oder du bleibst draußen.«

Bereits nach zwanzig Minuten kamen die Kollegen wieder aus dem Haus, vor dem noch immer der ausgesperrte Maier stand.

Erika hatte ihm immerhin ein Päckchen Feuchttücher aus Yumikos Wickeltasche sowie ein Tablett mit Tee und Keksen gebracht, was dieser dankend angenommen hatte.

»Also, Leut, ihr wisst, was zu tun ist?«, fragte Kluftinger noch einmal in die Runde. Als Maier an die offene Haustür kam, hielten sich die anderen sofort die Nasen zu.

»Alles klar«, erklärte Hefele. »Wir briefen jetzt gleich mal die Einsatzkräfte mithilfe unserer Fotos, gell, Sandy?«

Sandy Henske sog genervt die Luft ein, rang sich dann aber doch noch ein Lächeln ab. Der Stolz darüber, unverhofft zum operativen Team einer Polizeiaktion zu gehören, schien den Verdruss, den ihr Verflossener ihr bereitete, zu übersteigen.

»Okay«, tönte Maier eifrig. »Briefing im Präsidium in einer halben Stunde?«

Hefele musterte seinen Kollegen von oben bis unten. »Nix halbe Stunde. Du fährst jetzt mal schön heim nach Leutkirch, gehst unter die Dusche und ziehst dich um. Handelt sich ja um ein Briefing, nicht um ein Miefing«, sagte er spöttisch, worauf sich Kluftinger schnell verabschiedete, damit Maier sein Grinsen nicht sehen konnte.

»Ah, Vatter, du bist ja erstaunlich gut drauf, für unsere momentane Lage.« Markus stand im Hausgang, das schlafende Kind auf dem Arm.

»Ah, Bub, ist bloß, weil ... vergiss es.«

»Also, Folgendes«, begann sein Sohn flüsternd, wobei er sich mehrmals verschwörerisch umsah, »die Frauen haben nix mitgekriegt, weil ich sie ständig abgelenkt hab. Aber jetzt kann ich weder *Kniffel*, noch *Cluedo*, noch *Monopoly* weiterspielen, sonst krieg ich einen Vogel. Bei Mama und Miki zeigen sich auch schon die ersten Symptome von Lagerkoller, befürcht ich. Die haben sich gerade ernsthaft in die Wolle gekriegt, wer zuerst die Badstraße kaufen darf. Dabei bringt die doch eh fast nix an Miete.«

»Was ist mit Miete?«

»Egal.« Markus legte den Arm um ihn. »Aber ich bitt dich inständig, Vatter: Du darfst da morgen nicht hin. Du hast Familie. Und ein Enkelkind, das dich braucht.« Wie zur Bestätigung legte er seinem Vater das schlafende Kind in den Arm.

Kluftinger seufzte. Kein schlechter Schachzug von seinem Sohn. Dennoch erwiderte er pathetisch: »Bub, manchmal kann ein Mann sich nicht aussuchen, wo er hingeht.«

TOTENSONNTAG

34

»Dann können ja gleich deine Kollegen wiederkommen und durch die Wohnung latschen. Auf so einen Sonntag kann ich gern verzichten. Reiß dich wenigstens ein bissle zusammen, wenn schon nicht für mich, dann für die Kinder.«

Die Schlafzimmertür fiel ins Schloss. Erika hatte sie so heftig zugeworfen, dass vom oberen Rahmen feiner Staub rieselte. Markus' Lagerkoller-Diagnose schien sich zu bewahrheiten. Es war früher Nachmittag an diesem Sonntag, diesem Totensonntag, an dem er und die Kollegen Harald Mendler erneut in eine Falle locken wollten. Ob der wirklich kam, stand natürlich in den Sternen. Aber Kluftingers Bauchgefühl sagte ihm, dass heute noch etwas passieren würde. Ob es etwas Gutes sein würde, verriet sein Gefühl allerdings nicht.

Dass ihm so mulmig zumute war, hatte auch mit dem Anruf vom Vorabend zu tun: Birte Dombrowski hatte verboten, dass Kluftinger sich an dem Einsatz beteiligte; auch eine Beobachterfunktion sei tabu. Er hatte erst versucht, sie umzustimmen, allerdings schnell gemerkt, dass er damit nicht viel erreichte. Also hatte er zähneknirschend eingelenkt. Doch je weiter der Tag voranschritt, desto weniger konnte er sich damit abfinden, untätig zu Hause zu sitzen, während draußen sein Schicksal und das seiner Familie entschieden wurde. Irgendwann zwischen Mittagessen und Kaffeetrinken hatte er dann den unumstößlichen Entschluss gefasst: Er musste hinauf. Sonst würde er die Wände hochgehen hier, in seinem Haus, das für ihn und alle anderen allmählich zum Gefängnis wurde.

Dass er nun, kurz bevor er sich mal wieder allein hinausschleichen würde, noch so heftig mit Erika aneinandergeraten war, drückte ihm zusätzlich aufs Gemüt. Wo er doch schon nervös genug war. Weit nervöser als vor exakt einer Woche, als Strobl seinen Leichtsinn mit dem Leben bezahlt hatte. Kluftingers Kehle schnürte sich zu. Was, wenn er durch den Einsatz wieder das Wohl eines Kollegen aufs Spiel setzte? Er hatte das Gefühl, nicht mehr klar denken zu können, begann, am ganzen Leib zu zittern, und ließ sich auf dem Bett nieder.

Wie lange er dort gesessen und unbewegt ins Halbdunkel seines Schlafzimmers gestarrt hatte, wusste er nicht, als auf einmal leise die Tür aufging. Sein Sohn kam herein, wieder mit dem Kind auf dem Arm, das sich neugierig im Raum umsah. Als es seinen Großvater erblickte, verzog es den Mund zu einem schiefen Lächeln. Markus schloss die Tür und setzte sich neben seinen Vater. »Willst zum Opa? Der ist ein bissle traurig heut.«

Kluftinger lächelte das Baby an. »Ja, kommst noch mal zu mir?« Die Augen des Kommissars wurden feucht. Markus sagte nichts dazu, saß nur still neben seinem Vater, der dem Kind zärtlich über den Kopf strich und es an sich drückte. »Hoffentlich kommt der Opa wieder gut heim heut Abend«, sagte Kluftinger leise. »Gell, mein kleiner Engel. Wenn nicht, dann hast ja immer noch den Opa in Japan, den Joschi.«

»Vatter! Jetzt hör bitte auf«, zischte Markus mit einer Mischung aus Empörung und Besorgnis. »Wenn du so ein schlechtes Gefühl hast, dann musst du die Sache abblasen, Herrgott.« Trotz seines Ausbruchs vermochte er nicht zu verbergen, dass auch seine Stimme brüchig geworden war.

Für Kluftinger ein Zeichen, sich zusammenzureißen, der Vater zu sein, den sein Sohn verdiente. Ewiges Lamentieren brachte niemanden weiter. Er hatte eine Entscheidung getroffen, und nun musste er los, um sich sein Leben zurückzuholen. Heute, oben in Opprechts, am Holzkreuz. Jetzt war er es, der seinem Sohn tröstend auf die Schulter klopfte. »Markus, ich hab kein schlechtes Gefühl. Nicht so jedenfalls. Aber wer weiß schon, was wird.«

»Wir ... ich mein, die Mama und ...«

»... und das Butzel, ich weiß. Mach dir keine Sorgen.«

Sein Sohn schüttelte den Kopf.

»Dann mach dir halt Sorgen, dann vergeht die Zeit schneller.«

Eine halbe Stunde später hatte Kluftinger sich die wärmste Skiunterwäsche angezogen, hatte Kissen, Handy, Taschenlampe und Feldstecher heimlich in den Rucksack gepackt, diesen unbemerkt auf der Kellertreppe deponiert, und seiner Familie mehr oder minder glaubhaft versichert, dass er sich in den Keller zurückziehe, um eine Weihnachtsüberraschung zu basteln, die alle betreffe, weswegen ihn die nächsten zwei bis drei Stunden niemand stören dürfe. Markus hatte dabei den Blick gesenkt und die Lippen aufeinandergepresst, während Kluftinger den Blick abwandte, um es sich nicht doch noch anders zu überlegen.

Nun stapfte er querfeldein über die Hügel oberhalb von Altusried. Ab und zu wandte er sich um und blickte ins Dorf, das so friedlich aussah. So normal. Doch heute war nichts normal. Kluftinger begann erneut zu zittern. Ein eisiger Wind pfiff über die weite Wiesenfläche unterhalb des Waldstücks. Vielleicht hätte er sich noch wärmer anziehen sollen, aber er konnte sich ohnehin schon schwer bewegen, so viele Lagen trug er übereinander. Er schlug den Kragen hoch und umlief in großem Bogen die strategisch positionierten Kollegen. Die beginnende Dämmerung bot ihm genügend Schutz, um ungesehen sein Ziel zu erreichen. Als er am Beobachtungsposten angekommen war, richtete er sich, so gut es ging, mit den Utensilien aus dem Rucksack ein.

Eine Weile saß er nur da und blickte sich immer wieder hektisch um. Ständig hatte er das Gefühl, beobachtet zu werden. Doch da war niemand zu sehen. Er setzte den Feldstecher an und sondierte das Terrain. Nichts. Langsam wurde es dunkel, aber es blieb ruhig. Dann, kurz bevor der Nachthimmel endgültig schwarz wurde, machte er links unterhalb von sich, ein paar Hundert Meter entfernt, die Umrisse einer Gestalt aus. War das Mendler, der bereits im Hinterhalt wartete? Sein Pulsschlag beschleunigte sich. Kluftinger justierte die Schärfe des Okulars. Das Gesicht der Gestalt war seltsam dunkel, wie angemalt. Nun zog der Unbekannte etwas aus der Jackentasche, etwas Flaches, Leuchtendes – ein Smartphone. Im Schein des Displays sah der Kommissar das Gesicht, die mit Ruß geschwärzte Nase, die schwarz umrandeten Augen. Er seufzte: Kein Zweifel, das war Richard Maier, der sich allen Ernstes in einen Overall aus Flecktarn gezwängt und sein Gesicht mit schwarzer Farbe beschmiert hatte. Er sah aus wie einem Achtzigerjahre-Vietnam-Film entsprungen. Obwohl Kluftinger angespannt war wie selten zuvor in seinem Leben: Über seinen übereifrigen Kollegen musste er unwillkürlich grinsen. Maier war mit Sicherheit derjenige, der sich am aufwendigsten getarnt hatte – und der Einzige, der von ihm sofort entdeckt worden war.

Sonst sah er nichts und niemanden.

Wie lange saß er überhaupt schon hier? Er atmete tief durch, goss sich einen Becher Tee ein.

Seine Unruhe wich langsam einer gewissen Langeweile – und der leisen Vorahnung, dass heute möglicherweise gar nichts mehr passieren würde. Seltsamerweise war er aus irgendeinem Grund sicher gewesen, dass der Plan funktionieren, dass er Mendler mit der Anzeige in der Zeitung aus seiner Deckung locken würde. Vielleicht war aber auch nur seine Hoffnung, dass diese schreckliche Zeit endlich ein Ende hatte, so groß gewesen, dass er ein Scheitern gar nicht in Betracht gezogen hatte.

Würde nun einfach alles so weitergehen? Die Bedrohung zu ihrem ständigen Begleiter werden? Wie sollte er das seiner Familie beibringen? Er spürte, wie ein anderes Gefühl langsam die Oberhand gewann: Verzweiflung. Sie waren so weit gekommen, hatten endlich denjenigen ausgemacht, der ihm und seinen Lieben das Leben zur Hölle gemacht – und Strobl auf dem Gewissen hatte. Doch nun waren sie darauf angewiesen, dass ihr Gegenspieler irgendwann von selbst auftauchte.

Die Erkenntnis über diese Machtlosigkeit ließ Kluftinger schwindlig werden. Er ließ das Fernglas sinken und schloss resigniert die Augen, weswegen er den Schatten nicht wahrnahm, der sich vom Waldrand löste und durch die Dunkelheit auf ihn zuschlich. Erst als die Gestalt ganz in seiner Nähe auf einen Ast trat, der mit einem Knacken zerbrach, öffnete der Kommissar wieder die Augen. Doch alles, was er noch erkennen konnte, bevor ihn ein dumpfer Schmerz übermannte, war eine dunkle, massige Gestalt, die sich über ihn beugte. Er fragte sich noch, ob das Mendler war, der ihn jetzt ins Jenseits befördern würde, dann versank alles in undurchdringlichem Schwarz.

Als er zum ersten Mal wieder die Augen öffnete, war er noch benommen, hatte sich nur bis zu einem Dämmerzustand irgendwo zwischen Schlafen und Wachen vorgekämpft, spürte die Übelkeit, die in ihm aufstieg, den Schmerz, der von seinem Schädel ausging. Er lag auf dem Boden – trotzdem hatte er das Gefühl, als bewege er sich. Über ihm zogen die Baumwipfel vorbei, während er über den Boden glitt, nein, geschleift wurde – von wem? Er versuchte, den Kopf zu drehen, aber er hatte nicht genügend Kraft, um den Widerstand und den Schmerz zu überwinden. Er wollte die Augen wieder schließen, zurückfallen in die gnädige, schmerzlose Ohnmacht, doch ein Rest seines Bewusstseins zwang ihn dazu, die Augen noch ein bisschen weiter zu öffnen. Zu sehen, was da mit ihm passierte. Wem er in die Hände gefallen war. Alles, was er erkennen konnte, waren aber nur zwei schwarze Gestalten, Riesen, die ihn mit ihren Pranken gepackt hatten und ihn keuchend fortschleppten. In ihre Höhle? Er spürte, wie ihm die Welt wieder entglitt, wie der Schmerz in seinem Kopf immer stärker wurde und ihn zurückzog in die Dunkelheit.

Durst.

Er hatte solchen Durst. Konnte an nichts anderes denken als an dieses Gefühl, bestand nur aus diesem Gefühl. Dann hörte er es tropfen, sanft, hell und klar. Wo Tropfen waren, war auch Wasser, wo Wasser war, konnte man trinken. Er müsste nur die Augen öffnen. Sein Gesicht wurde feucht. Waren das Tränen, die seine Wangen benetzten? Nein, es war das Tropfen, es war jetzt in seinem Gesicht. Mit einer unendlichen Kraftanstrengung hob er die Lider. Er blickte in zwei dunkle Augen und erkannte etwas Rotes. *War das Blut?* Nein, es war ... auf einen Schlag war er wieder im Hier und Jetzt, wusste, wessen Augen das waren, was passiert war, fühlte den Schmerz wieder, doch diesmal klar und schneidend wie einen Weckruf, der ihn aus der Ohnmacht holte. Er setzte sich auf, was sofort eine Welle der Übelkeit durch seinen Körper jagte. Übelkeit – und Ekel. Denn vor ihm saß Langhammers Hund und leckte ihm eifrig das Gesicht. Reflexartig wehrte er die warme Zunge mit seinem Arm ab. Angeekelt fuhr er sich über sein speichelnasses Gesicht. Ein paar Mal atmete er tief durch, dann blickte er sich um. Er war mitten im Wald, das Mondlicht drang milchig durch die Baumwipfel. Wie lange war er ohnmächtig gewesen? Er konnte es nicht sagen, hatte kein Zeitgefühl mehr, seit ... Unvermittelt fasste er sich an den Kopf und zuckte zurück, als er dort, wo der Schmerz am größten war, feuchte, verklebte Haare ertastete. Wo war er? Warum hatte Mendler sein Werk an ihm nicht vollendet? Hatten ihn die Kollegen geschnappt, als er mit ihm im Schlepptau ... *Moment!* Waren es nicht *zwei* Schatten gewesen, die ihn durch den Wald geschleift hatten? Hatte Mendler einen Komplizen? Oder sogar mehrere?

Die Welt um Kluftinger begann sich wieder zu drehen. Aber er durfte jetzt nicht erneut bewusstlos werden. Er musste hier weg, so schnell wie möglich, das war vielleicht seine einzige Chance, lebend aus dem Schlamassel herauszukommen. Noch einmal atmete er tief durch, bewegte Arme und Beine, um zu sehen, ob er sich auf sie verlassen konnte, wenn er rennen musste.

Dann fiel sein Blick wieder auf den Hund. Was tat er hier? War Langhammer etwa auch irgendwo im Wald? Hatten sie ihn ebenfalls niedergeschlagen? Lauter Fragen, auf die er keine Antworten hatte.

Wittgensteins Kopf zuckte nach links. Kluftinger hielt die Luft an und lauschte in die Dunkelheit. Er selbst hatte es auch gehört: Stimmen! Es waren zwei Männer, doch er verstand nicht, was sie sagten. Nur Wortfetzen drangen an sein Ohr: »*wegschaffen*« hörte er, und »*Schluss machen*«. Die Kälte, die von dem dunstigen Boden ausging, legte sich wie eine Klammer um sein Herz. Er musste hier weg! Nun näherten sich Schritte. Der Hund begann leise zu knurren. War das seine Rettung? Würde das Tier ihm helfen? Die Schritte waren nun nur noch ein paar Meter entfernt, und Wittgensteins Knurren wurde zu einem bedrohlichen Grollen. Die Männer blieben stehen.

»Was zum Teufel ist da los?«, zischte einer der beiden, und in diesem Moment setzte der Kommissar alles auf eine Karte. Er gab dem Hund einen Klaps und schrie: »Fass, Wittgenstein! Beiß zu!« Das heißt: Er wollte schreien, doch aus seinem Mund kam nur ein jämmerliches Krächzen. Aber das reichte. Wittgenstein fletschte die Zähne und preschte mit ohrenbetäubendem Gebell los. Gleichzeitig rappelte sich Kluftinger hoch und rannte. Er hatte keine Ahnung, in welche Richtung, stürzte einfach los, ignorierte die Äste, die ihm ins Gesicht peitschten und seine Haut aufrissen, taumelte über Wurzeln, achtete nicht auf den pochenden Schmerz in seinem Schädel, stolperte durch die Dunkelheit – bis es knallte. *Ein Schuss.* Kluftinger stoppte so plötzlich, als sei er gegen eine Wand gelaufen. Er blickte an sich hinab, wartete darauf, dass jetzt gleich der Schmerz einsetzen würde, dass Blut aus einer Wunde schoss, er zu Boden sinken würde – doch nichts dergleichen geschah. Er war also nicht getroffen. War es nur ein Warnschuss gewesen? Langsam, zitternd hob er die Hände über den Kopf. Ein paar Sekunden war es totenstill, dann zerriss ein schreckliches Wimmern, eigentlich mehr ein Jaulen diese Stille.

Wittgenstein. Der Kommissar drehte sich um, konnte aber nichts sehen. Noch war er allein, noch hatten sie ihn nicht eingeholt. Also rannte er weiter, bis seine Lunge brannte. Seine Haare klebten an seinem Kopf, eine Mischung aus Schweiß und Blut rann ihm über die Stirn in die Augen. Er hatte völlig die Orientierung verloren, hoffte nur, dass er nicht im Kreis lief, seinen Verfolgern genau in die Arme.

Gehetzt blickte er sich um: Nein, da war niemand. Aber vor ihm tauchte der Waldrand auf. Dort musste er hin, dort würden ihn die Kollegen sehen. Vielleicht noch fünfzig Meter bis zu seiner Rettung. Von einer wahnsinnigen Euphorie erfasst, beschleunigte Kluftinger noch einmal seinen Schritt. Und übersah dabei den Baumstumpf, der mit den Wurzeln nach oben aus dem Boden ragte. Er stolperte, ruderte mit den Armen – und prallte heftig mit jemandem zusammen. Mit einem überraschten Schrei stoben die beiden auseinander, blieben dann stehen und sahen sich erschrocken an. Der Kommissar atmete schnell, er musste sich mit den Armen auf seinen Knien abstützen, um genug Luft zu bekommen. Seinen Blick wandte er jedoch keinen Moment von seinem Gegenüber ab. In dessen Augen spiegelte sich dieselbe Überraschung, die auch Kluftinger verspürte. War er doch im Kreis gelaufen? Nein, das konnte nicht sein, das *durfte* nicht sein. Aber es gab keine andere Erklärung. Denn vor ihm stand Harald Mendler.

Es verging bestimmt eine Minute, in der sie sich nur taxierten. Dann ergriff Mendler das Wort. »Ich hätte nicht gedacht, dass du wirklich kommst.«

Einen Augenblick stutzte der Kommissar. Das war keine der Stimmen, die er vorhin gehört hatte. Doch sein Gegenüber war der Gesuchte, daran gab es keinen Zweifel. Jetzt war er vollends verwirrt. Sie befanden sich ganz in der Nähe des Treffpunkts, denn über seiner Schulter konnte Kluftinger die Lichtung mit dem Kreuz sehen. Der Sockel war noch immer schwarz und verrußt. Er war selbst erstaunt, wieso ihm das gerade jetzt auffiel.

»Was war das für ein Schuss?«, fragte Mendler. Er ging einen Schritt auf den Kommissar zu, worauf dieser sofort zurückwich.

Kluftingers Stimme war so belegt, dass er sich erst ein paarmal räuspern musste, ehe er antworten konnte. »Deine Leute haben doch geschossen«, sagte er. Er bemühte sich, kämpferisch zu klingen statt verzweifelt, auch wenn er sich im Moment so fühlte. Seine Flucht hatte ihn zurück in die Arme seines Peinigers geführt, was für eine Ironie des Schicksals.

»Ich hab keine Leute«, antwortete Mendler und machte einen weiteren Schritt auf ihn zu.

Der Kommissar wollte zurückweichen, doch in diesem Moment blitzte im Hosenbund seines Gegenübers etwas Metallisches im Mondlicht auf: Mendlers Waffe. Unwillkürlich ging Kluftingers Hand zur Pistole in seinem Holster, doch sie war weg. Nicht nur sie, das gesamte Holster. Mutlosigkeit ergriff ihn.

»Ich hab schon lang keine Leute mehr, weil du mir alle genommen hast«, fuhr Mendler fort.

»Das ... ich meine, ich ...«

»Geschenkt.« Mendler fuhr mit der Hand durch die Luft. »Jetzt bist du ja da. Mutig. Hätte ich dir nicht zugetraut. Na los: Was weißt du? Was willst du mit mir besprechen? Es gibt also neue Erkenntnisse?«

Kluftinger wurde es heiß und kalt zugleich. Mendler hatte die Anzeige wirklich ernst genommen. Aber was sollte er ihm nun sagen? Es gab keine Informationen, die er ihm mitteilen konnte – aber irgendwie musste er ihn hinhalten. So lange, bis endlich seine Kollegen kamen und ihn erlösten. *Die Kollegen!* Wo blieben sie nur? »Es ist so«, begann er zu improvisieren. »Wir haben uns die Sache noch einmal angeschaut.«

Mendler sog scharf die Luft ein. Offenbar hatte Kluftinger die richtigen Worte gefunden. Das Gesicht des Mannes nahm einen weicheren, verletzlichen Ausdruck an.

»Das war ja schon alles ziemlich ... verrückt damals.«

»Verrückt?« Mendler funkelte ihn finster an. »So nennst du

das? Verrückt? Mein Leben wurde zerstört. Und Karins Tod ist noch immer ungesühnt. Dazu fällt dir nichts Besseres ein als *verrückt*?«

Kluftinger wunderte sich, dass Mendler selbst in dieser Situation darauf beharrte, unschuldig zu sein. »Entschuldigung, vielleicht war es das falsche Wort. Jedenfalls, als damals der Alarm kam und wir den Zugriff machten …« Er sprach die Worte *Alarm* und *Zugriff* lauter aus als den Rest des Satzes, um den Kollegen ein Zeichen zu geben – falls sie zuhörten. Bald würde Mendler merken, dass alles, was Kluftinger sagte, nur leeres Geschwätz war, um Zeit zu gewinnen. Doch nichts rührte sich. »Also damals, da dachten wir ja …«

»Was ihr damals dachtet, weiß ich«, unterbrach ihn Mendler wütend. »Was ihr jetzt wisst, interessiert mich. Meinst du, ich hab die ganzen Sachen, die Anzeige, das Kreuz, den Nachruf zum Spaß gemacht?«

Kluftinger witterte eine Chance, noch etwas Zeit zu schinden. »Warum hast du denn überhaupt so viel Aufwand betrieben? Hättest mich halt gleich über den Haufen geschossen!«

Zum ersten Mal verzogen sich Mendlers Lippen zu einem Lächeln. Doch es lag keine Fröhlichkeit darin. »Das hab ich schon so oft, in Gedanken. Aber ich hab dann immer gedacht: Nein, das ist zu einfach, zu schnell, zu *gut* für ihn. Er soll was davon haben, bevor ich ihm das Licht abdreh, hab ich gedacht.«

»Hast du gedacht. Aber die verschwurbelte Anzeige …«

»Hat doch funktioniert. Hast dir richtig in die Hosen gemacht, stimmt's? Hast Schiss um dich und die Familie gehabt. Dich nirgendwo mehr sicher gefühlt.«

»Ich …«

»Schluss jetzt mit dem Geschwafel, ich will nicht noch mal fragen: Was habt ihr rausgefunden?«

»Ja, das ist eine ganze Menge. Wo soll ich da anfangen?«

Er hob den Blick und sah Mendler in die Augen. Und in diesem Moment erkannte er, dass der andere seinen Bluff durchschaute.

Der Kommissar bekam einen trockenen Mund. »Es ist also so, dass wir rausgefunden haben, dass ...«

Doch Mendler ließ ihn nicht weiterreden. »Halt's Maul! Du hast Nerven! Lässt mich hier antreten und kommst mit nichts an, mutterseelenallein. Was glaubst du, was jetzt passieren wird?« Wie in Zeitlupe griff Mendler an seinen Hosenbund, holte die Pistole heraus und zielte auf den Kommissar.

Der bekam feuchte Augen, hob eine Hand und stammelte »Bitte nicht. Mein Enkelkind ...«

Doch Mendler blieb ungerührt. »Ich hab auch Enkelkinder, die dank dir nix mit mir zu tun haben wollen. Und ich hab für einen Mord gebüßt, den ich nicht begangen hab. Deswegen ist es nur gerecht, wenn ich nun wirklich einen begehe. Einen hab ich gut.«

»Meinen Kollegen hat es erwischt, vor einer Woche«, konterte der Kommissar bitter.

»Das war was anderes. Ein Unfall«, presste sein Gegenüber hervor, hob die Waffe noch ein bisschen weiter, kniff ein Auge zu und biss sich auf die Lippe. »Das wollt ich nicht. Er konnte schließlich nix dafür. Wie ich, damals ...«

Der Kommissar schloss die Augen. Er wollte nicht sehen, wie er abdrückte. Das sollte nicht das Letzte sein, was er in seinem Leben zu Gesicht bekam. Stattdessen beschwor er ein Bild seiner Familie herauf, seines Sohnes, seiner Frau, seines Enkelkindes, das er nun nicht mehr würde aufwachsen sehen. So wartete er auf den Knall, doch stattdessen hörte er ein wahnsinniges Gebrüll. Er riss die Augen auf und sah, wie sich aus dem Schatten zweier Bäume eine Gestalt löste, die nun auf Harald Mendler zusprang. Eine Sekunde brauchte er, um zu erkennen, dass es Maier war. Wie lange er schon da war, wusste er nicht, aber seine Tarnung hatte ihn fast unsichtbar gemacht. Nun stürzte er sich mit animalischem Geheul auf den Mann, die Augen so verdreht, dass man nur noch das Weiße darin sah.

Mendler war für einen Moment irritiert, doch dann fuhr er herum, packte seine Waffe am Lauf und schlug Maier damit gegen den Kopf. Wie ein Sack Kartoffeln fiel er um und machte keinen Mucks mehr. Mendler hatte mit so großer Wucht zugeschlagen, dass ihm die Pistole aus der Hand gerissen wurde. In hohem Bogen flog sie durch die Luft und landete zwischen ihm und dem Kommissar. Der stürzte sich sofort darauf. Auf dem feuchten Boden rutschte er jedoch nach hinten weg und erreichte sie nur mit den Fingerspitzen. Nun hechtete auch Mendler danach, doch er war etwas weiter davon entfernt als Kluftinger, der sich aufrappelte und nach vorn krabbelte. Mendler tat dasselbe. Gleichzeitig bekamen sie die Pistole zu fassen, der Kommissar am Griff, der andere am Lauf. Von zwei Seiten zogen sie daran und krochen keuchend über den Waldboden. Beiden war klar, dass es hier ums nackte Überleben ging. Die Verzweiflung, die Kluftinger vorher noch verspürt hatte, verwandelte sich nun in Wut, und mit einem Schrei, der tief aus seinem Inneren kam, brachte er die Kraft auf, die Waffe an sich zu reißen.

Doch bevor er auf Mendler zielen konnte, traf ihn eine Ladung Dreck im Gesicht und machte ihn kurzzeitig blind. Der kurze Augenblick reichte Mendler aus, um ihm die Pistole wieder zu entreißen. Als Kluftinger sich die Erde aus den Augen gewischt hatte, blickte er in die fiebrig funkelnden Augen seines Kontrahenten – und in den Pistolenlauf. *Das war's!* Noch einmal würde Mendler sich nicht überrumpeln lassen, das war Kluftinger klar. Langsam stand er auf, keuchend, verdreckt, blutend.

Dann geschahen zwei Dinge gleichzeitig: Maier kam mit einem Ächzen wieder zu sich – und ein halbes Dutzend Polizisten mit Waffe im Anschlag brachen aus dem Unterholz hervor und umringten sie.

»Fallen lassen!«, schrie einer.

»Und Hände über den Kopf!«, ein anderer.

Keiner rührte sich, nur das Keuchen der Männer und Maiers Ächzen waren zu hören.

»Waffe weg!«, schrie ein weiterer Polizist, doch Mendler machte keine Anstalten, die Anordnung zu befolgen. Stattdessen begann er zu sprechen: »Ich geh nicht mehr in den Knast. Nie mehr.«

Kluftinger verstand sofort, was er vorhatte. »Nicht, Mendler, bitte!«, rief er, doch es war zu spät.

Mendler hob den Arm mit der Waffe, und Augenblicke später wurde die nächtliche Stille von einem Dutzend Pistolenschüssen zerrissen. Fassungslos schaute Kluftinger zu, wie Mendler die Waffe aus der Hand glitt und er langsam zu Boden sank. Sofort rannte er zu ihm, ging neben ihm in die Hocke und richtete seinen Oberkörper auf. Aus dem Mund des Mannes rann Blut. Er hustete, wollte etwas sagen.

»Ruhig, gleich kommt jemand«, beschwichtigte ihn der Kommissar. »Alles wird gut.« Nichts würde gut werden, das war ihm klar.

»Passt schon«, wisperte der Mann, wobei sich blutige Blasen vor seinem Mund bildeten. Es war ein schreckliches Bild, doch der Kommissar zwang sich dazu, nicht wegzusehen. »Versprich mir eins, Kluftinger.«

»Was? Was soll ich versprechen?«

»Dass du ihn findest.«

Er wusste nicht, wovon Mendler sprach. »Wen?«

»Den ... Mörder. Karins Mörder.«

Jetzt war Kluftinger baff. Selbst in seinen letzten Sekunden hielt Mendler noch an seiner Version der Geschichte fest.

»Ver ... sprich ...« Er war kaum noch zu verstehen.

Der Kommissar holte tief Luft, dann sagte er: »Ich verspreche es.«

Mendlers schmerzverzerrtes Gesicht entspannte sich, nahm einen fast friedlichen Ausdruck an, dann schloss der Mann die Augen, und einen Moment später erschlaffte sein ganzer Körper.

Sofort schossen Kluftinger Tränen in die Augen. Wieso, wusste er selbst nicht, aber er konnte es nicht verhindern. Er sank förmlich in sich zusammen, spürte den wohltuend kühlen Waldboden unter sich, als er sich wie ein Baby zusammenkauerte und hemmungslos schluchzte. Während er so dalag, hörte er von Ferne eine bekannte Stimme rufen: »Wittgenstein?«

Epilog

»Der Tod ist kein Ereignis des Lebens. Den Tod erlebt man nicht.«

Es war schwer, den Redner auf dem kleinen Friedhof zu verstehen. Vor einigen Minuten hatte heftiger Wind eingesetzt, der die Worte verwehte, als wolle er sie mit sich reißen und damit die Serie der Begräbnisse in Kluftingers Leben endlich beenden. Sogar einige Schneeflocken trieben waagerecht durch die Luft und kündigten den nahen Winter an – und den Abschluss dieses unsäglichen Jahres.

Der Kommissar hakte sich bei Erika unter, die bei der Trauerrede leise zu schniefen begonnen hatte. Auch Kluftinger wischte sich über die Augen, jedoch nur, wie er seiner Frau gegenüber betonte, weil sie vom Wind zu tränen begonnen hatten.

Die Stimme des Redners klang brüchig. »Ludwig Wittgenstein hat das in seinem *Tractatus logico-philosophicus* geschrieben. Damit trifft er den Nagel auf den Kopf, und doch greift er hier zu kurz. Denn es ist der Tod des Dritten, eines geliebten Begleiters, den wir Hinterbliebenen sehr wohl erleben müssen, den wir bitter beweinen und der uns Angehörigen doch in allen Belangen sinnlos erscheint.«

»Hat er ausnahmsweise mal gar nicht so unrecht. Auch wenn er ein bissle dick aufträgt«, flüsterte Kluftinger.

»Wer, Butzele?«, wisperte Erika. »Der Wittgenstein?«

Der Kommissar runzelte die Stirn. »Der Hund? Wieso denn der?«

»Nein, der Philosoph.«

»Der ist doch tot.«

»Wie der Hund.«

»Und der Metzger.«

»Schon. Aber das ist ja eine ganz andere Geschichte«, flüsterte Erika. »Der hat ja schon vor Jahren einen Herzinfarkt gehabt, im eigenen Schlachthaus.«

Martin Langhammer rückte sich die riesige Brille zurecht. »Unser Freund Wittgenstein ist viel zu früh von uns gegangen, wurde plötzlich und unerwartet aus unserer Mitte gerissen, durch einen sinnlosen Gewaltakt. Eine Kugel durchbohrte das treuste Herz, das je in der Brust eines Ungarischen Wischlers geschlagen hat.«

»Jetzt übertreibt er's aber wirklich«, zischte der Kommissar. »Obwohl er schon ein Lieber war.«

»Und wenn Wittgenstein, der Philosoph wohlgemerkt, einst sagte, man könne nicht wollen, ohne zu tun, dann scheint es uns jetzt, als seien diese Worte auf seinen viele Jahrzehnte nach ihm lebenden vierbeinigen Namensvetter gemünzt.«

Kluftinger seufzte. *Was für ein Geschwurbel!* Er hielt es nach wie vor für eine völlig absurde Idee, der Bestattung eines Hundes beizuwohnen, aber Erika hatte darauf bestanden. Schließlich hatte er eingelenkt, nicht dem Doktor zuliebe, sondern weil er tatsächlich Dankbarkeit gegenüber dem Tier empfand. Nie würde er das Bild vergessen, als Wittgenstein sich im Wald mit gefletschten Zähnen auf die unbekannten Angreifer gestürzt hatte, um sein Leben zu retten. Was der Hund letztlich mit dem seinen bezahlen sollte.

Wer genau das Tier erschossen hatte, wussten sie nicht. Aus Mendlers Waffe war an diesem Tag kein Schuss abgegeben worden, wie die ballistische Prüfung ergeben hatte. Das Projektil, das den Hundekörper durchdrungen hatte, war aus einer Polizeiwaffe gekommen – seiner eigenen. Wer sie geführt hatte, war noch immer nicht geklärt.

Der Kommissar sog die Schneeluft tief in seine Lungen, genoss die reinigende Kraft, die dafür sorgte, dass sich die Schrecken der letzten Wochen darin auflösten. Doch konnte er wirklich schon wieder völlig frei durchatmen?

»Wovon man nicht sprechen kann, darüber muss man schweigen, schreibt Wittgenstein, der Philosoph, ebenfalls im *Tractatus*.«

Kluftinger war von zwei Gestalten niedergeschlagen und durch den Wald gezerrt worden, das hatte er nicht geträumt oder sich eingebildet, dafür schmerzte die Beule am Kopf zu sehr. Aber wer waren diese Typen? Warum waren sie ausgerechnet in dieser Nacht dort oben gewesen? Und was hatten sie mit ihm vorgehabt? Diese Fragen musste er beantworten, bevor er vielleicht, irgendwann, zur Normalität zurückkehren konnte. Obwohl das schwer werden würde, in Anbetracht von Strobls Tod.

Und dann war da noch eine weitere, vielleicht noch wichtigere Frage offen.

»Doch weiter schreibt der Philosoph, die meisten Fragen, die über philosophische Dinge geschrieben worden sind, seien nicht falsch, sondern unsinnig. Ist nicht der Tod selbst so ein philosophisches Ding wie aus dem Lehrbuch? Welche Fragen also können wir stellen?«

Die Frage, die sich dem Kommissar seit dem vergangenen Sonntag mehr als jede andere stellte, war diejenige nach Mendlers Schuld. Bis zu seinem Tod, seinem letzten Atemzug hatte Mendler darauf beharrt, nicht der Mörder von Karin Kruse zu sein. Und er hatte Kluftinger sogar das Versprechen abgenommen, den wahren Täter zur Strecke zu bringen. Was hätte Mendler antreiben sollen, im Angesicht des Todes noch zu lügen? Ein perfider Plan, Kluftinger mit dieser Ungewissheit in der Welt zurückzulassen? Wohl kaum. War seine Unschuldsbeteuerung also glaubwürdig? Wenn ja, dann hatte Kluftinger einen klaren Auftrag. Denn dann lebte seit Jahrzehnten der Mörder der Lehrerin frei und unbehelligt unter ihnen, spielte vielleicht mit ihm in der Musikkapelle oder verkaufte ihm Getränke oder Semmeln. Kluftinger wagte den Gedanken kaum weiterzudenken, geschweige denn auszusprechen.

»Und auch hier sagt Ludwig Wittgenstein: Alles, was überhaupt gedacht werden kann, kann klar gedacht werden. Alles, was sich aussprechen lässt, lässt sich klar aussprechen.«

Kluftinger zog seine Frau sanft am Arm. Er musste hier weg. Sofort. Er hatte eine Aufgabe zu erfüllen. »Erika, komm, lass uns gehen«, bat er.

»Nur bis Martin mit der Rede fertig ist.«

»Komm jetzt, die Kinder warten daheim.« Eine innere Unruhe ergriff von ihm Besitz, die es ihm unmöglich machte, weiter den Worten des Arztes zu lauschen.

»Was bleibt mir noch zu sagen? Ich möchte schließen mit einem Satz, den mir Wittgenstein mit auf den Weg gegeben hat, als wir uns das erste Mal gesehen haben: Man trifft sich immer zweimal im Leben.«

»Sie haben den Philosophen gekannt?«, fragte Kluftinger überrascht.

Langhammer schüttelte belustigt den Kopf. »Natürlich nicht. Ich rede vom Metzger.«

»Ja, wo ist denn das kleine Butzel? *Duuuuziduziduziduuu!*«

Markus nahm seinem Vater das Kind aus dem Arm, bettete es in die Sitzschale und schloss den Gurt. »Wir müssen jetzt echt fahren. Haben bloß noch auf euch gewartet, hätten ja nicht gedacht, dass eine Hundebeerdigung so lange dauert.«

»Weil der Martin so schön geredet hat, weißt, Markus«, erklärte Erika.

»Na ja, schön ...«, schränkte der Kommissar vage ein. »Aber jetzt bleibt halt noch ein bissle, wo ich endlich mal Zeit hätt für das kleine Wuzele. *Duuuuuzi ...*«

Markus schüttelte den Kopf. »Wir fahren. Und für jedes Duzeln kriegst du einen Besuchstag gestrichen.«

Der Kommissar ignorierte die Drohung. »Kommt halt morgen

mal vorbei«, schlug er vor. »Oder wir besuchen euch und gucken, wie's euch wieder geht, allein daheim, gell, Erika?«

»Vatter! Wie soll's uns schon gehen?«

»Vorsicht bitte, ich müsste hier mal mit dem Flipchart durch.« Richard Maier hatte die Koordination des Umzugs ihrer Abteilung zurück in die Kemptener Büroräume übernommen und mittlerweile das meiste in den Kleintransporter geladen, der Kluftingers Einfahrt versperrte. »Was ich übrigens noch wissen wollte: Bleiben wir jetzt an der Sache in Kochel weiter dran?«

Der Kommissar überlegte kurz, dann schüttelte er den Kopf. »Wir haben unser Möglichstes getan und werden nur noch mal tätig, wenn die Kollegen uns ausdrücklich um Hilfe bitten. Beim Rösler gibt's ja auch keine konkreten Hinweise, dass da jemand nachgeholfen hätte. Ich will da nicht zu viel reininterpretieren. Fürs Erste jedenfalls.«

Maier nickte und ging weiter, kam dann aber noch einmal zurück. »Übrigens, jetzt ist die Frage aufgetaucht ... also ... was machen wir eigentlich mit Eugens Arbeitsplatz?«, flüsterte er. »Und mit seinen persönlichen Dingen, die noch in der Direktion liegen?«

Der Kommissar schluckte. Erst jetzt, da der Alltag wieder beginnen sollte, wurde ihm die Tragik der letzten Wochen in vollem Umfang bewusst. Zum ersten Mal trauerte er wirklich. Spürte eine nie gekannte Schwermut, die bisher von anderen, existenziellen Sorgen verdeckt worden war. Kluftinger ließ Maier mit einem lapidaren »Da schauen wir morgen« stehen, verabschiedete sich draußen noch von den Kindern und ging zurück ins Haus.

Seit über einer halben Stunde saß er nun schon am Esstisch und starrte auf das Foto, das vor ihm lag. Es war beim ersten Betriebsausflug ihrer Abteilung entstanden. Sie trugen alle Strohhüte und prosteten fröhlich in die Kamera. Wie hatte das nur so enden können? Kluftinger wischte sich eine letzte Träne aus dem Augenwinkel. Einem unbestimmten Drang folgend, erhob er sich und ging zum Wohnzimmerschrank, holte die Kiste hervor, die er erst kürzlich wieder herausgekramt hatte, und entnahm ihr eine Schallplatte. Er legte sie auf den Teller des Plattenspielers, sah zu, wie der Arm über die Scheibe glitt und nach unten sank, hörte das Knistern und dann die ersten Takte des Liedes.

We'll fly you to the promised land …

Unweigerlich dachte er wieder an damals. War seine glückliche Kindheit und Jugend nur eine romantisch verklärte Einbildung? Waren sie wirklich Freunde gewesen? Nach allem, was inzwischen passiert war, schien Kluftinger die Antwort auf diese Fragen ungewisser als je zuvor. Manne hatte er sogar zugetraut, dass er ihn umbringen wollte. *Manne.* Wo hielt er sich wohl auf? Ob sie jemals Gelegenheit bekommen würden, über alles zu reden? Die Suche nach ihm war bislang erfolglos verlaufen.

… and the answer will be when he gives us the key …

Aber war er nicht bewusst in die Irre geleitet worden? Schließlich waren in der Todesanzeige diese Liedzeilen aufgetaucht. Was also hatte nähergelegen, als im Umfeld der alten Clique zu ermitteln? Mittlerweile jedoch wusste der Kommissar, wie es zu diesem Trugschluss hatte kommen können: Im selben Haus in Kempten, in dem Manne Unterschlupf gefunden hatte, war auch Mendler nach seiner Entlassung für eine Weile abgestiegen, das hatten ihre Ermittlungen inzwischen ergeben: Einige ehemalige Nachbarn hatten sich gemeldet, nachdem in der Zeitung groß über die Umstände von Mendlers Tod berichtet worden war. Während dieser Zeit standen die beiden Altusrieder in engem Kontakt, das zumindest hatten sie aus den nicht sehr mitteilsamen Hausbewohnern herausbekommen. Was Mendler und Klotz wohl zu bereden gehabt hatten? Bestimmt war es dabei um den gemeinsamen Bekannten aus ihrem Heimatort gegangen.

… in the promised land …

Kluftinger öffnete die Balkontür und ging zum Grill, in dem er ein kleines Feuer entfacht hatte. Er bückte sich, hob ein weiteres Stück Holz vom Boden auf und warf es hinein. Sofort schlugen die Flammen höher, und er beobachtete, wie sich die Schrift auf dem Holz schwarz verfärbte, wie das Feuer die Buchstaben fraß, die einst seinen Namen gebildet hatten. Auch wenn diese Aktion vielleicht ein bisschen pathetisch war, war es ihm doch leichter ums Herz, jetzt da das vermaledeite Sterbekreuz bald nur noch ein Häufchen Asche sein würde.

... hope you understand ...

Ein paar Minuten lauschte Kluftinger der Melodie und schaute dabei in die Flammen, doch dann beschwor das brennende Kreuz ein anderes Bild in ihm herauf: das eines weit größeren Kreuzes, das lichterloh brannte. Genauso brannte wie seine Schuldgefühle. Hatte er dazu beigetragen, einen Menschen unschuldig ins Gefängnis zu bringen? Offenbar. Diese Tatsache konnte er nicht länger ignorieren. Zudem hatte er einem Sterbenden ein Versprechen gegeben. In diesem Moment fasste Kluftinger einen Entschluss. Er ging zurück ins Wohnzimmer, wo er sich mechanisch den obersten Ordner aus einer der letzten Umzugskisten griff.

... the promised land ...

Am Tisch sitzend schlug er bedächtig und mit zitternden Fingern die Akte *Funkenmord* auf. Jenen Fall, den er neu aufrollen musste.

Den Mordfall Karin Kruse.

Dank

Fünfzehn Jahre machen wir das jetzt schon mit dem Bücherschreiben – und sind in dieser Zeit locker um dreißig Jahre gealtert. Dass wir überhaupt einmal Autoren werden würden, hätten wir nie gedacht. Viele haben dazu beigetragen, dass dieser von uns eigentlich nicht gehegte Traum in Erfüllung ging: unser erster Verleger Jürgen Schweitzer, der uns Neulingen die Chance gab, einen Krimi zu schreiben, der im Allgäu spielt. Unsere langjährige Lektorin Michaela Kenklies, die uns für den Piper-Verlag in München »entdeckte«. Der Droemer-Verlag, der mit uns den eingeschlagenen Weg konsequent weiterging.

Viele Autoren danken auch ihren langjährigen Agenten. Wir konnten das bisher nicht, denn wir hatten gar keinen. Und wir dachten auch, dass wir keinen brauchen, bis uns Marcel Hartges eines Besseren belehrt hat. Noch keine zwei Jahre währt unsere Zusammenarbeit, und schon können wir es uns ohne ihn gar nicht mehr vorstellen. Dafür ist sicher hilfreich, dass er schon einmal unser Verleger war, aber als unser Agent ist er uns noch um ein Vielfaches lieber.

Erst bei unserem zweiten Buch haben wir uns getraut, bei der Kemptener Kripo anzuklopfen und um Rat zu fragen. Wir dachten, da das erste Werk ja eh nur die Verwandtschaft liest, brauchen wir den Beamten nicht die Zeit zu stehlen. Inzwischen sind sie zur unverzichtbaren Informationsquelle geworden, deren Tür uns immer offen steht. Vielen Dank dafür. Wir entschuldigen uns für die vielen dämlichen Fragen, die wir im Lauf der Jahre gestellt haben. Viele Szenen wären gar nicht entstanden, wenn wir nicht eine reale Inspiration dafür bekommen hätten (etwa das Schießtraining in *Grimmbart*).

Wir bedanken uns außerdem bei Klaus Hackler, der uns durch eine Aktion, die ihm selbst viel Ärger eingebracht hat, zum Hauptmotiv dieses Buches inspiriert hat. Hackler hat im Jahr 2012 auf dem Friedhof in Altusried ein Grabkreuz aufgestellt, das dort von einer Kluftinger-Verfilmung noch rumstand, um die häufig gestellte Frage nach dem Grab eines Mordopfers aus *Milchgeld* mit einer konkreten Ortsangabe beantworten zu können. Das ging so lange gut, bis wir von der Aktion Wind bekamen und es auf Facebook posteten, woraufhin die Lokalpresse eine kleine Skandalgeschichte daraus machte. Also, Herr Hackler, nix für ungut, aber vielleicht ist es besser, wenn die fiktiven Gräber in unseren Büchern bleiben.

Dank schulden wir auch einem lieben bayerischen Autorenkollegen, Jörg Maurer. Wir kannten uns schon vor diesem Buch, und so wuchs in uns die Idee eines Zusammentreffens unserer Protagonisten, die beide bereits im zehnten Roman ihr Unwesen treiben. Jörg fand das offenbar nicht zu abwegig und ließ sich auf das literarische Experiment ein, das uns viel Freude bereitet hat. Also, danke Jörg, fürs »Mittun«.

Wieder einmal hat sich Dietmar Lodenbacher, eigentlich längst nach München weggelobt, ins Buch gedrängt – samt seinem Dialekt, den wir doch so gar nicht beherrschen. Vielen Dank also an Marietta Geyer, die sich erneut um die adäquate Transkription ins Niederbairische gekümmert und sorgsam nach den richtigen Ausdrücken gesucht hat.

Und zum Schluss ganz herzlichen Dank dem gesamten Ullstein-Team. Dass wir uns trotz der etwas abseitigen Lage in Berlin im Verlag schon wie zu Hause fühlen, liegt an der besonders herzlichen Art, mit der wir in diesem Hause empfangen wurden. Danke dem Marketing-Team um Anne Christmann, vor allem Friederike Schönherr und Julian Hein, nicht zuletzt für unsere wunderschöne neue Homepage, danke dem gesamten Vertrieb um Stephanie Martin für den unermüdlichen Einsatz, danke der Presseabteilung und den beiden Geschäftsführern Alexander Lorbeer und Gunnar Cynybulk. Und last but ganz sicher überhaupt not least: Ganz, ganz herzlichen Dank an unsere neue Lektorin Nina Wegscheider, die dieses schwere Amt heldenhaft übernommen hat, sogar nachdem sie eine Lesung von uns besucht hatte. Die uns als kreativer Sparringspartner begleitet, als würde sie das schon immer tun, die sich auf unsere spezielle Duosituation perfekt eingestellt, im Verlag die Bildschirmtelefonie etabliert hat und die uns stets das Gefühl gibt, bei ihr und bei Ullstein einfach richtig gut aufgehoben zu sein. Vergelt's Gott!